Victoria Holt hat mit mehr als 15 internationalen Bestsellern (darunter »Treibsand«, »Das Zimmer des roten Traumes«, »Der Fluch der Pharaonen« sowie die bei Droemer Knaur erschienenen Bände »Der Teufel zu Pferde«, »Die Ashington-Perlen« und »Tanz der Masken«) Weltruhm erlangt. Mit über 50 Millionen verkauften Exemplaren ihrer Werke zählt sie zu den populärsten und beliebtesten Autorinnen der Welt. Die Schriftstellerin wurde als Tochter eines Londoner Geschäftsmanns geboren, dessen Leidenschaft für die Literatur stärker war als die fürs Geschäft. In einer Wohnung über den Dächern der Londoner City entstehen ihre spannenden, geheimnisumwitterten Geschichten aus historisch bewegten Zeiten.

Von Victoria Holt sind außerdem als Knaur-Taschenbücher erschienen:

»Der Teufel zu Pferde« (Band 679)
»Der Schloßherr« (Band 776)
»Die Ashington-Perlen« (Band 1087)
»Tanz der Masken« (Band 1328)
»Verlorene Spur« (Band 1403)
»Die Lady und der Dämon« (Band 1455)
»Unter dem Herbstmond« (Band 1510)

Vollständige Taschenbuchausgabe

Titel der Originalausgabe »My Enemy the Queen«

Erschienen bei William Collins Sons & Co. Ltd., Glasgow
Aus dem Englischen von Margarete Längsfeld
Umschlaggestaltung Hans Schaumberger, Wien
Satz Appl, Wemding
Druck und Bindung Clausen & Bosse, Leck
Printed in Germany 10 9 8
ISBN 3-426-00790-8

Victoria Holt:
Meine Feindin, die Königin

Roman

Knaur

Inhalt

Die alte Dame in Drayton Basset

Tadle die Laute nicht!
Muß sie doch dies und jenes singen,
Was mir gefällt.
Ein geistlos Ding,
Muß sie sich meinen Weisen fügen.
Und klingt mein Lied auch fremd,
Und rühren seine Worte an deinen Wankelmut,
Tadle die Laute nicht!

Sir Thomas Wyatt
1503–1542

Ich gehe jetzt nie mehr an den Hof. Ich bleibe zu Hause in Drayton Basset. Ich bin alt, und alten Damen ist es gestattet, dazusitzen und zu träumen. Die Leute sagen: »Mylady hält es lange aus. Wie alt mag sie sein? Kaum jemand wird so alt wie sie. Mylady wird, so scheint es, ewig leben.«

Manchmal glaube ich das selbst. Wer unter den Lebenden kann sich noch an jenen Novembertag des Jahres 1558 erinnern, als Königin Maria – die Leute nannten sie damals schon »die Blutige« – starb, ohne daß das Volk groß getrauert hätte, abgesehen von jenen Anhängern, die sich ängstlich fragten, was Marias Dahinscheiden für sie bedeuten mochte. Wie viele können sich noch daran erinnern, als Elisabeth, meine Verwandte, im ganzen Land zur Königin ausgerufen wurde? Ich jedenfalls weiß es noch ganz genau. Wir waren damals in Deutschland. Mein Vater hatte es für angebracht gehalten, aus dem Land zu fliehen, als Maria den Thron bestieg; denn für alle, die durch Geburt oder Religion mit der jungen Elisabeth verbunden waren, wurde das Leben damals gefährlich.

Er rief uns alle zusammen, und wir mußten niederknien und Gott

danken; mein Vater war nämlich ein sehr frommer Mensch. Überdies war meine Mutter Elisabeths Cousine – die neue Königin würde also unserer Familie von Nutzen sein.
Ich war zu jener Zeit gerade siebzehn Jahre alt. Ich hatte viel von Elisabeth und von ihrer Mutter, der Königin Anna Boleyn, gehört. Die Mutter meiner Mutter war schließlich Annas Schwester, Mary, gewesen, und die Geschichten über die geistreiche, faszinierende Verwandte Anna machten einen großen Teil unserer Familienchronik aus. Als ich Elisabeth kennenlernte, wußte ich, was es mit dieser geistreichen Art auf sich hatte, denn auch Elisabeth war nicht geistlos – auf andere Weise zwar als ihre Mutter, aber sie besaß durchaus Geist. Sie hatte noch andere Vorzüge. Und ganz gewiß wäre *sie* niemals durch Henkershand gestorben, dafür war sie viel zu gescheit. Schon in frühester Jugend zeigte sich ihre natürliche Begabung, sich zu behaupten. Bei all ihrer Koketterie und ihrer blendenden Schönheit mangelte es ihr jedoch an der besonderen Ausstrahlung, die ihrer Mutter zu eigen gewesen sein muß, und die auch meine Großmutter Maria Boleyn – sie war so vernünftig, lediglich die Maitresse des Königs zu werden und nicht nach der Krone zu verlangen – in hohem Maße besessen hatte; und wenn ich bei der Wahrheit bleiben will, so muß ich ohne falsche Bescheidenheit sagen, daß ich diese Ausstrahlung von meiner Großmutter geerbt habe. Elisabeth hatte das bald entdeckt – es gab kaum etwas, das ihr verborgen blieb –, und deswegen haßte sie mich.
Als sie auf den Thron gelangte, war sie voll guter Vorsätze, die einzuhalten, das muß ich zugeben, sie sich viel Mühe machte. Es gab in Elisabeths Leben nur eine große Liebe, und das war die Krone. Dennoch gestattete sie sich manches Liebesgetändel. Ihr gefiel das Spiel mit dem Feuer; doch im ersten Jahr ihrer Regierung verbrannte sie sich dabei so heftig, daß sie, wie ich glaubte, danach für immer entschlossen war, es nie wieder so weit kommen zu lassen. Niemals schien sie der großen Liebe ihres Lebens untreu werden zu wollen: dem glorreichen, funkelnden Symbol ihrer Macht – der Krone.
Ich konnte es mir nie versagen, Robert damit zu necken, selbst während unserer leidenschaftlichsten Begegnungen – und deren gab es viele. Dann wurde er schrecklich wütend auf mich, doch ich stellte mit Genugtuung fest, daß ich ihm mehr bedeutete als sie, abgesehen von ihrer Krone.
Wir drei – das war eine Herausforderung an das Schicksal. Die beiden,

die sich stolz auf der Bühne zur Schau stellten, waren die glänzendsten Gestalten ihrer Zeit, die jedermann Ehrfurcht einflößten. Ich, die dritte in diesem Terzett, mußte mich oft im Hintergrund halten, doch stets gelang es mir, meine Gegenwart bewußt zu machen. So sehr sich Elisabeth auch bemühte, es glückte ihr nie, mich ganz auszuschließen. Dafür gab es auch niemanden am Hof, den die Königin so sehr haßte wie mich, und keine andere Frau vermochte bei ihr solch ein Gefühl überwältigender Eifersucht auszulösen. Sie wollte Robert haben, und er wurde der meine – aus freien Stücken. Wir drei wußten: Auch wenn sie ihn an der Macht hätte teilhaben lassen, an der er ebenso leidenschaftlich hing wie sie – die Frau, die er begehrte, war ich. In meinen Träumen sehe ich mich oft in jene Zeiten zurückversetzt. Ich spüre, wie mich eine heitere Erregung überkommt, und dann vergesse ich, daß ich eine alte Frau bin, sehne mich nach der Vereinigung mit Robert, nach dem Streit mit Elisabeth.

Aber sie ruhen schon lange in ihren Gräbern, und ich allein weile noch auf Erden.

Ich tröste mich damit, bei der Vergangenheit anzuklopfen und alles noch einmal zu erleben, und zuweilen frage ich mich, wieviel davon ich geträumt habe und was Wirklichkeit war.

Heute bin ich geläutert – die Lady vom Gut. Manche gehen in ein Kloster, wenn sie ein Leben wie ich geführt haben, sie bereuen ihre Sünden und beten zwanzigmal am Tag um Vergebung, in der Hoffnung, diese Frömmigkeit in letzter Minute werde ihnen einen Platz im Himmel sichern. Ich habe mich guten Werken gewidmet; ich bin die gütige Lady. Meine Kinder sterben, doch ich lebe weiter. Und jetzt bin ich darauf verfallen, die Ereignisse aufzuschreiben, so wie sie sich abgespielt haben, und das ist die beste Art, alles noch einmal zu erleben.

Ich will versuchen, ehrlich zu sein. Nur so kann ich die Vergangenheit lebendig machen. Ich will versuchen, uns so zu sehen, wie wir wirklich waren: als helleuchtendes Dreieck. Denn vom Glanz dieser beiden schillernden Gestalten – so blendend, daß sich oft die Sicht verdunkelte – mußte auf jedermann ein Schimmer fallen, auch auf mich, die ich für sie ebenso wichtig war – trotz all ihrer Macht – wie sie für mich. Von welchen Gefühlsbewegungen dieses Dreieck erschüttert wurde: von Roberts Liebe zu mir, durch die ich zur Rivalin der Königin wurde; ihren Haß auf mich, aus Eifersucht geboren und aus dem Wissen, daß ich ihm zu Gefallen sein konnte, wie sie es nie vermochte; ihren Wutausbrüchen, bei denen sie sich jedoch nie so weit gehen ließ, daß sie ihren Vorteil aus den Augen verlor. Wie sie mich verabscheute! »Diese Wölfin« nannte sie mich. Und andere taten es ihr nach, um ihr zu gefallen, nicht weil sie mich verachteten. Doch mir allein unter all den Frauen in ihrem Leben war es gegeben, sie Eifersucht und Qual spüren zu lassen, nur sie tat wiederum mir so Schlimmes an. Wir lagen in Fehde, und sie war im Vorteil. Ihre Macht stand gegen meine Schönheit, und ein Mann wie Robert wurde zwischen uns beiden hin und her gerissen.

Vielleicht hat sie gesiegt – wer weiß. Manchmal weiß ich es selbst nicht genau. Ich habe ihn ihr weggenommen, doch dann nahm sie ihn mir weg – und der Tod hat uns beide betrogen.

Sie hat Rache an mir genommen, bitterböse Rache. Doch ich habe, bin ich auch alt, noch genug Feuer und Leidenschaft in mir, um unsere Geschichte zu erzählen. Ich möchte mir selbst darüber klar werden, wie es geschehen ist. Ich möchte die Wahrheit über mich erzählen ... über die Königin und die beiden Männer, die wir geliebt haben.

Im Exil

Während in der Stadt ein Galgen neben dem anderen aufragt und die öffentlichen Gebäude mit den abgeschlagenen Häuptern der tapfersten Männer des Königreiches verunziert sind, liegt Prinzessin Elisabeth, der kein glücklicheres Schicksal bestimmt scheint, sieben oder acht Meilen von hier krank darnieder, so aufgeschwollen und entstellt, daß ihr Ableben zu befürchten ist.

Antoine de Noailles, französischer Gesandter, über eine von Elisabeths »Lieblingskrankheiten« zur Zeit der Wyatt-Rebellion

Ich wurde im Jahre 1541 geboren, fünf Jahre, nachdem Elisabeths Mutter hingerichtet worden war. Elisabeth war zu jener Zeit acht Jahre alt. Ein Jahr zuvor hatte der König eine andere Verwandte von mir, Katharina Howard, geheiratet. Die Ärmste! Im folgenden Jahr ereilte sie ein ähnliches Schicksal, wie es Anna Boleyn beschieden war, denn auch Katharina wurde auf Befehl des Königs enthauptet.

Man hatte mich nach meiner Großmutter väterlicherseits auf den Namen Letitia getauft, doch wurde ich stets Lettice genannt. Wir waren eine große Familie; ich hatte sieben Brüder und drei Schwestern. Meine Eltern waren liebevoll, oftmals aber auch streng, dies jedoch nur zu unserem Besten, wie uns immer wieder vor Augen gehalten wurde.

Meine frühe Kindheit verbrachte ich auf dem Landgut Rotherfield Greys, das der König meinem Vater in Anerkennung seiner Dienste etwa drei Jahre vor meiner Geburt zugesprochen hatte. Mein Vater hatte den Besitz zwar von seinem Vater geerbt, doch der König hatte die Gewohnheit, jedes Herrenhaus, das ihm gefiel, für sich in Beschlag zu nehmen – Hampton Court war das Paradebeispiel für diese königliche Habgier –, so daß es beruhigend war zu wissen, daß er den Anspruch meines Vaters auf unser eigenes Hab und Gut anerkannte.

Mein Vater war im Auftrage des Königs häufig von zu Hause abwesend, meine Mutter jedoch ging selten an den Hof. Es mochte wohl sein, daß ihre nahe Verwandtschaft zu des Königs zweiter Gemahlin in Heinrich hätte Erinnerungen wecken können, ohne die er sich wohler fühlte. Man konnte auch kaum erwarten, daß ihm ein Mitglied der Familie Boleyn willkommen sein würde. So lebten wir zurückgezogen, und in den Tagen meiner Kindheit war ich's zufrieden. Erst als ich heranwuchs, wurde ich rastlos und konnte es kaum erwarten fortzukommen.

Die Unterrichtsstunden in dem Schulzimmer mit seinen bleigefaßten Scheiben, den Sitzbänken in den tiefen Fensternischen und dem langen Tisch, an dem wir über unsere Arbeit gebeugt saßen, kamen mir endlos vor. Meine Mutter besuchte uns und unsere Lehrer häufig im Schulzimmer, um sich unsere Bücher anzusehen und über unsere Fortschritte berichten zu lassen. Ließen diese zu wünschen übrig, so wurden wir ins Solarium gerufen – es lag im obersten Geschoß unseres Hauses und ließ die Sonne voll ein –, wo wir uns mit einer Handarbeit beschäftigen mußten, und dann einen Vortrag über die Bedeutung der Bildung bei Leuten unseres Standes zu hören bekamen. Unsere Brüder nahmen nicht am Unterricht teil. Wie es damals Sitte war, sollten sie in den Häusern anderer vornehmer Familien aufwachsen und dort erzogen werden, bis die Zeit da war, daß sie nach Oxford oder Cambridge gehen konnten. Henry war bereits von zu Hause fort, die anderen, William, Edward, Robert, Richard und Francis, waren noch zu jung, und Thomas war noch ein Säugling. Während dieser Unterrichtsstunden hörte ich mit meinen Schwestern Cecilia, Catharine und Anne erstmals von Elisabeth. »Meine Cousine ersten Grades«, so sprach meine Mutter stolz von ihr. Elisabeth, wurde uns vorgehalten, sei für uns alle ein Vorbild, dem wir nacheifern sollten. Schon im Alter von fünf Jahren, so schien es, war sie im Lateinischen fast so bewandert wie ein Gelehrter, mit dem Griechischen so vertraut wie mit dem Englischen, und selbstverständlich sprach sie fließend französisch und italienisch. Welch ein Unterschied zu ihren Cousinen, deren Gedanken bei diesen wichtigen Fächern abschweiften, die zum Fenster hinausblickten, statt ihre Augen auf die Bücher zu richten, so daß ihren armen Lehrern nichts übrig blieb, als sich bei der Mutter über ihr Unvermögen und ihre Unaufmerksamkeit zu beschweren.

Ich war bekannt dafür, daß ich alles sofort aussprach, was mir durch

den Kopf ging, und so erklärte ich: »Elisabeth ist bestimmt langweilig. Ich möchte wetten, wenn sie Latein kann und all die anderen Sprachen, dann kennt sie sonst gar nichts.«
»Ich verbiete dir, noch einmal so von Lady Elisabeth zu sprechen«, rief meine Mutter. »Weißt du überhaupt, wer sie ist?«
»Sie ist die Tochter des Königs und der Königin Anna Boleyn. Das hast du uns oft genug erzählt.«
»Begreifst du denn nicht, was das bedeutet? Sie ist von königlichem Blut, und es ist nicht undenkbar, daß sie eines Tages Königin wird.«
Wir hörten zu, weil sich unsere Mutter nur zu leicht verleiten ließ, den Zweck unserer Anwesenheit im Solarium zu vergessen und von den Tagen ihrer Kindheit zu erzählen. Das war für uns Mädchen dann freilich unterhaltsamer als ein Vortrag über die Notwendigkeit, unsere Gedanken im Unterricht beisammenzuhalten, und wenn sie von ihren eigenen Worten mitgerissen wurde, bemerkte sie nicht, daß unsere Hände müßig im Schoß lagen.
Wie jung waren wir doch! Wie unerfahren! Ich muß sechs Jahre alt gewesen sein, als ich anfing, die Welt wahrzunehmen. Zu der Zeit waren die Tage der Herrschaft des alten Königs bereits gezählt.
Meine Mutter sprach nicht von der Gegenwart, da dies hätte gefährlich sein können, sondern von der glorreichen Vergangenheit in Hever, als man sie als Kind aufs Schloß mitnahm, um ihre Großeltern zu besuchen. Das waren die ruhmreichen Zeiten, als sich das Vermögen der Boleyns rasch vermehrte, was kein Wunder war, da sie doch eine Königin in der Familie hatten.
»Ich habe sie ein- oder zweimal gesehen«, sagte meine Mutter. »Ich werde sie nie vergessen. Sie wirkte damals irgendwie ungezähmt, wild. Es war nach Elisabeths Geburt; Anna hatte sich verzweifelt einen Sohn gewünscht. Nur ein männlicher Erbe hätte sie retten können. Mein Oheim George war dort in Hever – einer der ansehnlichsten Männer, die ich je gesehen habe …« Trauer lag in ihrer Stimme; wir drangen nicht in sie, uns von Oheim George zu berichten. Wir wußten aus Erfahrung, daß eine solche Bitte der Erzählung ein Ende bereiten und meine Mutter daran erinnern konnte, daß sie zu uns von Dingen sprach, die jenseits des kindlichen Begriffsvermögens lagen. Zur rechten Zeit entdeckten wir, daß der stattliche Oheim George zur gleichen Zeit wie seine Schwester hingerichtet worden war – man hatte ihn des Inzests mit ihr bezichtigt. Die Anschuldigung war natürlich falsch; der

König wollte sich Annas nur entledigen, um Jane Seymour heiraten zu können.
Ich habe oft zu Cecilia gesagt, es sei aufregend, zu einer Familie wie der unseren zu gehören. Der Tod war uns bereits in der Kinderstube vertraut. Kinder – vor allem Kinder unseres Standes – dachten ganz unbekümmert ans Sterben. Wenn wir die Familienportraits betrachteten, so hieß es: »Der hier verlor seinen Kopf: Er war uneins mit dem König.« Daß Köpfe dort, wo sie hingehörten, sehr gefährdet waren, war eine Tatsache, die man eben hinzunehmen hatte. Doch im Solarium ließ unsere Mutter Hever lebendig werden, mit seinem Burggraben und dem Fallgatter, dem Innenhof und der Halle, wo der König oft getafelt hatte, und mit der langen Galerie, wo er unserer berühmten Verwandten, der bezaubernden Anna, den Hof gemacht hatte. Meine Mutter sang uns die Lieder vor, welche die Spielleute dort vorgetragen hatten – einige hatte der König selbst komponiert –, und wenn sie auf ihrer Laute präludierte, strahlte aus ihren Augen die Erinnerung an den kurzen und blendenden Ruhm der Boleyns.
Großvater Thomas Boleyn lag nun in der Kirche von Hever begraben, doch unsere Großmutter Mary kam uns hin und wieder besuchen. Wir waren alle in unsere Großmutter vernarrt. Es fiel uns zuweilen schwer, uns vorzustellen, daß sie einst die Maitresse des alten Königs gewesen war. Sie war nicht eigentlich schön, doch besaß sie jene gewisse Eigenschaft, die ich zuvor erwähnte, und die ich von ihr geerbt habe. Ich merkte sehr bald, daß ich diesen Vorzug besaß, und das beglückte mich, wußte ich doch, daß mir dadurch vieles, was ich mir wünschte, geschenkt werden würde. Erklären läßt sich diese Eigenschaft kaum – es ist eine Ausstrahlung, welche das andere Geschlecht unwiderstehlich findet. Bei meiner Großmutter Mary war es Sanftheit, die Verheißung, sich leicht zu ergeben. Nicht so bei mir. Ich zeigte mich aber berechnend, auf meinen Vorteil bedacht. Gleichwohl verfügten wir beide über diese Eigenschaft.
Nach und nach erfuhren wir von jenem traurigen Tag im Mai, als das Turnier in Greenwich stattfand und Anna mit ihrem Bruder und ihren Freunden im Tower gefangengesetzt wurde. Sie verließ ihn erst wieder, als man sie zum Schafott führte. Wir erfuhren, daß der König unmittelbar danach Jane Seymour heiratete und daß ihm sein einziger legitimer Sohn geboren wurde: Edward, der im Jahre 1547 den Thron bestieg.

Die arme Jane Seymour starb bei der Geburt und konnte ihren Triumph nicht auskosten, doch der kleine Prinz blieb am Leben und war die Hoffnung des Landes. Danach folgte des Königs kurze Ehe mit Anna von Cleve und nach der plötzlichen Auflösung dieser Verbindung die unglückselige Vermählung mit Katharina Howard. Seine letzte Frau aber, Katharina Parr, überlebte ihn. Es hieß, sie hätte sicher dasselbe Schicksal erlitten wie Anna Boleyn und Katharina Howard, wäre sie nicht eine so gute Krankenschwester gewesen, hätte des Königs eiterndes Bein nicht so geschmerzt und wäre er nicht schon so betagt gewesen, daß er sich nicht mehr viel aus Frauen machte.
So begann denn die Regierungszeit eines neuen Königs: die Edwards VI. Als unser junger König die Thronfolge antrat, war er erst zehn Jahre alt – kaum älter als ich –, und Elisabeth, das leuchtende Vorbild, war vier Jahre älter als er. Ich entsinne mich, wie mein Vater, recht zufrieden mit dem Gang der Ereignisse, nach Rotherfield Greys kam. Edward Seymour, der Oheim des jungen Königs, hatte den Titel eines Herzogs von Somerset verliehen bekommen und war zum Lord Protector ernannt worden, und dieser nun äußerst einflußreiche Herr war Protestant und würde seinen jungen Neffen in diesem neuen Glauben unterweisen.
Mein Vater neigte mehr und mehr dem Protestantismus zu, und wie er meiner Mutter gegenüber bemerkte, wäre es das größte Unheil, das dem Lande – und besonders der Familie Knollys – widerfahren könnte, wenn die Katholikin Maria, des Königs älteste Tochter, die Katharina von Aragon ihm geboren hatte, den Thron besteigen würde.
»Dann«, so prophezeite mein Vater, »röten sich die Schafotte mit dem Blut der edelsten englischen Männer und Frauen, und die entsetzliche Inquisition, die in Spanien ihren Höhepunkt erreicht hat, wird auch in unserem Lande Einzug halten. Also laßt uns Gott für den jungen König danken und darum bitten, daß durch Seine Gnade und Güte Edward VI. lange über uns herrschen möge.«
So knieten wir denn nieder und beteten – eine Sitte, der man, wie ich bereits damals fand, in unserer Familie allzu eifrig huldigte –, während mein Vater Gott für Seine Güte gegenüber England dankte und Ihn bat, auch weiterhin für das Land zu sorgen und besonders über die Familie Knollys zu wachen.
Das gewohnte Dasein ging noch einige Jahre unverändert weiter; wir lebten, wie es beim Landadel üblich war, und unsere Erziehung machte

Fortschritte. In unserer Familie war es Tradition, daß auch den Töchtern eine gute Bildung zuteil wurde, wobei man auf Musik und Tanz besonderen Wert legte. Man lehrte uns, Laute und Harfe zu spielen, und wenn bei Hofe ein neuer Tanz eingeführt wurde, so mußten wir ihn erlernen. Unsere Eltern wollten unbedingt, daß wir vorbereitet waren, falls wir plötzlich an den Hof berufen würden. In der Galerie sangen wir Madrigale, oder wir spielten dort auf unseren Instrumenten.

Um elf Uhr aßen wir in der großen Halle zu Mittag, und wenn wir Gäste hatten, pflegten wir bis drei Uhr nachmittags beim Mahl zu sitzen, um der Unterhaltung zu lauschen. Diese Gespräche fesselten mich, denn während der Regierungszeit des jungen Edward wuchs ich heran und nahm regen Anteil an allem, was außerhalb von Rotherfield Greys vorging. Um sechs nahmen wir das Abendessen ein. Die Tafel war stets reichlich gedeckt, und es herrschte jedesmal eine gewisse Spannung, weil wir nie genau wußten, wer uns diesmal Gesellschaft leisten würde. Wie die meisten Familien unseres Standes führten wir ein offenes Haus, denn mein Vater wollte nicht, daß man dachte, wir könnten uns Gastfreundschaft nicht leisten. Es gab Rinder- und Hammelbraten, alle Arten von Fleischpasteten, Wild und Fisch mit Sauce, dazu eingemachte Früchte, Marzipan, Ingwer- und Zuckerbrot. Blieb etwas übrig, so aßen es die Dienstboten, und den Rest erhielten die Bettler an den Toren, die – wie meine Mutter ständig bemerkte – sich tausendfach vermehrt hatten, seit König Heinrich die Klöster aufgelöst hatte.

Am Weihnachtsfest vergnügten wir Kinder uns, indem wir uns verkleideten und Spiele aufführten. Es herrschte große Aufregung, wer von uns den silbernen Penny in dem großen Kuchen, der zum Dreikönigsfest gebacken wurde, finden und König oder Königin des Tages werden würde. Und in aller Unschuld glaubten wir, es würde ewig so weitergehen.

Hätten wir schon mehr Verstand besessen, die bösen Anzeichen wären uns natürlich nicht entgangen. Meinen Eltern blieben sie nicht verborgen, und das Gesicht meines Vaters war deshalb oftmals sehr ernst. Der König kränkelte, und sollte ihm etwas zustoßen, war diese Maria, die wir – und nicht wir allein – so sehr fürchteten, die Thronerbin. John Dudley, Herzog von Northumberland, der sich zum eigentlichen Herrscher Englands aufgeschwungen hatte und der mächtigste Mann im

Staate war, teilte die Besorgnis meines Vaters. Wenn Maria auf den Thron kam, so bedeutete das Dudleys Ende, und da dieser keinen Wert darauf legte, den Rest seines Lebens im Gefängnis zu verbringen oder gar sein Haupt auf den Richtblock zu legen, schmiedete er verschwörerische Pläne.

Ich hörte, wie meine Eltern sich darüber unterhielten, und mir war klar, daß ihnen sehr beklommen zumute war. Mein Vater war ein äußerst gesetzestreuer Mann, und er konnte nicht umhin, die Tatsache anzuerkennen, daß die Mehrheit des Volkes in Maria die wahre Thronerbin sah. Dies war eine heikle Situation. War nämlich Maria legitim, so konnte es Elisabeth nicht sein. Marias Mutter war verstoßen worden, als der König, da er Anna Boleyn zu ehelichen begehrte, seine Ehe mit Katharina von Aragon, die länger als zwanzig Jahre gewährt hatte, für ungültig hatte erklären lassen. War aber seine Ehe mit Katharina dennoch gültig, so konnte es folgerichtig die Verbindung mit Anna Boleyn nicht sein, und dann war Annas Tochter Elisabeth ein Bastard. Aus Loyalität gegenüber den Boleyns und in dem Wunsch, es zu etwas zu bringen, mußte meine Familie natürlich dafür sein, daß die erste Ehe des Königs ungültig war; da mein Vater aber in den meisten Angelegenheiten sehr folgerichtig dachte, fiel es ihm vermutlich einigermaßen schwer, seinen Glauben an Elisabeths Legitimität aufrechtzuerhalten. Meiner Mutter gegenüber äußerte er, daß seiner Meinung nach der Herzog von Northumberland versuche, Lady Jane Grey auf den Thron zu bringen. Diese hatte freilich durch ihre Großmutter, die Schwester Heinrichs VIII., einen gewissen Anspruch, doch den würden die wenigsten akzeptieren. Die streng katholischen Cliquen im ganzen Land würden fest zu Maria stehen. So nahm es kaum wunder, daß die Krankheit des jungen Königs Edward meinen Vater mit höchster Besorgnis erfüllte.

Dessenungeachtet stellte er sich nicht auf Northumberlands Seite. Wie sollte er, der mit einer Boleyn verheiratet war, jemand anderen als die Prinzessin Elisabeth unterstützen? Und als Tochter des Königs rangierte Elisabeth gewiß vor Lady Jane Grey. Unglücklicherweise war da eben noch diese Maria, Tochter einer spanischen Prinzessin, strenggläubige Katholikin und des Königs älteste Tochter.

Damals hieß es also auf der Hut sein. Der Herzog von Northumberland hatte völlig auf Jane Grey gesetzt, indem er sie mit seinem Sohn, Lord Guildford Dudley, vermählte.

So standen die Dinge im letzten Jahr der Regierung des jungen Königs. Ich war damals zwölf Jahre alt. Meine Schwestern und ich interessierten uns sehr für den Klatsch, der uns von den Dienstboten zugetragen wurde, vor allem für jedwedes Gerede, das unsere erhabene Cousine Elisabeth betraf. Dies vermittelte uns ein ganz anderes Bild von ihr als jenes, das unsere Mutter entwarf mit der Schilderung der gelehrigen Griechisch- und Lateinschülerin, jenem strahlenden Vorbild für ihre weniger tugendhaften und weniger lerneifrigen Cousinen der Familie Knollys.

Nach dem Tode König Heinrichs VIII. lebte sie bei ihrer Stiefmutter Katharina Parr in deren Witwensitz in Chelsea; Katharina Parr heiratete später Thomas Seymour, einen der stattlichsten und anziehendsten Männer in ganz England.

»Man sagt«, erzählte uns jemand von den Dienstboten, »daß er eine Vorliebe für Prinzessin Elisabeth hat.«

Ich war stets begierig auf das, was »man« sagte. Eine Menge davon beruhte natürlich auf Vermutungen und dürfte als bloßes Geschwätz abgetan werden, doch ich glaube, daß oftmals ein Körnchen Wahrheit darin steckte. »Man« sprach also von aufregenden »Vorgängen« im Witwensitz, von einer gewissen Beziehung zwischen Elisabeth und dem Ehemann ihrer Stiefmutter, einer Beziehung, die weder ihrer Stellung noch ihrer Würde angemessen war. Er kam zu ihr ins Schlafzimmer geschlichen und kitzelte sie, wenn sie im Bett lag. Sie rannte schreiend und lachend vor ihm davon, doch dies Schreien war zugleich eine Aufforderung. Als Elisabeth einmal mit einem neuen seidenen Kleid im Garten erschien, ergriff er, von seiner Gattin dazu ermuntert, eine Schere und zerschnitt ausgelassen das Kleid in lauter Fetzen.

»Arme Katharina Parr«, sagte »man«. Ob sie die wahre Natur dieser Person begriff? Natürlich wußte sie Bescheid, und um dem Ganzen einen Anschein von Schicklichkeit zu verleihen und die Ungehörigkeit zu überdecken, beteiligte sie sich daran. Ich ergötzte mich an der Vorstellung, wie die gelehrte Elisabeth in ihrem Schlafzimmer herumgejagt wurde oder wie man ihr das Kleid in Stücke schnitt, wie Seymour sie fröhlich mit glitzernden Augen kitzelte, während seine schwangere Gattin vorzugeben versuchte, dies sei ein heiterer Familienscherz.

Schließlich aber erwischte Katharina Parr ihren liebestollen Gatten, als er die junge Prinzessin alles andere als verwandtschaftlich küßte, und nun konnte auch sie den Anschein der Harmlosigkeit nicht mehr auf-

rechterhalten. Elisabeth mußte daraufhin den Witwensitz verlassen. Der Skandal war natürlich unvermeidlich. »Man« ließ nicht locker, und es ging das Gerücht, die Prinzessin sei von einem kleinen Mädchen edlen Geblüts entbunden worden: Thomas Seymours Tochter.
Dies wurde entschieden in Abrede gestellt und es war ja auch wirklich höchst unwahrscheinlich. Doch wie interessant war es für uns Mädchen, die wir all die Jahre im Schatten von Elisabeths Tugenden gelebt hatten.
Nicht lange danach wurde Thomas Seymour, der sich in ehrgeizige politische Machenschaften verstrickt hatte, vor Gericht gestellt und enthauptet. Unterdessen verschlimmerte sich der Gesundheitszustand des armen kleinen Königs mehr und mehr. Dudley veranlaßte den sterbenden Knaben, ein Testament zu machen, in dem sowohl Maria wie Elisabeth übergangen wurden und Lady Jane Grey als alleinige Thronerbin eingesetzt wurde. Diese war ja inzwischen mit Lord Guildford Dudley vermählt. Ich dachte in der folgenden Zeit oftmals darüber nach, wie leicht Guildfords Bruder Robert Lady Janes Bräutigam hätte werden können. Robert freilich hatte bereits die Torheit begangen – falls man angesichts dessen, was später geschah, überhaupt von einer Torheit sprechen konnte –, im Alter von siebzehn Jahren die Tochter von Sir John Robsart zu ehelichen. Er wurde ihrer natürlich bald überdrüssig, doch das ist eine andere Geschichte. Später wurde mir oft mit Entsetzen bewußt, daß ohne Roberts Ehe mein Leben – und das von Elisabeth Tudor – entschieden anders verlaufen wäre. Robert hätte auch gewiß als der bei weitem Angemessenere gegolten, denn Guildford war schwach und sah auch nicht so gut aus. Robert dagegen muß schon in seiner Jugend außergewöhnlich gewesen sein. Später wurde er bei Hofe rasch der strahlendste Stern im Gefolge der Königin und das blieb er bis zu seinem Tode. Das Schicksal aber hatte es wie so oft gut mit Robert gemeint, und so war es der arme Guildford, sein jüngerer Bruder, welcher der Gatte der unglücklichen Lady Jane Grey wurde.
Wie jedermann weiß, brachte Northumberland nach dem Tode des Königs Lady Jane auf den Thron, doch die Ärmste regierte nur neun Tage, dann siegten Marias katholische Anhänger.
Mein Vater mischte sich in den Konflikt nicht ein. Wie sollte er auch? Marias Thronbesteigung, mochte sie legitim sein oder nicht, mußte sich für ihn unheilvoll auswirken, doch andererseits konnte er auch nicht die protestantische Jane unterstützen. Es gab nur eine einzige, die

er auf dem Thron sehen wollte. So tat er das, was kluge Männer in solchen Zeiten zu tun pflegten: Er zog sich vom Hofe zurück und ergriff für keine Seite Partei.

Als uns klar wurde, daß Janes kurze Herrschaft vorüber war, und als sie mit Guildford Dudley, seinem Vater und seinem Bruder Robert im Tower eingekerkert wurde, rief mein Vater uns in der großen Halle zusammen, um uns zu eröffnen, daß wir in England nicht mehr sicher seien. Für Protestanten würden keine guten Zeiten kommen; Prinzessin Elisabeth befinde sich in einer wahrhaft bedenklichen Lage, und da wir bekanntermaßen ihre Verwandten seien, sei er zu dem Schluß gekommen, die klügsten Schritte, die man unternehmen könne, seien diejenigen, die uns aus England hinaus führten.

Innerhalb weniger Tage waren wir auf dem Weg nach Deutschland.

Wir blieben fünf Jahre in Deutschland. Als ich vom Kind zur Frau wurde, erfaßte mich eine große Unruhe und Unzufriedenheit. Es ist ein hartes Los, aus der Heimat verbannt zu sein. Wir alle litten darunter, am meisten meine Eltern, doch sie schienen in der Religion Zuflucht zu finden. Mein Vater, der schon immer stark zum Protestantismus geneigt hatte, war am Ende seines Aufenthaltes in Deutschland einer der überzeugtesten Anhänger dieses Bekenntnisses. Die Nachrichten aus England bestärkten ihn in seinem Glauben. Die Vermählung von Königin Maria mit König Philipp von Spanien löste tiefste Verzweiflung bei ihm aus.

»Jetzt«, sagte er, »wird die Inquisition nach England kommen.«

Glücklicherweise kam es nicht soweit.

»Eines steht fest«, pflegte er zu uns zu sagen – wir bekamen ihn natürlich häufiger zu sehen als in England, wo er ständig mit den Angelegenheiten des Hofes beschäftigt war –, »in seiner Unzufriedenheit mit der Königin wird sich das Volk Elisabeth zuwenden. Doch inzwischen steht zu befürchten, daß Maria ein Kind bekommt.«

Wir beteten, sie möge unfruchtbar bleiben, und ich fand es eine Ironie des Schicksals, daß sie ebenso inbrünstig um das Gegenteil flehte.

»Ich bin gespannt«, sagte ich leichthin zu meiner Schwester Cecilia, »wessen Bitte bevorzugt behandelt wird. Man sagt, Maria sei sehr fromm, aber das ist unser Vater auch. Ich möchte wissen, auf wessen Seite Gott steht, auf der katholischen oder der protestantischen.«

Meine Schwestern waren über meine Worte entsetzt und meine Eltern erst recht.

Mein Vater sagte immer: »Lettice, du mußt deine Zunge im Zaum halten.«
Ich aber dachte gar nicht daran. Diese Bemerkungen machten mir Spaß, und sie taten gewiß ihre Wirkung auf andere Menschen. Sie waren bezeichnend für mich und gehörten zu mir – wie meine glatte Haut mit den zarten Farben. Das unterschied mich von anderen Mädchen und machte mich besonders anziehend.
Mein Vater wurde nicht müde, sich zu seiner Klugheit zu beglückwünschen, die ihn aus dem Lande hatte fliehen lassen, solange es noch möglich war, obschon Maria nach ihrer Thronbesteigung zunächst schien Milde walten zu lassen. Lady Janes Vater, den Herzog von Suffolk, entließ sie aus der Haft, und das Todesurteil für Northumberland, den Puppenspieler, der die arme Jane und den bedauernswerten Guildford an seinen Fäden tanzen und ganze neun Tage lang Königin und Prinzgemahl hatte sein lassen, unterzeichnete sie erst nach längerem Zögern. Wäre die Wyatt-Rebellion nicht gewesen, so hätte Maria vielleicht auch Jane verschont, denn sie wußte sehr wohl, daß es bestimmt nicht der Wunsch des jungen Mädchens gewesen war, die Krone zu tragen.
Als uns die Nachricht von Wyatts unseligem Aufstand in Deutschland erreichte, wurde unsere Familie von tiefer Niedergeschlagenheit ergriffen. Prinzessin Elisabeth selbst schien in die Sache verwickelt zu sein.
»Das ist das Ende«, stöhnte mein Vater.
Er kannte Elisabeth nicht. Jung wie sie war, verstand sie sich bereits auf die Kunst des Überlebens. Jene Possen mit Seymour, die für ihn unterm Henkersbeil endeten, hatten ihr einen guten Anschauungsunterricht verschafft. Als man sie des Verrats beschuldigte, erwies sie sich als listig, und es war ihren Richtern unmöglich, sie zu überführen. Sie parierte die Anklagen mit diplomatischem Geschick, so daß ihr niemand etwas beweisen konnte.
Wyatt starb auf dem Schafott, doch Elisabeth entrann der Verurteilung. Eine Weile war sie gleichzeitig mit Robert Dudley im Londoner Tower gefangen. Welch eine Bindung das zwischen ihnen schuf, sollte ich noch entdecken. Später hörten wir, daß sie nach vielen Monaten aus dem fürchterlichen Tower entlassen und nach Richmond gebracht wurde, wo man sie ihrer Stiefschwester, der Königin, vorführte und von deren Plan unterrichtete, sie mit Philibert Emanuel, dem Herzog von Savoyen, zu vermählen.

»Man will sie aus England vertreiben«, rief mein Vater aus. »Das ist, bei Gott, völlig klar.«
Gewitzt wie immer, schlug die junge Prinzessin die Partie aus. Sie besaß die Verwegenheit, ihrer Stiefschwester zu verstehen zu geben, daß sie nicht heiraten könne. Elisabeth wußte stets, wie weit sie gehen durfte, und irgendwie gelang es ihr, Maria davon zu überzeugen, daß ihr die Ehe mit welchem Mann auch immer zuwider war.
Als sie in der Obhut des der Königin treu ergebenen Sir Henry Bedingfield nach Woodstock geschickt wurde, atmete die Familie Knollys auf, zumal ständig Gerüchte über Marias schlechten Gesundheitszustand aufs Festland drangen.
Es erreichten uns aber auch schlimme Nachrichten über die unerbittliche Verfolgung der Protestanten in England. Cranmer, Ridley und Latimer wurden mit dreihundert anderen Opfern auf dem Scheiterhaufen verbrannt, und man erzählte sich, daß der Rauch der Feuer von Smithfield wie ein schwarzes Leichentuch über London hing.
Wie priesen wir unseres Vaters Weisheit! Wer weiß – wären wir geblieben, so wäre auch uns möglicherweise ein solches Schicksal zuteil geworden.
Es könne nicht so weitergehen, sagte mein Vater. Das Volk habe genug von Tod und Verfolgung. Das ganze Volk sei zum Aufstand gegen die Königin und ihre spanischen Anhänger bereit. Doch dann hörten wir, daß Maria schwanger sei, und wir waren verzweifelt. Ihre Hoffnung – »Gott sei Lob und Dank«, sagte mein Vater – erwies sich jedoch bald als unbegründet. Die arme, kranke Maria! Sie wünschte sich so sehr ein Kind, daß sie alle Anzeichen einer Schwangerschaft bei sich hervorrufen konnte, ohne empfangen zu haben.
Doch wir, die wir so schamlos ihren Tod herbeisehnten, brachten wenig Mitleid mit ihr auf.
Ich erinnere mich noch gut an den nebligen Novembertag, als der Bote mit der Nachricht kam. Auf diesen Tag hatten wir gewartet. Ich war damals siebzehn Jahre alt. Nie zuvor hatte ich meinen Vater so aufgeregt gesehen.
In der Halle rief er aus: »Gepriesen sei dieser Tag! Königin Maria ist tot. Elisabeth ist durch des Volkes Willen zur Königin von England ausgerufen worden. Lang lebe unsere Königin Elisabeth!«
Wir knieten nieder und dankten Gott. Dann machten wir uns eiligst an die Vorbereitungen für unsere Rückkehr.

Ein königlicher Skandal

Man verdächtigt mich,
doch wird man mir nichts nachweisen können.
Dies sagt Elisabeth, eine Gefangene.

Von Elisabeth mit einem Diamanten in eine Fensterscheibe in Woodstock geritzt, bevor sie Königin wurde.

Wir kamen rechtzeitig zu ihrer Krönung zurück. Das war ein Tag! Die Leute jubelten und versicherten sich gegenseitig, daß sie guten Zeiten entgegengingen. Der Geruch nach dem Rauch der Scheiterhaufen von Smithfield schien zwar immer noch in der Luft zu hängen, doch das erhöhte den Freudentaumel eher. Die blutige Maria war tot, und Elisabeth die Gute regierte unser Land.

An jenem Tag im Januar, um zwei Uhr nachmittags, sah ich sie zum Tower ziehen. Sie trug die Prachtrobe der Königin und sah in ihrer mit karmesinrotem Samt ausgeschlagenen Karosse, über die ihre Ritter einen Baldachin hielten, wahrhaft königlich aus. Einer dieser Ritter war Sir John Perrot, ein Mann von stattlicher Leibesfülle, der behauptete, ein unehelicher Sohn Heinrichs VIII. und daher der Bruder der Königin zu sein.

Ich konnte die Augen nicht von ihr abwenden. Sie trug eine karmesinrote Samtrobe, einen Hermelinumhang und eine zum Kleid passende Kappe, unter welcher ihr blondes Haar hervorsah, das in der klirrend kalten Luft rötlich glitzerte. Ihre goldbraunen Augen waren klar, ihr Blick lebhaft, die Haut war von blendender Reinheit. In diesem Augenblick hielt ich sie für schön. Sie war genauso, wie unsere Mutter sie uns geschildert hatte – überwältigend.

Mehr als mittelgroß und sehr schlank, schien sie jünger als sie wirklich war. Damals war sie fünfundzwanzig, und einem Mädchen von siebzehn kam das bereits ziemlich alt vor. Mir fielen ihre Hände auf, denn sie stellte sie bei jeder Gelegenheit zur Schau und lenkte so die Aufmerksamkeit auf sie. Weiß und wohlgeformt waren sie, mit langen, spitzen Fingern. Elisabeths Gesicht war länglich oval, ihre Brauen so hell, daß man sie kaum sah. Ihre Augen waren, wie schon gesagt, goldbraun, doch später fand ich oft, daß sie auch sehr dunkel aussehen konnten. Sie war ein wenig kurzsichtig, und wenn sie angestrengt schaute, machte sie oft den Eindruck, als dringe sie in die Gedanken der Menschen ihrer Umgebung ein, was diese sehr befangen machte. Sie hatte etwas an sich, das ich bereits damals trotz meiner Jugend und der außergewöhnlichen Situation zu bemerken imstande war, und ich beobachtete sie mit schaudernder Erregung.

Doch so überaus anziehend sie auch war – ein anderer nahm meine Aufmerksamkeit noch stärker gefangen: Robert Dudley, ihr Oberstallmeister, der neben ihr ritt. Solch einen Mann hatte ich noch nie gesehen. In dieser Gesellschaft fiel er genauso auf wie die Königin selbst. Er war sehr groß und breitschultrig und hatte das fesselndste Gesicht, das ich je erblickt hatte. Dazu war er imponierend und vornehm, und seine Würde konnte sich mit jener der Königin durchaus messen. Sein Gesichtsausdruck war in keiner Weise hochmütig, sondern ernst, und er wirkte auf eine zurückhaltende Art äußerst vertrauenerweckend.

Meine neugierigen Blicke wanderten zwischen ihm und der jungen Königin hin und her.

Ich bemerkte, daß die Königin immer wieder anhielt, um mit den einfachsten Leuten zu sprechen, lächelnd und aufmerksam ihnen zugewandt, auch wenn es nur kurz sein konnte. Ich erfuhr beizeiten, daß es ihr Grundsatz war, niemals das Volk zu kränken. Ihre Höflinge bekamen ihren Unwillen oft heftig zu spüren, doch für das Volk war sie stets die wohlwollende Königin. Riefen die Leute: »Gott schütze Euer Gnaden!«, so antwortete sie: »Gott schütze euch alle!«, um ihnen zu verstehen zu geben, daß ihr das Wohl des Volkes ebenso am Herzen lag wie dem Volk das ihre. Man reichte ihr Blumensträuße, und war der Spender auch noch so ärmlich, sie nahm sie huldvoll entgegen, als handle es sich um kostbare Gaben. Man erzählte sich, daß ein Bettler ihr auf der Fleet-Brücke einen Rosmarinzweig übergeben hatte und daß dieser immer noch in ihrer Karosse lag, als sie in Westminster eintraf.

Wir fuhren mit im Festzug – immerhin waren wir ja mit der Königin verwandt –, und so sahen wir das Schaugepränge in Cornhill und Chepe, wo alles mit fröhlichen Fahnen und Wimpeln geschmückt war, die zu jedem Fenster heraushingen.

Am nächsten Tag waren wir bei ihrer Krönung zugegen; wir sahen sie auf dem purpurroten Tuch, das für sie ausgebreitet worden war, in die Abtei schreiten.

Ich war viel zu verwirrt, um der Zeremonie aufmerksam zu folgen, aber Elisabeth sah schön aus, als man ihr zuerst die schwere St.-Edward-Krone und danach die kleinere aus Perlen und Diamanten aufs Haupt setzte. Pfeifen, Trommeln und Trompeten erschallten, als Elisabeth zur Königin von England gekrönt wurde.

»Jetzt wird sich unser Leben verändern«, sagte mein Vater. Und er hatte recht.

Es dauerte nicht lange, bis die Königin ihn kommen ließ. Nach der Audienz kam er voller Begeisterung und Hoffnung zu uns zurück.

»Sie ist wunderbar«, erzählte er. »Sie ist eine Königin, wie sie sein soll. Das Volk verehrt sie, und sie ist dem Volk sehr zugetan. Ich danke Gott, daß er mich ausersehen hat, einer solchen Königin dienen zu dürfen, und so will ich ihr mein Leben zu Füßen legen.«

Sie berief ihn in ihren Rat und gab zu verstehen, daß sie sich ihre liebe Cousine Catherine – meine Mutter – als Kammerfrau wünsche.

Wir Mädchen waren außer uns vor Freude. Das bedeutete, daß auch wir endlich bei Hofe empfangen würden. Die ganzen Musikstunden – Madrigale, Laute und Harfe –, die ganze Tanzerei mit Verbeugungen und Knicksen, alles, was wir über uns hatten ergehen lassen, um uns graziös benehmen zu können, war schließlich der Mühe wert gewesen. Wir plauderten endlos; nachts lagen wir wach und redeten über unsere Zukunft. Wir konnten nicht schlafen, so aufgeregt waren wir. Es war fast, als hätte ich eine Vorahnung gehabt, daß ich nun meinem Schicksal entgegenging, so sehr war ich von wilder Erregung besessen.

Die Königin äußerte den Wunsch, uns zu sehen – nicht alle zusammen, sondern einzeln.

»Ihr werdet alle eine Stellung bekommen«, meinte meine Mutter frohlockend. »Und es werden sich euch wahrlich Gelegenheiten bieten.«

Eine »Gelegenheit« bedeutete eine gute Heirat, ein Thema, das unsere Eltern während unseres Exils außerordentlich beschäftigt hatte.

Und dann kam der Tag, an dem ich Ihrer Majestät vorgestellt werden sollte. Bis zum heutigen Tage kann ich mich lebhaft an jede Einzelheit des Kleides, das ich trug, erinnern. Es war aus tiefblauer Seide, reich verziert, mit einem weiten, glockenförmigen Rock, geschlitzten Ärmeln und einem enganliegenden Mieder. Und meine Mutter gab mir einen Gürtel, dem sie wahre Wunderdinge zuschrieb und den ich um die Taille tragen sollte. Er war mit kleinen kostbaren Steinen in verschiedenen Farben besetzt, und meine Mutter sagte, er würde mir Glück bringen. Bald danach fand ich, daß sie recht hatte. Ich hätte mein Haar gern unbedeckt gelassen, denn ich war offen gestanden besonders stolz darauf – doch meine Mutter meinte, daß eine der französischen Hauben, wie sie neuerdings Mode waren, passender sei. Ich lehnte mich ein wenig dagegen auf, denn der herabfließende Schleier verbarg mein Haar; doch diesmal mußte ich nachgeben, da meine Mutter sehr besorgt war, ob ich auch einen guten Eindruck auf die Königin machte. Sie betonte, daß ich, falls ich das Mißfallen der Königin erregte, nicht nur mein Glück, sondern auch das der anderen zunichte machen könnte.

Was mich bei dieser ersten Begegnung am stärksten betroffen machte, war die Hoheit, die Elisabeth ausstrahlte, und in diesem Augenblick – wenn es auch keine von uns wußte – verband sich unser beider Leben. Sie sollte eine wichtigere Rolle in meinem Leben spielen als irgend jemand sonst – ausgenommen vielleicht Robert –, und meine Rolle in ihrem Leben war ungeachtet der folgenschweren Ereignisse unter ihrer Regierung auch nicht unbedeutend.

Wenngleich ich mir den Anschein von Weltläufigkeit zu geben trachtete, war ich zur damaligen Zeit zweifelsohne ein wenig naiv. Während der in Deutschland verbrachten Jahre war ich nicht viel klüger geworden. Dennoch erkannte ich sogleich, daß Elisabeth eine Eigenart besaß, die ich bisher an keinem anderen Menschen entdeckt hatte. Ich wußte: Was sie mit ihren fünfundzwanzig Jahren an Entsetzlichem erlebt hatte, wäre genug gewesen, um die meisten Menschen endgültig zu zerbrechen. Sie hatte als Gefangene im Londoner Tower wahrhaft im Schatten des Todes gelebt, als ihr täglich der Tod von Henkershand drohte. Noch nicht ganz drei Jahre alt war sie gewesen, als ihre Mutter hingerichtet wurde. Ob sie sich daran erinnern konnte? Etwas in diesen großen goldbraunen Augen ließ vermuten, daß sie sich durchaus entsann, daß sie schnell lernte und alles, was sie lernte, behielt. Sie war offenkundig frühreif gewesen – eine Gelehrte in der Kinderstube. O ja, sie erinnerte sich! Vielleicht hatte sie deshalb der Tod, der ihr während der vergangenen gefahrvollen Jahre so dicht auf den Fersen gewesen war, nie einholen können. Sie war hoheitsvoll – obwohl erst seit so kurzer Zeit Königin –, und doch genügte eine Minute in ihrer Gesellschaft, um zu erkennen, daß sie ihre Königswürde mit einer Selbstverständlichkeit trug, als habe sie sich ihr Leben lang darauf vorbereitet – was sie möglicherweise auch getan hatte. Sie war sehr schlank und hielt sich kerzengerade; sie hatte die helle Haut ihres Vaters geerbt. Ihre schöne Mutter hatte dunkles Haar und olivfarbene Haut gehabt. Ich, nicht Elisabeth, hatte die dunklen Augen geerbt, die, wie man sagte, auch denen meiner Großmutter Maria Boleyn glichen, doch mein Haar – üppig und gelockt – hatte die Farbe von lichtem Honig. Es wäre töricht, leugnen zu wollen, daß die dunklen Augen zum hellen Haar ungemein anziehend waren, und ich hatte das rasch erkannt. Nach den Boleyn-Portraits zu urteilen, die ich gesehen habe, hatte Elisabeth nichts von ihrer Mutter geerbt, ausgenommen vielleicht jenen schwer zu beschreibenden Zauber, den ihre Mutter, dessen war ich sicher, besessen haben mußte, und mit dem sie den König so behext hatte, daß er sich ihretwegen seiner spanischen Gemahlin von königlichem Blut entledigte und sogar mit Rom entzweite.

Elisabeths Haar glich einem goldenen, rötlich schimmernden Heiligenschein. Ich hatte gehört, ihr Vater habe eine magnetische Kraft besessen, dank der sich die Menschen trotz seiner Grausamkeit zu ihm hingezogen fühlten; und Elisabeth besaß diese Kraft ebenfalls, doch war sie bei ihr mit weiblichem Zauber gepaart, den sie von ihrer Mutter haben mußte.

In diesen ersten Augenblicken erkannte ich, daß sie genauso war, wie ich sie mir vorgestellt hatte, und ich spürte sofort, daß sie Gefallen an mir fand. Wegen meiner ungewöhnlich zarten Farben und meiner Munterkeit galt ich stets als die Schönheit unserer Familie, und nun hatte mein gutes Aussehen sogar die Königin gefesselt.

»Du hast viel von deiner Großmutter«, hatte meine Mutter einmal gesagt. »Du wirst auf der Hut sein müssen.«

Ich wußte, wie sie das meinte. Die Männer würden mich anziehend finden, wie sie auch Mary Boleyn anziehend gefunden hatten, und ich sollte auf der Hut sein, damit ich keine Gunst gewährte, die mir zum Unglück ausschlagen konnte. Diese Vorstellung ergötzte mich, und dies war auch ein Grund, weshalb ich so froh darüber war, daß ich bei Hofe vorgestellt wurde.

Die Königin saß auf einem hohen geschnitzten Stuhl wie auf einem Thron, und meine Mutter führte mich ihr zu.
»Eure Majestät, meine Tochter Letitia. In unserer Familie nennen wir sie Lettice.«
Ich machte einen tiefen Hofknicks und hielt dabei die Augen gesenkt, wie man es mich als schicklich gelehrt hatte, um auszudrücken, daß ich den Blick angesichts des blendenden königlichen Glanzes nicht zu erheben wagte.
»Dann werde ich sie auch so nennen«, sagte die Königin. »Lettice, steh auf und komm näher, damit ich dich besser sehen kann!«
Wegen ihrer Kurzsichtigkeit wirkten ihre Pupillen sehr groß. Ich staunte über die Weiße und Zartheit ihrer Haut; die hellen Brauen und Wimpern gaben ihrem Blick etwas Überraschtes.
»Nun, Cat«, sagte sie zu meiner Mutter – denn sie hatte die Gewohnheit, allen Leuten Spitznamen zu geben, und da meine Mutter Catherine hieß, lag es nahe, sie Cat zu nennen –, »du hast aber eine hübsche Tochter.«
Damals fand sie Gefallen an meinem Äußeren. Sie hatte für Schönheit stets viel übrig – besonders natürlich bei Männern, doch sie mochte auch hübsche Frauen ... bis der Mann, in den sie verliebt war, diese ebenfalls bewunderte.
»Vielen Dank, Majestät.«
Die Königin lachte. »Du bist eine fruchtbare Frau, Cousine«, sagte sie. »Sieben Söhne und vier Töchter, nicht wahr? Ich liebe große Familien. Komm, Lettice, gib mir deine Hand. Wir sind doch Cousinen. Wie gefällt dir England, nun, da du wieder zurück bist?«
»England ist wundervoll, seit Eure Majestät seine Königin sind.«
»Ha!« lachte sie. »Ich sehe, ihr habt sie richtig erzogen. Ich möchte schwören, das war Francis.«
»Francis hat sich stets um seine Söhne und Töchter gekümmert, als wir fern der Heimat waren«, sagte meine Mutter. »Wenn Eure Majestät sich in Gefahr befanden, so war er verzweifelt ... und wir alle mit ihm.«
Elisabeth nickte ernsthaft. »Nun, ihr seid ja wieder daheim, und es soll euch gutgehen. Du wirst Ehemänner für deine Mädchen suchen müssen, Cat. Wenn alle deine Töchter so hübsch sind wie Lettice, dürfte das nicht schwierig sein.«
»Es ist ja solch eine Freude, wieder zu Hause zu sein, Madam«, sagte

meine Mutter. »Ich glaube sicher, daß Francis und ich eine Weile an nichts anderes denken werden.«
»Wir wollen sehen, was sich machen läßt«, sagte die Königin und ließ ihre Augen auf mir ruhen. »Deine Lettice hat aber nicht gerade viel zu sagen«, bemerkte sie.
»Ich glaubte, es gezieme sich, zu warten, bis Eure Majestät mir zu sprechen gestatteten«, sagte ich schnell.
»Du kannst also doch reden. Das freut mich. Ich habe Menschen, die sich nicht bemerkbar zu machen wissen, noch nie leiden können. Ein gefälliger Schurke ist amüsanter als ein schweigender Heiliger. Was willst du mir über dich berichten?«
»Ich möchte sagen, ich teile die Freude meiner Eltern, hier zu sein und meine königliche Verwandte an dem Platz zu sehen, an den sie, wie wir stets unerschütterlich glaubten, gehört.«
»Das ist wohlgesprochen. Ich sehe, du hast sie gelehrt, ihre Zunge zu gebrauchen, Cousine.«
»Das habe ich mir selbst beigebracht, Madam«, gab ich rasch zurück.
Meine Mutter erschrak über meine Verwegenheit, doch daran, wie die Königin die Lippen verzog, zeigte sich, daß sie keineswegs ungehalten war.
»Was hast du dir sonst noch beigebracht?« fragte sie.
»Zuzuhören, wenn ich nicht imstande war, an einem Gespräch teilzunehmen, mich aber mitten hineinzustürzen, wenn ich konnte.«
Die Königin lachte. »Dann hast du dir viel Klugheit angeeignet. Die wirst du brauchen, wenn du an den Hof kommst. Viele schwätzen über die Kunst des Zuhörens, ohne sie je zu erlernen, aber wer sie beherrscht, zählt zu den weisen Männern und Frauen. Und du ... erst siebzehn, nicht wahr? ... verstehst dich bereits darauf. Komm, setz dich neben mich! Ich möchte mich eine Weile mit dir unterhalten.«
Meine Mutter blickte hocherfreut, doch gleichzeitig warnten mich ihre Augen, ich möge mir diesen anfänglichen Erfolg nicht zu Kopfe steigen lassen. Sie hatte recht; ich konnte sehr impulsiv sein. Ein Gefühl warnte mich: Die Stimmung der Königin konnte gewiß plötzlich umschlagen.
Ich erhielt keine Gelegenheit, länger auf diesem gefährlichen Boden zu wandeln, denn in diesem Augenblick wurde die Tür ohne jedes Zeremoniell geöffnet, und ein Mann kam herein. Meine Mutter wirkte bestürzt und mir wurde klar, daß er durch sein unangekündigtes Ein-

dringen gegen eine strenge Regel höfischer Etikette verstoßen haben mußte.

Er war anders als alle Männer, die ich je gesehen hatte. Ich wurde mir sofort der ungewöhnlichen Wirkung bewußt, die von ihm ausging. Ihn als Mann von stattlichem Äußeren zu beschreiben – der er zweifellos war –, besagt zu wenig. Stattliche Männer gibt es viele, doch nie sah ich einen, der diese eigentümliche Ausstrahlung besaß. Er war mir bereits zuvor bei der Krönung aufgefallen. Man könnte annehmen, daß es die Liebe war, die mir Robert Dudley in solchem Licht erscheinen ließ; möglicherweise hat er mich verwirrt und bezaubert wie so viele Frauen – sogar Elisabeth –, doch habe ich ihn nicht immer geliebt, und wenn ich weit zurückdenke und mich dessen erinnere, was in unseren letzten gemeinsamen Tagen geschah, so schaudere ich noch heute. Ob man Robert Dudley aber liebte oder haßte, man mußte ihm diese besondere Ausstrahlung zugestehen, dieses Charisma, das als besondere Begnadigung erklärt wird, und mir fällt kein treffenderer Ausdruck ein, um ihn zu beschreiben. Er wurde mit dieser Begnadigung geboren, und er war sich dessen wohl bewußt.

Zunächst einmal war er so hochgewachsen wie kein anderer Mann, den ich je gesehen hatte, und Macht ging von ihm aus. Ich glaube, daß es in erster Linie Macht ist, welche einen Mann anziehend erscheinen läßt. Das galt jedenfalls für mich ... bis ich älter wurde. Wenn ich mit meinen Schwestern über Liebhaber sprach – was ich häufig tat, da ich wußte, daß diese in meinem Leben eine große Rolle spielen würden –, so sagte ich, mein Liebhaber müsse ein Mann sein, der über andere zu gebieten habe; er werde reich sein, und andere würden seinen Zorn fürchten – alle, außer mir. Er aber werde den meinen fürchten. Heute weiß ich, daß die Beschreibung des Liebhabers, den ich mir wünschte, eine Beschreibung meiner selbst war. Ich war immer ehrgeizig, doch ich strebte nicht nach weltlicher Macht. Nie habe ich Elisabeth um ihre Krone beneidet, und wenn die Rivalität zwischen uns am heftigsten war, dann war ich froh, daß *sie* die Krone trug, konnte ich doch so beweisen, daß ich auch ohne diese Macht über sie triumphierte. Ich wollte, daß sich alle Aufmerksamkeit auf mich konzentrierte. Ich wollte für die, welche mir gefielen, unwiderstehlich sein. In dieser Zeit fing ich an zu begreifen, daß ich eine Frau von starker Sinnlichkeit war, und daß mein Verlangen unbedingt befriedigt werden mußte.

Robert Dudley war also der bei weitem anziehendste Mann, der mir je begegnet war. Er war von sehr dunkler Hautfarbe, sein dichtes Haar war fast schwarz, seine dunklen, lebhaften Augen schienen alles wahrzunehmen, seine Nase war leicht gebogen; er hatte eine athletische Figur, und seine Haltung war die eines Königs in Gegenwart einer Königin.

Ich spürte, wie sich Elisabeth veränderte, als er eintrat. Ihre blasse Haut war mit einem rosigen Schimmer überzogen.

»Ihr seid es, Rob«, sagte sie, »das hätten wir uns ja denken können. Ihr kommt also einfach unangemeldet zu uns herein.« Die Zärtlichkeit in ihrer Stimme strafte den Tadel in ihren Worten Lügen, und es war klar, daß ihr die Unterbrechung keineswegs unwillkommen war; ebenso klar war es, daß Elisabeth meine Mutter und mich vergessen hatte.

Sie streckte ihre schöne weiße Hand aus. Er verneigte sich, während er sie ergriff und küßte und hielt sie fest, während seine Augen Elisabeths Gesicht suchten. So wie sie sich anlächelten, hätte ich schwören können, sie seien ein Liebespaar.

»Verehrte Lady«, sagte er, »ich habe mich beeilt, zu Euch zu kommen.«

»Irgendein Unglück?« gab sie zurück. »Kommt, erzählt es mir!«

»Nein«, erwiderte er, »es war nur der Wunsch, Euch zu sehen, der keinen Aufschub duldete.«

Meine Mutter legte mir die Hand auf die Schulter und schob mich in Richtung der Tür. Ich blickte zur Königin hin in der Meinung, ich müsse ihre Erlaubnis abwarten, mich zurückzuziehen.

Kopfschüttelnd wies meine Mutter zur Tür. Wir gingen zusammen hinaus. Die Königin hatte uns vergessen und Robert Dudley natürlich auch.

Als sich die Tür hinter uns geschlossen hatte, sagte meine Mutter: »Es heißt, sie würden heiraten, wenn er nicht bereits eine Frau hätte.«

Ich mußte ständig an die beiden denken. Ich konnte den stattlichen, vornehmen Robert Dudley nicht vergessen. Wie er die Königin angesehen hatte! Es ärgerte mich, daß er mich nicht eines einzigen Blickes gewürdigt hatte, und ich war überzeugt, hätte er es getan, so hätte ich ihn zu einem zweiten Blick veranlaßt. Ich sah ihn ständig vor mir mit seiner weißen, gestärkten Halskrause, den gepolsterten Hüften, seinem Wams, den verzierten Kniehosen und dem Diamanten in einem Ohr. Ich dachte an die vollendet geformten Schenkel in den enganliegenden Hosen; weil seine Beine vollkommen ebenmäßig waren, trug er keine

Strumpfbänder; er konnte auf Beiwerk verzichten, das für weniger wohlgestaltete Männer unerläßlich war.
Die Erinnerung an diese erste Begegnung blieb in meinem Gedächtnis haften als ein Ereignis, das es zu rächen galt, weil bei dieser Gelegenheit, als das Dreieck entstand, keiner von ihnen einen Gedanken an Lettice Knollys verschwendet hatte, die kurz zuvor von ihrer Mutter in aller Demut der Königin vorgestellt worden war.

Das war der Anfang. Danach war ich oft bei Hofe. Die Königin empfand eine starke Zuneigung zur Familie ihrer Mutter, wenn auch der Name Anna Boleyn kaum erwähnt wurde. Das war für Elisabeth charakteristisch. Es gab gewiß eine Menge Leute im Lande, die ihre Legitimität bezweifelten. Natürlich würde niemand es auszusprechen wagen, riskierte er doch damit die Todesstrafe, doch sie war viel zu klug, um sich nicht der Tatsache bewußt zu sein, daß dergleichen in den Köpfen mancher Leute herumspukte. Fiel auch Anna Boleyns Name nur selten, so lenkte die Königin dagegen ständig die Aufmerksamkeit auf ihre Ähnlichkeit mit ihrem Vater Heinrich VIII., und sie unterstrich die Gemeinsamkeiten, wann immer es möglich war. Da sie ihm zweifellos glich, war dies nicht schwierig. Gleichzeitig aber war sie stets bereit, die Verwandtschaft ihrer Mutter zu begünstigen, als wolle sie auf diese Weise jener Bedauernswerten Abbitte leisten. So wurden meine Schwester Cecilia und ich Ehrenjungfrauen der Königin, und innerhalb weniger Wochen waren wir zu Hofdamen aufgerückt. Anne und Catharine waren noch zu jung, aber zu gegebener Zeit sollten auch sie an die Reihe kommen.
Das Leben war höchst aufregend. Während all der trüben Jahre in Deutschland hatten wir davon geträumt, und ich war jetzt genau im richtigen Alter, um Vergnügen daran zu finden.
Der Hof war der Mittelpunkt des Landes: ein Magnet, der die Reichen und Ehrgeizigen anzog. Sämtliche großen Familien des Landes suchten die Nähe der Königin, und jede wetteiferte mit der anderen in Glanz und Pracht. Im Grunde ihres Herzens liebte Elisabeth Prunk und Verschwendung – solange sie nichts dafür zu bezahlen brauchte. Sie hatte Gefallen an Festspielen, Fröhlichkeit, Bällen und Banketten, doch fiel mir auf, daß sie beim Essen und Trinken Enthaltsamkeit übte. Sie liebte Musik und war eine unermüdliche Tänzerin, und obgleich sie vorwiegend mit Robert Dudley tanzte, fand sie an jedem hübschen jungen

Mann, der ein guter Tänzer war, flüchtig Gefallen. Am meisten fesselte mich ihr Charakter, der so widersprüchliche Züge aufwies. Wenn man sie in einem reichverzierten, glitzernden Gewand mit Robert Dudley tanzen – und oftmals kokettieren – sah, so daß man dem knisternden Vorspiel zu einem amourösen Höhepunkt beizuwohnen glaubte, gewann man den Eindruck, ein solcher Leichtsinn müsse sich nachteilig auf die Zukunft einer Königin auswirken. Dann aber konnte sie sich ganz plötzlich verändern, konnte herb und ernst sein und auf ihre Autorität pochen, und selbst so hochstehenden Männern wie William Cecil zeigte sie dann, daß sie es war, welche die Lage beherrschte und daß ihr Wille zu geschehen hatte. Da man nie genau wußte, wann ihre heitere Stimmung vorüber war, mußte jedermann Vorsicht walten lassen. Robert Dudley war der einzige, welcher die Grenze überschritt, doch öfter als einmal sah ich sie ihm einen spielerischen Klaps auf die Wange geben, vertraulich und liebevoll, aber doch gleichzeitig als Mahnung, daß sie die Königin war und er ihr Untertan. Dann sah ich Robert die strafende Hand ergreifen und küssen, und damit besänftigte er Elisabeth. Er war damals überaus selbstsicher.
Sehr bald merkte ich, daß sie Zuneigung zu mir gefaßt hatte. Ich tanzte ebensogut wie sie, obgleich niemand gewagt hätte, dies zuzugeben. Am Hofe tanzte niemand so gut wie die Königin; keine Frau trug ein so entzückendes Kleid wie die Königin; keine konnte ihre Schönheit mit Elisabeth vergleichen: Sie war in allen Dingen die Erste. Dennoch wußte ich recht gut, daß ich als eine der schönsten Frauen bei Hofe galt; die Königin hatte nichts dagegen und nannte mich »Cousine«. Ich besaß auch Verstand und maß ihn vorsichtig mit dem der Königin, was ihr keineswegs mißfiel. Sie entdeckte, daß sie ihre Verwandten aus der Familie Boleyn sowohl zu ihrem eigenen Vergnügen wie aus Pflichtgefühl ihrer verstorbenen Mutter gegenüber verwöhnen konnte, und sie wollte mich häufig in ihrer Nähe haben. In dieser ersten Zeit lachten wir, die wir uns in den folgenden Jahren mit soviel Bitterkeit und Haß begegnen sollten, oft miteinander, und Elisabeth zeigte deutlich, daß sie gern mit mir zusammen war. Doch weder mir noch irgendeiner anderen ihrer hübschen Hofdamen war es erlaubt, zugegen zu sein, wenn sie sich mit Robert in ihren privaten Gemächern aufhielt. Gerade weil man ihr ständig beteuerte, wie überaus schön sie sei – so dachte ich oft –, muß sie unsicher gewesen sein, ob man ihr auch die Wahrheit sagte. Wie stünde es wohl um ihre Anziehungskraft, wenn sie die

Königswürde nicht besäße?, fragte ich mich. Doch es war unmöglich, sich das vorzustellen, denn die Königswürde gehörte untrennbar zu ihr. Ich betrachtete oft meine langen Wimpern, meine dichten Brauen, meine strahlenden dunklen Augen und mein schmales Gesicht unter dem üppigen honigfarbenen Haar, und innerlich jauchzend verglich ich mein Antlitz mit ihrem, das so farblos war mit seinen kaum sichtbaren Wimpern und Brauen, der mächtigen Nase, der hellen Haut, deren Weiße fast kränklich wirkte. Ich wußte, daß jeder unvoreingenommene Betrachter zugeben würde, daß ich die Schönheit war. Die Königswürde jedoch besaß sie, und damit das Bewußtsein, daß sie die Sonne war und wir übrigen nur die Planeten, die sie umkreisten und von ihr das Licht erhielten. Bevor sie Königin wurde, war sie von zarter Gesundheit gewesen. Während ihrer so vielen Gefährdungen ausgesetzten Jugend hatte sie mancherlei Krankheiten durchgemacht, wobei sie, wie wir gehört hatten, dem Tode oft sehr nahe gewesen war. Nun, als Königin, schien ihre Anfälligkeit verschwunden; das waren nur die Wachstumsschmerzen der Königswürde gewesen; doch selbst jetzt, nachdem sie alles überwunden hatte, wies die Blässe ihrer Haut noch den Anschein von Kränklichkeit auf. Wenn sie ihr Gesicht schminkte, was sie ausgesprochen gern tat, sah sie nicht mehr so zerbrechlich aus; die Königswürde aber blieb ihr in jedem Falle, und dies war etwas, mit dem keine Frau sich messen konnte.

Mit mir sprach sie freimütiger als mit den meisten anderen ihrer Damen. Ich glaube, das hatte ich unserer familiären Beziehung zu verdanken. Sie liebte Kleider über alles, und wir plauderten oft auf höchst leichtfertige Art darüber. Sie besaß so viele Kleider, daß selbst die Garderobenverwalterin die genaue Anzahl nicht kannte. Elisabeth hatte eine schlanke Figur, und die damalige Mode, die so unvorteilhaft für mollige Frauen war, stand ihr hervorragend zu Gesicht. Sie erduldete die enge Schnürung und die unbequemen Fischbeinstäbchen, die wir tragen mußten, um die Blicke auf die zierliche Taille zu lenken; ihre Hals- und Ärmelkrausen waren aus Gold- und Silberspitze und häufig mit prächtigen Edelsteinen besetzt. Und schon damals trug sie zuweilen sogenannte fremde Federn, falsche Haarteile, um ihren rotgoldenen Locken zusätzliche Fülle zu verleihen.

Ich beschreibe hier die Tage vor dem Amy-Robsart-Skandal. Elisabeth war danach nie wieder ganz so offenherzig, nie wieder ganz so sorglos. Trotz ihres unaufhörlichen Verlangens nach Bestätigung ihrer Vollkommenheit war sie stets bereit, aus Erfahrungen zu lernen. Dies war ein weiterer widersprüchlicher Zug ihres vielschichtigen Charakters. Sie hat nie wieder so offen mit jemandem geplaudert, wie sie es mit mir vor der Tragödie tat.

Ich glaube, damals hätte sie Robert vielleicht wirklich geheiratet, wenn er frei gewesen wäre, doch gleichzeitig spürte ich, daß sie über diese Bindung, die eine Ehe mit Robert unmöglich machte, nicht allzu unglücklich war. Ich war zu jener Zeit zu naiv, um den Grund zu erkennen und dachte, sie freue sich, daß er mit Amy Robsart verheiratet war, weil ihn diese Ehe vor einer Verbindung mit Lady Jane Grey gerettet hatte. Aber diese Erklärung war zu einfach. Ich würde noch eine Menge über diesen ungewöhnlichen Geist zu lernen haben.

Sie sprach mit mir über ihn. Heute muß ich lächeln, wenn ich mir diese Unterhaltungen ins Gedächtnis zurückrufe. Auch sie konnte nicht in die Zukunft blicken, trotz all ihrer Macht. Er war ihr »süßer Robin«. Sie nannte ihn zärtlich ihren »Augapfel«, denn er wachte stets über ihr Wohlergehen, wie sie zu mir sagte. Es machte ihr Spaß, den schönen Männern in ihrer Umgebung Spitznamen zu geben. Keiner aber war mit ihrem »Augapfel« zu vergleichen. Wir alle glaubten fest, daß sie ihn geheiratet hätte, wäre er nicht schon gebunden gewesen. Doch als dies Hindernis beseitigt war, da war sie doch zu schlau, um in die Falle zu gehen. Nur wenige Frauen wären so klug gewesen. »Und ich?« fragte ich mich. Ich bezweifelte es.

»Wir waren zusammen im Tower«, erzählte sie mir einmal, »ich wegen des Aufstands von Wyatt, Rob wegen der Sache mit Jane Grey. Der arme Rob, er hat immer gesagt, daß er sich nicht viel daraus mache, und daß er alles dafür gäbe, mich auf den Thron zu bringen.« Sie bekam einen ganz sanften Blick, der ihr Gesicht völlig veränderte. Der falkengleiche Ausdruck verschwand völlig, und plötzlich war sie sehr weich und weiblich. Aber weiblich war sie eigentlich immer, selbst dann, wenn sie die Strenge der Majestät hervorkehrte. Ich habe stets geglaubt, daß dies ihre Stärke war, der wahre Grund, weshalb Männer bereit waren, ihre ganze Kraft in den Dienst der Königin zu stellen. Eine Frau zu sein – das war ein Teil von Elisabeths Begabung. Doch diesen gewissen Blick hatte sie für keinen anderen, nur für Robert. Er war die größte Liebe ihres Lebens – nach der Krone natürlich.

»Sein Bruder Guildford hat Jane geheiratet«, fuhr sie fort. »Dafür hatte der schlaue Fuchs Northumberland gesorgt. Es hätte genausogut Rob

sein können – denk doch nur! Aber das Schicksal hatte ihn mit einer anderen vermählt, so daß er nicht verfügbar war, und war es auch eine Mesalliance, so muß er doch dankbar dafür sein. Wir waren also im Tower. Der Graf von Sussex kam zu mir. Ich erinnere mich noch ganz genau. Das ist doch verständlich, nicht wahr, Cousine Lettice, wenn man ständig damit rechnen muß, daß einem über kurz oder lang der Kopf abgeschlagen wird. Ich war entschlossen, daß dies bei mir nicht durch das Beil geschehen sollte. Ich wollte ein Schwert aus Frankreich.«
Ihr Gesichtsausdruck wurde auf einmal abwesend, und ich wußte, daß sie an ihre Mutter dachte. »Aber eigentlich hatte ich gar nicht die Absicht, zu sterben. Ich entschied, daß es nicht so weit kommen dürfe, und hielt ihnen allen stand. Eine Stimme in meinem Inneren sagte: ›Hab Geduld. In ein paar Jahren sieht alles anders aus.‹ Ja, ich schwöre, ich wußte, daß dies alles vorübergehen würde.«
»Was Ihr hörtet, das waren die Gebete der Untertanen Eurer Majestät«, sagte ich.
Schmeicheleien durchschaute sie nie, oder vielleicht tat sie es doch, liebte sie aber so sehr, daß sie diese gierig verschlang wie ein Gourmand, der zwar weiß, daß ihm eine Speise schlecht bekommt, aber der Versuchung nicht widerstehen kann.
»Vielleicht war es so. Aber als man mich zum Traitor's Gate brachte, da blieb mir für einen Augenblick – aber wirklich nur einen Augenblick lang – das Herz stehen. Und als ich hinabstieg und im Wasser stand, weil die Dummköpfe die Flut falsch berechnet hatten, da rief ich aus: ›Als Gefangene komme ich her, ein guter Staatsbürger wie jeder andere, der je diese Stufen betrat. Vor Dir, o Gott, beteuere ich dies, habe ich doch keinen anderen Freund mehr als Dich allein.‹«
»Ich weiß, Eure Majestät«, bestätigte ich ihr. »Eure tapferen Worte sind bekannt. Tapfer und klug waren sie, denn der Herr wurde dadurch angespornt zu beweisen, daß er ein so guter Verbündeter war wie alle Eure Feinde zusammengenommen.«
Sie sah mich an und lachte. »Du amüsierst mich, Cousine«, sagte sie. »Du mußt bei mir bleiben.«
Dann erzählte sie weiter: »Alles war so abenteuerlich, wie alles, was mit Rob zu tun hat. Er schloß Freundschaft mit dem Sohn des Wärters, der ihn bewunderte. Selbst kleine Jungen können Robins Charme nicht widerstehen. Der Junge brachte ihm Blumen, und Robin schickte sie mir ... mit Hilfe des Kindes ... und sie bargen einen Brief für mich. So

erfuhr ich, daß auch er sich im Tower befand und in welchem Teil. Er war schon immer unglaublich verwegen. Er hätte uns geradewegs auf den Richtblock bringen können, aber schließlich waren wir ja bereits halbwegs dort, wie er sagte, als ich ihm das einmal vorhielt. Und er hat nie mit einem Fehlschlag gerechnet – eine Eigenschaft, die uns gemeinsam ist. Als man mir erlaubte, mir innerhalb der Ummauerung des Tower ein wenig Bewegung an der frischen Luft zu machen, kam ich an Roberts Zelle vorbei. Die Gefängniswärter hüteten sich, zu grob zu mir zu sein. Wie klug von ihnen! Es bestand ja die Möglichkeit, daß ich mich daran erinnern würde ... eines Tages. Und so kam es ja auch. Ich aber entdeckte Robin, sah ihn durch die Fenstergitter, und diese Begegnung versüßte uns beiden den Gefängnisaufenthalt.«

Hatte sie einmal angefangen, von Robert zu reden, so konnte sie nur schwer ein Ende finden.

»Er ist als erster zu mir gekommen, Lettice«, fuhr sie fort. »Das war recht und schicklich. Die Königin, meine Schwester, war todkrank. Arme Maria, ich war mit meinem Herzen bei ihr. Ich war ihr stets ein guter und getreuer Untertan, wie es sich für alle gegenüber ihrem Herrscher geziemt. Aber das Volk empfand Widerwillen gegen das, was sich während ihrer Regierungszeit ereignet hatte. Es wünschte ein Ende der Glaubensverfolgung. Es wünschte sich eine protestantische Königin.«

Ihre Augen waren leicht verschleiert. Ja, dachte ich, so war es, meine Königin. Und wenn das Volk eine katholische Königin gewollt hätte, ob Ihr wohl gefolgt hättet? Ich zweifelte nicht an der Antwort. Sie machte sich nicht viel aus ihrem Glauben, und das war vielleicht gut so; die verstorbene Königin hatte sich ihrem Glauben so sehr unterworfen, daß sie sich die Gunst des Volkes verscherzte und man über ihren Tod jubelte.

»Eine Königin muß im Namen des Volkes regieren«, sagte Elisabeth. »Diese Wahrheit ist mir gottlob bewußt. Als meine Schwester dem Tode nahe war, da stand links und rechts der Straße nach Hatfield die Menge, die Elisabeth huldigen wollte – Elisabeth, deren Namen noch kurz zuvor nur wenige auszusprechen wagten. Robert aber hat immer zu mir gehalten, und es war nur anständig und schicklich, daß er als erster zu mir kam. So stand er vor mir, soeben aus Frankreich angekommen. Er wäre gern schon eher bei mir gewesen, sagte er, aber dadurch hätte er mich in Gefahr gebracht. Und er hatte Gold bei sich ...

ein Beweis, daß er mir zur Seite sein und Geld aufbringen wollte, um mich zu unterstützen, falls es notwendig gewesen wäre, für meine Rechte zu kämpfen ... und das hätte er auch getan.«

»Seine Loyalität gereicht ihm zur Ehre«, sagte ich und fügte schalkhaft hinzu: »Und brachte ihm viele Vorteile ein. Wurde er doch nicht weniger als Eurer Majestät Oberstallmeister.«

»Er kann mit Pferden umgehen, Lettice.«

»Und mit Frauen, Majestät.«

Ich war zu weit gegangen. Ich erkannte es sogleich.

»Warum sagst du das?« wollte sie wissen.

»Ein Mann von solch hervorragenden Fähigkeiten, von solchem Aussehen und solcher Gestalt muß einfach jedes weibliche Wesen bezaubern, Madam, sei es zwei- oder vierbeinig.«

Sie war mißtrauisch geworden, und wenn sie auch meine Bemerkung hinnahm, so erhielt ich doch kurze Zeit später einen nicht gerade sanften Schlag ins Gesicht, weil ich, wie sie sagte, eines ihrer Kleider nachlässig behandelt hatte. Ich aber wußte, es war nicht des Kleides, sondern Robert Dudleys wegen. Diese schöngeformten Hände konnten heftige Schläge austeilen, die besonders schmerzhaft waren, wenn ein edelsteinbesetzter Ring die Haut ritzte – eine kleine Mahnung, daß es unklug war, der Königin Mißfallen zu erregen.

Ich bemerkte, daß sie Robert, als er das nächste Mal zugegen war, aufmerksam beobachtete – ihn und mich. Wir blickten einander nicht an, und ich glaube, sie war beruhigt.

Robert nahm mich zu dieser Zeit überhaupt nicht wahr. Er hatte nur ein einziges Ziel, und nichts konnte ihn davon ablenken. Der Entschluß, die Königin zu heiraten, beschäftigte ihn damals Tag und Nacht.

Ich fragte mich oft, wie es seiner armen Ehefrau auf dem Lande ergehen mochte, und was sie von den Gerüchten hielt. Daß er sie nie mit an den Hof nahm, muß doch ihr Mißtrauen geweckt haben. Ich dachte, wie spaßig es sein müßte, sie einmal mitzubringen. Ich malte mir aus, wie ich Lady Amy aufsuchte und ihr vorschlug, mich an den Hof zu begleiten. Ich stellte mir vor, wie ich sie bekanntmachte. »Eure Majestät, dies ist eine gute Freundin von mir, Lady Dudley. Ihr habt meinem Gebieter einst dort in Cumnor Place in Berkshire so viel Gutes getan, und als ich der Lady begegnete, nahm ich an, ihr wolltet Lord Robert gewiß das Vergnügen gönnen, seine Gattin bei sich zu haben.«

Damit verrate ich, daß Schadenfreude einer meiner Charakterzüge ist – und natürlich meinen Ärger darüber, daß ich, Lettice Knollys, die bei weitem anziehender war als Elisabeth Tudor, von dem bestaussehenden Mann bei Hofe übersehen, ja nicht einmal wahrgenommen wurde – und das alles, weil *sie* eine Krone besaß, während ich außer mir selbst nichts zu bieten hatte.
Ich hätte es selbstverständlich niemals gewagt, Lady Dudley an den Hof zu bringen. Das hätte mir Schlimmeres als einen kräftigen Schlag auf die Wange eingebracht. Ich sah mich bereits für immer nach Rotherfield Greys zurückkehren.
Es erheiterte mich sehr, als einmal eine alte Frau verhaftet wurde, weil sie die Königin verleumdet hatte. Ich war verblüfft, weil eine Frau ohne festen Wohnsitz, die ihr Leben lang im Lande herumgezogen war und die geringsten Arbeiten für Unterkunft und Verpflegung verrichtet hatte, sich einbildete, mehr von den Vorgängen im Schlafgemach der Königin zu wissen als wir, die wir zu ihrem Gefolge gehörten.
Jedenfalls schien die alte Mutter Dowe, während sie für eine Lady Flickarbeiten verrichtete, vernommen zu haben, Lord Robert habe der Königin ein Unterkleid zum Geschenk gemacht. Mutter Dowe verkündete später, die Königin habe nicht ein Unterkleid von Lord Robert empfangen, sondern ein Kind.
Wäre diese Geschichte reine Erfindung und gänzlich unglaubwürdig gewesen, so hätte kein Anlaß bestanden, auf eine verrückte alte Frau überhaupt zu achten. Doch angesichts der Zuneigung, welche die Königin und Robert miteinander verband, sowie der Tatsache, daß sie zweifellos häufig unbeobachtet zusammen waren, hätte man dem Gerede Glauben schenken können. Daher wurde die alte Frau verhaftet, und die Nachricht davon verbreitete sich mit Windeseile im ganzen Land.
Elisabeth erwies sich wieder einmal als außerordentlich geschickt, indem sie die Frau für verrückt erklären und von dannen ziehen ließ, wodurch sie sich deren unauslöschliche Dankbarkeit erwarb, denn die arme Kreatur muß wegen der Verbreitung solcher Gerüchte mit einem grausamen Tode gerechnet haben. Bald darauf war der Fall Mutter Dowe vergessen.
Ich frage mich oft, ob dadurch die Einstellung der Königin zu den späteren Ereignissen beeinflußt wurde.
Es war unvermeidlich, daß man daheim wie auch im Ausland Spekulationen über ihre Vermählung anstellte. Das Land brauchte einen

Thronerben. Durch die Zwistigkeiten, die uns zuvor so zu schaffen gemacht hatten, war es zu Unsicherheiten hinsichtlich der Erbfolge gekommen. Die Minister der Königin wünschten, daß sie unverzüglich einen Gemahl erwählte, um dem Land zu geben, wonach es verlangte. Sie war zwar noch lange nicht in mittleren Jahren, aber auch nicht mehr ganz jung, woran sie zu erinnern freilich niemand gewagt hätte.
Philipp von Spanien machte ihr einen Antrag. Ich hörte, wie sie sich mit Robert darüber lustig machte, denn sie hatte erfahren, der König habe gesagt, wenn es zu der Verbindung komme, so werde er darauf bestehen, daß Elisabeth katholisch würde, und er könne auch nicht lange bei ihr in England bleiben, selbst wenn ihre kurze Begegnung keine Schwangerschaft zur Folge habe. Nichts hätte mehr dazu angetan sein können, ihren Unwillen zu erregen. Katholisch werden! Wo doch ihre Popularität in der Hauptsache auf ihrem protestantischen Glauben beruhte und darauf, daß sie den Ketzerverbrennungen ein Ende gemacht hatte. Und sobald irgendein künftiger Gemahl erwähnte, er habe nicht die Absicht, ständig an ihrer Seite zu leben, so handelte er sich damit augenblicklich die hochmütige Absage der Königin ein.
Ihre Minister setzten natürlich alles daran, sie zu verehelichen, und wäre Lord Robert nicht bereits verheiratet gewesen, so hätten, wie es schien, nicht wenige einer Vermählung mit ihm zugestimmt. Robert hatte eine Menge Neider. Während meines langen Lebens, das ich zu einem großen Teil unter ehrgeizigen Menschen verbracht habe, bin ich zu der Ansicht gelangt, daß der Neid weiter verbreitet ist als alle anderen Gefühlsregungen und daß er gewiß die schlimmste der Sieben Todsünden ist. Robert besaß die Zuneigung der Königin in einem solchen Maße, daß sie ihre Vorliebe für ihn nicht verbergen konnte und ihn mit Ehren überschüttete. Jene, welche gern gesehen hätten, daß diese Zuneigung geringer wurde, suchten nach Männern, die als Gatten der Königin in Frage kamen. Der Neffe Philipps von Spanien, der Erzherzog Karl, gehörte zu diesen Bewerbern, außerdem der Herzog von Sachsen, dann wurde Prinz Karl von Schweden in Erwägung gezogen. Je mehr Freier in Frage kamen, um so vergnügter war die Königin. Besonders gern neckte sie Robert, indem sie vorgab, dem einen oder anderen den Vorzug zu geben, doch in Wirklichkeit vermochte sie nicht vorzutäuschen, daß sie daran dachte, einen von ihnen zu nehmen. Die Aussicht auf eine Heirat regte sie immer an – selbst als sie älter war –,

aber ihre Einstellung dazu blieb ein ewiges Geheimnis. Im tiefsten Innern hatte sie wohl Angst vor der Ehe, doch zuweilen fesselte sie der Gedanke daran so sehr wie nichts anderes auf der Welt. Niemand von uns hat diesen Wesenszug, der im Laufe der Jahre immer stärker wurde, je begriffen. Damals jedoch war noch nichts davon zu bemerken, und jedermann glaubte, daß sie früher oder später heiraten würde, und daß sie längst einen ihrer königlichen Freier genommen hätte, wäre Robert nicht gewesen.

Aber Robert war ihr immer zur Seite, ihr süßer Robin, ihr Augapfel, ihr Oberstallmeister.

Ein neuer Antrag kam aus Schottland, diesmal vom Grafen von Arran, doch der wurde von der Königin kurz und bündig abgewiesen.

In den Gemächern der Hofdamen wurde ständig getuschelt. Wir stellten Vermutungen an, und ich handelte mir wegen meiner Dreistigkeit so manche Warnung ein.

»Eines Tages wirst du die Grenze überschreiten, Lettice Knollys«, bekam ich zu hören. »Dann läßt dich die Königin deine Sachen packen – gleichgültig, ob du eine Boleyn-Cousine bist oder nicht.«

Ich schauderte bei dem Gedanken, in Ungnade zu fallen und in das langweilige Leben von Rotherfield Greys zurückkehren zu müssen. Ich hatte bereits mehrere Bewunderer. Cecilia war sicher, daß ich in Kürze einen Heiratsantrag bekommen würde, aber ich wollte mich noch nicht verehelichen. Ich brauchte Zeit, um die richtige Wahl zu treffen. Ich sehnte mich nach einem Liebhaber, aber ich hütete mich vor einer vorehelichen Beziehung. Ich hatte von Mädchen gehört, die schwanger geworden waren; man hatte sie vom Hofe verbannt und mit irgendeinem Gutsbesitzer verheiratet, und sie waren dazu verdammt, ein stumpfsinniges Leben auf dem Lande zu führen, die Vorhaltungen des ihnen aufgezwungenen Gatten wegen ihres leichtfertigen Benehmens zu ertragen und sich anzuhören, welch großen Gefallen er ihnen damit getan hatte, daß er sich herabließ, sie zu heiraten. Darum genoß ich meine Liebeleien, ging aber keinen Schritt weiter, und tauschte mit Mädchen, die es ebenso hielten, Berichte über unsere Abenteuer aus.

Oft träumte ich, daß Lord Robert auf mich aufmerksam wurde, und dann fragte ich mich, was wohl geschehen würde, wenn es wirklich dazu käme. Ich konnte ihn nicht als Freier in Betracht ziehen, denn er hatte ja bereits eine Frau, und wäre dies nicht der Fall gewesen, so hätte er zweifellos längst den Platz neben der Königin eingenommen. Aber es

schadete niemandem, wenn ich mich zu der Vorstellung hinreißen ließ, daß er mir den Hof machte, daß wir uns ohne Rücksicht auf die Königin trafen und darüber lachten, daß gar nicht sie es war, die er begehrte. Wilde Phantasien – Vorahnungen, dachte ich später: Aber zu jener Zeit waren es wirklich nur Phantasien. Niemals würde Robert seinen Blick von der Königin abwenden.
Ich besinne mich auf einen Vorfall, als sie einmal in nachdenklicher Stimmung war. Ihre Laune war nicht die beste, denn sie hatte gehört, daß Philipp von Spanien Elisabeth von Valois, Tochter Heinrichs II. von Frankreich, heiraten werde; wenn sie selbst keinen Freier erhörte, so gönnte sie ihn doch auch keiner anderen.
»Sie ist ja bereits Katholikin«, bemerkte sie, »so braucht er sich wegen ihres Glaubens keine Gedanken zu machen. Und da sie so unbedeutend ist, kann sie ihre Heimat aufgeben und nach Spanien gehen. Das arme Geschöpf braucht keine Angst zu haben, verlassen zu werden, ob sie nun schwanger ist oder nicht.«
»Eure Majestät wissen solch ungalantem Benehmen wohl zu begegnen«, sagte ich besänftigend.
Sie schnaubte verächtlich – zuweilen hatte sie höchst unweibliche Gewohnheiten – und sah mich spöttisch an. »Ich wünsche ihm viel Vergnügen mit ihr und ihr mit ihm – doch ich fürchte, sie wird kaum auf ihre Kosten kommen. Was mich dabei stört, ist die Verbindung zweier meiner Feinde.«
»Seit Eure Majestät den Thron bestiegen, hat Euer Volk keine Furcht mehr vor seinen ausländischen Feinden.«
»Das ist aber höchst töricht!« fauchte sie. »Philipp ist ein mächtiger Mann, und England muß immer vor ihm auf der Hut sein. Und was Frankreich betrifft ... Es hat einen neuen König und eine neue Königin ... zwei bedauernswerte Gestalten, glaube ich, obgleich sie meine eigene schottische Verwandte ist, deren Schönheit die Dichter besingen.«
»Ebenso wie die Eure, Majestät.«
Sie neigte den Kopf, doch ihre Augen hatten einen durchbohrenden Blick. »Sie wagt es, sich Königin von England zu nennen – diese kleine Schottin, die ihre Zeit mit Tanzen verbringt und die Poeten bedrängt, Oden auf sie zu dichten. Man sagt, ihr Reiz und ihre Schönheit seien unübertroffen.«
»Sie ist eben die Königin, Madam.«

Ihre Augen waren mit durchdringendem Blick auf mich geheftet. Ich hatte einen Fehler begangen. Wenn die Schönheit der einen Königin an ihrer Königswürde gemessen wurde, wie stand es dann mit der anderen?

»Du glaubst also, daß man sie deswegen preist?«

Ich nahm zum hilfreichen und anonymen »man« Zuflucht. »Man sagt, Madam, daß Maria Stuart eine leichtlebige Person ist und sich mit Liebhabern umgibt, die ihre Gunst zu gewinnen trachten, indem sie Oden auf ihre Schönheit verfassen.« Ich wurde dreister. Unter keinen Umständen durfte ich weiterhin ihr Mißfallen erregen. »Man sagt, Madam, sie sei keineswegs so schön, wie man nach dem Hörensagen glauben könnte. Sie ist viel zu groß, dazu linkisch, und außerdem hat sie Pickel.«

»Ist das wahr?«

Ich atmete auf und suchte mich an alles zu erinnern, was ich an Abfälligem über die Königin von Frankreich und Schottland vernommen hatte, doch mir fiel nur Löbliches ein.

Darum sagte ich: »Man sagt, Lord Roberts Gattin sei an einem schlimmen Übel erkrankt und werde das Jahr nicht überstehen.«

Sie schloß die Augen, und ich war nicht sicher, ob es ratsam war, fortzufahren.

»Man sagt! Man sagt!« platzte sie plötzlich heraus. »Wer sagt das?«

Sie hatte sich heftig zu mir umgedreht und kniff mich in den Arm. Ich hätte vor Schmerz aufschreien mögen, denn ihre schönen, spitzen Finger konnten sehr kräftig zufassen.

»Ich wiederhole doch nur Klatsch, Madam, weil ich glaube, es könnte Euer Majestät belustigen.«

»Ich wünsche immer zu hören, was geredet wird.«

»Das dachte ich auch.«

»Und was sagt ›man‹ sonst noch von Lord Roberts Gattin?«

»Daß sie zurückgezogen auf dem Lande lebt, daß sie seiner nicht würdig ist und daß es ein Unglück für ihn war, schon als Knabe zu heiraten.«

Sie lehnte sich zurück, nickte, und ein Lächeln umspielte ihre Lippen.

Nicht lange danach erfuhr ich, daß Lord Roberts Frau gestorben war. Man hatte sie mit gebrochenem Genick am Fuße einer Treppe in Cumnor Place gefunden.

Der Hof geriet in höchste Erregung. Niemand wagte, in Gegenwart der Königin darüber zu sprechen, doch man konnte es kaum erwarten, bis sie außer Sicht und außer Hörweite war.
Was war mit Amy Dudley geschehen? Hatte sie Selbstmord begangen? War es ein Unfall? Oder war sie ermordet worden?
Angesichts all der Gerüchte, die sich während der letzten Monate hartnäckig gehalten hatten, angesichts der Tatsache, daß die Königin und Robert Dudley sich wie ein Liebespaar benahmen und daß Robert entschlossen schien, die Königin zu heiraten, war die letzte Annahme durchaus nicht unwahrscheinlich.
Wir tuschelten darüber und vergaßen, unsere Zunge zu hüten. Meine Eltern sandten nach mir und erteilten mir eine strenge Lektion über die Notwendigkeit, äußerste Zurückhaltung zu wahren. Ich sah, daß mein Vater besorgt war.
»Das könnte Elisabeth den Thron kosten«, hörte ich ihn zu meiner Mutter sagen. Er machte sich verständlicherweise Sorgen, denn das Wohlergehen der Knollys war eng mit dem Schicksal unserer königlichen Verwandten verknüpft.
Die Gerüchte wurden immer schlimmer. Ich erfuhr, daß der spanische Botschafter seinem Herrscher geschrieben hatte, die Königin habe ihm erzählt, Lady Dudley sei bereits einige Tage tot gewesen, bevor man sie am Fuße der Treppe fand. Das belastete Elisabeth natürlich schwer, doch ich konnte das kaum für wahr halten. Hätten Elisabeth und Robert geplant, Amy umbringen zu lassen, so hätte Elisabeth dem spanischen Botschafter doch nie erzählt, daß sie schon tot war, bevor man sie fand. De Quadra war listig; es lag im Interesse seines Vaterlandes, die Königin in Mißkredit zu bringen, und genau das versuchte er zu tun. Da ich die hinreißende Männlichkeit Robert Dudleys nur zu gut kannte, konnte ich mir wohl vorstellen, daß eine Frau sehr weit gehen würde, um ihn zu erringen. Ich versetzte mich in Elisabeths Lage und fragte mich: Würde ich es tun? Und ich malte mir aus, wie wir in der Hitze unserer Leidenschaft ein Komplott ausheckten.
So warteten wir alle gespannt, was als nächstes geschehen würde.
Ich konnte einfach nicht glauben, daß die Königin um eines Mannes wegen ihre Krone in Gefahr brachte, und falls Amy ermordet worden war, so hätte Elisabeth sich ganz gewiß nicht daran beteiligt. Natürlich war auch sie zu Unbedachtsamkeiten fähig. Man brauchte sich nur an die Sache mit Thomas Seymour zu erinnern, als sie sich auf eine ge-

fährliche Affäre eingelassen hatte. Nun ja, damals hatte sie die Krone noch nicht getragen und auch die leidenschaftliche Liebe zu ihr noch nicht gekannt.

Entscheidend war, daß Robert, nunmehr frei, sie heiraten konnte. Der gesamte Hof, das ganze Land und vermutlich ganz Europa warteten darauf, wie sie handeln würde. Eines war jedenfalls klar: An dem Tag, da sie Robert Dudley heiratete, würde man sie für schuldig halten, und das war es, was Männer wie mein Vater befürchteten.

Als erstes schickte sie Robert vom Hofe weg; sie tat klug daran. Man durfte sie nicht zusammen sehen, damit das Volk die Königin auf keinen Fall mit der Tragödie in Verbindung brachte.

Robert, der große Betrübnis an den Tag legte – war sie nun geheuchelt oder echt (obgleich ihn das Ereignis auch dann hätte bestürzen müssen, wenn er seine Hand im Spiel gehabt hätte) –, schickte seinen Cousin Thomas Blount nach Cumnor Place, damit er sich um die Gerichtsverhandlung kümmere. Die Untersuchung ergab schließlich, daß es sich um einen tödlichen Unfall gehandelt hatte.

Elisabeth war sehr schwierig während der folgenden Wochen. Sie war leicht beleidigt. Sie verwünschte uns – es hieß, sie könne fluchen wie ihr königlicher Vater, und sie fand großes Vergnügen daran, seine Lieblingsflüche zu gebrauchen –, und dann versetzte sie uns einen Schlag oder einen Puff. Ich glaubte, daß sie Folterqualen litt. Sie wollte Robert und wußte doch, ihn zu heiraten käme einem Schuldbekenntnis gleich. Sie wußte, daß die Leute auf der Straße über den Tod von Amy Dudley redeten und sich an Mutter Dowes Worte erinnern würden. Das Volk würde seine Königin verdächtigen, und wenn sie Robert heiratete, hätte sie die Achtung ihrer Untertanen verloren. Eine Königin mußte über gewöhnliche Leidenschaften erhaben sein. Sie aber war in den Augen der Leute nur noch ein schwaches und sündiges Weib. Sie wußte, wenn sie ihre prächtige Krone behalten wollte, so mußte sie sich die Zuneigung ihres Volkes bewahren.

Jedenfalls mutmaßte ich, daß dies alles ihre Gedanken beschäftigte, als sie finsteren Blicks in ihren Gemächern weilte. Doch später glaubte ich, daß ich mich geirrt hatte.

Robert kehrte an den Hof zurück, kühn und prahlerisch, überzeugt, bald der Gemahl der Königin zu sein. Nach einer Weile wurde er mürrisch, und ich sowie die ganze übrige Welt hätten nur zu gern gewußt, was die beiden sich zu sagen hatten, wenn sie allein waren.

Heute glaube ich, daß Elisabeth mit Amys Tod nichts zu tun hatte und daß sie Robert in Wirklichkeit gar nicht heiraten wollte; sie zog es vor, unerreichbar zu sein, wie sie es gewesen war, solange seine Frau lebte. Vielleicht wollte sie keine Ehe eingehen, weil sie sich seltsamerweise davor fürchtete. Sie wollte spielerische Abenteuer, sie wünschte sich Verehrer, die nach ihrer Liebe schmachteten, aber sie sehnte sich nicht nach jenem Höhepunkt, der für die Männer den Sieg, für sie jedoch Abscheu und Ekel bedeutet hätten.
Ich wüßte gern, ob es tatsächlich so war.
Jedenfalls hat sie Robert nicht geheiratet – aus welchen Gründen auch immer. Dazu war sie zu klug.
Und just in dieser Zeit trat Walter Devereux in mein Leben.

Die erste Begegnung

… half Elisabeth selbst, ihm die Kleider anzulegen, während er mit großem Ernst vor ihr kniete und ein würdevolles Benehmen zur Schau trug; sie aber konnte es sich nicht versagen, ihm die Hand in den Nacken zu legen und ihn zu kitzeln, wobei sie lächelte, obwohl der französische Gesandte und ich neben ihr standen.

Der schottische Gesandte Sir James Melville anläßlich Robert Dudleys Ernennung zum Grafen von Leicester

Sie sagte, sie habe nie beabsichtigt, zu heiraten … Ich sagte: »Madam, das braucht Ihr mir nicht zu sagen. Ich kenne Euren erhabenen Geschmack. Ihr denkt, sobald Ihr Euch vermählt, seid Ihr nur noch die Königin von England, jetzt aber seid Ihr König und Königin zugleich – Ihr möchtet Euch keinem Befehl unterwerfen.«

Sir James Melville

Gott weiß, Mylord, Ihr besitzt mein Wohlwollen, doch ist meine Gunst nicht so auf Euch beschränkt, daß nicht auch andere ihrer teilhaftig werden … Es gibt hier nur eine Gebieterin, aber keinen Gebieter.

Elisabeth zu Leicester
Fragmenta Regalia

Ich habe Walter im Jahre 1561 geheiratet, als ich im einundzwanzigsten Lebensjahr stand. Meine Eltern waren über die Verbindung beglückt, und die Königin gab bereitwillig ihre Zustimmung. Walter war damals der zweite Viscount von Hereford, etwa so alt wie ich selbst, und da seine Familie großes Ansehen genoß, galt die Heirat als gute Partie. Die Königin bemerkte, es werde Zeit, daß ich einen Ehemann bekäme. Das erfüllte mich mit Besorgnis und veranlaßte mich, mir die Frage zu stellen, ob sie es wohl bemerkt hatte, daß meine Augen oft zu Robert Dudley schweiften. Ich war zu dem Schluß gekommen, daß Robert niemand anderen als die Königin heiraten würde. Walter hatte mich mehrmals gebeten, seine Frau zu werden. Ich hatte ihn recht gern, und meine Eltern wünschten die Verbindung. Er war jung und schien, wie mein Vater betonte, eine glänzende Zukunft am Hofe vor sich zu haben. Daher erwählte ich ihn unter mehreren Freiern und bereitete mich auf ein Leben als Ehefrau vor.

Nach so vielen Jahren fällt es mir schwer, mich zu erinnen, was ich eigentlich für Walter empfand. Die Königin hatte angedeutet, ich sei ein Mädchen, das unbedingt heiraten sollte, und damit hatte sie recht. Ich glaube, eine Zeitlang bildete ich mir sogar ein, in Walter verliebt zu sein, und ich hörte auf, von Robert Dudley zu träumen.

Nach der Trauung begaben Walter und ich uns auf den Sitz seiner Vorfahren, Chartley Castley, ein recht imposantes Gebäude, das sich in einer fruchtbaren Ebene erhob. Von seinen hohen Zinnen aus konnte man den schönsten Teil der Landschaft von Staffordshire überblicken. Das Schloß befand sich etwa sechs Meilen südöstlich von Stafford, auf halbem Wege zwischen Rugby und Stone.

Walter war stolz auf Chartley, und ich bezeigte große Anteilnahme, da es doch mein Heim werden sollte. Es war rundum von einem Burggraben umgeben und wurde von Rundtürmen flankiert, die bereits im Jahr 1220 erbaut worden waren. Über dreihundert Jahre hatten sie Wind und Wetter getrotzt, und sie sahen aus, als könnten sie noch weitere dreihundert überdauern. Die Wände waren zwölf Fuß dick, die Schießscharten so angelegt, daß man Pfeile waagerecht abschießen konnte. Chartley war deshalb eine ausgezeichnete Festung.

Hier hatte sich schon zu Zeiten Wilhelms des Eroberers, vor der Erbauung des Schlosses, ein Gebäude befunden; das jetzige Chartley war an dieser Stätte errichtet worden.

»Es hat den Earls von Derby gehört«, erklärte Walter, »und es gelangte unter Heinrich VI. in den Besitz der Familie Devereux, als eine Tochter des Hauses einen Walter Devereux, den Grafen von Essex, heiratete. Seitdem gehört es uns.«

Ich pflichtete ihm bei, daß es ein wirklich prächtiges Schloß sei.

Im ersten Jahr meiner Ehe war ich sehr glücklich. Walter war ein zärtlicher Gatte und liebte mich über alles, und die Ehe mit ihren Pflichten entsprach durchaus meiner Natur. Gelegentlich ging ich an den Hof, und die Königin empfing mich stets herzlich. Ich hatte den Eindruck, daß sie keine geringe Freude über meine Vermählung emp-

fand, was bewies, daß ihr mein Vergnügen an männlicher Gesellschaft nicht entgangen war. Sie haßte es, wenn die Aufmerksamkeit eines Mannes nicht nur ihr galt, und sei es nur für wenige Augenblicke, und vielleicht hatte sie bemerkt, daß einige ihrer Günstlinge mir anerkennende Blicke schenkten.
Walter hatte nie zu diesen Günstlingen gehört. Ihm mangelte es an der verwegenen Galanterie, welche sie so bewunderte. Ich glaube, er war seiner Natur nach einfach zu ehrlich, um die ausgefallenen Komplimente zu ersinnen, die von uns allen erwartet wurden und die genau besehen eigentlich unsinnig waren. Walter hielt treu zu Königin und Vaterland und hätte sein Leben für beide hingegeben, aber er konnte einfach nicht um Elisabeth herumscharwenzeln, wie es die tun mußten, die zu ihrem engsten Kreis gehörten.
Das bedeutete freilich, daß wir uns nicht mehr so oft am Hofe aufhielten, wie ich es zuvor getan hatte. Doch wenn wir hingingen, vergaß Elisabeth nie ihre liebe Cousine – nämlich mich –, und sie wollte beständig von mir hören, wie mir mein Leben als Ehefrau gefiel.
Seltsamerweise war ich es in den jungen Tagen der Ehe durchaus zufrieden, einen großen Teil meiner Zeit auf dem Lande zu verbringen, ja ich entwickelte sogar eine ausgesprochene Vorliebe für dieses Leben. Ich widmete mich hingebungsvoll meinem Heim. Im Winter war es kalt und zugig, und ich ließ in den Kaminen gewaltige Feuer lodern. Für die Dienerschaft stellte ich Regeln auf: Sie mußten im Sommer um sechs und im Winter um sieben Uhr aufstehen, Betten und Kamine mußten bis acht in Ordnung gebracht sein, anschließend mußten die Feuer geschürt werden. Ich begeisterte mich für den Kräutergarten und ließ mich von einem Diener, der sich auf den Anbau von Kräutern besonders verstand, darin unterweisen. Ich ordnete Blumen in Schalen und schmückte das Haus damit; ich setzte mich zu den Frauen und bestickte das neue Altartuch, an dem sie gerade arbeiteten. Heute kommt es mir kaum glaublich vor, daß ich mich einmal mit ganzem Herzen dem Landleben hingegeben habe.
Wenn uns meine Familie besuchte oder wir Gäste vom Hofe hatten, setzte ich meinen Stolz darein, zu zeigen, welch gute Hausfrau ich geworden war. Ich war stolz auf unsere venezianischen Gläser, die, mit einem guten Muskateller, Romney oder Malvasier gefüllt, so köstlich im Kerzenlicht funkelten; ich ließ die Dienstboten das Silber und Zinn polieren, bis sich die ganze Umgebung in ihrem Glanz spiegelte. Ich

wollte, daß man unsere Tafel wegen der guten Speisen, die wir unseren Gästen boten, bewunderte. Ich genoß den Anblick, wenn sie mit Fleisch, Geflügel, Fisch und phantasievoll geformten Torten zu Ehren der Besucher beladen war, desgleichen mit Marzipan und Ingwerkuchen; und wenn alles in den höchsten Tönen gelobt wurde, war ich glücklich.
Die Leute staunten. »Lettice ist die beste aller Gastgeberinnen«, sagten sie.
Auch das war ein Wesenszug von mir, daß ich immer die Beste sein mußte, und dies hier war für mich wie ein neues Spiel. Ich war mit meinem Heim und mit meinem Gatten zufrieden, und ich genoß dieses neue Vergnügen in vollen Zügen.
Ich liebte es, das Schloß zu durchstreifen und mir die Vergangenheit vorzustellen. Ich ließ die Binsenmatten regelmäßig kehren, so daß unser Schloß nicht so übel roch wie die meisten anderen. Wir litten allerdings beträchtlich unter der Nähe der Abtritte – doch in welchem Haus war das nicht so? –, und ich machte es zur Regel, daß die unseren geleert wurden, während wir bei Hofe waren, so daß wir dieser Unannehmlichkeit entfliehen konnten.
Walter und ich ritten über das Gut, und manchmal gingen wir in der Nähe des Schlosses spazieren. Nie vergesse ich den Tag, als er mir die Kühe im Park von Chartley zeigte. Sie sahen ein wenig anders aus als die Kühe, die ich bisher gesehen hatte.
»Das sind unsere ureignen Stafford-Kühe«, sagte Walter.
Ich betrachtete sie eingehend, da sie ja uns gehörten. Sie waren sandfarben mit schwarzen Flecken an Maul, Ohren und Hufen.
»Hoffen wir nur, daß keine ein schwarzes Kalb wirft«, sagte Walter, und als ich wissen wollte, warum, berichtete er: »Es gibt da eine Familiensage. Wenn ein schwarzes Kalb geboren wird, soll ein Familienmitglied sterben.«
»Was für ein Unsinn!« rief ich aus. »Was kann die Geburt eines schwarzen Kalbes mit uns zu tun haben?«
»Das ist eben eine von den Geschichten, die mit Familien wie der unseren verknüpft sind. Angefangen hat es mit der Schlacht von Burton Bridge, als der Besitzer des Hauses getötet wurde und das Schloß zeitweilig in andere Hände überging.«
»Aber eure Familie hat es zurückbekommen.«
»Ja, aber es war eine unheilvolle Zeit. Damals wurde ein schwarzes

Kalb geboren, und deshalb sagte man, schwarze Kälber bedeuten Unglück für die Familie Devereux.«
»Dann müssen wir eben sichergehen, daß keine Kälber mehr geboren werden.«
»Und wie?«
»Indem wir uns der Kühe entledigen.«
Er lachte voller Zärtlichkeit. »Meine liebe Lettice, das würde wahrlich eine Herausforderung an das Schicksal bedeuten. Ich bin sicher, die Strafe dafür wäre weit schlimmer als die Geburt eines schwarzen Kalbes.«
Ich blickte auf die großäugigen, friedlichen Geschöpfe und sagte: »Bitte, keine schwarzen Kälber.«
Und Walter lachte und küßte mich, und er sagte mir, wie glücklich er sei, daß ich ihm, nachdem er seine ganze Überredungskunst eingesetzt hatte, mein Jawort gab.
Ich hatte natürlich einen Grund, zufrieden zu sein. Ich war nämlich schwanger.
Ein Jahr nach meiner Hochzeit wurde meine Tochter Penelope geboren.

Ich erlebte die Freuden der Mutterschaft, und natürlich war meine Tochter in jeder Beziehung hübscher, klüger und reizender als je ein Neugeborenes zuvor. Ich war es zufrieden, mit ihr in Chartley zu bleiben, und konnte es nicht ertragen, lange von ihr getrennt zu sein. Walter war zu jener Zeit überzeugt, in mir die vollkommene Ehefrau gefunden zu haben. Der arme Walter, er hatte von jeher wenig Urteilsvermögen besessen.
Während ich jedoch meiner Tochter noch Wiegenlieder vorsang, wurde ich erneut schwanger; diesmal allerdings erlebte ich nicht das Glücksgefühl wie beim erstenmal. Ich habe mich noch nie über längere Zeit hinweg für eine Sache begeistern können, und ich fand die Monate vor der Geburt beschwerlich. Penelope hatte bereits ihren eigenen Kopf, war nicht mehr das gefügige Kind wie anfangs. Ich dachte mit wachsender Sehnsucht an den Hof und fragte mich, was dort wohl alles geschah.
Von Zeit zu Zeit hörte ich Neuigkeiten, und die meisten bezogen sich auf die Königin und Robert Dudley. Ich konnte mir vorstellen, wie Robert ihre fortgesetzte Weigerung, ihn zu heiraten, nun, da er frei war, erzürnen mußte. O ja, sie war schlau. Wie hätte sie ihn heiraten

können und zugleich verhindern, daß ihr Ruf befleckt wurde? Es gab keinen Weg, denn dann würde sie ihr Leben lang im Verdacht stehen, an Amy Dudleys Ermordung beteiligt gewesen zu sein. Die Leute redeten nach wie vor darüber, selbst in ländlichen Ortschaften wie Chartley. Einige murrten, es gebe ein Gesetz für das Volk und ein anderes für die Günstlinge der Königin. Nur wenige hielten nicht zumindest Robert des Mordes an seiner Gattin für schuldig.

Seltsamerweise war er durch den Verdacht, der auf ihm lag, für mich nur noch anziehender geworden. Robert war ein willensstarker Mann, der seinen Weg machen würde. Ich erging mich in Phantasievorstellungen über ihn und freute mich, daß die Königin ihn nicht bekam.

Walter war weiterhin ein guter Ehemann, doch seine Bewunderung, durch die er mir lieb geworden war, schwand dahin. Ein Mann kann sich nicht fortgesetzt daran ergötzen, daß seine Frau eine Meisterin in den Künsten der Liebe ist, denke ich; und seine Fähigkeiten als Liebhaber schienen mir nicht größer als die anderer Männer auch. Ich war nicht hingerissen. Nur, weil ich mich nach derartigen Erfahrungen gesehnt hatte, war mein Vergnügen daran so groß gewesen. Jetzt aber, mit einer einjährigen Tochter und einem zweiten Kind unter dem Herzen, überkam mich Ernüchterung. Zum erstenmal wurde ich untreu ... in Gedanken.

In meinem Zustand konnte ich mich natürlich nicht bei Hofe sehen lassen, aber ich war stets begierig zu erfahren, was dort vorging. Walter kam eines Tages mit der Nachricht nach Chartley, daß die Königin erkrankt sei und man mit ihrem Ableben rechnen müsse.

Eine entsetzliche Niedergeschlagenheit überfiel mich, ich fühlte mich betrogen – seltsamerweise, da ich doch nicht in die Zukunft blicken konnte. Vielleicht war das ein Segen; doch ich wüßte gern, ob ich anders gehandelt hätte, wenn mir die Gabe der Vorahnung verliehen gewesen wäre. Ich bezweifle es.

Walter war in düsterer Stimmung, und ich vermutete, daß auch meine Eltern sich fragten, was dem Lande widerfahren mochte, falls die Königin stürbe. Es bestand die Möglichkeit, daß Maria, Königin von Schottland, die nach dem Tode ihres jungen Gemahls Franz II. zum Verlassen Frankreichs gezwungen worden war, die Thronfolge antreten würde.

»Zwei der Pole-Brüder nämlich«, sagte Walter, »wollten unter allen Umständen nach London marschieren mit dem Ziel, Maria Stuart auf den Thron zu erheben. Natürlich erklärten sie, nicht dies sei ihr

Wunsch gewesen, sie hätten lediglich erreichen wollen, daß die Königin Maria Stuart zu ihrer Nachfolgerin bestimmte.«
»Und uns den Katholizismus zurückbringen!« rief ich aus.
»Das hatten sie vor.«
»Und die Königin?«
»Liegt auf den Tod krank. Sie hat nach Dudley geschickt. Sie wollte ihn bei sich haben, wenn ihr Ende nahte, hat sie gesagt.«
»Dies ist noch nicht das Ende«, setzte ich rasch hinzu.
Ich blickte Walter an und dachte bei mir: Wenn sie stirbt, dann wird Robert wieder heiraten. Und ich bin mit Walter Devereux vermählt!
Ich glaube, von diesem Augenblick an erlosch die Liebe zu meinem Gatten langsam in meinem Herzen.
»Sie hat nach ihm geschickt«, fuhr Walter fort, »und hat ihm gesagt, wäre sie nicht die Königin gewesen, so wäre sie seine Frau geworden.«
Ich nickte. Die Liebe zur Krone war stärker. Sie wollte sie allein besitzen und mit niemandem teilen. Ich glaubte sie zu verstehen. Aber die ganze Wahrheit war dies nicht.
»Sie hat ihre Minister an ihr Bett gerufen«, erzählte Walter weiter, »und sie hat ihnen gesagt, es sei ihr letzter Wunsch, daß Robert Dudley zum Lord Protector ernannt werde.«
Ich hielt den Atem an. »Ihr liegt wahrhaftig viel an ihm«, sagte ich.
»Hast du je daran gezweifelt?«
»Sie hat ihn nicht heiraten wollen.«
»Nein. Weil er im Verdacht steht, seine Frau ermordet zu haben.«
»Ich möchte wissen ...« begann ich. Im Geiste malte ich mir bereits aus, wie sie zu Grabe getragen wurde, nach so kurzer Regierungszeit. Und was würde aus dem Land werden? Die einen würden versuchen, Maria auf den Thron zu erheben, und andere wünschten sich Lady Catherine Grey zur Königin. Ein Bürgerkrieg würde ausbrechen. Doch am meisten quälte mich die Frage: Was tut Robert, wenn sie stirbt? Hatte ich mich zu unüberlegt in diese Ehe gestürzt? Wäre es nicht besser gewesen, noch eine Weile zu warten?
Dann schenkte ich meinem zweiten Kind das Leben. Es war ein Mädchen, und ich nannte es Dorothy.
Die Königin genas. Man hatte es wohl auch nicht anders erwartet. Die Krankheit hatte nicht einmal Spuren an ihrem Körper hinterlassen, das war ungewöhnlich. Roberts Schwester Mary, die mit Henry Sidney

verheiratet war, hatte Tag und Nacht bei der Königin gewacht und sie hingebend gepflegt. Sie steckte sich an und blieb schrecklich entstellt. Ich hörte, daß Mary gebeten hatte, sich vom Hofe zurückziehen zu dürfen und die Erlaubnis dazu erhielt. Man konnte sie ihr unter diesen Umständen auch kaum verweigern. Sie ließ sich auf ihrem Familienbesitz in Penshurst nieder und gedachte ihn nie wieder zu verlassen. Dies war der Lohn dafür, daß sie Elisabeth gepflegt hatte. Die Königin vergaß ihr dies nie. Eine ihrer Tugenden war, daß sie treu zu jenen hielt, die ihr ergeben dienten; außerdem war Mary Sidney die Schwester ihres geliebten Robert.
Walter sagte, nun glaubten die Leute wieder, daß es zu einer Hochzeit zwischen der Königin und Robert kommen werde.
»Aber wieso sind sie jetzt dafür, wenn sie vor kurzem noch dagegen waren?« wollte ich wissen.
»Binnen kurzem«, erklärte Walter, »wird das Volk so froh sein, daß sie wieder wohlauf ist, daß es dafür bereit ist, allem zuzustimmen. Die Leute wünschen, daß sie heiratet. Sie wünschen sich einen Thronerben. Ihre Krankheit hat gezeigt, wie gefährlich es werden könnte, wenn sie ohne Erben stürbe.«
»Die stirbt ganz bestimmt nicht, wenn sie nicht will«, sagte ich bissig.
»Das«, gab Walter gelassen zurück, »liegt in Gottes Hand.«
So ging es denn am Hofe bald wieder genau so zu wie vor Elisabeths Krankheit. Robert war wieder in Gnaden aufgenommen, stets ihr zur Seite, stets voller Hoffnung, dessen war ich sicher, um so mehr, da man zu verstehen gab, daß das Volk mit ihrer Vermählung jetzt einverstanden wäre.
Die Königin war bester Laune – glücklich, wieder gesund zu sein. Sie verzieh den Brüdern Pole, eine Geste, die charakteristisch für sie war. Sie wollte ihrem Volk beweisen, wie gnädig sie war und daß sie gegen niemanden einen Groll hegte. Die Poles wurden jedoch ins Exil geschickt, und am Hof begann von neuem das fröhliche Leben.
Doch ihr Verlöbnis mit Robert wurde nicht verkündet.
Es verdroß mich, daß ich Neuigkeiten nur von Walter und unseren Besuchern in Chartley erfuhr; denn sie erzählten mir nie alles, was ich wissen wollte. Sobald ich mich von Dorothys Geburt erholt hätte, gelobte ich mir, wollte ich wieder an den Hof gehen. Die Königin würde mich willkommen heißen, und ich probte, wie ich, Freudentränen über

ihre Genesung in den Augen, vor ihr auf die Knie fallen würde. Ich verstand mich darauf, mit Hilfe bestimmter Pflanzensäfte jederzeit Tränen fließen zu lassen. Dann wollte ich sie beschwatzen, damit sie mir die Ereignisse aus ihrer Sicht schilderte, und ich würde ihr erzählen, daß ein zurückgezogenes Leben auf dem Lande kein gleichwertiger Ersatz sei für die königlichen Gemächer. Sie war immer ein wenig neidisch, wenn jemand Kinder hatte – aber vielleicht nicht so sehr, wenn es Mädchen waren.

Sie empfing mich mit sichtlicher Bewegung, und ich spielte meine Szene, ließ meine Erleichterung über ihre Genesung durchblicken, was mir recht gut gelang und was sie, wie ich mir einbildete, rührte; denn sie ließ mich nicht von ihrer Seite und schenkte mir als Zeichen ihrer Gunst ein Stück pflaumenfarbenen Samt für ein Kleid und einen dazu passenden mit Draht versteiften Spitzenkragen.

Während ich am Hofe weilte, traf die Nachricht ein, daß Erzherzog Karl, der Freier, den Elisabeth abgewiesen hatte, nun um die Hand der Königin Maria von Schottland anhielt. Elisabeth verbarg ihre Gefühle gegenüber dieser königlichen Rivalin durchaus nicht. Alles, was Maria betraf, erweckte ihre übermäßige Anteilnahme. Hörte sie zufällig etwas über sie, so lauschte sie mit gespannter Aufmerksamkeit, und nie vergaß sie auch nur eine Kleinigkeit von dem, was man ihr erzählt hatte. Sie war eifersüchtig auf Maria, nicht wegen der legitimen Ansprüche der schottischen Königin, auch nicht weil sie Rechte auf den Thron geltend machte, sondern weil Maria als eine der schönsten Frauen der Welt galt. Da auch Elisabeth eine Königin war, forderte dies natürlich Vergleiche geradezu heraus. Ohne Zweifel war Maria schön und begabt, doch besaß sie, dessen war ich sicher, nicht ein Hundertstel der scharfsinnigen Klugheit und gottbegnadeten Umsicht unserer Lady Elisabeth.

Ich mußte daran denken, wie unterschiedlich ihrer beider Leben verlaufen war: hier Maria, der verwöhnte Liebling des französischen Hofes, umschmeichelt, von ihrem Vater ebenso geliebt wie von seiner Maitresse Diana von Poitiers, welche einen weit größeren Einfluß besaß als die Königin, Katharina von Medici, von ihrem jungen Gatten verwöhnt, von den Dichtern gepriesen, dort Elisabeth mit ihrer unerfreulichen Kindheit und Jugend, ständig vom Tode bedroht. Doch waren es wohl diese frühen Erfahrungen, die sie zu dem gemacht haben, was sie war, und so betrachtet, waren ihre Leiden nicht umsonst gewesen.

Es war erstaunlich, daß eine Frau von solcher Klugheit es nicht zuwege brachte, ihre eifersüchtige Wut darüber, daß der Erzherzog um Marias Hand anhielt, zu verbergen. Hätte sie insgeheim darunter gelitten, so wäre das etwas anderes gewesen. Aber sie ließ William Cecil kommen, bedachte den »Wüstling von Österreich« mit den schimpflichsten Schmähungen und erklärte, nie werde sie ihre Einwilligung zu seiner Vermählung mit Maria geben, und sie wünsche, daß Maria beraten werde. Wenn sie sich schon als Erbin der Krone von England betrachte, so stehe es ihr wohl an, sich nach der Meinung der Königin von England zu richten.

Cecil befürchtete, daß die Königin sich mit ihrem Ausbruch im Ausland lächerlich mache. Als jedoch der österreichische Kaiser in einem Schreiben wegen der Beleidigung seines Sohnes Klage führte und durchblikken ließ, daß er nicht die Absicht habe, noch einmal solch eine Beschimpfung hinzunehmen, nickte die Königin lächelnd.

Robert muß zu jener Zeit geglaubt haben, das Schicksal sei ihm günstig. Hie und da fing ich einen Blick von ihm auf, und er war seiner selbst zweifellos sehr sicher. Ständig war er mit der Königin zusammen, hielt sich mit ihr allein in ihren Gemächern auf, und so war es kein Wunder, daß Leute wie Mrs. Dowe den Gerüchten, die über die beiden verbreitet wurden, Glauben schenkten. Elisabeth aber schien noch immer an die Sache mit Amy Dudley zu denken, und darum hielt sie sich auch weiterhin zurück.

Als wir erfuhren, daß ein anderer ihrer Freier, Erik von Schweden, sich auf höchst ungewöhnliche Weise verliebt hatte, konnte sie sich nicht enthalten, die Geschichte immer wieder zu erzählen. Er hatte ein schönes Mädchen namens Kate erblickt, das vor dem Palast Nüsse verkaufte, und war dermaßen in Liebe zu ihr entbrannt, daß er sie geheiratet hatte. Das sei wie im Märchen, sagte Elisabeth. Wie rührend! Welch ein unerhörtes Glück für die arme Kate, daß sie, Elisabeth, Erik verschmäht hatte! Sie sagte wahrhaftig, Kate sollte ihr ebenso dankbar sein wie ihrem Geliebten. Allerdings war es klar, daß ein Mann, der imstande war, eine Nußverkäuferin zu ehelichen, als Gemahl der Königin von England nicht in Frage gekommen wäre.

Sie redete gern über ihre Freier. Oft hieß sie mich, neben ihr Platz zu nehmen, und spöttelte über die Heiratsanträge, die man ihr gemacht hatte. »Und hier stehe ich nun, immer noch Jungfrau«, seufzte sie.

»Aber nicht mehr lange, Majestät«, sagte ich.

»Meinst du?«
»So viele ersuchen um die Ehre, Madam. Ihr werdet, das bezweifle ich nicht, Euch für einen entscheiden und ihn zum glücklichsten Mann auf Erden machen.«
Die goldbraunen Augen waren halb geschlossen. Sie dachte wohl, vermutete ich, an ihren süßen Robin.
Seit sie vernommen hatte, daß Erzherzog Karl der schottischen Königin Maria die Ehe angetragen hatte, bemühte sie sich sehr um Sir James Melville, den schottischen Gesandten. Sie spielte ihm auf dem Virginal vor – sie beherrschte das Instrument mit großer Geschicklichkeit –, sie sang, und vor allem tanzte sie, denn Tanzen war ihr die liebste von allen geselligen Vergnügungen, und wie ich bereits sagte, verstand sie sich aufs allerbeste darauf. Sie war so schlank und trug sich mit solcher Würde, daß man sie im Tanzsaal stets zur Königin erwählt hätte.
Sie begehrte von Melville zu wissen, wie ihm ihre Vorführung gefallen habe, und nie unterließ sie die Frage nach einem Vergleich mit seiner Gebieterin, der Königin von Schottland.
Die anderen Hofdamen und ich mußten darüber lachen, wie der arme Melville um die richtige Antwort rang, die Elisabeth schmeichelte, ohne Marias Fähigkeiten auch nur im geringsten herabzusetzen. Elisabeth suchte ihm eine Falle zu stellen, und zuweilen fauchte sie ihn an, weil sie ihn nicht dazu verleiten konnte, ihr zuzugestehen, daß sie die Überlegene war.
Es war erstaunlich, wie solch eine Frau sich dermaßen von den Eitelkeiten der Welt abhängig machen konnte; aber sie war natürlich eingebildet. Das hatte sie mit Robert gemeinsam. Sie hielten sich beide für unübertrefflich. Er war sicher, daß er zu gegebener Zeit ihren Widerstand brechen würde – und wenn er heiratete, so hatte er sich vermutlich gelobt, der Herr und Meister zu sein –, während sie entschlossen war, ihrerseits stets den Ton anzugeben. Und zwischen ihnen stand die Krone – glitzernd und funkelnd. Elisabeth konnte es nicht ertragen, sie mit irgend jemandem zu teilen, und er wollte unbedingt sein Ziel erreichen – die Frau oder die Krone? Ich glaubte es zu wissen, doch ich fragte mich, ob auch Elisabeth es wußte.
Eines Tages war sie sichtlich gehobener Stimmung. Sie lächelte vor sich hin, als wir sie ankleideten – als ich an den Hof zurückging, wurde ich nämlich wieder ihrem Schlafgemach zugeteilt. Ich glaube, sie hatte mich gern um sich, um mit mir schwatzen zu können. Es hieß, sie

mochte die schlagfertigen Antworten, die ich gelegentlich gab und für die ich allmählich bekannt wurde. Ging ich allerdings zu weit, so konnte ich mir durchaus einen drohenden Blick oder einen Schlag einhandeln oder gar einen dieser schmerzhaften Kniffe, womit sie vorzugsweise jene warnte, denen ihrer Meinung nach die ihnen gewährte Gunst zu Kopf gestiegen war.

Sie lächelte also und nickte mehrmals, und als ich sie mit Robert zusammen sah, konnte ich an der Art, wie sie ihn anblickte, erkennen, daß es ihn betraf, was ihre Gedanken bewegt hatte.

Als das Geheimnis gelüftet wurde, konnten wir zunächst nicht glauben, daß es wahr sei.

Das Wohl ihrer schottischen Cousine hatte ihr sehr am Herzen gelegen. Sie gab bekannt, daß sie den idealen Bräutigam für Maria gefunden zu haben glaubte. Er war ein Mann, der allen anderen überlegen war und der sich bereits als äußerst getreuer Diener erwiesen hatte. Die Königin von Schottland würde wissen, welche Hochachtung sie für sie empfand, wenn sie ihr den edelsten Mann des Königreiches zum Gemahl vorschlug.

Es war kein anderer als Robert Dudley.

Wie ich hörte, erlitt Robert einen fürchterlichen Wutanfall, als er davon erfuhr. Für ihn muß es ein Grabgesang auf alle seine Hoffnungen gewesen sein. Er wußte sehr wohl, daß Maria ihn nicht nehmen würde. Doch daß Elisabeth ihn ihr anbot, bewies, daß sie nicht die Absicht hatte, ihm ihre Hand zu reichen.

An diesem Tag herrschte in den Gemächern tiefstes Schweigen. Jedermann scheute sich, zu sprechen. Es dauerte nicht lange, bis Robert hereingestürmt kam. Er stieß jeden beiseite und schritt in Elisabeths Privatgemach, und wir hörten, wie beide sich gegenseitig anschrien. Ich möchte bezweifeln, daß es jemals einen solchen Auftritt zwischen einer Königin und einem Untertan gegeben hat, aber Robert war freilich kein gewöhnlicher Untertan, und wir hatten alle Verständnis für seinen Zorn.

Auf einmal wurde es ruhiger, und wir hätten gern gewußt, was das nun wieder bedeuten mochte. Als Robert herauskam, blickte er keine von uns an, da er aber durchaus zuversichtlich dareinsah, fragten wir uns, was wohl zwischen ihnen vorgefallen war.

Wir sollten es bald erfahren.

Man konnte nicht erwarten, daß die Königin erwog, einen Mann zu

heiraten, der nur der Sohn eines Herzogs war. Lord Robert mußte im Rang erhoben werden. Daher hatte Elisabeth beschlossen, ihn zum Grafen von Leicester und Pair von Denbigh zu machen – dieser Titel war bisher nur von Personen königlichen Geblüts getragen worden –, und ihn mit den Gütern Kenilworth und Astel Grove zu belohnen.
Jedermann lachte hinter vorgehaltener Hand. Natürlich gab sie ihren süßen Robin nicht auf. Sie wollte ihn ehren, und es schien ihr angebracht, dies auf eine Weise zu tun, daß damit gleichzeitig die Königin von Schottland gedemütigt wurde.
Wir am Hof konnten ihre Beweggründe verstehen, aber das Volk würde anders darüber denken. Sie hatte eine Verbindung zwischen der Königin von Schottland und Robert Dudley vorgeschlagen. Also war all das skandalträchtige Gerede über den Mord an Dudleys Gattin falsch gewesen! Die Königin hatte ganz gewiß nichts damit zu tun, denn sie hatte ihn nicht geheiratet, als er frei war, und nun bot sie ihn sogar der Königin von Schottland an!
Unsere kluge Königin hatte ihren Zweck erreicht. Robin erhielt seine Ehrentitel, und im Volk verstummten jene, die der Königin einen Teil der Schuld an der Ermordung seiner Frau gaben.

Ich war zugegen, als Robert seine Ehrungen empfing. Das feierliche Zeremoniell fand im Westminster-Palast statt. Selten hatte ich die Königin in solch fröhlicher Stimmung gesehen. Robert sah wahrhaft prächtig aus in seinem glitzernden Wams, den Kniehosen aus Satin und der vornehmen Halskrause aus Silberspitze. Er trug den Kopf hoch, denn er würde diesen Saal als ein Mann von weit größerem Reichtum und Einfluß verlassen. Noch vor kurzem hatte er geglaubt, jede Hoffnung auf eine Vermählung mit der Königin aufgeben zu müssen, hatte sie doch ihren Entschluß verkündet, ihn nach Schottland zu verbannen. Aber jetzt wußte er, daß sie dies nicht wirklich gewollt hatte, daß es lediglich eine List war, um ihn mit Gaben überhäufen zu können – eine Versicherung ihrer Zuneigung in dem Augenblick, als er befürchtet hatte, ihr gleichgültig geworden zu sein.
Elisabeth, strahlend und schimmernd, betrat den Saal. Die Liebe zu Robert ließ ihr Gesicht sanft erscheinen, so daß sie beinahe schön zu nennen war. Vor ihr schritt als Schwertträger ein sehr großer junger Mann, fast noch ein Junge, Lord Darnley, wie man mir zuflüsterte. Ich schenkte ihm kaum einen Blick, da meine ganze Aufmerksamkeit Ro-

bert galt; hätte ich jedoch gewußt, welche Rolle der junge Mann in Zukunft spielen sollte, so hätte ich wohl mehr auf ihn geachtet.
Aller Augen ruhten selbstverständlich auf dem Paar, den beiden Hauptdarstellern dieses Spektakels, und wie schon so oft zuvor – und auch noch späterhin – wunderte ich mich, wie unverhohlen die Königin ihre Gefühle für ihn zur Schau stellte.
Robert kniete vor ihr, als sie den Umhang in seinem Nacken befestigte, und während sie dies tat, ließ sie zu aller Erstaunen ihre Finger in seinen Kragen gleiten und kitzelte ihn am Hals, als könne sie dem Wunsch, ihn zu berühren, nicht widerstehen.
Ich war nicht die einzige, die das bemerkte. Ich sah, wie Sir James Melville und der französische Gesandte Blicke tauschten, und ich dachte: Darüber wird nun in ganz Europa und auch in Schottland geredet werden. Die Königin von Schottland hatte bereits öffentlich erklärt, daß die vorgeschlagene Verbindung sie beleidigt habe, und sie hatte Robert als den Stallmeister der Königin bezeichnet.
Elisabeth schien das nichts auszumachen. Sie wandte sich an Melville, denn sie mußte den Blick gesehen haben, den er dem Franzosen zugeworfen hatte. Ihr entging fast nichts.
»Nun«, rief sie aus, »was haltet Ihr von meinem Lord Leicester, hm? Uns scheint, Ihr zieht jenen langen Burschen vor.« Damit nickte sie zu Lord Danley hinüber, und ich sah Melville ein wenig zurückzucken. Damals verstand ich nicht, was dies bedeutete, doch später begriff ich, daß sie ihm zu verstehen gab, sie wisse sehr wohl Bescheid über die vermeintlich geheimen Unterhandlungen, die Verheiratung Maria von Schottlands mit Lord Darnley betreffend. Es entsprach ganz ihrer Art, sich die Folgen einer Ehe zwischen Maria und dem hochgewachsenen jungen Mann auszumalen, während sie Robert im Nacken kitzelte.
Später gab sie vor, dagegen zu sein, doch gleichzeitig tat sie alles, um diese Verbindung zustande zu bringen. Sie hatte sich ein vollständiges Bild von Darnley gemacht: noch nicht zwanzig Jahre alt, sehr schlank, so daß er noch größer wirkte, als er eigentlich war, ein hübscher Knabe mit runden, etwas vorstehenden blauen Augen und einer weichen pfirsichfarbenen Haut. Auf diejenigen, welche hübsche Jungen mochten, machte er einen bezaubernden Eindruck. Auch seine Manieren schienen angenehm, doch seine schlaffen Lippen hatten etwas Mürrisches, wenn nicht gar Grausames. Er spielte gut auf der Laute und tanzte ausgezeichnet. Und natürlich hatte auch er einen, wenn auch nur ent-

fernten Anspruch auf die Thronfolge, da seine Mutter die Tochter von Margarete Tudor, der Schwester Heinrichs VIII., war.
Ihn mit Robert zu vergleichen, hieß die Aufmerksamkeit auf seine Schwäche lenken. Ich merkte, daß sich die Königin an diesem Vergleich ergötzte, und daß sie ebenso entschlossen wie Melville war, daß insgeheim nichts geschehen dürfe, was Darnley daran hindern könnte, nach Schottland zu gehen, während sie nach außen hin vorgab, dagegen zu sein.
Als sie sich nach der Zeremonie in ihre privaten Gemächer zurückzog, suchte Robert, nun Graf von Leicester und im Begriff, der mächtigste Mann im Königreich zu werden, sie auf.
Ich saß mit den Hofdamen zusammen. Alles redete über die Feier, wie vornehm und stattlich der Graf von Leicester ausgesehen hatte und wie stolz die Königin auf ihn gewesen war. Hatten wir bemerkt, wie sie ihn am Hals gekitzelt hatte? Sie war so in ihn vernarrt, daß sie nicht einmal bei einem öffentlichen Zeremoniell vor Würdenträgern und Botschaftern ihre Liebe zu ihm verbergen konnte. Wie mußte sie da erst sein, wenn sie allein waren?
Wir kicherten. »Jetzt dauert es nicht mehr lange«, erklärte jemand. Viele waren bereit zu wetten, daß nunmehr der Weg gebahnt sei. Es würde einer Königin leichter fallen, den Grafen von Leicester zu heiraten, als Lord Robert Dudley zum Gemahl zu nehmen. Als Elisabeth ihn als angemessenen Bräutigam für eine Königin vorschlug, hatte sie nicht Maria von Schottland, sondern Elisabeth von England gemeint.

Später war ich mit ihr allein. Sie fragte mich, wie mir die Zeremonie gefallen habe, und ich antwortete, ich hätte sie sehr eindrucksvoll gefunden.
»Der Graf von Leicester sah doch wirklich stattlich aus, nicht wahr?«
»Außerordentlich, Madam.«
»Ich habe nie einen stattlicheren Mann gesehen, und du? Nein, antworte mir nicht darauf. Als tugendhafte Ehefrau wirst du ihn nicht mit Walter Devereux vergleichen wollen.«
Sie bedachte mich mit einem scharfen Blick, und ich fragte mich, ob ich verraten hatte, welchen Reiz Robert für mich besaß.
»Sie sind beide höchst bewundernswerte Männer, Majestät.«
Sie lachte und zwickte mich scherzhaft. »Um die Wahrheit zu sagen«, meinte sie, »es gibt nicht einen Mann am Hofe, der einem Vergleich

mit dem Grafen von Leicester standhält. Aber du siehst Walter als ihm ebenbürtig an, und das gefällt mir. Ich mag keine ungetreuen Ehefrauen.«
Ich spürte einen unangenehmen Stich. Doch wie konnte sie wissen, welchen Eindruck Robert auf mich machte? Ich hatte es gewiß nicht verraten, und er hatte mir nie einen Blick zugeworfen. Vielleicht dachte sie, daß alle Frauen ihn begehrten.
Sie fuhr fort: »Ich habe ihn der Königin von Schottland angeboten. Sie hielt ihn ihrer nicht für würdig. Sie hat ihn nie gesehen, sonst hätte sie ihre Meinung geändert. Ich habe ihr die größte Ehrenbezeugung erwiesen, deren ich fähig bin: Ich habe ihr den Grafen von Leicester als Gatten vorgeschlagen. Ich will dir etwas anvertrauen: Hätte ich nicht gelobt, unverheiratet und im jungfräulichen Zustand zu sterben, so wäre der einzige Mann, den ich geehelicht hätte, Robert Dudley gewesen.«
»Ich weiß, wie sehr Eure Majestät ihm zugetan sind, und er Euch desgleichen.«
»Ich habe das dem schottischen Gesandten erzählt, und weißt du, was er erwidert hat, Lettice?«
Ich wartete respektvoll, bis sie fortfuhr: »Er sagte, ›Madam, das braucht Ihr mir nicht zu sagen. Ich kenne Euren erhabenen Geschmack. Ihr denkt, sobald Ihr Euch vermählt, seid Ihr nur noch die Königin von England, jetzt aber seid Ihr König und Königin zugleich. Ihr möchtet Euch keinem Befehl unterwerfen‹.«
»Und haben Eure Majestät ihm zugestimmt?«
Sie gab mir einen sanften Stoß. »Ich denke, das weißt du ganz genau.«
»Ich weiß«, sagte ich, »daß ich mich glücklich schätzen darf, mit Euer Hoheit blutsverwandt zu sein und einer solch edlen Dame dienen zu dürfen.«
Sie nickte. »Ich muß mich gewissen Pflichten beugen«, sagte sie. »Als ich ihn heute vor mir stehen sah, habe ich mich beinahe versucht gefühlt, meinen Entschluß umzustoßen.«
Unsere Augen trafen sich. Ihre große Pupillen waren wie Lampen, die meine Gedanken durchleuchteten. Ich fürchtete mich vor ihnen. In Zukunft sollte das noch oft der Fall sein.
»Ich muß mich stets von meinem Schicksal leiten lassen«, sagte sie. »Uns bleibt nur, der Notwendigkeit zu gehorchen ... Robert und ich.«

Ich spürte, daß sie mich warnte, und ich hätte gern gewußt, was man über mich gesagt hatte. Meine Anziehungskraft hatte durch die Schwangerschaft keinen Schaden erlitten, ich glaube sogar, sie war eher noch größer geworden. Ich hatte die Blicke der Männer gespürt, die mir gefolgt waren, und ich hatte sagen hören, ich sei eine höchst begehrenswerte Frau.
»Ich möchte dir etwas zeigen«, sagte sie, stand auf und trat an eine Schublade. Sie nahm ein kleines, in Papier gewickeltes Päckchen heraus, auf dem in ihrer Handschrift geschrieben stand: »Das Bildnis meines Herrn.«
Sie löste die Verpackung, und eine Miniatur kam zum Vorschein. Roberts Antlitz blickte mich an.
»Es ist ein sehr ähnliches Bildnis«, sagte sie. »Findest du das nicht auch?«
»Niemand könnte annehmen, daß es einen anderen als Lord Leicester darstellt.«
»Ich habe es Melville gezeigt, und auch er fand es trefflich gelungen. Er wollte es seiner Gebieterin bringen, denn er meinte, wenn sie dieses Gesicht einmal erblickt habe, so sei sie nicht mehr imstande, ihn abzuweisen.« Sie lachte schelmisch. »Ich habe ihm nicht erlaubt, es zu behalten. Es sei das einzige Bildnis, das ich von ihm hätte, sagte ich Melville, deshalb könne ich es nicht entbehren. Ich denke, er hat das verstanden.«
Sie hatte es mir in die Hand gegeben: jetzt entriß sie es mir ziemlich unsanft. Sie wickelte es sorgfältig ein. Symbolisch zeigte sie damit ihre Gefühle für ihn. Sie würde ihn niemals von ihrer Seite lassen.

Robert glaubte ohne Zweifel, daß als nächster Schritt, nachdem er von der Königin so geehrt worden war, die Vermählung folgen würde, und auch ich nahm an, daß dies ihre wirkliche Absicht war, trotz ihrer nachdrücklichen Entschlossenheit, im jungfräulichen Zustand verbleiben zu wollen. Er war jetzt sehr reich – einer der reichsten Männer in England –, und er begab sich augenblicklich an die Verschönerung des Schlosses Kenilworth. Es war durchaus nicht überraschend, daß er nun darauf bedacht war, besondere Vornehmheit zur Schau zu tragen. Und ganz sicher stand er mit der Königin auf sehr vertrautem Fuße. Ihr Schlafgemach war in gewisser Hinsicht ein Staatskabinett, und nach jahrhundertealter Sitte empfing sie hier die Minister. Robert aber ging weiterhin unangemeldet und unaufgefordert ein und aus. Einmal riß er der Kammerfrau das Hemd, welches diese ihrer Aufgabe gemäß der Königin zu reichen im Begriffe war, aus der Hand und übergab es ihr selbst; ein anderes Mal wurde er gesehen, als er sie küßte, während sie im Bett lag.

Ich erinnerte mich an das, was ich über Elisabeths Vorleben gehört hatte. So hatte sich Thomas Seymour in ihrem Schlafgemach gewisse Freiheiten herausgenommen, doch ich gelangte mehr und mehr zu der Überzeugung, daß es zwischen ihnen zu keinen körperlichen Liebesbeweisen gekommen war. Elisabeth empfand stets großes Vergnügen an der Reizung der Sinne – ihrer eigenen wie der ihrer Verehrer –, doch einige Leute behaupteten, weiter beabsichtige sie in ihren Beziehungen nicht zu gehen.

Sie gab zu zahlreichen Gerüchten Anlaß, die sich natürlich weit von der Wahrheit entfernten; wie sie aber mit denen umsprang, die ihr die Ehe antrugen, darüber staunte die Welt. Es hat gewiß nie eine Königin gegeben, die so umworben war, ohne daß jemand sie für sich gewann, und während die Königin darin eine höchst ergötzliche Unterhaltung sah, war es für ihre Freier entschieden peinlich und mitnichten schmeichelhaft.

Robert, der erste unter allen Anwärtern, wurde allmählich gereizt. Sie standen beide nicht mehr in der ersten Jugend, und wollte die Königin einen gesunden Erben zur Welt bringen, so wurde es gewiß Zeit, daß sie sich vermählte.

Als Königin wußte sie genau, wie wichtig das war, und doch tändelte sie nur herum. Wenn ausländische Fürsten um ihre Hand anhielten, so nahm man an, sie lehne sie deshalb ab, weil sie Robert Dudley wollte; da aber nun die Zeit verstrich, ohne daß sie Heiratsabsichten bekundete, hätte jedermann sie, mit Ausnahme von Roberts erbittertsten Feinden, gerne mit ihm vermählt gesehen, zumal sie ihn aufrichtig zu lieben schien.

Sie aber machte keinerlei Anstalten, und daher begann sich das Volk zu fragen, ob es wohl einen anderen Grund gab, weshalb sie sich weigerte, zu heiraten. Man flüsterte, sie müsse etwas an sich haben, das sie von anderen Frauen unterschied. Man deutete an, sie sei nicht fähig, ein Kind zu empfangen, und da sie dies wisse, sei es sinnlos für sie zu heiraten, nur damit ein Mann den Thron mit ihr teilen könne. Man raunte, ihre Wäscherinnen hätten das Geheimnis verraten, sie habe

ihre Monatsregel so selten, daß man daraus unweigerlich schließen müsse, sie könne keine Kinder bekommen. Ich war allerdings der Meinung, daß es keine ihrer Wäscherinnen gewagt hätte, solch ein Geheimnis preiszugeben. Ihr Verhalten war rätselhaft. Denn wenn eine Frau je geliebt hat, dann Elisabeth damals Robert. Das Seltsame daran war, daß sie sich nicht die Mühe machte, dies zu verbergen.
Ich fragte mich immer wieder, ob das mit ihren Kinderjahren zusammenhing. Sie war ein kleines Mädchen von drei Jahren gewesen, als ihre Mutter starb, doch da sie ausgesprochen frühreif war, war ihr dieser Verlust gewiß bewußt geworden. Daß ihre lebenslustige Mutter viel Zeit mit ihrer Tochter verbracht hatte, war kaum anzunehmen, doch ich konnte mir vorstellen, daß sich jeder Besuch, den sie ihr abstattete, dem Kind eingeprägt hatte. Anna Boleyn war für ihren guten Geschmack bekannt gewesen, und ich hatte gehört, daß es ihr besonderes Vergnügen bereitet habe, ihre Tochter in schöne Gewänder zu kleiden. Und dann war die Mutter plötzlich verschwunden. Ich malte mir aus, wie das aufgeweckte kleine Mädchen Fragen stellte und unbefriedigende Antworten erhielt. Sie bekam keine hübschen Kleider mehr; statt dessen mußte ihre Erzieherin beim König um ein paar Kleidungsstücke betteln, welche seine Tochter dringend benötigte. Ein Vater, der zwei Ehefrauen enthaupten ließ, muß furchterregend gewesen sein. Eine Stiefmutter war im Kindbett gestorben, eine andere wurde verschmäht und verstoßen; und schließlich war da Katharina Parr gewesen, die gütige und liebenswürdige Königinwitwe, mit deren Gatten Elisabeth so ausgiebig geschäkert hatte, daß sie aus dem Hause gewiesen wurde. Danach war sie immer wieder in Gefangenschaft geraten, und das Henkersbeil hatte über ihrem Haupte geschwebt. Und schließlich hatte sie den Thron bestiegen. Kein Wunder, daß sie entschlossen war, ihn zu behalten. Kein Wunder auch, daß sie bei solch einem Vater den Leidenschaften der Männer mißtraute. Ob dies der Grund war, daß sie auch nicht auf den kleinsten Teil ihrer Macht verzichten wollte ... nicht einmal um ihres geliebten Robert willen?
Er aber wurde immer ungeduldiger, als die Monate dahingingen, und oft hörten wir, daß zwischen ihnen scharfe Worte fielen. Einmal wurden wir Zeuge, wie sie ihn daran erinnerte, daß sie die Königin sei und er sich ja in acht nehmen solle. Nach solchen Ausbrüchen pflegte er mürrisch von dannen zu gehen, während sie sich nach ihm verzehrte. Dann kam er zurück, und sie waren wieder Freunde.

Es gab viel Gerede über die Vorgänge in Schottland.
Maria hatte Darnley geheiratet, sehr zu Elisabeths geheimem Vergnügen, obwohl sie vorgab, darüber erzürnt zu sein. Sie machte sich mit Robert über Maria lustig. »Sie wird jetzt den Kummer aus großen Löffeln schlürfen«, sagte sie, »und dabei hätte sie Euch haben können, Robert.«
Ich hatte den Eindruck, sie wollte Maria dafür bestrafen, weil sie Robert nicht genommen hatte, obgleich sie, Elisabeth, gar nicht beabsichtigt hatte, ihn ihr zu überlassen.
Sie errang sich nun die aufrichtige Anerkennung der gerissenen Staatsmänner ihrer Umgebung. William Cecil, der Kanzler Nicholas Bacon und der Graf von Essex, um nur einige zu nennen, erkannten in ihr die scharfsinnige Politikerin. Anfangs hatte sie sich in einer unerfreulichen Lage befunden. Wie konnte sie sich sicher fühlen, wenn sie jederzeit mit dem Fluch der Illegitimität belegt werden konnte? Nie war die Stellung eines Herrschers verwundbarer gewesen als die Elisabeths. Sie war jetzt etwa dreiunddreißig Jahre alt und hatte es zuwege gebracht, im Herzen ihres Volkes einen Platz einzunehmen, der dem ihres Vaters in nichts nachstand. Trotz all seiner Taten hatte er die Gunst des Volkes nie verloren. Mochte er die Reichtümer des Landes mit vollen Händen verschwenden, mochte er sich sechs Frauen nehmen und zwei von ihnen dem Henker überantworten: Er war trotzdem der Held des Volkes und sein König geblieben, und nie hatte es einen ernsthaften Versuch gegeben, ihn abzusetzen. Elisabeth war seine Tochter, sie hatte sein Aussehen und seine Art, ihre Stimme glich der seinen, sie fluchte wie er, und wo sie auch hinkam, hieß es: »Da geht des großen Heinrichs Tochter.« Sie war sich wohl bewußt, daß dies einer ihrer größten Vorzüge war.
Niemand konnte die Tatsache leugnen, daß sie Heinrichs Tochter war und daß er sie einst als legitim anerkannt hatte.
Aber sie mußte auf der Hut sein, und also war sie wachsam. Maria, die Königin von Schottland, besaß einen Anspruch auf den Thron Englands. Was gab es daher besseres, als sie mit einem schwachen, liederlichen Jüngling zu vermählen? Er würde das Seine dazu beitragen, damit es mit Schottland bergab ging, so daß sich auch bei denen Widerwille regte, die Maria eigentlich geneigt waren. Catherine und Mary Grey, Lady Janes Schwestern, waren im Tower gefangen, weil sie ohne Zustimmung der Königin geheiratet hatten. So hatte sie dafür gesorgt,

daß jeder, der in England womöglich einen größeren Anspruch auf den Thron hatte als sie selbst, sicher hinter Schloß und Riegel war.

Es kam die Nachricht, die Königin von Schottland sei schwanger. Das war sehr beunruhigend. Falls es sich erwies, daß Maria fruchtbar war und vielleicht einen Sohn gebar, würden die Leute sie in Kürze mit der Königin von England vergleichen. Elisabeth war bedrückt – da kam die Botschaft von jenem schicksalhaften Nachtmahl im Holyrood-Palast von Edinburgh, wo Marias italienischer Geheimschreiber Rizzio vor den Augen der hochschwangeren Königin ermordet wurde. Elisabeth gab vor, schockiert und erzürnt zu sein, als die Andeutung fiel, Rizzio sei Marias Liebhaber gewesen, doch insgeheim freute sie sich. Gleichzeitig aber wurde sie nachdenklich. O ja, sie gab einem schon Rätsel auf, unsere Königin.

Die Hofgesellschaft befand sich in Greenwich, dem Lieblingspalast der Königin, weil sie dort geboren worden war. Das Audienzzimmer hier war sehr schön ausgestattet und mit zahlreichen Wandteppichen geschmückt. Elisabeth bereitete es Vergnügen, Besuchern, die zum erstenmal hier waren, immer das Zimmer zu zeigen, in dem sie geboren war. Dann stand sie da, einen merkwürdigen Ausdruck in den Augen, und ich fragte mich, ob sie wohl an ihre Mutter dachte, wie diese, das schöne schwarze Haar über das Kissen gebreitet, erschöpft von der Geburt, hier lag. Dachte sie an den heftigen Schmerz, den Anna Boleyn empfunden haben mußte, als man ihr sagte: »Es ist ein Mädchen«, da doch durch die Geburt eines Knaben ihre Zukunft wohl ganz anders ausgesehen hätte? Manchmal zeigte ihr Gesicht eine finstere Entschlossenheit, als habe sie beschlossen, sich als tüchtiger zu erweisen, als es ein Knabe jemals vermocht hätte.

Hier waren wir also – Elisabeth trug eine ihrer prachtvollen Roben von weißem und karmesinrotem Satin, über und über mit vogeleiergroßen Perlen bestickt, und eine Halskrause, in der winzige Diamanten wie Tautropfen glitzerten.

Sie tanzte gerade mit Thomas Heneage, einem sehr ansehnlichen Mann, der seit einiger Zeit hoch in ihrer Gunst stand, als William Cecil eintrat. Sein Verhalten ließ vermuten, daß er wichtige Neuigkeiten mitzuteilen hatte; die Königin machte ihm ein Zeichen, er solle sich unverzüglich zu ihr begeben. Cecil flüsterte ihr etwas zu, und ich sah sie erbleichen. Ich tanzte in ihrer Nähe mit Christopher Hatton, einem der besten Tänzer am Hofe.

»Fühlen Eure Majestät sich nicht wohl?« flüsterte ich.
Ein paar von ihren Hofdamen umringten sie, und sie blickte uns kummervoll an und sagte: »Die Königin von Schottland ist von einem prächtigen Sohn entbunden worden, und ich bin nur ein dürrer Stamm.«
Ihre Mundwinkel waren herabgezogen, und sie sah traurig und blaß aus. Cecil flüsterte ihr abermals etwas zu, und sie nickte.
»Schickt mir Melville her«, sagte sie, »daß ich ihm meine Freude bekunden kann.«
Als der schottische Gesandte hereingeführt wurde, fiel alle Traurigkeit von ihr ab. Munter berichtete sie, sie habe die Botschaft vernommen und freue sich darüber. »Meine Schwester in Schottland ist wahrlich gesegnet«, sagte sie.
»Es ist ein göttliches Wunder, daß das Kind gesund zur Welt gekommen ist«, gab Melville zurück.
»Ach ja. Es hat soviel Hader in Schottland gegeben, doch dieser prächtige Knabe wird Maria ein Trost sein.«
Als Melville sie fragte, ob sie die Patenschaft über den Prinzen übernehmen wolle, erwiderte sie: »Von Herzen gern.«
Später sah ich, wie ihre Augen Robert folgten, und ich dachte: Sie kann nicht so weitermachen. Da die Königin von Schottland einen Sohn geboren hat, muß ihr wohl endgültig klargeworden sein, daß sie England unbedingt einen Thronerben schenken muß. Und sie wird Robert Dudley zum Gatten nehmen, denn im Grunde wollte sie ihn schon immer haben.

Ich stand bei der Königin so hoch in Gunst, daß sie mir zu Neujahr dreizehn Ellen schwarzen Samtes für ein Kleid schenkte, ein wahrhaft kostbares Präsent.
Zum Dreikönigsfest hielten wir uns in Greenwich auf. Ich war aufgeregt, da mir schien, daß während der letzten Wochen Robert Dudley auf mich aufmerksam geworden sei. Es geschah häufig, daß ich in einem Raum voller Menschen plötzlich aufsah und seine Augen auf mir ruhend fand. Wir tauschten einen flüchtigen Blick und lächelten.
Zweifellos war Robert nicht nur der stattlichste, sondern auch der reichste und mächtigste Mann am Hofe. Die Aura von Männlichkeit, die ihn umgab, war sofort zu spüren. Ich wußte nie genau, ob es diese Eigenschaft war, die mich so stark an ihm anzog, oder die Verliebtheit

der Königin. Eine zu enge Beziehung zu ihm zu knüpfen, würde bedeuten, ihren Zorn auf sich zu ziehen. Jede Zusammenkunft müßte mit äußerster Heimlichkeit erfolgen, und sollte der Königin jemals etwas darüber zu Ohren kommen, so bräche ein heftiger Sturm los, der Robert und mich die Gunst der Königin kosten könnte. Diese Aussichten fand ich im höchsten Maße aufregend. Ich hatte schon immer ein Vergnügen daran gefunden, mich in Gefahr zu begeben.

Ich war nicht so töricht, als daß ich mir nicht bewußt gewesen wäre, wie schnell er mich vergessen würde, wenn die Königin ihn zu sich rief. Roberts Liebe galt zu allererst der Krone, und er war ein sehr zielstrebiger Mann. Was er wollte, das suchte er mit allen ihm zur Verfügung stehenden Mitteln zu bekommen.

Unglücklicherweise gab es nur einen Weg für ihn, an der Herrscherwürde teilzuhaben. Elisabeth allein konnte ihm dies verschaffen, aber sie zeigte sich mit jedem Tag unwilliger, ihm das zu geben, wonach er strebte.

Der Ärger war ihm nun anzusehen. Man konnte beobachten, welche Veränderung mit ihm vorging. Wie oft hatte sie ihm Hoffnung gemacht und dann doch immer wieder gezögert. Es mußte ihm endlich klargeworden sein, daß sie ihn mit großer Wahrscheinlichkeit überhaupt nicht heiraten würde. Er hatte sich angewöhnt, dem Hof mehrere Tage fernzubleiben; das ärgerte nun wiederum sie. Wann immer sie einen Raum betrat, in dem Menschen versammelt waren, blickte sie sich suchend nach ihm um. War er nicht da, wurde sie gereizt, und wenn sie sich zurückzog, so konnten wir fast sicher sein, daß eine von uns wegen angeblicher Ungeschicklichkeit einen Schlag erhielt, der in Wirklichkeit aber Roberts Abwesenheit galt.

Manchmal schickte sie nach ihm und verlangte von ihm zu wissen, wie er es wagen konnte, sich zu entfernen. Dann erwiderte er, ihm scheine seine Gegenwart für sie nicht mehr vonnöten. Sie stritten sich. Wir hörten zu, wie sie einander anschrien, und stets bewunderten wir Roberts Tollkühnheit. Zuweilen kam er aus ihren Gemächern stolziert, und sie rief ihm nach, wie froh sie sei, ihn los zu sein. Dann aber schickte sie wieder nach ihm, sie versöhnten sich, und er war für eine Weile ihr süßer Robin. Doch in dem einen Punkt, auf den es allein ankam, gab sie niemals nach.

Ich vermutete, daß er allmählich seine Hoffnungen aufgab und einsah, daß sie nicht die Absicht hatte, ihn zu heiraten. Ich sah, wie sie ihn

streichelte, ihn liebkoste, ihm übers Haar strich und ihn küßte – aber dabei blieb es. Nie würde sie gestatten, daß das Liebesspiel seinen natürlichen Höhepunkt erreichte. Mit der Zeit glaubte ich, daß sie in dieser Beziehung fast abartig veranlagt war.
Und dann kam die Gelegenheit, auf die ich, wie mir schien, mein Leben lang gewartet hatte. Ohne Zweifel war ich von Robert garadezu besessen. Vielleicht wurde ich immer ungehaltener über die beiden, weil ich sie so oft zusammen sah. Sie spielten – wenigstens Elisabeth – das Liebespaar auf eine Weise, die ich für ausgemacht töricht hielt. Vielleicht wollte ich mich rächen für die schmerzhaften Kniffe und Schläge, die sie mir gegeben hatte. Vielleicht wollte ich ihr auch zeigen, daß ich es auf einem bestimmten Gebiet selbst mit einer Königin aufnehmen und sie besiegen konnte. Für eine Natur wie die meine war es ärgerlich, sich immer nur demütig und dankbar für ihre Gunst erweisen zu müssen.
Das Ereignis, von dem ich sprechen will, steht mir noch deutlich vor Augen.
Mit ihren Kammerfrauen zusammen putzte ich sie für den Abend heraus. Sie saß, angetan nur mit dem Hemd und dem leinenen Unterrock, vor dem Spiegel und betrachtete sich darin. Ein Lächeln umspielte ihre Lippen, und sie dachte offensichtlich über etwas nach, das ihr Spaß machte. Ich bildete mir ein, sie überlegte sich, daß sie Robert den Titel des Bohnenkönigs verleihen wollte. Das gehörte zu den Lustbarkeiten des Dreikönigsfestes; dem Erwählten war es gestattet, sich an diesem Abend so aufzuführen, wie es ihm beliebte. Er durfte jeden Anwesenden bitten, zu tun, was ihm gefiel, und alle mußten gehorchen.
Es galt als so gut wie sicher, daß Elisabeth wie alljährlich Robert mit dieser Ehre bedenken würde, und ich glaubte, daß sie daran dachte, während wir sie ankleideten. Sie blickte auf die Uhr, ein Nürnberger Ei in einem Kristallbehälter, und sagte: »Aber so beeilt euch doch! Worauf warten wir denn noch?«
Eine der Kammerfrauen brachte ihr ein Tablett mit falschen Haarteilen. Sie wählte eines aus, und schließlich war ihr Haar zu ihrer Zufriedenheit frisiert.
Als nächstes mußten wir ihr das Korsett aus Fischbein und steifem Leinen anlegen. Das tat niemand gern; sie mußte nämlich eng geschnürt werden; schnürte man sie aber allzu eng, so wurde sie unwillig und ebenso, wenn ihre Taille nicht schmal genug war. Doch an diesem

Abend war sie mit ihren Gedanken woanders, und wir brachten die Prozedur hinter uns, ohne daß wir durch ihre Kritik aufgehalten wurden.
Ich half, die mit Fischbein verstärkten Hüftpolster zu befestigen, und dann zogen wir ihr die Unterröcke an. Hierauf setzte sie sich, und man legte ihr eine Auswahl von Halskrausen vor. Sie entschied sich für eine nach der neuen Piccadilly-Mode, mit feinen Fältchen aus bestickter Spitze, doch bevor diese angelegt wurde, kleideten wir sie in das Übergewand, welches an diesem Abend auserlesen schön war. Elisabeth glitzerte und funkelte im Lichte der Kerzen und Pechpfannen.
Ich brachte ihr den Gürtel und befestigte ihn um ihre Taille. Sie beobachtete mich aufmerksam, während ich aufpaßte, daß ihr Fächer, ihr Riechfläschchen und ihr Spiegel in den Gürtel gesteckt wurden.
Ich versuchte, die Bedeutung ihres durchdringenden Blickes zu ergründen. Ich wußte, daß ich an diesem Abend besonders hübsch aussah und daß mir mein Kleid, das gerade durch seine Einfachheit bestach, besser zu Gesichte stand als Elisabeth das ihre trotz all seiner Pracht. Mein Untergewand war von einem tiefen Mitternachtsblau, und die Näherin war auf den klugen Gedanken gekommen, es mit Sternen aus Silbergarn zu besticken. Das Blau des Oberkleids war um eine Schattierung heller und ausgezeichnet auf das dunklere Blau abgestimmt, die Puffärmel wiederum hatten dieselbe Farbe wie das Untergewand. Im Ausschnitt trug ich einen einzelnen Diamanten an einer goldenen Kette, darüber lag meine Halskrause aus kostbarster Spitze, die ebenso wie mein Untergewand mit sternförmigen silbernen Knötchen bestickt war.
Die Königin kniff die Augen ein wenig zusammen. Ich sah zu blendend aus, und das mißfiel ihr. Innerlich lachte ich triumphierend. Mich konnte sie nicht wegen übertriebener Kleidung schelten, wie sie es zuweilen bei ihren anderen Damen tat.
Sie sagte: »Ich sehe, du trägst diese neue Virago-Ärmel, Cousine. *Ich* finde, sie vermögen ein Kleid kaum zu verschönern.«
Ich senkte die Augen, damit sie die Schadenfreude darin nicht gewahrte. »Ja, Euer Majestät«, sagte ich ernsthaft.
»Also kommt. Laßt uns gehen.«
Mit ihr zusammen begab ich mich zu der bereits versammelten Gesellschaft, wobei ich schicklicherweise einige Schritte hinter ihr blieb. Derlei Ereignisse beeindruckten mich stets tief; denn das Hofleben war mir

noch immer so ungewohnt, daß ich mich davon einschüchtern ließ. Wenn Elisabeth erschien, trat augenblicklich Schweigen ein. Die Menschen wichen zurück und machten ihr einen Weg frei, was mich, wie ich einmal zu Walter sagte, an Moses erinnerte, als er das Rote Meer teilte. Blickte sie einen Mann an, so fiel er auf die Knie, und eine Frau versank natürlich in einen tiefen Hofknicks und hielt die Augen gesenkt, bis die Königin vorüber war oder sie aufforderte, sich zu erheben, falls sie den Wunsch hatte, mit ihr zu sprechen.

Ich erspähte Robert sogleich, und wir tauschten diesen gewissen Blick. Ich wußte, ich war an diesem Abend außergewöhnlich schön. Ich war vierundzwanzig, nicht eben unglücklich verheiratet, aber unbefriedigt, und diese Unzufriedenheit hatte der Graf von Leicester mit mir gemeinsam. Ich sehnte mich nach einem Abenteuer, das mich die Eintönigkeit der Tage hätte leichter ertragen lassen. Ich war der Häuslichkeit auf dem Lande überdrüssig. Für eine treue Ehefrau war ich wohl nicht geschaffen, fürchtete ich, und ich war von Robert besessen.

Er war damals etwa Mitte dreißig und in der Vollkraft seiner Jahre. Doch Robert schien zu den Männern zu gehören, deren Vollkraft ihr ganzes Leben lang währt – oder jedenfalls fast. Für Frauen jedenfalls würde er immer begehrenswert sein.

Es gab zwei Männer, denen die Königin neuerdings ihr Lächeln schenkte: Thomas Heneage und Christopher Hatton. Beide waren ungewöhnlich stattlich. Diejenigen, denen die Königin diese besondere Gunst gewährte, ließen sich an den Fingern abzählen. Sie waren immer von angenehmem Äußeren, besaßen besondere gesellschaftliche Gaben und mußten vorzügliche Tänzer sein. Dies konnte den Anschein erwecken, daß Elisabeth eine oberflächliche Kokette gewesen sei, denn sie äugelte mit diesen Galanen auf höchst unkönigliche Art. Doch begünstigte sie auch Männer von weit höherem Stand; so vertraute sie Cecil und Bacon, deren Wert sie kannte und denen sie eine treu ergebene Freundin war. Deren Stellung war bei weitem gefestigter als die der Schönlinge, denen sie wohl ihre Gunst schenkte, sie aber jederzeit einem anderen ebenso stattlichen Neuling bei Hofe zuwenden konnte. Robert stand unter ihren Günstlingen an erster Stelle. Oft dachte ich, sie ermutige die anderen vor allem deshalb, um ihn öffentlich zu demütigen.

Sie war zu der Meinung gelangt, daß er zu vieles als selbstverständlich hinnahm. Seit sie ihn mit so großen Ehrungen bedacht hatte, war er

anmaßend geworden, und sie wollte ihm wieder einmal deutlich machen, daß sie es war, die bestimmte.
Sie nahm Platz und lächelte den drei augenblicklichen Favoriten zu.
Ein Page brachte die Bohne auf einem Silbertablett und reichte es der Königin. Sie nahm es in die Hand und betrachtete lächelnd die jungen Männer, die sie umringten. Robert blickte sie an, bereit, die Bohne entgegenzunehmen, da sagte die Königin: »Hiermit ernenne ich Sir Thomas Heneage zum Bohnenkönig.«
Es war ein Augenblick voller Spannung. Sir Thomas, vor Freude errötend, kniete vor ihr nieder. Ich schaute Robert an und sah, wie er erbleichte und die Lippen zusammenpreßte. Dann aber warf er den Kopf zurück und lächelte, wußte er doch, daß ihn jedermann beobachtete. Hatte es Elisabeth früher nicht Vergnügen gemacht, ihn an jedem Dreikönigsfest seit ihrer Thronbesteigung zu ihrem Bohnenkönig zu machen?
Es würde Gerede geben. »Die Königin liebt Leicester nicht mehr«, würden die Leute sagen. »Jetzt wird sie ihn ganz bestimmt nicht heiraten.«
Fast tat Robert mir leid, doch gleichzeitig frohlockte ich, war doch dies alles Teil des nächtlichen Abenteuers.
Als sein erstes Vorrecht forderte Thomas, der Königin die Hand zu küssen. Sie reichte sie ihm und erklärte, ihr bleibe keine Wahl, als zu gehorchen. Sie schenkte ihm ein verliebtes Lächeln, und ich wußte, daß sie dies tat, um Robert zu ärgern.
An diesem Abend tanzte ich mit Robert. Fest drückten seine Finger die meinen, und wir tauschten bedeutungsvolle Blicke.
»Ihr seid mir am Hofe schon lange aufgefallen«, begann er die Unterhaltung.
»Wirklich, Mylord?« gab ich zurück. »Ich habe nichts davon bemerkt, dachte ich doch, Ihr hättet nur Augen für die Königin.«
»Es ist ganz unmöglich, die schönste Dame bei Hofe zu übersehen.«
»Still!« rief ich spottend. »Eure Rede bedeutet Verrat.«
Ich lachte ihn aus. Aber im Verlauf des Abends wurde er immer hitziger, und schließlich waren seine Absichten so eindeutig, daß ich ihn daran erinnern mußte, ich sei eine verheiratete Frau und er ebenfalls so gut wie verheiratet. Er erwiderte, es gebe Gefühlsregungen, die seien so heftig, daß man sie nicht unterdrücken könne, gleichgültig, welche Bindungen dem entgegenstünden.

Robert war kein geistreicher Mann; eine blumenreiche Sprache oder flinke, schlagfertige Erwiderungen lagen ihm nicht. Er war geradeheraus, stark und entschlossen, und er machte keinen Hehl aus seinem Begehren. Das mißfiel mir durchaus nicht. Meine Leidenschaft war der seinen ebenbürtig, und mein Gefühl sagte mir, daß Robert mir zu einer Erfüllung verhelfen konnte, wie sie mir niemals zuvor zuteil geworden war. Ich war Jungfrau gewesen, als ich Walter heiratete, und bislang hatte ich lediglich in Gedanken den Pfad der ehelichen Tugend verlassen. Doch diesen Mann begehrte ich mit einer Heftigkeit, die seinem Verlangen nach mir vollständig entsprach. Ich wußte von vornherein, daß er mich ohne Federlesens nehmen würde, und ich war entschlossen, ihm zu beweisen, daß er, hatte er es erst einmal mit mir versucht, ohne mich nicht mehr auskommen konnte. Ich dachte an den drohenden Gesichtsausdruck der Königin, wenn sie sich mit Robert stritt. Ich wußte, könnte sie mich jetzt sehen und hören, so wäre sie imstande, mich zu töten. Doch das stachelte mich erst recht an.
Er sagte, wir müßten uns heimlich treffen. Ich wußte, was er damit meinte, und es war mir gleichgültig. Ich kümmerte mich nicht um Vorsichtsmaßnahmen, und ich hatte keine Gewissensbisse. Er sollte mein Liebhaber werden, das war alles, was ich wollte.
Die Königin tanzte mit Christopher Hatton, dem besten unter allen Tänzern. Sie hatten die ganze Tanzfläche für sich allein, wie sie es liebte. Als sie aufhörten, klatschten alle begeistert Beifall und erklärten, die Königin habe sich diesmal selbst übertroffen.
Thomas Heneage, der Bohnenkönig, sagte, nach diesem Tanz, der nicht seinesgleichen habe, verbiete er, daß vorderhand irgend jemand die Tanzfläche betrete, denn es sei bereits ein Sakrileg den Boden zu berühren, auf dem die königlichen Füße einhergeschritten waren.
Ich mußte innerlich lachen. Diese widerwärtigen Schmeicheleien versetzten mich jedesmal in Erstaunen. Ich dachte immer, eine so scharfsinnige Frau, wie es Elisabeth zweifellos war, müßte dafür nur ein verächtliches Lächeln übrig haben. Doch weit gefehlt; sie nahm die Schmeicheleien hin, als handle es sich um augenfällige Tatsachen.
Statt zu tanzen, sagte unser Bohnenkönig, sollten wir ein Frage-und-Antwort-Spiel machen. Er werde die Fragen stellen und diejenigen bestimmen, die sie beantworten müßten.
Wenn man einen einstmals mächtigen Mann auch nur ein wenig straucheln sieht, so können es seine Feinde kaum erwarten, über seinen

Untergang zu frohlocken. Sie erinnerten mich an Krähen, die auf einem Baum in der Nähe eines Galgens mit einem eben Gehenkten hockten. Es war offenkundig, daß Robert nicht mehr so hoch in Gunst stand wie bisher, und daher schien jedermann begierig, ihn noch weiter zu demütigen. Selten hatte ein Mann sich so viele Neider geschaffen, aber kaum jemals hatte auch ein regierender Fürst einem Untertan so viele Beweise seiner Gunst zukommen lassen wie die Königin Robert Dudley.

Es war unvermeidlich, daß Heneage eine Frage an Robert richten würde, und die ganze Gesellschaft wartete mit angehaltenem Atem darauf.

»Lord Leicester«, sagte Heneage, »ich befehle Euch, Ihre Majestät um die Beantwortung einer Frage zu bitten.«

Robert neigte zustimmend den Kopf und wartete.

»Was ist schwerer aus den Gedanken zu tilgen, die schlechte Meinung eines schurkigen Spitzels oder Eifersucht?«

Ich beobachtete Roberts Gesicht, da ich neben ihm stand. Es war wirklich aller Bewunderung wert, wie er seinen Zorn zu verbergen wußte. Er wandte sich an die Königin. Seine Stimme war beherrscht. »Majestät hören den Befehl des Bohnenkönigs, und da er der von Euch erwählte König des Abends ist, bleibt mir nichts zu tun, als zu gehorchen. Darum bitte ich Euch, uns eine Antwort zu erteilen.«

Nachdem er die Frage wiederholt hatte, blickte die Königin feierlich drein, lächelte ihn dann liebenswürdig an und erwiderte: »Mylord, ich möchte sagen, daß man sich von beiden nur schwer befreien kann, daß es aber bei der Eifersucht schwieriger ist.«

Robert kochte bereits vor Wut, weil man ihn öffentlich lächerlich machte; daß die Königin sich aber mit Heneage verbündet zu haben schien, brachte ihn erst recht in Rage.

An diesem Abend näherte er sich der Königin nicht mehr. Als gerade eine Menge Leute tanzten, ergriff er meine Hand und zog mich aus dem Saal in eine kleine Kammer, von deren Vorhandensein er wußte. Er schloß die Tür hinter uns.

»Mylord«, sagte ich und merkte, wie meine Stimme vor Erregung zitterte, »man hat uns gewiß gesehen.«

Da riß er mich unsanft an sich. Seine Lippen waren den meinen nahe. »Und wenn man uns gesehen hat«, sagte er, »was kümmert's mich. Nichts kümmert mich ... außer das hier.«

Er hatte die Krause von meinem Hals gelöst und weggeschleudert. Seine Hände zerrten mir das Kleid von den Schultern.
»Mylord, wünscht Ihr, daß ich nackt vor Euch stehen soll?« fragte ich.
»Freilich«, rief er aus. »Freilich will ich das. So habe ich Euch oftmals in meinen Träumen erblickt.«
Ich verlangte so sehr nach ihm wie er nach mir, das ließ sich nicht mehr verbergen.
»Ihr seid schön ... ich habe gewußt, daß Ihr schön seid«, murmelte er. »Du bist die Erfüllung meiner Wünsche, Lettice ...«
Und auch er war genau so, wie ich es mir in meinen Träumen ausgemalt hatte. Ein Erlebnis wie dieses hatte ich noch nie gehabt. Ich war mir völlig bewußt, daß sich bei ihm Zorn und Begierde mischten. Das machte mich zwar wütend, dämpfte jedoch meine Leidenschaft nicht im geringsten. Ich war entschlossen, ihm zu beweisen, daß er eine Geliebte wie mich niemals wieder finden würde. Er sollte ebenso leichtsinnig und tollkühn sein wie ich selbst, bereit, den Verlust der Gunst der Königin zu wagen, so wie ich bereit war, mein Ehegelöbnis zu brechen.
Ich glaube, es gelang mir wenigstens vorübergehend. Ich spürte das Staunen in ihm, das Entzücken, die Erkenntnis, daß wir beide für einander geschaffen waren.
Ich wußte, er konnte sich nicht von mir losreißen, obgleich man uns zweifelsohne vermißte. Ich frohlockte; die Natur hatte mir anscheinend besondere Macht verliehen, um Männer anzuziehen und an mich zu binden. Und ich war dazu geboren, mit diesem Mann die Wonnen der Liebe auszukosten.
Wir waren voneinander hingerissen. Ich hatte das Gefühl, daß es uns alle ansehen müßten, und ich gestehe, daß mir durchaus nicht behaglich zumute war, als wir schließlich in den Ballsaal zurückkehrten.
Die Königin mußte Robert vermißt haben. Hatte sie bemerkt, daß auch ich abwesend war? Das würde ich bald erfahren, dessen war ich sicher. Kalte Furcht kroch in mir hoch. Wenn man mich wegschickte vom Hofe, was dann?

Während der folgenden Tage ließ sie sich nichts anmerken. Robert kam nicht an den Hof, und ich wußte, daß sie ihn vermißte. Sie wurde sehr unmutig und ließ verlauten, einige Personen bildeten sich wohl ein,

sich ohne Erlaubnis entfernen zu können; die müsse man eines Besseren belehren.
Ich war gerade bei ihr, als die Botschaft eintraf, zwischen dem Grafen von Leicester und Sir Thomas Heneage habe es Händel gegeben. Leicester hatte Heneage wissen lassen, er werde ihn mit einem Stock aufsuchen, da er ihm eine Lektion zu erteilen habe, worauf Heneage erwidert hatte, er sei willkommen und werde von einem Degen erwartet.
Elisabeth war wütend, doch mischte sich darein auch Angst. Sie befürchtete, Robert würde sich duellieren und dabei getötet werden, und sie beabsichtigte ganz und gar nicht, zuzulassen, daß ihr Favorit ein solch törichtes Benehmen an den Tag legte. Sie ließ Heneage zu sich kommen, und wir hörten, wie sie ihn ausschalt. Ob er sich einbilde, sie verhöhnen zu können? Es sei gefährlich, vom Spiel mit dem Degen zu sprechen, hielt sie ihm vor. Wenn er sich noch einmal so närrisch aufführe, so könne es sein, daß jemand anderer vom Beil spräche.
Ich glaube, sie hat ihn geohrfeigt, denn als er herauskam, waren seine Ohren ganz rot, und er machte einen völlig gebrochenen Eindruck.
Danach kam Robert an die Reihe. Ich konnte nicht widerstehen und lauschte.
Sie war sehr wütend auf ihn – mehr noch als auf Heneage.
»Gott weiß«, rief sie, »Ihr besitzt mein Wohlwollen, doch meine Gunst ist nicht so sehr auf Euch beschränkt, daß nicht auch andere ihrer teilhaftig werden. Ich habe noch andere Diener neben Euch. Bedenkt, es gibt hier nur eine Gebieterin, aber keinen Gebieter. Wen ich erhoben habe, der kann ebenso leicht wieder erniedrigt werden. Und das wird mit jenen geschehen, die unverschämt werden, weil sie sich meiner Gunst zu sicher sind.«
Ich hörte ihn ruhig sagen: »Majestät, ich bitte, mich zurückziehen zu dürfen.«
»Das liegt ganz bei Euch«, schrie sie.
Als er aus ihrem Zimmer trat, sah er mich und blickte mich an. Es war eine eindeutige Einladung, ihm zu folgen, und sobald ich konnte, schlich ich davon und fand ihn in der Kammer, die vor kurzem der Schauplatz unserer Leidenschaft gewesen war.
Er riß mich an sich und hielt mich, laut lachend, fest.
»Wie Ihr seht«, sagte er, »habe ich die Gunst der Königin eingebüßt.«
»Aber nicht die meine«, erwiderte ich.

»Das macht mich glücklich.«
Er verriegelte die Tür, und nun war es, als würde er vom Wahnsinn ergriffen. Er war verrückt vor Verlangen nach mir, und mir ging es ebenso, und obgleich ich wußte, daß wiederum sein Zorn auf die Königin sich mit seiner Begierde vermischte, so war es mir auch diesmal gleichgültig. Ich wollte diesen Mann besitzen. Vom ersten Augenblick an, da ich ihn bei den Krönungsfeierlichkeiten neben der Königin hatte reiten sehen, waren meine Gedanken von ihm besessen gewesen. Und wenn sein Verlangen nach mir in gewisser Weise davon abhing, wie sie ihn behandelte, so machte auch dies einen Teil meiner Sehnsucht nach ihm aus. Selbst in den Augenblicken äußerster Ekstase war es, als sei sie mit dabei.
Wir lagen beieinander und wußten sehr wohl, daß dies Gefahr bedeutete. Sollten wir entdeckt werden, so könnte das für uns beide das Ende sein, doch es war uns einerlei, und da unser Begehren stärker war als die Furcht vor den Folgen, wurde unsere Leidenschaft erst recht angestachelt, der Sinnentaumel noch überwältigender. Kein anderer hätte mir diese Entzückungen verschaffen können, so glaubte ich, und ihm erging es gewiß ebenso.
Welcher Art war das Gefühl zwischen uns? War es die Erkenntnis, daß zwei Naturen von gleicher Art sich gefunden hatten? Verlangen und Leidenschaft schlugen über uns zusammen, und die stets gegenwärtige Gefahr trug nicht wenig zu unserer Erregung bei. Das Bewußtsein, unsere Zukunft dieser Begegnung wegen aufs Spiel zu setzen, versetzte uns in noch größere Ekstase.
Wir waren erschöpft, doch fühlten wir uns als Sieger. Niemals würden wir dieses Erlebnis vergessen. Bis an unser Lebensende waren wir nun aneinander gebunden, und was auch geschehen mochte – die Erinnerung konnte uns keiner rauben.
»Ich werde Euch bald wiedersehen«, sagte er einfach.
»Ja«, erwiderte ich.
»Dies ist ein guter Platz für ein Stelldichein.«
»Bis man uns entdeckt.«
»Habt Ihr Angst?«
»Wenn es so wäre – ich wüßte wenigstens, daß es sich lohnt.«
Ich hatte gefühlt, daß er der richtige Mann für mich war, vom ersten Augenblick an, da ich seiner ansichtig geworden war.

»Du siehst so selbstzufrieden aus, Lettice«, sagte die Königin. »Was ist denn der Anlaß dafür?«
»Ich kann mich auf nichts besinnen, Majestät.«
»Ich dachte schon, du bekommst wieder ein Kind.«
»Gott bewahre«, rief ich ehrlich bestürzt.
»Aber, aber, du hast doch erst zwei ... und noch dazu Mädchen. Walter wünscht sich einen Sohn, das weiß ich.«
»Aber ich möchte mich fürs erste vom Kindergebären ausruhen, Madam.«
Sie gab mir einen leichten Schlag auf den Arm. »Und du bist eine Frau, die ihren Willen durchsetzt, darauf möchte ich schwören.«
Sie beobachtete mich scharf. Hegte sie möglicherweise einen Verdacht? Wenn dem so war, so würde ich mit Schimpf und Schande vom Hofe gejagt.
Robert hielt sich von ihr fern, und wenn sie sich zuweilen auch darüber ärgerte, so war sie doch entschlossen, ihm eine Lektion zu erteilen, dessen war ich sicher. Wie sie gesagt hatte: Ihre Gunst war nicht so ausschließlich auf einen Mann beschränkt, daß dieser sich Freiheiten herausnehmen konnte, weil er von ihrer Vernarrtheit überzeugt war. Manchmal hatte ich das Gefühl, sie fürchtete sich vor seiner übermächtigen Anziehungskraft – sie war mir nur zu gut bekannt –, und sie steigerte sich absichtlich in Wut auf ihn hinein, um nicht ein willenloses Opfer seiner Wünsche zu werden.
Ich sah ihn nicht so oft, wie mir lieb gewesen wäre. Ein- oder zweimal kam er unauffällig an den Hof, und dann trafen wir uns und liebten uns leidenschaftlich in dem geheimen Zimmer. Ich aber spürte seine Enttäuschung und wußte, was er über alles begehrte: keine Frau, sondern eine Krone.
Er zog nach Kenilworth und machte daraus eines der prächtigsten Schlösser im Lande. Er wünschte, ich könne mit ihm gehen, behauptete er, und wenn ich nicht schon einen Ehemann hätte, so könnten wir heiraten. Ich fragte mich jedoch, ob er auch dann von Heirat gesprochen hätte, wenn er nicht sicher gewesen wäre, daß sie nie stattfinden konnte. Ich wußte nämlich, er hatte die Hoffnung, die Königin zu ehelichen, noch nicht aufgegeben.
Seine Widersacher am Hofe fingen an, ein Komplott gegen ihn zu schmieden. Sie waren der festen Meinung, er sei in Ungnade gefallen. Der Herzog von Norfolk – ein Mann, den ich sehr langweilig fand –

war sein ganz besonderer Feind. Norfolk war ein Mann von bescheidenen Fähigkeiten. Er hatte strenge Prinzipien und konnte sich nicht genug tun darin, seine eigene Abstammung zu bewundern, die, wie er wohl zu Recht glaubte, edler war als die der Königin; denn die Tudors hatten sich gleichsam durch die Hintertür auf den Thron geschlichen. Mochten sie auch Leute von sprühendem Geist sein, manche Mitglieder der alten Adelsgeschlechter waren zutiefst überzeugt vom höheren Rang ihrer Familie und allen voran Norfolk. Elisabeth entging dies natürlich nicht, und genau wie ihr Vater war sie entschlossen, gewisse Bestrebungen bereits im Keim zu ersticken. Allerdings konnte sie nicht verhindern, daß der Keim insgeheim Blüten trieb. Der arme Norfolk – er war ein so pflichtbewußter Mann und bemühte sich stets, das Richtige zu tun, doch es stellte sich immer wieder heraus, daß es falsch war ... für Norfolk.

Für einen Mann wie ihn war es bitter, mitansehen zu müssen, wie Robert die höchste Stellung im Lande erklomm, auf welche, wie er meinte, dank seiner Geburt er, Norfolk, ein Recht hatte. Es war noch nicht lange her, daß zwischen Norfolk und Leicester ein Streit ausgebrochen war.

Elisabeth liebte nichts mehr, als ihren Favoriten beim Turnier oder bei Wettspielen zuzuschauen, weil dabei die Aufmerksamkeit nicht nur auf ihre Geschicklichkeit, sondern auch auf ihre körperlichen Vorzüge gelenkt wurde. Sie konnte stundenlang sitzen und ihre gutgebauten Körper bewundern; und am liebsten betrachtete sie Robert.

Zu besagtem Streit kam es anläßlich eines Wettspiels im Tennis, das in einer Halle ausgetragen wurde. Robert hatte Norfolk als Partner gezogen. Robert war im Begriff zu gewinnen, denn er verstand sich bestens auf alle Sportarten. Ich saß mit der Königin auf der unteren Galerie, welche Heinrich VIII. für Zuschauer hatte errichten lassen; denn auch er hatte dieses Spiel glänzend beherrscht und liebte es, dabei beobachtet zu werden.

Die Königin hatte sich vorgebeugt. Ihre Augen waren nicht von Robert gewichen, und jedesmal, wenn er einen Punkt erzielte, hatte sie »Bravo« gerufen, während sie sich bei Norfolks weniger häufigen Erfolgen still verhielt. Für Englands vornehmsten Herzog mußte dies sehr entmutigend gewesen sein.

Das Spiel verlief so hitzig, daß den Kämpfern sehr heiß geworden war. Die Königin schien mit ihnen zu leiden, so sehr war sie in das Spiel vertieft gewesen. Sie zog ein Taschentuch hervor, um sich die Stirn abzuwischen. Da soeben eine kleine Spielpause eingetreten war und Robert übermäßig schwitzte, nahm er der Königin das Taschentuch weg und trocknete sich damit die Stirn. Zwischen Menschen, die miteinander sehr vertraut sind, ist dies eine ganz natürliche Geste. Vorgänge wie dieser Art waren es ja auch, welche die Gerüchte entstehen ließen, die beiden seien ein Liebespaar.

Norfolk, sehr erzürnt durch diese Majestätsbeleidigung – vielleicht auch, weil er dabei war, das Spiel zu verlieren und das Vergnügen der Königin an seiner Niederlage recht wohl bemerkte –, verlor die Beherrschung und schrie: »Ihr unverschämter Kerl, Sir! Wie könnt Ihr es wagen, die Königin zu beleidigen!«

Robert war ganz verblüfft, als Norfolk plötzlich seinen Schläger erhob, wie um ihn zu verprügeln. Er fing seinen Arm auf und verdrehte ihn so sehr, daß Norfolk vor Schmerz aufschrie und den Schläger fallen ließ.

Die Königin war außer sich vor Zorn. »Wie könnt Ihr es wagen, in meiner Gegenwart zu streiten?« fragte sie aufgebracht. »Mylord Norfolk soll sich hüten, er könnte sonst mehr als die Beherrschung verlieren. Was erkühnt Ihr Euch, Sir Norfolk, Euch vor mir in solcher Weise zu betragen?«

Norfolk verbeugte sich und bat, sich entfernen zu dürfen.

»Entfernt Euch«, schrie die Königin. »Ich bitte Euch darum, und kehrt nicht zurück, bevor ich Euch rufen lasse. Uns dünkt, Ihr habt Euch über Euren Stand erhoben.«

Dieser Hieb galt seinem anmaßenden Familienstolz, den sie ihm als Beleidigung der Tudors verübelte.

»Kommt, setzt Euch zu mir, Rob«, sagte sie, »denn Mylord Norfolk weiß ohnehin, daß er verliert, und hat gewiß keine Lust mehr zu spielen.«

Robert, noch immer das Taschentuch in der Hand, setzte sich neben sie, höchst vergnügt, weil er Norfolk besiegt hatte; sie nahm ihm das Taschentuch ab und steckte es lächelnd in ihren Gürtel; damit ließ sie erkennen, es störe sie keineswegs, daß Robert es benutzt hatte.

Daher nahm es nicht Wunder, daß Norfolk nun, da Robert in Ungnade gefallen schien, an der Spitze seiner Widersacher stand, und es war selbstverständlich, daß sie die Lage nach Kräften zu nutzen gedachten.

Der Angriff kam aus einer unerwarteten Ecke, und er war außerordentlich peinlich.
Am Hof herrschte eine gespannte Stimmung. Die Königin war nicht glücklich, wenn Robert nicht bei ihr war. Es ließ sich nicht leugnen, daß sie ihn liebte; wenn es um ihn ging, war sie tiefer Gefühle fähig. Selbst wenn sie sich stritten, kam ihre Zuneigung zu ihm zum Ausdruck. Ich wußte, daß sie ihn an den Hof zurückrufen wollte, doch die Frage, ob sie sich vermählen sollte, setzte ihr sehr zu, und Robert wurde immer hartnäckiger. Deshalb mußte sie ihn fernhalten. Wenn sie nach ihm sandte, so bedeutete das für ihn einen Sieg; Elisabeth aber mußte ihm begreiflich machen, daß sie es war, die bestimmte.
Ich war allmählich zu der festen Überzeugung gelangt, daß sie Angst vor der Ehe hatte; außerdem hatte natürlich der schottische Gesandte recht gehabt, als er erklärte, sie wolle die Herrschaft mit niemandem teilen.
In gewisser Weise fühlte ich mich zu ihr hingezogen, denn wie sie war auch ich mit meinen Gedanken bei Robert, und ich sehnte seine Rückkehr ebenso herbei.
Manchmal, wenn ich des Nachts allein war, stellte ich mir vor, was geschehen würde, wenn man uns entdeckte. Walter würde natürlich rasend werden. Ach, zum Teufel mit Walter! Ich machte mir nichts mehr aus ihm. Mochte er mich doch verstoßen! Meine Eltern wären über alle Maßen entsetzt, besonders mein Vater. Ich würde in Ungnade fallen. Vielleicht nähme man mir sogar die Kinder fort. Ich bekam sie nicht oft zu sehen, wenn ich bei Hofe war, doch nun, da sie richtige kleine Persönlichkeiten wurden, war meine Anteilnahme geweckt. Vor allem aber würde ich der Königin gegenübertreten müssen. Bei diesem Gedanken schauderte ich – nicht nur aus Angst, sondern auch in einer Art köstlichen Entzückens. Ich hätte gern in diese großen, goldbraunen Augen geblickt und ausgerufen: »Er ist mein Liebhaber gewesen, aber er ist nie der Eure geworden. Ihr habt eine Krone, und wir wissen, daß er die mehr begehrt als alles andere. Ich habe nichts außer mir selbst – doch gleich nach der Krone begehrt er mich. Daß er mein Geliebter geworden ist, beweist das Ausmaß seiner Liebe zu mir, denn er hat dafür ein großes Wagnis auf sich genommen.«
War ich mit ihr zusammen, fühlte ich mich nicht mehr so mutig. Sie hatte etwas an sich, was das tapferste Herz in Schrecken versetzen konnte. Wenn ich mir ihren Zorn vorstellte, falls wir entdeckt würden,

dann fragte ich mich, wie wohl die Strafe für uns ausfallen mochte. Sie würde in mir die Verführerin, die Jezabel, sehen.
Aber mir war aufgefallen, daß sie für Robert stets eine Entschuldigung fand.
In dieser Stimmung brach der Skandal aus. Es war, als breche eine alte Wunde wieder auf. Der Skandal betraf die Königin fast ebenso wie Robert, und daran zeigte sich deutlich, wie klug es gewesen war, ihn nicht zu heiraten, obgleich, hätte sie es getan, dieser John Appleyard sich nie erdreistet hätte, seine Stimme zu erheben.
Amy Robsarts Stiefbruder nämlich, dieser John Appleyard, hatte seit geraumer Zeit die ungeheuerliche Behauptung verbreitet, er habe, als Robert Dudley die Ermordung seiner Frau plante, diesem geholfen, die Untat zu vertuschen, und da ihn nun sein Gewissen plage, wolle er seine Schuld gestehen.
Roberts Widersacher, allen voran der Herzog von Norfolk, beeilten sich, dies möglichst aufzubauschen. Sie griffen den Fall auf und erklärten, John Appleyard müsse vor einem Gerichtshof aussagen.
Es kam zu einer regelrechten Hexenjagd, und jedermann sagte, Leicesters kurze Glanzzeit sei vorüber.
Elisabeth sprach mit mir über den Skandal. Immer, wenn Roberts Name erwähnt wurde, musterte sie mich eindringlich, und ich fragte mich, ob ich mich wohl einmal verraten hätte.
»Was hältst du, Cousine Lettice, von dieser Angelegenheit?« fragte sie. »Norfolk und seine Freunde scheinen anzunehmen, daß Robert sich diesen Anschuldigungen stellen müsse.«
»Ich finde, sie sind wie die Geier, Madam«, sagte ich.
»Geier! Du sprichst wahrhaftig, als ob der Graf von Leicester bereits ein verwesender Leichnam sei.«
»Er ist nun ohne Eure Gunst, Madam, und scheint auch sein Körper bei guter Gesundheit, so liegt doch sein Geist im Sterben.«
»Er ist noch kein Fraß für die Geier, dessen versichere ich dich. Hatte er etwas mit diesem Mord zu tun, was meinst du?«
»Die Kenntnisse Eurer Majestät in dieser Angelegenheit dürften, wie bei allen anderen, größer als die meinen sein.«
Oft staunte ich selbst über meine Verwegenheit. Eines Tages würde meine Zunge mich noch um Kopf und Kragen bringen. Glücklicherweise hatte Elisabeth die Zweideutigkeit dieser Bemerkung nicht verstanden, oder sie überhörte sie einfach.

»Wir müssen vor unseren Feinden stets auf der Hut sein, Lettice«, sagte sie, »und ich glaube, Robins Gegner sammeln sich.«
»Das fürchte ich auch, er aber ist stark und wird sie zum Schweigen bringen, das bezweifle ich nicht.«
»Wir vermissen Robert Dudley hier am Hofe«, sagte sie wehmütig. »Was meinst du, Lettice?«
»Ich glaube, Eure Majestät vermissen ihn wahrlich sehr.«
»Und ein paar von meinen Damen vermissen ihn zweifellos ebenfalls.«
Dieser durchdringende Blick – was hatte der zu bedeuten? Was wußte sie? Was würde sie tun, wenn sie entdeckte, daß wir ein Liebespaar waren? Sie würde keine Rivalinnen dulden. Und ich hatte mit ihm hinter verschlossenen Türen gelegen und mein Ehegelöbnis gebrochen. Der Zorn der Königin würde furchtbar sein.
Sie verfolgte das Thema nicht weiter, doch ich wußte, daß sie beständig an Robert dachte.

Er war jetzt wirklich in Gefahr. Wenn Appleyard vor einem Gerichtshof beschwor, daß Robert Dudley ihn bestochen hatte, um die Ermordung seiner Frau zu vertuschen, wäre es aus mit ihm. Einem Mörder konnte selbst die Königin nicht Verzeihung gewähren.
Sie wäre nicht sie selbst gewesen, hätte sie nicht genau im rechten Augenblick gehandelt.
Sie ließ ihn an den Hof kommen.
Und er kam. Er sah bleich aus und hatte seine frühere Überheblichkeit verloren. Ich befand mich mit den anderen Frauen im Ankleidezimmer, als er gemeldet wurde. Eine wunderbare Veränderung ging mit Elisabeth vor. Mein Herz sank; es war deutlich, daß sie ihn nach wie vor innig liebte.
Man solle ihn zu ihr führen, befahl sie.
Sie saß vor dem Spiegel und bewunderte ihr Abbild. Einen Augenblick lang überlegte sie, ob sie eine andere Robe anziehen sollte. Das aber würde eine Verzögerung bedeuten; sie war ohnehin verschwenderisch reich gekleidet. Sie trug ein wenig Rouge auf ihre Wangen auf. Es schien, als bringe die Farbe auch ihre Augen zum Leuchten, doch das kam vielleicht von der Vorfreude auf Roberts Anblick.
Sie begab sich in das Gemach, in welchem sie ihn empfangen wollte.
Ich hörte sie sagen: »So seid Ihr also endlich zu mir gekommen, Ihr

Schuft. Ich wünsche, daß Ihr mir Rechenschaft über Euer böswilliges Verlassen ablegt. Glaubt nicht, daß ich mir eine solche Behandlung gefallen lasse.«
Ihre Stimme aber war sanft und zitterte vor Rührung, und er trat vor, ergriff ihre Hände und küßte sie voller Inbrunst.
Ich hörte sie flüstern: »Mein Augapfel ... mein süßer Robin ...«
Dann bemerkte sie mich.
»Laß uns allein!« fauchte sie.
Es blieb mir nichts übrig, ich mußte gehen, wütend, verletzt, gedemütigt. Er hatte mich nicht eines einzigen Blickes gewürdigt.

Er war wieder da und stand höher in ihrer Gunst als je zuvor. Sie wünschte einen Bericht über diesen Schuft Appleyard. Er hatte, wie es schien, Geschenke des Grafen von Leicester angenommen, damals aber keine Anklage gegen ihn erhoben. Schließlich bekam man aus ihm heraus, daß er bestochen worden war, um diese Geschichten in Umlauf zu bringen, und für solch eine verbrecherische Tat, sagte die Königin, habe er eine Strafe verdient.
Bei dieser Gelegenheit bewies Elisabeth wieder einmal ihre Klugheit. John Appleyard hatte sich der Lüge und des Versuchs, den Grafen von Leicester eines Verbrechens angeklagt zu haben, schuldig gemacht; sie aber wollte die Sache nicht weiter verfolgen. John Appleyard kam mit der Ermahnung davon, daß es ihm übel ergehen werde, sollte er jemals wieder bei einer Verleumdung ertappt werden. Jetzt mußte er der Königin für ihre Gnade und Gott für sein Glück danken, denn die Angelegenheit wurde fallen gelassen, und niemand sollte mehr etwas über den Tod der Gattin des Grafen zu hören bekommen.
Das war gewiß eine große Gnade. Robert war stets an ihrer Seite. Er warf mir ein paar hilflose Blicke zu, als wolle er sagen: Meine Gefühle für Euch sind unverändert, aber was kann ich machen? Die Königin läßt mich nicht aus den Augen.
Er hatte jetzt wahrhaftig viel zu verlieren, wenn es ans Licht käme, daß er eine Liaison hatte, und er war nicht bereit, dieses Risiko einzugehen. Darin bestand der Unterschied zwischen unseren Charakteren: Ich wäre dazu bereit gewesen. Ich wurde mürrisch und unzufrieden, und mehr als einmal mußte ich von der Königin einen leichten Schlag hinnehmen, weil sie, wie sie sagte, keine finster blickenden Kreaturen in ihrer Nähe haben wolle.

Sie war besorgt. Roberts Erlebnisse waren nicht ohne Auswirkung auf seine Gesundheit geblieben; er hatte sich eine Erkältung zugezogen und mußte das Bett hüten.
Wie wir uns ängstigten – sie und ich. Und wie litt ich darunter, daß sie ihn besuchen konnte und ich nicht. Ich überlegte mir ständig, wie ich es anstellen könnte, ihn zu sehen – doch es war sinnlos.
Sie aber ging zu ihm, kam zurück und klagte, seine Gemächer seien feucht.
»Wir müssen andere Räume für ihn aussuchen«, sagte sie. Ich erschrak; denn die Art, wie sie das Wort an mich richtete, schien mir unheilverkündend.
Die Räume, die sie auswählte, lagen neben ihren eigenen.
Nun war es sicher: Sie mußte gemerkt haben, daß sich zwischen Robert und mir etwas abgespielt hatte. Als er wieder ein wenig zu Kräften gekommen war, ließ sie mich rufen.
»Ich werde dich nach Chartley zurückschicken«, sagte sie.
Die Betroffenheit war mir wohl anzusehen und ebenso, daß ich mich vor Enttäuschung ganz elend fühlte.
»Ich habe dich zu lange von deinem Gatten ferngehalten«, fuhr sie fort.
»Aber Madam«, widersprach ich, »er ist in Euren Diensten doch ebenfalls so oft von zu Hause fort.«
»Wenn er nach Chartley zurückkommt, soll er ein warmes Bett antreffen, das auf ihn wartet. Ich möchte wetten, er findet es an der Zeit, daß du ihm einen reizenden Sohn schenkst.«
Die klugen Augen musterten mich eindringlich.
»Für gesunde Eheleute ist es nicht gut, allzu lange getrennt zu sein«, fuhr sie fort. »Das könnte ein Unglück heraufbeschwören, und darauf lege ich an meinem Hof ganz und gar keinen Wert. Komm, laß den Kopf nicht hängen! Denk an dein Heim und an deine Kinder.«
»Eure Majestät werden mir fehlen.«
»Deine Familie muß dir eben *alles* ersetzen, was dir fehlen wird, wenn du den Hof verläßt.«
Meine Mutter befand sich am Hofe, und ich ging zu ihr und erzählte ihr, daß ich abreisen würde.
Sie nickte. »Ja, die Königin hat mit mir darüber gesprochen. Sie findet, bei deiner Veranlagung brauchtest du das Eheleben, und es sei schlecht für dich, wenn man dich zu lange von deinem Gatten fernhält. Sie

sagte, sie habe bemerkt, daß einige Leute dich mit unzüchtigen Blicken betrachtet hätten.«

»Hat sie auch gesagt, wer das war?«

Meine Mutter schüttelte den Kopf. »Sie hat keinen Namen genannt.«

Also wußte Elisabeth etwas. Sie war aufmerksam geworden, und sie entließ mich, weil sie keine Rivalin duldete.

Traurig und verärgert brach ich nach Chartley auf. Robert machte sich nicht einmal die Mühe, mir Lebewohl zu sagen. Er war eindeutig entschlossen, seine wiedergewonnene Gunst nicht aufs Spiel zu setzen.

Allmählich fragte ich mich, ob er mich nicht nur benutzt hatte, um die Königin eifersüchtig zu machen. Der Gedanke konnte eine Frau wie mich um den Verstand bringen. Ich war wütend, weil letzten Endes er es war, der an meiner Verbannung vom Hofe die Schuld trug.

Dafür hätte ich ihn hassen müssen. Ich hatte ihm nichts weiter bedeutet als ein Mittel zur Befriedigung einer flüchtigen Leidenschaft.

Ich war eine Närrin gewesen.

Eines Tages, gelobte ich mir, werde ich den beiden zeigen, daß man mich nicht so behandeln kann.

So ging es denn zurück nach Chartley. Wie niedergeschlagen ich war, als ich gen Norden zog! Wie haßte ich den Anblick dieser steinernen Festung auf dem Hügel, die – für wie lange, vermochte ich nicht zu sagen – wieder mein Heim sein würde!

Meine Eltern hatten mit mir gesprochen, bevor ich den Hof verließ. Wie beneidete ich sie, daß sie dort bleiben durften, mein Vater als Schatzmeister für die Hofhaltung, meine Mutter als Hofdame!

»Es wird Zeit, daß du nach Chartley zurückkehrst, Lettice«, sagte mein Vater. »Es ist nicht gut für junge Menschen, so lange am Hof zu bleiben, wenn sie verheiratet sind.«

»Walter und die Kinder haben dir gewiß sehr gefehlt«, ergänzte meine Mutter.

Ich entgegnete, ich würde auf Chartley so oder so nicht viel von Walter zu sehen bekommen.

»Nein. Aber er wird dort sein, so oft er nur kann, und bedenke doch nur die Freude, deine kleinen Mädchen wiederzusehen.«

Ich hätte wahrhaftig froh sein sollen, die Kinder wiederzusehen, doch für die Aufregungen des höfischen Lebens boten sie keinen Ersatz.

Während der ersten Tage war ich sehr bedrückt. Ich dachte an Robert und hätte gern gewußt, was zwischen ihm und der Königin vorgehen mochte. Die Entfremdung vor kurzem hatte ihrer Verliebtheit keinen Abbruch getan, und ich fragte mich oft, ob meine Schlußfolgerungen richtig seien und ihre Zuneigung zu ihm am Ende nicht doch über ihre Bedenken obsiegen würde.

Ich überlegte mir, ob sie mich ihm gegenüber wohl erwähnt hatte. Ich malte mir aus, wie er leugnete, daß es zwischen uns irgend etwas gegeben habe, und wie er, falls man ihm etwas nachweisen sollte, ihr versicherte, es sei nichts weiter als ein flüchtiger Zeitvertreib gewesen, da sie ihm die Erfüllung seines Herzenswunsches beständig verweigere. Ich schwor, daß ich ihm eines Tages heimzahlen würde, was er mir angetan hatte. Ich würde ihm deutlich machen, daß man mich nicht einfach nehmen und nach Belieben fortwerfen konnte. Doch als sich mein Zorn abkühlte, sah ich ein, daß es sinnlos war, sich zu ärgern. Ich konnte nichts tun – wenigstens jetzt noch nicht ... Also suchte ich bei meiner Familie Trost, und seltsamerweise fand ich ihn sogar.

Penelope war jetzt sechs Jahre alt – ein hübsches Kind, aufgeweckt und eigenwillig. Ich erkannte mich selbst in ihr deutlich wieder. Dorothy, um ein Jahr jünger, war stiller, aber nicht weniger entschlossen, ihren Willen durchzusetzen. Die beiden freuten sich jedenfalls, mich wiederzusehen; meine Eltern hatten recht gehabt, als sie sagten, die Kinder würden mir ein Trost sein.

Walter kam nach Chartley. Er hatte zusammen mit Ambrose Dudley, dem Grafen von Warwick, Dienst getan und sich mit ihm angefreundet. Ich war begierig danach, etwas über Warwick zu erfahren, denn er war Roberts älterer Bruder und mit ihm zusammen im Tower zum Tode verurteilt gewesen, weil sie sich an dem Versuch beteiligt hatten, Lady Jane Grey auf den Thron zu erheben.

Walter war so liebenswert wie am Anfang unserer Ehe, und was mich betraf, so hatte ich durch meine Erfahrungen gewiß nichts an Reiz eingebüßt. Aber er war so anders als Robert! Ich haderte mit dem Schicksal, das mich mit Walter Devereux vermählt hatte, wo es doch einen Mann wie Robert Dudley auf Erden gab.

Doch meine Veranlagung half mir. Es gelang mir, auch in der Vereinigung mit Walter ein gewisses Vergnügen zu finden, zumal er mir so sehr ergeben war.

Es währte nicht lange, und ich war schwanger.

»Diesmal«, sagte Walter, »wird es ein Junge.«
Wir zogen in eines von Walters Landhäusern – Netherwood in Herefordshire –, weil dies seiner Meinung nach meiner Gesundheit zuträglicher war, und dort wurde an einem dunklen Novembertag mein Kind geboren. Ich muß gestehen, daß ich in Jubel ausbrach, als man mir sagte, es sei ein Knabe. Walter war entzückt und bereit, mich über die Maßen zu verwöhnen, weil ich ihm das geschenkt hatte, was er sich, wie fast alle Männer, am meisten ersehnt hatte – einen Sohn und Erben.
Es erhob sich die Frage, wie wir ihn nennen sollten. Walter schlug vor, er solle Richard heißen, nach Walters Vater, oder vielleicht Walter, wie er selbst. Ich aber sagte, ich hätte gern einmal etwas anderes als die in der Familie üblichen Namen, mir gefalle der Name Robert so gut. Und da Walter bereit war, mir jeden Wunsch zu erfüllen, erhielt der Junge also den Namen Robert.
Ich fand ihn entzückend, denn er war von Anbeginn ein ungemein hübsches Kind, lebhaft und zweifellos intelligent. Zu meiner eigenen Überraschung füllte er mich völlig aus. Er half, meinen Kummer zu lindern, und o Wunder, ich hörte auf, mich nach dem Hofleben zu verzehren.
Acht Jahre vergingen, ehe ich Robert Dudley wiedersah, und während dieser Zeit hatte sich auf der Welt eine Menge ereignet.

Die Jahre der Verbannung

> Lord Leicester ist sehr oft bei Ihrer Majestät, und sie bezeigt ihm dieselbe große Zuneigung wie immer ... Es gibt jetzt am Hofe zwei Schwestern, welche sehr in ihn verliebt sind, und das bereits seit langem – Lady Sheffield und Frances Howard; sie wetteifern miteinander, welche ihn mehr liebt, und befinden sich daher im Kriegszustand. Die Königin ist nicht gut auf sie zu sprechen und auf Leicester ebenfalls nicht. Aus diesem Grunde hat man Spione auf ihn angesetzt.
>
> *Gilbert Talbot an seinen Vater*
> *Lord Shrewsbury*

Mein Sohn hatte den ganzen Haushalt verändert. Seine Schwestern waren in ihn vernarrt, und sämtliche Dienstboten vergötterten ihn. Sein Vater war außerordentlich stolz auf ihn, und was das allerseltsamste war: Ich hatte damals keinen sehnlicheren Wunsch, als ihn zu umsorgen. Ich wollte ihn nicht seinen Kindermädchen überlassen, weil ich es nicht ertragen hätte, daß sie mir vielleicht seine Liebe stahlen.

Walter hatte nun allen Grund, mit seinem Eheleben zufrieden zu sein. Ich dachte oft sehnsüchtig an Robert Dudley, aber nun, da ich schon so lange von ihm getrennt war, brachte ich es fertig, der Wahrheit ins Gesicht zu blicken. Und was ich da sah, war für eine Frau mit meinem Stolz nicht gerade angenehm.

Robert Dudley hatte mich für kurze Zeit zu seiner Geliebten gemacht, weil er bei der Königin in Ungnade gefallen war. Doch sobald er ihre Gunst wieder besaß, hieß es »Lebewohl, Lettice. Es wäre unklug von uns, noch einmal zusammenzukommen«.

Mein Stolz stand dem Verlangen meiner Sinne in nichts nach. Ich wollte versuchen, diese Episode zu vergessen. Meine Familie – insbesondere mein über alles geliebter Sohn – würde mir dabei helfen. Ich stürzte mich in die Wirtschaft und war eine Zeitlang eine vorbildliche Ehefrau. Stunden verbrachte ich in der Hausbrennerei, ich baute die verschiedensten Kräuter an, die zum Würzen der Speisen verwendet wurden, und ich versuchte ständig etwas Neues. So bereitete ich zum Beispiel Parfums aus Lavendel, Rosen und Hyazinthen, ich erfand neue Mischungen aus wohlduftenden wilden Blüten und Binsen, wozu ich häufig noch Mädesüß verwendete. Die Königin hatte diese weißblühende Pflanze in Mode gebracht, da sie einmal sagte, sie erinnerten sie an das Land. Ich ließ feine Stoffe kommen – Brokat, Samt und Taft –, so daß die Dienstboten die Augen aufrissen, waren sie doch nur Flanell und grobes Wollzeug gewöhnt. Ich hatte leidlich gute Näherinnen, aber sie verstanden sich natürlich nicht auf die höfische Mode. Doch was tat das! Auf dem Lande war ich eine Königin, und die Leute redeten über mich – meine Eleganz, meine Tafel, die Weine, die ich meinen Gästen kredenzte: Muskateller, Malvasier und jene italienischen, die ich mit meinen eigenen Kräutern würzte. Wenn Besucher vom Hof kamen, gab ich mir alle Mühe, bei ihnen Eindruck zu machen. Ich wollte, daß sie bei ihrer Rückkehr von mir sprachen, damit er erfuhr, daß ich ohne ihn recht zufrieden leben konnte.

Es war nur natürlich, daß ich bei diesem häuslichen Leben abermals schwanger wurde. Zwei Jahre nach Roberts Geburt brachte ich einen zweiten Sohn zur Welt, und diesmal fand ich es nicht mehr als recht und billig, ihn nach seinem Vater zu nennen. Er erhielt also den Namen Walter.

Draußen in der Welt hatte sich während dieser Zeit vieles ereignet, was von großer Bedeutung war. Darnley, der Gemahl der Schottenkönigin Maria, hatte in einem Haus in Kirk o'Field außerhalb von Edinburgh auf mysteriöse Weise den Tod gefunden. Dieses Haus war, zweifellos in der Absicht, Darnley zu beseitigen, mit Pulver in die Luft gesprengt worden. Der unglückliche Mann mußte jedoch gewarnt worden sein, denn er hatte noch versucht, zu entkommen. Er kam nicht sehr weit. Man fand ihn im Garten des Hauses – tot, aber unverletzt durch die Explosion. Da es keine Anzeichen von Gewalteinwirkung gab, vermutete man, daß er erstickt war, weil ihm jemand ein feuchtes Tuch auf den Mund gedrückt hatte. Es handelte sich also eindeutig um Mord. Da Maria in heißer Liebe zu dem Grafen Bothwell entbrannt war und ihren Gatten Darnley haßte, Bothwell überdies seine Frau verstoßen hatte, schien klar zu sein, wer hinter dem Mord steckte.

Ich muß gestehen, daß ich, als diese Nachricht nach Chartley drang, den heftigen Wunsch verspürte, am Hofe zu sein, um selbst mitzuerleben, wie Elisabeth diese Nachricht aufnahm. Ich konnte mir vorstellen, wie sie ihren Abscheu ausdrückte und dabei heimlich Freude über die zweifelsohne mißliche Lage der Königin von Schottland empfand. Gleichzeitig mochte ihr jedoch ein wenig unbehaglich zumute sein. Die Leute würden sich gewiß darauf besinnen, daß sie einst in eine ähnlich verfängliche Lage geraten war, als man Robert Dudleys Gattin tot am Fuße jener Treppe in Cumnor Place gefunden hatte.

Falls die Königin von Schottland Bothwell heiratete, geriet ihr Thron gewiß in Gefahr. Man würde sie der Komplizenschaft bei der Ermordung ihres Gemahls verdächtigen. Zudem war ihre Stellung keineswegs so gefestigt wie die von Elisabeth. Ich konnte mich nie enthalten zu lächeln, wenn ich an die Lobgesänge dachte, die jedesmal ertönten, wenn die Königin erschien. Selbst Männer wie Cecil und Bacon schienen sie für göttlich zu halten. Ich dachte manchmal, daß sie unter anderem deswegen so großen Wert darauf legte, weil sie nie vergaß, daß es die Königin von Schottland gab, die – das sagte ihr der Verstand – weit schöner war als sie, trotz ihrer falschen Haare, trotz Puder, Rouge und den verschwenderisch mit Juwelen geschmückten Gewändern.

Nun überstürzten sich die Ereignisse. Ich wollte es zunächst nicht glauben, als ich hörte, daß Maria unverzüglich Bothwell heiratete. Törichtes Weib! Warum war sie nicht dem Beispiel unserer klugen und gewitzten Elisabeth gefolgt? Lauter hätte Maria ihre Schuld gar nicht vor aller Welt verkünden können, und selbst wenn sie an Darnleys Ermordung nicht beteiligt war, so wurden doch jetzt die Geschichten, Bothwell sei bereits zu Darnleys Lebzeiten ihr Liebhaber gewesen, für wahr gehalten.

Nach kurzer Zeit folgte die Niederlage von Carberry Hill. Ich wurde von großer Unruhe ergriffen. Wie gern wäre ich jetzt am Hofe gewesen, um diese großen goldbraunen Augen zu sehen, die so viel ausdrückten und noch mehr verbargen. Elisabeth würde über die Beleidigung der Königswürde erzürnt sein. Gerade weil sie von verhältnismäßig unbedeutender Abkunft war, hatte sie immer darauf bestanden, daß königlichem Blute die geziemende Ehre erwiesen wurde. Sie würde es beklagen, daß eine Königin auf einem spanischen Pony, angetan mit dem roten Unterrock einer Händlerin, durch die Straßen von Edinburgh geritten war, während der Pöbel »Hure und Mörderin« hinter ihr her schrie. Gleichzeitig aber würde sie sich daran erinnern, daß Maria es gewagt hatte, sich als Königin von England zu bezeichnen,

und daß es im Lande ein paar Katholiken gab, die bereit waren, sehr viel – sogar ihr Leben – zu wagen, um Maria auf den Thron zu setzen und eine Rückkehr zum Katholizismus zu erzwingen.
Nein, Elisabeth würde niemals vergessen, daß diese törichte Frau jenseits der Grenze eine große Bedrohung für die Krone darstellte, die ihr so unentbehrlich war und die sie nicht einmal mit dem Mann, den sie liebte, zu teilen bereit war.
Und Robert? Was mochte er wohl denken? Maria war die Frau, der man ihn zum Gemahl vorgeschlagen hatte, und die ihn abfällig als »Stallmeister der Königin« bezeichnet hatte. Ich war sicher, er konnte in seinem Stolz gar nicht anders, als eine gewisse Genugtuung darüber zu empfinden, daß sie so tief gesunken war.
Es folgten die Niederlage, Gefangennahme und Inhaftierung von Lochleven, die Flucht aus Lochleven, schließlich eine weitere, unselige und endgültige Niederlage in Langside, und Maria – o Torheit aller Torheiten! – gab sich der Täuschung hin, sie könne bei ihrer »lieben Schwester in England« Hilfe finden.
Ich konnte mir die Erregung dieser lieben Schwester bei der Aussicht, daß ihre größte Rivalin sich ihr aus freien Stücken auslieferte, lebhaft vorstellen.
Bald nach Marias Ankunft in England erhielten wir Besuch von meinem Vater. In seinem Gemüt mischten sich Besorgnis und Stolz, und als ich den Grund seines Besuches erfuhr, konnte ich das durchaus verstehen.
Die Königin und Sir William Cecil hatten ihn rufen lassen und ihm mitgeteilt, sie hätten einen Auftrag für ihn.
»Es ist ein Zeichen meines Vertrauens in dich, Cousin«, habe die Königin zu ihm gesagt, wie er mir stolz erzählte, und er fuhr fort: »Ich soll die Königin von Schottland bewachen. Ich gehe zur Burg Carlisle, wo Lord Scrope mich bei dieser Aufgabe unterstützen wird.«
Walter meinte, um diesen Auftrag beneide er ihn nicht.
»Warum nicht?« wollte ich wissen. »Die Königin würde ihn nur jemandem erteilen, zu dem sie vollstes Vertrauen hat.«
»Das schon«, stimmte Walter zu. »Aber es ist eine gefährliche Aufgabe. Wo auch Maria von Schottland sich aufhält, es gibt stets Scherereien.«
»Jetzt nicht mehr, da sie in England ist«, sagte mein Vater. Ich fand, er sei allzu vertrauensselig.

»Aber sie wird deine Gefangene sein, und du bist ihr Wärter«, betonte Walter. »Stell dir nur einmal vor, daß ...«
Er vollendete den Satz nicht, wir wußten ohnehin, was er meinte. Falls es Maria gelang, genügend Streitkräfte um ihr Banner zu scharen und den Kampf um den Thron von England zu gewinnen, was würde dann aus jenen, die auf Anweisung ihrer Rivalin ihre Wärter gewesen waren? Oder was geschah, wenn sie entfloh? Walter meinte, er würde keinen Wert darauf legen, der Betreffende zu sein, den man für ein solches Mißgeschick zur Verantwortung ziehen würde.
O ja, mein Vater hatte eine außerordentliche Verantwortung auf sich genommen.
Doch schon die bloße Erwähnung der Möglichkeit, daß Elisabeth vom Throne gestoßen werden könnte, bedeutete Verrat. Trotzdem konnten wir nicht verhindern, daß uns der Gedanke bewegte.
»Wir werden sie sorgsam bewachen«, sagte mein Vater, »ohne sie jedoch spüren zu lassen, daß sie eine Gefangene ist.«
»Du hast dir eine unmögliche Aufgabe gestellt, Vater«, sagte ich zu ihm.
»Ich glaube, vielleicht ist das Gottes Wille«, gab er mir zur Antwort. »Möglicherweise bin ich auserwählt, ihre Gedanken vom Katholizismus abzuwenden, der meiner Meinung nach die Wurzel ihres ganzen Unglücks ist.«
Mein Vater war ein sehr argloser Mann, was wohl mit seinem schlichten Glauben zusammenhing. Seine Hinwendung zum Protestantismus war im Laufe der Jahre immer stärker geworden und hatte ihm die Überzeugung vermittelt, daß alle, die nicht seines Glaubens waren, zur ewigen Verdammnis verurteilt seien.
Ich brachte keine Einwände dagegen vor. Er war ein guter Mensch, und ich hatte ihn sehr gern, wie ich auch meiner Mutter zugetan war, und ich wollte nicht, daß sie erfuhren, wie sehr sich meine Anschauungen von den ihren unterschieden. Ich fragte mich oft, was sie wohl gedacht hätten, wenn ihnen meine kurze Liaison mit Robert Dudley bekannt geworden wäre. Es hätte sie zutiefst erschüttert, dessen war ich mir wohl bewußt.
Mein Vater hatte ein paar Kleidungsstücke bei sich, die er Maria von Elisabeth bringen sollte. Ich äußerte, daß ich sie mir gern ansehen würde, und zu meiner nicht geringen Überraschung gestattete es mein Vater. Ich hatte königliche Roben zu sehen erwartet – gebauscht und

geschlitzt, mit Edelsteinen verziert, dazu Spitzenkrausen, seidene Untergewänder, leinene Unterröcke und selbstverständlich mit Juwelen besetzte und bestickte Überkleider. Doch ich fand nichts weiter als einige Paare recht abgetragener Schuhe, ein paar Ellen schwarzen Samtes für ein Kleid und etwas Unterwäsche, die offensichtlich schon getragen war.

Das also war das Geschenk der Königin von England für Maria, die in ganz Frankreich und Schottland für ihre Eleganz berühmt war! Nicht einmal ihre Dienstmägde würden dergleichen tragen.

Ich empfand Mitleid mit Maria. Wieder einmal empfand ich den heißen Wunsch, im Mittelpunkt der Geschehnisse zu weilen, um alles aus erster Hand zu erfahren und nicht von Besuchern abhängig zu sein, die nach Chartley geritten kamen und uns von Ereignissen berichteten, die schon mehrere Wochen zurücklagen. Ich war nicht dafür geschaffen, beiseite zu stehen und mich mit der Rolle des Zuschauers zu begnügen.

Kurz nach der Geburt meines Sohnes Walter ereigneten sich zwei Dinge.

Man hatte die schottische Königin von der Burg Carlisle auf die Burg Bolton gebracht. Wie die meisten Männer, die mit ihr in Berührung kamen, fühlte sich auch mein Vater von ihr ein wenig angezogen, doch war bei ihm der Grund dafür wohl mehr der Wunsch, ihre Seele zu retten, als sich an ihrem Leib zu erfreuen. Ich hörte, daß er sich bemühte, sie zu unserem Glauben zu bekehren. Sie hatte inzwischen erkannt, wie töricht es gewesen war, auf Elisabeth zu vertrauen und sich geradewegs ins Lager des Feindes zu begeben. Gewiß, es wäre ihr möglicherweise kaum besser ergangen, wenn sie nach Frankreich geflohen wäre, aber wer konnte das schon genau wissen? Sie hatte sich bei Katharina von Medici, der Königinmutter, nicht gerade lieb Kind gemacht, und diese Frau war so schlau wie unsere Elisabeth und darüber hinaus weitaus schneller mit Todesurteilen bei der Hand. Die arme Maria. Da hatte sie nun drei Länder zur Wahl gehabt: Schottland – von dort war sie geflohen –, Frankreich, wo sie ihre Verwandten möglicherweise freundlich willkommen geheißen hätten, und England, für das sie sich entschied.

Sie hatte einen Fluchtversuch mit Hilfe zusammengeknoteter Laken unternommen, eine abenteuerliche, doch selten erfolgreiche Methode, und dabei war sie von Lord Scrope erwischt worden. Nachher mußten ihre Wärter die Bewachung natürlich verstärken. Lady Scrope, die sich mit auf der Burg befand, war die Schwester des Herzogs von Norfolk, und sie schwärmte der schottischen Königin so viel von den Reizen ihres Bruders vor, daß Maria Anteilnahme für Norfolk bekundete. So wurde der törichte Mann in ein Netz von Intrigen verwickelt; das sollte schließlich zu seinem Untergang führen.

Fast zur selben Zeit kam es zum Aufstand der Lords im Norden, und mein Mann wurde zum Kriegsdienst berufen. Er schloß sich den Truppen des Grafen von Warwick an und wurde Feldmarschall.

Meine Mutter war seit einiger Zeit krank. Sie schrieb uns, wie groß das Wohlwollen der Königin ihr gegenüber sei. »Niemand hätte sich gütiger verhalten können als Ihre Majestät«, schrieb meine Mutter. »Wie glücklich dürfen wir doch über unsere Herrscherin sein.«

Elisabeth war ihren Freunden gegenüber wahrhaftig loyal. Sie hatte der armen Lady Mary Sidney in Hampton Court eine Wohnstätte verschafft, wo diese sich zuweilen in aller Zurückgezogenheit aufhielt, weil sie sich mit ihrem pockennarbigen Gesicht nirgends zeigen wollte. Elisabeth besuchte sie regelmäßig und saß dann lange Zeit plaudernd bei ihr. Die Königin gab ihr zu verstehen, sie würde nie vergessen, daß Lady Sidney, als sie Elisabeth gepflegt hatte, ihr gewissermaßen die Narben abgenommen hatte.

Und dann erhielt ich eine Botschaft.

Ich sollte an den Hof zurückkehren.

Meine Aufregung war grenzenlos. Wie hatte ich nur glauben können, meine schlichten ländlichen Vergnügungen würden mich für den Trubel bei Hofe entschädigen! Unter »Hof« verstehe ich natürlich jene zwei Menschen, bei denen meine Gedanken so oft weilten. Die Aussicht auf eine Rückkehr ließ meine Nerven erbeben.

Ich konnte es kaum erwarten, dort anzukommen.

Ich begab mich geradewegs zur Königin, da sie angeordnet hatte, daß man mich zu ihr führen solle. Doch auf diesen Empfang war ich nicht vorbereitet gewesen. Als ich niederknien wollte, nahm sie mich in die Arme und küßte mich. Ich war verblüfft, erfuhr aber gleich den Grund für diese Zärtlichkeit.

»Ich bin zutiefst bekümmert, Lettice«, sagte sie. »Deine Mutter ist schwer erkrankt.« Die großen Augen waren ein wenig verschleiert. »Ich befürchte ...« Sie schüttelte den Kopf. »Du mußt sogleich zu ihr gehen.«

Ich hatte Elisabeth gehaßt. Sie hatte mir das weggenommen, woran mir am meisten lag. Aber in diesem Augenblick liebte ich sie beinahe – vielleicht wegen ihrer Fähigkeit zu Freundschaft und Treue gegenüber jenen, die ihr teuer waren. Und meine Mutter liebte sie wirklich.

»Richte ihr aus«, sagte sie, »daß ich in Gedanken bei ihr bin. Sag ihr das, Lettice.«

Sie schob ihren Arm durch den meinen und ging mit mir zur Tür. Es war, als habe sie mir nun, da sie meinen Kummer mit mir teilte, alles vergeben, dessen sie mich womöglich verdächtigt hatte.

Ich stand mit meinen Geschwistern am Bette meiner Mutter, als sie starb. Ich kniete neben ihr nieder und teilte ihr mit, was die Königin mir aufgetragen hatte. An dem Ausdruck, den ihr Gesicht annahm, erkannte ich, daß sie verstanden hatte.

»Gott dienen ... und der Königin«, murmelte sie. »Ach, meine Kinder, denkt daran ...«

Das war alles.

Elisabeth war zweifellos zutiefst bewegt. Sie beharrte darauf, daß meine Mutter auf ihre Kosten in der Kapelle des heiligen Edmund beigesetzt wurde. Sie ließ mich rufen und erzählte mir, wie sehr sie ihre Cousine geliebt habe, und wie schmerzlich sie ihren Verlust empfand. Sie meinte es ehrlich, das weiß ich, und sie war sehr gütig zu uns allen ... für kurze Zeit. Ich glaube, damals verzieh sie mir sogar, daß ich Roberts Aufmerksamkeit erregt hatte.

Nach dem Leichenbegängnis rief sie mich zu sich und redete über meine Eltern – wie sie meine Mutter geliebt habe, wie sehr sie meinen Vater schätze.

»Zwischen deiner Mutter und mir bestanden enge verwandtschaftliche Bande«, sagte sie, »und sie war eine gute und liebevolle Seele. Ich hoffe, du wirst ihr nacheifern.«

Sehnsüchtig gestand ich, wie gern ich ihr wieder dienen würde, und sie antwortete: »Ah, du hast doch genügend Ersatz. Wie viele sind es jetzt ... vier?«

»Ja, Madam, zwei Mädchen und zwei Knaben.«

»Welch ein Segen.«

»Das ist mir bewußt, Madam.«

»Das ist auch gut so. Ich hatte eine Zeitlang gedacht, du ließest deine Augen umherschweifen.«

»Madam!«

Sie gab mir einen leichten Schlag auf den Arm. »Es kam mir so vor. Ich schätze Walter Devereux. Er ist ein Mann, der nur Gutes verdient.«
»Er wird außer sich sein vor Freude, wenn er hört, welch gute Meinung Eure Majestät von ihm haben.«
»Ein glücklicher Mann. Er hat einen Erben. Wie habt ihr ihn genannt?«
»Robert, Madam.«
Sie bedachte mich mit einem scharfen Blick. Dann sagte sie: »Ein schöner Name. Einer meiner Lieblingsnamen.«
»Meiner jetzt auch, Majestät.«
»Ich will deinen Gatten für seine Dienste, die er uns geleistet hat, belohnen. Lord Warwick hat mit besonderer Wärme von ihm gesprochen. Nun habe ich einen Weg gefunden, wie ich ihm meine Wertschätzung erweisen kann.«
»Darf ich mir die Frage erlauben, was Eure Majestät zu tun gedenken?«
»Gewiß. Ich schicke seine Gattin nach Chartley zurück, damit er sie dort findet, wenn er heimkehrt.«
»Im Augenblick ist er im Norden sehr beschäftigt.«
»Das stimmt. Aber der größte Teil der Rebellen ist bereits gefangen, und sollte er zurückkehren, so möchte ich nicht, daß er enttäuscht ist, weil ihm seine Frau fehlt.«
Ich war entlassen. Die freundschaftlichen Gefühle, die sie mir entgegengebracht hatte, als wir gemeinsam trauerten, waren erloschen. Mir wurde nicht vergeben, daß Robert für kurze Zeit Wohlgefallen an mir bekundet hatte.

Meine Kinder wuchsen heran. Penelope war fast zehn, Robert fünf. Das häusliche Leben jedoch konnte mich nicht mehr befriedigen. Ich liebte meinen Gatten wahrhaftig nicht, und wenn er mich umarmte, so war mein Vergnügen nur gering. Ich wurde immer mürrischer, weil das Leben so langweilig war. In meine Kinder allerdings war ich vernarrt – vor allem in den kleinen Robert –, aber ein fünfjähriges Kind konnte eine Frau von meiner Art nicht für alles entschädigen oder ihr gar die Anregungen verschaffen, deren sie bedurfte.
Wenn Besucher nach Chartley kamen, erfuhr ich bruchstückhafte Neuigkeiten – oft über den Grafen von Leicester, der nach wie vor im Hofleben die wichtigste Rolle spielte –, und ich hörte begierig zu. Er

stand noch immer bei der Königin hoch in Gunst. Aber die Jahre gingen dahin, und es war nun unwahrscheinlich geworden, daß Elisabeth jemals heiraten würde. Kürzlich hatte sie mit dem Gedanken geliebäugelt, den Herzog von Anjou zu nehmen, aber es wurde nichts daraus – wie bei allen vorausgegangenen Anträgen. Die Königin näherte sich den vierzig, ein wenig zu alt zum Kindergebären. Robert war noch immer ihr Favorit, aber einer Vermählung mit ihr war er um keinen Schritt nähergekommen, und mit jedem weiteren Jahr schwand diese Möglichkeit mehr und mehr.

Ich vernahm unerfreuliche Gerüchte über gewisse Liebesaffairen. Man konnte kaum erwarten, daß ein Mann wie Leicester bereit war, sich für alle Zeiten am Gängelband führen zu lassen. Ich hatte gehört, daß zwei Hofdamen (und zwar Lady Douglass, die Gemahlin des Grafen von Sheffield, sowie ihre Schwester Lady Frances Howard) in Liebe zu ihm entbrannt waren und um seine Aufmerksamkeit wetteiferten.

»Sie gefallen ihm beide recht gut«, sagte mein Gewährsmann, ein Besucher vom Hofe, der auf seinem Weg nach Norden eine oder zwei Nächte auf Chartley verbrachte. »Doch der Königin sind diese Torheiten nicht entgangen, und ihr gefallen sie gar nicht.«

Natürlich würde ihr das nicht gefallen, wenn die beiden Damen es auf Leicester abgesehen hatten. Ich nahm an, sie würden ebenso schnell aus dem Hofdienst entlassen wie damals ich. Zu meiner Überraschung entdeckte ich, daß ich immer noch eifersüchtig werden konnte. Ich erinnerte mich, einmal gehört zu haben, daß diese Lady Howard eine bezaubernde Frau sei. Anna Boleyn war mütterlicherseits eine Howard gewesen; Katharina Howard, die fünfte Frau Heinrichs VIII., hatte die gleiche Anziehungskraft besessen. Die Ärmste! Es hatte sie den Kopf gekostet. Wäre sie ein wenig durchtriebener gewesen, hätte sie ihn vielleicht retten können. Sie waren eben nicht schlau genug, diese Howards. Für Männer besaßen sie wohl Anziehungskraft, da sie selbst Verlangen nach ihnen hatten, doch waren sie nicht berechnend genug, um ihren Vorteil wahrzunehmen.

Ich wartete begierig auf Neuigkeiten. Wie hatte ich nur jemals annehmen können, ich hätte aufgehört, mir etwas aus Robert Dudley zu machen! Ich wußte genau: Sollte ich ihm je wieder begegnen, meine Begierde wäre so heftig wie ehedem.

Ich fragte meinen Gast, was er über die Affairen um Douglass Sheffield und Frances Howard wüßte.

»Ach«, sagte er, »es geht das Gerücht, daß Lady Sheffield Leicesters Geliebte wurde, als sie sich beide auf Schloß Belvoir aufhielten.«
Ich konnte mir das so gut vorstellen. Das Abenteuer hatte wohl ebenso geschwind seinen Lauf genommen wie damals bei mir, denn Robert war sehr ungeduldig, und da ihn die Ausflüchte der Königin zum Wahnsinn trieben, ertrug er es nicht, daß sich ihm eine andere Frau ebenfalls versagte.
»Man erzählt sich«, fuhr unser Besucher fort, »daß Leicester an Douglass einen Liebesbrief geschrieben hat, worin er ohne Umschweife die Existenz ihres Ehemannes bedauert und andeutet, er hätte sie geheiratet, wenn sie nicht bereits vermählt wäre. Und dann, heißt es, sei eine Anspielung gefolgt, daß Sheffield ihnen möglicherweise nicht mehr lange im Wege stehen werde.«
Ich rang erschrocken nach Luft. »Damit wird er doch nicht gemeint haben ...«
»Nach dem Tode seiner Gattin ist viel über ihn geredet worden. Die törichte Douglass – aber vielleicht war sie gar nicht so töricht und hat es mit Absicht getan – ließ den Brief fallen, als sie nach Hause zurückkehrte. Ihre Schwägerin, die sie nicht besonders gut leiden kann, hat ihn gefunden und unverzüglich dem gehörnten Ehemann gezeigt. Noch am gleichen Abend trennten sie sich von Tisch und Bett, und Sheffield ging nach London, um eine Scheidung zu erreichen. Er hatte ja den Brief, nicht wahr, und man konnte recht wohl herauslesen, daß sein Leben bedroht war ... wenn man bedenkt, woher er kam.«
»Alle Männer im öffentlichen Leben werden beneidet und verleumdet.« Zu meinem eigenen Erstaunen verteidigte ich Robert nachdrücklich. »Und gewiß niemand mehr als der Graf von Leicester.«
»Nun ja, wie Ihr wißt, hat er da diesen italienischen Arzt.«
»Ihr meint Dr. Julio.«
»So wird er genannt. Eigentlich heißt er Giulio Borgherini, aber der Name ist für die Leute schwierig auszusprechen. Man sagt ihm nach, daß er große Kenntnisse von den verschiedenen Giften besitzt und sie im Dienste seines Herrn anwendet.«
»Glaubt Ihr das auch?«
Er zuckte die Schultern. »Die Leute werden den Tod seiner Gattin nie vergessen. Und sie werden sich immer wieder daran erinnern, wenn so etwas wie jetzt geschieht.«
Als er uns verlassen hatte, dachte ich viel über Robert nach. Ich war

zutiefst verletzt, weil er hatte den Wunsch äußern können, Douglass Sheffield zu ehelichen.
Walter kehrte zurück. Er war ganz aufgebläht vor Stolz über die Anerkennung der Königin und trug sich mit dem gewagten Plan, Ulster zu besiedeln. Elisabeth hatte ihn zum Ritter des Hosenbandordens und zum Grafen von Essex ernannt – dieser Titel war bereits früher durch eine Heirat mit den Mandevilles in seiner Familie gewesen. Daß er ihm nun wiedergegeben wurde, war ein Zeichen für die große Gunst der Königin.
Jetzt war ich Gräfin. Ich hätte Walter liebend gern an den Hof begleitet, doch die Einladung der Königin war unmißverständlich an ihn allein gerichtet, so daß ich gezwungen war, daheim zu bleiben.
Er kehrte mit skandalösen Neuigkeiten zurück. Wie zu erwarten, betrafen sie Robert Dudley.
»Man sagt«, erzählte Walter, »daß der Graf von Sheffield, als er entdeckte, daß seine Gattin ihn mit Leicester betrogen hatte, beschloß, um eine Scheidung nachzusuchen. Stell dir diesen Skandal vor! Ich bezweifle, daß Ihrer Majestät dergleichen gefallen hätte.«
»Ist sie immer noch in ihn verliebt?«
»Aber freilich. Sie grämt sich, wenn er nicht bei ihr ist. Und wo er geht und steht, folgt sie ihm mit den Augen.«
»Erzähl mir von dem Skandal um Sheffield.«
»Es gab keinen. Er ist tot.«
»Tot!«
»Ja. Er ist genau im richtigen Augenblick gestorben. Jetzt ist der Skandal vermieden. Man kann sich den Zorn der Königin unschwer vorstellen, wenn sie erfahren hätte, daß Leicester Lady Sheffield den Hof gemacht hat.«
»Woran ist er gestorben?«
»Man sagt, durch Gift.«
»*Man* sagt immer solche Dinge.«
»Nun, jedenfalls ist er tot, und infolgedessen kann Leicester des Nachts ruhig schlafen.«
»Und Lady Sheffield ... hat er sie geheiratet?«
»Von einer Vermählung habe ich nichts gehört.«
»Wie ist denn Lady Sheffield eigentlich?«
Walter zog die Schultern hoch. Er bemerkte nie, wie eine Frau aussah. Politik interessierte ihn mehr als Privatangelegenheiten, und es lag

lediglich an Leicesters Stellung im Lande, daß Walter sich einen Augenblick lang Gedanken über dessen Liebesaffairen gemacht hatte: Sie waren nur insofern von Bedeutung, als sie ihn der Königin hätten entfremden können.

Mehr Sorgen bereitete Walter ein Plan, Norfolk mit der schottischen Königin zu verheiraten. Den Plan hatte möglicherweise Lady Scrope ausgeheckt, damals, als sie sich bei ihrem Gatten befand, der zusammen mit meinem Vater Maria bewacht hatte.

Norfolk war immer ein Narr gewesen. Er hatte bereits drei Ehen hinter sich, und alle seine Frauen waren gestorben. Er war um die dreißig; zweifellos war er vom Ruf der schottischen Königin äußerst angetan. Immerhin galt sie als eine der bezauberndsten Frauen unserer Zeit. Sie hatte drei Ehemänner gehabt, Norfolk drei Gattinnen; das paßte gut zusammen. Der törichte Junge hielt es gewiß für recht unterhaltsam, Gemahl einer Königin zu sein. So wurde der Plan also weiterverfolgt. Norfolk bekannte sich wohl zum protestantischen Glauben, doch im Grunde seines Herzens war er Katholik. Vermutlich bildete er sich ein, eines Tages König von England werden zu können, wenn auch nicht offiziell. Er konnte nicht vergessen, daß seine Familie von höherem Stande war als die Tudors.

Der Plan war durchaus kein Geheimnis. Als er der Königin zu Ohren kam, rief sie Norfolk zu sich. Diejenigen, die bei dem Treffen zugegen waren, sahen darin eine ernste Warnung für Norfolk.

Die Königin hatte gesagt, sie habe vernommen, daß Norfolk bestrebt sei, seinen Herzogstitel gegen den eines Königs einzutauschen.

Der Blick ihrer großen goldbraunen Augen muß Norfolk so verstört haben, daß er alles leugnete. Er stammelte, die Königin von Schottland sei eine Ehebrecherin und werde des Mordes verdächtigt, und er sei ein Mann, der nachts gerne ruhig auf seinem Kissen schlafe. Als die Königin entgegnete, es gebe Männer, die durchaus bereit seien, um einer Krone willen viel zu wagen, erwiderte Norfolk, auf seiner Kegelbahn in Norfolk sei er ebenso gut ein Fürst gewesen, wie Maria im Herzen von Schottland. Die Bemerkung war nicht ungefährlich, denn als sich Elisabeth in Greenwich befand, hätte man von ihr dasselbe behaupten können. Er ritt sich noch mehr hinein, als er sagte, er könne die schottische Königin schon deshalb nicht heiraten, da er ja wisse, daß sie Anspruch auf die englische Krone erhebe; Königin Elisabeth könne ihm somit vorwerfen, er begehre die Krone von England.

Die Königin entgegnete bissig, genau dies nehme sie von ihm an. Armer, törichter Norfolk! In diesem Augenblick hatte er wohl sein eigenes Todesurteil unterzeichnet.
Ich vernahm später überrascht – wieder durch Besucher vom Hofe –, daß der Graf von Leicester seltsamerweise seine Feindschaft mit Norfolk vergessen und für den Herzog Partei ergriffen hatte. Der Himmel weiß, was in Robert vorging. Doch ich begriff allmählich, daß er ebenso unverständlicher Handlungen fähig war wie Elisabeth. Heute glaube ich, daß er befürchtete, Elisabeth könnte sterben – sie war häufig krank, und seit ihrer Inthronisierung hatte man mehrmals geglaubt, sie befinde sich in Lebensgefahr –, und daß dann Maria Stuart den Thron besteigen würde.
Robert war ein Mensch, der nach außen ritterlich und gütig erscheinen konnte, während er insgeheim Mordpläne erwog. Er würde stets in erster Linie seinen eigenen Vorteil im Sinn haben. Er beschloß also, Norfolk zu unterstützen und sagte ihm zu, er werde ihm zu einer Zusammenkunft mit Elisabeth verhelfen, damit er ihr seinen Fall vortragen könne.
Angesichts seiner vorangegangenen Unterhaltung mit der Königin hätte Norfolk eigentlich gewarnt sein sollen. Elisabeth, ohne Zweifel von Robert entsprechend vorbereitet – denn es paßte durchaus zu ihm, auf beiden Schultern zu tragen –, erstickte Norfolks Vorhaben im Keime; er kam überhaupt nicht dazu, ihr zu erklären, welche Vorteile eine Verbindung zwischen ihm und Maria hätte. Sie nahm sein Ohr zwischen Daumen und Zeigefinger und zwickte es so fest, daß er zusammenzuckte.
»Ich würde Euch raten«, sagte sie, »gut auf Euer Kissen achtzugeben.«
Sie spielte damit auf seine Bemerkung an, daß er nachts gern ruhig auf seinem Kissen schlafe. Unmißverständlich machte sie ihm klar, daß er, wenn er seine Absichten verwirklichte, den Kopf auf ein ganz anderes Kissen legen müßte – einen Holzblock nämlich, wo er ihm mit dem Beil abgeschlagen würde.
Norfolk muß das Herz erzittert haben, denn er sank auf die Knie und schwor, er wünsche nicht zu heiraten, sondern einzig und allein, ihr zu dienen.
Unglücklicherweise hatte er nicht die Wahrheit gesprochen. Als ans Licht kam, daß er nach dieser Unterredung heimliche Botschaften der

schottischen Königin empfing, war er sogleich neuerlich tief in das Ränkespiel um die Eheschließung und Befreiung Marias verstrickt.

Walter hatte nur seine Besiedelungspläne Ulsters im Kopf, doch als er an den Hof ging, erfuhr er ein wenig von den Vorgängen dort. Er war verstört, weil die Gefahr wuchs, die England vom Katholizismus drohte, und weil die Weigerung der Königin, sich zu vermählen, alles noch schwieriger machte. Solange sie lebte, würde das Land protestantisch bleiben. Starb sie aber, so konnte ein Krieg ausbrechen. Walter erzählte mir, daß die Minister unablässig den Ernst der Lage erörterten, der durch die Ungewißheit entstand, wer Elisabeth auf den Thron folgen solle. Dies war Englands wunder Punkt, zumal die schottische Königin sich ja als Gefangene im Lande befand. Walter stimmte insgeheim mit dieser Meinung überein und eröffnete mir, selbst Leicester gehöre zu jenen, die den Plan befürworteten, daß Norfolk Maria, die Königin von Schottland, heiraten solle, so daß ein englischer Gemahl sicher sei. Dann konnte Norfolk auf sie einwirken, damit sie zum Protestantismus übertrat. Falls Elisabeth sterben und Maria die Thronfolge antreten sollte, würde England protestantisch bleiben.

William Cecil war gegen eine solche Heirat. Es gab jedoch viele einflußreiche Männer im Lande, die es gern gesehen hätten, wenn Cecil seines Amtes enthoben worden wäre. Da Leicester sich den Verschwörern angeschlossen hatte, wurde er dazu ausersehen, der Königin die Gefahr vor Augen zu halten, die Cecil über das Land brachte. Seine gegenwärtige Politik stieß die einflußreichen katholischen Länder Frankreich und Spanien vor den Kopf, und um sie zu besänftigen, könnte es nötig sein, Cecil dem Henker zu überantworten.

Ich erfuhr aus verschiedenen Quellen, was sich bei dieser Ratsversammlung ereignet hatte. Niemals war die wahre Natur der Königin so offenbar geworden wie bei diesem Anlaß. Ich sah sie geradezu vor mir, wie sie in ihrer ganzen überlegenen Größe diesen Ränkeschmieden gegenübertrat. Cecil dem Henker überantworten! Ein Schwall von Beschimpfungen ergoß sich über alle um den Tisch Versammelten, die es gewagt hatten, einen solchen Vorschlag zu machen.

Sie erinnerte sie daran, daß sie nicht mehr in den Zeiten ihres Vaters lebten, als Minister hingerichtet wurden, damit andere ihren Platz einnehmen konnten. Cecil sei gegen die Heirat von Maria von Schottland mit Norfolk? Nun, dann sollten sie zur Kenntnis nehmen, daß Cecils Gebieterin völlig seiner Meinung war. Sie seien wohl beraten, wenn sie sich ihre Handlungen genau überlegten; sonst könne das Schicksal, das sie Cecil zugedacht hatten, ihnen selbst drohen. Sie wünsche, daß man ihrer Freundin, der schottischen Königin, mitteile, daß, falls sie nicht besser auf ihre Freunde acht gebe, einige von ihnen bald um einen Kopf kürzer sein könnten.

Als Walter sich mit mir darüber unterhielt, sagte ich, daß ich vermute, sie würden ihren Plan, Cecil zu beseitigen, nun wohl fallen lassen; Walter aber schüttelte den Kopf und deutete an, daß sie womöglich heimlich gegen ihn konspirierten.

Ich ängstigte mich ein wenig, weil ich wußte, daß Robert beteiligt war, und ich fragte mich, was geschehen würde, wenn die Königin entdeckte, daß auch er im Komplott gegen sie war. Sein Verrat wäre tausendmal schlimmer als der irgendeines anderen. Ich verstand mich selbst nicht mehr. Da hatte ich mich an ihm rächen wollen für das, was er mir angetan hatte. Wie oft hatte ich mir, von Verbitterung überwältigt, insgeheim gewünscht, er möge vom Hofe gejagt werden, so wie man mich fortgeschickt hatte. Und nun machte ich mir Sorgen, weil ihm unmittelbare Gefahr drohte.

Doch wenn er auch noch so eng mit den Verschwörern zusammenarbeitete: Ich hätte mir eigentlich denken können, daß er sich herauswinden würde. Ich hörte Bruchstücke der Geschichte: Wie die Königin die Nachricht erhielt, daß Robert im Sterben lag, und wie sie alles im Stich ließ und an sein Bett eilte. Sie liebte ihn, daran war nicht zu zweifeln, und ich glaube, ihre Leidenschaft war beständiger als jene, welche Maria von Schottland für Bothwell empfunden hatte. Bei Maria war es körperliche Anziehungskraft gewesen, der sie nicht widerstehen konnte, so daß sie, davon überwältigt, ihre Krone hingegeben hatte, aber keineswegs diese unerschütterliche innige Zuneigung, wie sie Elisabeth für Robert hegte. Elisabeth war der Thron einfach wichtiger als Robert. Aber dennoch liebte sie ihn.

Auf diese Zuneigung verließ er sich, wenn er, wie jetzt, sich aus einer sehr gefährlichen Situation herauswinden wollte. Und es gelang.

Ich konnte mir die rührende Szene am Bett gut vorstellen: Robert auf seinem Lager hingestreckt und mit großen Gebärden seine Rolle als Sterbender spielend. Ihre große Liebe zu ihm würde durchbrechen. Sie hielt treu zu denen, die sie liebte, so wie sie jenen nie vergeben konnte, die sie haßte.

Ich sah vor mir, wie Robert ihr seine Zuneigung bekannte: Wie er um sie gebangt und zu dem Glauben gelangt sei, daß es nur zu Elisabeths Besten sei, wenn Maria Norfolk heiraten würde. Und aus diesem Grunde habe er dem Plan seine Unterstützung gewährt ... einzig und allein aus Liebe zu ihr ... und nun könne er es sich nicht verzeihen, ohne ihr Wissen gehandelt zu haben, obgleich er es nur aus Sorge um sie getan habe. Oh, er verstand sich auf den Umgang mit Frauen! Er wußte genau, wie weit er mit seinen Schmeicheleien gehen konnte, und er beherrschte die Kunst, mit schlichten Sätzen ein Herz zu rühren. Kein Wunder, daß so viele Frauen ihn liebten – und eine dieser vielen war Elisabeth.

Sie hatte geweint. Ihr süßer Robin dürfe sich nicht aufregen. Sie befahl ihm, gesund zu werden, denn sie wolle ihn nicht verlieren. Ich konnte mir die Blicke vorstellen, die zwischen ihnen hin und her gingen. Natürlich würde er leben. Hatte er nicht immer ihren Befehlen gehorcht?

Wie bezeichnend für unsere Herrscherin, im selben Augenblick Robert zu verzeihen und nach Norfolk zu senden.

Der Herzog wurde gefangengenommen und kam in den Tower.

Wir glaubten alle, daß es um Norfolks Kopf geschehen sei, doch die Königin schien nicht geneigt, das Todesurteil zu unterzeichnen. Wie in solchen Fällen üblich, suchte sie Ausflüchte, und schließlich wurde Norfolk freigelassen, mußte allerdings völlig zurückgezogen auf seinen Gütern leben. Doch er schien dazu bestimmt, sich selbst zu zerstören. Man hatte behauptet, allein der Name der schottischen Königin vermöge bereits eine unheilvolle Betörung auszuüben. Vielleicht war dem wirklich so, Norfolk hatte sie jedenfalls nie gesehen. Vielleicht ließ er sich von einer Königin fesseln, die Ehebruch begangen hatte und des Mordes verdächtigt wurde. Es war unerklärlich – aber Norfolk beteiligte sich bald darauf an der Ridolfi-Verschwörung.

Ridolfi, ein Bankier aus Florenz, hatte die Absicht, Elisabeth gefangenzunehmen, Maria nach ihrer Vermählung mit Norfolk auf den Thron zu erheben und den Katholizismus in England wieder einzuführen. Die Verschwörung war von vornherein zum Scheitern verurteilt. Mehrere Spione wurden gefangen und der Folter unterworfen, und binnen kurzem kam Norfolks Beteiligung ans Licht. Nun gab es für ihn keine Hoffnung mehr. William Cecil, inzwischen Lord Burleigh, wies die Königin darauf hin, daß Norfolk auf keinen Fall mehr am Leben bleiben

dürfe, und er fand die Unterstützung des Geheimen Kronrats und des Unterhauses.
Abermals schreckte die Königin vor der Unterzeichnung des Todesurteils zurück. Sie war so bekümmert, daß sie wieder von einer geheimnisvollen Unpäßlichkeit befallen wurde, die ihr schließlich nach ihren eigenen Worten starke und heftige Schmerzen verursachte. An diesen Schmerzen konnte sehr wohl Gift schuld sein, und angesichts der Tatsache, daß die Ridolfi-Verschwörung jüngst erst aufgedeckt worden war, befürchtete man, das Leben der Königin könne in Gefahr sein. Doch es stellte sich heraus, daß es sich lediglich um Krankheitserscheinungen handelte, welche sie stets befielen, wenn etwas Unerfreuliches erledigt werden mußte. Ich fragte mich oft, ob sie, wenn ihr ein Todesurteil vorgelegt wurde, an ihre Mutter dachte, und die Erinnerung sie so erregte. Gleichviel – sie schickte nur zögernd einen Menschen in den Tod, auch wenn sie selbst in Gefahr gewesen war.
Ihre Minister waren der Meinung, dies sei eine gute Gelegenheit, sich auch der Königin Maria von Schottland zu entledigen, welche in die Verschwörung verwickelt war; aber Elisabeth weigerte sich, dies in Betracht zu ziehen.
Schließlich unterzeichnete sie jedoch das Todesurteil für den Herzog von Norfolk, und auf dem Towerhügel wurde eigens ein Schafott errichtet; denn seit der Thronbesteigung der Königin hatten dort keine Enthauptungen mehr stattgefunden, weshalb ein neues Blutgerüst erforderlich war.
Dies alles ereignete sich während der Jahre meines Exils.

Walter hatte sich, voller Pläne für die Besiedelung von Ulster, nach Irland begeben; doch vor Ablauf eines Jahres mußte er sich eingestehen, daß er einen Fehlschlag erlitten hatte. Er gab jedoch nicht auf, und nachdem er für einige Zeit nach England zurückgekehrt war und sich mit der Königin und ihren Ministern beraten hatte, machte er sich an einen neuen Versuch.
Er hätte es gern gesehen, wenn ich ihn begleitet hätte, doch ich gab vor, daß die Kinder mich brauchten. Ich legte keinen Wert darauf, in dieses wilde Land zu ziehen und alle möglichen Beschwerden zu erdulden. Außerdem war ich beinahe sicher, daß sich das Unternehmen, wie fast alles, was Walter in die Hand nahm, als Mißerfolg erweisen würde.
Ich war froh, daß ich mich so beharrlich gesträubt hatte; denn während

Walter sich in Irland befand, gab mir die Königin zu verstehen, ich möge an den Hof zurückkehren.

Ich war von heftiger Erregung erfüllt. Mein Sohn Robert war damals acht, Walter sechs Jahre alt; die Mädchen waren halbwüchsig, doch noch nicht in dem Alter, da man sich nach Ehegatten für sie hätte umsehen müssen.

Eine Ablenkung am Hofe, das war genau, was ich brauchte.

So nahm ich denn an den Lustbarkeiten in Kenilworth teil. Ein neues und aufregendes Leben begann für mich. Ich war mit meinen vierunddreißig Jahren nicht mehr jung, und auf Chartley hatte ich das Gefühl gehabt, daß das Leben an mir vorüberging.

Vielleicht stürzte ich mich deshalb so rückhaltlos ins Leben und ließ mich vom Schicksal mit seinen Reichtümern überschütten, ohne mir viel Gedanken darüber zu machen, wohin das führen würde; meine Verbannung hatte allzu lange gewährt. Aber wenigstens hatte ich dadurch erkannt, daß ich Robert Dudley niemals vergessen konnte, und daß meine Beziehung zur Königin meinem Leben jene Würze verlieh, ohne die es schal gewesen wäre.

Zwei Dinge waren es, die ich mir wünschte – Leidenschaft an der Seite Roberts und den Kampf mit der Königin darum, wer von uns die Überlegene war – und beides wünschte ich mir mit ganzer Seele. Da ich von beidem gekostet hatte, konnte mich ein Leben, das mir die Erfüllung dieser Wünsche versagte, nicht mehr befriedigen. Ich war bereit, alle Folgen auf mich zu nehmen. Ich mußte mir und Robert beweisen – und eines Tages vielleicht sogar der Königin –, daß er meinen körperlichen Reizen nicht widerstehen konnte, und daß er sie weit unwiderstehlicher fand als die Hoheit der Königin.

Ich begab mich auf einen gefährlichen Weg. Aber es war mir gleichgültig. Ich war sorglos und lebenshungrig, und ich war überzeugt, daß ich finden würde, wonach ich begehrte.

Kenilworth

Kenilworth, woselbst er (Leicester) die Königin und ihre Hofdamen beherbergte, dazu vierzig Grafen und siebzig weitere Herren aus dem Hochadel, alle unter dem Dache seines Schlosses, und zwar für den Zeitraum von zwölf Tagen ...

De la Mothe Fénélon, der französische Gesandte

... die Turmuhr tat keinen Schlag, solange ihre Hoheit dort weilte; desgleichen stand das Uhrwerk still, und die Zeiger auf beiden Zifferblättern bewegten sich nicht. Sie zeigten unentwegt zwei Uhr an ...
Das Feuerwerk war ... ein Flammenmeer aus glühenden Pfeilen, welche hin und her flogen ... Ströme und Hagel feuriger Funken, ein leuchtendes griechisches Feuer zu Wasser und zu Lande.

Robert Laneham über die Lustbarkeiten zu Kenilworth

Ich sollte die Königin in Greenwich aufsuchen. Während mich meine Barke den Fluß entlang trug, überwältigte mich die Erregung darüber, daß ich in das geschäftige Londoner Treiben zurückkehren durfte. Wie immer war der Fluß die belebteste Verkehrsader des Landes. Schiffe jeder Bauart segelten in Richtung des Palastes, darunter die vergoldete Barke des Oberbürgermeisters, begleitet von den weniger glanzvollen Schiffen seiner Beamten. Die Bootsleute in ihren Livreen mit den silbernen Abzeichen schoben sich geschickt zwischen den schwerfälligen Lastkähnen durch; sie pfiffen und sangen und riefen einander Scherze zu. In einem Boot sah ich ein Mädchen, wohl die Tochter eines Bootsmanns. Sie klimperte auf einer Laute und sang dazu mit einer kräftigen, etwas rauhen Stimme *»Row thy boat, Norman«*, ein Lied, das schon vor mehr als hundert Jahren gesungen worden war, zur Freude der Menschen in den vorbeiziehenden Schiffen. Solch eine Szene konnte man auf der Themse öfter erleben.

In meinem Gemüt wechselten Aufregung und Furcht. Was auch geschehen mochte, ermahnte ich mich, ich durfte nicht wieder verbannt werden. Ich mußte meine Zunge im Zaum halten – aber auch wieder nicht allzu sehr, denn die Königin liebte eine gelegentliche bissige Bemerkung. Sie würde mich im Umgang mit ihren Favoriten beobachten – Männern wie Heneage, Hatton und dem Grafen von Oxford – und allen voran dem Grafen von Leicester.

Ich redete mir ein, daß ich mich in diesen acht Jahren wohl verändert haben mußte, doch nicht zum Schlechteren, fand ich. Natürlich war ich reifer geworden. Ich hatte mehrere Kinder geboren, doch ich wußte, daß die Männer mich reizvoller fanden denn je. Eines stand fest: Ich würde es nicht zulassen, daß man mich nahm und wieder fallen ließ, wie es mir einst geschehen war. Natürlich, so rief ich mir immer wieder ins Gedächtnis, hatte er sich nur der Königin wegen so verhalten. Es gab keine andere Frau, die mich hätte aus dem Felde schlagen können. Dessenungeachtet hatte meine weibliche Eitelkeit gelitten, und in Zukunft – falls es überhaupt eine Zukunft mit Robert gab – wollte ich ihm zu verstehen geben, daß ich solch eine Behandlung nicht mehr hinzunehmen gedachte.

Es war Frühling, und die Königin hatte sich nach Greenwich begeben, wie immer um diese Jahreszeit, um sich an der reizvollen Lage zu erfreuen. Alles war vor der Ankunft der Königin auf Hochglanz gebracht worden. In den Quartieren ihres weiblichen Gefolges wurde ich von Kate Carey, Lady Howard von Effingham, Anne, Lady Warwick, und Catherine, der Gräfin Huntingdon begrüßt. Kate war die Schwester meiner Mutter und eine Cousine der Königin, Anne war die Gattin von Roberts Bruder Ambrose, und Catherine war Roberts Schwester.

Tante Kate umarmte mich, sagte, ich schaue blühend aus, und sie freue sich, mich wieder bei Hofe zu sehen.

»Ihr habt Euch uns lange entzogen«, bemerkte Anne mit affektiertem Gesichtsausdruck.

»Sie war bei ihrer Familie und hat nun eine stattliche Kinderschar vorzuweisen«, sagte Tante Kate.

»Die Königin hat hin und wieder von Euch gesprochen«, ließ sich Catherine vernehmen. »Ist dem nicht so, Anne?«

»Ja, das hat sie. Sie hat einmal gesagt, Ihr wart eines der hübschesten jungen Mädchen, die sie je an ihrem Hofe hatte. Sie umgibt sich gern mit schönen Menschen.«

»Sie mochte mich so sehr, daß sie mich acht Jahre lang entbehren konnte«, konnte ich mich nicht enthalten zu bemerken.
»Sie glaubte, Euer Gatte brauchte Euch, und sie wünschte ihn nicht zu berauben.«
»Und deshalb schickt sie ihn jetzt wohl nach Irland?«
»Du hättest mit ihm gehen sollen, Lettice«, warf meine Tante ein. »Es ist nicht gut, wenn man Ehemänner ganz aus den Augen verliert.«
»Ach, ich gönne Walter seine Zerstreuungen.«
Catherine lachte, doch die anderen beiden machten ernste Gesichter.
»Meine liebe Lettice«, sagte Kate, ganz weise Tante, »laß nur Ihre Majestät nicht hören, daß du solche Reden führst. Sie haßt es, wenn man über den Ehestand leichtfertige Bemerkungen macht.«
»Merkwürdig, daß sie eine solche Achtung davor hat, da sie sich doch so sträubt, sich selbst in den Stand der Ehe zu begeben.«
»Es gibt Dinge, von denen wir nichts wissen können«, sagte meine Tante steif. »Sie will dich morgen beim Souper sehen als eine ihrer Vorkosterinnen. Ich bezweifle nicht, daß sie während der Mahlzeit das Wort an dich richten wird. Du weißt, sie ist stets bereit, auf Förmlichkeiten bei Tisch zu verzichten.«
Ich merkte, daß meine Tante mir eine Mahnung zukommen ließ, ich sollte mich in acht nehmen. Ich war für mehrere Jahre vom Hofe verbannt worden, und das bedeutete, daß ich die Königin zweifellos auf irgendeine Art beleidigt hatte, denn sie war bekanntermaßen mit ihrer Verwandtschaft sehr nachsichtig – insbesondere mit den Boleyns. Bei den Tudors legte sie etwas strengere Maßstäbe an, da sie vor ihnen auf der Hut sein mußte; die Boleyns aber, welche keinen Anspruch auf den Thron hatten, waren ihr dankbar dafür, daß sie ihnen zu Ansehen verhalf, und sie gefiel sich darin, sie zu ehren.
In dieser Nacht konnte ich kaum schlafen, so sehr erregte es mich, wieder bei Hofe zu sein. Ich wußte, daß ich früher oder später Robert von Angesicht zu Angesicht gegenüberstehen würde. Ich würde es sofort spüren, ob ich für ihn noch immer anziehend war, und dann würde ich mir ein Vergnügen daraus machen, zu entdecken, ob und wie weit er bereit war, meinetwegen nochmals ein Wagnis einzugehen. Eines hatte ich mir jedenfalls fest vorgenommen: Keine flüchtigen Umarmungen mehr und dann ein schneller Abschied, weil die Königin es nicht duldete, daß er seine Zuneigung einer anderen Frau schenkte.

»Diesmal muß es mehr sein, Robert«, murmelte ich vor mich hin. »Vorausgesetzt natürlich, daß du mich immer noch begehrenswert findest ... und daß ich denselben unwiderstehlichen Wunsch verspüre, dich zu meinem Geliebten zu machen.«
Wenn ich auch nicht schlafen konnte – welch eine Freude war es gleichwohl, auf meinem Lager zu liegen und über die Zukunft nachzusinnen. Wie hatte ich gelitten unter der Langeweile und Dürftigkeit der vergangenen Jahre ... nein, ganz so dürftig waren sie nicht gewesen. Ich hatte ja die Kinder ... meinen über alles geliebten kleinen Robert. Ich konnte ihn ohne Gewissensbisse daheim lassen, denn er war in besten Händen, und wenn Knaben die allererste Kindheit hinter sich hatten, wurde ihnen eine in sie vernarrte und allzu hingebungsvolle Mutter ohnehin nur lästig. Doch er würde mir immer gehören, mein geliebter Junge, und wurde er älter, so konnte er darauf zählen, daß seine Mutter ihm eine gute Freundin war.
Es war Sonntag, und daher machten viele Persönlichkeiten von Rang im Palast ihre Aufwartung. Der Erzbischof von Canterbury, der Bischof von London, der Kanzler, Offiziere in königlichen Diensten und andere Herren waren gekommen, um der Königin ihren Respekt zu erweisen. Sie empfing sie in dem mit Wandteppichen reich geschmückten Audienzzimmer. Der Fußboden war eigens mit frischen Binsen bedeckt worden.
Das Volk hatte sich versammelt, um dem überaus eindrucksvollen feierlichen Aufzug zuzusehen. Die Königin erlaubte den Leuten gern, diesen Pomp zu betrachten. Da sie die Königswürde durch sorgfältige Beachtung des Volkswillens erlangt hatte, war sie stets besonders darauf bedacht, den Leuten zu gefallen. Ritt sie durch die Straßen, so sprach sie auch mit den Geringsten; sie sollten spüren, daß die Königin, obgleich ein strahlendes Wesen, eine irdische Gottheit, das Volk liebte und in gewisser Weise seine Dienerin war. Dies war eines der Geheimnisse ihrer außerordentlichen Beliebtheit.
Ich beobachtete den Einzug der Grafen, der Ritter des Hosenbandordens und der Pairs; ihnen folgte, zwischen zwei Leibwachen, der Kanzler. Die eine der Wachen trug das königliche Zepter, die andere das Staatsschwert in einer roten, mit Lilien geschmückten Scheide. Unmittelbar danach kam die Königin, doch ich konnte nicht länger bleiben und zusehen, da ich mich meinen Pflichten zuwenden mußte.
Das Herrichten der Tafel bereitete mir jedesmal Vergnügen. Kein heili-

ger Ritus hätte mit größerer Ehrfurcht vollzogen werden können. An diesem Vormittag waren eine junge Gräfin und ich die Vorkosterinnen. Es war Tradition, daß eine Vorkosterin ledig und die andere verheiratet sein mußte – und selbstverständlich beide von hohem Stande.

Voran schritt ein Herr mit einem Stab, und hinter ihm kam ein Mann, der das Tischtuch trug. Ihm folgten weitere Männer mit dem Salzfäßchen, einer Schüssel und Brot. Ich konnte mich eines Lächelns kaum erwehren, wenn sie vor dem leeren Tisch niederknieten, bevor sie diese Dinge darauf abstellten.

Danach waren wir an der Reihe. Wir näherten uns der Tafel. Ich trug das Probiermesser. Wir nahmen Brot und Salz und rieben damit die Teller aus, damit sie auch wirklich sauber waren, und hatten wir diese Aufgabe beendet, wurden die Speisen hereingebracht. Ich nahm das Messer, schnitt kleine Portionen ab und verteilte sie an verschiedene Wächter, welche dabeigestanden und zugeschaut hatten. Sie aßen, was ich ihnen gegeben hatte. Diese Zeremonie diente dazu, die Königin vor einer Vergiftung zu bewahren.

Wenn sie mit dem Vorkosten fertig waren, erschollen die Trompeten, und zwei Männer mit Kesselpauken kamen herein und schlugen auf ihre Instrumente zum Zeichen, daß das Mahl bereitstand.

Die Königin saß nie im großen Saal, sondern sie nahm ihre Mahlzeit in einem kleinen angrenzenden Zimmer ein. Ich vermutete, daß sie mich zu sich rufen lassen würde, während sie aß.

Es kam, wie ich gedacht hatte. Sie traf bald darauf ein. Wir trugen die Speisen, die sie wünschte, in das kleine Zimmer, und dort hieß sie mich am Hofe willkommen und forderte mich auf, mich zu ihr zu setzen.

Ich brachte meine überwältigende Freude über diese Ehre zum Ausdruck, und Elisabeth blickte mich prüfend an. Es verlangte mich zu erforschen, wieweit die Jahre sie verändert hatten, doch damit mußte ich noch warten.

»Nun«, sagte sie, »das Landleben tut dir gut, und das Kindergebären ebenso. Zwei Söhne, glaube ich; eines Tages werde ich sie gewiß zu sehen bekommen.«

»Majestät brauchen nur zu befehlen«, sagte ich überflüssigerweise.

Sie nickte. »Es ist viel geschehen, seit du damals am Hofe warst. Ich vermisse meine teure Cousine, deine Mutter, recht schmerzlich.«

»Eure Majestät waren immer gut zu ihr. Das hat sie mir oft gesagt.«

Sah ich wahrhaftig eine Träne in den goldbraunen Augen? Das mochte schon möglich sein, denn sie war, was jene betraf, die sie für wahre Freunde hielt, eine empfindsame Seele, und meine Mutter hatte zweifelsohne zu ihnen gehört.

»Sie war zu jung zum Sterben.« Es klang beinahe wie ein Vorwurf. An meine Mutter, weil sie Elisabeth verlassen hatte? An Gott, weil er sie zu sich genommen und der Königin damit Kummer bereitet hatte? »Catherine Knollys, wie kannst du es wagen, deine Herrscherin zu verlassen, welche dich braucht!« »Herr, warum mußtest Du diese getreue Dienerin von mir nehmen?« Fast hätte ich diesen Gedanken Ausdruck verliehen. Hüte deine Zunge, ermahnte ich mich. Doch es war nicht meine rasche Zunge gewesen, die mich ins Exil geführt hatte. Im Gegenteil, Ihre Majestät, die ihr Leben zwischen Schönrednern verbrachte, hatte gelegentlich Gefallen daran gefunden.

»Ich freue mich, Eure Majestät bei guter Gesundheit und von Eurer Krankheit genesen zu sehen«, sagte ich.

»Ach, man glaubte, ich sei dem Tode nahe, und ich gestehe, daß ich mir das zeitweise selbst eingebildet habe.«

»Aber nein, Madam, Ihr seid unsterblich. Ihr müßt es sein, denn das Volk braucht Euch.«

Sie nickte und sagte: »Nun gut, Lettice. Ich freue mich, dich bei uns zu sehen. Du bist immer noch schön. Essex wird eine Weile ohne dich auskommen müssen. Er richtet in Irland ein schönes Durcheinander an. Mir scheint, er hat nicht sehr viel Verstand, dafür ein gutes Herz. Ich hoffe, daß er eines Tages dort oben mehr Glück hat. Wir werden Greenwich in Kürze verlassen.«

»Majestät sind des Ortes überdrüssig?«

»Nein. Es war stets mein Lieblingsplatz. So ergeht es wohl jedem mit seinem Geburtsort, meine ich. Doch ich muß Lord Leicester zu Gefallen sein. Er fiebert voller Ungeduld danach, uns Kenilworth zu zeigen. Ich höre, er hat daraus einen der prachtvollsten Wohnsitze des Landes gemacht. Er läßt mir keine Ruhe, bis er es mir gezeigt hat.«

Ich beugte mich unvermittelt vor, nahm ihre wunderschöne weiße Hand in die meine und drückte einen Kuß darauf. Fieberte Robert vor Erregung, der Königin Kenilworth zu zeigen, so befand ich mich in einem ähnlichen Zustand, da ich ihn sehen sollte.

Ich blickte auf und versuchte, ängstlich auszusehen wegen meiner Dreistigkeit, doch Elisabeth war in rührseliger Stimmung, und ich war schließlich ein Mitglied der Familie.

»Madam«, sagte ich, »ich bin vermessen. Die Freude, wieder bei Euch zu sein, hat mich übermannt.«
Die harten Augen wurden augenblicklich sanft. Sie glaubte mir.
»Ich bin froh, dich hier zu haben, Lettice«, sagte sie. »Triff deine Vorbereitungen für Kenilworth. Ich bezweifle nicht, daß du dir ein paar neue Kleider für dieses Ereignis wünschst. Du kannst deine Schneiderin mitnehmen. Es ist noch etwas scharlachroter Samt da ... ausreichend für ein Kleid. Sag den Näherinnen, ich habe erlaubt, daß du ihn bekommst.« Sie zog die Mundwinkel hoch. »Wir müssen uns alle sehr schön machen für Lord Leicester, glaube ich.«
Sie liebte ihn. Ich hörte es an ihrer Stimme, wenn sie seinen Namen aussprach, und ich fragte mich, ob ich mich nicht auf einen gefährlichen Weg begab. Der bloße Gedanke an ihn ließ meinen Puls rasen. Ich wußte: Auch wenn er sich verändert hatte, ich wollte ihn noch immer.
Wenn seine Blicke mir folgen sollten, wenn er mir durch das geringste Zeichen zu erkennen gab, daß er bereit war, mich wieder zu begehren – ich würde ohne Zögern die Rivalin der Königin werden.
»Ich möchte ein wenig von dem Wein aus Alicante«, sagte sie.
Ich mischte ihn mit Wasser, wie sie es gern hatte. Sie aß und trank stets sehr mäßig. Wein nahm sie selten zu sich, sie bevorzugte ein leichtes Bier. Doch wenn sie einmal Wein trank, so wurde er mit reichlich Wasser vermischt. Zuweilen verlor sie überhaupt die Lust am Essen. Bei zwanglosen Anlässen stand sie dann auf, bevor die übrigen fertig waren. Das mißfiel uns, weil es bedeutete, daß wir die Tafel aufheben mußten, denn niemand durfte bleiben, wenn sie gegangen war; und da wir immer erst nach ihr bedient wurden, bedeutete das, daß wir die Mahlzeiten hinunterschlingen mußten – daher waren wir nicht besonders erpicht darauf, mit der Königin zu speisen.
Doch diesmal verweilte sie lange, und alle konnten sich satt essen.
Während sie den Wein schlürfte, lächelte sie sanft – in Gedanken an Robert, wie ich wohl wußte.

Im Juli brachen wir nach Kenilworth auf; es liegt zwischen den Städten Warwick und Coventry, etwa fünf Meilen von jeder entfernt, also von London aus eine beträchtliche Strecke. Wir hatten eine gemächliche Reise vor uns.
Eine glänzende, endlose Kavalkade aus einunddreißig führenden Män-

nern des Landes mit ihren Damen, darunter ich als eine von ihnen, sowie vierhundert Bediensteten machte sich auf den Weg. Die Königin beabsichtigte, wenigstens zwei Wochen auf Kenilworth zu verbringen.
Die Leute kamen aus ihren Häusern, um uns vorüberziehen zu sehen. Die üblichen Hochrufe für die Königin erklangen, und es fehlte auch nicht an den vergnüglichen kleinen Artigkeiten, die sie mit dem Volk austauschte, und welche sie um nichts auf der Welt hätte missen mögen.
Wir hatten noch keine große Strecke zurückgelegt, als wir eine Gruppe Reiter auf uns zukommen sahen. Schon von weitem erkannte ich ihn an ihrer Spitze. Mein Herz schlug schneller. Noch ehe er uns erreicht hatte, wußte ich über meine Gefühle Bescheid. Wie gut er zu Pferde saß! Er war in jeder Beziehung der Königliche Oberstallmeister. Gewiß, er war älter geworden, auch ein wenig fülliger als vor acht Jahren, die Gesichtsfarbe war ein wenig röter, und an den Schläfenhaaren zeigte sich das erste Weiß. In seinem blausamtenen Wams, das nach der neuen deutschen Mode geschlitzt war, und mit der vom Hut herabwallenden Feder von etwas blasserem Blau als das Wams bot er einen prachtvollen Anblick. Ich spürte sogleich, daß die alte Anziehungskraft noch immer vorhanden war. Zweifellos liebte Elisabeth den nun in mittleren Jahren stehenden Robert nicht weniger, als sie den jungen Mann geliebt hatte. Und mir würde es nicht anders ergehen.
Dicht vor unserer Gesellschaft hielt er an, und ich bemerkte, wie sich die weiße Haut der Königin vor Freude leicht rosig färbte.
»Ah«, sagte sie, »da ist ja Lord Leicester.«
Schon war er an ihrer Seite. Er ergriff ihre Hand und küßte sie, und als ich sah, wie ihre Augen sich trafen, während er ihre Hand an die Lippen hob, wurde ich von wilder, quälender Eifersucht überfallen. Ich konnte ihrer nur Herr werden, indem ich mir tröstend zuredete, daß er lediglich der Krone seinen Tribut zollte. Wäre sie nicht die Königin, so hätte er für niemanden Augen als für mich.
Er ritt dicht neben sie.
»Was fällt Euch ein, so unangemeldet zu kommen, Ihr Schelm?« wollte sie wissen. Schelm war, wenn sie es wie eben aussprach, eine Liebkosung, das wußte ich bereits.
»Ich konnte doch nicht zulassen, daß ein anderer als ich selbst Euch nach Kenilworth geleitet«, sagte er feurig.

»Nun gut, da wir begierig sind, Euer großartiges Schloß zu besichtigen, wollen wir Euch vergeben. Ihr seht recht wohl aus, Rob.«
»Nie war mir wohler«, gab er zurück. »Und das hat seinen Grund wohl darin, daß ich an Eurer Seite bin, Mylady.«
Ich fühlte mich elend vor Ärger, denn er hatte mich nicht eines einzigen Blickes gewürdigt.
»Nun, laßt uns weiterreiten«, sagte die Königin, »sonst brauchen wir ja Wochen, bis wir nach Kenilworth gelangen.«
Wir speisten in Itchingworth, wo wir üppig bewirtet wurden. Da es dort Wälder gab, äußerte die Königin den Wunsch, zu jagen.
Ich sah sie Seite an Seite mit Robert davontraben. Sie gab sich keine Mühe, ihre zärtliche Verliebtheit zu verbergen. Was ihn betraf, so war ich nicht sicher, was echte Zuneigung, was Ehrgeiz war. Sicherlich hoffte er nicht mehr auf eine Vermählung, aber auch ohne diese Hoffnung mußte er sich Elisabeths Gunst erhalten. Kein Mann in ganz England wurde mehr gehaßt als Robert Dudley. Sein Aufstieg, den er der Gunst der Königin verdankte, war so kometenhaft gewesen, daß er zahllose Neider hatte. Nun hofften Tausende auf seinen Sturz, viele, die ihn kannten, und ebenso viele, die ihn nicht kannten – so waren die Menschen nun einmal.
Allmählich begann ich, Robert zu begreifen, und rückblickend wurde mir vieles klar, was ich in den Tagen unserer Vertraulichkeiten nicht verstanden hatte. Er war liebenswürdig zu jedermann, der in seine Nähe kam, mochte er auch noch so gering sein, und zuweilen straften seine Manieren die berechnende Kraft, die dahintersteckte, Lügen. Er konnte aufbrausend werden, wenn er gereizt wurde; es gab in seinem Leben viele düstere Geheimnisse, doch denen, die nicht unter außergewöhnlichen Umständen mit ihm zusammentrafen, erwies er nur Freundlichkeiten. Aber er mußte sich natürlich vorsehen, selbst vor der Königin. Wenn es bei ihr Erinnerungen gab, die ihrer Liebesfähigkeit nicht eben günstig waren, so hatte er desgleichen. Sein Großvater, einst Finanzverwalter König Heinrichs VII., war enthauptet worden – man hatte ihn, wie es hieß, den Wölfen zum Fraß vorgeworfen, um die zu besänftigen, welche mit den vom König auferlegten Steuern unzufrieden waren, die von Dudley und Empson eingetrieben wurden. Roberts Vater hatte der Versuch, Lady Jane Grey und seinen Sohn Guildford auf den Thron zu bringen, den Kopf gekostet. Daher war es nur natürlich, daß Robert sich nach Kräften bemühte, seinen Kopf auf den Schul-

tern zu behalten. Ich glaube jedoch, daß er ganz sicher saß. Elisabeth haßte es, Todesurteile selbst ihrer Feinde zu unterzeichnen. Es war kaum anzunehmen, daß sie, gleich, unter welchen Umständen, ein Urteil für diesen geliebten Mann unterschreiben würde.
Aber er konnte natürlich ihrer Gunst verlustig gehen; so strengte er sich außerordentlich an, damit es nicht dazu kam.
Er hatte noch immer nicht zu erkennen gegeben, daß er mich gesehen hatte, als wir nach Grafton gelangten, wo die Königin ein Haus besaß. Elisabeth war ausgezeichneter Laune – von dem Augenblick an, da Robert aufgetaucht war. Sie ritten Seite an Seite, und häufig erklang ihr Gelächter, wenn sie sich Scherzworte zuflüsterten.
Das Wetter war ungewöhnlich heiß, und als wir in Grafton eintrafen, waren wir sehr durstig. Wir gingen in die Halle, Robert und die Königin voran, und Robert rief nach der Dienerschaft, damit man das leichte Bier bringe, welches die Königin so gern trank.
Nach etlichem geschäftigen Hin und Her wurde das Bier herbeigebracht, doch als die Königin es kostete, spie sie es aus.
»Das kann ich nicht trinken«, rief sie entrüstet. »Es ist zu stark für mich.«
Robert befahl den Dienstboten, das leichte Bier zu besorgen.
Das aber war nicht so einfach, da dergleichen nicht im Hause war, und je durstiger die Königin wurde, desto heftiger wurde auch ihr Zorn.
»Was sind das nur für Dienstboten«, rief sie, »daß sie mir mein gutes Bier nicht vorzusetzen vermögen! Gibt es denn nichts zu trinken in diesem Hause?«
Robert sagte, er wage nicht, ihr Wasser bringen zu lassen, da er sich nicht darauf verlassen könne, daß es nicht verseucht sei. Die nahe beim Hause gelegenen Abtritte bildeten eine ständige Gefahr, besonders bei einer Witterung wie dieser.
Doch er war nicht der Mann, tatenlos wegen eines Mißgeschicks zu lamentieren. Er schickte seine Diener ins Dorf, und binnen kurzem war leichtes Bier zur Stelle. Als Robert es der Königin brachte, drückte sie ihre Zufriedenheit mit dem Trank wie dem Überbringer aus.
Während unseres Aufenthaltes in Grafton geschah es dann, daß Robert meiner gewahr wurde. Ich bemerkte, wie er zusammenzuckte und sodann den Blick immer wieder zu mir wandern ließ.
Er kam auf mich zu, und sich verbeugend, sagte er: »Lettice, wie freue ich mich, Euch zu sehen.«

»Und ich freue mich, Euch zu sehen, Mylord Leicester.«
»Wir nannten uns Lettice und Robert, als wir uns das letzte Mal trafen.«
»Das ist lange her.«
»Acht Jahre.«
»Ihr erinnert Euch also?«
»Es gibt Dinge, die man niemals vergißt.«
Das Abenteuer lockte. Ich sah es an seinem Blick. Ich glaube, wie für mich war auch für ihn Gefahr ein Anreiz zum Genuß. Wir standen und blickten einander an, und ich wußte, daß er ebenso wie ich der Augenblicke hinter der verschlossenen Tür jener geheimen Kammer gedachte, wo wir uns geliebt hatten.
»Wir müssen uns treffen ... allein«, sagte er.
Ich erwiderte: »Das wird der Königin nicht gefallen.«
»Das ist wohl wahr«, gab er zurück. »Doch wenn sie es nicht weiß, so kann es sie nicht verstimmen. Laßt mich Euch sagen, daß es *mir* gefällt, daß Ihr bei uns auf Kenilworth weilen werdet.«
Darauf verließ er mich. Er war ängstlich darauf bedacht, die Königin nichts davon merken zu lassen, wie sehr wir für einander erglühten. Ich redete mir ein, daß er dies aus Sorge tat, ich könne abermals fortgeschickt werden.
Ich war aufs höchste erregt, weil sich zwischen uns nichts verändert hatte. Er hatte nichts von seiner Anziehungskraft eingebüßt, ja, sie hatte mit den Jahren eher noch zugenommen. Ich hoffte, daß er, was meine Reize betraf, ebenso empfand. Wir brauchten uns nur nahe zu sein, um zu wissen, wieviel wir uns zu geben hatten.
Diesmal würde ich allerdings nicht so leichtfertig sein. Er sollte wissen, daß ich eine festere Beziehung wünschte. Es ging mir durch den Kopf, daß ich ihn heiraten könnte. Aber wie sollte ich, da ich doch einen Ehemann hatte? Es war völlig unmöglich. Ich wollte aber nicht genommen und auf Geheiß der Königin fallen gelassen werden. Das wollte ich ihm von Anfang an klarmachen.
Von nun an war jeder Tag aufregend. Wir hielten Ausschau nacheinander und wechselten bedeutungsvolle Blicke. Sollte sich eine Gelegenheit bieten – wir waren bereit.
Dieser quälende Zustand ließ unser Begehren wachsen.
Alles würde leichter sein, wenn wir nur erst einmal auf Kenilworth wären.

Am neunten Juli erreichten wir das Schloß. Als wir seiner ansichtig wurden, ertönte ein Aufschrei aus allen Kehlen, und ich sah, wie Robert, Bewunderung heischend, zur Königin blickte. Der Anblick war in der Tat großartig. Die zinnenbewehrten Türme und der mächtige Wohnturm verkündeten, daß diese Festung uneinnehmbar war. Im Südwesten schimmerte ein wunderschöner See im Sonnenlicht, von einer zierlichen Brücke überspannt, die Robert unlängst hatte bauen lassen. Jenseits des Schlosses erblickte man das frische Grün des Waldes. Hier konnte die Königin nach Herzenslust jagen.

»Es sieht wie eine königliche Residenz aus«, meinte die Königin.

»Gestaltet einzig zu dem Zweck, die Königin zu erfreuen«, erwiderte Robert.

»Ihr stellt Greenwich und Hampton in den Schatten«, gab sie zurück.

»Mitnichten«, entgegnete Robert, ritterlich wie immer. »Es ist allein Eure Gegenwart, welche diesen Orten die königliche Würde verleiht. Ohne Euch sind sie nichts weiter als ein Haufen Steine.«

Ich hätte am liebsten laut aufgelacht. Du trägst zu dick auf, Robert, dachte ich. Doch Elisabeth fand dies offensichtlich nicht, denn sie schenkte ihm einen verliebten, wohlgefälligen Blick.

Wir näherten uns dem Wohnturm. Zehn in weiße Seidentücher gehüllte Mädchen, welche die Sibyllen darstellen sollten, hatten sich in einer Reihe aufgestellt und verwehrten uns den Zugang. Eine von ihnen trat vor und sagte einen Vers auf, worin sie die Vollkommenheit der Königin pries und ihr eine lange und glückliche Herrschaft, die dem Volke Wohlstand bescheren werde, weissagte.

Ich beobachtete sie während des Vortrags. Sie fand an jedem einzelnen Wort Gefallen. Schon ihr Vater hatte diese Art von Scharaden geliebt, und ihre Freude an dergleichen war einer der hervorstechendsten Charakterzüge, die sie von ihm geerbt hatte. Robert betrachtete sie mit äußerster Zufriedenheit. Wie gut er sie doch kannte! In gewisser Hinsicht war ihm wohl doch etwas an ihr gelegen. Wie sehr mußte sie ihn enttäuscht haben, da sie ihm die glitzernde Krone entgegenhielt und dann, wenn sie greifbar nahe schien, wieder zurückzog. Wäre der Preis nicht so hoch gewesen, hätte seine Zukunft nicht in ihren Händen gelegen, wie lange hätte er es wohl zugelassen, daß man ihn so behandelte?

Wir gingen weiter, zur nächsten Vorführung. Ich erkannte, daß wir einen Vorgeschmack der nächsten Tage bekommen sollten.

Robert geleitete die Königin zum Turnierplatz. Dort empfing sie ein Mann von wildem Aussehen, so groß wie Robert. Er trug ein seidenes Gewand und schwang mit bedrohlichen Gebärden eine Keule. Ein paar Damen schrien auf in gespieltem Schreck.

»Was wollt Ihr hier?« rief er mit Donnerstimme. »Wißt Ihr nicht, daß dies das Reich des mächtigen Grafen von Leicester ist?«

Robert antwortete: »Guter Knecht, siehst du nicht, wer hier unter uns weilt?«

Der Gigant wandte sich der Königin zu, riß erstaunt die Augen auf und bedeckte sie sogleich, als sei er von ihrem Glanz geblendet. Er fiel auf die Knie, und als die Königin ihn bat, sich zu erheben, überreichte er ihr die Keule und die Schlüssel des Schlosses.

»Öffnet die Tore«, rief er. »An diesen Tag wird man sich auf Kenilworth lange erinnern.«

Die Tore wurden geöffnet, und wir gingen hindurch. An den Mauern des Innenhofes standen sechs Trompeter in langen seidenen Gewändern. Die sechs wirkten höchst eindrucksvoll, da ihre Trompeten fünf Fuß lang waren. Sie bliesen darauf einen Willkommensgruß, und die Königin klatschte vor Vergnügen in die Hände.

Als wir weiterschritten, bot sich uns ein noch prächtigeres Schauspiel. Inmitten des Sees hatte man eine künstliche Insel errichtet, und auf dieser befand sich ein schönes weibliches Wesen. Zu ihren Füßen lagerten zwei Nymphen, umgeben von einer Gesellschaft aus Damen und Herren, welche brennende Fackeln in die Höhe hielten.

Die Herrin des Sees hielt eine Lobrede, ähnlich jener, die wir zuvor vernommen hatten. Die Königin rief aus, wie schön das alles sei. Dann wurde sie zum äußeren Hof geleitet, wo sich eine Gruppe versammelt hatte, welche die Götter symbolisieren sollte: Sylvanus, der Gott der Wälder, reichte ihr Blätter und Blumen; Ceres war da mit Getreide, Bacchus mit Trauben, Mars mit Waffen und Apollo mit Musikinstrumenten, um ein Lied über die Liebe des Volkes zu seiner Königin zu singen.

Sie hatte für jeden ein liebenswürdiges Wort und beglückwünschte sie alle zu ihrem Können und ihrer Schönheit.

Leicester sagte ihr, es gebe noch weit mehr für sie zu sehen, doch glaube er, sie müsse nun erschöpft sein und zu ruhen wünschen. Sie sei gewiß auch durstig, und er könne ihr versichern, daß sie auf Kenilworth das Bier nach ihrem Geschmack vorfinden werde.

»Ich habe dafür gesorgt, daß nichts Eurer Majestät mißfallen wird, wie es auf Grafton geschah. Ich selbst habe das Bier gekostet, und da ich es als zu herb befand, habe ich Bierbrauer von London hergebracht, damit nichts hier Euren Unwillen erregen möge.«

»Ich kann mich darauf verlassen, daß mein lieber Augapfel um mein Wohlergehen besorgt ist«, sagte die Königin gerührt.

Im Innenhof feuerten Kanonen Salutschüsse ab, und als Elisabeth sich anschickte, das Schloß zu betreten, lenkte Robert ihre Aufmerksamkeit auf die Uhr des sogenannten Caesarturmes. Das Zifferblatt war blaßblau, Zeiger und Ziffern aus purem Gold. Man konnte sie in der ganzen Umgebung sehen. Robert bat Elisabeth, einen Augenblick lang hinzuschauen, denn dann könne sie beobachten, wie die goldenen Zeiger stehenblieben.

»Zum Zeichen, daß die Zeit stillsteht, solange Eure Majestät Kenilworth mit Ihrer Gegenwart beehren«, sagte er.

Sie war sichtlich glücklich. Wie sie solchen Prunk und Pomp genoß! Wie liebte sie diese Lobhudeleien und vor allem, wie liebte sie Robert!

In ihrer Begleitung munkelte man, daß sie bei diesem Besuch gewiß ihre Absicht, ihn zu heiraten, verkünden werde. Jedenfalls war man der Ansicht, daß Robert eben dies erhoffte.

Diese Tage auf Kenilworth werden auf ewig unvergeßlich bleiben – nicht nur mir, da sie einen Wendepunkt in meinem Leben bedeuteten, sondern allen, die dabei waren.

Ganz sicher hat es eine solche Fülle von Kurzweil, wie sie Robert zum Vergnügen seiner Königin ersann, noch niemals gegeben und wird es nie wieder geben.

Feuerwerk wurde veranstaltet, es gab italienische Gaukler, Hetzjagden auf Stiere und Bären und selbstverständlich Wettkämpfe und Turniere. Wo sich die Königin auch aufhielt, mußte getanzt werden; sie konnte bis in die frühen Morgenstunden aufbleiben und schien des Tanzens nie müde zu werden.

Während der ersten Tage auf Kenilworth wich Robert ihr kaum von der Seite, und auch später durfte er sich natürlich nie allzu lange entfernen. Bei den seltenen Gelegenheiten, da er mit anderen Damen tanzte, beobachtete sie ihn aufmerksam und unwillig. Einmal hörte ich sie sagen: »Ich hoffe, der Tanz hat Euch Vergnügen bereitet, Mylord Leicester.«

Sie war sehr kühl und hochmütig, bis er sich zu ihr herabbeugte und ihr etwas zuflüsterte, was sie zum Lächeln brachte und ihre gute Laune wiederherstellte.

Bisweilen erschien mir dies alles wie ein unglaubwürdiger Traum, hätte ich nicht gelegentlich seine Augen im Saal umherschweifen sehen; da wußte ich, daß er nach mir Ausschau hielt. Wenn unsere Blicke sich dann trafen, war es, als würden Funken aus dem Stein geschlagen. Wir würden uns gewiß bald unter vier Augen treffen, doch ich wußte, daß allerhöchste Vorsicht geboten war.

Ich gab mir selbst gute Ratschläge. Wenn der Augenblick nahte, wollte ich gut vorbereitet sein. Diesmal sollte es nicht einfach ein kurzes Vergnügen hinter verschlossenen Türen werden, Robert. Und es durfte keine Redensarten mehr geben wie »Heute Abend, falls die Königin mich entbehren kann«. Er war der gewinnendste Mann auf Erden, aber ich mußte wachsam sein. Ich war inzwischen klüger geworden.

Der Gedanke, daß Elisabeth und ich Rivalinnen waren, bereitete mir Vergnügen. Sie war eine wahrhaft ebenbürtige Gegnerin, mit den Waffen ihrer Macht, den Verheißungen auf höchste Würde ... und natürlich den Drohungen, die sie ausstieß. »Glaubt nicht, meine Gunst sei allein auf Euch beschränkt ...« Ganz und gar wie ihr Vater. »Ich habe Euch erhoben. Ich könnte Euch ebenso leicht fallenlassen.« So hatte Heinrich VIII. zu seinen Günstlingen gesprochen ... Männern und Frauen, die ihm gedient und ihm ihr Bestes gegeben hatten: Kardinal Wolsey, Thomas Cromwell, Katharina von Aragon, Anna Boleyn, die arme kleine Katharina Howard – und Katharina Parr hätte auch zu ihnen gehört, wäre er nicht beizeiten gestorben. Heinrich hatte einst Anna Boleyn ebenso leidenschaftlich geliebt, wie Elisabeth Robert liebte, doch das hatte Anna nicht gerettet. Solche Gedanken mußten Robert hin und wieder durch den Kopf gehen.

Wenn ich ihr Mißfallen erregte, was würde dann mit mir geschehen? Doch ich war so veranlagt, daß mich der Gedanke an Gefahren nicht abschreckte; meine Begierde wurde dadurch eher stärker.

Endlich kam der Augenblick, da wir miteinander allein waren. Er ergriff meine Hand und blickte mir in die Augen.

»Was wünscht Ihr von mir, Mylord?« fragte ich.

»Das wißt Ihr doch«, erwiderte er heftig.

»Es gibt noch mehr Frauen hier«, sagte ich. »Und ich habe einen Ehemann.«

»Ich begehre nur eine einzige.«

»Nehmt Euch in acht«, neckte ich ihn. »Das ist Verrat. Eure Gebieterin wäre höchst ungnädig, wenn sie Euch solche Worte äußern hörte.«

»Mich kümmert nichts, außer daß Ihr und ich beisammen sind.«

Ich schüttelte den Kopf.

»Es gibt ein Zimmer, wo niemand hinkommt – ganz oben im Westturm«, beharrte er.

Ich wandte mich ab, doch er hatte meine Hand ergriffen, und sogleich zitterte ich vor rasendem Verlangen, einem Gefühl, das nur er in mir wecken konnte.

»Ich bin um Mitternacht dort ... ich erwarte Euch.«

Ich sagte: »Dann wartet nur, Mylord.«

Jemand kam die Stiege herauf, und er ging rasch davon. Aus Angst, gesehen zu werden, dachte ich ärgerlich.

Ich ging nicht in das Turmzimmer, wenn es mir auch schwerfiel, mich zu beherrschen. Es bereitete mir allerdings Vergnügen, mir vorzustellen, wie er ungeduldig wartend auf und ab schritt.

Als wir uns das nächstemal trafen, machte er ein vorwurfsvolles Gesicht, benahm sich aber leichtsinniger. Wir waren nicht allein, und während er mit einem Gast Artigkeiten auszutauschen schien, sagte er zu mir: »Ich muß mit Euch sprechen. Ich habe Euch viel zu sagen.«

»Dann komme ich vielleicht. Aber nur zum Reden.«

Und ich ging in das Zimmer.

Er packte mich und versuchte, mich mit Küssen gefügig zu machen. Doch es entging mir nicht, daß er zuvor sorgfältig die Tür verriegelte.

»Nein«, protestierte ich. »Noch nicht.«

»Doch«, sagte er. »Jetzt! Ich habe lange genug gewartet, und ich will keine Sekunde länger warten.«

Ich wußte, wie schwach ich war. Meine Entschlossenheit schwand. Er brauchte mich nur zu berühren – ich hatte ja immer gewußt, daß er ebenso nach mir verlangte wie ich nach ihm. Widerstand war zwecklos. Reden konnten wir hinterher.

Er lachte triumphierend. Und auch ich triumphierte, wußte ich doch, daß dies keine Kapitulation für alle Zeiten war. Am Ende würde ich meinen Willen durchsetzen.

Danach sagte er befriedigt: »O Lettice, wie sehr brauchen wir einander!«

»Ich bin acht Jahre lang recht gut ohne Euch ausgekommen«, erinnerte ich ihn.
»Acht verschwendete Jahre!« seufzte er.
»Verschwendet? Aber nein, Mylord, Ihr seid währenddessen in der königlichen Gunst hoch gestiegen.«
»Jede Zeit ohne Euch ist verschwendet.«
»Das hört sich an, als ob Ihr zur Königin sprecht.«
»Ach Lettice, seid doch vernünftig.«
»Eben das ist meine Absicht.«
»Ihr seid verheiratet. Und ich befinde mich in dieser Situation ...«
»Ihr hofft, zu heiraten. Es heißt: ›Verzögerte Hoffnung macht das Herz krank.‹ Steht es so mit Euch? Seid Ihr so krank vom Warten, daß Ihr Euch woanders umsehen müßt, um Euch ein paar heimliche Zusammenkünfte mit einer, die Eurer Schönheit nicht widerstehen kann, zu verschaffen?«
»Ihr wißt, daß dem nicht so ist, aber Ihr kennt auch meine Lage.«
»Ich weiß, Elisabeth hat Euch all diese Jahre wie eine Marionette tanzen lassen, und immer noch besteht kaum Hoffnung. Oder hofft Ihr gar noch weiter?«
»Die Launen der Königin sind unberechenbar.«
»Als ob ich das nicht wüßte! Ihr vergeßt, daß ich acht Jahre vom Hofe verbannt war. Und wißt Ihr auch, warum?«
Er zog mich fester an sich.
»Ihr solltet Euch hüten«, warnte ich ihn. »Sie hat es schon einmal bemerkt.«
»Meint Ihr wirklich?«
»Aus welchem Grunde hätte man mich sonst vom Hofe ferngehalten?«
Er lachte. Ein wenig selbstgefällig, dachte ich, allzu sicher, daß er mit den Frauen, die ihn reizten, umgehen konnte, wie es ihm beliebte.
Ich hielt mich zurück, und er wurde augenblicklich zum flehenden Liebhaber.
»Lettice, ich liebe Euch ... Euch allein ...«
»Dann laßt uns hingehen und es der Königin sagen.«
»Ihr habe Essex vergessen.«
»Der ist Euer Schutz.«
»Wenn es ihn nicht gäbe, so würde ich Euch heiraten und Euch beweisen, wie ich für Euch fühle.«

»Aber es gibt ihn nun einmal. Da könnt Ihr freilich getrost ›wenn‹ sagen. Ihr wißt recht wohl, daß Ihr es nicht wagt, der Königin zu berichten, was heute abend vorgefallen ist.«
»Nein, ich würde es ihr nicht sagen. Doch wenn ich Euch heiraten könnte, so würde ich es tun und ihr bei Gelegenheit die Nachricht eröffnen.«
»Da eine Frau nicht zwei Ehemänner haben kann, ist eine Heirat nicht möglich. Und wir wissen, was geschehen würde, sollte die Königin entdecken, daß Ihr und ich zusammen gewesen sind. Ich würde vom Hofe verjagt werden. Ihr aber würdet nur für eine Weile in Ungnade fallen und dann wieder gnädig aufgenommen werden. Das ist eine Eurer größten Fertigkeiten, glaube ich. Aber eigentlich bin ich hergekommen, um mit Euch zu reden ...«
»Und dann hat die Leidenschaft uns beide übermannt.«
»Es hat mir Vergnügen bereitet, und in mancher Hinsicht paßt Ihr gut zu mir. Aber ich lasse mich nicht nehmen und wieder wegwerfen, wenn es Euch angebracht scheint, als sei ich irgendeine Dienstmagd.«
»Mit einer solchen könntet Ihr niemals verwechselt werden.«
»Das will ich hoffen. Doch mich dünkt, Ihr habt Euch eingebildet, mich wie eine solche behandeln zu können. Das wird nicht wieder vorkommen, Mylord.«
»Lettice, Ihr müßt das verstehen. Mehr als alles auf der Welt wünsche ich Euch zu ehelichen, und ich sage Euch ... eines Tages werde ich es tun.«
»Wann?«
»Über kurz oder lang.«
»Und Essex?«
»Den überlaßt mir.«
»Was soll das heißen?«
»Ich meine, wer weiß denn schon, was die Zukunft bringt? Habt Geduld. Ihr und ich sind füreinander geschaffen. Das weiß ich seit unserer ersten Begegnung. Aber Ihr wart mit Essex vermählt. Was konnte ich da schon tun? Ach Lettice, hättet Ihr ihn nicht geheiratet, dann sähe alles ganz anders aus. Aber Ihr seid zu mir zurückgekommen. Glaubt nicht, daß ich Euch jemals wieder fortlasse.«
»Ihr solltet mich jetzt gleich gehen lassen, sonst wird man mich noch vermissen. Und ist das erst der Fall, und man spioniert mir nach, und es kommt der Königin zu Ohren, dann möchte ich nicht in Eurer Haut

stecken, Robert Dudley. Und ich kann mir vorstellen, daß ich mich in meiner auch nicht wohler fühlen würde.«
Er schloß die Tür auf. Dann umarmte er mich so inbrünstig, daß ich schon glaubte, alles beginne noch einmal von vorn; doch er sah ein, daß ich mit meiner Warnung recht hatte, und ließ mich gehen.
Ich schlich in meine Kammer zurück. Meine Abwesenheit war von ein paar Damen bemerkt worden. Ich hätte gern gewußt, ob sie wohl dachten, ich sei bei einem Liebhaber gewesen. Ich lachte innerlich bei dem Gedanken, wie erschrocken sie wären, wenn ich diese Vermutung bestätigte und ihnen sagte, wer der Mann war.

Die Hitze ließ nach ein paar erfrischenden Regenschauern etwas nach, und die ganze Gesellschaft schien bester Laune. Ich bekam Robert nicht allein zu sehen, aber natürlich häufig in der Gesellschaft anderer, da er ständig an der Seite der Königin weilte. Oft gingen sie zusammen auf die Jagd und verbrachten die Stunden bis zur Dämmerung im Wald, und wenn sie nach Kenilworth zurückkehrten, fand jedesmal eine Willkommensvorstellung für Elisabeth statt. Roberts Einfallsreichtum kannte keine Grenzen, dennoch mußte er ständig auf der Hut sein, denn das Vergnügen, das er der Königin verschafft hatte, wäre nur zu rasch vergessen und all seine Mühe vergeblich gewesen, falls es geschähe, daß er die Königin auf irgendeine Weise beleidigte.
An dem Tag, von dem ich erzählen will, wurde sie mit einem Wasserschauspiel auf dem Schloß willkommen geheißen. Robert wußte den See gut zu nutzen; insbesondere bei Nacht, wenn die brennenden Fakkeln der Szenerie etwas Geheimnisvolles verliehen, war er sehr wirkungsvoll. Diesmal wurde Elisabeth von einer Meerjungfrau mit einem riesenhaften Delphin zur Seite begrüßt. Auf dem Rücken des Meerungeheuers saß ein maskierter Mann, der Arion darstellen sollte. Sobald er die Königin erblickte, begann er Verse zu rezitieren, die ihre Tugend priesen und der Freude Ausdruck gaben, welche in Kenilworth darüber herrschte, daß die Königin ihm die Ehre erwies, in seinen Mauern zu verweilen.
Die Königin geriet in Hochstimmung, denn Arion, nachdem er die ersten Zeilen des Gedichts vorgetragen hatte, wollte der Rest nicht mehr einfallen. Er stotterte und fing noch einmal von vorne an, dann riß er in einem Wutanfall die Maske herunter, und sein schwitzendes rotes Gesicht kam zum Vorschein.

»Ich bin nicht Arion«, rief er laut. »Ich bin nur der ehrenwerte Harry Goldingham, Eurer Majestät getreuester Untertan.«
Schweigen trat ein. Robert starrte den Missetäter an, doch die Königin brach in lautes Lachen aus und rief: »Guter Harry Goldingham, du hast mich köstlich unterhalten, und ich beteuere, deine Vorstellung hat mir von allen am besten gefallen.«
Und Harry Goldingham stieg von seinem Delphin und war höchst zufrieden mit sich. Er hatte mit seiner Darstellung das besondere Lob der Königin errungen, und zweifellos rechnete er damit, daß er deshalb bei seinem Herrn und Meister, dem Grafen von Leicester, einen Stein im Brett haben werde.
Den Abend über kam die Königin immer wieder auf diesen Vorfall zurück, und sie sagte zu Robert, daß sie die Vergnügungen, die sie auf Kenilworth genossen habe, nie vergessen werde.
Die bedingungslose Anhänglichkeit der Königin an Robert erregte meinen Unwillen. Er war ja überhaupt nie ohne sie, außer, wenn sie angekleidet wurde, und da wiederum hatte ich meine Pflichten. Das war für uns beide sehr enttäuschend, und diese Entsagung verstärkte unser Verlangen nacheinander.
Einmal, als ich die Gelegenheit für ein paar Worte gekommen glaubte, sah ich ihn in eine angeregte Unterhaltung mit einer anderen Frau vertieft. Ich kannte sie vom Sehen und war einmal neugierig gewesen, mehr über sie zu erfahren. Es handelte sich nämlich um jene Douglass Sheffield, deren Namen man eine Zeitlang mit Robert in Verbindung gebracht hatte. Ich entsann mich der Gerüchte, die ich über die beiden vernommen hatte.
Ich glaubte nicht daran, daß er ihren Ehemann hatte umbringen lassen. Welchen Sinn hätte es gehabt, den Grafen von Sheffield zu ermorden? Douglass war für Robert weit begehrenswerter, solange sie einen Gatten hatte – genau wie ich. Der echte Beweis für Roberts Liebe wäre die Ehe. Das würde nämlich bedeuten, daß ihm an seiner Braut mehr lag als an der Gunst der Königin. Für mich bedurfte es nicht erst eines Besuches auf Kenilworth, um mir ihren Zorn zu vergegenwärtigen, falls er heiratete. Ihre Wut wäre fürchterlich, und ich bezweifelte, daß selbst Robert nach einem solchen Ereignis ihre Gunst zurückgewinnen konnte.
Bis jetzt hatte ich dem Skandal um Douglass Sheffield keine große Bedeutung beigemessen, denn Robert war stets der Mittelpunkt un-

glaublicher Geschichten gewesen. Er war der meistbeneidete Mann im Königreich. Niemand hatte mehr Feinde als er. Er stand sich so gut mit der Königin, daß Tausende – bei Hofe wie überall im Lande – aus Neid gewünscht hätten, ihn erniedrigt zu sehen; und es ist ein trauriges Zeichen für die menschliche Natur, daß selbst jene, die nichts dadurch gewannen, solch eine Erniedrigung gleichwohl herbeiwünschten.
Da war natürlich der nie aufgeklärte Skandal um Amy Robsarts Tod, der ihm sein Leben lang anhängen würde. Wer weiß – vielleicht hatte er sie doch ermordet? Ganz gewiß hatte sie seinen Plänen im Wege gestanden, und die Ehe, die er so sehnlichst wünschte, konnte er unmöglich eingehen, solange sie am Leben war. Es gab zu viele dunkle Geheimnisse in Cumnor Place. Amys Tod hatte seinen Neidern zweifellos viel Munition geliefert.
Inzwischen wußte man auch, daß Dr. Julio, ein Italiener, nicht nur Roberts Leibarzt, sondern auch sein Giftmischer war. Daher wunderte es niemanden, daß man, als der Graf von Sheffield starb, behauptete, Robert habe ihn beseitigen lassen. Aber weshalb, wenn er doch nicht den Wunsch hatte, Sheffields Witwe zu ehelichen? Es sei denn, Sheffield habe damals mit Scheidung gedroht, nachdem er entdeckt hatte, daß Douglass mit Robert Ehebruch begangen hatte. Das hätte einen Skandal verursacht, und den wünschte Robert unter allen Umständen zu vermeiden; denn wäre der Königin dergleichen zu Ohren gedrungen, so hätte Robert große Unannehmlichkeiten zu befürchten gehabt.
Daß Robert undurchschaubar und verschlagen war, machte mir nichts aus. Ich wollte einen Mann, der mich herausforderte, keine sanfte, unfähige Kreatur wie meinen Ehemann. Ich war Walters von Herzen überdrüssig und in Robert so sehr verliebt, wie eine Frau in einen Mann nur verliebt sein konnte. Daher erfüllte es mich mit Unbehagen, als ich ihn so ernsthaft mit Douglass Sheffield reden sah.

Es war Sonntag. Die Königin hatte am Morgen dem Gottesdienst beigewohnt, und da das Wetter warm und freundlich war, sollte eine Schauspielergruppe aus Coventry zu Elisabeths Unterhaltung »Hock Tide«, ein Stück über die Dänen, aufführen.
Ich fand es ein wenig belustigend, wie diese einfachen Landleute in ihren improvisierten Kostümen und mit ihrem bäuerlichen Akzent Menschen verkörperten, von denen sie nicht die geringste Vorstellung

haben konnten. Die Königin war von ihnen entzückt; sie fühlte sich unter einfachem Landvolk wohl und ließ die Leute gern spüren, daß sie, so strahlend und erhaben sie auch war, große Achtung und Liebe für sie empfand. Auf unserer Reise durch das Land mußten wir immer wieder an der Straße haltmachen, wenn sich Elisabeth irgendeine Person von niedriger Abkunft näherte, und nie versäumte sie es, ein gütiges Wort oder ein Versprechen zu äußern. Es muß eine Menge Menschen im Lande gegeben haben, die ihr Leben lang von einer Begegnung mit Elisabeth zehrten und ihr mit unverbrüchlicher Treue dienten, weil sie niemals zu stolz war, mit ihnen zu reden.

Also schenkte sie nun den Darstellern aus Coventry dieselbe Beachtung wie den Hofschauspielern in London. Sie lachte, wenn es von ihr erwartet wurde, und spendete Beifall, wenn man Applaus erheischte.

Das Stück handelte vom Einfall der Dänen, ihrer Anmaßung, ihrer Gewalttätigkeit und den Schandtaten, die sie in England verübt hatten. Die Hauptfigur war Hunna, König Ethelreds Feldherr, und selbstverständlich endete das Spiel mit der Niederlage der Dänen. Als Huldigung an Elisabeths Geschlecht wurden die gefangenen Dänen von Frauen auf die Bühne geführt, was die Königin mit lebhaftem Beifall bedachte.

Anschließend wollte sie unbedingt, daß man ihr die Schauspieler vorstellte, damit sie ihnen sagen konnte, wie gut ihr die Aufführung gefallen hatte.

»Ihr guten Leute von Coventry«, sagte sie, »ihr habt mir eine große Freude bereitet und sollt belohnt werden. Bei der gestrigen Jagd sind ein paar Rehböcke erlegt worden. Ich werde veranlassen, daß man euch zwei besonders schöne übergibt, und außerdem sollt ihr vierzig Unzen Gold in Münzen erhalten.«

Die guten Leute von Coventry fielen auf die Knie und beteuerten, nie würden sie den Tag vergessen, an welchem sie die Ehre hatten, vor der Königin zu spielen. Sie waren immer getreue Untertanen gewesen, aber nach diesem Tag war niemand unter ihnen, der nicht freiwillig sein Leben für sie hingegeben hätte.

Sie dankte ihnen. Ich beobachtete sie, und mir fiel auf, daß sie die seltene und königliche Begabung besaß, sich den Leuten gegenüber gänzlich zwanglos zu geben, ihnen ihre Befangenheit zu nehmen und dabei doch nichts von ihrer Würde einzubüßen. Sie konnte die Menschen zu sich heraufziehen, ohne von ihrer Höhe herabzusteigen. Nie zuvor war mir ihre Größe so bewußt geworden; daß wir um desselben Mannes willen zu Rivalinnen werden sollten, erfüllte mich mit heftiger Erregung, und daß er bereit war, für die Erfüllung seines leidenschaftlichen Verlangens nach mir so viel zu wagen, war ein Zeichen für die Tiefe seiner Empfindung.

An eben diesem Tag bot sich mir Gelegenheit, mich mit Douglass Sheffield zu unterhalten.

Die Vorstellung war vorüber, und bis zur Abenddämmerung würde es noch ein paar Stunden dauern. So war die Königin, Seite an Seite mit Robert und einige Damen und Herren im Gefolge, in den Wald geritten. Da sah ich Douglass Sheffield allein im Garten umherwandern, und ich begab mich zu ihr.

Wie zufällig traf ich in der Nähe des Sees mit ihr zusammen und begrüßte sie.

»Ihr seid Lady Essex, nicht wahr?« fragte sie. Ich bestätigte dies und sagte, ich glaube, sie sei Lady Sheffield.

»Wir sollten uns eigentlich kennen«, fuhr ich fort, »da durch die Familie Howard eine verwandtschaftliche Beziehung besteht.« Sie war eine Howard aus Effingham, und dieser Familie entstammte meine Urgroßmutter, die Gattin von Sir Thomas Boleyn.

»Daher sind wir entfernte Cousinen«, fügte ich hinzu.

Ich musterte sie eingehend. Ich konnte verstehen, was Robert zu ihr hingezogen hatte. Sie besaß jenes gewisse Etwas, wie viele Frauen der Familie Howard. Meine Großmutter Mary Boleyn und Katharina Howard müssen von ähnlicher Art gewesen sein. Bei Anna Boleyn aber war noch ihre unerhörte körperliche Anziehungskraft hinzugekommen, dazu ein wenig Berechnung. Deshalb war sie so ehrgeizig gewesen. Aber Anna hatte sich verrechnet – ihr Mann war allerdings äußerst wankelmütig gewesen –, und so war ihr schließlich das Haupt abgeschlagen worden. Hätte sie sich jedoch etwas geschickter verhalten und überdies einen Sohn geboren, so wäre ihr dieses Schicksal gewiß erspart geblieben.

Douglass dagegen war sanft und fügsam; sie war sinnlich und stellte keine Gegenforderungen, wenn sie gab. Diese Art Frauen wirkt auf den ersten Blick anziehend für das andere Geschlecht, wird aber oftmals unerträglich.

Ich sagte: »Die Königin entbrennt immer heftiger in Liebe zu Lord Leicester.«

Ihre Mundwinkel zogen sich herab, und sie blickte recht betrübt. Ich dachte: Also ist da doch etwas.
»Glaubt Ihr, sie wird ihn heiraten?« fuhr ich fort.
»Nein«, sagte Douglass heftig. »Das kann er nicht.«
»Und weshalb nicht? Er wünscht es doch, und zuweilen scheint sie ebenso begierig darauf wie er.«
»Aber er könnte es gar nicht.«
Ein unbehagliches Gefühl beschlich mich. »Warum nicht, Lady Sheffield?«
»Weil ...« Sie zögerte. »Nein, das darf ich nicht sagen. Es wäre zu gefährlich. Das würde er mir nie verzeihen.«
»Ihr meint, der Graf von Leicester würde Euch nicht verzeihen?«
Sie sah verwirrt aus, und Tränen traten ihr in die Augen.
»Kann ich irgend etwas für Euch tun?« fragte ich beschwichtigend.
»O nein, nein. Ich muß jezt hineingehen. Ich weiß gar nicht, was ich da geredet habe. Mir war nicht wohl. Ich habe meine Pflichten, darum ...«
»Ich finde, Ihr seht seit einiger Zeit traurig aus«, sagte ich, entschlossen, sie aufzuhalten. »Ich hatte das Gefühl, Euch fehle etwas, und ich müsse mit Euch sprechen. Ich glaube, zwischen Blutsverwandten besteht eine besondere Bindung.«
Sie blickte ein wenig erstaunt drein und meinte: »Das mag wohl sein.«
»Mitunter hilft es, sich einem mitfühlenden Zuhörer anzuvertrauen.«
»Ich habe durchaus nicht den Wunsch, über irgend etwas zu sprechen. Es gibt nichts zu sagen. Ich hätte nicht herkommen dürfen. Ich sollte bei meinem Sohn sein.«
»Ihr habt einen Sohn?«
Sie nickte.
»Und ich habe vier Kinder, Penelope, Dorothy, Robert und Walter. Sie fehlen mir sehr.«
»Dann habt Ihr auch einen Robert?«
Ich war aufmerksam geworden. »Ist das der Name Eures Sohnes?«
Sie nickte.
»Nun ja«, fuhr ich fort, »es ist ein hübscher Name. So hieße der Gemahl unserer Königin ... falls sie sich jemals entschlösse, sich zu vermählen.«
Douglass ging in die Falle. »Das könnte sie nicht«, sagte sie.

»Mich dünkt, Ihr seid außer Euch.«
»Das kommt daher, weil Ihr von ihrer Vermählung sprecht ...«
»Das erhofft er sich jedenfalls. Jeder weiß das.«
»Wenn sie ihn wirklich heiraten wollte, so hätte sie es doch schon längst getan.«
»Wie konnte sie«, flüsterte ich, »nach dem geheimnisvollen Tod seiner Gattin?«
Douglass erschauerte. »Ich denke oft an Amy Dudley. Ich habe ihretwegen Alpträume. Manchmal träumt mir, ich bin in jenem Haus, und jemand schleicht in mein Zimmer ...«
»*Ihr* träumt, Ihr seid seine Gattin ... und er wünscht Eurer ledig zu werden. Wie merkwürdig!«
»Nein ...«
»Ich glaube, Ihr fürchtet Euch vor etwas.«
»Wie sich die Männer verändern«, sagte sie wehmütig. »Sie sind zuerst so feurig, und dann kommt eine andere, der sie ihre Aufmerksamkeit zuwenden.«
»Und ihr Feuer«, sagte ich leichthin.
»Das kann ... ziemlich beängstigend sein.«
»Für einen Mann wie den Grafen ... nach dem, was in Cumnor Place geschehen ist. Aber woher wollen wir wissen, was sich dort wirklich zugetragen hat? Das ist ein dunkles Geheimnis. Erzählt mir von Eurem kleinen Knaben. Wie alt ist er?«
»Er ist zwei Jahre alt.«
Ich schwieg und rechnete nach. Wann war der Graf von Sheffield gestorben? Hatte ich nicht im Jahre 71 vernommen, daß die Schwestern Howard Robert nachliefen? In jenem Jahre – vielleicht auch erst im folgenden – war Lord Sheffield verschieden, und doch hatte Douglass Sheffield im Jahre 75 einen zwei Jahre alten Sohn, der Robert hieß.
Ich mußte unbedingt herausfinden, was es damit auf sich hatte.
Ich konnte kaum von ihr erwarten, daß sie bei dieser Gelegenheit ihre Geheimnisse preisgeben würde, wenn auch zwischen uns eine verwandtschaftliche Bindung bestand. Ich hatte von der ziemlich törichten Frau mehr erfahren, als ich zu hoffen gewagt hatte. Aber ich würde mich nach Kräften bemühen, die Wahrheit herauszufinden.
Als sie sagte, sie leide unter Kopfweh, bemühte ich mich um freundliches Mitgefühl. Ich brachte sie zu ihrem Zimmer und verabreichte ihr eine lindernde Arznei. Danach veranlaßte ich sie, sich niederzulegen

und versprach, ihr Bescheid zu geben, wenn die Königin zurückkehrte.
Später an diesem Tage eröffnete sie mir, sie habe sich, als wir uns im Garten trafen, sehr elend gefühlt, und sie fürchte, sie habe eine Menge törichtes Zeug geredet. Ich versicherte ihr, wir hätten lediglich freundlich miteinander geplaudert, und es sei doch sehr vergnüglich, eine Cousine kennenzulernen. Meine Arznei hatte ihr wirklich gutgetan, und sie fragte, ob ich ihr wohl das Rezept geben könne. Aber natürlich, sagte ich. Ich könne ihre Niedergeschlagenheit sehr gut verstehen. Schließlich hätte ich ja selbst Kinder, und ich sehnte mich danach, bei ihnen zu sein.
»Wir werden wieder miteinander plaudern ... bald«, sagte ich.
Ich war entschlossen, der Affaire um Douglass Sheffield auf den Grund zu gehen.

Am folgenden Nachmittag unterhielt man die Königin mit einem Schwank: »Eine Hochzeit auf dem Lande.« In gewisser Weise machte man sich dabei über die Bauern lustig. Es wunderte mich, daß die Königin das nicht als eine Beleidigung eines Teils ihrer Untertanen empfand. Der Bräutigam, weit über dreißig, hatte seines Vaters Wolljoppe von gelblichbrauner Farbe an, ein Paar Handschuhe, wie man sie bei der Ernte trug, und über den Rücken geschnallt ein Tintenhorn mit Feder. Er humpelte auf die Wiese. Auf dem Lande wurde viel Fußball gespielt, und häufig verletzten sich die Spieler dabei. Das Humpeln sollte bedeuten, daß er in seiner Rolle ein gebrochenes Bein hatte.
Zugleich mit ihm erschienen Possenreißer und Robin Hood mit Lady Marion. Während die Königin dem Tanz zuschaute, wippte sie mit dem Fuß. Ich war jeden Augenblick darauf gefaßt, daß sie aufstehen und mittanzen würde.
Als nächste erschien die Braut in einem Wollkleid. Sie war abschrekkend häßlich hergerichtet; so trug sie eine Perücke, deren Haare nach allen Richtungen abstanden. Die Zuschauer brüllten bei ihrem Anblick vor Lachen. Sie waren sehr zahlreich erschienen, denn die Königin hatte eigens darum gebeten, daß es jedermann aus der Nachbarschaft gestattet sein sollte, der Vorstellung beizuwohnen. So waren sie denn zu Hunderten herbeigeströmt – weniger, um die Bauernhochzeit zu sehen, als in Gesellschaft der Königin zu sein. Und Elisabeth zeigte sich, wie immer, wenn Leute aus dem Volk anwesend waren, von ihrer

besten Seite. Sie lächelte wohlwollend; die schlechte Laune sparte sie sich für die Dienerschaft auf. Die Brautjungfern waren alle Mitte dreißig und, wie die Braut, sehr häßlich.
Die Leute überschlugen sich vor fröhlicher Begeisterung, als das frischvermählte Paar vom Schauplatz stolperte. Ich konnte mich des Gedankens nicht erwehren, daß es ziemlich gefährlich war, solch ein Stück vor unserer unverheirateten Königin aufzuführen, und daß Braut und Bräutigam sich alle Mühe gaben, ihr Alter zu verraten, hätte als Anspielung auf Elisabeth betrachtet werden können. Vielleicht hatte Robert das sogar beabsichtigt. Vielleicht wollte er ihr zeigen, daß sie schon allzu lange wartete. Eine armseligere Kreatur als diese plumpe, häßliche Braut hätte er sich freilich nicht aussuchen können. Elisabeth dagegen saß da, erhaben in ihrer Macht und ihrem Glanz – von Juwelen glitzernd, mit einer kostbaren Halskrause angetan, den Kopf hoch erhoben, schön anzusehen und auch jung, wenn man ihr Gesicht nicht allzu genau betrachtete; denn ihr Körper war so schlank wie der eines jungen Mädchens, und ihre Haut war überaus zart und weiß. Sie mußte diesen Landleuten wie eine Göttin erscheinen, auch ohne ihre juwelenbesetzten Gewänder. Sie war in vielen Dingen sehr anspruchsvoll. So badete sie regelmäßig, und wir, die wir sie bedienten, mußten desgleichen tun; denn sie konnte üble Gerüche nicht ertragen. Wenn sie einem Landsitz einen Besuch abstattete, so mußte schon Wochen vor ihrer Ankunft mit dem Saubermachen begonnen werden. Vor stinkenden Binsenmatten wandte sie sich angeekelt ab, und dann war da natürlich das ständige Ungemach mit den Abtritten. Ich hatte oft gesehen, wie ihre leicht gebogene Nase vor Abscheu vibrierte, und mehr als einmal fiel eine scharfe Bemerkung darüber, daß man sich auf ihren Besuch so schlecht vorbereitet hatte.
Wenn wir auf Reisen waren, bereitete das Bad der Königin, ohne das sie nicht auskommen konnte, erhebliche Schwierigkeiten. Nur wenige Landhäuser konnten mit dergleichen aufwarten. In Windsor Castle waren eigens zwei Zimmer dafür eingerichtet worden. Die Decken waren aus Glas, so daß sie beim Baden das Weiß ihres Körpers betrachten konnte.
Nur bei einfachen Leuten ließ sie sich Unsauberkeit gefallen, und niemals zeigte auch nur das leiseste Zucken der Nasenflügel an, daß sie die Ausdünstungen wahrnahm. Sie war eben bis in die Fingerspitzen eine echte Königin.

Sie empfing also auch das häßliche Brautpaar, sagte ihnen, wie herzlich sie habe über sie lachen müssen, und ich wußte, daß die beiden, genau wie die Schauspieler von Conventry von ihrer Huld überwältigt, auf immer in unverbrüchlicher Treue zu ihr halten würden.

Ich war sehr stark mit meinen eigenen Angelegenheiten beschäftigt. Als Douglass Sheffield ihren Sohn Robert erwähnt hatte, wurde mein Mißtrauen wach. Mein erster Gedanken war gewesen, Robert aufzulauern und ihm die Wahrheit über Douglass und ihren Sohn zu entreißen. Aber konnte ich das tun? Er war mir schließlich keine Rechenschaft schuldig – und schon gar nicht für Handlungen, die bereits einige Zeit zurücklagen. Sicher, er hatte gesagt, er würde mich heiraten ... wenn ich frei wäre. Das hatte wenig zu bedeuten. Ich war eben nicht frei. Ich fragte mich, ob er etwas Ähnliches einmal zu Douglass gesagt hatte, und dann war sie durch einen seltsamen Zufall – wenn es überhaupt ein Zufall war – kurz, nachdem er zu ihr von Heirat gesprochen hatte, tatsächlich »frei« geworden – nämlich Witwe.

Nein, ich würde ihn nicht darauf ansprechen. Douglass war eine Närrin. Wenn ich geschickt vorging, gelang es mir vielleicht, ihre Bedenken zu überwinden. Von ihr bekam ich wahrscheinlich eher die Wahrheit zu hören als von Robert. Es würde ohnehin nicht einfach sein, mit ihm zu reden, da er ständig um die Königin herumscharwenzeln mußte. Wir könnten uns vielleicht in das Turmzimmer flüchten, aber dort bestand die Möglichkeit, daß die Begierde über meinen gesunden Menschenverstand siegte. Doch ich mußte meine Sinne beisammen haben. Wie sollte ich sonst wissen, ob Robert die Wahrheit sprach, wenn er mir seine Lesart der Geschichte auftischte? Ich bezweifelte nicht, daß er mit einer einleuchtenden Erklärung aufwarten würde, während Douglass nicht gewitzt genug war, sich so etwas auszudenken.

Während der folgenden Tage suchte ich fortwährend freundschaftlichen Verkehr mit Douglass. Sie war eine leichte Beute. Zweifellos machte sie sich große Sorgen wegen ihrer Zukunft, und daß sie verrückt war vor Liebe zu Robert, daran bestand ebenfalls kein Zweifel.

Da sie wie ich gezwungen war, während der Lustbarkeiten Robert ständig an der Seite der Königin zu sehen, hatte ich sie in kurzer Zeit so weit gebracht, daß sie froh war, sich jemandem anzuvertrauen. Und wer hätte sich dazu besser geeignet als ihre gütige und verständnisvolle Cousine Lettice?

Und schließlich erfuhr ich die Wahrheit.
»Ich will Euch alles erzählen, was geschehen ist, Cousine, nur müßt Ihr mir versprechen, keinem Menschen ein Sterbenswörtchen davon zu sagen. Das wäre nämlich für ihn wie für mich das Ende. Ihr wißt ja, der Zorn der Königin kann fürchterlich sein. Das hält er mir unentwegt vor Augen.«
»Ihr müßt Euch mir nicht anvertrauen, wenn Ihr dabei ein ungutes Gefühl habt«, sagte ich scheinheilig. »Doch wenn es Eure Seele erleichtert ..., oder wenn Ihr glaubt, daß ich Euch einen Rat zu geben vermag ...«
»Ihr seid so mitfühlend, Lettice. Ich bin sicher, Ihr habt mehr Verständnis für mich als die meisten Menschen.«
Ich nickte. Damit hatte sie vermutlich recht.
»Es geschah vor vier Jahren«, begann sie. »John und ich waren glücklich verheiratet, und nie hatte ich an einen anderen Mann gedacht. Er war ein guter Gatte, ein wenig ernst ... und nicht eben sehr gefühlvoll veranlagt – falls Ihr wißt, was ich meine.«
»Freilich«, versicherte ich.
»Die Königin befand sich auf einer ihrer Rundreisen durch das Land. Der Graf von Leicester begleitete sie, und mein Gatte und ich stießen auf Schloß Belvoir, der Residenz des Grafen von Rutland, zu ihrer Gesellschaft. Ich war bis dahin eine treue Ehefrau gewesen, doch jemanden wie Robert hatte ich noch nie erblickt ...«
»Den Grafen von Leicester«, murmelte ich.
Sie nickte. »Er war der herrlichste Mann, den ich je gesehen. Ich verstand mich selbst nicht mehr. Er war doch der mächtigste Mann im Parlament, und dazu ein Günstling der Königin. Jedermann sprach davon, daß sie ihn bald heiraten würde.«
»Davon ist schon die Rede, seit sie den Thron bestiegen hat.«
»Ich weiß. Doch diesmal schien zwischen ihnen ein geheimes Einverständnis zu bestehen. Das gab ihm etwas ... ich kann es nicht beschreiben. Wenn er mit jemandem von uns sprach oder uns gar anlächelte, waren wir richtig stolz. Meine Schwester und ich gerieten seinetwegen in Streit, war er doch uns beiden gegenüber so liebenswürdig. Offen gestanden, wir waren aufeinander eifersüchtig. Das war um so merkwürdiger, als ich zuvor niemals einen anderen Mann auch nur angeschaut hatte. Ich war zufrieden mit John Sheffield als Ehemann, und er war gut zu mir ... und dann ... geschah es.«

»Was geschah?« fragte ich.
»Wir trafen uns heimlich. Ach, ich schäme mich ja so. Ich hätte mich niemals darauf einlassen sollen. Ich weiß nicht, was über mich gekommen ist.«
»Ihr wurdet seine Geliebte«, sagte ich und konnte nicht verhindern, daß meine Stimme plötzlich sehr kühl klang.
»Ich weiß, es ist unverzeihlich. Aber Ihr könnt Euch nicht vorstellen, wie das war ...«
O doch, Douglass, dachte ich, das kann ich mir sehr gut vorstellen! Mir scheint, ich war ebenso einfältig wie du.
»So hat er Euch also verführt«, sagte ich.
Sie nickte. »Ich widerstand ihm lange«, sagte sie entschuldigend, »doch Ihr ahnt ja nicht, wie beharrlich er sein kann. Er hatte es sich in den Kopf gesetzt, daß ich mich ergeben sollte, erzählte er mir hernach, und meine Weigerung war eine Herausforderung für ihn. Ich hielt ihm entgegen, daß man dergleichen außerhalb der Ehe nicht tun dürfe, und er fragte, wie er mich denn heiraten könne, da ich bereits einen Ehemann hätte. Dann sprach er davon, wie anders alles wäre, wenn ich keinen Mann hätte, und er sprach so überzeugend, daß ich beinahe glaubte, John würde sterben und ich Robert heiraten. Er schrieb mir einen Brief und schärfte mir ein, ihn zu vernichten, sobald ich ihn gelesen hätte. Er wolle mich heiraten, wenn mein Mann stürbe, schrieb er, und er könne mir versprechen, daß es nicht mehr lange dauern werde, bis wir das Entzücken, von dem wir bereits gekostet hatten, rechtmäßig genießen dürften.«
»Das hat er geschrieben!« rief ich aus.
»Ja.« Sie sah mich beinahe flehend an. »Wie hätte ich einen solchen Brief vernichten können?« fragte sie. »Ich bewahrte ihn auf. Ich las ihn jeden Tag, und wenn ich schlief, lag er unter meinem Kopfkissen. Ich sah Robert mehrmals auf Belvoir. Dort trafen wir uns in einem unbewohnten Zimmer und manchmal auch im Wald. Er sagte, das sei sehr gefährlich, und wenn die Königin es erführe, so wäre das sein Ende. Aber er tue das alles, weil er so wahnsinnig in mich verliebt sei.«
»Ich verstehe vollkommen«, sagte ich erbittert. »Und als Euer Gatte starb ...«
»Davor ist etwas Schreckliches geschehen. Ich habe Roberts Brief verloren. Meine Angst war grenzenlos. Er hatte mir befohlen, den Brief zu vernichten, doch das habe ich nicht vermocht. Jedesmal, wenn ich ihn

las, stand Robert deutlich vor mir. Er sagte in diesem Brief, daß er mich heiraten würde, wenn mein Gatte stürbe ... Ihr seht ...«
»Ja, ich sehe«, versicherte ich.
»Meine Schwägerin hat den Brief gefunden. Sie hatte mich nie leiden mögen. Ich war außer mir und ließ alle meine Kammerfrauen kommen, eine nach der anderen. Ich fragte sie aus, drohte ihnen sogar, doch sie erklärten, sie hätten den Brief nicht gesehen. Dann fragte ich Eleanor, die Schwester meines Mannes. Sie hatte den Brief gefunden, hatte ihn gelesen und meinem Gatten gebracht. Es hat eine schlimme Szene gegeben. Ich mußte ihm alles gestehen. Er war maßlos erschüttert, und er haßte mich. Er sperrte mich aus unserem Schlafgemach aus und hieß mich zum Schoßhund der Königin gehen, der ja bereits seine Frau umgebracht habe. Er sagte schreckliche Dinge über Robert, und daß er ihn und mich zugrunde richten wolle, und das ganze Land würde erfahren, was auf Belvoir vorgefallen sei, und daß Robert Dudley vorhatte, John zu ermorden, wie er seine Frau ermordet hatte. Ich weinte die ganze Nacht. Am Morgen war mein Mann fort. Meine Schwägerin teilte mir mit, er sei unterwegs nach London, um eine Scheidung in die Wege zu leiten, und daß bald jedermann wissen werde, was für eine Dirne ich sei.«
»Und was dann?«
»John starb, bevor er etwas unternehmen konnte.«
»Woran ist er gestorben?«
»An einer Art Ruhr.«
»Und Ihr glaubt, Leicester hatte da seine Hand im Spiel?«
»O nein, nein. Auf gar keinen Fall. Er starb ganz zufällig daran.«
»Das mußte doch Leicester recht gelegen kommen, nicht wahr? Hatte Euer Gatte schon früher an dieser ... Ruhr gelitten?«
»Nicht, daß ich wüßte.«
»Wie dem auch sei, jetzt stand ja Eurer Vermählung nichts mehr im Wege.«
Sie machte einen hilflosen Eindruck. »Das hätte für ihn in jeder Beziehung das Ende bedeutet, sagte er. Er erzählte mir zwar immer, wie sehr er sich wünschte, mich zu heiraten, doch Ihr wißt ja, die Königin war so eifersüchtig und hing so sehr an ihm.«
»Was wir natürlich verstehen.«
»O ja, jeder, der Robert kennt, würde das verstehen. Seht Ihr, es gab Mitwisser. Es gibt immer Mitwisser. Johns Familie war wütend. Sie

machte Robert für Johns Tod verantwortlich, und mich natürlich auch.«
»Sie beschuldigte ihn, Euren Gatten ermordet zu haben, damit Ihr frei wäret, und doch hat er Euch nicht geheiratet, als Ihr frei wart.«
»Daran könnt Ihr sehen, wie lügenhaft das Gerücht war.«
Ich dachte: Nun, John Sheffield war jedenfalls im Begriff, ihm Unannehmlichkeiten zu bereiten, und zwar so große, daß er in Gefahr geriet, die Huld der Königin zu verlieren, genau wie es bei einer Heirat der Fall gewesen wäre. Ich konnte mir Elisabeths Zorn vorstellen, wenn sie von den heimlichen Begegnungen auf Schloß Belvoir gewußt und erfahren hätte, daß Robert mit Douglass vom Heiraten gesprochen hatte. Und hätte Robert Douglass tatsächlich geheiratet, so wäre er dadurch in eine Geschichte verwickelt worden, die ebenso scheußlich gewesen wäre wie der Tod seiner ersten Frau.
Ich erfuhr mehr und mehr über diesen Mann, der in meinem Leben eine so große Rolle spielte – genau wie im Leben der Königin und dem von Douglass Sheffield.
»Und Euer Sohn?« Ich ließ ihr keine Ruhe.
Sie zögerte und sagte dann: »Er ist im Stande der Ehe geboren. Robert ist kein Bastard.«
»Wollt Ihr damit sagen, Ihr seid Leicesters Gattin?«
Sie nickte.
»Das kann ich nicht glauben!« entfuhr es mir.
»Es stimmt aber«, erwiderte sie fest. »Als John gestorben war, hat Robert in einem Haus in Cannon Row in Westminster den Ehevertrag aufgesetzt. Hinterher allerdings sagte er, wegen des Zornes der Königin könne er mich doch nicht heiraten. Ich aber war außer mir. Ich war entehrt und hatte deswegen schreckliche Angst. Schließlich gab er nach, und wir wurden getraut.«
»Wann?« wollte ich wissen. »Und wo?«
Ich versuchte ihr unter allen Umständen nachzuweisen, daß sie log. Halb war ich davon überzeugt, doch vielleicht nur deshalb, weil ich unbedingt glauben wollte, daß sie die Unwahrheit sagte.
Sie antwortete ohne zu zögern: »In einem seiner Landsitze – auf Esher in Surrey.«
»Gab es Zeugen?«
»O ja. Sir Edward Horsey war dabei, ebenso Roberts Leibarzt, Dr. Julio. Robert hat mir einen Ring mit fünf spitzgeschliffenen und einem fla-

chen Diamanten geschenkt. Er hat ihn vom Grafen von Pembroke bekommen, mit der Bedingung, ihn nur seiner Ehefrau zu geben.«
»Und Ihr habt diesen Ring?«
»Er ist sorgfältig und sicher aufbewahrt.«
»Warum gebt Ihr nicht kund, daß Ihr seine Gattin seid?«
»Ich habe Angst vor ihm.«
»Ich dachte, Ihr seid verrückt vor Liebe zu ihm.«
»Das bin ich auch. Man kann doch gleichzeitig verliebt sein und Angst haben.«
»Und Euer Kind?«
»Robert war entzückt, als unser Sohn geboren wurde. Er besucht ihn, so oft er es ermöglichen kann. Er liebt den Knaben. Er hatte sich immer einen Sohn gewünscht. Als er geboren wurde, schrieb mir Robert, er danke Gott und meinte, der Junge werde uns ein Trost im Alter sein.«
»Nach allem müßtet Ihr eigentlich vor Glück überfließen.«
Sie sah mir offen ins Gesicht und schüttelte den Kopf. »Ich habe schreckliche Angst.«
»Daß es herauskommt?«
»Nein. Das wäre mir nur recht. Es würde mir nichts ausmachen, wenn ihn die Königin vom Hofe jagte.«
»Aber ihm wohl«, erinnerte ich sie böse.
»Ich wäre glücklich, wenn ich weit weg vom Hof ein friedliches Dasein führen könnte.«
»Dann müßtet Ihr aber ohne diesen ehrgeizigen Mann leben, den Ihr Euren Gatten nennt.«
»Er ist wirklich mein Gatte.«
»Wovor fürchtet Ihr Euch dann?«
Wieder dieser offene Blick.
»Amy Robsart wurde mit gebrochenem Genick am Fuße einer Treppe gefunden«, sagte sie schlicht.
Sie fügte nichts hinzu. Dessen bedurfte es auch nicht.
Ich brachte es einfach nicht fertig, ihr zu glauben. Mit allen Sinnen lehnte ich mich gegen diese Geschichte auf. Sie durfte einfach nicht wahr sein. Doch Douglass hatte sie ganz arglos erzählt, und ich hielt sie für unfähig, sich so etwas auszudenken.
Über eines allerdings war ich mir klar. Douglass Sheffield war völlig verängstigt.

Ich mußte mit ihm sprechen. Aber das war so schwierig! Ich war entschlossen, die Wahrheit herauszufinden, auch wenn ich damit Douglass gegenüber einen Vertrauensbruch beging. Falls er sie wirklich geheiratet hatte, so mußte er sie wahrhaft geliebt haben. Schon der bloße Gedanke versetzte mich in Wut. Wie oft hatte ich mir vorgestellt, mit ihm verheiratet zu sein, hatte mich mit der Versicherung getröstet, daß er keine andere als mich geehelicht hätte, und der einzige Grund, warum er es nicht getan hatte, bevor ich Essex' Frau wurde, sei, daß er von der Gunst der Königin geblendet, das Ende seiner Karriere bei Hofe befürchtete, falls er sich einer anderen zuwenden würde. Nicht einmal meinetwegen konnte er es auf sich nehmen, das Mißfallen der Königin zu erregen. Ich sah ein, daß das ein großes Unglück für ihn bedeuten würde. Und doch hatte er der törichten kleinen Douglass Sheffield wegen alles aufs Spiel gesetzt. Das heißt, falls an dieser Heiratsgeschichte überhaupt etwas Wahres war.
Ich mußte es unbedingt herausfinden, sonst war es um meine Ruhe geschehen.
Am Tag, nachdem Douglass mir diese Enthüllungen gemacht hatte, kam ein Diener zu mir und sagte, daß Lady Mary Sidney mich in ihren Gemächern zu sprechen wünsche. Lady Mary, Roberts Schwester, erfuhr seitens der Königin stets die allergrößte Rücksichtnahme, da sie sich bei der Pflege Elisabeths mit den Blattern angesteckt hatte und seitdem entstellt war.
Sorgfältig verschleiert, das Gesicht im Schatten, begrüßte Lady Mary mich. Ihre Gemächer waren prachtvoll wie alles auf Kenilworth, aber ich bildete mir ein, diese Räume seien die schönsten. Der Boden war mit erlesenen türkischen Teppichen bedeckt, wie ich sie kaum jemals zuvor gesehen hatte. Robert gehörte zu den ersten, die ihr Heim mit zahlreichen Teppichen schmückten. In Kenilworth gab es keine Binsenmatten auf dem Boden. Ich warf einen flüchtigen Blick auf das Himmelbett mit den Vorhängen aus scharlachrotem Samt im angrenzenden Zimmer. Ich wußte, das die Laken mit einem L in einer Krone bestickt waren. Die Zinngefäße der Nachtstühle steckten in Behältern, die mit gestepptem Samt bedeckt waren, der zu den Farben des Zimmers paßte. Lady Mary hatte eine sanfte Stimme und empfing mich äußerst liebenswürdig.
»Kommt, setzt Euch nieder, Lady Essex«, sagte sie. »Mein Bruder hat mich gebeten, mit Euch zu sprechen.«

Mein Herz raste. Ich konnte es kaum erwarten, zu erfahren, worum es sich handelte.
»Wir können uns nicht mehr lange auf Kenilworth aufhalten«, sagte sie. »Für die Königin wird es nunmehr Zeit, mit ihrer Rundreise fortzufahren. Wie Ihr wißt, bleibt sie selten so lange an einem Ort. Sie hat auf Kenilworth eine Ausnahme gemacht, als Zeichen ihrer Zuneigung zu meinem Bruder.«
Das stimmte natürlich.
»Mein Bruder hat zusammen mit der Königin den Reiseweg ausgearbeitet. Sie haben beschlossen, daß er sie in die Nähe von Chartley führen soll.«
Ich frohlockte. Er hatte das so eingerichtet, und die Königin dazu überredet, Chartley aufzusuchen, weil es mein Heim war. Doch dann sank mir das Herz, da ich der Unbequemlichkeiten auf Chartley gedachte, das im Vergleich zu Kenilworth wahrhaft ärmlich war.
Ich sagte: »Mein Gemahl hält sich in Irland auf.«
»Das ist der Königin bekannt, doch sie meint, daß Ihr recht gut die Gastgeberin spielen könnt. Ihr seht bestürzt aus. Man hat vorgeschlagen, daß Ihr uns verlassen und nach Chartley vorausreisen sollt, um Vorbereitungen für den Besuch zu treffen.«
»Ich fürchte, sie wird Chartley höchst unbequem finden ... nach Kenilworth.«
»Sie erwartet nicht, es überall wie auf Kenilworth anzutreffen. Sie hat gesagt, sie nehme an, daß es einen solchen Ort nicht noch einmal gebe. Tut Euer Bestes. Sorgt dafür, daß alles reinlich ist. Das ist von größter Wichtigkeit. Überall frische Binsenmatten, und die Dienerschaft selbstverständlich in sauberer Livree. Dann ist alles gut. Laßt Eure Musikanten die Lieblingsweisen der Königin üben, und wenn Ihr dafür sorgt, daß es stets Tanz und Musik gibt, wird sie ihren Aufenthalt genießen. Ich glaube, dergleichen liebt sie mehr als alles andere.«
Es wurde an die Tür geklopft, und ein junger Mann trat ein. Ich kannte ihn. Es war Philip Sidney, Marys Sohn, also Roberts Neffe. Ich war ihm geneigt, da ich erfahren hatte, daß Robert diesen jungen Mann herzlich liebte und ihn als seinen Sohn betrachtete. Der Jüngling war von sehr edlem Äußeren. Er muß damals etwa zwanzig Jahre alt gewesen sein. Wie Robert war auch er von ungewöhnlicher Wesensart, doch gänzlich anders als dieser. Er hatte etwas überaus Sanftes an sich, doch niemand hätte dies als einen Mangel an Stärke gedeutet. Diese Eigen-

schaft war sehr ungewöhnlich. Ich hatte bis dahin noch niemanden wie ihn kennengelernt, und auch später bin ich einem solchen Menschen nie wieder begegnet. Seiner Mutter gegenüber war er von ausgesuchter Höflichkeit. Offensichtlich liebte sie ihn abgöttisch.

»Ich habe Lady Essex von der Absicht der Königin, Chartley aufzusuchen, unterrichtet«, sagte Mary. »Ich glaube, sie ist ein wenig beunruhigt.«

Er schenkte mir ein strahlendes Lächeln, und ich erklärte: »Ich meine, verglichen mit Kenilworth wird ihr Chartley recht ärmlich vorkommen.«

»Es ist Ihrer Majestät wohl bewußt, daß die meisten Häuser so wirken müssen, wenn man Kenilworth gesehen hat. Möglicherweise ist ihr das ganz lieb. Es gefällt ihr, daß mein Oheim den schönsten Wohnsitz im Lande sein eigen nennt. Tut also Eure Bedenken ab, Lady Essex. Ich bezweifle nicht, daß der Königin ein kurzer Aufenthalt auf Chartley gefallen wird.«

»Mein Gemahl befindet sich, wie Ihr wißt, im Dienste der Königin in Irland.«

»Ihr werdet Euch als vollkommene Gastgeberin erweisen«, versicherte er mir.

»Ich war so lange fern vom Hofe«, erklärte ich. »Ich bin erst kurz vor Beginn dieser Rundreise wieder zu Ihrer Majestät zurückgekehrt.«

»Falls ich Euch irgendwie behilflich sein kann, stehe ich Euch zu Diensten«, sagte Philip, und Lady Sidney lächelte.

»Aus diesem Grunde habe ich Euch zu mir gebeten«, sagte sie. »Als Robert uns mitteilte, daß die Königin einen Besuch auf Chartley beabsichtigte, erinnerte ich ihn daran, daß der Graf von Essex nicht im Lande weilte. Robert meinte jedoch, er sei sicher, daß Lady Essex ihre Aufgabe als Gastgeberin mit Anmut und Würde meistern werde. Er machte den Vorschlag, falls Ihr Hilfe benötigt, solle Euch Philip nach Chartley begleiten und alles tun, was Ihr wünscht.«

Philip Sidney lächelte mir zu, und ich wußte sogleich, daß ich auf ihn zählen konnte.

Wir sollten zusammen nach Chartley aufbrechen und uns dort daranmachen, das Schloß für den Empfang der Königin vorzubereiten.

Robert würde bei ihr sein. Auf meinem eigenen Grund und Boden würde sich mir endlich die Gelegenheit bieten, mit ihm zu reden – und dazu war ich fest entschlossen.

Die Offenbarung

Nachdem nunmehr bereits in aller Öffentlichkeit darüber gesprochen wird, kann es niemandem zum Schaden gereichen, wenn auch offen über die Todfeindschaft zwischen dem Grafen von Leicester und dem Grafen von Essex berichtet wird und darüber, daß, während Essex in Irland weilte, seine Gattin zwei Kinder von Leicester empfangen hat.

Der spanische Bevollmächtigte Antoine de Guaras

Am nächsten Tag machte ich mich mit einigen meiner Diener, von Philip und seinem Gefolge begleitet, nach Chartley auf. Ich fand in Philip einen höchst angenehmen Gesellschafter. Die Reise war weniger verdrießlich, als ich zunächst befürchtet hatte; denn es war natürlich kein angenehmer Gedanke, Robert bei den beiden, die närrisch in ihn verliebt waren – der Königin und Douglass Sheffield – zurückzulassen. Wenn ich sie miteinander verglich, mußte ich lachen: unsere gebieterische, hoheitsvolle, allmächtige Königin und die bedauernswerte, verschüchterte Douglass, die sich, wie man so sagt, vor ihrem eigenen Schatten fürchtete. Vielleicht war es aber der warnende Geist von Amy Robsart. Die Ärmste! Ich konnte sie allerdings verstehen. Ich vermochte mir sehr wohl vorzustellen, welch ein Alptraum das Schicksal von Amy für sie war; denn Douglass konnte durchaus in eine ähnliche Lage geraten wie diese unglückliche Dame – falls ihre Geschichte stimmte.

Wir kamen rechtzeitig auf Chartley an. Diesmal war ich bei seinem Anblick nicht niedergeschlagen wie letztes Mal, als ich vom Hofe zurückgekehrt war; denn bald würde sich Robert leibhaftig innerhalb dieser Mauern befinden.

Ich hatte einen Boten vorausgeschickt, um unsere Ankunft anzukündigen, und die Kinder warteten am Tor, um uns zu begrüßen.

Stolz überkam mich, denn meine kleinen Lieblinge bildeten ein hüb-

sches Quartett. Penelope war gewachsen; sie würde in wenigen Jahren eine Schönheit sein. Jetzt war sie noch eine liebliche Knospe kurz vor dem Erblühen. Ihre Haut war glatt und kindlich, und sie hatte das schöne, dichte blonde Haar und die dunklen, lockenden Augen der Boleyns – diese Farben hatte sie von mir geerbt. Sie würde sich früh zur Frau entwickeln, das war bereits zu erkennen. Dann Dorothy – vielleicht weniger auffallend, aber nur, wenn man sie Seite an Seite mit ihrer ungewöhnlichen Schwester sah. Und mein Liebling, mein Robert, inzwischen acht Jahre alt, und schon fast ein Mann, von seinem jüngeren Bruder Walter angehimmelt, von seinen Schwestern verwöhnt. Ich umarmte sie alle leidenschaftlich, wollte wissen, ob sie mich vermißt hätten und freute mich, als sie mir das bestätigten.
»Ist es wahr, Mylady«, fragte Penelope, »daß die Königin herkommt?«
»Ja, es ist wahr, und wir müssen Vorbereitungen treffen. Es gibt viel zu tun, und ihr müßt euch alle von eurer besten Seite zeigen.«
Der kleine Robert verbeugte sich tief, um uns vorzumachen, wie würdevoll er die Königin begrüßen wollte.
Er bemerkte, wenn sie ihm gefiele, wolle er ihr seinen besten Falken zeigen.
Ich lachte und erklärte ihm, daß es nicht darauf ankomme, ob sie ihm, sondern ob er ihr gefalle. Wenn ja, sagte ich, »mag sie sich wohl herablassen, deinen Falken zu besichtigen«.
»Ich glaube nicht, daß sie schon einmal einen solchen Falken gesehen hat«, rief Robert hitzig.
»Und ich bezweifle, daß sie so einen Falken noch nicht gesehen hat«, erwiderte ich. »Ich glaube, dir ist nicht bewußt, daß es die Königin ist, die zu uns kommt. Und das hier, Kinder, ist Mr. Philip Sidney, der bei uns wohnen und uns darin unterweisen wird, wie wir uns zur Unterhaltung der Königin rüsten müssen.«
Philip richtete das Wort an jedes Kind, und als ich ihn mit Penelope sprechen sah, kam es mir in den Sinn, daß er einen höchst angemessenen Ehemann für sie abgeben würde. Sie war zwar noch zu jung, und der Altersunterschied zwischen ihnen war im Augenblick noch zu groß – er, ein junger Mann im heiratsfähigen Alter, und sie noch ein Kind –, doch in ein paar Jahren würde sich das ändern. Ich wollte mit Walter sprechen und ihm sagen, daß es, da Leicester so hoch in der Gunst der Königin stand, eine ausgezeichnete Idee sei, unsere Tochter mit seinem

Neffen zu vermählen und somit unsere Familien miteinander zu verbinden. Ich war sicher, daß mein Mann dem zustimmen würde.
Meine Bediensteten hatten bereits mit der Arbeit begonnen. Die Abtrittgruben waren geleert worden, und ich stellte mit Erleichterung fest, daß sie keinen auffälligen Geruch verbreiteten. Die Binsen wurden täglich ausgekehrt, und man hatte große Mengen von Heu und Stroh bereitgestellt, so daß am Tage der Ankunft der Königin alles erneuert werden konnte. Ich ließ Wermutsamen unter die Binsen mischen, da sich dann Flöhe darin bekanntermaßen nicht halten, und ich ließ die Luft mit süßduftenden Kräutern parfümieren.
In der Küche wurden Rindfleisch, Hammelfleisch, Kalb- und Schweinefleisch vorbereitet, in den Öfen mit königlichen Symbolen verzierte Pasteten gebacken, deren Fleischfüllungen mit unseren edelsten Kräutern gewürzt waren. Unsere Tafel würde mit Schüsseln überladen sein, sonst galt ein Mahl als einer Königin nicht würdig –, obgleich diese selbst, wie ich aus Erfahrung wußte, nur wenig zu sich nehmen würde. Ich hatte Anweisung gegeben, unsere besten Weine heraufzubringen; Walter war stolz auf seine Weinkeller, in denen die Erzeugnisse der Levante und Italiens lagerten. Niemand sollte sagen können, ich wüßte nicht, wie man die Königin zu bewirten habe.
Während der Vorbereitungszeit übten die Musikanten jene Lieder und Weisen, welche Elisabeth, wie ich wußte, besonders gern hörte. Selten hatte auf Schloß Chartley eine solche Aufregung geherrscht.
Philip Sidney erwies sich als vorbildlicher Gast. Seine angenehmen Manieren und seine Anmut hatten ihn rasch zum Liebling der Kinder werden lassen, und die Dienerschaft erfüllte ihm eilfertig seine Wünsche.
Er las den Kindern aus seinen Gedichten vor. Anfangs befürchtete ich, die Knaben könnten sich dabei langweilen, doch selbst der kleine Walter saß friedlich lauschend da, und mir fiel auf, daß sie beim Vorlesen an Philips Lippen hingen.
Während der Mahlzeiten erzählte er ihnen aus seinem Leben, das meinen Kindern sehr abenteuerlich erschienen sein muß. Er berichtete von seiner Schulzeit in Shrewsbury und vom Besuch des Christ Church College in Oxford; er schilderte, wie sein Vater ihn zur Vervollkommnung seiner Bildung auf eine dreijährige Auslandsreise geschickt hatte. Penelope stützte die Ellbogen auf dem Tisch auf und betrachtete ihn wie verzaubert, und ich dachte: Ja, ich sähe diesen anziehenden jungen

Mann gern als ihren Gatten. Ich muß unbedingt mit Walter sprechen, wenn er zurückkommt; vielleicht können wir eine solche Verbindung in die Wege leiten.
Einige von Philips Erlebnissen waren leichtfertig, andere düster. An jenem schicksalhaften Abend im August 1572, der Bartholomäusnacht, hatte er sich in Paris im Hause des englischen Gesandten aufgehalten. Er hatte am frühen Morgen die Sturmglocken läuten hören, und als er aus seinem Fenster schaute, hatte er das fürchterliche Blutvergießen und die Massaker mitangesehen, als sich die Katholiken gegen die Hugenotten erhoben und unzählige niedermetzelten. Philip wollte nicht mehr darüber erzählen, obgleich Robert ihn bedrängte.
»Jene Nacht«, sagte er, »ist ein Schandfleck in der Geschichte Frankreichs, und man wird ihn niemals vergessen.« Dann nahm er die Gelegenheit zum Anlaß, eine milde Lektion darüber zu erteilen, wie notwendig es sei, Duldsamkeit zu üben und die Meinung der anderen gelten zu lassen, und die Kinder lauschten ihm mit einer Aufmerksamkeit, die mich in Erstaunen versetzte.
Danach schilderte er ihnen die Lustbarkeiten auf Kenilworth, woher er soeben gekommen war, und er beschrieb die märchenhaften Szenen, die um Mitternacht auf dem See aufgeführt wurden; er erzählte von den Komödianten und den Tänzern, von den Theateraufführungen und Schauspielen, und mir war, als sähe ich alles noch einmal vor mir.
Er sprach oft und mit großer Liebe von seinem Oheim, dem berühmten Grafen von Leicester, von dem die Kinder natürlich schon viel gehört hatten. Roberts Name war überall bekannt. Ich hoffte, daß sie nicht auch die Skandalgeschichten vernommen hatten, die über ihn im Umlauf waren, oder daß sie zumindest soviel Feingefühl besaßen, dies vor Philip nicht zu erwähnen. Offensichtlich betrachtete der junge Mann seinen Oheim als eine Art Gottheit; und es freute mich, daß ein junger Mann mit soviel Tugenden ein völlig anderes Bild von Robert hatte als jene neidischen Lästermäuler, die am liebsten nur das Schlimmste von ihm glaubten.
Philip erzählte uns, wie geschickt sein Oheim mit Pferden umzugehen verstand.
»Er ist, wie Ihr wißt, der Oberstallmeister der Königin, schon seit dem Tage ihrer Thronbesteigung.«
»Wenn ich groß bin«, verkündete mein Sohn Robert, »dann werde ich der Oberstallmeister der Königin.«

»Dann kannst du nichts Besseres tun, als in die Fußstapfen meines Oheim Leicester zu treten«, sagte Philip Sidney.
Er erklärte uns, wo Leicester den Umgang mit Pferden so vollendet erlernt hatte, und daß es gewisse Kniffe gab, welche die Franzosen meisterhaft beherrschten. Nach dem Massaker in der Bartholomäusnacht, erzählte er weiter, hatte Leicester sich nach Franzosen erkundigt, welche in den Ställen ermordeter Adliger gearbeitet hatten und die, wie er dachte, vielleicht eine Anstellung suchten, aber sie besaßen sämtliche eine allzu hohe Meinung von ihrem Können und verlangten eine unmäßige Bezahlung.
»Daher«, sagte Philip, »beschloß mein Oheim, sich seine Reitersleute in Italien zu suchen. Sie hatten keine so hohe Meinung von ihrem Wert wie die Franzosen. Jedenfalls gibt es kaum etwas auf Erden, das man meinem Oheim, was Pferde betrifft, noch beibringen kann.«
»Wird die Königin Euren Oheim heiraten?« fragte Penelope.
Es folgte ein kurzes Schweigen, wobei Philip mich anblickte. »Wer um alles in der Welt hat dir denn das erzählt?« fragte ich.
»Aber Mylady«, gab Dorothy vorwurfsvoll zurück, »jedermann spricht doch darüber.«
»Über Menschen in hoher Stellung wird immer geredet. Das beste ist, seine Ohren vor derlei Geschwätz zu verschließen.«
»Ich denke, wir sollen lernen, soviel wir können, und unsere Ohren vor nichts verschließen«, beharrte Penelope.
»Ohren und Augen sollten stets für die Wahrheit offen sein«, sagte Philip.
Danach schilderte er seine Abenteuer in der Fremde, und wie immer fesselte er die Kinder mit seinen Erzählungen.
Später sah ich ihn mit Penelope im Park, und aufs neue fiel mir auf, wie sie an ihrem Beisammensein Gefallen zu finden schienen, ungeachtet der Tatsache, daß er ein junger Mann von ein- oder zweiundzwanzig war und sie erst ein Mädchen von dreizehn.

An dem Tage, an dem die Königin erwartet wurde, stand ich auf dem Ausguck. Sobald die Kavalkade in Sicht kam – ich hatte einen Trupp Späher ausgeschickt, die mich rechtzeitig aufmerksam machen sollten –, mußte ich mit einer kleinen Gesellschaft der Königin entgegenreiten, um sie auf Chartley willkommen zu heißen.
Ich wurde beizeiten verständigt. Ich war angetan mit einem sehr präch-

tigen Mantel aus maulbeerfarbenem Samt und einem Hut in derselben Farbe, von welchem eine hellgelbe Feder herabschwankte. Mir war bewußt, daß ich schön aussah, nicht nur dank meiner ausgesucht geschmackvollen Kleidung, sondern weil meine Wangen mit leichtem Rot überhaucht waren und meine Augen glänzten bei der Aussicht, in Bälde Robert zu erblicken. Mein blondes Haar hatte ich ganz schlicht frisiert, nur eine einzelne Locke ringelte sich auf meine Schulter herab – eine Mode, die ich den Französinnen abgeschaut hatte und die mir sehr zusagte, da sie auf die natürliche Schönheit meines Haares aufmerksam machte, einen meiner größten Vorzüge. Das würde einen guten Gegensatz zu Elisabeths gekräuselter, aufgebauschter Frisur abgeben, die erst durch falsche Haarteile ihre Fülle erhielt. Ich gelobte mir, weit jünger und schöner auszusehen als sie in all ihrer Pracht – und das dürfte mir nicht schwerfallen, da ich es ja tatsächlich war.
Ein gutes Stück vom Schloß entfernt traf ich mit ihnen zusammen, Robert ritt an der Seite der Königin. Die kurze Zeit der Trennung hatte genügt, mich vergessen zu lassen, von welch überwältigender Macht seine Anziehungskraft war; jetzt, bei seinem Anblick, wünschte ich mir nur noch, mit Robert allein und in Liebe vereint zu sein.
Sein Wams, nach italienischer Mode geschnitten und mit Rubinen verziert, der breite Schulterkragen von der gleichen weinroten Farbe, der Hut mit der weißen Feder – dies alles war von unvergleichlicher Eleganz. Die glitzernde, funkelnde Gestalt an seiner Seite, die mir wohlwollend zulächelte, nahm ich kaum wahr.
»Willkommen auf Chartley, Majestät«, sagte ich. »Ich fürchte, Ihr werdet es nach Kenilworth hier gar bescheiden finden. Doch wir werden Euch nach besten Kräften bewirten und unterhalten. Nur sorge ich, daß dies Euer nicht würdig sein könnte.«
»Aber nicht doch, Cousine«, sagte sie, während sie neben mir herritt. »Du siehst frisch und munter aus, findet Ihr nicht auch, Mylord Leicester?«
Mylord Leicesters Blick traf sich mit meinem, und ich las in ihm nur die eine flehentliche Bitte: »Wann?«
Er sagte: »Lady Essex scheint in der Tat bei guter Gesundheit.«
»Die Lustbarkeiten auf Kenilworth waren dazu angetan, uns alle anzuregen und die Jugend wiederzuschenken«, erwiderte ich.
Die Königin runzelte die Stirn. Sie wünschte nicht zu hören, daß ihr die Jugend wiedergeschenkt werden mußte. Sie hatte als ewig jung zu

gelten. In derlei Dingen war sie von geradezu alberner Empfindlichkeit. Diesen Zug ihres Charakters habe ich nie begreifen können. Doch ich war sicher, sie war überzeugt, wenn sie sich benahm, als sei sie ewig jung und die schönste Frau der Welt – was sie einer Art göttlicher Verwandlungskraft zu verdanken hatte –, dann würde jedermann daran glauben.

Ich wußte, daß ich mich vorsehen mußte, doch Roberts Nähe stieg mir zu Kopfe wie schwerer Wein und machte mich leichtsinnig.

Wir ritten an der Spitze der Kavalkade, Robert an der einen Seite Elisabeths, ich an der anderen. Das schien mir wahrhaft symbolisch.

Sie erkundigte sich nach Einzelheiten der Gegend und nach der Bodenbeschaffenheit und bewies ungewöhnliche Kenntnis und erstaunliche Teilnahme. Huldvoll bemerkte sie, das Schloß biete mit den flankierenden Rundtürmen und dem wuchtigen Wohnturm einen prächtigen Anblick.

Sie war mit ihrem Gemach zufrieden. Das war zu erwarten gewesen. Es war das beste Zimmer im Schloß und diente uns, wenn Walter daheim war, als Schlafgemach. Die Bettvorhänge waren ausgeschüttelt und dort, wo es nötig war, ausgebessert worden, und die Binsenmatten auf dem Boden verströmten das Aroma süßduftender Kräuter.

Sie schien wirklich erfreut. Das Essen war ausgezeichnet, und die Dienerschaft, durch die Gegenwart der Königin angespornt, tat ihr Bestes, ihr zu Gefallen zu sein und sie bei Laune zu halten. Sie behandelte sie mit dem üblichen Wohlwollen, und hätte sie es verlangt, sie wären auch auf dem Boden gekrochen und hätten sie so bedient. Die Musik spielte ihre Lieblingsweisen, und ich hatte dafür gesorgt, daß das Bier für ihren Geschmack nicht zu stark war.

Die Königin tanzte mit Robert, und als Gastgeberin schickte es sich für mich, ebenfalls mit ihm zu tanzen – aber natürlich nur kurz. Die Königin würde es nicht zulassen, daß er lange mit einer anderen tanzte.

Bedeutungsvoll drückten seine Finger meine Hand.

»Ich muß Euch allein sehen«, sagte er, während er seinen Kopf lächelnd der Königin zuwandte.

Mit ausdruckslosem Gesicht erwiderte ich, daß ich ihm viel zu sagen hatte.

»Gewiß habt Ihr hier einen Raum, wo wir uns allein unterhalten können.«

»In einem der beiden Rundtürme gibt es ein Zimmer. Der Turm wird nur noch selten benutzt. Es ist der westliche.«
»Ich werde dort sein ... um Mitternacht.«
»Nehmt Euch in acht, Mylord«, sagte ich spöttisch. »Ihr werdet beobachtet.«
»Daran bin ich gewöhnt.«
»Es kümmern sich so viele um Euch. Man redet über Euch, genau wie über die Königin ... und oft taucht Euer Name und der ihre im gleichen Geschwätz auf.«
»Und wenn's so ist – ich will Euch unbedingt sehen.«
Er mußte zur Königin zurückkehren, die bereits ungeduldig mit dem Fuß wippte. Sie wollte tanzen, und selbstverständlich mit ihm.
Ich konnte Mitternacht kaum erwarten. Ich legte mein Kleid ab und hüllte mich in ein loses Gewand mit Spitzen und Bändern. Zwar hatte ich Robert allerhand zu sagen, doch ich hielt es für unmöglich, mit ihm allein zu sein, ohne daß die Leidenschaft über uns zusammenschlug. Ich wollte so verführerisch sein, wie es die arme Douglass wohl kaum gewesen war, und Elisabeth gewiß nicht. Ich wußte von der Macht meiner Verführungskunst; dies war meine Stärke, so wie die Krone die der Königin. Ich hatte rasch in Erfahrung gebracht, daß Douglass sich nicht bei der Gesellschaft befand. Sie war wohl heimgereist zu ihrem Sohn – ihrem und Roberts Kind.
Er erwartete mich schon. Kaum hatte ich die Kammer betreten, lag ich in seinen Armen, und er versuchte, mir das Gewand abzustreifen, unter dem ich nackt war.
Ich aber war entschlossen, zuvor mit ihm zu sprechen.
Er sagte: »Lettice, ich bin verrückt vor Verlangen nach Euch.«
»Mich dünkt, Mylord, dies ist nicht das erste Mal, daß Ihr vor Verlangen nach einer Frau verrückt werdet«, erwiderte ich. »Ich habe die Bekanntschaft Eurer Gemahlin gemacht.«
»Meiner Gemahlin! Ich habe keine Gemahlin mehr.«
»Ich meinte nicht die, welche in Cumner Place gestorben ist. Das gehört der Vergangenheit an. Ich meine Douglass Sheffield.«
»Sie hat mit Euch gesprochen!«
»Das hat sie. Und mir eine aufregende Geschichte erzählt. Ihr habt sie also geheiratet.«
»Das ist eine Lüge.«
»So? Mir schien nicht, daß sie log. Sie hat einen Ring von Euch ...

einen Ring, den Ihr nur Eurer Gattin geben durftet. Wichtiger als der Ring aber – sie hat einen Sohn, einen kleinen Robert Dudley. Robert, Ihr seid hinterhältig. Was wohl Ihre Majestät dazu sagen wird, wenn sie es erfährt?«

Er schwieg ein paar Atemzüge lang. Mir sank das Herz, denn ich wünschte verzweifelt, daß er mir versicherte, Douglass' Geschichte sei nicht wahr.

Er schien zu dem Schluß zu gelangen, daß ich zuviel wußte, als daß er etwas abstreiten konnte, und daher sagte er: »Ja, ich habe einen Sohn – mit Douglass Sheffield.«

»Dann ist also alles wahr, was sie sagt?«

»Ich habe sie nicht geheiratet. Wir begegneten uns in Rutlands Haus, und sie wurde meine Geliebte. Großer Gott, Lettice, was soll ich denn nur tun! Ich hänge ständig in der Luft ...«

»Ja, die Königin läßt Euch zappeln. Weil sie nicht weiß, ob sie Euch will oder nicht.«

»Sie will mich«, gab er zurück. »Habt Ihr das nicht bemerkt?«

»Sie will, daß Ihr sie umschwärmt – zusammen mit Heneage, Hatton, ja, jedem gutaussehenden Mann. Die Frage ist, will sie Euch heiraten?«

»Als ihr Untertan muß ich bereit sein, ihr zu gehorchen, wenn sie es von mir verlangt.«

»Sie wird Euch niemals heiraten, Robert Dudley. Wie könnte sie auch, da Ihr bereits mit Douglass Sheffield vermählt seid?«

»Das bin ich nicht, ich schwöre es. Ich bin doch kein solcher Narr, etwas zu tun, was das Ende meiner Beziehung zur Königin wäre.«

»Wenn man uns heute nacht hier entdeckt, so setzt das Eurer Beziehung zur Königin ebenfalls ein Ende.«

»Ich bin bereit, das Wagnis auf mich zu nehmen, um mit Euch zusammen zu sein.«

»So wie Ihr bereit wart, Douglass Sheffield zu ehelichen, um mit ihr zusammen zu sein?«

»Ich sage Euch doch, ich bin nicht mit ihr verheiratet.«

»Sie behauptet es aber. Und Ihr habt ein Kind.«

»Es wäre nicht das erste Kind, das nicht im Stande der Ehe geboren wurde.«

»Und was war mit ihrem Gatten? Stimmt es, daß er ihr wegen der Liaison mit Euch mit Scheidung gedroht hat?«

»Unsinn!« rief er aus.
»Ich habe gehört, er fand einen Brief, den Ihr an sie geschrieben hattet, und damit hielt er den nötigen Beweis in Händen, um Euch der Königin gegenüber in eine sehr unangenehme Lage zu bringen. Und er starb just, bevor er dieses tun konnte.«
»Großer Gott, Lettice! Vermutet Ihr etwa, ich hätte ihn beseitigen lassen?«
»Der ganze Hof fand es jedenfalls merkwürdig, daß er so plötzlich verschied ... und in einem Euch so genehmen Augenblick.«
»Warum sollte ich seinen Tod wünschen?«
»Vielleicht, weil er im Begriffe war, Euer Verhältnis mit seiner Gattin zu enthüllen.«
»Das war nicht von Bedeutung. Es war nicht so, wie man Euch glauben macht.«
»Die Königin hätte das vielleicht mit anderen Augen betrachtet.«
»Sie hätte darin nichts weiter gesehen als eine unbedeutende Angelegenheit. Nein, ich habe Sheffields Tod gewiß nicht gewollt. Von meinem Standpunkt aus wäre es besser gewesen, wenn er am Leben geblieben wäre.«
»Ich sehe, Ihr steht Lord Sheffield mit denselben Gefühlen gegenüber wie dem Grafen von Essex. Begehrt Ihr eine Frau, so ist es zweckdienlicher, wenn sie die Gattin eines anderen ist und nicht Witwe. Sonst könnte sie sich vielleicht eine Heirat in den Kopf setzen.«
Er hatte mir die Hände auf die Schultern gelegt und nestelte an meinem Gewand. Ich spürte, wie mich die wohlbekannte Erregung überkam.
»Ich bin nicht Douglass Sheffield, Mylord.«
»Nein, du bist meine bezaubernde Lettice, und du bist unvergleichlich.«
»Ich hoffe, diese Worte kommen nie der Königin zu Ohren.«
»Die Königin hat mit alledem nichts zu tun. Und ich würde sogar das Wagnis auf mich nehmen, daß sie es erfährt ... hierfür.«
»Robert«, beharrte ich, »ich bin keine Blume, die man pflückt und dann fortwirft.«
»Das weiß ich recht wohl. Ich liebe dich. Ich habe fortwährend an dich gedacht. Es wird bald etwas geschehen; aber du darfst die schlimmen Geschichten nicht glauben, die man über mich verbreitet.«
»Was wird geschehen?«
»Eines Tages werden wir heiraten, du und ich. Das weiß ich.«

»Wie denn? Du bist an die Königin gebunden. Und ich habe einen Ehemann.«
»Vieles kann sich ändern.«
»Glaubst du, die Königin wird ihre Gunst einem anderen zuwenden?«
»Nein. Die bleibt mir erhalten, und dich werde ich obendrein bekommen.«
»Und du glaubst, sie wird damit einverstanden sein?«
»Zu gegebener Zeit. Wenn sie älter wird.«
»Du bist unersättlich, Robert. Du willst einfach alles. Du bist nicht zufrieden mit einem Anteil an den schönen Dingen des Lebens. Du willst deinen Anteil und den aller anderen obendrein.«
»Ich erwarte nicht mehr, als mir meiner Ansicht nach zusteht.«
»Und du glaubst, du kannst dir die Gunst der Königin bewahren und mich außerdem bekommen?«
»Lettice, du willst mich doch. Meinst du, das wüßte ich nicht?«
»Ich gebe zu, ich fühle mich zu dir hingezogen.«
»Und wie sieht dein Leben mit Walter Devereux aus? Er ist ein Schwächling, der es zu nichts bringt. Er paßt nicht zu dir, das mußt du zugeben.«
»Er ist mir ein guter Ehemann gewesen.«
»Ein guter Ehemann? Wie hast du denn gelebt? Die schönste Frau am Hofe – auf dem Lande lebendig begraben!«
»Ich werde wieder an den Hof gehen und dafür sorgen, daß Ihre Majestät sich nicht beleidigt fühlt, weil die Aufmerksamkeit ihres Favoriten mir gilt.«
»Wir müssen vorsichtig sein, Lettice. Aber eines sage ich dir: Ich werde dich heiraten.«
»Wie und wann?« Ich lachte ihm ins Gesicht. »Ich bin nicht mehr der Unschuldsengel von einst. Ich werde nie vergessen, daß du mich damals, als sie dich holen ließ und dir andeutete, sie wisse, daß du mir nicht gleichgültig seist, einfach gehen ließest. Du hast dich benommen, als hätte ich dir nicht das geringste bedeutet.«
»Ich war ein Narr, Lettice.«
»Oh, durchaus nicht! Du warst ein weiser Mann. Du wußtest deinen Vorteil zu wahren.«
»Sie ist nun einmal die Königin, meine Liebste.«
»Deine Liebste bin nicht ich, Robert. Das ist sie mit ihrer Krone.«

»Du irrst dich. Sie ist eine Frau, die Gehorsam verlangt, und wir sind ihre Untertanen. Deshalb müssen wir ihr zu Gefallen sein. So liegen die Dinge nun einmal, wir können nichts daran ändern. Ach Lettice, wie kann ich dir das nur begreiflich machen? Ich habe dich nie vergessen. Ich habe mich nach dir gesehnt. Während all der Jahre war ich von dir behext ... und nun bist du zurückgekommen ... liebreizender denn je. Wir dürfen uns nie wieder trennen.«

Er hatte schon fast gewonnenes Spiel. Zwar glaubte ich ihm nur halb, aber ich wünschte verzweifelt, ihm glauben zu können.

»Und was, wenn sie anders bestimmt?« fragte ich.

»Wir werden sie überlisten.«

Der Gedanke, daß wir uns zusammen gegen sie verbünden sollten, betörte mich. Er kannte meine Schwächen so gut, wie ich die seinen. Wir waren wirklich füreinander bestimmt.

Wieder lachte ich. »Ich wünschte, sie könnte dich jetzt hören«, sagte ich.

Er lachte mit mir, da er wußte, daß er mich besiegen würde. »Wir werden zusammen sein. Das verspreche ich dir. Ich werde dich heiraten.«

»Und wie sollte das möglich sein?«

»Ich sage dir doch, ich habe es mir in den Kopf gesetzt.«

»Ihr bekommt nicht immer Euren Willen, Mylord. Denk daran, einst hattest du dir in den Kopf gesetzt, die Königin zu heiraten ...«

»Die Königin hat etwas gegen die Ehe.« Er seufzte. »Ich bin zu der Überzeugung gelangt, daß sie nie einen Mann nehmen wird. Sie spielt nur mit dem Gedanken. Sie umgibt sich gern mit Freiern. Hätte sie je geheiratet, so wäre ich der Auserwählte gewesen. Aber im Herzen hat sie beschlossen, sich überhaupt nicht zu vermählen.«

»Und deshalb glaubst du, du könntest dich mir zuwenden?«

»Laß uns der Wahrheit ins Gesicht blicken, Lettice. Hätte Elisabeth mich haben wollen, so hätte ich sie selbstverständlich geheiratet. Nur ein Narr hätte anders gehandelt. Ich wäre König geworden, wenn auch nicht dem Namen nach. Aber das tut meiner Liebe zu der allerschönsten, unvergleichlichen Lady Essex keinen Abbruch. O mein Gott, Lettice, ich will doch nur dich. Ich möchte, daß du meine Frau wirst. Ich wünsche mir Kinder von dir ... einen Sohn, der meinen Namen weitergibt. Erst dann werde ich zufrieden sein. Das ist mein Ziel, und ich weiß, daß ich es erreiche.«

Ich wußte nicht, ob ich ihm glauben konnte, doch wie gern hätte ich es getan! Und er sprach mit solcher Überzeugungskraft, daß ich mitgerissen wurde. Alles, was er sagte, war so einleuchtend. Er konnte sich aus allen Schwierigkeiten herausreden; bei der Königin hatte er das gewiß so manchesmal gemußt. Nur wenige hätten es fertiggebracht, in ständiger Gefährdung zu leben und dennoch ihre hohe Stellung zu behalten, wie dies Robert tat.

»Eines Tages, meine Liebste«, verhieß er mir, »wird alles so geschehen, wie ich vorhergesagt habe.«

Ich glaubte ihm. Ich weigerte mich, an die zahlreichen Hindernisse zu denken.

»Und jetzt«, sagte er, »genug des Redens.«

Wir wußten, was wir aufs Spiel setzten, aber wir waren einander verfallen. Die Morgenröte erschien gerade am Himmel, als wir uns trennten und unsere Gemächer aufsuchten.

Am nächsten Tag fragte ich mich voll Angst, ob die Ereignisse der vergangenen Nacht bemerkt worden waren, doch niemand sah mich forschend an. Ich war ungesehen in mein Zimmer gelangt, und Robert war offensichtlich ebenfalls nicht entdeckt worden.

Die Kinder waren ganz aufgeregt, weil soviel geschah. Ich hörte ihrer Unterhaltung zu und merkte, daß sie von Robert begeistert waren. Es war schwer zu sagen, wen sie mehr bewunderten – die Königin oder den Grafen von Leicester. Der Königin freilich konnte man sich nicht so ohne weiteres nähern; doch hatte sie darauf bestanden, daß ihr die Kinder vorgestellt wurden. Sie hatte ihnen einige Fragen gestellt, und die Kinder hatten sie, wie ich stolz feststellte, klug beantwortet. Sie hatten sich, wie die meisten Kinder, Elisabeths Wohlwollen erworben.

Einmal wurde Leicester vermißt. Er war schon seit geraumer Zeit abwesend. Die Königin hatte nach ihm gefragt, doch man konnte ihn nicht finden. Ich befand mich gerade in ihrer Gesellschaft und war etwas besorgt, wegen ihrer wachsenden Ungeduld. Wenn sie ihrem königlichen Temperament in meinem Haus die Zügel schießen ließ, so wäre ihr Besuch ein Fehlschlag und all unsere Mühe vergeblich gewesen. Außerdem wurde ich langsam ebenso argwöhnisch wie die Königin. Ich mußte unentwegt an meine Begegnung mit Robert denken. Seine Beteuerungen gingen mir nicht aus dem Sinn, und ich stellte mir

unentwegt vor, wir seien wirklich miteinander verheiratet, und dies sei unser Heim. Dann wäre ich es durchaus zufrieden gewesen, auf dem Lande zu leben – mit Robert Dudley. Aber wo steckte er jetzt? Douglass Sheffield war nicht hier – aber gab es vielleicht noch eine andere Schöne, welcher er die Ehe versprochen hatte, stets vorausgesetzt, die Königin würde ihm gestatten, sich zu vermählen, und der gegenwärtige Ehemann der zukünftigen Braut würde zur passenden Zeit beseitigt?
Sie wolle im Park suchen, sagte die Königin. Offenbar argwöhnte sie, er sei mit einer Frau dort, und sie war fest entschlossen, ihn zu ertappen. Ich konnte mir ihren Zorn recht wohl vorstellen – er wäre nicht geringer als der meine.
Dann geschah etwas Merkwürdiges. Sobald wir den Garten betreten hatten, erblickten wir Robert. Er hatte keine schöne junge Frau bei sich. Auf dem Arm trug er Walter, meinen Jüngsten. Auch die anderen drei Kinder waren bei ihm. Mylord Leicester sah nicht ganz so makellos aus wie sonst. Er hatte einen Schmutzfleck auf der Wange und einen zweiten Fleck auf einem seiner Puffärmel.
Ich spürte die Erleichterung der Königin und hörte sie leise lachen.
»Mylord Leicester ist also zum Stallburschen geworden«, rief sie aus.
Als er unser ansichtig wurde, eilte er auf uns zu, setzte Walter zu Boden und verneigte sich zuerst vor der Königin, dann vor mir.
»Ich hoffe, Eure Majestät haben mich nicht vermißt«, sagte er.
»Wir haben uns nur gewundert, wo Ihr so lange bleibt. Ihr habt Euch zwei Stunden lang nicht sehen lassen.«
Er war unvergleichlich! Da stand er seiner königlichen Gebieterin gegenüber und der anderen Herrin, mit der er noch vor kurzem in Leidenschaft verbunden gewesen, und niemand hätte etwas von unserer Beziehung ahnen können.
Mein Robert lief zur Königin und rief: »Der Robert da ...« er wies auf den Grafen von Leicester ... »sagt, er hat noch nie einen Falken wie meinen gesehen. Ich möchte ihn Euch zeigen.«
Sie streckte die Hand aus, und Robert nahm ihre weißen, schlanken Finger zwischen seine schmutzigen und wollte Elisabeth mit sich ziehen. »Kommt mit. Wir wollen ihn ihr zeigen, Lord Leicester«, rief er.
Ich sagte tadelnd: »Robert! Du vergißt, mit wem du sprichst. Ihre Majestät ...«
»Laß nur«, unterbrach die Königin mit sanfter Stimme und zärtlichem

Blick. Sie hatte Kinder immer geliebt, und vermutlich fühlten sie sich deshalb gleich zu ihr hingezogen. »Ich befinde mich auf einer wichtigen Mission. Master Robert und ich müssen einen Falken begutachten.«
»Er gehorcht nur mir allein«, erzählte ihr der kleine Robert stolz. Dann stellte er sich auf die Zehenspitzen, und sie beugte sich herab, damit er ihr etwas zuflüstern konnte. »Ich sage ihm, daß Ihr die Königin seid, vielleicht folgt er Euch dann auch. Aber das kann ich nicht versprechen.«
»Wir werden ja sehen«, erwiderte sie mit einem Verschwörerblick.
Und nun erlebten wir, wie unsere erhabene Königin sich von meinem Sohn über das Gras ziehen ließ. Wir anderen liefen hinterdrein, während Robert von seinen Pferden und Hunden schwatzte, die er der Königin zeigen wollte; Lord Leicester habe sie bereits gesehen.
Sie war großartig, das mußte ich ihr zugestehen. Zwischen den Kindern erschien sie wie ein junges Mädchen. Sie wirkte ein bißchen nachdenklich, und ich hatte den Eindruck, daß sie mich um meine vergnügte Familie beneidete. Die Mädchen verhielten sich, da sie älter waren, etwas zurückhaltender, und sie taten natürlich recht daran, denn zu große Vertraulichkeit wäre mit einem königlichen Stirnrunzeln beantwortet worden. Mein ältester Sohn allerdings hatte sich die Zuneigung der Königin errungen.
Er schrie und lachte und zupfte sie am Kleid, damit sie ihm in eine andere Ecke des Stalles folgte.
Ich hörte seine helle Stimme. »Leicester sagt, dies ist eines der schönsten Pferde, das er je gesehen hat, und seine Meinung ist etwas wert. Er ist der Oberstallmeister der Königin, müßt Ihr wissen.«
»Das weiß ich«, antwortete die Königin lächelnd.
»Er muß bestimmt gut sein, sonst hätte sie ihn ja nicht genommen.«
»Gewiß nicht«, sagte Elisabeth.
Ich stand abseits und sah zu; Robert war an meiner Seite.
Er flüsterte: »Ach Lettice, ich wünschte bei Gott, das hier wären mein Haus und meine Kinder. Aber eines Tages, das verspreche ich dir, werden wir ein eigenes Heim und eine eigene Familie haben. Nichts kann uns aufhalten. Ich werde dich heiraten, Lettice.«
»Pst«, sagte ich mahnend.
Meine Töchter standen nicht weit entfernt, und sie verfolgten alles mit großer Neugier.
Als die Königin die Besichtigung beendet hatte, kehrten wir ins Haus

zurück, und die Kinder verabschiedeten sich von ihr. Sie reichte den Mädchen die Hand zum Kuß, und als der kleine Robert an die Reihe kam, kletterte er auf ihren Schoß und küßte sie. An ihrem liebevollen Gesichtsausdruck erkannte ich, daß ihr dies wohlgefiel. Robert untersuchte die Edelsteine auf ihrem Gewand und blickte ihr dann fragend ins Gesicht.

»Lebt wohl, Majestät«, sagte er. »Wann kommt Ihr wieder?«

»Bald, kleiner Robert«, versprach sie. »Keine Angst, wir werden uns wiedersehen, du und ich.«

Wenn ich jetzt auf mein Leben zurückblicke, glaube ich, daß es Augenblicke von schicksalhafter Vorbedeutung gibt. Aber wie selten erkennen wir dies doch. In späteren Jahren, als ich unter der Bitterkeit und dem verzehrenden Kummer meiner großen Tragödie litt, sagte ich mir des öfteren, daß die Begegnung zwischen meinem Sohn und der Königin eine Vorwegnahme späterer Ereignisse gewesen war, und daß ich damals die Schwingen des Schicksals hatte rauschen hören. Doch das ist Unsinn. Es geschah ja gar nichts Besonderes. Die Königin hatte Robert behandelt wie jedes andere Kind, das sie entzückte. Und doch: Wenn ich daran denke, was alles später noch vorgefallen ist, hätte diese erste Begegnung längst aus meinem Gedächtnis entschwunden sein können.

Als beim Tanz im Saal die Musikanten Elisabeths Lieblingsweisen spielten, rief sie mich zu sich und sagte: »Lettice, du bist eine glückliche Frau. Du hast eine wunderbare Familie.«

»Vielen Dank, Euer Majestät«, erwiderte ich.

»Dein kleiner Robert hat mich behext. Ich glaube, ich habe noch nie ein hübscheres Kind gesehen.«

»Mir scheint, Euer Majestät haben ihn behext«, gab ich zurück. »Ich befürchte, daß er in der Aufregung über Eure Gesellschaft vergessen hat, daß Ihr seine Königin seid.«

»Es hat mir gutgetan, wie er sich benommen hat, Lettice«, entgegnete sie sanft. »Es ist manchmal wohltuend, einem unschuldigen Kind zu begegnen, das ohne Täuschung, ohne Falschheit ist ...«

Ich hatte ein unbehagliches Gefühl. Hatte sie den anderen Robert im Verdacht?

In ihren Augen stand ein sehnsüchtiges Verlangen. Ich vermutete, daß sie ihre Hartnäckigkeit bereute und wünschte, sie hätte vor langer Zeit den Mut aufgebracht, Robert Dudley zu ehelichen. Dann hätte sie jetzt vielleicht auch eine Familie wie ich. Allerdings wäre sie dann vermutlich ihrer Krone verlustig gegangen.

Als der Besuch zu Ende war und die Königin Chartley verließ, blieb ich noch eine Weile dort. Meine Kinder sprachen von nichts anderem als von der königlichen Visite. Ich weiß nicht, wen sie mehr bewunderten – die Königin oder den Grafen Leicester. Ich glaube wohl, Robert. Denn wenn auch Elisabeth sich ihnen gegenüber recht unköniglich gegeben hatte, schien ihnen Leicester doch menschlicher. Robert sagte, der Graf habe versprochen, ihm ein paar besondere Finessen beim Reiten beizubringen – das Aufspringen, das Wenden im Sattel und das Nehmen von Hindernissen und aus ihm den besten Reiter der Welt zu machen.
»Und was glaubst du, wann du den Grafen von Leicester wiedersehen wirst?« fragte ich. »Weißt du nicht, daß er bei Hofe ist und sich ständig für die Königin zur Verfügung halten muß?«
»Er hat aber gesagt, er wäre bald wieder bei mir, und wir würden gute Freunde werden.«
So etwas hatte er also zu dem kleinen Robert gesagt! Kein Zweifel – er hatte sich bereits die Zuneigung meiner Familie errungen.
Ich würde wieder an den Hof gehen, und ich fand, daß Penelope und Dorothy, die nun heranwuchsen, nicht auf dem Lande zurückbleiben sollten. Ich wollte sie mit nach London nehmen, und wir würden in Durham House wohnen, das nahe genug bei Windsor, Hampton, Greenwich oder Nonsuch lag, so daß ich bei Hofe und doch hin und wieder bei meinen Kindern sein konnte. So würden die Mädchen in höfische Kreise eingeführt werden; auf dem Lande wäre das nicht möglich gewesen.
Durham House war mir deshalb besonders wert, da Robert es einst bewohnt hatte. Jetzt lebte er freilich in dem viel weitläufigeren Leicester House, einer prächtigen Residenz, am Fluß und in der Nähe von Durham House gelegen: beide Schlösser standen am Strand, der breiten Straße, nicht weit voneinander entfernt. Ich sah die Möglichkeit, Robert zu treffen, ohne von den scharfen Augen der Königin beobachtet zu werden.
Die Kinder, die bereits einen Vorgeschmack davon bekommen hatten, was Hofleben bedeutete, waren von dieser Aussicht begeistert und vergossen keine Tränen, als wir aufbrachen, um die Unbequemlichkeiten von Chartley mit dem Haus in London zu vertauschen.

In der nun folgenden Zeit trafen Robert und ich uns häufig. Es war ganz einfach für ihn, über eine der Geheimtreppen von Leicester House ins Freie zu gelangen, ein Boot zu besteigen – zuweilen mit den Kleidern eines Dieners angetan – und unbemerkt Durham House zu erreichen. Dabei zeigte sich, daß die Möglichkeit, einander täglich zu sehen, unserer Leidenschaft keinen Abbruch tat, sondern sie eher noch steigerte. Robert sprach ständig vom Heiraten – als ob es Walter überhaupt nicht gäbe – und sehnte sich fortwährend nach dem Heim, wo wir mit meinen Kindern, die er bereits innig liebte, und unseren gemeinsamen Kindern leben würden.
Mein gesunder Menschenverstand sagte mir zuweilen, daß diese Träume nie Wirklichkeit werden konnten, doch Robert war so sicher, daß sich eines Tages alles bewahrheiten würde, daß auch ich daran zu glauben begann.
Philip Sidney war häufig in Durham House zu Gast. Wir mochten ihn alle gern, und ich zog ihn weiterhin als Ehemann für Penelope in Erwägung. Auch Sir Francis Walsingham kam zu Besuch. Er gehörte zu den einflußreichsten Ministern der Königin, doch da er sich zwar ausgezeichnet auf die Kunst der Diplomatie verstand, in der Kunst der Schmeichelei jedoch weniger bewandert war, wurde er nie ein Günstling Elisabeths, obwohl sie seine Verdienste durchaus zu würdigen wußte. Er hatte zwei Töchter: Frances, eine wirkliche Schönheit mit üppigem dunklem Haar und schwarzen Augen, einige Jahre älter als Penelope, und die im Vergleich zu ihrer Schwester unscheinbare Mary.
Es ging lebhaft zu im Durham House; ich war zeitweilig bei Hofe, konnte mich aber leicht freimachen und mich zwischendurch um mein Haus und meine Familie kümmern. Das aufregende Londoner Leben behagte mir. Ich merkte, daß ich dazugehörte, und die Herren und Damen, die uns besuchten, gehörten zum engsten Kreis der Königin.
Robert und ich wurden leichtsinnig. So hätte es uns eigentlich nicht wundern dürfen, daß das Unvermeidliche eintrat: Ich wurde schwanger.
Robert hörte die Nachricht mit gemischten Gefühlen.
»Ich wollte, wir wären verheiratet«, sagte er. »Ich wünsche mir einen Sohn von dir, Lettice.«
»Ich weiß«, erwiderte ich. »Aber was nun?«
Ich sah mich schon in aller Eile aufs Land verbannt, wo ich in strenger

Abgeschiedenheit leben mußte, bis man mir mein Kind wegnahm, um es heimlich aufzuziehen. Nein, nein, das wollte ich unter keinen Umständen!

Robert meinte, er werde schon einen Weg finden.

»Aber wie?« wollte ich wissen. »Walter kann jederzeit zurückkehren, und dann weiß er Bescheid. Ich kann unmöglich so tun, als sei das Kind von ihm. Und wenn die Königin es erfährt? Das wird noch größere Ungelegenheiten geben.«

»Das wohl«, gab Robert zu. »Die Königin darf es nie erfahren.«

»Sie wäre sicherlich nicht erfreut, wenn sie wüßte, daß du der Vater meines Kindes bist. Was glaubst du, was geschehen würde?«

»Gott behüte, daß sie es je erfährt. Überlaß das mir. O Gott, ich wünschte ...«

»Daß du dich nie darauf eingelassen hättest?«

»Nein, das könnte ich nicht. Ich wollte, Essex wäre aus dem Wege. Dann würde ich dich morgen heiraten, Lettice.«

»Leicht gesagt, wenn man weiß, daß es unmöglich ist. Wenn ich wirklich frei wäre, würdest du vielleicht ganz anders reden.«

Darauf riß er mich in seine Arme und rief leidenschaftlich: »Ich werde es dir beweisen, Lettice. Bei Gott, ich werde es dir beweisen.«

Er machte ein feierliches Gesicht, als habe er eben einen Schwur getan.

»Eines weiß ich gewiß«, fuhr er fort. »Du bist die Frau für mich, und ich bin der Mann für dich. Bist du dir dessen bewußt?«

»Ich hatte hin und wieder den Eindruck, daß es so sein könnte.«

»Mach dich nicht lustig, Lettice. Es ist mir bitter ernst. Ich habe es mir in den Kopf gesetzt, daß wir beide heiraten werden, trotz Essex und der Königin. Wir werden Kinder haben. Das verspreche ich dir, hörst du?«

»Eine erfreuliche Vorstellung«, sagte ich. »Doch im Augenblick habe ich einen Ehemann, und von dir bekomme ich ein Kind. Falls Walter zurückkehrt – und bei dem Durcheinander, das er in Irland anrichtet, kann das jederzeit der Fall sein –, werden wir Unannehmlichkeiten bekommen.«

»Mir wird schon etwas einfallen.«

»Du kennst Walter Devereux nicht. Seine Fähigkeiten sind gewiß gering, und er ist deshalb zum Mißerfolg verdammt. Doch wenn er glaubt, daß es um seine Ehre geht, würde er auch den Haß der Königin in Kauf nehmen für eine Tat, die er für rechtens erachtet. Er würde soviel Aufhebens von der Sache machen, daß unser Verhältnis dem ganzen Hofe bekannt würde.«

»Dann gibt es nur noch eines, das wir tun können«, sagte Robert. »Es widerstrebt mir fürwahr, aber es muß sein. Wir müssen uns des Kindes entledigen.«

»Nein!« schrie ich entsetzt.

»Ich weiß, wie dir zumute ist. Es ist unser Kind. Vielleicht ist es der Sohn, nach dem ich mich so sehne ... aber jetzt ist noch nicht die Zeit dafür da. Wir werden mehr Kinder haben ... aber nicht, bevor ich Vorkehrungen getroffen habe.«

»Also ...«

»Ich werde Dr. Julio konsultieren.«

Ich widersprach, doch er überzeugte mich, daß es keinen anderen Weg gebe. Würde das Kind geboren, so könnte nichts mehr geheimgehalten werden. Die Königin würde dafür sorgen, daß wir uns nie wiedersähen.

Ich war sehr bedrückt. Gewiß war ich eine Frau, die den weltlichen Vergnügungen zugewandt war, außerdem sehr selbstsüchtig und ohne jede Moral. Dennoch liebte ich meine Kinder. Und wenn ich schon für Walters Kinder so tief empfinden konnte, um wieviel mehr dann für die Roberts.

Aber er hatte natürlich recht. Er redete unentwegt auf mich ein: Wir würden über kurz oder lang heiraten, und wenn ich das nächste Mal schwanger war, so träfen wir in unserem eigenen Heim freudig die Vorbereitungen für die Ankunft unseres Kindes.

Dr. Julio war ein Mann von vielerlei Fähigkeiten, doch eine Abtreibung war gefährlich. Nachdem ich die von ihm verordneten Arzneien genommen hatte, wurde ich sehr krank.

Die Art einer Krankheit läßt sich vor den Dienstboten nur schwer verbergen. Einem Mann wie Robert wurde bei Tag und Nacht nachspioniert, und in unserer rasenden Leidenschaft hatten wir nicht immer die gebotene Vorsicht walten lassen. Ganz sicher wußten viele Mitglieder meines Haushalts, daß es Robert Dudley war, der des Nachts die Geheimtreppe heraufstieg. Nur gut, daß es kaum jemand wagen würde, darüber zu klatschen, es sei denn, ganz im geheimen; denn es gab niemand, weder Mann noch Frau, der nicht den Zorn des Grafen von Leicester und den der Königin gefürchtet hätte, wenn über ihren

Günstling – sei's auch zu Recht – Nachteiliges verbreitet worden wäre.
Aber es wurde natürlich geflüstert.
Eine Zeitlang war ich so krank, daß ich glaubte, sterben zu müssen. Da besuchte mich Robert ganz offen. Ich glaube, das belebte meine Geister dermaßen, daß ich mich wieder erholte. Robert liebte mich wirklich; er suchte bei mir nicht nur übermäßige körperliche Befriedigung; er machte sich ernsthafte Sorgen um mich. Er war zärtlich, kniete neben meinem Bette nieder und flehte mich an, gesund zu werden. Und dabei sprach er ständig von dem Leben, das wir zusammen führen würden. Nie habe ich einen Menschen gesehen, der sich einer Sache so sicher war.

Und dann kehrte Walter zurück.
Sein Auftrag in Irland war fehlgeschlagen, und die Königin war nicht gerade zufrieden mit ihm. Ich war noch geschwächt. Er sorgte sich sehr um mich. Das brachte mich ganz aus der Fassung, und mein Gewissen machte mir beträchtlich zu schaffen. Ich erzählte Walter, ich sei an einem Fieber erkrankt gewesen, aber bald wieder wohlauf. Daß er diese Erklärung ohne weiteres hinnahm, beschämte mich, zumal er sichtlich gealtert war und müde und teilnahmslos wirkte. Ich hatte ihn so schmählich behandelt und dafür nur Güte empfangen. Und doch konnte ich nicht umhin, ihn ständig an dem unvergleichlichen Robert Dudley zu messen.
Ich mußte mich der Tatsache stellen, daß ich Walters überdrüssig war, und ich war verwirrt und bekümmert, weil sich nach seiner Rückkehr meine Zusammenkünfte mit Robert, wenn überhaupt, nur schwer bewerkstelligen ließen. Auf jeden Fall aber mußte ich nach meinen jüngsten Erfahrungen künftig vorsichtiger sein. Ich empfand große Trauer über den Verlust des Kindes und stellte mir vor, es sei ein kleiner Junge gewesen, der wie Robert aussah. Im Traum sah er mich traurig an, als beschuldige er mich, ihn des Lebens beraubt zu haben.
Ich wußte, Robert würde sagen: »Wir werden noch mehr Kinder haben. Laß uns nur erst verheiratet sein, dann bekommen wir Söhne und Töchter, die uns im Alter erfreuen werden.« Aber das war im Augenblick nur ein schwacher Trost.
Walter erklärte, er beabsichtige, nie wieder fortzugehen.
»Ich habe genug davon«, sagte er. »Aus Irland wird nie etwas werden.

Von nun an bleibe ich zu Hause. Ich möchte ein ruhiges Leben führen. Wir gehen nach Chartley zurück.«
Im stillen beschloß ich, daß dies nicht geschehen dürfe. Ich wollte nicht auf dem Lande begraben sein, fern von den Vergnügungen der Stadt, den Intrigen bei Hofe und dem Zauber von Robert Dudley. Die Trennung von ihm schürte mein Verlangen, und ich wußte, wenn wir uns trafen, würde ich so leichtsinnig sein wie immer, ungeachtet meines Gewissens; ich würde den Augenblick genießen und wenn nötig die Folgen auf mich nehmen.
Allmählich wurde ich kräftiger; ich fühlte mich in der Lage, Walter dahin zu bringen, wo ich ihn haben wollte.
»Chartley ist verlockend«, log ich. »Aber hast du eigentlich bemerkt, daß unsere Töchter heranwachsen?«
»Das ist mir nicht entgangen. Wie alt ist Penelope jetzt?«
»Du solltest doch wissen, wie alt deine Tochter ist – und dazu noch dein erstgeborenes Kind. Penelope ist vierzehn.«
»Reichlich jung für die Ehe.«
»Aber es ist nicht zu früh für uns, nach einer passenden Verbindung für sie Ausschau zu halten. Ich sähe sie gern gut versorgt.«
Darin gab Walter mir recht.
»Ich denke an Philip Sidney, der mir recht gut gefällt«, sagte ich. »Er war dabei, als ich die Königin auf Chartley bewirtet habe, und er und Penelope haben eine Neigung zueinander gefaßt. Es ist immer gut, wenn ein Mädchen seinen zukünftigen Gatten kennt, bevor sie mit ihm verheiratet wird.«
Wieder stimmte Walter mir zu und meinte, Philip Sidney sei eine ausgezeichnete Wahl.
»Als Leicesters Neffe dürfte ihm auch die Huld der Königin gewiß sein«, bemerkte er. »Soviel ich weiß, hängt sie nach wie vor sehr an Dudley.«
»Er steht immer noch hoch in ihrer Gunst.«
»Eines gibt es jedoch zu bedenken: Falls die Königin einen ausländischen Prinzen ehelicht, bezweifle ich, daß man Leicester weiterhin am Hofe duldet, und dann hätten seine Verwandten keinen so leichten Stand.«
»Glaubst du, sie wird jemals heiraten?«
»Ihre Minister bemühen sich, sie zu überreden. Daß ein Thronfolger fehlt, wird zu einem immer drängenderen Problem. Falls sie stirbt,

wird es Zwistigkeiten geben, und das ist schlecht. Sie sollte dem Lande einen Erben schenken.«

»Sie ist ein wenig zu alt, um Kinder zu gebären, obwohl es niemanden gestattet ist, dies in Hörweite Ihrer Majestät zu äußern.«

»Vielleicht bringt sie es trotzdem zustande.«

Ich mußte laut lachen, plötzlich von wilder Freude erfüllt, weil ich acht Jahre jünger war als sie.

»Was bereitet dir solches Vergnügen?« fragte Walter.

»Du. Wenn sie dich hören könnte, würdest du wegen Verrats in den Tower kommen.«

Ach, wie er mich langweilte, und wie überdrüssig war ich seiner!

Mit Robert waren nur kurze, hastige Unterhaltungen möglich.

»Es ist unerträglich«, beklagte er sich.

»Ich kann mich nicht von Walter fortschleichen, und du kannst ebensowenig nach Durham House kommen.«

»Ich werde es irgendwie zuwege bringen.«

»Mein lieber Robert, du kannst wohl kaum das Bett mit uns teilen. Denn dann würde selbst Walter merken, daß hier etwas nicht stimmt.«

Trotz meines Kummers empfand ich doch Freude darüber, daß Robert litt.

»Nun, Robert«, sagte ich. »Du bist ein Zauberer. Jetzt zeig deine Künste.«

Bald danach mußte etwas geschehen. Es war eingetreten, was vermutlich wieder einmal unvermeidlich war: Jemand – ich habe nie herausgefunden, wer – hatte Walter eingeflüstert, daß Robert Dudley ein ungebührliches Interesse an seiner Gattin bekundete.

Walter weigerte sich, es zu glauben. Er hätte es wohl Robert zugetraut, nicht aber mir. Was war er doch für ein Einfaltspinsel! Ich wäre wohl mit ihm fertig geworden, doch Robert hatte einige Todfeinde, denen es weniger darum ging, der Familie Essex Ärger zu bereiten, als Robert die Gunst der Königin zu entziehen.

Und dann kam die Nacht, da Walter mit sehr ernstem Gesicht in unser Schlafgemach trat. »Ich habe höchst gemeine Anschuldigungen vernommen«, sagte er.

Mein Herz fing wild zu klopfen an, so schuldbewußt war ich, doch ich brachte es zuwege, ruhig zu fragen: »Welcher Art?«

»Sie betreffen dich und Leicester.«

Ich riß die Augen weit auf und hoffte, unschuldig dreinzublicken.
»Was soll das heißen, Walter?«
»Ich habe gehört, du seist seine Geliebte.«
»Wer um alles in der Welt behauptet denn so etwas?«
»Man hat es mir erst erzählt, nachdem ich versprochen hatte, den Namen des Gewährsmanns nicht preiszugeben.«
»Und du schenkst diesem Gewährsmann Glauben?«
»Ich glaube es nicht von dir, Lettice, doch Dudleys Ruf ist alles andere als tadellos.«
»Aber du kannst doch nicht an seine Schuld glauben, wenn du mich für unschuldig hältst.« Du Narr! dachte ich insgeheim, und ich entschied, daß der Angriff die beste Form der Verteidigung sei. »Ich muß schon sagen, es spricht nicht gerade für deinen Charakter, wenn du mit irgendwelchen Leuten in dunklen Ecken über deine Frau redest.«
»Ich habe es nicht im Ernst von dir geglaubt, Lettice. Man muß ihn wohl mit einer anderen gesehen haben.«
»Aber du hast mich natürlich verdächtigt«, warf ich ihm vor. Ich steigerte mich immer mehr in Wut. Die Wirkung blieb nicht aus. Fast hätte mich mein armer Walter um Verzeihung gebeten.
»Nein, nein, eigentlich nicht. Aber ich wollte, daß du mir selbst sagtest, daß dies alles nicht wahr ist. Ich werde den Mann, der dies zu behaupten wagte, fordern.«
»Walter«, sagte ich zuredend. »Du weißt, daß es nicht stimmt, und ich weiß, daß es nicht stimmt. Wenn du es an die große Glocke hängst, kommt es der Königin zu Ohren, und du wirst dir einen Tadel von ihr einhandeln. Du weißt, sie will von Robert Dudley nichts Schlechtes hören.«
Walter schwieg, doch ich merkte, daß meine Ausführungen ihre Wirkung nicht verfehlt hatten.
»Mir tut jede Frau leid, die sich mit ihm einläßt«, sagte er.
»Mir nicht minder«, gab ich bedeutungsvoll zurück.
Aber ich machte mir Sorgen. Ich mußte Robert erzählen, was vorgefallen war. Das war schwierig. Ich mußte eine Gelegenheit suchen, und da Robert sich ebenfalls ständig darum bemühte, gelang es uns schließlich, ein paar Worte miteinander zu wechseln.
»Dieser Zustand macht mich verrückt«, sagte Robert.
Ich erwiderte: »Ich weiß etwas, daß dich noch viel verrückter machen wird.« Und ich schilderte ihm den Vorfall.

»Jemand muß etwas ausgeplaudert haben«, meinte Robert. »Jetzt wird es heißen, deine Krankheit sei daher gekommen, daß du ein Kind, das du von mir trugst, beseitigt hast.«
»Aber wer hätte uns verraten können?«
»Meine liebe Lettice, selbst die, denen wir besonders vertrauen, beobachten uns und spionieren uns nach.«
»Wenn das Walter zu Ohren kommt ...«, begann ich.
Mit verzerrtem Gesicht warf Robert ein: »Falls der Königin etwas zu Ohren kommt, haben wir allen Grund, uns Sorgen zu machen.«
»Was können wir denn tun?«
»Überlaß das nur mir. Wir werden heiraten, du und ich, dessen sei gewiß. Aber zuvor gibt es einiges zu erledigen.«
Daß er ganze Arbeit geleistet hatte, begriff ich, als Walter den Befehl der Königin erhielt, sie unverzüglich aufzusuchen. Voller Ungeduld erwartete ich seine Rückkehr.
»Nun, was ist geschehen?« fragte ich.
»Es ist der helle Wahnsinn«, erwiderte er. »Sie hat keine Ahnung. Sie hat mich nach Irland zurückbeordert.«
Ich bemühte mich, meine Erleichterung nicht zu zeigen. Das war zweifellos Roberts Werk.
»Sie bietet mir den Posten des Großzeremonienmeisters von Irland an.«
»Das ist eine große Ehre, Walter.«
»Sie erwartet wohl, daß ich es so ansehe. Ich habe versucht, ihr die Lage auseinanderzusetzen.«
»Und was hat sie gesagt?«
»Sie hat einfach abgewinkt.« Er machte eine Pause und blickte mich prüfend an. »Leicester war bei ihr. Er sagte wiederholt, wie wichtig Irland sei und wie sehr ich mich zum Großzeremonienmeister eigne. Ich glaube, er hat viel dazu getan, die Königin zu überzeugen.«
Ich schwieg und gab vor, äußerst erstaunt zu sein.
»Ja – Leicester sagte, es sei eine großartige Gelegenheit, mein Versagen wiedergutzumachen. Sie wollten mir gar nicht zuhören, als ich ihnen zu erklären versuchte, daß sie die Iren nicht verstünden.«
»Und ... das Ergebnis?«
»Die Königin hat mir eines deutlich zu verstehen gegeben: Sie erwartet, daß ich hingehe. Ich glaube nicht, daß es dir dort gefallen wird, Lettice.«

Ich mußte jetzt behutsam vorgehen. Deshalb sagte ich: »Nun gut, Walter, wir müssen das beste daraus machen.«

Das schien ihn zu befriedigen. Er hatte, was Leicester betraf, noch immer seine Zweifel, und obwohl es nach Walters Ehrenkodex unmöglich war, an den Worten seiner Frau zu zweifeln, merkte ich, daß sein Verdacht noch nicht beseitigt war.

Ich gab vor, gleich mit den Reisevorbereitungen für Irland zu beginnen, obwohl ich natürlich ganz und gar nicht beabsichtigte, fortzugehen.

Am nächsten Tag sagte ich zu ihm: »Walter, ich mache mir große Sorgen wegen Penelope.«

»Warum?« fragte er überrascht.

»Sie ist zwar noch jung, aber für ihr Alter schon ziemlich reif. Mir scheint, daß sie bei ihren Freundschaften mit dem anderen Geschlecht nicht die nötige Umsicht walten läßt. Dorothy macht mir ebenfalls Kummer, und Walter fand ich in Tränen aufgelöst, während Robert ihn mit ganz verdrießlichem Gesicht zu trösten versuchte. Robert sagte, er wolle die Königin bitten, daß sie mich nicht nach Irland gehen läßt. Ich werde mich schrecklich wegen der Kinder grämen, wenn ich fortgehe.«

»Sie haben doch ihre Erzieherinnen und ihre Kindermädchen.«

»Sie brauchen mehr. Vor allem Penelope. In ihrem Alter ... und die Knaben sind noch zu jung, als daß man sie allein lassen könnte. Ich habe mit William Cecil gesprochen. Er will Robert in seinem Hause aufnehmen, bevor dieser nach Cambridge geht; aber vorläufig sollte er noch daheim bleiben. Wir dürfen nicht beide die Kinder verlassen, Walter.«

Die Kinder waren meine Rettung. Walter war zwar sehr betrübt, aber er vergötterte seine Familie und wollte nicht, daß sie Kummer hatte.

Endlich reiste er ab. Bevor er aufbrach, umarmte er mich innig und bat mich wegen der Verleumdungen, die man gegen mich vorgebracht hatte, um Vergebung. Es sei das beste, meinte er, die Kinder wieder nach Chartley zu bringen, und sobald er zurückkehre, wollten wir uns mit Zukunftsplänen befassen. Wir würden die Mädchen verheiraten, und die Söhne würden eine angemessene Erziehung erhalten.

Im Juli segelte er nach Irland, und ich nahm meine Zusammenkünfte mit Robert Dudley wieder auf. Robert erzählte mir, daß tatsächlich er es gewesen war, welcher der Königin geraten hatte, Walter nach Irland zu senden, da seine Anwesenheit dort unbedingt vonnöten sei.

»Du bekommst, was du willst«, stellte ich fest. »Das ist mir jetzt klar.«
»Ich bekomme, was ich verdiene«, entgegnete er.
Ich stellte mich beunruhigt. »Dann fürchte ich um Euch, Mylord Leicester.«
»Aber nicht doch, meine künftige Lady Leicester. Wenn man Erfolg haben will, muß man lernen, sich das, was man wünscht, kühn zu nehmen. Das ist die beste Art.«
»Und nun?« fragte ich. »Was geschieht jetzt?«
»Wir müssen abwarten, sonst nichts.«

Ich hatte nur zwei Monate zu warten.
Ein Diener kam von Chartley nach Durham House geritten. Ich merkte, daß der Mann äußerst verstört war.
»Mylady«, sagte er, als man ihn zu mir führte, »es ist etwas Schreckliches geschehen. Ein schwarzes Kalb wurde geboren, und ich dachte, das solltet Ihr erfahren.«
»Du hast gut daran getan, hierherzukommen«, erwiderte ich. »Aber das mit dem schwarzen Kalb ist nur eine Legende, und wir sind alle bei guter Gesundheit.«
»Mylady, die Leute auf dem Lande sagen, daß es sich jedesmal erfüllt hat. Es hat für den Schloßherrn immer Tod und Verderben bedeutet. Mylord ist in Irland ... eine gesetzlose Gegend.«
»Er ist im Auftrag der Königin dort«, sagte ich.
»Man muß ihn warnen, Mylady. Er muß zurückkommen.«
»Ich fürchte, die Königin wird nicht gewillt sein, wegen der Geburt eines schwarzen Kalbes auf Chartley ihre Politik aufs Spiel zu setzen.«
»Aber wenn Eure Ladyschaft zu ihr gehen würde ... ihr erklären würde ...«
Ich erwiderte, alles, was ich tun könne, sei, dem Grafen von Essex zu schreiben und ihm zu berichten, was vorgefallen sei.
Als er gegangen war, wurde ich nachdenklich. Konnte es wirklich wahr sein? Die Geburt des schwarzen Kalbes war heutigen Tages ebenso merkwürdig wie damals, als der Tod des Schloßherrn zur Entstehung der Legende führte.
Bevor ich einen Brief an meinen Gatten absenden konnte, erhielt ich die Nachricht, daß er im Schloß von Dublin an der Ruhr gestorben war.

Die Gräfin von Leicester

Ein königlicher Kammerherr erinnerte sie daran, daß der Graf von Leicester nach wie vor unvermählt sei, worauf sie wütend entgegnete, daß ihr nichts daran gelegen sei und es der königlichen Majestät schlecht anstehe, ihren Diener, den sie selbst erhoben habe, den bedeutendsten Fürsten der Christenheit vorzuziehen.

William Camden

Nun war ich also Witwe. Es wäre Lüge zu behaupten, daß ich vom Schmerz gebeugt war. Ich hatte Walter nie geliebt, und nachdem ich Roberts Geliebte geworden war, hatte ich meine Heirat heftig bereut. Doch ich empfand eine gewisse Zuneigung für meinen Mann; ich hatte seine Kinder geboren und konnte nicht umhin, bei seinem Tod Trauer zu empfinden. Es war allerdings kein tiefes Gefühl, denn der Gedanke daran, was die Freiheit für mich bedeuten würde, war so erregend, daß daneben alles andere unwichtig wurde.

Ich konnte es kaum erwarten, Robert zu sehen. Als er kam, tat er es heimlich wie zuvor.

»Wir müssen behutsam vorgehen«, sagte er warnend. Ich wurde von kalter Furcht ergriffen. Versucht er jetzt etwa, einer Ehe auszuweichen? fragte ich mich. Und noch eine andere Frage ging mir ständig durch den Kopf: Woran war Walter so ganz zufällig gestorben? An der Ruhr, hieß es. Viele Menschen starben daran, und stets wurde in solchen Fällen Mißtrauen wach. Schlaflos lag ich in meinem Bett und überlegte, ob es Schicksal gewesen war, oder ob Robert dabei seine Hand im Spiel gehabt hatte. Und wie würde es nun weitergehen? Ich hatte ein ungutes Gefühl, doch mein Verlangen nach Robert war stark wie eh und je. Was er auch tat – meine Gefühle für ihn würden sich nie ändern.

Ich selbst benachrichtigte die Kinder vom Tode ihres Vaters. Ich ließ sie alle in meine Gemächer kommen, und während ich den kleinen Robert an mich zog, sagte ich: »Mein Sohn, nun bist du der Graf von Essex.«

Er blickte mich mit weit offenen, entsetzten Augen an. Die Liebe zu ihm überwältigte mich. Ich drückte ihn fest an meine Brust und sagte: »Robert, mein Liebling, dein Vater ist tot, und du bist sein Erbe. Denn du bist sein ältester Sohn.«
Robert fing zu schluchzen an, und ich entdeckte Tränen in Penelopes Augen. Dorothy weinte ebenfalls, und als der kleine Walter den Kummer seiner Geschwister sah, brach er in lautes Jammern aus.
Ich dachte erstaunt: Sie haben ihn ja wirklich geliebt.
Weshalb auch nicht? War er ihnen nicht immer ein liebevoller Vater gewesen?
»Für uns wird sich dadurch einiges ändern«, sagte ich.
»Ziehen wir wieder nach Chartley?« fragte Penelope.
»Wir können jetzt noch keine Pläne machen«, antwortete ich ihr. »Wir müssen abwarten.«
Robert sah mich ängstlich an. »Wenn ich jetzt Graf bin, was muß ich dann tun?«
»Noch gar nichts. Vorläufig wird es nicht viel anders sein, als wenn dein Vater noch am Leben wäre. Du trägst zwar seinen Titel, aber zunächst muß deine Erziehung abgeschlossen werden. Hab keine Angst, mein Liebling. Es wird alles gut.«
»Es wird alles gut!« Ständig tönte mir die Redewendung in den Ohren; sie klang wie Spott.
Die Königin schickte nach mir. Da sie dem Kummer anderer stets Mitgefühl entgegenbrachte, begrüßte sie mich wärmstens.
»Meine liebe Cousine«, sagte sie, indem sie mich umarmte, »dies ist ein trauriger Tag für dich. Du hast einen guten Gatten verloren.«
Ich hielt die Augen gesenkt.
»Und dir obliegt nun die Fürsorge für deine Kinder. Der kleine Robert ist also jetzt Graf von Essex. Ein bezaubernder Knabe. Ich hoffe, der Verlust macht ihn nicht allzu unglücklich.«
»Er ist tieftraurig, Madam.«
»Armes Kind! Und Penelope und Dorothy und der Kleine?«
»Sie empfinden den Verlust ihres Vaters auf das schmerzlichste.«
»Du möchtest gewiß eine Weile vom Hofe fort.«
»Ich bin so unentschlossen, Madam. Zuweilen wünsche ich mir, auf dem friedlichen Lande zu trauern, und dann kommt es mir wieder unerträglich vor. Wohin ich dort auch blicke, alles wird mich an ihn erinnern.«

Sie nickte mitfühlend.
»Dann soll es dir überlassen bleiben, zu tun, was dir am meisten zusagt.«
Auf ihr Geheiß kam Lord Burleigh zu mir.
William Cecil, inzwischen Lord Burleigh, wirkte vertrauenserweckend. Er war ein guter Mensch. Damit will ich sagen, daß er häufiger gemäß seinem Rechtsempfinden handelte, anstatt sich von der Hoffnung auf schnellen Aufstieg leiten zu lassen – nur von sehr wenigen Staatsmännern läßt sich ähnliches behaupten. Von mittlerer Größe und sehr mager, wirkte er kleiner als er war; er hatte einen braunen Bart und eine ziemlich große Nase, doch seine gütigen Augen erweckten Zuversicht.
»Dies ist eine sehr traurige Zeit für Euch, Lady Essex«, sagte er, »und Ihre Majestät ist um Euer und Eurer Kinder Wohl äußerst besorgt. Der Graf ist viel zu jung gestorben und hat Kinder hinterlassen, die seiner Fürsorge noch bedürften. Ich glaube, es war sein Wunsch, daß sein Sohn Robert in meinem Hauswesen aufgenommen würde.«
»Er hat mit mir darüber gesprochen«, erwiderte ich. »Ich weiß, daß es sein Wunsch war.«
»Dann schätze ich mich glücklich, Robert bei mir zu empfangen, wann immer Ihr es für richtig haltet, ihn zu mir zu schicken.«
»Ich danke Euch. Er wird ein wenig Zeit brauchen, um über den Tod seines Vaters hinwegzukommen. Im Mai nächsten Jahres soll er nach Cambridge gehen.«
Lord Burleigh nickte zustimmend. »Ich habe gehört, er sei ein kluger Junge.«
»Er ist im Lateinischen und Französischen wohl bewandert, und das Lernen macht ihm viel Freude.«
»Dann dürfte er keine Schwierigkeiten haben.«
So war dies wohlgeordnet, und ich hielt es für das beste, wußte ich doch, daß Lord Burleigh nicht nur ein hervorragender Staatsmann war, sondern seinen Kindern ein gütiger und nachsichtiger Vater und seiner Frau – welch eine Seltenheit – ein guter und treuer Gatte.
Vermutlich ließ es sich nicht verhindern, daß Gerüchte in Umlauf kamen. Wer immer Walter von meiner Beziehung zu Robert erzählt hatte, der würde nun, da mein Mann tot war, diesen Klatsch wieder aufleben lassen.
Robert besuchte mich; aus seiner Miene sprach Sorge. Er wollte unbe-

dingt mit mir reden. Es sei der Verdacht geäußert worden, daß Walter ermordet worden sei, berichtete er.
»Von wem?« fragte ich heftig.
»Mußt du das wirklich fragen?« erwiderte Robert. »Immer, wenn jemand unerwartet stirbt und ich bin mit dieser Person bekannt, gerate ich in Verdacht.«
»Dann reden die Leute also über uns!« flüsterte ich.
Er nickte. »Spione gibt es überall. Mir scheint, ich kann auch nicht einen Schritt tun, ohne daß ich beobachtet werde. Wenn das der Königin zu Ohren kommt ...«
»Aber wenn wir heiraten, muß sie es doch erfahren«, versuchte ich ihm klarzumachen.
»Ich werde es ihr schonend beibringen, aber ich möchte nicht, daß sie es von jemand anderem erfährt.«
»Vielleicht«, sagte ich scharf, »wäre es dir lieber, wenn wir uns Lebewohl sagten.«
Er drehte sich beinahe wütend zu mir um. »Sag so etwas ja nicht wieder! Ich werde dich heiraten, eher gebe ich mich nicht zufrieden. Aber gerade jetzt müssen wir vorsichtig sein. Gott weiß, was Elisabeth tun würde, wenn sie wüßte, was für Überlegungen ich anstelle. Lettice, man wird Essex' Leichnam öffnen und auf Gift untersuchen.«
Ich wagte es nicht, ihn anzublicken. Ich wollte die Wahrheit nicht wissen, wenn Robert wirklich mit Walters Tod zu tun hatte. Ich mußte ständig an Amy Robsart denken, wie sie tot am Fuße jener Treppe in Cumnor gelegen hatte, und an Douglass Sheffields Gatten, der unmittelbar vor der Scheidung von seiner Frau starb. Und nun ... Walter.
»O Gott«, sagte ich, und es klang wie ein Gebet, »laß sie nichts finden.«
»Aber nein«, sagte Robert tröstend, »man wird nichts finden. Er ist eines natürlichen Todes gestorben ... an der Ruhr. Essex war nie ein kräftiger Mann, und Irland ist ihm nicht gut bekommen. Trotzdem halte ich es für besser, wenn du für eine Weile nach Chartley zurückkehrst, Lettice. Das könnte dem Klatsch ein Ende bereiten.«
Ich sah ein, daß er recht hatte, und mit Erlaubnis der Königin verließ ich den Hof.

Mit großer Erleichterung vernahm ich die Botschaft, daß man in Walters Leichnam nichts gefunden hatte, was zu der Vermutung hätte

Anlaß geben können, bei seinem Tode sei es nicht mit rechten Dingen zugegangen.
Er wurde nach England gebracht, und Ende November fand in Carmarthen die Beisetzung statt. Ich wollte meinem Sohn Robert die weite Reise nicht zumuten, denn er litt gerade an einer Erkältung und war überdies in so gedrückter Stimmung, daß ich um seine Gesundheit fürchtete.
Lord Burleigh schrieb ihm, daß er nun sein Vormund sei und versicherte ihm, er freue sich auf den Tag, da er ihn in seinem Hause aufnehmen werde, um ihn auf Cambridge vorzubereiten.
Ich meinte, er solle nach den Weihnachtsfeiertagen aufbrechen, und damit war er einverstanden.
Ich befand mich in einem Zustand hoffnungsvoller Erwartung. Es leuchtete mir ein, daß ich Robert nicht heiraten konnte, bevor eine gewisse Zeit verstrichen war, denn eine eilige Hochzeit hätte die bösen Zungen wieder in Bewegung gesetzt, und das wünschte ich unter keinen Umständen. Wir würden wohl ein Jahr warten müssen, nahm ich an. Aber das konnten wir ertragen, denn in der Zwischenzeit würden wir uns ja sehen. Und sobald mein Sohn in Lord Burleighs Haus aufgenommen worden war, beabsichtigte ich wieder, meine Stellung bei Hofe anzutreten.
Wie lang und öde erschienen mir die Wintertage! Die ganze Zeit über dachte ich an Robert und fragte mich, was bei Hofe vorgehen mochte. Unmittelbar nach den Weihnachtsfeiertagen brach ich mit meiner Familie – ausgenommen Robert – nach Durham House auf.
Wenige Tage nach meiner Ankunft erhielt ich den Besuch einer Dame, die ich lieber nicht gesehen hätte – Douglass Sheffield. Die Geschichte, die sie mir zu erzählen hatte, ließ mich nichts Gutes ahnen.
Sie hatte gebeten, mich unter vier Augen sprechen zu dürfen, da sie mir etwas Wichtiges mitzuteilen habe.
»Ich muß unbedingt mit Euch reden, Lady Essex«, sagte sie, »denn ich glaube, daß Ihr eines guten Rates dringend bedürft. Ich bin gekommen, Euch zu berichten, was mir widerfahren ist, und ich hoffe, Ihr werdet danach erkennen, daß Ihr im Umgang mit einem gewissen Herrn vom Hofe äußerst vorsichtig sein müßt.«
»Niemand kann uns belauschen, Lady Sheffield«, sagte ich kühl, »daher dürft Ihr ruhig offen sprechen. Von wem ist die Rede?«
»Von Robert Dudley.«

»Und weshalb wollt Ihr mich vor ihm warnen?«
»Weil mir Gerüchte zu Ohren gekommen sind.«
»Was für Gerüchte?« Ich bemühte mich – vermutlich nicht sehr erfolgreich –, überrascht auszusehen.
»Daß Euch beide eine enge Freundschaft verbindet. Es ist unmöglich, daß ein Mann wie er Freundschaften pflegt, ohne daß darüber geredet wird ... angesichts seiner Beziehung zur Königin.«
»Ja ja,« sagte ich ein wenig ungeduldig, »doch warum soll gerade ich gewarnt werden?«
»Jede Dame, deren Name mit dem seinen verbunden ist, sollte gewarnt werden, und ich halte es für meine Pflicht, Euch zu berichten, was mir geschehen ist.«
»Das habt Ihr bereits gesagt.«
»Ja. Aber ich habe Euch noch nicht alles erzählt. Der Graf von Leicester und ich haben im Jahre 1571 in einem Hause in der Cannon's Row in Westminster einen Ehekontrakt aufgesetzt, doch aus Furcht, das Mißfallen der Königin zu erregen, zögerte er mit der Heirat. Als ich schwanger wurde, drängte ich ihn, mich zu ehelichen, und Ende 1573 wurden wir in Esher getraut.«
»Ihr habt keine Zeugen dafür«, sagte ich trotzig. Wenn sie die Wahrheit sprach, so zerrannen meine Heiratsträume in Nichts.
»Wie ich Euch bereits früher erzählte, war Sir Edward Horsey mein Brautführer, und Dr. Julio, der Leibarzt des Grafen, war ebenfalls anwesend. Später wurde mein Sohn geboren. Er heißt Robert Dudley wie sein Vater. Ich kann Euch versichern, der Graf ist stolz auf seinen Sohn. Sein Bruder, der Graf von Warwick, ist der Pate des Jungen und bekundet große Teilnahme an ihm.«
»Wenn das alles stimmt, weshalb wird dann seine Existenz geheimgehalten?«
»Ihr wißt recht wohl, wie es um die Königin steht. Sie haßt es, wenn ein Mann, dem sie zugetan ist, heiratet – allen voran Robert Dudley, der erste unter ihren Günstlingen. Nur um der Königin willen wird verschwiegen, daß ich einen Sohn habe.«
»Aber wenn Lord Leicester so stolz auf seinen Sohn ist, hätte ich gedacht ...«
»Lady Essex, Ihr versteht mich recht wohl. Ich bin nicht hergekommen, um mit Euch zu disputieren, sondern um Euch zu warnen, denn mir will scheinen, daß der Graf von Leicester seine Zuneigung von mir ab-

und Euch zugewandt hat. Daher scheint es mir für uns beide geraten, auf der Hut zu sein.«
»Ich bitte Euch, kommt zur Sache, Lady Sheffield.«
»Der Graf von Leicester hat zu Euch von Heirat gesprochen. Aber wie kann er Euch heiraten, wenn er mit mir vermählt ist? Ich bin gekommen, Euch mitzuteilen, daß er mir jährlich siebenhundert Pfund angeboten hat, wenn ich die Eheschließung ableugne, und wenn ich sein Angebot nicht annehme, gibt er mir gar nichts und zieht sich ganz von mir zurück.«
»Und wie lautet Eure Antwort?«
»Ich habe sein Angebot nachdrücklich zurückgewiesen. Wir sind vermählt, und mein Sohn ist ehelich.«
Ihre Stimme zitterte, und Tränen traten ihr in die Augen. Ich war sicher, daß Robert mit einer solchen Frau jederzeit fertig werden würde.
Wenn ihre Geschichte aber stimmte? Ich konnte einfach nicht glauben, daß sie sich das alles ausgedacht hatte, denn dazu schien sie nicht genug Verstand zu besitzen.
Ich sagte zu ihr: »Ich danke Euch, daß Ihr Euch herbemüht habt, um mich zu warnen, Lady Sheffield; doch ich darf Euch versichern, daß Ihr Euch meinetwegen keine Sorge zu machen braucht. Ich kenne den Grafen von Leicester, das ist wahr. Doch ich habe erst vor kurzem einen edlen Gatten verloren. Gegenwärtig kann ich an nichts anderes denken als an meinen Verlust und an meine Familie.«
Sie verneigte sich voll Mitgefühl. »Dann müßt Ihr mir vergeben. Vergeßt, was ich gesagt habe. Ich hatte Gerüchte gehört und fühlte mich verpflichtet, Euch die Wahrheit zu sagen.«
»Ich bin Euch wegen Eurer Güte sehr verbunden, Lady Sheffield«, sagte ich und geleitete sie zur Tür.
Als sie fort war, konnte ich den Anschein von Gleichgültigkeit aufgeben. Ich mußte mir eingestehen, daß die Geschichte einleuchtend klang. Unentwegt dachte ich daran, daß Robert sich so sehr einen Sohn gewünscht hatte, der seinen Namen weitergab. Er war nicht mehr jung, wohl fünfundvierzig Jahre alt, und wenn er eine Familie gründen wollte, so mußte er es jetzt tun. Doch diesen Sohn besaß er bereits – und die Mutter des Knaben verstieß er. Das geschah um meinetwillen. Das durfte ich nicht vergessen.
Ich konnte es nicht erwarten, Robert zu sehen. Sobald sich mir die

Gelegenheit bot, überfiel ich ihn mit der Geschichte, die mir Douglass Sheffield erzählt hatte.

»Sie ist also hergekommen«, rief er aus. »Diese Närrin!«

»Robert, wieviel von dieser Geschichte ist wahr?«

»Es hat nie eine Trauung gegeben«, sagte er.

»Aber ihr hattet einen Ehevertrag aufgesetzt. Sie behauptet, sie habe Zeugen.«

»Ich habe ihr versprochen, daß wir heiraten würden«, gab er zu, »aber es hat nie eine Eheschließung stattgefunden. Das Kind habe ich als meinen Sohn anerkannt. Es befindet sich in der Obhut meines Bruders Warwick und wird, wenn die Zeit da ist, nach Oxford gehen.«

»Sie sagte, du hättest ihr jährlich siebenhundert Pfund geboten, wenn sie die Eheschließung ableugnet.«

»Ich habe ihr Geld angeboten, damit sie endlich den Mund hält.«

»Wenn sie deine Frau ist, wie können wir dann heiraten?«

»Ich sage doch, sie ist nicht meine Frau!«

»Lediglich die Mutter deines Sohnes.«

»Der kleine Robert ist mein unehelich geborener Sohn. Was erwartet man eigentlich von mir! Soll ich wie ein Mönch leben?«

»Wahrhaftig, was erwartet man von dir ... der du immer am Gängelband Ihrer Majestät gehalten wirst. ›Ich will ...‹ ›Ich will nicht ...‹ Armer Robert! Wie viele Jahre dauert das nun schon?«

»Viele Jahre. Aber das wird jetzt ein Ende haben. Du und ich, wir werden heiraten, allen Umständen zum Trotz.«

»Trotz der Königin und deiner Ehefrau Douglass. Armer Robert, du liegst wahrlich an der Kette!«

»Spotte nicht, Lettice! Ich werde der Königin die Stirn bieten. Und Douglass Sheffield betrügt sich selbst. Glaub mir, sie bedeutet kein Hindernis.«

»Es gibt also keinen rechtlichen Grund, aus dem wir nicht heiraten können?«

»Nicht den geringsten.«

»Worauf warten wir dann noch?«

»Daß die Gerüchte über Walters Tod verstummen.«

Ich ließ mich überzeugen, weil ich es wünschte.

Das Verhalten der Königin beunruhigte mich etwas. Ich fragte mich, ob ihr die Gerüchte über Robert und mich zu Ohren gekommen waren. So

manches Mal fand ich ihre Augen forschend auf mich gerichtet. Vielleicht wollte sie auch nur wissen, wie ich mein Witwendasein ertrug, denn sie nahm stets Anteil an den Gefühlen der Menschen ihrer Umgebung – vor allem, wenn es sich um Mitglieder ihrer Familie handelte.
»Robin ist zur Zeit recht betrübt«, sagte sie zu mir. »Er ist ein Mensch, der sehr an seiner Familie hängt, und das gefällt mir. Es zeugt von großem Feingefühl. Wie du weißt, sind mir die Sidneys besonders ans Herz gewachsen; ich werde nie vergessen, wie die liebe Mary mich gepflegt und sich dadurch diese entsetzliche Krankheit zugezogen hat.«
»Eure Majestät waren immer sehr gütig gegen sie.«
»Das bin ich ihr schuldig, Lettice. Und nun hat die arme Frau ihre älteste Tochter verloren. Ambrosia ist im Februar gestorben. Mary war vom Schmerz wie betäubt, die Ärmste. Aber sie hat doch noch ihren Sohn Philip, und er ist ihr gewiß ein Trost. Ich habe selten einen so vornehmen jungen Mann gesehen wie Philip Sidney. Sie sollen die jüngste Tochter – sie heißt Mary wie ihre Mutter – zu mir senden. Ich werde sie am Hof unterbringen und ihr einen Ehemann verschaffen.«
»Sie ist erst vierzehn, Madam, soviel ich weiß.«
»Gewiß. Doch in ein oder zwei Jahren könnten wir sie bereits verheiraten. Ich denke an Henry Herbert, den gegenwärtigen Grafen von Pembroke. Seit einiger Zeit schon bin ich auf der Suche nach einer Frau für ihn. Ich bin überzeugt, die Sidneys sind mit ihm einverstanden – und auch der Oheim der jungen Dame, der Graf von Leicester.«
»Das glaube ich auch«, sagte ich.
Kurz darauf kam Mary Sidney an den Hof. Sie war ein hübsches Mädchen mit bernsteinfarbenem Haar und ebenmäßigem Gesicht. Jedermann sprach von ihrer Ähnlichkeit mit ihrem Bruder Philip, der als einer der schönsten Höflinge galt. Zwar fehlte ihm die kraftvolle Männlichkeit, wie sie etwa Robert besaß. Philips Reiz, von völlig anderer Art, war eine nahezu unirdische Schönheit, wie sie auch der jungen Mary Sidney zu eigen war. Ich glaubte nicht, daß es schwierig sein würde, einen Ehemann für sie zu finden.
Die Königin hielt große Stücke auf sie, und dies bedeutete für ihre Familie gewiß einigen Trost. Mich behielt Elisabeth nach wie vor besonders im Auge, und ich wußte immer noch nicht, was sie damit bezweckte. Sie erwähnte häufig den Grafen von Leicester, zuweilen

liebevoll neckend, als sei sie sich gewisser Mängel seiner Natur wohl bewußt, liebe ihn aber trotzdem.
Ich war damals, als ihre Hofdame, sehr viel um sie, und sie sprach häufig mit mir über die Kleider, die sie tragen wollte. Sie sah es gern, wenn ich die Gewänder mir anhielt, so daß sie sich vorstellen konnte, wie sie darin aussehen würde.
»Du bist ein hübsches Geschöpf, Lettice«, sagte sie zu mir. »Du ähnelst den Boleyns.«
Sie wurde nachdenklich, und ich vermutete, daß sie an ihre Mutter dachte.
»Sicher wirst du wieder heiraten, wenn es die Schicklichkeit erlaubt«, sagte sie einmal. »Jetzt ist es dafür allerdings noch zu früh. Doch ich bin überzeugt, daß du nicht sehr lange Witwe bleibst.« Da ich nicht antwortete, fuhr sie fort: »Die Mode verlangt jetzt, daß alles weiß auf schwarz oder schwarz auf weiß ist. Findest du das kleidsam, Lettice?«
»Einigen steht es, Madam, anderen nicht.«
»Und mir?«
»Glücklicherweise brauchen Eure Majestät ein Gewand nur anzulegen, um es zu verwandeln.«
War ich zu weit gegangen? Nein. Durch ihre Höflinge war sie daran gewöhnt worden, auch die plumpste Schmeichelei hinzunehmen.
»Ich möchte dir die Taschentücher zeigen, die meine Wäscherin für mich angefertigt hat. Nimm sie heraus. Dort! Schwarze spanische Nadelarbeit, mit venezianischer Klöppelspitze aus Goldfäden besetzt. Wie gefallen sie dir? Da liegen auch ein paar Zahntücher – aus grobem, ungebleichtem Leinen, dem besten Stoff für diesen Zweck, mit schwarzer Seide bestickt und mit silberner und schwarzer Seide gesäumt.«
»Wirklich hübsch, Madam.« Ich lächelte sie an und zeigte meine makellosen Zähne, auf die ich sehr stolz war. Elisabeth zog die Augenbrauen ein wenig hoch; ihr Gebiß wies bereits Anzeichen von Verfall auf.
»Die Kammerfrau Twist ist eine gute Seele«, bemerkte sie. »Diese Tücher machen sehr viel Arbeit. Ich habe es gern, wenn meine Dienerinnen Handarbeiten für mich anfertigen. Sieh dir diese Ärmel an, die meine Seidennäherin, Mrs. Montague, für mich gestickt hat. Sie war außerordentlich stolz darauf. Sieh nur diese feinen Knospen und Rosen!«
»Wieder schwarz auf weiß, Madam.«

»Manchen steht es gut zu Gesicht, du hast ganz recht. Hast du den Mantel gesehen, den Philip Sidney mir zu Neujahr geschenkt hat?«
Ich holte ihn hervor, als sie mich darum bat. Er war aus Tuch, mit schwarzer Seide verarbeitet; dazu gehörten Hals- und Ärmelkrausen, die mit Gold- und Silberfäden eingefaßt waren.
»Sehr vornehm«, murmelte ich.
»Ich habe ein paar wunderschöne Neujahrsgeschenke bekommen«, sagte sie, »und ich will dir zeigen, welches mir von allen das liebste ist.«
Sie trug es an sich. Es war ein goldenes Kreuz, mit fünf makellosen Smaragden und wundervollen Perlen besetzt.
»Der Schmuck ist ganz herrlich, Madam.«
Sie führte das Kreuz an die Lippen. »Ich gebe zu, daß es mir besonders teuer ist. Es ist ein Geschenk von jemandem, dessen Zuneigung mir wichtiger ist als alles andere.«
Ich nickte. Ich wußte recht wohl, von wem die Rede war.
Sie lächelte beinahe schalkhaft. »Mich dünkt, er ist zur Zeit außerordentlich beschäftigt.«
»Wer, Madam?«
»Robin ... Leicester.«
»Wahrhaftig?«
»Er stellt Ansprüche. Er hat ja immer geglaubt, ihm stünde die Königswürde zu. Den Ehrgeiz hat er von seinem Vater geerbt. Nun, wäre er anders, es wäre mir gar nicht recht. Ich mag es, wenn ein Mann eine hohe Meinung von sich hat. Du weißt, wie ich an ihm hänge, Lettice.«
»Das ist jedermann bekannt, Madam.«
»Nun, kannst du mich verstehen?«
Die goldbraunen Augen waren wachsam. Worauf wollte sie hinaus? Mir schoß durch den Kopf, wie oft man mich gewarnt hatte: Hüte dich! Du bewegst dich auf sehr gefährlichem Boden!
»Der Graf von Leicester ist ein stattlicher Mann«, sagte ich, »und mir ist wie jedermann bekannt, daß Eure Majestät seit Eurer Kindheit mit ihm befreundet sind.«
»Zuweilen scheint es mir, als sei er schon immer ein Teil meines Lebens gewesen. Hätte ich mich zur Heirat entschlossen, so wäre meine Wahl auf ihn gefallen. Ich habe ihn einmal der Königin von Schottland als Gemahl vorgeschlagen, wie du weißt. Die arme Närrin hat ihn

zurückgewiesen. Aber beweist das nicht, wie sehr mir sein Wohl am Herzen liegt? Hätte er sie geheiratet, so wäre an meinem Hofe ein Licht erloschen.«

»Eure Majestät sind von vielen strahlenden Sternen umgeben, die den Verlust hätten ersetzen können.«

Plötzlich zwickte sie mich heftig. »Niemand könnte mir Robert Dudley ersetzen, und das weißt du ganz genau.«

Ich senkte schweigend den Kopf.

»Mir liegt also sein Wohl am Herzen«, fuhr sie fort, »und deshalb werde ich ihm zu einer guten Heirat verhelfen.«

Ich glaubte, sie müßte das heftige Klopfen meines Herzens hören. Was wollte sie eigentlich? Ich wußte, auf welch gewundenen Pfaden sich ihre Gedanken bisweilen bewegten, und daß sie oft das genaue Gegenteil von dem sagte, was sie meinte. Nicht zuletzt dies macht ihre Bedeutung aus. Sie war eine schlaue Diplomatin und hatte es fertiggebracht, ihre Freier jahrelang hinzuhalten. England war dadurch der Frieden erhalten geblieben.

Aber was hatte sie jetzt im Sinn?

»Nun?« sagte sie scharf. »Nun?«

»Eure Majestät sind gütig zu allen Untertanen und auf ihr Wohlergehen bedacht«, sagte ich beiläufig.

»Da hast du recht. Robert stand der Sinn stets nach einer königlichen Braut. Die Fürstin Cäcilia hat ihren Gemahl, den Markgrafen von Baden, verloren, und für Robert gibt es keinen Grund – vorausgesetzt, daß ich zustimme –, nicht um ihre Hand anzuhalten.«

»Und wie denken Eure Majestät über diese Heirat?« hörte ich mich sagen.

»Ich habe dir gesagt, daß ich für meinen teuren Freund nur das Beste wünsche. Robert hat meine Zustimmung. Nun müssen wir dem Paar Glück wünschen, denke ich.«

»Ja, Madam«, sagte ich ruhig.

Ich konnte es kaum erwarten, fortzukommen. Es mußte wahr sein, sonst hätte sie es nicht gesagt. Aber warum erzählte sie mir das alles? Hatte ihre Stimme wirklich hämisch triumphierend geklungen, oder hatte ich mir das nur eingebildet?

Was hatte sie von Robert und mir gehört? Was wußte sie? War dies bloßes Geschwätz gewesen, oder wollte sie mir auf diese Weise mitteilen, daß Robert für mich unerreichbar war?

Ich fühlte Zorn und Angst. Ich mußte Robert unverzüglich sehen und eine Erklärung von ihm verlangen. Zu meiner tiefen Bestürzung erfuhr ich, daß er den Hof verlassen hatte. Er war auf Anraten seiner Ärzte nach Buxton gereist, um dort die Bäder anzuwenden. Ich wußte, daß er immer dann, wenn die Lage für ihn gefährlich wurde, Krankheit vorschützte. Das hatte er bereits des öfteren getan, wenn ihm die Ungnade der Königin drohte, und er hatte jedesmal damit Erfolg gehabt und sie besänftigt. Sie konnte den Gedanken, daß er ernsthaft krank sei, nicht ertragen. Mein Zorn wuchs. Natürlich war er deshalb abgereist, weil er nicht wagte, mir gegenüberzutreten.
Also entsprach es der Wahrheit, daß er die Fürstin Cäcilia zu ehelichen hoffte!
Ich wußte, daß sie England irgendwann einmal einen Besuch abgestattet hatte. Sie war die Schwester König Eriks von Schweden, der einer von Elisabeths Freiern gewesen war. Damals war gerüchtweise verlautet, daß Robert Dudley, falls er die Königin überreden könnte, Erik zu ehelichen, als Gegenleistung die Hand von Eriks Schwester Cäcilia erhalten würde. Robert hatte dies jedoch nicht in Gewissenskonflikte gestürzt, war er doch damals sicher, daß er selbst der Gemahl der Königin werden würde. Es war nicht anzunehmen, daß er Cäcilia als einen angemessenen Ersatz für seine königliche Gebieterin betrachtete. Elisabeth hatte Erik hingehalten wie alle ihre anderen Freier auch. Cäcilia hatte schließlich den Markgrafen von Baden geheiratet. Sie hatten zusammen England besucht, das Cäcilia kennenzulernen wünschte. Man vermutete jedoch, sie habe ihren vor kurzen angetrauten Gatten nur deshalb veranlaßt, der Königin seine Reverenz zu erweisen, damit sie bei Elisabeth ein Wort für ihren Bruder Erik einlegen konnte.
Cäcilia war im Winter angekommen, bereits hochschwanger. Mit dem langen Blondhaar, das sie offen trug, wirkte sie so lieblich, daß ihr sofort alle Herzen zuflogen. Ihr Sohn wurde in der Chapel Royal in Whitehall getauft, die Königin selbst war Patin.
Unglücklicherweise blieben die jungen Eltern zu lange in England. Sie glaubten nämlich, sie seien geladene Gäste, machten Schulden und sahen sich nicht in der Lage, sie zu begleichen. Der Markgraf versuchte, sich seinen Gläubigern durch die Flucht zu entziehen, wurde jedoch gefangengenommen und eingekerkert. Für einen Besucher von fürstlichem Rang dürfte dies ein sehr ungewöhnliches Erlebnis gewesen sein.

Als die Königin davon erfuhr, bezahlte sie sogleich die Schulden des Markgrafen.
Doch der Eindruck, den die beiden von England gewonnen hatten, war getrübt, zumal, als Cäcilia im Begriff war, heimwärts zu segeln, weitere Gläubiger an Bord ihres Schiffes kamen und ihr Eigentum beschlagnahmten. Nach diesen unglücklichen Ereignissen wünschten der Markgraf und seine Gemahlin gewiß, sie hätten niemals einen Fuß auf englischen Boden gesetzt.
Doch nun war der Markgraf tot, Cäcilia war Witwe, und Robert wollte sie ehelichen.
Wieder und wieder fragte ich mich, weshalb ich ihn eigentlich liebte. Amy Robsarts Geschichte ging mir nicht aus dem Kopf. Mit Bangen dachte ich unentwegt an Lord Sheffields und meines Walters Tod, und ich fragte mich: Konnte das wirklich Zufall sein? Und wenn nicht ... Es gab nur eine einzige Erklärung dafür, und die war entsetzlich.
Doch meine Leidenschaft für Robert war jener der Königin verwandt. Sie blieb unverändert – gleichgültig, was man gegen ihn vorbrachte. Ich war voll rasender Ungeduld, ihn zu sehen. Dazu plagte mich die Angst, wir würden nie heiraten und er sei bereit, mich wegen einer Fürstin beiseitezuschieben, so wie er bereit gewesen war, um meinetwillen Douglass beiseitezuschieben.
Die Königin war in sehr gehobener Stimmung.
»Es scheint, unser Gentleman ist nicht akzeptabel«, sagte sie zu mir. »Der arme Robin und die dumme Cäcilia! Ich möchte schwören, käme sie hierher und er machte ihr den Hof, dann würde sie sich ergeben.«
Ich konnte mich nicht zurückhalten. »Nicht alle, denen der Hof gemacht wird – selbst von Robert Dudley – ergeben sich.«
Meine Antwort schien ihr nicht zu mißfallen.
»Da sprichst du die Wahrheit«, sagte sie. »Doch er ist ein Mann, dem man nicht leicht widerstehen kann.«
»Das kann ich mir sehr wohl vorstellen, Madam«, erwiderte ich.
»Ihr Bruder, der König von Schweden, meint, er könne nicht glauben, daß sie den Wunsch verspüre, nach den Erfahrungen ihres letzten Besuches nach England zu kommen. Daher hat sie Robin ausgeschlagen.«
Die Erleichterung überwältigte mich. Ich fühlte mich wie neugeboren. Robert würde zurückkehren, und ich würde aus seinem Munde erfahren, was es mit der schwedischen Prinzessin auf sich hatte.

Er war natürlich um eine Antwort nicht verlegen.
»Mein Gott, Lettice, wie konntest du nur annehmen, daß ich eine andere als dich heiraten würde!«
»Du wärest in eine unangenehme Lage geraten, wenn die Prinzessin ja gesagt hätte.«
»Du kannst dich darauf verlassen, daß ich einen Ausweg gefunden hätte.«
»Es wäre nicht damit getan gewesen, nach Buxton zu gehen und Bäder zu nehmen.«
»Ach Lettice, wie gut du mich kennst.«
»Zu gut, fürchte ich zuweilen, Mylord.«
»Nicht gleich so heftig! Die Königin beschließt, ich solle Cäcilia einen Heiratsantrag machen. Sie tut dergleichen hin und wieder, um mich zu necken, obgleich wir beide recht gut wissen, daß nichts dabei herauskommt. Was bleibt mir übrig, als mitzuspielen? Aber jetzt werden wir heiraten, Lettice, du und ich. Das ist mein fester Entschluß.«
»Ich weiß, daß die Prinzessin dich abgewiesen hat, aber es gibt andere Hindernisse – die Königin und Douglass.«
»Auf Douglass kommt es nicht an. Sie ist freiwillig meine Geliebte geworden und wußte genau, daß ich sie nicht heiraten würde. Sie kann nur sich selbst tadeln.«
»Sich und deinen unerhörten Charme!«
»Willst du mich deswegen ins Gebet nehmen?«
»Nein. Aber dafür, daß du Versprechungen machst, die du nicht zu halten beabsichtigst.«
»Ich versichere dir, Douglass wußte stets, wie die Dinge liegen.«
»Was du zweifellos auch von mir behaupten würdest. Wir jedoch haben vom Heiraten gesprochen, Mylord.«
»Aber ja. Und es wird eine Hochzeit geben ... und zwar bald.«
»Und die Königin?«
»Nun ja – hier müssen wir allerdings auf der Hut sein.«
»Vielleicht entschließt sie sich doch noch, dich zu heiraten, nur damit ich dich nicht bekomme.«
»Sie wird sich niemals vermählen. Sie fürchtet sich vor der Ehe. Meinst du, ich wüßte das nicht? Hab Geduld, Lettice. Glaub an mich! Wir werden heiraten, du und ich, aber wir müssen vorsichtig sein. Die Königin darf erst von der vollzogenen Ehe erfahren, und vollzogen werden darf die Ehe erst, wenn noch ein wenig Zeit nach dem Tod

deines Mannes verstrichen ist. Wir wissen, was wir wollen ... aber wir müssen vorsichtig sein.«
Dann sagte er, wir vergeudeten mit dem Gerede nur Zeit. Wir wüßten doch beide, was der andere wünschte und begehrte; also liebten wir uns, wie es nur uns möglich war – das jedenfalls glaubte ich. Und wie immer, wenn ich mit ihm zusammen war, vergaß ich meine Bedenken.

Robert hatte etwa sechs Meilen außerhalb Londons ein Haus erworben und viel Zeit und Geld darauf verwandt, es zu vergrößern und prächtig auszustatten. Edward VI. hatte es Lord Rich vermacht, und von diesem hatte es Robert gekauft. Das Haus hatte eine prächtige Halle – dreiundfünfzig mal fünfundvierzig Fuß groß – und eine Anzahl wohlproportionierter Räume. Robert hatte die Mode eingeführt, erlesene Teppiche auf den Fußboden zu legen. Sie ersetzten in seinen sämtlichen Häusern die Binsenmatten. Die Königin bekundete große Anteilnahme, und so gingen der gesamte Hofstaat und ich mit nach Wanstead, wo eine Lustbarkeit, verschwenderisch, wie Robert es liebte, stattfinden sollte.
Wir konnten uns hin und wieder treffen, doch mußten diese Begegnungen in aller Heimlichkeit vonstatten gehen; das machte mich allmählich verdrießlich. Ich konnte Roberts nie vollkommen sicher sein, doch glaube ich, es war gerade dies ein Grund, weshalb ich von ihm so betört war. Die Gefahr gehörte so sehr zu unserer Beziehung, daß der Reiz noch erhöht wurde.
»In diesem Haus wollen wir besonders häufig wohnen«, eröffnete er mir. »Kenilworth wird jedoch immer an erster Stelle stehen, weil wir uns dort unsere Liebe gestanden haben.«
Ich erwiderte, mein Lieblingssitz werde jener sein, in welchem wir getraut würden, da es so lange gedauert habe, bis wir in den Ehestand hatten treten können.
Immerfort besänftigte und beschwichtigte er mich. Er besaß eine besondere Gabe dafür. Robert verstand mit schmeichelnder Zunge zu reden; das strafte seine Ruchlosigkeit Lügen und war eigentlich ein wenig unheimlich. Er war fast immer höflich, außer wenn er die Beherrschung verlor – das konnte über seinen wahren Charakter täuschen.
Während wir in Wanstead weilten, hörte ich abermals Gerüchte über Douglass Sheffield.

»Sie ist sehr krank«, flüsterte mir eine der Hofdamen der Königin zu. »Ich habe gehört, das Haar fällt ihr aus, und ihre Nägel brechen ab. Man rechnet damit, daß sie nicht mehr lange lebt.«
»An welcher Krankheit leidet sie denn?« fragte ich.
Die Dame sah sich erst um, ob uns auch niemand hören könne, dann brachte sie die Lippen dicht an mein Ohr und flüsterte: »Gift.«
»Unsinn!« sagte ich heftig. »Wer sollte Douglass Sheffield beseitigen wollen?«
»Jemand, dem sie im Wege ist.«
»Und wer könnte das sein?«
Die Dame preßte die Lippen zusammen und zuckte die Achseln.
»Man erzählt sich, sie habe von einem sehr einflußreichen Mann ein Kind. Es könnte doch sein, daß er sie als Hindernis empfindet.«
»Das könnte durchaus so sein, wenn dies Gerede wahr ist«, sagte ich leichthin.
Ich wartete auf die Nachricht von Douglass Sheffields Tod, aber sie traf nicht ein.
Einige Zeit später erfuhr ich, daß Douglass aufs Land gegangen sei, um sich zu erholen.
Douglass lebte also weiter.

Zu Neujahr war es üblich, der Königin Geschenke zu machen.
Sie klagte fortwährend über ihr Haar, das fast nie zu ihrer Zufriedenheit frisiert war. So brachte ich ihr zwei Perücken, damit sie eine davon auswählen konnte, eine schwarze und eine goldblonde, dazu zwei Halskrausen, die mit winzigen Perlchen besetzt waren.
Sie griff nach den Perücken und probierte sie, vor dem Spiegel sitzend, auf, und wollte wissen, welche ihr am besten stünde. Da die Königin stets vollkommen auszusehen hatte, war es unmöglich, ihr die Wahrheit zu sagen.
Ich fand, die schwarze lasse sie alt erscheinen, und da ich wußte, daß sie ihr früher oder später mißfallen und dann an die Geberin erinnern würde, wagte ich zu behaupten: »Die Haut Eurer Majestät ist so weiß und so zart, dagegen wirkt die schwarze Perücke einfach zu hart.«
»Aber bringt sie den Gegensatz nicht besonders zur Geltung?« wollte sie wissen.
»Gewiß, Madam, lenkt sie die Aufmerksamkeit auf Eure makellose Haut, doch laßt uns bitte die goldblonde probieren.«

Und diese stellte sie zufrieden.
»Aber die schwarze will ich noch mal anprobieren«, erklärte sie.
Dann legte sie Roberts Gabe an – ein goldenes Halsband, mit Diamanten, Opalen und Rubinen besetzt.
»Ist es nicht herrlich?« fragte sie.
Ich stimmte ihr zu.
Sie strich zärtlich darüber hin. »Er weiß genau, welche Steine ich liebe«, bemerkte sie. Ich dachte, daß es einfach absurd sei, wenn man dazu aufgefordert wurde, zu bewundern, mit welch ausgezeichnetem Geschmack der eigene Liebhaber einer anderen Frau Geschenke machte.
Während der folgenden Monate war sie sehr launenhaft. Wieder kam mir der Gedanke, daß sie etwas wußte. Ich fragte mich, ob sie daran dachte, wie Robert sie überredet hatte, Walter nach Irland zurückzuschicken, und daß dieser dann bald darauf gestorben war. Sie beobachtete mich aufmerksam und sorgte dafür, daß ich in ihrer Nähe war.
Ich war überzeugt, daß Robert ihr Verhalten nicht entgangen war. Er sprach ihr gegenüber oft von seinen geschwollenen Beinen – er litt an der Gicht – und deutete an, daß sein Arzt ihm einen neuerlichen Besuch in Buxton empfohlen habe. Ich vermutete, er wollte sich den Weg zur Flucht offenhalten, falls es ihm geraten erschien, der Königin aus dem Weg zu gehen.
Sie machte viel Aufhebens um ihn, beobachtete, was er bei Tische zu sich nahm und gebot ihm ziemlich streng, weniger zu essen und zu trinken.
»Seht mich an!« rief sie aus. »Ich bin weder zu mager noch zu dick. Und warum? Weil ich mich nicht vollstopfe wie ein Schwein und nicht saufe, bis ich ganz dumm im Kopfe bin.«
Zuweilen nahm sie ihm das Essen vom Teller weg und erklärte, wenn schon er nicht besser auf seine Gesundheit achte, dann müsse sie es eben tun.
Robert wußte nicht, sollte er sich wegen ihres Verhaltens freuen oder Angst bekommen. Ihr Benehmen ihm gegenüber hatte zweifellos einen Zug von Schroffheit angenommen. Doch als er dann nach Buxton reiste, wollte sie wissen, wie es ihm gehe. Sie wurde trübselig und reizbar.
Robert war in Buxton, und ich begleitete die Königin auf einer sommerlichen Rundreise durch das Land. Sie führte uns auch nach Wan-

stead, wo Roberts Dienerschaft uns mit all dem Aufwand, den ihr Gebieter geboten hätte, empfing.
»Aber es ist nicht dasselbe, Lettice«, sagte die Königin. »Was wäre Kenilworth ohne ihn gewesen?«
Zuweilen schien es mir, als denke sie daran, ihn doch noch zu heiraten; ich vermutete aber, daß die Gefühle, zu denen sie in ihrer Jugend fähig gewesen, nun nicht mehr so ausgeprägt waren. Ihre Liebe gehörte mehr und mehr der Krone und der damit verbundenen Macht. Und doch: War Robert nicht bei ihr, so ging jedesmal eine Veränderung mit ihr vor. Christopher Hatton konnte ihr, obwohl ein stattlicher Mann und ausgezeichneter Tänzer, nie das sein, was Robert ihr war. Ich war sicher, daß Hatton ihr nur dazu diente, Robert eifersüchtig zu machen. Sie muß gewußt haben, daß es in Roberts Leben Frauen gab, da sie ihm ja nie die Befriedigung gewährt hatte, deren ein Mann bedurfte. Nun war sie bestrebt, ihm vor Augen zu führen, daß nur der leidenschaftliche Wunsch, ihre Jungfräulichkeit zu bewahren, sie daran hinderte, sich ebensoviele Liebhaber zu nehmen, wie er Geliebte hatte.
Als mir immer deutlicher bewußt wurde, wieviel Robert ihr bedeutete, wurde mir sehr beklommen zumute.
Robert hatte auf Wanstead einen Raum ausgestalten lassen, das Gemach der Königin genannt. Das ganze Haus zeigte seine Vorliebe für verschwenderische Pracht, doch das Gemach der Königin mußte selbstverständlich alle anderen Räume übertreffen. Das Bett war vergoldet, die Wände mit golddurchwirktem Stoff bespannt, der im Kerzenlicht schimmerte. Da Robert ihren Hang zur Reinlichkeit kannte, hatte er für sie ein Badehaus einrichten lassen.
»Ein hübscher Ort, Lettice«, sagte sie. »Aber ohne die Gegenwart seines Herrn ist er einfach langweilig.«
Sie sandte ihm eine Botschaft, daß sie sich auf Wanstead befinde. Seine Antwort entzückte sie. Sie las sie mir vor.
»Der arme Robin«, seufzte sie. »Er ist außer sich vor Betrübnis. Er kann den Gedanken nicht ertragen, daß er nicht zur Stelle ist, um seine Komödianten zu meinem Vergnügen spielen zu lassen und Feuerwerke abzubrennen. Ich will dir etwas sagen: Sein Anblick würde mir mehr bedeuten als sämtliche Schauspiele und Feuerwerke in meinem ganzen Königreich. Er schreibt, hätte er gewußt, daß ich hierherkomme, so hätte mein Augapfel Buxton verlassen, gleichgültig, was die Ärzte dazu sagten. Und ich glaube ihm jedes Wort.«

Sie faltete den Brief zusammen und steckte ihn in ihren Ausschnitt.

Ich wünschte inbrünstig, sie wäre ihm weniger zugetan gewesen. Wenn wir wirklich heirateten, so würde es entsetzlichen Verdruß geben, das war mir klar. Und noch etwas bedrückte mich: Ich glaubte, wieder schwanger zu sein. Noch war ich mir nicht sicher, ob das zum Guten oder zum Schlechten ausschlagen würde, doch sah ich immerhin die Möglichkeit, endlich eine Entscheidung herbeizuführen.

Wenn es sich irgendwie machen ließ, wollte ich diesmal das Kind behalten. Die Abtreibung hatte mich sehr bedrückt. Ich hatte einen Charakterzug entdeckt, von dem ich selbst nichts gewußt hatte: die Liebe zu meinen Kindern. Sie bedeuteten mir mehr, als ich je für möglich gehalten hätte; und der Gedanke an die Kinder, die ich von Robert haben würde, machte mich glücklich. Wollten wir wirklich eine Familie gründen, so war jetzt die Zeit dafür gekommen.

Die Minister der Königin hatten sie aus Sorge um die Thronfolge immer wieder zu einer Heirat gedrängt. Wenn Elisabeth unverzüglich heiratete, so glaubten sie, sei es noch nicht zu spät für sie, dem Land einen Thronerben zu schenken. Sie war fünfundvierzig. Das war zwar ein wenig spät, wenn man zum erstenmal niederkam, doch sie war körperlich in ausgezeichneter Verfassung. Im Essen und Trinken war sie immer mäßig gewesen. Sie hatte regelmäßig Leibesübungen betrieben; wenn alle anderen schon erschöpft waren, tanzte sie noch unermüdlich. Sie ritt, machte lange Spaziergänge und war, körperlich wie geistig, voller Lebenskraft. Daher meinten die Minister, noch sei es Zeit.

Es war eine heikle Angelegenheit, mit ihr über dieses Thema zu sprechen. Sie wurde nämlich sehr zornig, wenn man andeutete, sie sei nicht mehr die Jüngste. Daher geschah vieles im geheimen, und man stellte ihren vertrautesten Hofdamen eindringliche Fragen.

Dann begannen die Verhandlungen mit Frankreich. Der Herzog von Anjou war nun Heinrich III., und sein jüngerer Bruder, welcher einst als Herzog von Alençon um die Hand der Königin angehalten, hatte den Titel des Herzogs von Anjou von seinem Bruder übernommen. Der Herzog war noch unverheiratet, und zweifellos war seine Mutter, Katharina von Medici, der Meinung, daß eine Verbindung mit der Krone von England sowohl ihrem Sohn als Frankreich sehr zum Vorteil gereichen würde.

Als er ihr das erstemal einen Antrag gemacht hatte, war Elisabeth

neununddreißig gewesen und er siebzehn. Doch der Altersunterschied hatte sie nicht gestört. Würde dies jetzt noch ebenso sein, da der Herzog reifer war und, wie es hieß, ein ausschweifendes Leben führte und sie wohl merkte, daß Eile geboten war?
Ich sah immer wieder mit Erstaunen, in welche Erregung sie geriet, wenn vom Heiraten die Rede war. Es war sehr ungewöhnlich, daß eine Frau wie sie, welche die bedeutendsten Fürsten Europas hätte ehelichen können oder den stattlichsten Mann Englands, den sie noch dazu liebte, sich entzückt zeigte bei dem Gedanken, daß dieser kleine Franzose mit dem schlechten Ruf und der durchaus nicht einnehmenden Erscheinung sie zu heiraten erwog. Sie war leichtfertig wie ein junges Mädchen, und sie benahm sich auch so. Sie wurde noch gefallsüchtiger und begehrte übertriebene Komplimente über ihr Aussehen zu hören; sie sprach von Kleidern, Halskrausen und Bändern, als handle es sich um Staatsaffairen. Jemand, der sie nicht als die kluge Diplomatin und die scharfsinnige Herrscherin kannte, die sie ja schließlich war, hätte meinen können, dieses alberne Geschöpf sei der Krone nicht würdig.
Ich bemühte mich, ihr Verhalten zu verstehen. Im Grunde meines Herzens wußte ich, daß sie Anjou genauso wenig zu ehelichen beabsichtigte wie irgendeinen anderen Freier. Der einzige, den zu heiraten sie jemals ernsthaft erwogen hatte, war Robert Dudley. Doch das Thema Heirat faszinierte sie; vielleicht malte sie sich aus, wie sie mit einem Manne – mit Robert, wie ich annahm – vereint war; das aber durfte nur in ihrer Phantasie geschehen. Niemals würde sie sich der Wirklichkeit stellen. In den dunklen Abgründen ihrer Seele erschien ihr die Ehe als Schreckgespenst, vielleicht deshalb, weil ihre Mutter mit dem Leben dafür bezahlt hatte, weil sie die Heirat wollte. Ganz würde ich sie wohl niemals verstehen. Sie erinnerte mich an ein Kind, das sich vor der Dunkelheit fürchtet und doch bittet, man möge ihm haarsträubende Geschichten erzählen, die in eben dieser Dunkelheit spielen, und denen es hingerissen lauscht und nicht genug bekommen kann.
Ich wollte Robert sehen und ihm sagen, ich sei mir nun sicher, daß ich ein Kind bekäme. Wenn es ihm mit einer Heirat wirklich ernst war, so war nun die Zeit da, es zu beweisen. Ich mußte den Hof verlassen, wenn sich die Schwangerschaft nicht mehr verheimlichen ließ. Die Königin hatte einen scharfen Blick, und ich hatte den Eindruck, daß sie mich seit kurzem noch eindringlicher beobachtete.
Die Unterhandlungen wegen der französischen Eheschließung lenkten

jedoch ihre Gedanken von den Menschen ihrer Umgebung ab. Obgleich alle, die sie genau kannten, sicher waren, daß sie nicht vorhatte, den Herzog zu ehelichen, riefen die Heiratsabsichten doch eine wachsende Unruhe im ganzen Lande hervor, und jene, die ihre Zunge nicht im Zaum zu halten brauchten, gaben deutlich zu verstehen, daß Elisabeth aufhören möge, sich selbst zu betrügen. Der Antrag dürfe nicht angenommen werden, denn eine solche Ehe würde bedeuten, daß die verhaßten Franzosen an der Macht teilhatten.

Elisabeth konnte jedoch unberechenbar sein, und niemand wußte vorher, was sie tun würde. Die herrschende Meinung ging dahin, daß es, falls sie wirklich entschlossen sei, doch noch zu heiraten, dem Lande und auch ihr selbst zuträglicher wäre, wenn sie einen Engländer nähme, und zwar einen, dem sie zugetan war. Jedermann wußte, um wen es sich handelte; sie hatte ja ihre Gefühle für ihn viele Jahre hindurch bewiesen. Da er ohnehin bereits der mächtigste Mann in England war, würde es keinen so großen Unterschied machen, wenn er nun auch noch zum Gemahl der Königin erhoben würde.

Astley, einer der königlichen Kammerherrn, ging sogar so weit, sie daran zu erinnern, daß Leicester unvermählt war. Man kann sich vorstellen, welche Befürchtungen das in mir hervorrief, doch die Antwort der Königin belustigte mich. Sie wurde sehr zornig, und ich wußte weshalb: Sie glaubte, man wolle dieses Werben, das sie bis zum Letzten auszukosten gedachte, verkürzen.

Sie schrie so laut, daß alle es hören konnten, und zwar nicht nur im Audienzzimmer, sondern auch in den anderen Räumen: »Es ist doch wohl nicht meine Art und stünde auch der königlichen Majestät schlecht an, meinen Diener, den ich selbst erhoben habe, den bedeutendsten Fürsten der Christenheit vorzuziehen.«

Welch eine Beleidigung für Robert! Sein Stolz würde zutiefst verletzt sein. Ich wünschte bei ihm zu sein, wenn er erfuhr, was die Königin gesagt hatte, denn das würde ihm endgültig beweisen, daß es für ihn keine Hoffnung auf eine Ehe mit Elisabeth gab.

Ich sandte ihm eine Botschaft, daß ich ihn sehen müsse, da ich eine wichtige Nachricht für ihn hätte.

Er kam zum Durham House.

Da die Königin mit den Eheverhandlungen beschäftigt war, hatte er mehr Freiheit als gewöhnlich.

Er umarmte mich mit gewohnter Glut, und ich sagte zu ihm: »Ich

bekomme ein Kind von dir, Robert, und deswegen muß etwas geschehen.«
Er nickte, und ich fuhr fort: »Es wird sich bald nicht mehr verbergen lassen, und dann wird es Unannehmlichkeiten geben. Ich habe die Erlaubnis der Königin, mich vom Hofe zurückzuziehen, weil ich mich um die Kinder sorge. Außerdem habe ich Krankheit vorgeschützt. Falls wir überhaupt jemals heiraten, dann ist jetzt die Zeit dafür gekommen. Die Königin will dich nicht. Das hat sie deutlich genug ausgedrückt, und wenn sie dich nicht nimmt, kann sie auch keine Einwände erheben, wenn du eine andere heiratest.«
»Das ist richtig«, sagte Robert. »Ich werde alles in die Wege leiten. Komm nach Kenilworth, dort soll die Trauung stattfinden. Jetzt gibt es keinen Aufschub mehr.«
Diesmal meinte er es ernst. Er war wütend auf die Königin, weil sie wegen des französischen Freiers so viel Aufhebens machte. Und natürlich hatte man ihm berichtet, was sie über ihn gesagt hatte. Er war nicht willens, sich vor dem ganzen Hofe so demütigen zu lassen und zugleich um sie herumzuscharwenzeln, während sie sich eingehend auf ihre Zusammenkunft mit dem Herzog von Anjou vorbereitete, der dort Erfolg zu haben schien, wo er Robert versagt geblieben war.
Das Schicksal war mir günstig. Ich hatte gesiegt. Ich kannte Elisabeth ja so gut. Sie würde Anjou nicht heiraten, hatte nie die Absicht gehabt. Es machte ihr nur Vergnügen, dies vorzugeben, weil Robert dann wütend wurde und jedermann sah, wie verzweifelt er wünschte, ihr Gemahl zu werden.
»Er will die Krone, Cousine, nicht dich«, sagte ich mir vor. Wie gern hätte ich es ihr ins Gesicht gesagt!
Mit Freuden würde ich vor ihr stehen und ihr eröffnen, daß ich die Frau war, die er liebte. »Versteht Ihr«, würde ich spöttisch sagen, »er hat sogar Euer Mißfallen in Kauf genommen, um mich zu heiraten.«
Ich reiste nach Kenilworth, und dort fand die Trauungszeremonie statt.
»Zunächst«, sagte Robert, »müssen wir äußerste Geheimhaltung walten lassen. Ich muß den richtigen Augenblick abwarten, um die Königin zu unterrichten.«
Ich wußte, daß er recht hatte, also stimmte ich zu.
Ich war glücklich. Ich hatte mein Ziel erreicht. Ich war die Gräfin von Leicester, Roberts Gattin.

Als ich nach Durham House zurückgekehrt war, kam mein Vater zu Besuch. Er hatte stets ein wachsames Auge auf uns gehabt, und ich glaube, ich habe ihm mehr Sorgen bereitet als meine Geschwister, wenn er auch nach meiner Heirat mit Walter geglaubt hatte, ich hätte mich ins häusliche Leben gefunden.

Nach Walters Tod wurden seine Besuche häufiger. Ich bezweifle nicht, daß er Gerüchte über die verdächtigen Umstände von Walters Ende vernommen hatte.

Francis Knollys war ein herzensguter und frommer Mann, und ich war stolz darauf, daß er mein Vater war. Im Laufe der Jahre war er jedoch in seinen Ansichten immer puritanischer geworden. Er gab auf meine Kinder acht und war sehr um ihre religiöse Erziehung besorgt, was sie, da keines besonders fromme Neigungen besaß, ziemlich langweilte. Ich muß gestehen, daß es mir nicht anders erging.

Jetzt suchte er mich unerwartet auf. Es war unmöglich, meinen Zustand vor ihm zu verbergen. Er war bestürzt, und nachdem er mich an seine Brust gedrückt hatte, hielt er mich auf Armeslänge von sich und betrachtete mich prüfend.

»Ja, Vater«, sagte ich. »Ich bekomme ein Kind.«

Er starrte mich voller Entsetzen an.

»Aber Walter ...«

»Walter habe ich nie geliebt, Vater. Wir waren so oft voneinander getrennt. Wir hatten nicht viel Gemeinsames.«

»So darf eine Ehefrau nicht von ihrem Gatten sprechen.«

»Ich muß ehrlich zu dir sein, Vater. Walter war ein guter Ehemann, aber er ist tot, und ich bin zu jung, um mein Leben als Witwe zu beschließen. Ich habe einen Mann gefunden, den ich innig liebe ...«

»Und du bekommst ein Kind von ihm!«

»Er ist mein Ehemann. Und wenn es an der Zeit ist, wird die Geheimhaltung unserer Ehe aufgehoben.«

»Geheimhaltung! Was soll das? Und du bekommst bereits ein Kind!« Er sah mich entrüstet an. »Ich habe deinen Namen zusammen mit dem eines Mannes nennen hören, und darüber bin ich empört. Der Graf von Leicester ...«

»Er ist mein Gatte«, sagte ich.

»O Gott im Himmel!« rief mein Vater. Er sprach ein Stoßgebet, da ihm kein Fluch über die Lippen kam. »Sag, daß das nicht wahr ist!«

Ich sagte geduldig: »Es ist aber wahr. Robert und ich sind verheiratet.

Was ist dabei Schlimmes? Du warst doch recht froh, als du mich mit Walter Devereux vermählt hattest. Robert Dudley ist ein weit mächtigerer Mann, als Walter jemals hätte werden können.«

»Er ist auch ein weit ehrgeizigerer Mann.«

»Was hast du gegen Ehrgeiz?«

»Hör auf, mit mir zu streiten«, sagte mein Vater streng. »Ich möchte wissen, was das alles bedeutet.«

»Ich bin kein Kind mehr, Vater«, erinnerte ich ihn.

»Du bist meine Tochter. Laß mich auch das Schlimmste hören.«

»Es gibt nichts Schlimmes zu berichten, vielmehr die froheste aller Botschaften. Robert und ich lieben uns, deshalb sind wir verheiratet und werden bald ein Kind haben.«

»Und doch mußt du dich verstecken und Eure Ehe verheimlichen. Lettice, hast du denn den Verstand verloren! Seine erste Frau ist auf ungeklärte Weise ums Leben gekommen. Er hat immer gehofft, die Königin zu heiraten. Ich habe beunruhigende Geschichten über Lady Sheffield gehört.«

»Die sind nicht wahr.«

»Es wird behauptet, sie sei zuerst seine Geliebte gewesen und später seine Frau geworden.«

»Sie war nie seine Frau. Das wird nur erzählt, weil sie ein Kind von ihm hat.«

»Und das nimmst du hin?«

»Ich würde noch viel mehr hinnehmen, wenn es um Robert geht.«

»Und nun hast du dich in eine ähnliche Lage gebracht wie Lady Sheffield.«

»Ganz und gar nicht. Ich bin mit Robert verheiratet.«

»Das hat sie auch geglaubt. Mein Kind – denn das scheinst du zu sein, da du dich so leicht täuschen läßt –, es ist bekannt, daß er mit Lady Sheffield die Ehe geschlossen hat – es war eine Scheintrauung. So konnte er sie einfach verstoßen, als es ihm beliebte. Siehst du denn nicht, daß er dich in eine ähnliche Lage gebracht hat?«

»Das ist nicht wahr!« rief ich, doch es gelang mir kaum, meine Stimme zu beherrschen. Die Trauung war tatsächlich heimlich gewesen, und Douglass Sheffield mußte getäuscht worden sein. Sie war ganz bestimmt keine Frau, die so ohne weiteres log.

»Ich werde Leicester aufsuchen«, sagte mein Vater bestimmt. »Ich will genau wissen, was dies alles zu bedeuten hat, und ich werde dafür sorgen, daß die Trauung vor meinen Augen und mit Zeugen vollzogen wird. Wenn du schon Robert Dudleys Frau sein willst, dann darf er wenigstens nicht die Möglichkeit haben, dich zu verstoßen, wenn ihm der Sinn nach einer anderen steht.«

Darauf verließ mich mein Vater. Ich fragte mich, was nun geschehen würde.

Das sollte ich bald erfahren.

Mein Vater kam nach Durham House und brachte Roberts Bruder, den Grafen von Warwick, und einen guten Freund, den Grafen von Pembroke, mit.

»Mach dich fertig, damit wir unverzüglich aufbrechen können«, sagte mein Vater. »Wir gehen nach Wanstead. Dort wirst du mit dem Grafen von Leicester getraut.«

»Hat Robert dieser zweiten Trauung zugestimmt?« fragte ich.

»Er kann es kaum erwarten. Er hat mich davon überzeugt, wie innig ergeben er dir ist und daß er keinen anderen Wunsch hat, als eure Verbindung auch rechtsgültig werden zu lassen.«

Ich war bereits hochschwanger, doch ich unternahm die Reise mit Freuden.

In Wanstead wurden wir von Robert und von Lord North, der stets zu seinen besten Freunden gezählt hatte, erwartet.

Robert umarmte mich und erzählte mir, daß mein Vater auf dieser Zeremonie bestehe und daß er selbst nichts dagegen habe. Es dürfe kein Zweifel an seiner Absicht bestehen, mich zu heiraten und als mein Gatte mit mir zu leben.

Am nächsten Morgen kam noch mein Bruder Richard sowie einer von Roberts Hausgeistlichen, ein Mr. Tindall, welcher die Trauung vornehmen sollte; und dort, in der Säulenhalle von Wanstead, führte mein Vater mich dem Grafen von Leicester zu. Die Zeremonie wurde vor soviel Zeugen und auf eine Weise vollzogen, daß es unmöglich war, sie später abzuleugnen.

Mein Vater sagte: »Bald wird meine Tochter Eurem Kind das Leben schenken. Dann muß die Eheschließung verkündet werden, damit ihr guter Name bewahrt bleibt.«

»Das dürft Ihr getrost mir überlassen«, versicherte Robert ihm; doch mein Vater ließ sich nicht so leicht abweisen.

»Es muß bekanntgegeben werden, daß sie rechtmäßig vermählt und die Gräfin von Leicester ist.«

»Mein lieber Sir Francis«, erwiderte mein Gemahl. »Könnt Ihr Euch den Zorn der Königin vorstellen, wenn sie erfährt, daß ich ohne ihre Zustimmung geheiratet habe?«

»Warum habt Ihr sie nicht um ihre Einwilligung gebeten?«

»Weil ich sie nie bekommen hätte. Ich brauche Zeit, um es sie wissen lassen ... den geeigneten Augenblick für diese Mitteilung zu finden. Sollte sie ihre Verlobung mit dem französischen Prinzen verkünden, so wäre ich berechtigt, ihr zu eröffnen, daß ich mir eine Frau genommen habe.«

»Ach Vater«, sagte ich ungeduldig, »du mußt doch erkennen, was der Sinn dieser ganzen Sache ist. Oder willst du, daß man uns in den Tower wirft? Und was dich betrifft: In welche Lage würdest du denn geraten, wenn bekannt würde, daß du der Trauungszeremonie beigewohnt hast? Du kennst doch den Charakter der Königin.«

»Den kenne ich sehr wohl«, erwiderte mein Vater, und Warwick unterstützte seinen Bruder und meinte, sie müßten selbstverständlich schweigen und die Entscheidung Robert überlassen, da er die Launen der Königin am besten kenne.

Schließlich wurden wir uns einig. An diesem Abend lagen Robert und ich zusammen in dem für die Königin bestimmten Gemach. Ich mußte unaufhörlich daran denken, daß Elisabeth dort geschlafen und geglaubt hatte, das Zimmer stehe einzig für ihre Besuche zur Verfügung. Und nun lag ich in diesem prachtvollen Bett, mit meinem Gatten, den ich ebenso leidenschaftlich liebte wie er mich; ich malte mir ihren Zorn aus, wenn sie uns jetzt sehen könnte.

Dies war wahrlich ein großer Sieg.

Ich glaube, auch Robert empfand nicht geringe Befriedigung. Denn wenn sein Herz auch mir gehörte, so mußten ihn ihre beleidigenden Worte doch sehr gekränkt haben. Eine bessere Rache hätte er gar nicht ersinnen können.

Wie eng waren die Schicksale von uns dreien doch miteinander verknüpft! Selbst in unserer Hochzeitsnacht schien Elisabeth unsichtbar anwesend.

Doch was nun auch geschehen mochte: Ich war unzweifelhaft Roberts Gattin.

Der nächste Tag brachte eine beunruhigende Nachricht. Ein Bote der Königin traf ein. Sie hatte gehört, daß sich der Graf von Leicester in seiner Residenz in Wanstead aufhielt und daher beschlossen, auf dem Wege nach Greenwich für zwei Nächte dort Quartier zu nehmen. Da ihr Augapfel bei ihrem letzten Besuch in Wanstead so traurig gewesen war, weil er in Buxton die Bäder nehmen mußte, wollte sie ihre Reise abkürzen, um noch zwei Tage in seiner Gesellschaft verbringen zu können.

Fast war es, als wisse sie Bescheid. Dieser Gedanke durchfuhr uns beide, und wir glaubten, sie habe nur deswegen beschlossen, hier zu übernachten. Robert war völlig verstört. Wenn, so legte er mir dar, eine Erklärung gegeben werden müsse, so sei es an ihm, dies zu tun, und er müsse den Augenblick dafür wählen.

»Wir müssen uns beeilen«, sagte Robert, und die anderen stimmten ihm zu. Ich sollte sogleich aufbrechen und mit meinem Vater nach Durham House zurückkehren. Robert sollte mit Warwick und North auf Wanstead bleiben, um die Ankunft der Königin vorzubereiten.

Ich mußte mich fügen. Der Augenblick des Triumphes, den ich im Bett der Königin genossen hatte, war bereits vorüber.

Widerstrebend und mit einem Gefühl innerer Leere verließ ich Wanstead und kehrte heim. Ich mußte mich nun in Geduld fassen und darauf warten, daß Robert zu mir kam.

Wahrscheinlich waren die Hin- und Rückreise und die vielen Aufregungen für mich in meinem Zustand zuviel gewesen. Vielleicht wurde ich auch dafür bestraft, daß ich es zuvor über mich gebracht hatte, mich eines Kindes zu entledigen. Jedenfalls wurde ich von einem toten Kind entbunden. Wir verheimlichten dies, so gut wir es vermochten.

Eine Weile waren wir in Durham House zusammen; aber ich wünschte inständig, wir könnten unsere Vermählung öffentlich bekanntgeben.

»Alles zu seiner Zeit«, besänftigte mich Robert. Er sah die Zukunft so rosig. Nun, immerhin hatte er auch schon eine Menge Unannehmlichkeiten mit der Königin hinter sich gebracht, und niemals war ihm etwas Ernsthaftes geschehen. Was mich betraf, so war ich weniger zuversichtlich. Ich mußte daran denken, daß ich schon einmal für lange Zeit vom Hofe verbannt gewesen war.

Das Leben war dennoch aufregend. Ich war Roberts Gattin, war regelrecht mit ihm verheiratet, und mein Vater hatte der Trauung als Zeuge beigewohnt. Und wie es meiner Natur entsprach, bereitete mir das gefährliche Spiel, das wir mit der Königin trieben, Vergnügen.

Verrat

Leicester glaubte, daß seinen ehrgeizigen Hoffnungen kein Erfolg mehr beschieden sei, und heiratete heimlich die verwitwete Gräfin von Essex, der er in tiefer Liebe zugetan war. Simier ergründete dieses Geheimnis und unterrichtete unverzüglich die Königin davon, da er annahm, daß ihre Zuneigung zu Leicester das eigentliche Hindernis für ihre Vermählung mit Anjou darstellte.

Agnes Strickland

Nun folgte ein monatelanges Versteckspiel. Ich kehrte an den Hof zurück, und wann immer wir konnten, waren Robert und ich zusammen. Die Königin belegte ihn häufig mit Beschlag, und ich mußte mitansehen, wie mein Gatte meiner Rivalin seine Liebe erklärte, was mich, ich gebe es offen zu, sehr eifersüchtig machte.

Ich wußte natürlich, daß Elisabeth sich keinen richtigen Liebhaber nehmen würde, und daß sie, was das betraf, in einer Wunschwelt lebte, die der Wirklichkeit nicht entsprach. Robert gab sich alle Mühe, mich für meine Verärgerung zu entschädigen. Wir wagten, in Gegenwart der Königin Blicke zu tauschen. Oder ich spürte plötzlich die enge Berührung seines Körpers. Dann sprang der Funke des Begehrens über, selbst im Audienzzimmer der Königin. Ich warnte Robert: »Du wirst uns eines Tages verraten.« Und doch freute es mich, daß er so viel aufs Spiel setzte. Er zuckte die Achseln und tat so, als kümmere ihn das nicht. Dabei wußte ich die ganze Zeit über, daß ihm sehr daran gelegen war, trotz seines zur Schau getragenen Wagemuts, unser Geheimnis zu wahren.

Als Neujahrsgabe überreichte ich der Königin ein Halsband aus Bernstein mit Gold und Perlen, und sie zeigte sich entzückt. Dabei bemerkte sie allerdings, ich sehe ein wenig blaß aus, und sie erkundigte sich, ob ich mich von meiner Krankheit erholt hätte.

Robert hatte gemeint, sein Geschenk müsse diesmal besonders verschwenderisch sein, für den Fall, sie habe gefunden, daß seine Auf-

merksamkeit ihr gegenüber nachgelassen hätte. So suchte ich mit ihm eine wunderhübsche, mit Rubinen und Diamanten besetzte Uhr aus und ein paar lange Haarnadeln mit Rubin- und Diamantknöpfen. Ich wußte, sie würde diesen Kopfschmuck mit Freuden tragen, weil er ihn ihr geschenkt hatte.
Oft sah ich ihren Blick verliebt darauf ruhen, und wenn sie die Nadeln im Haar trug, fuhr sie zärtlich mit den Fingern über die Edelsteine. Die Uhr hatte sie neben ihr Bett gestellt.

An einem rauhen, kalten Tag im Januar kam Jehan de Simier in London an. Er war ein redegewandter Herr von äußerst gewinnendem Auftreten, womit er die Königin entzückte, zumal er sich von ihrer Schönheit überwältigt zeigte – sie war auch in der Tat eine glänzende Erscheinung, als sie den Franzosen empfing. Sie sagte ihm, wie entzückt sie darüber sei, daß sein Gebieter erneut um sie freie. Sie habe ständig an ihn gedacht, und diesmal, so scheine es, könne nichts ihre Vermählung verhindern.
Sie tanzte mit ihm und spielte ihm, um ihn zu unterhalten, auf dem Virginal vor. Es mußte ihr sehr viel daran gelegen sein, daß er dem Herzog ein vorteilhaftes Bild von ihr vermittelte. Sie sagte, sie sei froh, daß sie dessen Bruder nicht genommen habe, welcher ihr einst als Herzog von Anjou den Hof gemacht hatte. Er war untreu geworden und hatte eine andere geheiratet, sie aber erfreue sich an der Aussicht, sich mit dem teuren ehemaligen Alençon und jetzigen Anjou zu vermählen.
Sie wirkte um wenigstens zehn Jahre jünger. Das Ankleiden dauerte jetzt viel länger. Sie war in allem übertrieben genau, und wenn wir ihr Haar nicht so frisierten, wie sie es wünschte, dann schalt sie uns. Ihr zu dienen bedeutete eine schwere Prüfung, war aber zugleich recht unterhaltsam. Die Königin war zwar nicht gereizt, doch kam es gelegentlich zu Wutausbrüchen, wenn sie der Ansicht war, wir gäben nicht unser Bestes. Dann teilte sie freigebig Püffe und Kniffe aus. Sie setzte mich in Erstaunen – obgleich man ihr wegen ihrer jugendlichen Figur und der auffallend weißen Haut, welche sie sich nach Kräften zu erhalten bemühte, ihr Alter nie angesehen hatte. Doch nun benahm sie sich wie ein junges Mädchen, das zum erstenmal verliebt ist. Aber sie gab sich wieder einmal einer Selbsttäuschung hin, denn sie hatte nicht die Absicht, diesen französischen Prinzen zu ehelichen.

Sie war stets an Simiers Seite und sorgte dafür, daß es ihm an nichts fehlte. Sie stellte ihm eine Menge Fragen über den Herzog. Wie er im Vergleich zu seinem Bruder aussehe, wollte sie wissen.
»Er ist nicht ganz so groß wie sein Bruder«, lautete die Antwort.
»Ich habe gehört, der König von Frankreich sei sehr stattlich und umgebe sich mit jungen Männern, die fast ebenso stattlich sind.«
»Der Herzog von Anjou ist nicht ganz so hübsch wie sein Bruder«, bekam sie zur Antwort.
»Ich halte den König für einen eitlen Müßiggänger.«
Darauf gab Simier keine Antwort, denn er wollte natürlich nicht, daß es hieß, er habe Verrat an seinem König geübt.
»Ist der junge Herzog von Anjou auf diese Verbindung erpicht?« fragte die Königin.
»Er hat geschworen, Eure Majestät zu erringen«, antwortete Simier.
»Es fällt einem nicht leicht, einen Mann zu heiraten, den man noch nie gesehen hat«, sagte sie.
Simier erwiderte eifrig: »Madam, wenn Ihr nur seinen Paß unterzeichnen wollt, so wird er keine Zeit verlieren, zu Euch zu kommen.«
Doch nun zeigten sich ihre wahren Gefühle. Sie erfand immer neue Ausreden, weshalb der Paß nicht unterzeichnet werden konnte.
Robert war belustigt.
»Die französische Hochzeit wird nie zustande kommen«, sagte er.
»Wenn sie ihn nicht heiratet, was tut sie dann, wenn sie von uns erfährt?« fragte ich.
»Das macht keinen Unterschied. Sie kann doch nicht erwarten, daß ich unvermählt bleibe, wenn sie überhaupt nicht zu heiraten beabsichtigt.«
Sie zeigte deutlich, wie gern sie sich von Simier umschmeicheln ließ; sie wünschte von ihrem Freier glühende Briefe zu empfangen; sie behauptete, sie sehne sich nach seinem Anblick – aber der Paß wurde nicht unterzeichnet.
Katharina von Medici, des zukünftigen Bräutigams Mutter, wurde sichtlich unruhig. Gewitzt wie Elisabeth selbst, mußte sie erkennen, daß dieses Heiratsabenteuer enden würde wie alle anderen. Dabei stand außer Zweifel, daß die Königin von England einen prächtigen Siegespreis für ihren Sohn darstellen würde, der sich bisher lediglich dadurch ausgezeichnet hatte, daß er sich eben durch nichts auszeichnete.
Katharina von Medici und der König von Frankreich sandten Robert

heimlich einen Brief, und er gab ihn mir zu lesen. Darin schlugen sie vor, wenn der Herzog von Anjou nach England komme, so solle Robert sein Ratgeber sein und ihm helfen, sich in den Gepflogenheiten des Landes zurechtzufinden; sie waren sehr darauf bedacht, Robert zu verstehen zu geben, daß die Heirat seine Stellung keinesfalls gefährden werde.

Robert war vergnügt. Er freute sich, weil dies bedeutete, daß seine Macht sogar in Frankreich anerkannt war.

»Sie wird Anjou nicht nehmen«, sagte er. »Wie ich höre, ist er eine häßliche kleine Kreatur.«

»Und sie hat sich stets nur zu gutaussehenden Männern hingezogen gefühlt«, fügte ich hinzu.

»Das stimmt«, erwiderte Robert. »Ein wohlgebildetes Gesicht erweckt sofort ihre Neugier. Ich warne sie fortwährend, mit dem Franzosen noch weiter zu tändeln. Wie du siehst, hat sie ihm seinen Paß nicht bewilligt, genau wie ich ihr geraten habe.«

»Was sagt sie denn, wenn du mit ihr allein bist?« fragte ich. »Wie erklärt sie ihr gefallsüchtiges Benehmen dem französischen Prinzen gegenüber?«

»Ach, so ist sie immer gewesen. Wenn ich an ihm herummäkle, behauptet sie, ich sei eifersüchtig, und das gefällt ihr natürlich.«

»Ich frage mich schon lange, wie sie bei all ihrer Klugheit so erfolgreich die Närrin spielen kann.«

»Du darfst dich nicht von ihr täuschen lassen, Lettice. Ich denke zuweilen, daß sie bei allem, was sie tut, einen Hintergedanken hat. Sie erhält England und Frankreich den Frieden, weil sie den Anschein erweckt, es könne zu einer Heirat zwischen ihr und Anjou kommen. Ich habe Ähnliches oft mit ihr erlebt. Sie glaubt fest an den Frieden, und wer darf behaupten, daß sie nicht recht hat? England ist aufgeblüht, seit sie den Thron bestiegen hat.«

»Dann dürfte sie jetzt auch nicht zornig werden, wenn du ihr dein Bekenntnis ablegst.«

»Im Gegenteil! Ihr Zorn wäre fürchterlich.«

»Aber wieso denn? Sie überlegt doch selbst, ob sie diesen französischen Prinzen heiraten soll.«

»Frag sie nicht, warum. Sie würde rasend. Sie darf heiraten, ich aber nicht. Ich habe auf Lebenszeit ihr ergebener Sklave zu sein.«

»Früher oder später wird sie ihren Irrtum erkennen.«

»Der Gedanke daran macht mich zittern.«
»Du und zittern! Du bist immer mit ihr zurechtgekommen.«
»Ich habe ihr noch nie mit einer solchen Nachricht gegenübertreten müssen.«
Ich schob meinen Arm unter den seinen. »Es wird dir sicher gelingen, Robert. Keine Frau kann doch deinem Zauber widerstehen.«
Vielleicht verstand er die Königin jedoch nicht ganz so gut, wie er glaubte.

Es war unmöglich, meine Vermählung vor meinen Töchtern geheimzuhalten.
Penelope war ein lebhaftes Geschöpf und glich mir so sehr, daß jedermann die Ähnlichkeit sofort auffiel, und viele erklärten sogar – und da mir falsche Bescheidenheit zuwider ist, darf ich sagen, daß sie recht hatten –, wir sähen wie Schwestern aus. Dorothy war stiller, aber auf ihre Art nicht weniger anziehend. Sie waren beide in einem Alter, da alles, was um sie herum vorging, ihre Anteilnahme weckte, zumal, wenn ein Mann daran beteiligt war.
Der Graf von Leicester war ein häufiger Gast in unserem Hause, und als sie merkten, daß er heimlich kam und ging, fanden sie das sehr aufregend.
Als Penelope mich fragte, ob ich mit dem Grafen von Leicester eine Liebesaffaire hätte, sagte ich ihr die Wahrheit, weil ich das für die beste Antwort hielt.
Die Mädchen waren erregt und begeistert.
»Aber er ist doch der aufregendste Mann bei Hofe!« rief Penelope aus.
»Nun, warum sollte ihn das daran hindern, mich zu heiraten?«
»Ich habe sagen hören, daß keine Dame bei Hofe es an Schönheit mit Euch aufnehmen kann«, sagte Dorothy.
»Vielleicht hat man das nur gesagt, weil man wußte, daß du meine Tochter bist.«
»O nein, es ist wahr. Ihr seht so jung aus, obwohl Ihr unsere Mutter seid. Und außerdem: Wenn Ihr auch schon ziemlich alt seid, der Graf von Leicester ist noch älter.«
Ich widersprach lachend: »Ich bin nicht alt, Dorothy. Wie alt man ist, hängt von der geistigen Einstellung ab, und da bin ich nicht älter als ihr. Ich habe beschlossen, niemals alt zu werden.«

»So werde ich es auch halten«, versicherte mir Penelope. »Mutter, erzählt uns von unserem Stiefvater.«

»Was gibt es da schon zu erzählen? Ihr wißt ja, er ist der aufregendste Mann der Welt. Ich war schon lange entschlossen, ihn zu heiraten. Und jetzt habe ich es getan.«

Dorothy sah ein wenig ängstlich drein. Augenscheinlich machten heutzutage Gerüchte nicht einmal vor den Schulzimmern halt, dachte ich und fragte mich besorgt, ob sie wohl von dem Skandal um Douglass Sheffield gehört haben mochten.

»Die Ehe ist nach dem Gesetz geschlossen«, sagte ich. »Euer Großvater war dabei. Das sagt wohl genug.«

Dorothy schien erleichtert, und ich zog sie an mich und küßte sie auf die Wange.

»Nur keine Angst, mein liebes Kind. Alles wird gut. Robert und ich haben viel über euch Mädchen gesprochen. Er wird dafür sorgen, daß ihr glänzend verheiratet werdet.«

Sie hörten mit leuchtenden Augen zu, als ich ihnen erklärte, daß es sich nunmehr, da Robert ihr Stiefvater war, die angesehensten Familien des Landes als Ehre anrechnen würden, mit ihm verwandt zu werden.

»Und ihr, meine Töchter, seid nun ebenfalls mit ihm verwandt, da er euer Stiefvater ist. Jetzt fängt euer Leben an. Doch ihr müßt daran denken, daß unsere Heirat vorläufig noch ein Geheimnis ist.«

»O ja«, rief Penelope. »Die Königin liebt ihn und könnte es nicht ertragen, wenn er eine andere heiratet.«

»Das ist wahr«, stimmte ich zu. »Also denkt daran und laßt kein Sterbenswörtchen verlauten.«

Die Mädchen nickten bekräftigend; sie waren von all dem sichtlich entzückt.

Ich fragte mich, ob wir weiterhin eine Verbindung zwischen Roberts Neffen Philip Sidney und Penelope anstreben sollten. Walter und ich hatten sie für vorteilhaft gehalten, doch noch bevor ich dazu kam, diese Angelegenheit mit Robert zu besprechen, erhielt ich von ihm eine Botschaft des Inhalts, daß er den Hof verlassen habe und nach Wanstead aufgebrochen sei, und er wünsche, daß ich mich unverzüglich zu ihm begebe.

Es war lediglich ein Weg von sechs Meilen, daher machte ich mich sogleich auf, neugierig, was ihn veranlaßt haben mochte, den Hof so plötzlich zu verlassen.

Robert war aufs äußerste gereizt. Er eröffnete mir, daß die Königin entgegen seinem Ratschlag Simier den Paß gewährt habe, den dieser so ungestüm begehrt hatte.

»Das bedeutet, daß Anjou nun herkommen wird«, sagte er.

»Aber sie hat vorher noch nie einen ihrer Bewerber zu Gesicht bekommen ... mit Ausnahme Philips von Spanien, falls man ihn überhaupt als Freier bezeichnen kann, weil er nie um sie geworben hat.«

»Ich verstehe das einfach nicht. Ich weiß nur, daß sie mich absichtlich lächerlich macht. Ich habe ihr wieder und wieder gesagt, welch eine Torheit es bedeutet, ihn herkommen zu lassen. Wenn sie ihn zurückschickt, so wird das in Frankreich böses Blut machen. Solange sie nur brieflich eine Verbindung in Betracht zu ziehen scheint und mit ihm tändelt, ist das etwas anderes – obgleich ebenfalls gefährlich, wie ich ihr wiederholt bedeutet habe. Aber ihn herkommen zu lassen ... das ist heller Wahnsinn.«

»Was kann sie denn dazu veranlaßt haben?«

»Sie scheint den Verstand verloren zu haben. Schon einmal hat der Gedanke an eine Heirat eine solche Wirkung auf sie ausgeübt, aber so weit wie diesmal ist sie noch nie gegangen.«

Ich wußte, woran Robert dachte, und vielleicht hatte er recht. Er war der Mann, den sie liebte, und falls sie eine dunkle Ahnung hatte, daß er mit einer anderen verheiratet war, so würde sie weiß Gott wütend sein.

Jener Ausbruch, daß sie sich nicht erniedrige, indem sie einen Diener ehelichte, den sie selbst erhoben habe, konnte recht wohl das äußere Zeichen für eine innerliche Verwundung bedeuten. Sie wollte Robert ganz und ausschließlich für sich allein. Sie selbst durfte kokettieren und scherzen, aber er mußte wissen, daß es ihr nie ernst damit war. Er war der Mann ihres Lebens. Robert fragte sich, ob sie wohl Gerüchte über uns vernommen habe, denn es wurde zunehmend schwieriger, unser Geheimnis zu bewahren.

»Als ich erfuhr, was sie getan hat«, berichtete er, »bin ich zu ihr gegangen. Vor ihren Kammerfrauen verlangte sie zu wissen, wie ich es wagen könne, zu ihr zu kommen, ohne zuvor um Erlaubnis ersucht zu haben. Ich erinnerte sie, daß ich dies häufig ungerügt getan hatte. Sie riet mir, mich in acht zu nehmen. Sie war in einer merkwürdigen Stimmung. Ich sagte, ich würde mich vom Hofe zurückziehen, da sie dies offenbar wünsche, worauf sie erwiderte, wenn sie es wünschte, so hätte sie nicht gezögert, es auszusprechen, aber da ich es nun vorgeschlagen hätte, halte sie es für eine gute Idee. Also verbeugte ich mich und war schon im Begriff, mich zurückzuziehen, als sie fragte, warum ich so unmanierlich in ihre Gemächer gestürmt sei. Ich gab ihr zu verstehen, daß ich nicht vor ihren Dienerinnen zu sprechen wünschte, worauf sie diese entließ.

Nun sagte ich: ›Madam, ich halte es für einen Fehler, den Franzosen herkommen zu lassen.‹

›Warum?‹ rief sie. ›Erwartet Ihr von mir, daß ich einen Mann heirate, den ich noch nie gesehen habe?‹

Ich erwiderte: ›Nein, Madam, ich hoffe und bete inständig, daß Ihr keinen Ausländer heiraten werdet.‹

Darauf lachte sie und stieß wüste Flüche aus. Sie sagte, das verstehe sie gut, denn ich hätte immer hohe Ansprüche gehabt. Ich hätte mir eingebildet, nur weil sie mir ihre Gunst bewiesen habe, könnte ich die Krone mit ihr teilen.

Ich bezwang mich und habe geantwortet, niemand sei so töricht zu hoffen, die Krone mit ihr teilen zu können. Alles, was ein Mann wünschen könne, sei ihr zu dienen, und falls er zugleich ihr Vertrauen genieße, so dürfe er sich glücklich schätzen.

Darauf beschuldigte sie mich, ich tue alles, um Simier das Leben schwerzumachen, und er habe sich bei ihr über mangelnde Freundlichkeit meinerseits beklagt. Ich sei zu aufgeblasen und habe wohl angenommen, daß ich für sie von besonderer Bedeutung sei. Von dieser Vorstellung müsse ich nun Abschied nehmen, denn sie bezweifle, daß ihr Gemahl dergleichen dulden werde. Daraufhin bat ich sie, den Hof verlassen zu dürfen.

Sie schrie mich an: ›Das sei Euch gewährt. Geht, und bleibt fort. Mylord Leicester hat in letzter Zeit an Unserem Hofe ein wenig zuviel Stolz und Ruhm genossen.‹

Und jetzt bin ich also in Wanstead.«

»Glaubst du wirklich, daß es zur Hochzeit mit diesem Franzosen kommen wird?«

»Ich kann es mir nicht vorstellen. Es ist zu haarsträubend. Sie wird niemals einen Erben bekommen, und was sollte es sonst für einen Grund zur Vermählung geben? Er ist dreiundzwanzig, und sie ist sechsundvierzig. Das kann sie einfach nicht im Ernst wollen.«

»Ich möchte wetten, sie merkt, daß dies die letzte Gelegenheit ist, ihr

Spielchen mit einem Bewerber zu treiben. Das ist des Rätsels Lösung.«
Er schüttelte den Kopf, und ich fuhr fort: »Da sie dir nun ihre Gunst entzogen hat, ist vielleicht jetzt der rechte Augenblick, unsere Vermählung öffentlich bekanntzugeben. Sie hat dich immerhin verschmäht. Warum solltest du da nicht anderswo Trost suchen?«
»Das könnte in ihrer gegenwärtigen Stimmung äußerst verhängnisvoll sein. Nein, Lettice. Gott steh uns bei, wir müssen noch ein Weilchen warten.«
Er war so wütend auf die Königin, daß ich beschloß, die Angelegenheit auf sich beruhen zu lassen. Er sprach ausführlich davon, was der Verlust der königlichen Huld für uns bedeuten konnte, als hätte es für mich einer Erklärung bedurft, welch verheerende Folgen sich daraus ergeben konnten. Gegen einen Mann, der solche Vergünstigungen genoß, hatte sich natürlich auch viel Erbitterung angesammelt. Neid regierte die Welt, und Elisabeths Hof bildete da keine Ausnahme. Robert war einer der reichsten und mächtigsten Männer im Lande – durch die Schenkungen der Königin. Er besaß das glanzvolle Leicester House am Strand, das unvergleichliche Kenilworth, dazu Wanstead sowie Ländereien im Norden, im Süden und in Mittelengland, die ihm beträchtliche Einkünfte verschafften. Die Menschen kamen zu ihm, wenn sie einen Fürsprecher bei der Königin brauchten. Es war überall bekannt, daß es Zeiten gegeben hatte, da sie ihm nichts abschlagen konnte, was er erbat; überdies wünschte sie in ihrer herzlichen Zuneigung, daß alle Welt wußte, wie sehr ihr an ihm gelegen war.
Doch sie war eine Despotin. Die Ähnlichkeit mit ihrem königlichen Vater wurde häufig offenbar. Wie oft hatte Heinrich einen Untertan gewarnt: »Ich habe Euch erhoben. Ich kann Euch ebenso leicht wieder fallen lassen.« Ihre Eitelkeit war ungeheuer, und wurde sie verletzt, so war dies unverzeihlich.
Ja, Robert hatte recht. Wir mußten behutsam vorgehen.
Den ganzen Tag, bis spät in die Nacht hinein, sprachen wir über unsere Zukunft, und obgleich Robert nicht glauben konnte, daß Elisabeth den Herzog von Anjou heiraten würde, selbst wenn sie ihn nach England kommen ließ, so war ihm doch nicht wohl zumute.
Am nächsten Tag kam ein Befehl der Königin: Robert solle unverzüglich an den Hof zurückkehren.
Wir unterhielten uns darüber.

»Das gefällt mir nicht«, sagte Robert. »Ich fürchte, wenn ich demutsvoll zurückkehre, wird sie mir zeigen wollen, wie sehr ich von ihr abhänge. Ich werde nicht gehen.«
»Das ist Ungehorsam gegen die Königin!«
»Ich werde die Taktik anwenden, deren sie sich in ihrer Jugend so erfolgreich bedient hat: Ich werde mich krank stellen.«
Also rüstete sich Robert scheinbar zum Aufbruch. Doch bevor es so weit war, klagte er über Schmerzen in den Beinen und sagte, daß sie stark geschwollen seien. Seine Ärzte hatten ihm geraten, in solchen Fällen das Bett zu hüten. Also legte er sich zu Bett und sandte der Königin eine Botschaft, daß er ihren Befehl zwar erhalten habe, sie jedoch für ein paar Wochen um Nachsicht bitte, da er zu krank sei, um zu reisen und in Wanstead das Bett hüten müsse.
Es schien ratsam, daß er in seinen Gemächern blieb, denn wir mußten uns vorsehen, daß unsere Widersacher dem Hofe keine Nachrichten zutrugen; und wie sollten wir wissen, wer uns freundlich gesinnt war?
Ich war gottlob im Hause, als das Nahen von Reitern gemeldet wurde. Die königliche Standarte flatterte im Winde und verkündete die Ankunft der Königin. Ich erkannte mit Schrecken, daß sie den Kranken in Wanstead besuchen wollte.
Es blieb gerade noch Zeit, dafür zu sorgen, daß Robert bleich im Bette lag und alles zu entfernen, was darauf hätte hindeuten können, daß eine Frau das Schlafgemach mit ihm teilte.
Dann erschallten die Trompeten. Die Königin war auf Wanstead angekommen.
Ich vernahm ihre Stimme. Sie verlangte, unverzüglich zum Grafen geführt zu werden. Sie wolle sich persönlich von seinem Zustand überzeugen, denn sie habe seinetwegen viele Ängste ausgestanden.
Ich hatte mich in einem der kleineren Zimmer eingeschlossen und lauschte angestrengt auf die Vorgänge im Hause, beunruhigt über den Zweck des Besuches und verärgert, weil ich, die Herrin des Hauses, mich nicht zu zeigen wagte.
Ich hatte ein paaar Dienerinnen, denen ich trauen zu können glaubte, und eine berichtete mir, was vorging.
Die Königin befand sich bei dem Grafen von Leicester und zeigte sich wegen seiner Krankheit sehr besorgt. Sie wollte die Pflege ihres teuren Freundes niemandem anvertrauen, sondern selbst im Krankenzimmer

bleiben. Das Gemach, das man für sie in Wanstead eingerichtet hatte, sollte für sie bereitgehalten werden, falls sie es benötigte.
Ich war verzagt. So handelte es sich also nicht um einen kurzen Besuch.
Welch eine Lage! Da befand ich mich nun in meinem eigenen Heim und schien doch nicht das Recht zu haben, mich dort aufzuhalten.
Bedienstete hasteten treppauf, treppab zum Krankenzimmer. Ich konnte hören, wie die Königin Befehle erteilte. Robert brauchte keine Krankheit vorzuschützen; ihm war gewiß elend vor Besorgnis, was mit mir geschah und ob meine Anwesenheit nicht entdeckt werden würde.
Ich dankte Gott dafür, daß Robert so mächtig war und viele ihn fürchteten. So wie die Königin ihn vernichten konnte, konnte er an denen Rache üben, die ihm mißfielen. Zudem stand er in dem Ruf, verbrecherische Taten begangen zu haben. Die Leute hatten Amy Robsart und die Grafen Sheffield und Essex noch nicht vergessen. Man flüsterte, die Feinde des Grafen von Leicester täten besser daran, nicht an seiner Tafel zu speisen.
So hatte ich denn keine allzu große Angst vor Verrat.
Dennoch gab es eine Schwierigkeit: Verließ ich das Haus und wurde dabei gesehen, so gäbe es gewiß ein Unwetter. War ich aber sicher, wenn ich mich weiterhin in einem Zimmer versteckte?
Ich entschied mich dennoch für das Versteck und hoffte, daß Elisabeths Aufenthalt von kurzer Dauer sein möge. Heute muß ich oft lachen, wenn ich an jene Zeit zurückdenke, doch damals war mir keineswegs zum Lachen zumute. Man brachte mir heimlich das Essen herauf. Ich konnte keinen Schritt aus dem Zimmer machen. Die Dienerin, der ich vertraute, mußte ständig Wache halten.
Elisabeth blieb zwei Tage und zwei Nächte auf Wanstead. Doch erst als ich vom Fenster eines kleinen Dachzimmers aus die Kavalkade hatte verschwinden sehen, wagte ich mich aus meinem Versteck hervor.
Robert lag noch zu Bett. Er war bester Laune. Die Königin war besorgt gewesen; sie hatte darauf bestanden, ihn eigenhändig zu pflegen und ihn gescholten, weil er nicht besser auf seine Gesundheit geachtet hatte. Damit hatte sie deutlich genug gezeigt, daß sie nach wie vor in ihn vernarrt war.
Er war sich sicher, daß sie den Franzosen nicht heiraten würde, und daß seine eigene Stellung bei Hofe unverändert blieb.

Ich wies ihn darauf hin, daß sie sehr erzürnt sein könnte, wenn sie erführe, daß er geheiratet hatte, während doch sie ihm in unverbrüchlicher Zuneigung verbunden schien. Aber Robert war so erfreut darüber, wieder in ihrer Gunst zu stehen, daß er einfach nichts Unangenehmes hören wollte.
Wir lachten über das Ereignis, nun, da die Gefahr vorüber war! Doch noch war unser Geheimnis nicht enthüllt. Eines Tages würde Elisabeth von unserer Heirat erfahren müssen.

Robert befand sich noch in Wanstead, als wir von einem Vorfall erfuhren, welcher die Königin hätte das Leben kosten können.
Simier hatte sie anscheinend zu ihrem Boot begleitet, als ein Wächter einen Schuß abfeuerte. Der Bootsmann der Königin, der nur ein paar Schritt von ihr entfernt stand, wurde an beiden Armen verletzt und sank blutend zu Boden.
Der Mann, der geschossen hatte, wurde auf der Stelle ergriffen, und die Königin wandte sich dem Bootsmann zu, der zu ihren Füßen lag.
Als sie sich vergewissert hatte, daß die Wunde nicht lebensgefährlich war, nahm sie ihre Schärpe ab und bat die Leute, die sich um den Bootsmann kümmerten, ihn zu verbinden und das Blut zu stillen. Dann beugte sie sich über ihn und redete ihm zu, er möge guten Mutes sein, denn ihm und seiner Familie solle es an nichts fehlen. Die Kugel hatte ihr gegolten, dessen war sie sicher.
Der Mann, welcher den Schuß abgefeuert hatte – ein gewisser Thomas Appletree –, wurde fortgezerrt, und die Königin begab sich, mit Monsieur de Simier plaudernd, zu ihrem Boot.
Im ganzen Lande wurde über den Vorfall geredet. Als Thomas Appletree vor Gericht gestellt wurde, behauptete er, es sei nicht seine Absicht gewesen, zu schießen, die Waffe sei vielmehr zufällig losgegangen.
Die Königin, die ihren einfachen Untertanen immer gnädig gesinnt war, hörte selbst an, was der Mann vorzubringen hatte, und erklärte dann, sie sei von seiner Redlichkeit überzeugt und glaube, daß er die Wahrheit gesprochen habe. Er sank auf die Knie, und mit Tränen in den Augen versicherte er ihr, er habe stets nur einen Wunsch gekannt, nämlich den, ihr zu dienen.
»Ich glaube ihm«, rief sie. »Es war ein Zufall. Ich werde deinen Herrn anweisen, mein wackrer Thomas, daß er dich wieder in seine Dienste nimmt.«

Dann gebot sie, daß man den Mann, der angeschossen worden war, sorgfältig pflegen solle. Als sich herausstellte, daß die Wunde gut heilte, schien der ganze Vorfall vergessen.
Doch dem war keineswegs so. Viele wußten, daß der Graf von Leicester mit der Königin wegen der Ausstellung des Passes für den Herzog von Anjou gestritten hatte. Simier klagte, Leicester habe alles darangesetzt, um seinen Auftrag scheitern zu lassen, und da Roberts Ruf nicht der beste war, wurde bald gemunkelt, er habe den Wächter dazu veranlaßt, Simier zu erschießen.
Simier selbst war ebenfalls davon überzeugt und zur Rache entschlossen. Wie er sich zu rächen wußte, merkten wir, als der Graf von Sussex zu Pferde in Wanstead erschien.
Thomas Radcliffe, der dritte Graf von Sussex, konnte nicht eben als Freund von Robert bezeichnet werden, vielmehr war er ein hitziger Nebenbuhler. Robert wußte recht wohl, daß Sussex sich über die Gunstbezeigungen beklagte, mit denen die Königin ihren Favoriten überhäuft hatte. Sussex war ehrgeizig wie alle Männer in der nächsten Umgebung der Königin, doch pflegte er sich zu rühmen, er wolle nichts weiter als ihr dienen. Dies tat er denn auch mit allem Nachdruck, selbst wenn er bei ihr Anstoß erregte. Seine Vorstellungskraft war so gering wie seine Reize, und er gehörte gewiß nicht zu Elisabeths Lieblingen. Doch schätzte sie seine Ehrlichkeit, wie sie Burleighs Klugheit schätzte, und wenn sie auch schalt und ihren Zorn an ihnen ausließ, so hörte sie doch auf sie und befolgte oft ihren Rat. Sie hätte auf keinen von beiden je verzichten mögen.
Sussex blickte düster und nicht ohne eine gewisse Selbstzufriedenheit. Er brachte uns nämlich die Nachricht, Simier, wegen Leicesters vermeintlichem Anschlag auf sein Leben aufgebracht, habe der Königin erzählt, was bisher, obwohl es schon so viele Leute gewußt hatten, vor ihr geheimgehalten worden war –, daß Robert und ich verheiratet seien.
Robert bat mich, bei der Unterredung zugegen zu sein, denn es gab nun keinen Grund mehr, meine Anwesenheit zu verbergen.
»Ihr befindet Euch in argen Schwierigkeiten, Leicester«, sagte Sussex. »Kein Wunder, wenn Ihr bestürzt seid. Nie habe ich die Königin so erzürnt gesehen.«
»Was hat sie gesagt?« fragte Robert ruhig.
»Zuerst wollte sie es nicht glauben. Sie schrie, das sei eine Lüge. Sie

sagte immer wieder, ›Das würde Robert niemals tun. Das würde er nicht wagen.‹ Dann nannte sie Euch einen Verräter und sagte, Ihr hättet sie hintergangen.«
Robert widersprach: »Sie hat mich verschmäht. Sie hat vor, zu heiraten. Warum sollte meine Vermählung für sie von solcher Wichtigkeit sein?«
»Sie war keinen Vernunftgründen zugänglich. Sie wiederholte ständig, sie wolle Euch in den Tower schicken. Sie sagte, Ihr könntet im Tower vermodern, und sie sei froh darüber.«
»Sie ist krank«, sagte Robert. »Nur eine kranke Frau kann sich so aufführen. Sie hat mich ja auch der Königin von Schottland angeboten und wäre damit einverstanden gewesen, daß ich Prinzessin Cäcilia geehelicht hätte.«
»Mylord Leicester, es heißt, sie hätte nie zugelassen, daß es zu einer derartigen Hochzeit gekommen wäre, und wenn, dann hätte es sich um eine politische Eheschließung gehandelt. Ihr Zorn steigerte sich, als sie vernahm, wen Ihr geheiratet hattet.« Um Entschuldigung bittend wandte er sich mir zu. »Madam, ich möchte Eure Ohren nicht mit der Wiedergabe der Ausdrücke beleidigen, mit welchen die Königin Euch bedachte. Es scheint wahrhaftig so, als richte ihr Zorn sich weit heftiger gegen Euch als gegen den Grafen.«
Das konnte ich mir vorstellen. Gewiß wußte sie von unserer leidenschaftlichen Beziehung. Ich hatte mich also nicht getäuscht, wenn ich geglaubt hatte, sie beobachte mich genau. Sie hatte gemerkt, daß ich die Macht besaß, Männer anzuziehen, und diese Gabe fehlte ihr trotz des königlichen Glanzes. Sie würde sich ausmalen, wie Robert und ich zusammen waren, und sie würde wissen, daß wir etwas erlebten, was sie niemals würde genießen können, da sie gänzlich anders veranlagt war. Und deswegen haßte sie mich.
»Nein, noch nie habe ich die Königin so sehr erzürnt gesehen«, fuhr Sussex fort. »Ich hatte wahrhaftig das Gefühl, sie sei dem Wahnsinn nahe. Sie erklärte fortwährend, sie werde dafür sorgen, daß Ihr Eure Tat bereut – alle beide. Euch, Leicester, wollte sie tatsächlich in den Tower werfen. Nur mit größter Mühe gelang es mir, sie davon abzuhalten, den Befehl dafür zu erteilen.«
»Dann muß ich Euch dafür danken, Sussex.«
Sussex sah Robert angewidert an. »Ich erkannte sogleich, daß die Königin sich mit einem solchen Befehl selbst schaden würde. Sie hätte sich

von ihren Gefühlen überrumpeln lassen, und dabei wäre ihr gesunder Menschenverstand zu Schaden gekommen. Ich wies sie darauf hin, daß es schließlich kein Verbrechen sei, in den achtbaren Stand der Ehe zu treten. Wenn sie ihre Untertanen merken ließ, wie erzürnt sie darüber war, so würde man das gegen sie auslegen, und das könne ihr zum Nachteil gereichen. So ließ sie sich denn allmählich erweichen, aber sie betonte ausdrücklich, daß sie Euch nicht zu sehen wünschte und daß Ihr ihr ja nicht unter die Augen kommen sollt. Ihr habt Euch zur Burg Mireflore im Greenwich Park zu begeben und dort zu bleiben. Sie hat nicht gesagt, daß Ihr unter Bewachung gestellt werdet, habt Euch aber als Gefangener zu betrachten.«

»Und soll ich meinen Gatten begleiten?« fragte ich.

»Nein, Madam. Er muß allein gehen.«

»Und hat die Königin keine Anweisungen für mich gegeben?«

»Sie sagte, sie wolle Euch nie mehr sehen, und Euer Name darf nie wieder erwähnt werden. Ich kann Euch nicht verschweigen, Madam, sobald Euer Name fällt, ergreift sie ein solcher Zorn, daß sie Euch, wäret Ihr dort, geradewegs auf den Block zu schicken imstande wäre.«

So war es also zum Schlimmsten gekommen. Und nun mußten wir mit den Folgen fertigwerden.

Robert befolgte unverzüglich den Befehl der Königin und begab sich nach Mireflore. Ich kehrte zu meiner Familie nach Durham House zurück.

Es war offensichtlich, daß wir in Ungnade gefallen waren. Die Königin lenkte allerdings nach ein paar Tagen ein wenig ein und ließ Robert mitteilen, er dürfe Mireflore verlassen und nach Wanstead zurückkehren. Auch ich begab mich dorthin.

Lady Mary Sidney stattete uns auf ihrem Wege nach Penshurst einen Besuch ab. Sie glaubte, nicht mehr am Hof bleiben zu können, da die Königin ihren Bruder Robert und insbesondere mich so heftig schmähte, daß es ihr Pein bereitete. Als sie der Königin gegenüber äußerte, sie wisse, daß die Familie Dudley nun nicht mehr in ihrer Gunst stehe und die Bitte äußerte, sich aufs Land zurückziehen zu dürfen, wurde ihr dies gewährt. Elisabeth hatte gesagt, ihr sei ausgerechnet von jenem Mitglied dieser Familie, das sie mit besonderer Huld behandelt habe, so übel mitgespielt worden, daß sie lieber nicht an ihn erinnert werden wolle. Nie werde sie vergessen, was Lady Mary für sie getan habe, doch sei sie bereit, ihr zu gestatten, sich für eine Weile nach Penshurst zurückzuziehen.

Wir saßen friedlich mit Lady Mary zusammen und sprachen über die Zukunft. Ich war schwanger und wünschte mir so sehr einen Sohn, daß ich diesen Sturm über mich hinbrausen lassen konnte. Ich war mir durchaus bewußt, daß ich niemals wieder bei Hofe willkommen sein und die Königin ihr Leben lang meine Feindin bleiben würde. Was sie auch tat – selbst wenn sie den Herzog von Anjou ehelichte, was sie, wovon ich überzeugt war, niemals tun würde –: Nie würde sie vergessen, daß ich ihr den Mann, den sie liebte, weggenommen hatte, und nie würde sie mir verzeihen, daß ich ihn so sehr an mich zu fesseln gewußt hatte. Sogar seine Zukunft hatte er durch die Heirat mit mir aufs Spiel gesetzt. Und wenn sie ihre Reize auch weit überschätzte, so wußte sie doch sehr genau, daß ich die Auserwählte gewesen wäre, hätte Robert sich zwischen uns entscheiden müssen. Und da sie dies wußte, würde sie mich für alle Zeiten hassen.

Aber ich hatte Robert geheiratet, ich trug sein Kind, und so konnte es mir gleichgültig sein, was die Königin über mich dachte.

Lady Mary meinte, nun sei es vorbei mit der Gunst der Königin, und Elisabeth werde wohl aus lauter Groll den Herzog von Anjou heiraten.

Ich war anderer Meinung, denn ich kannte Elisabeth genau. Vermutlich verstand ich sie deshalb so gut, weil wir Nebenbuhlerinnen waren. Sah man nur das Äußere, dann war sie oftmals nichts weiter als eine unbeherrschte, unvernünftige Frau, darunter aber war sie hart wie Stahl. Ich glaubte nicht, daß sie jemals etwas unternahm, was sie für politisch unklug hielt. Gewiß, sie hatte den Paß unterschrieben, der Anjou nach England bringen würde. Doch das Volk war gegen eine Verbindung mit dem Franzosen. Der einzige Grund für eine Heirat wäre, dem Land einen Erben zu schenken, doch war dies bei ihrem Alter mehr als ungewiß. Überdies würde sie sich lächerlich machen, wenn sie solch einen Knaben heiratete. Weil sie jedoch das Vergnügen, umworben zu sein, genießen und sich in der Vorstellung gefallen wollte, daß auch sie zur Ehe begehrt werde, vielleicht auch, weil Robert sie durch seine Heirat tief verletzt hatte, würde sie diese Farce fortsetzen.

Handelte so eine Frau von Verstand? Kaum. Und doch war stets die eiserne Hand der scharfsinnigen Herrscherin zu spüren, jener Frau, welche die klügsten Köpfe ihres Reiches dazu brachte, sich ihr zu beugen und all ihre Gaben in den Dienst der Königin zu stellen.

Nie mehr bei Hofe erscheinen zu dürfen – in meinem Leben würde etwas fehlen. Doch zwischen der Königin und mir würde immer eine Bindung bestehen – und der Haß verstärkte sie vielleicht noch. Jedenfalls hatte ich ihr bewiesen, wieviel ich wert war. Und den größten Sieg hatte ich errungen, als ich Leicester so umgarnt hatte, daß er bereit war, ihrer zu spotten, indem er mich heiratete. Nichts hätte deutlicher zeigen können, wie es um die Beziehung zwischen uns dreien stand. Und das mußte ihr zum Bewußtsein gekommen sein. Ich hatte zweifellos bewiesen, daß ich in unserem Dreiecksverhältnis nicht die unbedeutende Dritte war.

Mary reiste nach Penshurst weiter. Bald darauf erhielt Robert einen Befehl der Königin; er hatte sich sogleich zu ihr zu begeben.

Voll düsterer Vorahnungen brach er auf. Er kehrte bald nach Wanstead zurück, recht verwirrt.

Sie hatte ihn wüst beschimpft, einen Verräter und undankbaren Menschen geheißen und alles aufgezählt, was sie für ihn getan hatte. Dann hatte sie ihn daran erinnert, daß sie ihn erhoben habe, ihn aber ebenso leicht vernichten könne.

Er hatte ihr entgegengehalten, daß sie ihm jahrelang deutlich zu verstehen gegeben habe, sie wolle ihn nicht zum Manne. Er sei jedoch der Meinung, daß er ein Recht auf eine Familie habe und auf Söhne, die sein Geschlecht fortsetzten. Er sei bereit, seiner Königin mit seinem Leben zu dienen, hatte er gesagt, doch habe er geglaubt, er dürfe die Freuden des Familienlebens genießen, da er der Königin und seinem Vaterland dennoch mit allen Kräften zur Verfügung stehen würde.

Sie hatte mit finsterer Miene zugehört und ihm dann empfohlen, er möge auf der Hut sein. »Ich sage Euch, Robert Dudley«, hatte sie geschrien, »Ihr habt eine Wölfin geehelicht, und das werdet Ihr schon noch entdecken, und Ihr werdet einen hohen Preis dafür bezahlen.«

So wurde ich denn die Wölfin. Es war eine ihrer Gewohnheiten, den Menschen ihrer Umgebung Spitznamen zu verleihen. Robert war stets ihr Augapfel gewesen, Burleigh ihr Geist und Hatton ihr Hammel. Ich würde nun zeitlebens die Wölfin bleiben – sie sah in mir ein wildes Tier, immer auf der Suche nach Opfern, um meine heftige Leidenschaft zu befriedigen.

Der Froschkönig

Wie wird es die Herzen Eures Volkes mit Bitterkeit, wenn nicht mit Widerspruch erfüllen, wenn es sieht, daß Ihr einen Gemahl nehmt, der Franzose ist und Papist und für das einfache Volk der Sohn der Isebel unseres Jahrhunderts – und wenn man erfährt, daß sein Bruder die eigene Schwester auf dem Altar einer Ehe geopfert hat, damit er weniger Mühe hatte, unter unseren Glaubensbrüdern ein Blutbad anzurichten. Solange er nur der Bruder des französischen Königs ist und dem Bekenntnis nach ein Papist, kann oder will er Euch nicht wirksam beschützen. Sollte er jedoch König werden, so wird seine Verteidigung dem Schilde des Ajax gleichen, welcher jenen, der ihn trägt, zu Boden drückt, anstatt ihm Schutz zu gewähren.

Philip Sidney

... England wird durch eine weitere Heirat mit einem Franzosen gleichsam verschlungen werden, wenn der Herr das Verderben nicht abwendet, indem er den Geist Ihrer Majestät erleuchtet, damit sie die Sünde erkennt und weiß, daß die Strafe auf dem Fuß folgen wird.

John Stubbs

Meine Familie war von neuem Ungemach heimgesucht worden. Zwischen Philip Sidney und Penelope hatte das stillschweigende Übereinkommen bestanden, daß sie heiraten wollten. Walter hatte eine solche Verbindung innig gewünscht und noch auf seinem Sterbebett in Dublin davon gesprochen.

Philip Sidney war ein ungewöhnlicher Mann. Er wirkte geradezu vergeistigt und schien keineswegs auf die Ehe erpicht, und wohl aus diesem Grunde zog sich die Verlobung so lange hin.

Francis Hastings, der Graf von Huntingdon, der zum Vormund meiner Töchter bestellt worden war, suchte mich auf. Huntingdon war ein einflußreicher Mann, hauptsächlich deswegen, weil er mütterlicherseits von königlicher Abkunft war. Ein Vorfahr seiner Mutter, der

Herzog von Clarence, war nämlich der Bruder Edwards IV. gewesen. Daher besaß Huntingdon einen Anspruch auf den Thron; er behauptete, er komme in der Rangfolge noch vor der Königin der Schotten und Catherine Grey.

Er war also ein mächtiger Mann, dazu ein strenggläubiger Protestant, und da Elisabeth wahrscheinlich ohne Leibeserben bleiben würde, bestand die Möglichkeit, daß er eines Tages den Thron Englands bestieg.

Seine Frau Catharine war Roberts Schwester. Sie waren miteinander vermählt worden, als Roberts Vater so eifrig darum bemüht gewesen war, daß seine Kinder in die einflußreichsten Familien des Landes einheirateten.

Nun hatte Huntingdon mich also mit seinem Besuch beehrt, um mir zu eröffnen, er halte es an der Zeit, Ehemänner für meine Töchter zu finden, und er habe einen Antrag für Penelope zu überbringen. Ich wies ihn darauf hin, daß Penelope mit Philip Sidney einig sei, doch Huntingdon schüttelte nur den Kopf.

»Leicester ist in Ungnade gefallen und wird es wahrscheinlich bleiben. Eine Verbindung mit einem Mitglied seiner Familie ist für Penelope nicht günstig. Robert Rich hat Gefallen an ihr gefunden und hält um sie an.«

»Sein Vater ist doch erst kürzlich verstorben?«

»Ja, Robert hat seinen Titel und einen sehr ansehnlichen Besitz geerbt. Sein Name paßt vorzüglich zu ihm.«

»Ich werde erkunden, was Penelope von der Angelegenheit hält.«

Huntingdons Miene verriet Ungeduld. »Meine verehrte Lady, dies ist eine glänzende Verbindung. Eure Tochter sollte den Antrag dankbar annehmen.«

»Ich fürchte, das wird sie nicht tun.«

»Sie wird sicher, denn ihr bleibt nichts anderes übrig. Laßt uns offen sprechen. Sie ist Eure Tochter, und Ihr steht nicht eben in Gunst bei der Königin. Ob Leicester ihre Huld zurückgewinnt, wissen wir nicht. Euch jedenfalls, das hat die Königin geschworen, wird sie niemals mehr empfangen. Unter diesen Umständen wäre es für Eure Töchter gut, wenn sie sich im sicheren Hafen der Ehe befänden.«

Das sah ich ein. Ich sagte, ich wolle mit Penelope über die Angelegenheit sprechen.

Lord Huntingdon zuckte unwillig die Achseln, womit er zu verstehen

gab, daß er eine Beratung mit der zukünftigen Braut für überflüssig halte. Rich war eine gute Partie, die beste, welche Penelope sich nun, da ihre Mutter in Ungnade war, erhoffen konnte, und der Hochzeitstermin sollte unverzüglich festgesetzt werden.
Aber ich kannte Penelope. Sie war kein nachgiebiges Geschöpf und würde ihre eigenen Ansichten darüber haben.
Als ich ihr von Lord Huntingdons Besuch und seinen Vorschlägen berichtete, wurde sie störrisch.
»Lord Rich!« rief sie aus. »Ich habe von ihm gehört, und ich will ihn nicht heiraten, ganz gleich, was Mylord Huntingdon bestimmt. Ihr wißt, ich bin mit Philip verlobt.«
»Du bist im heiratsfähigen Alter, und Philip hat bisher nicht zu erkennen gegeben, daß es ihm mit der Eheschließung eilt. Huntingdon macht geltend, daß die Abneigung der Königin gegen mich sich auf dich übertragen könnte. Daher solltest du nur zu bereit sein, eine vorteilhafte Verbindung einzugehen, solange du die Möglichkeit dazu hast.«
»Ich habe darüber bereits nachgedacht«, sagte Penelope entschlossen. »Ich will Robert Rich nicht heiraten.«
Ich drang nicht weiter in sie, denn ich wußte, daß sich dadurch ihre Verstocktheit nur noch gesteigert hätte. Wenn sie sich erst an den Gedanken gewöhnt hatte, käme ihr die Sache vielleicht nicht mehr so widerwärtig vor.

Das ganze Land befand sich in Aufregung, als der Herzog von Anjou am Hof eintraf. Die Art seiner Ankunft in England war darauf berechnet, das Herz der Königin zu gewinnen. Er kam nämlich, nur von zwei Dienern begleitet, heimlich an und erschien in Greenwich, wo er um die Erlaubnis bat, sich der Königin zu Füßen werfen zu dürfen.
Nichts hätte bei ihr größeres Wohlgefallen erregen können. Ihre blinde Verliebtheit – die freilich nur gespielt gewesen sein konnte – setzte jedermann in Erstaunen. Einen unansehnlicheren Menschen als diesen französischen Prinzen hätte es kaum geben können. Er war sehr klein – beinahe ein Zwerg – und hatte als Kind die Pocken gehabt. Die Krankheit war so schlimm gewesen, daß seine Haut verfärbt blieb und tiefe Narben aufwies. Zudem war die Nasenspitze breiter geworden und hatte sich gespalten, was ihm ein höchst merkwürdiges Aussehen verlieh. Da er jedoch ein Prinz war, hatte er trotz seiner Entstellung ein

ausschweifendes Leben führen können, und das hatte er weidlich genutzt. Das Lernen machte ihm keine Freude, so daß seine Bildung mangelhaft war; er besaß keinerlei feste Grundsätze, war völlig ungläubig und daher jederzeit bereit, den Glauben anzunehmen, der ihm die meisten Vorteile versprach. Allerdings war sein Auftreten nicht ohne Anstand, er wußte zu schmeicheln und seine Zuneigung auf anmutige Weise anzudeuten – und dies alles gefiel der Königin. Wenn er zusammengesunken in einem Sessel saß, ähnelte er auffallend einem Frosch. Der Königin war das schnell aufgefallen, und bei ihrer Vorliebe für Spitznamen hieß er bald ihr kleiner Frosch.

Es war recht bitter, nicht bei Hofe zu sein und die Komödie mitanzusehen, welche die beiden aufführten – der kleine französische Prinz, Anfang zwanzig, abstoßend häßlich, der den glühenden Liebhaber spielte, und die würdige Königin in den Vierzigern, die unter seinen leidenschaftlichen Blicken und Reden dahinschmolz. Es muß sehr komisch ausgesehen haben, doch die Folgen waren alles andere als lustig. Da war niemand, dem die Belange der Königin und des Landes am Herzen lagen, der über dieses Treiben nicht entsetzt gewesen wäre. Ich vermutete, selbst Roberts erbittertste Feinde fanden es bedauerlich, daß sie nicht ihn geheiratet und dem Lande beizeiten einen Erben geschenkt hatte.

Obgleich in Ungnade, war Robert verpflichtet, sich bei Hofe aufzuhalten. Ich fragte mich zuweilen, ob Elisabeth dieses widerwärtige Schauspiel nur aufführte, um ihn zu reizen. Ich hörte, sie habe sich ein Schmuckstück in Form eines Frosches aus makellosen Diamanten anfertigen lassen und trage es ständig.

Mehrere Tage lang wich der Herzog kaum von ihrer Seite, sie wandelten im Park, lachten und plauderten, hielten sich bei den Händen und umarmten sich gar in aller Öffentlichkeit; und als der Prinz nach Frankreich zurückkehrte, tat er dies in der Gewißheit, daß die Hochzeit stattfinden werde.

Anfang Oktober berief Elisabeth ihren Rat ein, um ihre Vermählung zu erörtern. Da Robert diesem Rat noch als Mitglied angehörte, war er zugegen und konnte mir berichten, was sich zugetragen hatte.

»Solange sie nicht dabei war«, erzählte Robert, »konnte ich offen über die Sache wie über ein rein politisches Unternehmen reden. Es schien, als sei Elisabeth bei dem Prinzen bereits so weit gegangen, daß es schwierig sein könnte, einen Rückzieher zu machen. Deshalb war es möglicherweise notwendig, daß die Eheschließung vollzogen würde. Wir alle wußten, wie alt die Königin ist, und daß sie kaum noch einen Erben zur Welt bringen würde. Sollte sie wider Erwarten doch schwanger werden, konnte sie bei der Entbindung ihr Leben aufs Spiel setzen. Die Königin sei alt genug, die Mutter des Herzogs zu sein, brachte Sir Ralph Sadler vor, und dem mußten wir natürlich alle beipflichten. Da wir jedoch ihre Stimmungen kannten, hielten wir es nicht für ratsam, ihr vorzuschlagen, den Plan fallenzulassen, kamen jedoch überein, die Königin zu bitten, uns wissen zu lassen, was sie zu tun beliebte und ihr zu versichern, daß wir danach trachten wollten, uns ihrer Entscheidung zu beugen.«

»Ich möchte wetten, daß ihr das nicht gefallen hat«, warf ich ein. »Sie hat sicher gewollt, daß ihr sie bittet zu heiraten und dem Lande einen Erben zu schenken; ihr solltet die Täuschung aufrechterhalten, sie sei noch immer eine junge Frau.«

»Richtig. Sie erdolchte uns – und mich ganz besonders – mit ihren Blicken, als wir ihr das unterbreiteten. Sie sagte, so mancher erlaube sich zwar, zu heiraten, wolle aber anderen dieses Vergnügen nicht gönnen. Dann fuhr sie fort, wir hätten jahrelang geredet, als gebe es für sie nichts anderes, als zu heiraten und einen Thronerben zu gebären. Sie habe erwartet, daß wir sie *ersuchen* würden, die Vermählung voranzutreiben; sie sei so töricht gewesen, uns zu bitten, in ihrem Namen zu beratschlagen. Doch sei diese Angelegenheit für uns zu heikel. Und nun hätten wir Zweifel in ihr geweckt, und sie müsse die Versammlung auflösen, denn sie wolle allein sein.«

Sie war an diesem Tag übler Laune gewesen und hatte jedermann beschimpft. Wen seine Aufgaben zwangen, sich in ihrer Nähe aufzuhalten, mußte zweifellos ihre schlimmsten Ausfälle hinnehmen.

Burleigh berief den Rat ein und meinte, da Elisabeth so fest zur Heirat entschlossen sei, sollten sie vielleicht doch lieber zustimmen. In ihrer jetzigen Stimmung würde sie ohnehin nur das tun, was ihr paßte, gleichgültig, ob man ihr nun zu- oder abriet.

Selbst jetzt vermochte ich nicht zu glauben, daß sie den Herzog wirklich heiraten würde. Das Volk war dagegen, und sie hatte sich stets nach dessen Wünschen gerichtet.

Robert sagte, er habe sie selten in einer solchen Verfassung erlebt. Es schien, als habe der Frosch sie verhext. Er mußte wahrhaftig ein Zauberer sein, denn einen häßlicheren Menschen konnte man sich kaum vorstellen. Sie würde sich lächerlich machen, wenn sie ihn zum Manne nähme. Die Franzosen waren den Engländern ohnehin verhaßt. Hatten die Franzosen nicht Maria, die Königin von Schottland, unterstützt und ihr den Gedanken in den Kopf gesetzt, sie besitze ein Anrecht auf den englischen Thron? Wenn Elisabeth heiratete, würde sie den Franzosen in die Hände arbeiten. Es könnte einen Aufruhr im Lande geben. Sicher, Anjou war Protestant ... jedenfalls im Augenblick. Aber wie jedermann wußte, drehte er sich wie ein Wetterhahn. Heute schön, morgen Regen – nur hieß es bei ihm: einmal Katholik, einmal Protestant. Er drehte sich mit dem Wind.

Wir begaben uns nach Penshurst, um uns mit den Sidneys zu beraten, was am besten zu tun sei.

Man bereitete uns dort einen großartigen Empfang. Der Zusammenhalt der Familie Dudley hatte mich stets tief beeindruckt. Robert wurde nun, da er in Ungnade war, eher noch herzlicher begrüßt als zu den Zeiten, da er sich auf dem Höhepunkt seiner Beliebtheit befand.

Ich erinnerte mich daran, daß Mary den Hof verlassen hatte, weil sie es nicht mehr ertragen konnte zu hören, wie ihr Bruder geschmäht wurde. Aus demselben Grunde hatte sich auch Philip nach Penshurst zurückgezogen. Er war ein besonderer Günstling der Königin. Sie hatte ihn zu ihrem Mundschenk gemacht. Doch hatte sie ihm bereitwillig gestattet, sich zu entfernen, da er, wie sie erklärte, immer dann, wenn sie sich anmerken ließ, wie erzürnt sie über das Betragen seines Oheims war, so griesgrämig dreinblickte, daß sie ihm am liebsten eine Ohrfeige versetzen würde.

Philip war von zarter Schönheit, aber nicht stattlich. Die Königin schätzte seine Erscheinung, seine Gelehrsamkeit, seine Ehrenhaftigkeit und seine Güte. Die Männer, die sie zu erregen vermochten, mußten jedoch aus anderem Holze sein.

Philip machte sich wegen der Heirat große Sorgen. Er meinte, wenn es dazu käme, so gebe es ein Unglück, und da ihm die Gabe des Wortes verliehen worden war, wurde beschlossen, er solle der Königin seine Bedenken in einem Briefe mitteilen.

So vergingen die Tage auf Penshurst mit Erörterungen und Beratungen. Robert und ich gingen mit Philip im Park spazieren und besprachen die Gefahren, welche die Vermählung der Königin heraufbeschwor, und wenn ich auch unerschütterlich auf meiner Meinung beharrte, daß Elisabeth niemals heiraten würde, so waren die Männer

doch schwankend. Von Robert hätte man doch annehmen müssen, daß er Elisabeth besser kannte als sonst jemand; er hatte ihr schließlich sehr nahe gestanden. Doch ich als Frau wußte die Gefühle der Geschlechtsgenossin weit besser zu deuten.
Philip schloß sich in seinem Studierzimmer ein und verfaßte schließlich einen Brief. Wir alle lasen ihn, äußerten unsere Meinung dazu und nahmen ihm, wie wir glaubten, etwas von seiner Schärfe. Zuletzt lautete er:

»Wie wird es die Herzen Eures Volkes mit Bitterkeit, wenn nicht mit Widerspruch erfüllen, wenn es sieht, daß Ihr einen Gemahl nehmt, der Franzose ist und Papist und für das einfache Volk der Sohn der Isebel unseres Jahrhunderts – daß sein Bruder die eigene Schwester auf dem Altar einer Ehe geopfert hat, damit er weniger Mühe hatte, unter unseren Glaubensbrüdern ein Blutbad anzurichten ...«

Er spielte auf Katharina von Medici an, die so verhaßt war, daß man sie in ganz Frankreich Königin Isebel nannte, und auf das Blutbad in der Bartholomäusnacht, das stattgefunden hatte, als sich anläßlich der Hochzeit von Anjous Schwester Marguerite mit dem Hugenotten Henri von Navarre Tausende von Hugenotten in Paris aufhielten.

»Solange er nur der Bruder des französischen Königs ist und dem Bekenntnis nach ein Papist, kann oder will er Euch nicht wirksam schützen. Sollte er jedoch König werden, so wird seine Verteidigung dem Schilde des Ajax gleichen, welcher jenen, der ihn trägt, zu Boden drückt, anstatt ihm Schutz zu gewähren.«

Der Brief wurde abgesandt, und wir warteten auf Penshurst voller Angst, was nun geschehen würde.
Dann trat jedoch ein Ereignis ein, das Philips Brief fast bedeutungslos werden ließ.
Mit einem Schlag stand John Stubbs im Mittelpunkt der Aufmerksamkeit.
Stubbs war ein Puritaner, der in Cambridge den Doktorgrad erworben hatte und sich literarischen Studien widmete. Sein Haß auf den Katholizismus war ihm schon einmal gefährlich geworden. Er nahm an der Heirat mit dem Franzosen so sehr Anstoß, daß er ein Pamphlet veröffentlichte. Es trug den Titel: *Die Entdeckung eines klaffenden Schlundes, von welchem England durch eine weitere Heirat mit einem Fran-*

zosen gleichsam verschlungen wird, wenn der Herr das Verderben nicht abwendet, indem er den Geist Ihrer Majestät erleuchtet, damit sie die Sünde erkennt und weiß, daß die Strafe auf dem Fuß folgen wird.

Das Pamphlet war nicht im mindesten illoyal gegenüber der Königin, als deren gehorsamen Diener Stubbs sich bezeichnete. Doch als ich eine Abschrift sah, wußte ich, daß Elisabeth sich darüber maßlos erregen würde – nicht wegen der angeführten politischen und religiösen Gesichtspunkte, sondern weil John Stubbs darauf hingewiesen hatte, daß bei dem Alter der Königin die Ehe ohne Nachkommen bleiben würde.

Wie ich vermutet hatte, geriet die Königin in solchen Zorn, daß sie befahl, das Pamphlet zu verbieten und die Beteiligten – den Verfasser Stubbs, den Verleger und den Drucker – in Westminster vor Gericht zu stellen. Die drei Männer wurden verurteilt, und zwar sollte ihnen die rechte Hand abgehackt werden. Der Drucker wurde später begnadigt, an den beiden anderen jedoch das grausame Urteil vollstreckt. Stubbs richtete zuvor das Wort an die versammelte Menge und verkündete, daß der Verlust seiner Hand nichts an seiner Treue zur Königin ändern werde. Dann wurde den beiden Männern mit einem einzigen Schlag – geführt von einem Schlegel, der auf ein Metzgermesser niedersauste – das Handgelenk durchtrennt. Als Stubbs' rechte Hand fiel, hob er die linke und rief: »Gott schütze die Königin!«; dann wurde er ohnmächtig.

Als man Elisabeth diese Szene schilderte, war sie sichtlich erschüttert. Obgleich ich mich damals wie alle anderen zuweilen über ihre scheinbaren Verrücktheiten wunderte, so erkenne ich heute, in der Rückschau, die Absicht, die dahintersteckte, aber nicht auf den ersten Blick offenlag.

Während sie mit Anjou tändelte – ein Jahr lang oder gar zwei –, trieb sie in Wirklichkeit mit Philipp von Spanien, den sie sehr fürchtete, ein politisches Spiel – aus gutem Grund. Sie wollte vor allem eine Allianz ihrer beiden Feinde verhindern. Wie aber hätte sich Frankreich mit Spanien verbünden können, wenn ein französischer Prinz im Begriff war, der Gemahl der Königin von England zu werden?

Elisabeth machte eine kluge Politik. Nur erkannten das die Menschen in ihrer Umgebung erst viel später. Im nachhinein betrachtet aber wird so vieles klar.

Sie tat aber noch mehr. Während sie mit ihrem Froschkönig schäkerte und sich beim Volk deswegen unbeliebt machte, säte sie Zwietracht zwischen dem König von Frankreich und seinem Bruder. Wie sich später herausstellte, hatte sie sogar vor, den Prinzen, der damals protestantisch war, nach Holland zu schicken und dort für sie gegen Spanien kämpfen zu lassen.
Doch das kam erst später. Zunächst machte sie dem kleinen Prinzen schöne Augen, und weder er noch ihre Höflinge und Minister verstanden damals ihre Beweggründe.

Als unser Sohn geboren wurde, waren Robert und ich überglücklich. Wir nannten ihn ebenfalls Robert und schmiedeten sofort hochfliegende Pläne.
Eine Weile lang war ich's zufrieden, mich nur mit ihm zu beschäftigen. Ich war erfreut, als ich hörte, daß Douglass Sheffield Sir Edward Stafford geheiratet hatte, den Gesandten der Königin in Paris. Edward Stafford hatte die Verhandlungen wegen der geplanten Vermählung Elisabeths mit Anjou geführt, und wie er dabei vorgegangen war, hatte die Billigung und den Beifall der Königin gefunden.
Stafford war Douglass bereits seit längerer Zeit sehr ergeben gewesen. Doch da sie darauf beharrte, daß zwischen ihr und Leicester die Ehe geschlossen worden war, konnte Stafford sie natürlich unmöglich heiraten. Nachdem inzwischen aber überall bekannt war, daß ich Leicester geehelicht hatte, ließ sich Douglass – und das entsprach ganz ihrer Art – mit Stafford trauen und gab damit stillschweigend zu, daß zwischen ihr und Leicester niemals eine gültige Ehe bestanden haben konnte.
Dieses Ereignis befriedigte mich tief. Und wie ich so dasaß, mein Kind im Schoß, hoffte ich, daß alles gut werden würde und ich im Laufe der Zeit sogar die Gunst der Königin zurückgewinnen könnte.
Ich hätte gern gewußt, was Elisabeth empfunden hatte, als sie erfuhr, daß Robert und ich einen Sohn hatten. Ich war mir nämlich sicher, daß ihr ein Sohn weit wichtiger gewesen wäre als ein Gatte.
Von Freunden am Hofe hörte ich, daß sie die Nachricht schweigend entgegengenommen hatte, unmittelbar darauf jedoch ein Ausbruch schlechter Laune gefolgt war. Ich konnte mir also recht wohl ausmalen, welche Wirkung die Neuigkeit bei ihr hervorgerufen hatte.
Als ich dann jedoch erfuhr, was sie sich ausgedacht hatte, erschrak ich sehr.

Wieder war es Sussex, der Überbringer schlimmer Schicksalsschläge, der uns unterrichtete.
»Ich fürchte, es wird Unannehmlichkeiten geben«, eröffnete er Robert, nicht ohne eine gewisse Befriedigung. »Die Königin erkundigt sich nach Douglass Sheffield. Es ist ihr zu Ohren gekommen, daß Douglass einen Sohn namens Robert Dudley hat und behauptet, er sei der legitime Sohn des Grafen von Leicester.«
»Wenn das der Wahrheit entspräche«, warf ich ein, »wie kann sie sich dann als Gattin von Sir Edward Stafford bezeichnen?«
»Die Königin meint, dies sei ein Geheimnis, welches aufzuklären sie nun entschlossen sei. Sie sagt, Douglass sei eine Tochter aus angesehenem Hause, und sie könne es nicht zulassen, daß man von ihr behaupte, durch die Eheschließung mit dem Gesandten der Königin habe sie Bigamie begangen.«
Robert sagte mit fester Stimme: »Ich bin niemals mit Douglass Sheffield verheiratet gewesen.«
»Die Königin denkt, wie es scheint, darüber anders. Sie ist entschlossen, die Angelegenheit sorgfältig prüfen zu lassen, damit die Wahrheit ans Licht kommt.«
»Sie soll prüfen, soviel sie will, doch sie wird nichts finden.«
War das als Herausforderung zu verstehen? Ich wußte es nicht. Jedenfalls schien er sehr betroffen.
»Ihre Majestät sagt, sie ist der Meinung, daß eine Trauung stattgefunden hat. In diesem Fall sei Eure jetzige Ehe nicht ordnungsgemäß. Sie sagt, falls Ihr Douglass Sheffield tatsächlich geheiratet habt, so müßt Ihr auch mit ihr leben, da sie Eure rechtmäßige Gattin ist, oder Ihr sollt im Tower schmachten.«
Ich wußte, was das bedeutete. Wenn es ihr irgendwie möglich war, wollte Elisabeth mir meinen Sieg streitig machen. Sie wollte beweisen, daß meine Ehe ungültig und mein Sohn folglich ein Bastard war.
Es waren schreckliche Tage für mich damals. Noch heute zittere ich vor Wut, wenn ich daran denke. Robert versicherte mir, sie könne deshalb nicht beweisen, daß eine Trauung stattgefunden habe, weil es nie eine gegeben habe. Aber ich glaubte ihm nicht ganz, dazu kannte ich ihn zu gut. Ich wußte, daß sein Ehrgeiz alle anderen Gefühle beherrschte, da er aber zugleich von außerordentlicher Sinnlichkeit war, konnte es bisweilen geschehen, daß der Wunsch, eine bestimmte Frau zu besitzen, stärker war als sein Ehrgeiz. Douglass gehörte zu jenen Frauen, die

ihre Tugend sehr hoch schätzen – obgleich sie seine Geliebte geworden war –, und da sie ein Kind erwartete, mag sie ihn durchaus mit Erfolg bedrängt haben, sie zu heiraten.
Nun aber hatten *wir* einen Sohn, unseren kleinen Robert. Ich redete mir ein, daß sein Vater, der sich so meisterhaft darauf verstand, Hindernisse aus dem Weg zu räumen, wohl imstande sein würde, Beweise für eine Eheschließung, wenn es sie überhaupt gab, zu beseitigen. Keinem meiner Söhne sollte der Makel des Bastards anhaften. Ich wollte mich nicht beiseite schieben lassen und der Königin diese Genugtuung gönnen. Ich wollte beweisen, daß sie in böser Absicht handelte und daß sie im Unrecht war; das sollte ein weiterer Sieg der Wölfin werden.
Sussex eröffnete uns, daß er von der Königin beauftragt worden war, die Wahrheit herauszufinden. Sie wollte wissen, ob tatsächlich eine Eheschließung stattgefunden hatte. Einen starken Verbündeten hatten wir in Sir Edward Stafford. Er liebte Douglass von ganzem Herzen, und daher war für ihn der Beweis, daß Douglass und Robert nicht verheiratet waren, von ebensolcher Bedeutung.
Douglass schien das, was sie »ihre Ehre« nannte, verteidigen zu wollen. Und sie kämpfte natürlich um ihren Sohn. Dies war günstig für uns. Da Leicester sich legitime Söhne wünschte, so hieß es, würde es schlecht zu ihm passen, wenn er einen so aufgeweckten Knaben wie den Sohn von Douglass verleugnete.
Voller Angst erwarteten wir das Ergebnis der Untersuchung. Sussex befragte Douglass. Der Gedanke, daß Sussex Robert nicht leiden konnte, ließ uns zittern. Denn daß er uns mit Freuden vor Gericht bringen würde, war sicher.
Douglass, von Sussex ins Kreuzverhör genommen, bestand darauf, daß sie und Leicester sich in einem Trauungszeremoniell Treue gelobt hätten, und zwar auf eine Weise, welche sie als bindend betrachtet habe. Dann müsse sie doch ein Dokument besitzen, wurde ihr entgegengehalten. Es gebe doch gewiß einen Ehekontrakt. Nein, sagte die dumme kleine Douglass, es gebe nichts dergleichen. Sie habe sich auf den Grafen von Leicester verlassen und ihm gänzlich vertraut. Sie bekam einen Weinkrampf und bat, man möge sie in Ruhe lassen. Sie sei jetzt glücklich mit Sir Edward Stafford verheiratet, und der Graf von Leicester und Lady Essex hätten einen prächtigen Jungen.
Danach blieb Sussex nichts anderes übrig als zu erklären, daß zwischen Lady Sheffield und dem Grafen von Leicester eine gültige Eheschlie-

ßung nicht stattgefunden hatte und Leicester daher zum Zeitpunkt, als er Lady Essex heiratete, frei gewesen war.

Als man mir diese Botschaft überbrachte, war ich vor Freude außer mir. Ich hatte mir meines Sohnes wegen Sorgen gemacht. Nun aber bestand kein Zweifel, daß der kleine Knabe in der Wiege der legitime Sohn und Erbe des Grafen von Leicester war.

Ich jubelte über mein Glück und genoß zugleich die Niederlage der Königin. Man berichtete mir, daß sie beim Empfang der Nachricht wie eine Verrückte gewütet habe, Douglass eine Närrin, Leicester einen Schurken und mich eine gierige Wölfin nannte, welche die Welt durchstreifte auf der Suche nach Männern, die sie zerreißen könnte.

»Mylord Leicester wird den Tag verwünschen, an welchem er sich mit Lettice Knollys eingelassen hat«, erklärte Elisabeth. »Die Sache ist noch nicht zu Ende. Eines Tages wird er aus seinem törichten Rausch erwachen und dann wird er den Giftzahn der Wölfin zu spüren bekommen.«

Ich hätte eigentlich zittern müssen angesichts des Hasses, den unsere allmächtige Lady gegen mich hegte, doch ich fand diesen Gedanken eher anregend. Überdies wußte ich, daß ich sie wieder einmal übertrumpft hatte. Ich konnte mir ihren Zorn vorstellen, und daß er sich hauptsächlich gegen mich richtete, erheiterte mich. Meine Ehe war gültig, die Zukunft meines Sohnes gesichert. Und die mächtige Königin von England konnte mir das – obwohl sie getan hatte, was in ihren Kräften stand – nicht nehmen.

Ich war wieder einmal Siegerin.

Nun konnte ich mich in der Öffentlichkeit zeigen und brauchte mich nicht mehr zu verstecken. Ich wandte meine Aufmerksamkeit den prächtigen Wohnsitzen meines Gatten zu, entschlossen, sie noch großartiger zu gestalten. Sie sollten den Glanz der Paläste und Schlösser der Königin weit übertreffen.

Ich richtete mein Schlafgemach im Leicester House neu ein. Das Bett aus Nußbaumholz erhielt Vorhänge von solcher Pracht, daß jedermann beim Betrachten der Atem stockte. *Mein* Schlafzimmer mußte glänzender sein als jenes, das für die Königin bereitstand, wenn sie dem Hause einen Besuch abstattete. Ich wußte recht wohl, daß ich mich nicht zeigen durfte, wenn sie erschien; sie hätte sich sonst geweigert, den Fuß über die Schwelle zu setzen. Doch wenn sie kam, so würde ihre

Neugier sie treiben, mein Schlafgemach zu besichtigen. Deshalb ließ ich es an nichts fehlen, um es auf das schönste auszuschmücken. Die Vorhänge waren aus rotem Samt, mit Gold- und Silberstickerei und mit Spitze verziert; mein Nachtstuhl glich einem Thron. Ich wußte, sie würde sehr zornig werden, wenn sie dieses Zimmer sah. Und sie würde davon erfahren. Es gab eine Menge gehässiger Diener und Dienerinnen, die bereitwillig das Feuer des Hasses gegen mich schürten. Die Bettwäsche aus feinstem Leinen war mit Leicesters Familienwappen bestickt. Böden und Wände waren in unserem Haus mit Teppichen bedeckt. Was für eine Annehmlichkeit, auf die Binsenmatten verzichten zu können, die nach kurzer Zeit bereits stanken und voller Läuse waren.

Robert und ich waren glücklich. Hinter den erlesenen Vorhängen unseres Bettes lachten wir darüber, wie geschickt er es angefangen hatte, mich allen Widrigkeiten zum Trotz zu heiraten. Wenn wir allein waren, nannte ich die Königin »die Füchsin«. Sie war ja auch wirklich listig wie ein Fuchs, und das Weibchen dieser Art ist schlauer als das Männchen. Da sie mich die Wölfin hieß, nannte ich Robert meinen Wolf, und er vergalt es mir, indem er mich sein Lamm taufte. Er meinte nämlich, wenn der Löwe mit solch einer sanften Kreatur zusammenleben könne, dann auch der Wolf. Ich hätte, so meinte ich, wenig von einem Lamm an mir, und er sagte, das stimme, soweit es die ganze übrige Welt betreffe. So neckten wir uns fortwährend. Aber immer, wenn wir diese Kosenamen benutzten, war stets die Königin als Dritte dabei.

Unser kleiner Sohn bereitete uns große Freude. Ich empfand außerordentliches Vergnügen an meiner Familie, nicht nur, weil ich sie vergötterte, sondern weil es die Königin trotz all ihrer Herrlichkeit gewiß schmerzte, daß sie weder Söhne noch Töchter hatte.

Doch auch über unserem Haus lag eine gewisse Melancholie. Das war Penelopes Schuld. Sie hatte eine Zeitlang getobt und gewütet und erklärt, sie werde Lord Rich niemals heiraten. Lord Huntingdon hätte sie am liebsten mit Gewalt dazu gebracht, sich zu fügen, doch das ließ ich nicht zu. Penelope war mir sehr ähnlich – schön und geistreich; jedes gewaltsame Vorgehen hätte ihren Widerstand nur verstärkt.

Ich versuchte es bei ihr mit Vernunftgründen, stellte ihr vor Augen, daß für sie eine Vermählung mit Lord Rich das Beste zum gegenwärtigen Zeitpunkt sei. Unsere Familie – insbesondere ich selber – war in

Ungnade, und als meine Tochter würde Penelope nie bei Hofe empfangen werden. Ganz anders aber lägen die Dinge, wenn sie die Gemahlin von Lord Rich würde. Vielleicht glaube sie heute, daß ein Leben auf dem Lande der Ehe mit einem ungeliebten Manne vorzuziehen sei, doch werde sich das schnell ändern, wenn sich erst einmal die Langeweile einstelle.

»Ich kann nicht behaupten, daß ich glühend in deinen Vater verliebt war, als ich ihn geheiratet habe«, bekannte ich, »aber die Ehe ging nicht schlecht, und ich habe schließlich euch Kinder.«

»Aber Ihr wart während Eurer Ehe mit Robert befreundet«, erinnerte sie mich.

»Es ist nichts Unrechtes dabei, wenn man Freunde hat«, erwiderte ich.

Das machte sie nachdenklich. Und als Lord Huntingdon wieder einmal kam, um ihr ernsthaft zuzureden, gab sie nach.

So wurde sie mit Lord Rich vermählt, und dem armen Kind wurde von allen Seiten versichert, welch ein Glück dies für sie sei, da doch ihre Mutter in tiefste Ungnade gefallen und die Königin nach wie vor über ihren Stiefvater verstimmt war, welcher, wie viele meinten, seine frühere Stellung niemals zurückerobern würde.

Damals glaubte ich, die Königin würde eines Tages bei mir Nachsicht walten lassen, wie jetzt bereits Robert gegenüber. Nach ein paar Monaten begann er Schritt um Schritt ihre Gunst zurückzuerobern. Ihre Zuneigung zu ihm erstaunte mich stets aufs neue. Ich glaube, sie wob noch immer schwärmerische Träume um ihn, und wenn sie ihn betrachtete, dann sah sie in ihm nach wie vor den hübschen Jüngling, der mit ihr im Tower gefangen gewesen war, und nicht den viel zu dick gewordenen alternden Mann mit dem geröteten Gesicht und dem stark ergrauten Haar, das jede Woche weißer zu werden schien.

Zu Elisabeths größten Tugenden gehörte die Anhänglichkeit, die sie alten Freunden erwies. Ich wußte, sie würde Mary Sidneys aufopfernde Pflege nie vergessen; jedesmal, wenn sie das pockennarbige Gesicht erblickte, wallten Mitleid und Dankbarkeit in ihr auf. Sie hatte eine Heirat zwischen der jungen Mary Sidney und Henry Herbert, dem Grafen von Pembroke, vermittelt, und obgleich der Graf siebenundzwanzig Jahre älter war als seine Braut, hielten es alle für eine sehr passende Verbindung.

Auch Robert gehörte zu denen, die stets einen Platz in Elisabeths Herzen einnehmen würden, und wenn sie ihn auch gelegentlich verstieß, so wurde er doch immer wieder in Gnaden aufgenommen. Sie liebte Robert eben, und sie würde ihn immer lieben. Daher nahm es niemand wunder, daß er vor Ablauf von sechs Monaten abermals in ihrer Gunst stand.

Doch ach! Mir wurde nicht dasselbe Glück zuteil. Ich erfuhr, daß sie bei der bloßen Erwähnung meines Namens zornrot wurde und wütende Flüche gegen die »Wölfin« ausstieß.

Die eitelste Frau im Lande konnte mir nicht verzeihen, daß meine körperlichen Reize größer waren als die ihren und daß ich den Mann geheiratet hatte, den sie im Grunde ihres Herzens immer für sich allein hatte haben wollen. Zuweilen loderte ihr Zorn auf ihn wieder auf – vor allem dann, wenn ihr wieder einmal bewußt wurde, daß er mich ihr vorgezogen hatte –, doch hatte ihn dies niemals sonderlich beschwert. Er wußte, daß ihre Zuneigung, die ihm sogar nach ihrer Heirat erhalten geblieben war, alles überdauern würde.

Es ist sehr schwierig, eine Vorstellung von Roberts Wirkung auf Frauen zu vermitteln. Sie beruhte auf einer geradezu magischen Anziehungskraft, und sie war nun, da er alt wurde, um nichts geringer als in seiner Jugend. Er gab Rätsel auf, und niemand vermochte sie wirklich zu lösen. Er war so zuvorkommend und höflich und stets freundlich auch zu Bediensteten und Menschen niedrigen Standes: Und dennoch hing ihm seit Amy Robsarts Tod ein schlechter Ruf an. Machtgefühl ging von ihm aus. Vielleicht war es dies, was im wesentlichen seinen Reiz ausmachte.

Seine eigene Familie betete ihn an. Meine Kinder, kaum daß sie erfahren hatten, daß er ihr Stiefvater war, wandten sich ihm mit ganzem Herzen zu. Sie benahmen sich ihm gegenüber weit ungezwungener als jemals bei Walter.

Es war erstaunlich, daß er, der so ehrgeizig war und so entschlossen, jeden Vorteil wahrzunehmen, soviel Zeit für Familienangelegenheiten aufbrachte.

Penelope war damals sehr unglücklich. Sie besuchte uns häufig in Leicester House und führte bewegte Klage über ihre mißglückte Ehe. Lord Rich sei grob und lüstern, niemals könne sie ihn lieben, sie sei außerordentlich unglücklich und wolle am liebsten wieder nach Hause.

Mit Robert, der so gütig und verständnisvoll war, konnte sie sich aussprechen. Er versprach ihr, sie dürfe sein Heim jederzeit als das ihre betrachten, und sogleich machte er den Vorschlag, sie solle sich ein Zimmer nach ihrem Geschmack einrichten lassen. Dieser Raum hieß bei allen im Hause Lady Richs Zimmer, und es stand für sie bereit, wann immer sie Zuflucht suchte.

Wenn sie mit Robert zusammen war, erwachten ihre Lebensgeister wieder ein wenig. Sie wählte Vorhangstoffe für ihr Zimmer aus und kümmerte sich sogar ums Nähen. Ich war Robert dankbar, daß er meiner unglücklichen Tochter ein Vater war.

Auch Dorothy liebte ihn. Sie hatte erlebt, was mit Penelope geschehen war und sagte zu Robert, sie werde dafür sorgen, daß es ihr nicht ebenso erging. Ihren Ehemann suche sie sich allein aus.

Robert sagte: »Ich werde dir dabei helfen, und wir werden dir eine prächtige Hochzeit ausrichten – aber nur, wenn du einverstanden bist.«

Sie glaubte ihm, und beide Mädchen freuten sich immer schon darauf, wenn er wieder mit uns zusammen war.

Walter war ganz vernarrt in ihn. Es war Robert, der vorschlug, mein Sohn solle in ein paar Jahren, wenn er älter sei, nach Oxford gehen.

Ein Mitglied der Familie allerdings vermißte ich schmerzlich: meinen Sohn Robert Devereux, den Grafen von Essex, der mir von all meinen Kindern das liebste war. Wie sehr hätte ich gewünscht, daß er bei uns gewesen wäre! Ich beklagte die Sitte, daß Söhne von zu Hause fort mußten, insbesondere jene, welche durch den Tod ihres Vaters hohe Titel geerbt hatten. Es fiel mir schwer, mir meinen Liebling als Grafen von Essex vorzustellen – für mich würde er immer der kleine Robert bleiben. Ich war sicher, daß der andere Robert, mein Ehemann, ihm besonders zugetan wäre. Doch leider befand sich der Junge in Cambridge, wo er sich darauf vorbereitete, den Magistergrad zu erwerben. Von Zeit zu Zeit erhielt ich gute Nachrichten von ihm.

Der dritte Robert, unser Jüngster, wurde von Leicester vergöttert. Er schmiedete bereits Zukunftspläne für ihn. Scherzhaft sagte ich zu Leicester, es werde schwierig werden, für unseren Sohn ein Amt bei Hofe zu finden, da sein Vater meinte, für ihn sei nichts gut genug. »Als Braut kommt für ihn wohl nur eine Prinzessin von königlicher Abkunft in Frage«, meinte ich im Scherz.

»Dann müssen wir eben eine für ihn finden«, sagte Robert. Damals erkannte ich noch nicht, wie ernst es ihm damit war.

Leicester stand meiner Familie ebenso nahe wie seinen eigenen Geschwistern. Es war tröstlich für mich, vor allem angesichts des fürchterlichen Hasses der Königin auf mich, im Schoße einer liebevollen Familie geborgen zu sein.

Da ich nicht mehr an den Hof gehen konnte – Robert allerdings hatte sich seine alte Stellung rasch zurückerobert –, fand sich die Familie häufiger als sonst bei mir ein. Auch Roberts Neffe Philip Sidney kam sehr oft zu Besuch.

Er ging, begleitet von Penelope, im Park von Leicester House spazieren. Mir schien, als sei ihre Freundschaft nicht mehr dieselbe wie früher. Philip war immerhin eine Zeitlang mit Penelope verlobt gewesen, hatte allerdings niemals erkennen lassen, daß er sie zu heiraten wünschte. Oft kam mir der Gedanke, daß es ein Fehler gewesen war, eine Eheschließung überhaupt in Erwägung zu ziehen, als er zweiundzwanzig und Penelope erst ein Kind von vierzehn war. Nun aber war sie eine Frau – und eine unglückliche dazu. Das machte sie für einen Mann seiner Art begehrenswert. Die Abneigung gegen ihren Gatten verwandelte sich allmählich in Haß, und sie wandte sich bereitwillig dem hübschen, vornehmen und geistreichen jungen Mann zu, den sie beinahe geheiratet hätte.

Möglicherweise bereitete sich hier Unheil vor. Als ich jedoch zu Robert davon sprach, meinte er, Philip sei kein Mann, der in Sinneslust schwelgen wolle, er träume von schwärmerischer Liebe. Sicher würde er Gedichte auf sie verfassen und so seiner Verehrung Ausdruck geben. Deshalb brauchten wir nicht zu befürchten, daß Penelope ihren Eheschwur brechen würde. Denn daß Lord Rich in diesem Fall außer sich geraten würde, wußte Philip gewiß. Und Philip war weiß Gott kein Mann von heftiger Wesensart. Er verkehrte mit Leuten wie dem Dichter Spenser, für den er große Wertschätzung empfand. Er liebte das Theater und fühlte sich besonders wohl in Gesellschaft der Schauspieler, die Leicesters Truppe genannt wurden und in den Tagen vor Roberts Sturz regelmäßig zum Vergnügen der Königin gespielt hatten.

Es verhielt sich so, daß Philip, nun, da er Penelope an Lord Rich verloren hatte, von tiefer Leidenschaft für sie ergriffen wurde. Er begann Gedichte zu schreiben, in denen er sich Astrophel und Penelope Stella nannte; es wußte aber jedermann, wen er damit meinte.

Hieraus konnte, wie gesagt, Unheil entstehen, doch ich sah, was dies alles für Penelope bedeutete. Sie blühte auf und fand das Leben wieder

erträglich. Sie war mir sehr ähnlich. Ich glaube, was auch immer uns zustoßen mochte: Befanden wir uns selbst im Mittelpunkt dramatischer Geschehnisse, so riß uns die Erregung darüber mit.
Während sie also das Bett mit ihrem Gatten teilte – und sie erzählte mir, er sei ein sehr fordernder Ehemann –, genoß sie Philip Sidneys schwärmerische Anbetung. Und dabei wurde sie mit jedem Tag schöner. Ich konnte nicht umhin, stolz auf meine Tochter zu sein, welche als eine der schönsten Frauen bei Hofe galt.
Die Königin sah in ihr lieber Lady Rich als Penelope Devereux, »das Junge der Wölfin«. Penelope erregte Aufsehen, wohin sie auch kam. Sie konnte mir berichten, was bei Hofe vorging, und wie sehr ihr Stiefvater bestrebt war, ihren Aufstieg zu fördern.
Ich muß gestehen, daß ich mit der Zeit verdrießlich wurde. Es war betrüblich für mich, von diesem Zauberkreis ausgeschlossen zu sein. Da man mir aber nach wie vor berichtete, daß die Königin, sobald mein Name erwähnt wurde, einen Wutanfall bekam, war es vorläufig unwahrscheinlich, daß ich zurückkehren konnte. Selbst Robert mußte sehr behutsam vorgehen, und aus den goldbraunen Augen traf ihn so mancher warnende Blick. Man mußte sehr auf der Hut sein.
Der Herzog von Anjou kehrte nach England zurück und machte Elisabeth erneut den Hof. Robert war besorgt, denn als Elisabeth vor den Augen des französischen Botschafters mit dem Herzog in der Säulenhalle lustwandelte, hatte sie mit ihm von Heirat gesprochen.
»Es war höchst beunruhigend«, berichtete Robert, »und wäre es jemand anderer gewesen als Elisabeth, so hätte man wahrhaft meinen können, sie sei mit ihm einverstanden. Sie hat ihm in aller Öffentlichkeit schöngetan und ihn liebkost. Es ist, als sei über sie ein Zauberbann ausgesprochen worden, so daß sie nicht erkennen könne, was andere sähen. Der Zwerg ist häßlicher denn je. Man kann ja auch kaum erwarten, daß er im Laufe der Zeit schöner wird. Noch mehr als früher gleicht er einem abscheulichen kleinen Frosch. Doch Elisabeth tut, als sei er Labsal für ihre Augen. Es ist widerwärtig, die beiden zusammen zu sehen. Sie überragt ihn um Haupteshöhe.«
»Sie möchte, daß die Leute Vergleiche ziehen und feststellen, um wieviel schöner sie ist, trotz ihres Alters und seiner Jugend.«
»Der Anblick ist lächerlich – das reinste Possenspiel. Die ›Bauernhochzeit‹ ist nicht halb so komisch, als wenn die Königin mit ihrem Freier zusammen ist. In der Säulenhalle hat sie ihn doch wahrhaftig geküßt

und ihm einen Ring an den Finger gesteckt, und dann hat sie zu dem französischen Botschafter gesagt, daß sie Anjou heiraten werde!«
»Dann hat sie sich also wirklich festgelegt.«
»Du kennst sie nicht. Ich habe mit ihr unter vier Augen gesprochen und wollte von ihr wissen, ob sie bereits seine Geliebte sei. Sie erwiderte, sie sei unser aller Geliebte. Daraufhin fragte ich sie unumwunden, ob sie noch Jungfrau sei. Da lachte sie, versetzte mir einen freundschaftlichen Rippenstoß und sagte: ›Ich bin noch Jungfrau, Robert, obwohl die Männer sich gewaltig anstrengen, um mich zu einer Änderung dieses glückseligen Zustandes zu verleiten.‹ Und sie hat auf höchst eigentümliche Weise meinen Arm gedrückt und gemeint: ›Mein Augapfel braucht keine Angst zu haben.‹ Ich habe das so aufgefaßt, daß sie damit sagen wollte, sie werde Anjou trotz allem nicht heiraten. Ich glaube, sie will versuchen, diesen zwiespältigen Zustand zu beenden, in den sie durch eigene Schuld geraten ist.«
Und genau das tat sie. Ihren Ministern vertraute sie an, man hätte Zeit gewinnen und die Franzosen und Spanier im Ungewissen lassen müssen; nun aber wolle sie sich mit Hilfe ihrer Minister den Folgen entziehen.
In der Zwischenzeit sollten sie jedoch zum Schein mit der Abfassung der Eheverträge beginnen.
Ich ärgerte mich, weil ich Elisabeth nicht aus der Nähe beobachten konnte. Ich hätte sie so gern mit ihrem Frosch scherzen sehen und gehört, wie sie ihm erklärte, ihrer beider Hochzeitstag werde der glücklichste Tag ihres Lebens sein, während ihr listiger, lebhafter Geist die ganze Zeit überlegte, wie sie sich einen möglichst wirkungsvollen Abgang verschaffen konnte. Das Volk sollte glauben, Anjou sei wahnsinnig in sie verliebt – nicht, weil eine Verbindung mit ihr vorteilhaft für ihn war, sondern um ihres bezaubernden Wesens willen. Es war seltsam, daß derartige Gedanken sie bewegen konnten, während sie sich ausgiebig mit der politischen Seite der Angelegenheit befaßte. Doch wer das für unmöglich hielt, der kannte Elisabeth nicht.
Robert war froh. Er mißbilligte die Verbindung mit dem Franzosen von ganzem Herzen, hätte es aber auch nicht ertragen, wenn Elisabeth, nachdem sie ihn, Robert, verschmäht hatte, einen anderen geheiratet hätte. Zu beobachten, wie diese beiden, die in meinem Leben wohl die wichtigste Rolle spielten, Persönliches nie völlig auszuschließen vermochten, war erheiternd. Ich betrachtete mich übrigens auch selbst mit

dieser eindringlichen Schärfe des Blicks und entdeckte meist mehr als einen Beweggrund für meine Handlungen.
Robert berichtete, die Königin habe Anjou eine Botschaft des Inhalts gesandt, daß sie sich vor der Heirat fürchte, da sie glaube, wenn sie in den Ehestand trete, so habe sie nicht mehr lange zu leben. Sie sei aber sicher, daß ihr Tod das Letzte sei, das er wünschte.
»Der Kleine war außer sich«, sagte Robert. »Ich glaube, nun merkt er endlich, daß es ihm nicht anders ergeht als den übrigen, die um Elisabeth gefreit haben. Er begann wütend zu lamentieren, riß den Ring, den sie ihm gegeben hatte, vom Finger und schleuderte ihn von sich. Dann erzwang er sich Zutritt zu ihr und sagte, nun sehe er, daß sie ihn hintergehen wolle und nie beabsichtigt habe, ihn zu heiraten, worauf sie sich sehr bekümmert zeigte, einen tiefen Seufzer ausstieß und erklärte, um wieviel erfreulicher das Leben wäre, wenn man diese Angelegenheiten allein dem Herzen überlassen dürfte. Er entgegnete, wenn er sie nicht bekommen könne, sei es ihm am liebsten, wenn sie beide stürben. Hierauf beschuldigte sie ihn, er bedrohe sie. Da brach der kleine Einfaltspinsel in Tränen aus. Er schluchzte, er könne es nicht ertragen, wenn die ganze Welt erführe, daß Elisabeth ihn habe sitzen lassen.«
»Und was hat sie dann gemacht?«
»Sie hat ihm nur ihr Taschentuch gegeben, damit er sich die Tränen trocknen konnte. Ach Lettice, es ist ganz klar, daß sie nie die Absicht hatte, ihn zu heiraten. Aber sie hat uns dadurch keine geringen Unannehmlichkeiten aufgebürdet, denn jetzt müssen wir die Franzosen besänftigen, und das wird keine leichte Aufgabe sein.«
Da hatte er allerdings recht. Die Gesandten des Königs von Frankreich waren bereits in England angekommen, um dem Paar zu gratulieren und die letzten Hochzeitsvorbereitungen zu treffen. Als der wahre Stand der Dinge ans Licht kam, versetzte der französische Botschafter die Ratsversammlung in Angst und Schrecken, indem er erklärte, da der Herzog von Anjou durch die Engländer beleidigt worden sei, würden sich die Franzosen mit Spanien verbünden, was für die Engländer keine erfreuliche Aussicht sein dürfte.
Robert erzählte mir, die Minister hätten sich miteinander beraten, und man sei allgemein der Ansicht, daß die Angelegenheit schon zu weit gediehen sei, als daß man jetzt noch einen Rückzieher machen konnte. Als die Königin die Minister empfing, verlangte sie zu wissen, ob sie

ihr etwa einreden wollten, sie habe gar keine andere Wahl, als den Herzog zu heiraten.
Sie habe mit dem Feuer gespielt, und wenn sie nicht vorsichtig zu Werke gingen, so würden sich einige ernsthaft die Finger verbrennen. Elisabeth sagte, es müsse doch einen Ausweg aus dieser Lage geben, und sie würde ihn finden. Die Heiratsbedingungen wurden ausgehandelt, und die Franzosen zeigten sich bereit, auf Elisabeths Forderungen einzugehen. In ihrer Verzweiflung verkündete sie plötzlich, sie könne nur unter dem Vorbehalt zustimmen, daß Calais an die englische Krone zurückgegeben werde.
Diese Forderung war – und das wußte Elisabeth – empörend. Calais – das ihre Schwester Maria einst verloren hatte – war das letzte Bollwerk im Besitze der Engländer gewesen, und die Franzosen würden es unter keinen Umständen zulassen, daß die Engländer wieder in Frankreich Fuß faßten. Jetzt spätestens mußten sie erkennen, daß Elisabeth mit ihnen ihr Spiel trieb. Nun wurde es wirklich gefährlich.
Elisabeth wußte das besser als jeder andere. Und sie fand eine Lösung. Die Spanier waren eine Bedrohung. Der kleine Herzog stand augenblicklich gerade einmal im protestantischen Lager, und es würde wahrscheinlich zu einem Zusammenstoß mit den Spaniern kommen. Die Königin war der festen Überzeugung, daß es besser wäre, wenn solch ein Treffen außerhalb ihres Reiches stattfände. Da die Niederlande wiederholt um Hilfe gebeten hatten, mochte der Ausweg aus einer schwierigen Situation darin liegen, zwei Fliegen mit einer Klappe zu schlagen: Man versah den Herzog von Anjou mit einer Summe Geldes und schickte ihn in die Niederlande, damit er sich dort an die Spitze eines Feldzugs gegen die Spanier stelle.
Nichts hätte geeigneter sein können, Heinrich III. von Frankreich und Philipp von Spanien zu verärgern. Und die Gedanken des kleinen Prinzen würden vom Heiraten abgelenkt.
Vor Liebe zu ihr verschmachtend, wie er beteuerte, ließ sich Anjou schließlich überreden, in die Niederlande zu ziehen. Stolz zeigte ihm Elisabeth ihre Schiffswerft in Chatham. Der Anblick so vieler prachtvoller Schiffe machte großen Eindruck auf ihn, verstärkte aber zweifellos auch seinen Wunsch, Elisabeths Gemahl und Herr über ihre Flotte zu werden. Da sie ihm auch weiterhin ihre Zuneigung bewies, mußte er das Gefühl haben, daß die Erfüllung dieses Wunsches auch jetzt noch nicht unmöglich geworden war.

Robert erzählte mir, was sich zugetragen hatte. Er sei zutiefst bekümmert, sagte er, denn Elisabeth hatte dem Herzog zugesagt, sie wolle ihm als Zeichen ihrer Wertschätzung zur Begleitung einen Mann nach Antwerpen mitgeben, auf dessen Anwesenheit bei Hofe sie stets allergrößten Wert gelegt habe.
»Dich, Robert!« rief ich. Er nickte.
Ich spürte seine innere Erregung. In diesem Augenblick, so glaube ich, begannen meine Gefühle für ihn sich zu ändern. Er war wieder in Gnaden aufgenommen, und ich erkannte endgültig, daß nach wie vor der Ehrgeiz sein Leben beherrschte. Sie, meine königliche Rivalin, konnte ihm geben, wonach es ihn verlangte. Aber ich war nicht die Frau, die sich so leicht mit dem zweiten Platz abfand.
Er ging mit Freuden in die Niederlande, wenn es auch bedeutete, daß er mich verlassen mußte. Doch sah er dort vielerlei Möglichkeiten für sich. Und dadurch, daß ihn die Königin dazu bestimmt hatte, Anjou zur Seite zu stehen, bewies sie ihm, daß sie ihm vertraute.
Sie waren wieder vereint – mein Ehemann und seine königliche Gebieterin. Wohl war ich es, bei der seine Sinne Befriedigung fanden. Doch sein Verstand sagte ihm, er müsse ein treuer Gefolgsmann der Königin sein. Und noch stärker als sein fleischliches Verlangen war sein Ehrgeiz.
Er merkte nicht, wie zurückhaltend ich mich benahm, sondern fuhr aufgeregt fort: »Erkennst du, was sie getan hat? Sie hat die Franzosen die ganze Zeit hingehalten, und jetzt hat sie Anjou sogar dazu gebracht, für sie in die Schlacht zu ziehen.«
Seine Augen leuchteten. Sie war eine großartige Frau und eine große Königin. Alle Zärtlichkeiten, die sie ihrem kleinen Frosch erwiesen hatte, waren wohlüberlegte Politik gewesen. Es gab nur einen Mann, den sie so sehr liebte, daß er sie zeitweise ihre Zielstrebigkeit vergessen gemacht hatte: Robert Dudley.
Er unterstand ihren Befehlen. Sie hatte ihm seine Heirat verziehen und wollte ihn bei sich haben. Die Ehe war unwichtig. Heiraten wollte sie ihn ja ohnehin nicht. Aber sie würde mir, sooft sie nur konnte, meinen Gatten fortnehmen. Er hatte seine Stellung als ihr Günstling zurückgewonnen, seine Gattin aber blieb vom Hofe verbannt. Das war ihre Rache an mir.
Ich fühlte, wie kalte Wut in mir aufstieg. Nein, ich würde mich nicht so leicht beiseiteschieben lassen.

»Leicesters Commonwealth«

Euer Brief erreichte mich, als ich mich für zwei Wochen vom Hofe entfernt hatte, um mein Weib in ihrem Elend über den Verlust meines kleinen Sohnes zu trösten, welchen Gott kürzlich von uns genommen hat.

Leicester an William Davison

Seine Lordschaft (Leicester) wechselt Gattinnen und Geliebte, indem er die eine umbringt, die andere verstößt ...
Kinder von Ehebrechern sollen getötet und die Saat eines sündigen Bettes ausgerottet werden.

Aus »Leicesters Commonwealth«

Als Robert aus den Niederlanden zurückkehrte, befand ich mich mit Dorothy und meinem kleinen Sohn Robert in Leicester House. Mein älterer Sohn, Robert Devereux, hatte inzwischen in Cambridge den Magistergrad erworben und den Wunsch geäußert, er wolle ein ruhiges Leben führen. Sein Vormund Lord Burleigh hielt es daher für einen ausgezeichneten Gedanken, daß Robert sich auf eines seiner Güter bei Llanfydd in Pembrokeshire zurückziehen sollte, wo er das Leben eines Landedelmannes führen und sich seinen Büchern widmen konnte. Infolgedessen sah ich ihn nur selten, was mir gar nicht behagte, denn er war mir von all meinen Kindern das liebste.
Leicester war merklich gealtert. Sein Haar war grauer, sein Gesicht noch röter geworden. Die Königin hatte ihn zu Recht wegen seiner Unmäßigkeit bei Tisch gescholten. Die leichte Bedrückung, die ihm nach unserer Heirat anzusehen gewesen war, als er für kurze Zeit geglaubt hatte, die Gunst der Königin für immer verloren zu haben, war gänzlich verschwunden. Nun zeigte er sich wieder voll Selbstvertrauen.
Er betrat das Haus, wo ich ihn zur Begrüßung erwartete, riß mich in

seine Arme und erklärte, ich sei schöner denn je. Er liebte mich mit dem drängenden Begehren eines Mannes, der lange Zeit enthaltsam gelebt hat. Doch ich spürte, daß er mit seinen Gedanken nicht ganz bei mir war, und da wußte ich: meine Rivalin hieß Ehrgeiz.

Ich war ein wenig verärgert darüber, daß er zuerst die Königin aufgesucht hatte, ehe er zu mir kam. Ich wußte, daß dies unumgänglich war, doch meine Eifersucht machte mich unvernünftig.

Er fand kein Ende, mit mir von der Zukunft zu sprechen; sie würde glänzend sein, des war er gewiß.

»Die Königin empfing mich mit großer Herzlichkeit und schalt mich, weil ich zu lange fortgeblieben war. Sie sagte, sie habe schon geglaubt, ich hätte eine solche Zuneigung zu den Niederlanden gefaßt, daß ich darüber mein Vaterland und meine gütige Königin vergessen hätte.«

»Und vielleicht auch«, warf ich ein, »deine geduldige Gattin.«

»Dich hat sie nicht erwähnt.«

Darüber mußte ich lachen. »Wie gütig von ihr, deine Ohren nicht mit Schimpfworten, die mir gegolten hätten, zu beleidigen.«

»Ach, das wird auch vorübergehen! Ich möchte schwören, Lettice, daß sie dich in ein paar Monaten bei Hofe empfängt.«

»Ich bin bereit, das Gegenteil zu beschwören.«

»Ich werde dafür sorgen.«

»Du wirst dich vergeblich bemühen.«

»Nein, ich kenne sie besser als du.«

»Der einzige Weg, Vergebung für mich zu erlangen, wäre, daß du mich verließest oder dich sonstwie meiner entledigtest. Aber sei's drum. Du jedenfalls scheinst wieder in den Kreis ihrer Günstlinge aufgenommen.«

»Daran ist nicht zu zweifeln. Und Lettice, ich glaube, in den Niederlanden steht mir eine große Zukunft bevor. Man hat mich mit größter Artigkeit empfangen. Ich habe den Eindruck, sie würden mich gern zum Statthalter der Provinzen ernennen. Die Lage dort ist so hoffnungslos, daß sie in mir anscheinend den Retter sehen.«

»Wenn du also Gelegenheit hättest, würdest du deine königliche Gebieterin verlassen? Was würde sie wohl dazu sagen!«

»Ich müßte sie eben überzeugen.«

»Ihr habt eine hohe Meinung von Euren Überredungskünsten, Mylord.«

»Wie würde es dir gefallen, Gemahlin des Statthalters zu sein?«

»Recht gut, zumal ich hier als Leicesters Gattin nicht erwünscht bin.«
»Nur bei Hofe.«
»Nur bei Hofe! Wo sonst gilt man denn etwas?«
Er ergriff meine Hände, und in seinen Augen flammte jene Leidenschaft auf, die nur der Ehrgeiz in ihm zu entzünden vermochte.
»Ich werde dafür sorgen, daß unsere Familie den ihr gebührenden Platz erhält«, sagte er.
»Als ob du das nicht schon getan hättest! Mir scheint, du hast deine Verwandten und Anhänger überall im Lande in den richtigen Ämtern untergebracht.«
»Ich habe eben versucht, meine Stellung zu festigen.«
»Dabei hast du doch erlebt, daß ein Stirnrunzeln der Königin genügt, um dich aus dem Sattel zu heben.«
»Das ist richtig. Und darum muß ich Sorge tragen, meinen Einfluß zu verstärken. Da wäre der junge Essex. Es ist an der Zeit, daß er aus seinem Versteck in Wales hervorkommt und an den Hof geht. Ich könnte ihm ein Amt verschaffen.«
»Meinem Sohn scheint es auf dem Lande zu gefallen, wie aus seinen Briefen an mich und an Lord Burleigh hervorgeht.«
»Unsinn. Ich habe einen prächtigen Stiefsohn. Und ich möchte meine Bekanntschaft mit ihm erneuern und ihn fördern.«
»Gut. Ich werde ihm das schreiben.«
»Und unser kleiner Robert ... Ich habe Pläne mit ihm.«
»Er ist doch noch ein ganz kleiner Junge.«
»Glaub mir, es ist nie zu früh, an die Zukunft der Kinder zu denken.«
Ich legte die Stirn in Falten. Um unseren Sohn machte ich mir Sorgen. Er war ein zartes Kind. Betrachtete ich seinen Vater und mich, so kam mir das geradezu lächerlich vor. Die Kinder, die ich von Walter Devereux hatte, waren kräftig und gesund. Es schien wie ein wunderlicher Streich des Schicksals, daß Leicesters Sohn ein Schwächling werden sollte. Der kleine Robert hatte nur mit Mühe Laufen gelernt. Ich hatte entdeckt, daß das eine Bein um eine Kleinigkeit kürzer war als das andere. Als er dann endlich lief, hinkte er ein wenig. Dieses Körperschadens wegen liebte ich ihn besonders. Ich hatte den Wunsch, ihn zu umhegen und zu beschützen. Der Gedanke, ihn einmal glänzend zu verheiraten, behagte mir ganz und gar nicht.
»Wen schlägst du denn für Robert vor?« fragte ich.
»Arabella Stuart«, erwiderte Robert.

Ich merkte, welchen Weg seine Gedanken gingen, und erschrak. Arabella Stuart hatte einen Anspruch auf den Thron, denn sie war die Tochter von Charles Stuart, dem Grafen von Lennox, und dieser war der jüngere Bruder des Grafen von Darnley, welcher Maria, die Königin von Schottland, geheiratet hatte. Durch seine Mutter war der Graf von Lennox der Enkel von Margaret Tudor, der Schwester Heinrichs VIII.
Rasch sagte ich: »Du meinst, es besteht die Möglichkeit, daß sie den Thron besteigt. Wie sollte sie? Jakob, der Sohn der Maria, kommt vor Arabella.«
»Aber sie ist auf englischem Boden geboren«, sagte Robert. »Jakob ist Schotte. Das Volk dürfte eine englische Königin vorziehen.«
»Dein Ehrgeiz läuft deinem gesunden Menschenverstand davon«, sagte ich bissig und fuhr fort: »Du bist wie dein Vater. Er betrachtete sich als Königsmacher, und am Ende verlor er seinen Kopf.«
»Ich sehe keinen Hinderungsgrund für eine Verlobung.«
»Und du meinst, die Königin würde dem zustimmen?«
»Ich glaube, wenn ich es ihr anheimstelle ...«
»In trauter Zweisamkeit«, schlug ich vor.
»Was ist denn in dich gefahren, Lettice? Du darfst dich nicht darüber ärgern, daß Elisabeth dich nicht empfängt. Ich sage dir, das wird sich bald ändern.«
»Mir scheint, du bist aus den Niederlanden als siegreicher Held zurückgekehrt, der wie der Sturmwind dahinfährt.«
»Warte nur ab«, sagte er. »Ich habe noch ganz andere Pläne. Wie steht es mit Dorothy?«
»Dorothy! Hast du etwa einen Ehemann von ebenfalls königlicher Abkunft für sie?«
»Du hast es erraten.«
»Ich bin gespannt, wen du für sie aufgetan hast.«
»Den jungen Jakob von Schottland.«
»Robert, du sprichst doch nicht im Ernst. Meine Tochter Dorothy soll den Sohn der schottischen Königin heiraten!«
»Warum nicht?«
»Ich würde gern hören, was seine Mutter zu diesem Vorschlag meint.«
»Ihre Meinung ist nicht von Belang. Die Königin von Schottland ist schließlich eine Gefangene.«

»Und die Meinung deiner königlichen Gebieterin?«
»Ich glaube, Elisabeth ließe sich überreden. Wenn James schwören würde, Protestant zu bleiben, so wäre sie bereit, ihn als ihren Erben einzusetzen.«
»Und Ihr, Mylord, als sein Schwiegervater, würdet das Königreich regieren. Und falls es ihm nicht gelingt, den Thron zu besteigen, bleibt immer noch Arabella. Nimm dich in acht, Robert!«
»Ich lasse größte Vorsicht walten.«
»Du bist wahrhaftig wie dein Vater. Erinnere dich: Er hat versucht, deinen Bruder Guildford durch die Vermählung mit Lady Jane Grey zum König zu machen. Denk daran – es hat ihn den Kopf gekostet. Um Kronen zu würfeln, ist gefährlich!«
»Das Leben ist nun einmal ein gefährliches Glücksspiel, Lettice. Daher sollte man auch einen hohen Einsatz wagen.«
»Armer Robert. Du hast dir wirklich Mühe gegeben. Fast wäre es dir gelungen, durch Elisabeth die Krone zu erlangen. Schmerzlich und beschämend war es, wie sie dich all die Jahre am Gängelband geführt hat. Da hieß es dann: ›Robert, mein Augapfel, mein süßer Robin‹, und gerade, als du dachtest, du brauchtest nur die Hand nach der Krone auszustrecken, da wurde sie dir weggeschnappt. Wenigstens kennst du jetzt die Spielregeln. Aber du gibst nicht auf, nicht wahr? Du willst deinen Ehrgeiz auf Umwegen befriedigen. Du verschaffst deinen Handlangern die Macht, und dann werden sie von dir gegängelt. Robert, du bist der schändlichste Ehrgeizling, der mir je begegnet ist.«
»Würdest du mich denn anders haben wollen?«
»Du weißt genau, daß ich dich nicht anders haben möchte, als du bist, und doch muß ich dir sagen: Nimm dich in acht! Elisabeth hat dich wieder in Gnaden aufgenommen, aber sie ist unberechenbar. Du kannst heute ihr süßer Robin sein und morgen der Verräter Leicester.«
»Aber du siehst doch, sie verzeiht mir immer. Ein schlimmerer Schlag als unsere Heirat hätte sie nicht treffen können. Aber wenn du ihre Zärtlichkeit hättest sehen können bei meinem Aufbruch in die Niederlande und bei meiner Rückkehr ...«
»Das ist mir glücklicherweise erspart geblieben.«
»Du darfst nicht eifersüchtig sein, Lettice. Meine Beziehung zu ihr läßt sich mit unserem Verhältnis nicht vergleichen.«
»Nein. Denn sie hat dich verschmäht! Wenn sie dich genommen hätte, sähen die Dinge anders aus, nicht wahr? Ich sage nur eines: Hüte dich!

Glaub ja nicht, weil sie dir die Wange getätschelt und gesagt hast, daß du zuviel ißt, könntest du dir bei unserer gnädigen Herrin Freiheiten herausnehmen – sonst entdeckst du nur zu bald, daß sie beileibe nicht gnädig ist.«

»Meine liebe Lettice, ich glaube, ich kenne sie besser als sonst jemand.«

»Das sollte man meinen. Eure Bekanntschaft ist schließlich alt genug. Doch mir scheint, daß dir die Lobhudelei in den Niederlanden schlecht bekommen ist. Du siehst dich selbst siegreicher, als du in Wirklichkeit bist. Du stehst auf schwankendem Boden, Robert, und ich als dein demütiges Weib bitte dich lediglich, vorsichtig zu sein.«

Was ich sagte, gefiel ihm durchaus nicht. Er hatte gehofft, daß ich seinen Plänen Beifall spenden und blindlings daran glauben würde, daß er die Macht besaß, alles zu erreichen, was er wollte. Er merkte nicht, daß ich ihn bereits mit anderen Augen sah und wie tief mich meine Vertreibung vom Hof getroffen hatte – während er dort allein in Ehren empfangen wurde und mit diesem Zustand auch noch zufrieden schien.

Doch selbst die neuerworbene Gunst der Königin schützte ihn nicht vor ihrem Zorn, als sie von seinen Absichten erfuhr. Sie ließ ihn zu sich kommen und beschimpfte ihn lautstark. Das wurde mir von ihm und von anderen berichtet. Sie gab ihm deutlich zu verstehen, daß sie zu diesen zwei beabsichtigten Vermählungen nie ihre Einwilligung geben würde ... nur weil es sich bei den Beteiligten um meine Kinder handelte.

»Glaubt nicht«, schrie sie so laut, daß viele es hören konnten, »daß ich es zulasse, daß diese Wölfin durch ihre Jungen triumphiert.«

Damit war offenbar, daß sie mir nie verzeihen würde. Es bestand also keine Aussicht, daß ich wieder bei Hofe empfangen wurde.

Eine Zeitlang war Robert niedergeschlagen, doch dann war es so hoffnungsfroh wie immer. »Das wird vorübergehen«, sagte er. »Ich verspreche dir, daß sie dich über kurz oder lang doch empfangen wird.«

Das bezweifelte ich allerdings, da die bloße Erwähnung meines Namens sie in höchste Wut versetzen konnte.

Sie sorgte dafür, daß Robert soviel wie möglich in ihrer Nähe war. Ganz gewiß war sie entschlossen, mir zu beweisen, daß zuletzt sie triumphieren würde, auch wenn ich durch meine Heirat mit Robert vorübergehend einen Sieg errungen hatte.

Da ich bei Hofe nicht empfangen wurde, beschloß ich, den Leuten auf andere Weise zu zeigen, daß ich vorhanden war. Ich stattete unsere sämtlichen Häuser mit solcher Pracht aus, daß es allmählich hieß, der Hof wirke im Vergleich dazu ärmlich. Ich erwarb die prächtigsten Stoffe, und ließ daraus Staatsroben schneidern, so großartig wie nur irgendeine in den üppig ausgestatteten Schränken der Königin. Ich kleidete meine Lakaien in schwarzen Samt, der mit silbernen Ebern bestickt war, und fuhr in einer von vier Schimmeln gezogenen Kutsche durch London. Dabei ließ ich mich von mindestens fünfzig Bediensteten begleiten, und eine kleine Kavalkade ritt immer voraus, um den Weg für meine Kutsche freizumachen. Dann kamen die Leute aus den Häusern gelaufen, um den Zug zu betrachten, in der Überzeugung, es sei gewiß die Königin, die da vorbeifahre.

Ich lächelte ihnen so wohlwollend zu, als sei ich wahrhaftig die Herrscherin, und sie gafften mich erstaunt an.

Zuweilen konnte ich sie ehrfürchtig flüstern hören: »Das ist die Gräfin von Leicester.«

Ich genoß diese Ausflüge. Bedauerlich war nur, daß die Königin mich nicht sehen konnte.

Aber ich tröstete mich mit dem Wissen, daß Nachrichten über mich rasch den Weg zu meiner Rivalin fanden.

Im Januar hatte die Königin Philip Sidney zum Ritter geschlagen. Das bewies, daß die Familie wieder in ihrer Gunst stand. Das einzige Familienmitglied, das weiterhin abseits stehen mußte, war ich. Mein Haß wuchs.

Robert eröffnete mir, daß Sir Francis Walsingham seine Tochter mit Philip zu vermählen wünsche. Robert hielt das für einen ausgezeichneten Gedanken, denn für Philip wurde es Zeit zu heiraten. Er schrieb immer noch Gedichte, in denen er Penelopes Schönheit pries und seine hoffnungslose Leidenschaft besang. Doch Robert wies mich darauf hin – und ich war hier mit ihm einer Meinung –, daß Philips Leidenschaft von einer Art war, welche der körperlichen Erfüllung nicht bedurfte. Er war ein Dichter, ein Liebhaber der Künste, und eine Liebesgeschichte in Versen befriedigte sein schwärmerisches Gemüt mehr als eine Affaire, die ihren natürlichen Höhepunkt fand. Penelope freilich genoß es, in Versen angebetet zu werden, doch sie war immerhin mit Lord Rich vermählt. Und konnte man die Ehe auch nicht gerade als glücklich bezeichnen, so hatten die beiden doch wenigstens Kinder miteinander.

Die Familien befürworteten eine Verbindung zwischen Frances Walsingham und Philip. Frances war ein schönes Mädchen, und empfand Philip ihr gegenüber vorderhand auch keine tieferen Gefühle, so würde sich das gewiß ändern, wenn er erst vermählt war.

Zu meiner nicht geringen Überraschung hatte Philip nichts gegen diese Heirat einzuwenden, und so wurde der Ehekontrakt aufgesetzt.

Als Dorothy von Roberts Absicht hörte, sie mit Jakob von Schottland zu verheiraten, war sie ziemlich aufgebracht. Sie sagte, nichts auf der Welt könne sie dazu bringen, auch wenn die Königin zustimmen würde.

»Mir scheint, er ist ein sehr widerlicher Mensch«, sagte sie. »Gemein und anmaßend. Euer Gatte will ein wenig zu hoch hinaus, Mylady.«

»Du brauchst dich nicht aufzuregen«, erwiderte ich. »Die Hochzeit wird ganz gewiß nicht stattfinden. Die Königin würde dich, mich und deinen Stiefvater in den Tower werfen lassen, wenn wir das wagen würden!«

Sie lachte. »Sie haßt Euch, Mylady. Ich weiß auch, warum.«

»Ich auch«, gab ich zurück.

Sie blickte mich voller Bewunderung an. »Ihr werdet niemals alt«, meinte sie.

Ich freute mich, denn solche Worte aus dem Munde einer jungen Tochter, die mit Tadel nicht zu sparen pflegte, bedeuteten wahrlich ein Lob.

»Ich glaube, das liegt an Eurem aufregenden Leben.«

»Ist mein Leben denn so aufregend?« fragte ich nachdenklich.

»Aber freilich. Ihr habt meinen Vater geehelicht, und dann habt Ihr Euch mit Robert eingelassen, von dem es hieß, er sei mit Douglass Sheffield vermählt, und jetzt haßt Euch die Königin. Ihr aber schnippt bloß mit den Fingern. Und wenn Ihr ausfahrt, seht Ihr ebenso königlich aus wie sie.«

»Das dürfte niemandem gelingen.«

»Nun, Ihr seid immerhin schöner als sie.«

»Darin dürften dir nicht viele beipflichten.«

»Jedermann würde mir beipflichten ... wenn auch insgeheim. Ich habe mir vorgenommen, so zu leben wie Ihr. Ich werde auch mit den Fingern schnippen, wenn das Schicksal an mich herantritt, und falls Euer Gatte mich mit dem König von Frankreich oder Spanien vermählen wollte, so würde ich als Antwort darauf mit dem Mann durchbrennen, dem mein Herz gehört.«

»Da diese Könige beide verheiratet sind und, wären sie es nicht, ganz gewiß nicht dich ehelichen würden, brauchen wir uns darüber nicht den Kopf zu zerbrechen.«

Sie gab mir einen Kuß und sagte, das Leben sei aufregend, und für Penelope müsse es erst recht wunderbar sein, da diese mit einem Ungeheuer vermählt sei und der schönste junge Mann am Hofe Liebesoden auf sie verfasse, die von jedermann gelesen und für Kunstwerke gehalten würden, durch welche Penelope unsterblich würde. »Ich glaube, um das Leben zu genießen, muß man dafür Sorge tragen, daß es munter zugeht.«

»Daran könnte etwas Wahres sein«, stimmte ich zu.

Mir hätte dieses Gespräch eine Warnung sein müssen. Dorothy war siebzehn und schwärmte gern, doch ich hielt sie noch immer für ein Kind. Außerdem war ich so sehr mit meinen eigenen Angelegenheiten beschäftigt, daß es mir gar nicht in den Sinn kam, mich um die meiner Tochter zu kümmern.

Als Sir Henry Cock und seine Gattin sie einluden, ein paar Wochen bei ihnen auf Broxbourne zu verbringen, glaubten wir, das sei das Richtige für sie. Dorothy machte sich in bester Stimmung auf den Weg.

Kurz nachdem sie abgereist war, kam Robert aus Greenwich nach Leicester House. Ich spürte aus seinem Verhalten, daß etwas Unerfreuliches geschehen war. Die Königin war erzürnt. Sie hatte erfahren, daß Philip Sidney mit Frances Walsingham verlobt war, ohne daß man um ihre Erlaubnis nachgesucht hatte. Sie war über alle Beteiligten sehr verärgert, und da Philip Roberts Neffe war und Robert bekanntlich großen Anteil an allen Familienangelegenheiten nahm, schien es der Königin, er habe sie absichtlich in Unkenntnis gelassen.

Robert hatte ihr erklärt, er habe die Sache nicht für so wichtig gehalten, als daß er Elisabeth damit behelligen hätte wollen.

»Nicht so wichtig!« hatte sie gekeift. »Habe ich dem jungen Mann nicht meine Gunst bewiesen? Erst in diesem Jahr habe ich ihn zum Ritter geschlagen, und er erkühnt sich, sich mit dem Walsingham-Mädchen zu verloben und mir nichts davon zu sagen!«

Walsingham war vor der Königin erschienen, sehr demütig. Als der Zorn Elisabeths etwas verraucht war, wurde ihm gestattet zu erklären, daß auch seiner Meinung nach seine Familie von zu geringer Bedeutung sei, als daß sie die Anteilnahme der Königin in Anspruch nehmen dürfe.

»Von zu geringer Bedeutung!« rief die Königin. »Ihr solltet wissen, daß alle meine Untertanen für mich von Bedeutung sind, Ihr, mein Mohr, ebenso wie jeder andere.« Daß sie ihn mit seinem Spitznamen anredete, kam einem Tadel gleich, denn sie, mit ihrer Vorliebe für spaßhafte Namen, hatte ihn einst wegen seiner dunklen Augenbrauen ihren Mohren getauft. »Ihr wißt sehr wohl, daß mir Eure Familie am Herzen liegt, und Ihr habt mich zu hintergehen versucht. Ich habe nicht übel Lust, diesen beiden die Heiratserlaubnis zu verweigern.«

Sie bekundete einige Tage lang ihr Mißfallen, bevor sie einlenkte und schließlich nachgab, das junge Paar zu sich kommen ließ, ihm ihren Segen erteilte und zusagte, Patin seines ersten Kindes zu werden.

Zu dieser Zeit starb einer von Roberts gefährlichsten Feinden, Thomas Radcliffe, der Graf von Sussex. Er hatte lange Zeit gekränkelt, was ihn zu Roberts Genugtung häufig vom Hofe fernhielt. Sussex hatte, wie er stets behauptete, der Königin mit ganzem Herzen gedient, und nichts – nicht einmal ihr Mißfallen – hätte seine Verehrung mindern können. Er hatte sich nie ganz von dem Leiden erholt, das er sich während des Aufstandes im Norden zugezogen hatte, als er dort die Feinde der Königin niederschlug. Er kannte Roberts Bestrebungen recht wohl und war gewiß ernstlich besorgt, welche Folgen dies für die Königin wie auch für Robert selbst haben würde. Eines Tages hätten sie sich beinahe in Gegenwart der Königin geschlagen. Sie hatten sich gegenseitig des Verrats an Ihrer Majestät bezichtigt. Die Königin verabscheute es, wenn Menschen, die ihr teuer waren, miteinander in Fehde lagen, denn sie fürchtete immer, es könne ihnen etwas zustoßen. Daher hatte sie den Wächtern befohlen, die beiden abzuführen. Sie mußten in ihren Gemächern bleiben, bis der Zorn der Königin sich abgekühlt hatte.

Doch es war seinerzeit Sussex gewesen, der ihr abgeraten hatte, Robert im Tower einzukerkern, nachdem man ihr unsere Heirat offenbart hatte. In ihrem Zorn wäre sie dazu fähig gewesen. Sussex aber hatte erkannt, daß ihr das selbst zum Nachteil gereichen würde. Wahrscheinlich hätte ihn Sussex, das war Roberts Meinung gewesen, mit Freuden als Gefangenen im Tower gesehen. Daher schien die Behauptung des Herzogs, er sei stets bestrebt, das zu tun, was für die Königin das Beste sei, doch ein Körnchen Wahrheit zu enthalten.

Nun lag er im Sterben. Elisabeth suchte ihn in seinem Haus in Bermondsey auf, setzte sich an sein Bett und zeigte sich sehr besorgt um ihn. Sie vergoß Tränen, weil er dahinging. Sie nahm sich den Verlust derer, die ihr eng verbunden waren, stets sehr zu Herzen.

Er mache sich große Sorgen, sagte er ihr vor seinem Tod; er hätte noch vieles für sie tun können. Sie beruhigte ihn, er solle seinen Frieden mit der Welt machen. Niemand hätte ihr treuer dienen können, und er solle wissen, daß sie, wenn sie auch streng zu ihm gewesen sei, ihm stets ihre Zuneigung bewahrt habe, denn sie habe allzeit gewußt, daß er es gut mit ihr meine, selbst dann, wenn sie seinetwegen unwillig gewesen sei.

Er sagte: »Madam, ich habe Angst, Euch zu verlassen.«

Darauf lachte sie und meinte, er habe eine sehr hohe Meinung von sich selbst, das aber habe auch sie, und daher glaube sie, mit jedem fertig werden zu können, der sich ihr entgegenstelle. Sie wußte, daß er sie vor Robert warnte, dessen Ehrgeiz, wie er oft gesagt hatte, vor nichts haltmachen würde.

Die Leute, die an Sussex' Sterbebett standen, berichteten, wie seine letzten Worte an die Anwesenden gelautet hatten. »Ich gehe nun fort in eine andere Welt«, hatte er gesagt, »und muß euch eurem Geschick und der Gnade der Königin überlassen. Doch hütet euch vor dem Zigeuner, denn der ist für euch alle zu gerissen. Ihr kennt die Bestie nicht so gut wie ich.«

Natürlich spielte er damit auf Robert an.

Elisabeth betrauerte Sussex und erklärte wieder und wieder, sie habe einen guten Diener verloren. Die Warnung vor dem »Zigeuner« beachtete sie jedoch nicht.

Eines Tages kam Sir Henry Cock in großer Sorge nach Leicester House. Sofort wurde ich unruhig, da ich ahnte, daß mit meiner Tochter etwas geschehen sein müsse.

Ich hatte recht. Thomas Perrot, der Sohn von Sir John Perrot, hatte sich ebenfalls auf Broxbourne aufgehalten, und wie es schien, eine zarte Beziehung zu meiner Tochter angeknüpft. Der Vikar von Broxbourne war mit einer unglaublichen Geschichte zu Sir Henry gekommen. Zwei Fremde hätten ihn aufgesucht, erzählte er, und ihn um die Schlüssel zu seiner Kirche gebeten. Er habe selbstverständlich abgelehnt, sie auszuhändigen; die Fremden seien fortgegangen, aber nach einer Weile habe ihn ein ungutes Gefühl beschlichen; er sei zur Kirche gegangen, um nachzusehen, ob alles in Ordnung sei. Er stellte fest, daß die Kirchentür mit Gewalt geöffnet worden und eine Trauung im Gange war. Einer der beiden Fremden, welche ihn zuvor um die Schlüssel gebeten hatten, amtierte als Geistlicher. Der Vikar sagte ihnen, sie könnten in seiner Kirche keine Trauung vornehmen, da hierzu nur er befugt sei. Daraufhin bat ihn einer der Männer, in welchem er später Thomas Perrot erkannte, ihn zu trauen. Der Vikar weigerte sich, und der Fremde setzte die Zeremonie fort.

»Es stellte sich heraus«, berichtete Sir Henry, »daß die besagte junge Dame Eure Tochter Lady Dorothy Devereux war, und jetzt ist sie die Gemahlin von Thomas Perrot.«

Ich war sprachlos. Da dies aber ein Abenteuer war, dem auch ich nicht hätte widerstehen können, wäre es mir schlecht angestanden, meine Tochter zu tadeln. Sie liebte Perrot wohl wirklich und mußte fest entschlossen gewesen sein, ihn zu heiraten. Also dankte ich Sir Henry und sagte, wenn die Ehe gültig sei – und es sei von größter Wichtigkeit, hierüber Gewißheit zu erlangen –, so könnten wir nichts dagegen unternehmen.

Als Robert hörte, was sich zugetragen hatte, war er zunächst verärgert. Er hatte Dorothy wohl als brauchbare Handelsware betrachtet. Weiß der Himmel, was alles an glänzenden Schicksalen er noch für sie bereit gehabt hätte! Er hatte sich nicht davon abschrecken lassen, daß Jakob von Schottland kein Gemahl für sie war. Und nun war Dorothy ihren eigenen Weg gegangen und hatte Perrot geheiratet.

Es stellte sich heraus, daß die Ehe gültig war, und bald darauf kamen Dorothy und ihr Gatte nach Leicester House.

Die beiden strahlten vor Glück, und Robert war natürlich überaus liebenswürdig zu ihnen. Er versprach, ihnen in jeder Hinsicht zu helfen. Wie immer war Robert ganz zärtlicher Familienvater.

Das Jahr 1583 ging zu Ende. Glücklicherweise ahnte ich nichts von der Tragödie, die das neue Jahr uns bringen würde. Robert und ich hatten uns immer bemüht, die Sorge um unseren kleinen Sohn voreinander zu verbergen. Wir versicherten einander ständig, daß zahllose Kinder anfangs sehr zart seien, und daß sich dies später verlieren würde.

Robert war ein aufgeweckter kleiner Bursche von sanftem Wesen. Er schlug gewiß keinem Elternteil nach. Mit großer Liebe hing er an seinem Vater, und der stattete, wenn er nach Hause kam, fast immer

zuerst der Kinderstube einen Besuch ab. Ich habe gesehen, wie er das Kind auf den Schultern reiten ließ, und der kleine Robert schrie in entzücktem Schauder, wenn er durch die Luft geschwungen wurde. Kaum stand er am Boden, verlangte er nach mehr.
Er liebte uns beide. Ich glaube, er sah in uns eine Art Gottheiten. Es gefiel ihm, wenn ich in meiner von vier Schimmeln gezogenen Kutsche ausfuhr; und wie er mit seiner kleinen Hand die Stickereien auf meinem Kleid streichelte, das wird mir für immer in Erinnerung bleiben.
Leicester schmiedete unentwegt Pläne für eine glänzende Heirat und wollte den Gedanken an Arabella Stuart nicht aufgeben, obwohl die Königin ihn deswegen weidlich verspottet hatte.
Nach Sussex' Tod war Robert noch mehr als zuvor mit der Königin zusammen. Ich wußte, daß sie ihn mit besonderer Freude an ihre Seite rief, weil sie mich dadurch seiner Gesellschaft beraubte.
Sie behandelte ihn mit Zärtlichkeit. Er war ihr lieber Augapfel und ihr süßer Robin, und sie wurde gereizt, wenn er sich längere Zeit von ihr fernhielt. Sussex' Warnung hatte sie überhaupt nicht berührt. Bei Hofe hieß es, niemals könne jemand Roberts Platz an ihrer Seite einnehmen, denn wenn er seine Eheschließung überstanden hatte, so gebe es nichts mehr, was ihm gefährlich werden könnte.
Leider gab es keine Anzeichen dafür, daß ihre Feindschaft gegen mich geringer geworden wäre. Ich hörte beständig, daß es unklug sei, meinen Namen in ihrer Gegenwart zu erwähnen, und wenn sie gelegentlich von mir sprach, so nannte sie mich stets »die Wölfin«. Offensichtlich aber hatte sie beschlossen, meine »Jungen« anzuerkennen, denn sowohl Penelope wie Dorothy wurden bei Hofe empfangen.
Mit dem Herannahen des neuen Jahres mußten die Geschenke für die Königin vorbereitet werden. Robert war stets bestrebt, das Geschenk des vergangenen Jahres zu übertrumpfen. Ich half ihm, seine Gabe auszuwählen: eine große Suppenterinne aus dunkelgrünem Edelstein mit prachtvoll vergoldeten, wie gewundene Schlangenleiber geformten Henkeln. Sie war ein höchst eindrucksvolles Stück. Dann entdeckte ich, daß Robert ein weiteres Geschenk für Elisabeth hatte, ein Halsband aus Diamanten. Er hatte ihr zu so mancher Gelegenheit Juwelen geschenkt, aber noch nie einen so ungewöhnlichen Schmuck wie diesen. Ich fühlte kalte Wut in mir aufsteigen, als ich bemerkte, daß das Halsband mit sogenannten Liebesknoten verziert war. Wenn es möglich gewesen wäre, ich glaube, ich hätte es entzweigerissen.

Er kam gerade dazu, als ich es in den Händen hielt.
»Um Ihre Majestät zu besänftigen«, sagte er.
»Du meinst die Liebesknoten?«
»Die sind doch nur ein Muster. Ich meine die Diamanten.«
»Ich finde, es ist eine sehr gewagte Anspielung – diese Liebesknoten. Aber die Königin wird das gewiß zu schätzen wissen.«
»Sie wird entzückt sein.«
»Und dich ohne Zweifel bitten, es ihr im Nacken zu schließen?«
»Auf dieser Ehre werde ich bestehen.« Er muß wohl meine Verstimmung gespürt haben, denn er setzte rasch hinzu: »Vielleicht läßt sie sich dann erweichen, so daß ich ihr die einzig wichtige Bitte vortragen kann.«
»Und die wäre?«
»Daß sie dich bei Hofe empfangen möge.«
»Sie wird kaum erfreut sein, wenn du sie um einen solchen Gefallen bittest.«
»Dennoch werde ich mein Möglichstes tun, um es zuwege zu bringen.«
Ich blickte ihn spöttisch an und sagte: »Wenn ich dort wäre, befändest du dich in einer schwierigen Lage, Robert. Du müßtest bei zwei Frauen den Liebhaber spielen – und beide sind von unstetem Charakter.«
»Komm, Lettice, wir wollen vernünftig sein. Du weißt, ich muß sie besänftigen. Du weißt, daß ich ihr zur Verfügung stehen muß. Für uns macht das doch keinen Unterschied.«
»O doch, es macht sogar einen großen Unterschied! Weil ich nämlich meinen Ehemann kaum zu sehen bekomme, da er ständig einer anderen Frau zu Diensten ist«.
»Sie wird eines Tages zur Einsicht kommen.«
»Dafür sehe ich keinerlei Anzeichen.«
»Überlaß das nur mir.«
Munter und zuversichtlich ging er davon, um die Liebesknoten um den königlichen Hals zu legen, während ich mich fragte, wie lange man eigentlich von mir erwartete, daß ich dergleichen ertragen würde. Es hatte eine Zeit gegeben, da ich die anerkannte Schönheit bei Hofe war. Und wenn ich heute nicht mehr dafür galt, lag das nicht etwa daran, daß meine Reize geschwunden wären; schuld war einfach, daß ich nicht mehr anwesend war.
Sicher, wir bewirteten Gäste in Leicester House, in Kenilworth, Wan-

stead und unseren kleineren Herrensitzen. Dort kam ich wohl auf meine Kosten. Doch immer, wenn ich mir in der Rolle als Gemahlin des einflußreichsten Mannes von ganz England besonders gefiel, schien die Königin beschlossen zu haben, Leicester zu besuchen. Und das bedeutete, daß Leicesters Gattin zu verschwinden hatte.

Ich verlor allmählich die Geduld. War Robert bei mir, benahm er sich nach wie vor wie ein liebevoller Ehemann. Ich ließ es mir angelegen sein, Gewißheit darüber zu haben, daß es in seinem Leben keine andere Frau gab – außer der Königin. Ob das daran lag, daß sein Verlangen mit der Zahl der Jahre geringer wurde oder daß ich ihm hinreichend Befriedigung verschaffte, oder ob er fürchtete, das Mißfallen der Königin zu erregen, hätte ich nicht zu sagen gewußt. Doch gleichviel, Robert war der getreue Untertan und Diener der Königin, und daß weder er noch ich das vergaßen, dafür sorgte sie.

Mochte er auch zufrieden sein darüber, daß sein Stern wieder im Aufgehen war, ich war unglücklich, daß der meine sank.

Enttäuscht darüber, daß ich ausgeschlossen blieb, übertrieb ich meine Verschwendungssucht. Wenn ich ausfuhr, trug ich noch prächtigere Gewänder und nahm noch mehr Gefolge mit. Und die Leute auf der Straße bezeigten mir noch mehr Respekt. Einmal hörte ich jemanden flüstern: »Sie ist noch vornehmer als selbst die Königin.« Das verschaffte mir Genugtuung ... allerdings nur vorübergehend.

Ich, Lettice, Gräfin von Leicester, sollte mich beiseite schieben lassen, nur weil eine andere Frau so eifersüchtig auf mich war, daß sie es nicht einmal ertragen konnte, wenn mein Name erwähnt wurde? Es entsprach nicht meinem Naturell, mich damit abzufinden. Es mußte etwas geschehen.

Ich war beträchtlich jünger als Leicester, beträchtlich jünger auch als die Königin. Mochten die beiden zufrieden sein mit ihrem Dasein – ich war es nicht.

Ich begann mich umzusehen. In unserem eigenen Hauswesen gab es einige recht stattliche Männer. Daß ich nichts von meiner Anziehungskraft eingebüßt hatte, merkte ich an den heimlichen Blicken, die mich zuweilen trafen – obgleich niemand es gewagt hätte, aus Furcht vor Leicesters fürchterlichem Zorn, seine Gefühle deutlicher zum Ausdruck zu bringen.

Dies konnte natürlich nicht immer so bleiben.

Im Mai dieses Jahres traf die Nachricht von Anjous Tod in England ein. Wie immer, wenn ein Mann von Rang starb, wurde gemunkelt, er sei vergiftet worden. Die Vermutung wurde laut, daß Roberts Mittelsmänner am Werke gewesen seien, weil er fürchtete, die Königin könne Anjou heiraten. Das war natürlich unsinnig, und selbst Roberts Feinde schenkten der Geschichte wenig Glauben. Jedermann wußte, daß Elisabeths kleiner Froschkönig ein recht jämmerliches Geschöpf gewesen war – verkrüppelt und pockennarbig. Dabei hatte er ein ausschweifendes Leben geführt, und dem war seine schwächliche Konstitution zweifellos nicht gewachsen gewesen.

Die Königin trauerte tief um ihn und beklagte den Verlust. Er sei der einzige Mann gewesen, den sie hätte heiraten mögen, erklärte sie. Doch niemand glaubte ihr. Ich war mir nie ganz sicher, ob sie tatsächlich selbst glaubte, daß sie ihn möglicherweise geheiratet hätte. Aber nun, da er tot war, mochte sie es getrost denken. Es war nur unbegreiflich, daß eine Frau, die in allen Staatsangelegenheiten solchen Scharfblick bewies, derartig versessen aufs Heiraten sein sollte. Vielleicht schmeichelte es ihr in gewisser Weise, wenn sie sich in dem Glauben wiegen konnte, daß sie Anjou, wäre er am Leben geblieben, geehelicht hätte. Jetzt brauchte sie Leicester in ihrer Nähe, damit der eine Liebhaber sie über den Verlust des anderen hinwegtrösten konnte.

Nach Anjou starb der Prinz von Oranien, die Hoffnung der Niederlande. Er wurde von einem von den Jesuiten aufgestachelten Fanatiker ermordet. Das ganze Land war in gedrückter Stimmung, und die Königin hielt ständig Rat mit ihren Ministern, weshalb ich meinen Gatten fast überhaupt nicht mehr zu Gesicht bekam.

Als er mir einen kurzen Besuch abstattete, erzählte er mir, daß die Königin nicht nur wegen der Vorgänge in den Niederlanden besorgt war, sondern daß der Erfolg, den die Spanier dort zu verzeichnen hatten, ihr große Furcht vor Maria, der Königin von Schottland, einflößte. Seit diese Königin unsere Gefangene war, hatte es ständig Unruhen gegeben. Immer wieder bildeten sich Verschwörungen, um sie zu befreien und auf den Thron Englands zu setzen. Robert erklärte mir, daß man Elisabeth mehrfach geraten habe, sich Marias zu entledigen; doch sie glaubte, daß die Königswürde göttlichen Ursprungs sei, und wenn ihr Maria von Schottland auch noch so viele Ungelegenheiten bereite, sie bleibe doch immer fürstlichen Geblüts und sei überdies eine gekrönte Königin. An ihrer Legitimität und ihrem Anspruch auf die Königswürde konnte kein Zweifel bestehen. Und gerade dadurch wurde sie zur Todfeindin. Elisabeth hatte einmal zu Robert gesagt, sie sei jederzeit darauf vorbereitet, zu sterben, denn keines Menschen Leben sei so bedroht wie das ihre.

Der Hof befand sich in Nonsuch, und ich war in Wanstead, als der Gesundheitszustand meines kleinen Sohnes sich gefährlich verschlimmerte. Ich ließ unsere Ärzte kommen; daß sie die Krankheit als sehr ernst ansahen, stürzte mich in tiefe Verzweiflung.

Mein Sohn hatte verschiedentlich unter Anfällen gelitten, die ihn jedesmal sehr schwächten, so daß ich die ganze Zeit über nicht gewagt hatte, ihn nur den Kindermädchen zu überlassen. Meine Gegenwart schien ihm ein großer Trost zu sein, und wenn ich auch nur andeutete, daß ich weggehen wolle, blickte er so kummervoll drein, daß ich es nicht über mich brachte, ihn zu verlassen.

Die Julihitze war drückend. Als ich so an seinem Bett saß, dachte ich über meine Liebe zu seinem Vater nach, deren Frucht er war. Wie wichtig war Robert doch einst für mich gewesen! Er hatte mein ganzes Leben beherrscht. Damals hatte ich geglaubt, unsere Liebe würde ewig dauern. Selbst jetzt fühlte ich, daß ich mich nie ganz davon würde befreien können. Hätten wir ohne den Schatten der Königin miteinander leben können, die Geschichte unserer Leidenschaft wäre wohl ohne Beispiel in diesem Jahrhundert gewesen. Aber da war Elisabeth. Wo nur zwei hätten sein sollen, waren drei. Die Königin und Robert hatten übermenschliches Maß, dachte ich immer, und vielleicht sogar ich. Keiner von uns dreien wollte seinen Stolz oder seinen Ehrgeiz, seine Eigenliebe oder was auch immer aufgeben. Hätte ich eine sanftmütige, unterwürfige Ehefrau sein können, wie vielleicht Douglass Sheffield, so wäre alles einfacher gewesen. Dann wäre ich ohne zu murren im Schatten gestanden und hätte es zugelassen, daß mein Gatte der Königin aufwartete und ihr die Schmeicheleien sagte, nach denen es sie verlangte.

Ich aber konnte das nicht; und ich wußte, früher oder später würde ich das allen zu verstehen geben.

Aber jetzt war unser Kind in Lebensgefahr. Ich spürte, wenn der Junge, wie ich befürchtete, stürbe, würde die Bindung an Robert Dudley nicht mehr so stark sein.

Als ich einen Boten an den Hof sandte, um Robert mitzuteilen, wie ernst es um unseren Sohn stand, eilte er sofort herbei.

Als ich ihn in der Halle empfing, konnte ich mich nicht enthalten zu sagen: »Du bist wahrhaftig gekommen. Sie kann dich also entbehren.«

»Hätte sie es nicht gekonnt, wäre ich trotzdem gekommen«, gab er zur Antwort. »Sie ist sogar sehr besorgt. Wie geht es dem Jungen?«

»Er ist schwer krank, fürchte ich.«

Wir gingen zusammen zu unserem Kind.

Er lag in seinem Bett, klein und bleich in all der Pracht, die ich für ihn geschaffen hatte. Wir knieten neben seinem Bett nieder, Robert hielt seine eine Hand und ich die andere, und wir versicherten ihm, daß wir bei ihm blieben, solange er wollte.

Da lächelte er, und der Druck seiner heißen kleinen Finger erfüllte mich mit solcher Rührung, daß ich es kaum ertragen konnte.

Er starb friedlich, während wir bei ihm waren. In unserem großen Schmerz konnten wir uns nur aneinanderklammern, und unsere Tränen vermischten sich. In diesem Augenblick waren wir nicht das ehrgeizige Ehepaar Leicester – nur unglückliche Eltern, die ihr Kind verloren hatten.

Wir begruben ihn in der Beauchampkapelle in Wanstead. Dann ließen wir von ihm eine Statue mit einem langen Gewand anfertigen, die auf den Steinsarg gelegt wurde. Die Inschrift nannte ihn ein »Kind von Adel«. Außerdem stand noch sein Name darauf und der Tag seines Todes in Wanstead.

Die Königin ließ Robert zu sich kommen und wollte ihn unbedingt trösten. Sie weinte um das liebe Kind, das er verloren hatte, und sagte, Roberts Kummer sei auch ihr Kummer. Ihr Mitleid galt allerdings nicht der Mutter des Kindes. Nicht ein einziges Wort ließ sie mir sagen. Ich war und blieb die Ausgestoßene.

Dieses Jahr war ein Unglücksjahr. Nicht lange nach dem Tod meines Kindes erschien ein besonders unflätiges Pamphlet.

Ich fand es in meinem Schlafgemach in Leicester House vor. Es mußte also absichtlich dorthin gelegt worden sein. Ich erfuhr bei dieser Gelegenheit zum erstenmal von dem Machwerk, doch binnen kurzer Zeit sprach der ganze Hof, ja das ganze Land darüber.

Die Zielscheibe war Leicester. Wie verhaßt er war! Kein anderer Mann konnte jemals solchen Neid auf sich gezogen haben. Wieder einmal stand er bei der Königin in höchster Gunst, und es schien, daß niemals ein anderer seinen Platz würde einnehmen können. Ihre Zuneigung zu ihm war so unerschütterlich wie die Macht, die ihr die Krone verschaffte. Robert muß damals der reichste Mann im Lande gewesen sein; er war sehr verschwenderisch und oftmals in Geldverlegenheiten. Das bedeutete jedoch nur, daß er im Augenblick mehr ausgegeben hatte, als er sich leisten konnte. Er stand der Königin zur Seite, wenn sie wichtige Entscheidungen traf. Einige Leute behaupteten, der wahre König sei eigentlich er.

Daher beneideten sie ihn, und ihr Haß war tückisch.

Ich betrachtete das schmale Buch mit dem Titel *Die Abschrift eines Briefes, von einem Magister der Philosophie in Cambridge verfaßt.*

Auf der ersten Seite sprang mir der Name meines Gatten ins Auge. »Ihr wißt, die Liebe des Bären gilt nur seinem Wanst ...«, las ich. Es gab keinen Zweifel, daß mit dem Bären Robert gemeint war.

Dann folgte ein Bericht über seine Beziehung zur Königin. Ich fragte mich, was sie wohl sagen würde, wenn sie dies Pamphlet je zu sehen bekäme. Und dann ... seine Verbrechen. Natürlich bildete Amy Robsarts Tod dabei einen Höhepunkt. In der Schrift hieß es, Robert habe einen gewissen Sir Richard Verney gedungen, um sie umzubringen und den Weg freizumachen für eine Ehe zwischen Robert und der Königin.

Douglass Sheffields Ehemann, so wurde behauptet, sei von Leicester vergiftet worden und an einem künstlich herbeigeführten Katarrh, welcher Atemnot verursachte, gestorben. Ich wußte, was als nächstes kam. Wie hätte ich hoffen können, nicht auch mit Schmutz beworfen zu werden. Da stand es! Leicester hatte mich zur Buhlerin genommen, als mein Gatte noch lebte, und als ich schwanger war, hatten wir das Kind beseitigt, und später hatte er meinen Ehemann umbringen lassen.

Es wurde der Eindruck erweckt, daß jeder, der auf ungeklärte Weise ums Leben gekommen war, von ihm vergiftet worden war. Selbst der Kardinal de Châtillon sei ihm zum Opfer gefallen, weil er gedroht hatte bekanntzugeben, daß Leicester die Heirat von Elisabeth und Anjou verhindert hatte.

Roberts Arzt Dr. Julio war als der Mann genannt, der mit seiner Kenntnis der Gifte Leicester bei seinen ruchlosen Taten unterstützt hatte.

Das Machwerk entsetzte mich. Ich las und las. Vieles in diesem Buch konnte durchaus wahr sein, doch durch aberwitzige Übertreibungen und Beschuldigungen wurde sein Zweck zunichte gemacht. Dennoch bedeutete es einen schweren Schlag für Leicester; und wie hier sein

Name mit dem der Königin in Verbindung gebracht wurde, das konnte für ihn höchst peinlich werden.
Innerhalb weniger Tage machte das Pamphlet, das in Antwerpen gedruckt worden war, in London und im ganzen Lande die Runde. Als *Leicesters Commonwealth* war es in aller Munde.
Philip Sidney kam zu Pferde nach Leicester House. Er war sehr aufgebracht und erklärte, er wolle zur Verteidigung seines Oheims eine Entgegnung verfassen. Die Königin befahl, daß dieses Buch – dessen Inhalt, wie sie erklärte, ihres Wissens ganz und gar falsch war – vernichtet werden sollte, doch das war nicht so leicht zu bewerkstelligen. Die Leute waren bereit, viel zu wagen, um *Leicesters Commonwealth* in die Hand zu bekommen. Es war freilich weit aufregender als Philips stilistisch geschliffene Schrift, worin er den Verfasser des gemeinen Pamphletes aufforderte, an die Öffentlichkeit zu treten. Er, Philip, wisse allerdings, daß dessen Zunge so falsch und hinterhältig sei, daß sie nicht einmal seinen eigenen Namen auszusprechen wage. Philip fügte hinzu, daß er väterlicherseits zu einer großen und edlen Familie gehöre, die größte Ehre aber sei es, ein Dudley zu sein.
Es war zwecklos. *Leicesters Commonwealth* tat seine Wirkung, und all die üblen Geschichten, die vordem nur angedeutet und flüsternd weitergegeben worden waren – nun lagen sie zusammen mit neuen Verleumdungen gedruckt vor.
Kein Zweifel: Am Ende dieses schrecklichen Jahres war Robert der Mann, über den in England am meisten geredet wurde.

Abenteuer im Ausland

Die Abordnung kam ins Hohe Haus und brachte mir eine Ovation dar ... Von vielen Worten zum Preise Ihrer Majestät begleitet, haben sie mir die unumschränkte Verwaltung sämtlicher Provinzen angeboten ...

Leicester an Burleigh

Die Königin ist sehr verstimmt darüber, weil Ihr die Verwaltung der Provinzen übernommen habt, ohne zuvor Ihre Majestät davon zu unterrichten und Ihre Meinung zu erkunden, so daß sie nicht gewillt ist, anzuhören, was ich zu Eurer Entlastung vorzubringen habe, obgleich ich selbst diese Tätigkeit als rühmlich und vorteilhaft einschätze.

Burleigh an Leicester

Unter heftigen Flüchen, wobei sie die Gräfin Leicester als »Wölfin« bezeichnete, erklärte die Königin, es dürfe außer ihrer eigenen Hofhaltung keine andere geben und sie werde Euch schleunigst von dort abberufen.

Thomas Dudley an seinen Herrn,
den Grafen von Leicester

Das Pamphlet *Leicesters Commonwealth* konnte seine Wirkung nicht verfehlen, selbst nicht auf mich. Ich begann mich zu fragen, wieviel Wahres daran sein mochte. Plötzlich betrachtete ich meinen Gatten mit anderen Augen. Es war in der Tat ein merkwürdiger Zufall, daß die Menschen, welche ihm im Wege gestanden hatten, immer im rechten Augenblick verschwunden waren. Natürlich befand sich Robert fast nie am Schauplatz des Verbrechens; aber er hatte schließlich überall seine Helfershelfer und Mittelsmänner. Das war mir stets bewußt gewesen.

Unbehagen befiel mich. Wie gut kannte ich meinen Gemahl eigentlich? Enthielt das, was ich da gelesen hatte, auch nur ein Körnchen Wahr-

heit, so befand ich mich unleugbar in einer bedenklichen Lage. Und was, wenn sich die Königin doch noch dazu entschließen sollte, ihn zu ehelichen? Wenn er dieser Aussicht nicht widerstehen könnte? Würde man dann mich mit gebrochenem Genick am Fuße einer Treppe finden? Mir erschien dies nicht abwegig.
Ich sann über uns nach – uns drei, die wir dieses unselige Trio bildeten. Wir waren ungewöhnliche Geschöpfe, und keiner von uns hatte ein besonders ausgeprägtes Gewissen. Robert wie Elisabeths Leben war stets gefährdet gewesen. Elisabeths Mutter und Roberts Vater waren auf dem Schafott eines gewaltsamen Todes gestorben, sie selbst waren nur um Haaresbreite einem ähnlichen Schicksal entgangen. Was mich betraf, so war ich durch die Königin gezwungen, ein Schattendasein zu führen; doch ich war mit einem Mann verheiratet, der, wie *Leicesters Commonwealth* behauptete, bedenkenlos zum Gift griff oder zu anderen todbringenden Mitteln. Das Geheimnis um Amy Robsart würde niemals aufgeklärt werden; man wüßte nur, daß sie zu einem Zeitpunkt gestorben war, da ihr Tod Robert hätte dazu verhelfen können, sich einen Platz an der Seite der Königin zu erobern. Ich dachte an Douglass Sheffield, die ihm einmal sehr lästig geworden war. Sie hatte brüchige Nägel bekommen, und das Haar war ihr ausgefallen. Wohl war sie am Leben geblieben, aber dem Tod offenbar sehr nahe gewesen. Was wußten wir von den Gefahren, denen sie damals ausgesetzt war. Jetzt allerdings war sie die glücklichste der Gattinnen, denn Edward Stafford betete sie an.
Ich aber wurde immer verdrießlicher. Es schien, daß die Königin mir gegenüber niemals nachgiebig werden würde. Alles wäre leichter zu ertragen gewesen, hätte sie Robert nicht so sehr mit Beschlag belegt. Er war reich, und selbst ohne Zuwendungen der Königin hätten wir auf Kenilworth, Wanstead, Cornbury, Leicester House oder auf einem seiner anderen Herrensitze in großem Stile leben können. Und mich hätte die Aura der Frau umgeben, für die ein Mann die Gunst der Königin aufs Spiel gesetzt hatte.
Aber es war alles anders. Entschlossen, mich zu strafen, empfand sie eine niederträchtige Freude daran, ihn von mir fernzuhalten. Wozu? Damit er sie mir vorzog! Sie war ängstlich darauf bedacht, mir und der ganzen Welt zu zeigen, daß er mich sofort verließ, wenn sie ihn rief. Und das tat er ja tatsächlich.
Während seiner kurzen Besuche liebten wir uns leidenschaftlich, doch

ich fragte mich, ob er spürte, daß die Glut von ehedem sich für mich gewandelt hatte. Ich hätte gern gewußt, ob Elisabeth bei ihm eine Veränderung wahrnahm. Ein Mann, der ein Dasein geführt hatte wie Robert, konnte nicht erwarten, ungeschoren davonzukommen. Er hatte zu sehr aus dem vollen gelebt, hatte zu reichlich den sogenannten guten Dingen des Lebens zugesprochen. Infolgedessen mußte er regelmäßig nach Buxton gehen, wo er die Bäder nahm und sich eines mäßigen Lebens befleißigte, in der Hoffnung, seine Gicht werde verschwinden. Dank seiner Köpergröße war er nach wie vor eine eindrucksvolle Erscheinung, und auch der Zauber seines Wesens, der ihn gleich einem Fürsten aus der Menge heraushob, war ihm geblieben. Leicester war sein eigenes Schicksal. Die Geschichten, die über ihn erzählt wurden, würden dem Volk stets einen Schauer über den Rücken jagen. Sein Name war in aller Munde, und daß über keinen Menschen soviel gesprochen wurde wie über ihn, genoß er sichtlich. Und nie würde vergessen werden, daß er sich ein Menschenalter lang der Zuneigung der Königin erfreut hatte. Doch er war ein alternder Mann. Wenn ich ihn wieder einmal zu Gesicht bekam, so erschrak ich jedesmal ein wenig über sein Aussehen.

Mich selbst pflegte ich sorgfältig, entschlossen, so lange wie möglich jung auszusehen. Da ich nicht bei Hofe anwesend sein durfte, hatte ich Zeit, mich mit Kräutern und Wässern zu beschäftigen, durch die meine Haut schön blieb. Ich badete in Milch und spülte mein Haar mit besonderen Mitteln, um seine leuchtende Farbe zu erhalten. Ich verwendete Schminke und Puder mit weit mehr Geschick, als es die Kammerfrauen der Königin besaßen, und so bewahrte ich mir ein jugendliches Aussehen, das meine Jahre Lügen strafte. Ich dachte an Elisabeth – die älter war als ich –, und es bereitete mir besonderes Vergnügen, mich im Spiegel zu betrachten und meine Haut zu prüfen, die mit Hilfe jener Schönheitsmittelchen, welche ich so geschickt anzuwenden verstand, frisch wie die eines jungen Mädchens war.

Robert zeigte sich jedesmal erstaunt, wenn er mich nach längerer Abwesenheit wiedersah. »Du hast dich nicht verändert seit dem Tag, an dem ich dich zum erstenmal gesehen habe«, sagte er dann. Das war zwar eine Übertreibung, aber ich hörte sie gern. Allerdings wußte ich, daß ich mir eine gewisse blumenhafte Frische bewahrt hatte, die mir einen Ausdruck von Unschuld verlieh, welcher meiner Natur völlig entgegengesetzt war. Vielleicht war es eben gerade dies, was mich von anderen unterschied und das Geheimnis des Reizes ausmachte, den ich auf Männer ausübte. Jedenfalls blieb ich mir meiner Anziehungskraft bewußt – und Robert unterließ es nie, darauf hinzuweisen. Oft verglich er unsere Füchsin mit seinem Lamm – zum Nachteil der Füchsin natürlich. Er tat das, um mich in gute Laune zu versetzen, denn er wollte nicht, daß wir die Zeit, die wir zusammen verbrachten, mit gegenseitigen Vorwürfen vergeudeten. Er hoffte inständig, daß wir noch ein Kind bekommen würden. Doch ich war nicht darauf erpicht. Ich würde den Verlust meines kleinen Robert nie ganz verwinden; das mag bei einer Frau meines Charakters zwar unaufrichtig klingen, ist aber gleichwohl wahr. Ich wußte, ich war selbstsüchtig, sinnlich, eitel, stets auf mein Vergnügen bedacht ... das alles erkannte ich selbst. Auch spürte ich kaum Gewissensbisse, wenn es darum ging, meine Wünsche zu verwirklichen – doch trotz alledem war ich eine gute Mutter. Das erfüllt mich selbst heute noch mit Stolz. Alle meine Kinder haben mich geliebt. Für Penelope und Dorothy war ich wie eine Schwester, und sie haben mir ihre ehelichen Geheimnisse anvertraut. Dorothy hatte in dieser Beziehung allerdings keinen Kummer; sie war nach ihrer Entführungsheirat geradezu glückselig. Bei Penelope sah es freilich anders aus. Sie schilderte mir in allen Einzelheiten die Freude, die Lord Rich an Grausamkeiten hatte, der Gatte, den sie nicht hatte haben wollen, seine Sticheleien wegen Philip Sidneys Leidenschaft für sie, die entsetzlichen Vorgänge in ihrem Schlafgemach. Ihr Naturell aber war, dem meinen ähnlich, so beschaffen, daß sie sich von alledem nicht gänzlich niederdrücken ließ. Sie fand das Leben aufregend: die langen Kämpfe mit ihrem Ehemann, die hingebungsvolle Verehrung Philip Sidneys (ich fragte mich oft, was dessen Gattin Frances davon hielt), die beständige Neugier, welche Ereignisse der Tag bringen würde. Zu meinen Töchtern hatte ich also eine enge Beziehung.

Was meine Söhne betraf, so sah ich Robert, den Grafen von Essex, wenigstens hin und wieder. Ich bestand darauf, weil ich die Trennung sonst nicht ertragen hätte. Er lebte in seinem Haus in Llanfydd in Pembrokeshire. Ich klagte darüber, daß es zu weit entfernt lag. Robert hatte sich zu einem ansehnlichen jungen Mann entwickelt. Sein Charakter war ein wenig unstet, und ich mußte zugeben, daß er einen gewissen Hang zu Launenhaftigkeit und Überheblichkeit besaß. Doch meine Mutterliebe hielt rasch dagegen, daß dafür seine Manieren vollkommen waren und daß er über eine angeborene Höflichkeit verfügte,

die sehr für ihn einnahm. Er war groß und schlank, und ich vergötterte ihn.
Ich drang in ihn, er solle sich doch wieder der Familie anschließen. Aber er schüttelte den Kopf, und ein mir wohlbekannter eigensinniger Ausdruck trat in seine Augen.
»Nein, liebste Mutter«, sagte er, »ich bin nicht zum Höfling geboren.«
»Du siehst aber so aus, mein Liebling.«
»Die Erscheinung trügt oft. Euer Ehemann sähe mich wohl gern bei Hofe, ich aber bin glücklich auf dem Lande. Weshalb zieht nicht Ihr zu mir, Mutter? Uns beiden tut es nicht gut, getrennt zu sein. Wie ich höre, ist Euer Gatte häufig im Dienste der Königin, daher würde er Euch vielleicht nicht vermissen.«
Ich bemerkte, wie sich seine Lippen verächtlich kräuselten. Es fiel ihm sehr schwer, seine Gefühle zu verbergen. Er war über meine Heirat nicht erfreut gewesen. Zuweilen dachte ich, er lehne Leicester ab, weil er wußte, wieviel mir an diesem lag, während doch er meine ganze Zuneigung für sich allein haben wollte. Und zu wissen, wie sehr Leicester mich um der Königin willen vernachlässigte, mußte ihn erst recht kränken. Ich kannte meinen Sohn.
Walter, der jüngere, vergötterte seinen Bruder und verbrachte soviel Zeit wie möglich in seiner Gesellschaft. Walter war ein lieber Junge, doch nur ein schwacher Abglanz von Essex, wie ich immer dachte. Ich liebte ihn, doch für keines meiner Kinder empfand ich so stark wie für Essex.
Aber es waren glückliche Tage, wenn ich meine Familie um mich versammeln konnte. Dann saßen wir am Feuer und unterhielten uns miteinander. Meine Kinder entschädigten mich um ein Vielfaches dafür, daß ich das Leben bei Hofe nicht mehr genießen durfte und meinen Gatten so oft entbehren mußte.
Mir genügten die Kinder, die ich hatte, und ich wollte mich nicht mehr der Beschwernis weiterer Schwangerschaften unterziehen. Ich hielt mich auch für zu alt. Kinder gebären wäre für mich jetzt nur eine Qual gewesen. Ich hatte genug davon.
Ich erinnerte mich, wie sehr ich mich einst nach einem Kind von Robert gesehnt hatte. Das Schicksal hatte uns unseren kleinen Engel, unser »Kind von Adel« geschenkt, aber mit ihm waren Sorgen und Leid über uns gekommen. Nie würde ich seinen Tod vergessen und die Nächte,

die ich nach seinen Anfällen an seinem Bett verbracht hatte. Und nun war er tot. Doch obgleich ich ihn schmerzlich betrauerte, war ich zugleich von einer großen Sorge befreit. Nun wußte ich wenigstens, daß mein kleiner Liebling nicht mehr leiden mußte. Bisweilen stellte ich mir die Frage, ob sein Tod eine Strafe für meine Sünden gewesen war, und ich hätte gern gewußt, ob Leicester ebenso empfand.

Nein, ich wollte nicht noch mehr Kinder haben.

Das mag als Zeichen gelten, daß meine Liebe zu Robert allmählich erlosch.

Wenn ich mich in Leicester House aufhielt, wo ich wegen seiner Nähe zum Hofe am liebsten war, bekam ich Robert öfter zu sehen. Er konnte sich leichter einmal für kurze Zeit fortstehlen. Doch länger als ein paar Tage konnten wir nie zusammen sein. Schon traf ein Bote der Königin ein und befahl seine Rückkehr an den Hof.

Als er eines Tages wieder einmal kam, schien ihn ein Gedanke sehr zu beschäftigen. Wohl erfolgten die Beteuerungen ewiger Treue und der Liebesakt, den er wohl glaubte, mit derselben Leidenschaft zu vollziehen wie ehedem, als wir uns hastig und heimlich trafen. Doch dann erfuhr ich, was ihn an diesem Tage zu mir geführt hatte.

Es ging um einen Mann namens Walter Raleigh, der ihm einige Beunruhigung verursachte.

Ich hatte natürlich schon von ihm gehört. Sein Name war in aller Munde. Penelope hatte seine Bekanntschaft gemacht und sagte, er sehe zweifellos gut aus und sei sehr anziehend. Die Königin hatte ihn rasch in den Kreis ihrer Vertrauten aufgenommen. Man erzählte sich, er sei mit einem Schlage bekannt geworden, als die Königin an einem Regentag zu Fuß zum Palast zurückkehrte und vor einer Schlammpfütze stehengeblieben war, die sie hätte überqueren müssen. Raleigh hatte seinen kostbaren Samtumhang abgenommen und auf dem schmutzigen Boden ausgebreitet, damit sie darüber hinwegschreiten konnte. Ich sah die Szene vor Augen: die anmutige Geste, den kostbaren Umhang, das Glitzern in den goldbraunen Augen der Königin, als sie das angenehme Äußere des jungen Mannes bemerkte, die Berechnung im Blick des Abenteurers, der im Geiste wohl den Preis für einen kostspieligen Mantel aufwog gegen den reichen Gewinn, den ihm das kleine Opfer einbringen würde.

Nicht lange nach diesem Vorfall sah man Raleigh bereits an der Seite der Königin. Er bezauberte sie mit seinem Geist, seinen Schmeiche-

leien, seiner Bewunderung und seinen Berichten von früheren Abenteuern. Sie schloß ihn in ihr Herz und schlug ihn noch im selben Jahr zum Ritter.
Penelope erzählte mir, daß er, als Mitglied der Hofgesellschaft, in einem der Paläste – ich glaube, in Greenwich – die Zuneigung der Königin einer Prüfung unterzog, indem er mit einem Diamanten folgende Worte in eine Fensterscheibe ritzte:

»Gern würde ich hoch steigen,
Doch fürchte ich zu fallen.«

Damit bat er sie gleichsam, ihm zu versichern, daß er nichts zu befürchten habe, wenn er sich bemühe, in ihrer Gunst emporzusteigen.
Es war bezeichnend für sie, daß sie ihm den Diamanten aus der Hand nahm und unter seine Zeilen die Worte einritzte:

»Falls Euch der Mut fehlt,
Versucht nicht, nach oben zu steigen.«

Damit verlieh sie der Tatsache Nachdruck, daß man sich jederzeit um ihr Wohlwollen bemühen müsse und daß niemand annehmen dürfe, ohne Verdienste begünstigt zu werden.
Nachdem er wieder in Gnaden aufgenommen worden war, hatte Robert geglaubt, nichts mehr könne seine Stellung ins Wanken bringen. Ich war sicher, daß dem auch so war. Was immer er auch tat, Elisabeth würde nie vergessen, wieviel sie beide verband. Dennoch war er stets ängstlich darauf bedacht, daß kein junger Mann allzu hoch in ihrer Gunst stieg. Nun aber schien es, daß genau das bei Raleigh der Fall war. Es erbitterte Robert, ständig einen jüngeren Mann bei der Königin zu sehen; er lebte in dauernder Angst, ein Jüngerer könnte seine Stelle in der Gunst der Königin einnehmen. Sie wußte das natürlich und gefiel sich darin, ihn zu necken. Ich war sicher, daß sie Raleigh in Roberts Anwesenheit mehr Gunstbezeigungen erwies, als wenn er nicht dabei war.
»Raleigh setzt sich gern in Pose«, erzählte mir Robert. »Bald wird er sich für den wichtigsten Mann bei Hofe halten.«
»Er sieht sehr gut aus«, gab ich ein wenig boshaft zurück. »Und er scheint die Eigenschaften zu besitzen, welche Ihre Majestät so anziehend findet.«

»Das stimmt. Aber er ist unerfahren, und ich werde nicht zulassen, daß er sich so brüstet.«
»Wie willst du ihn daran hindern?«
Robert dachte nach. Dann meinte er: »Es wird Zeit, daß der junge Essex an den Hof kommt.«
»Aber er ist sehr gern in Llanfydd.«
»Er kann doch nicht sein ganzes Leben dort verbringen. Wie alt ist er jetzt eigentlich?«
»Erst siebzehn.«
»Alt genug, eigene Wege zu gehen. Er wirkt sehr anmutig und dürfte bei Hofe gut zurechtkommen.«
»Vergiß nicht, daß er *mein* Sohn ist.«
»Das ist ja einer der Gründe, warum ich ihn an den Hof bringen will, Liebste. Ich möchte alles für ihn tun, was in meiner Macht steht ... weil ich weiß, wie vernarrt du in ihn bist.«
»Auf einen solchen Sohn kann man auch stolz sein«, sagte ich zärtlich.
»Wäre er doch mein Sohn! Aber wenigstens ist er der deine, das ist fast dasselbe. Laß ihn herkommen! Ich verspreche dir, daß ich für seinen Aufstieg alles nur Mögliche tun werde.«
Ich blickte ihn prüfend an und begriff, was er vorhatte. Leicester förderte mit Vorliebe Mitglieder seiner Familie, denn es war stets seine Taktik gewesen, »seine eigenen Leute«, wie er sie nannte, in hohen Stellungen unterzubringen.
»Aber allein, daß Rob *mein* Sohn ist, reicht doch aus, damit ihn die Füchsin vom Hofe jagt.«
»Das glaube ich nicht ... wenn sie ihn erst einmal gesehen hat. Jedenfalls ist es einen Versuch wert.«
»Raleigh scheint dich ja tatsächlich ausgestochen zu haben.«
»Der ist ganz unwichtig«, sagte er kurz angebunden. »Ich glaube, der junge Essex wird der Königin Spaß machen.«
Ich zuckte die Achseln. »Ich werde meinen Sohn bitten, mich zu besuchen, und sollte deine Gebieterin dir gestatten, sie für kurze Zeit zu verlassen, so kannst du dich hier mit ihm treffen, damit du dir ein Bild von ihm machst.«
Robert sagte, er freue sich auf die Zusammenkunft mit meinem Sohn, und ich dürfe versichert sein, daß er alles tun wolle, was in seiner Macht stand, um ihn bei Hofe zu fördern.

Als Robert fort war, dachte ich noch lange darüber nach. Ich malte mir aus, wie er meinen Sohn der Königin vorstellte. »Mein Stiefsohn, der Herzog von Essex, Eure Majestät.«
Die goldbraunen Augen würden wachsam werden. *Ihr* Sohn! Das Junge der Wölfin! Was stünde ihm bevor? Gewiß, er war geboren, bevor sie mir ihre Gunst entzogen, bevor sie von der Leidenschaft ihres Lieblings Robert für mich gewußt hatte. Dennoch würde sie meinen Sohn ablehnen.
Freilich sah er außerordentlich gut aus, ja, war geradezu bezaubernd: ein junger Mann von der Art, wie sie die Königin gern um sich hatte. Nur eines würde er niemals tun: ihr schmeicheln.
Es mußte unterhaltsam sein, zu sehen, wie er auf sie wirkte. Ich wollte tun, was Leicester wünschte und meinen Sohn zu überreden versuchen, an den Hof zu gehen. Dann würde ich erleben, was geschah.
Wie oft habe ich mir gewünscht, mir wäre die Gabe der Weissagung verliehen worden. Hätte ich doch nur in die Zukunft blicken können! Hätte ich nur eine Ahnung davon gehabt, welche Pein mir bevorstand, nie hätte ich meinem Liebling erlaubt, zu Elisabeth zu gehen.
Aber eine tragische Laune des Schicksals hatte ihr und mein Leben miteinander verknüpft. Wir waren dazu verdammt, unsere Liebe immer demselben Gegenstand zuzuwenden – und welch bitteres Leid sollte mir daraus erwachsen! Doch ich glaube nicht, daß sie dabei unversehrt geblieben ist.

»Raleigh?« sagte Penelope. »Das ist ein ungestümer Bursche. Tom Perrot hat von ihm erzählt, als ich auf meinem Weg hierher ein paar Tage bei ihm und Dorothy verbrachte. Tom sagt, er fährt leicht aus der Haut. Ein falsches Wort kann ihn in rasende Wut versetzen. Tom hatte selbst einmal Streit mit ihm, und sie landeten beide im Fleet-Kerker. Sechs Tage mußten sie dort verbringen, ehe man sie entließ. Und kurz darauf geriet Raleigh nach einem Streit auf dem Tennisplatz mit einem Mann namens Wingfield ins Marshalsea-Gefängnis. Er ist ein Abenteurer – wie Francis Drake, auch so ein Herzblatt der Königin. Ihr wißt, sie liebt solche Männer.«
»Und Raleigh liebt sie auch?«
»Aber ja, er gehört doch zu ihren Bewunderern! Wie sie sich solche verlogenen Schmeicheleien anhören kann, das werde ich nie begreifen.«

»Kaum jemand versteht die Königin – und sie verlangt das auch gar nicht. Leicester möchte ihr Essex vorstellen. Was hältst du davon?«

»Nun ja, seine Erscheinung dürfte ihr gefallen. Und wenn er will, kann er ja auch bezaubernd sein. Ist er denn damit einverstanden, an den Hof zu gehen?«

»Noch nicht. Ich schicke ihm einen Boten und lasse ihn bitten, zu mir zu kommen. Dann kann Leicester seine Überredungskünste spielen lassen.«

»Ich bezweifle, daß er kommt. Ihr wißt, wie eigensinnig er sein kann.«

»Eigensinnig und leidenschaftlich«, pflichtete ich bei. »Er handelt immer ohne viel nachzudenken. Aber er ist noch sehr jung. Er wird sich ändern, davon bin ich überzeugt.«

»Dann muß er sich aber in vielen Dingen ändern – und bald«, bemerkte Penelope. »Er wird niemals fähig sein, der Königin diese übertriebenen verlogenen Schmeicheleien zu sagen, die sie von den jungen Männern ihrer Umgebung verlangt. Ihr wißt, er sagt stets seine Meinung, Mutter. So war er schon als kleiner Junge.«

Da Essex in den letzten Jahren häufig mit den Richs zusammengewesen war, durfte ich sicher sein, daß seine Schwester ihn sehr genau kannte.

Ich sagte: »Übrigens, ich glaube nicht, daß die Königin ihn empfangen wird. Schließlich ist er mein Sohn.«

»Uns hat sie doch auch empfangen«, erwiderte Penelope. »Allerdings muß ich zugeben, daß sie uns hin und wieder recht merkwürdig ansieht und ziemlich heftig anfaucht. Das sagt Dorothy auch.«

»Sie denkt die ganze Zeit daran, daß ihr die Jungen der Wölfin seid, wie sie euch so hübsch betitelt.«

»Wer weiß, vielleicht gelingt es Eurem Gatten und Eurem Sohn mit vereinten Kräften, sie zu überreden, daß sie Euch zurückholt.«

»Ich bezweifle, daß Essex zustande bringt, was Mylord Leicester fehlgeschlagen ist.«

Penelope hatte mir ein wenig Mut machen wollen, aber ich merkte, daß sie mir innerlich zustimmte. Selbst nach so vielen Jahren war es unwahrscheinlich, daß die Königin nachgeben würde.

Danach sprachen wir über Familienangelegenheiten. Penelope erzählte mir, wie sehr sie ihren Gatten haßte und wie schwierig es war, mit ihm zu leben.

»Ich könnte ihn eher ertragen, wenn er nicht so fromm wäre«, berichtete Penelope. »Aber es macht einen ja toll, zu sehen, wie er niederkniet und betet, bevor er zu Bett geht und sich dann anschickt, ... das Weitere überlasse ich Eurer Phantasie, denn ich möchte mich lieber nicht daran erinnern. Jetzt verlangt er meine Mitgift und behauptet, er hätte wenig von der Ehe gehabt. Dabei habe ich ihm doch schon die Söhne Richard und Charles geschenkt, und zu allem Elend bin ich schon wieder schwanger.«

»Er sollte sich doch freuen, daß du so fruchtbar bist.«

»Ich versichere Euch, ich teile seine Freude nicht.«

»Philip scheint dich deswegen nicht weniger anziehend zu finden.«

»Es ist natürlich sehr hübsch, in Versen verehrt zu werden, aber damit scheint Philip sich auch schon zufriedenzugeben.«

»Was sagt Frances zu diesen Gedichten an eine andere Frau?«

»Sie hat nichts dagegen einzuwenden. Gewiß vernachlässigt er sie nicht, denn sie ist von einer Tochter entbunden worden, die sie als treue Untertanin nach unserer Königin Elisabeth genannt hat. Ihre Majestät hat eine gewisse Anteilnahme an ihrer Namensschwester bekundet.«

In dieser Weise plauderten wir, und die Zeit mit meiner Tochter verging fröhlich wie immer.

Essex folgte alsbald meiner Aufforderung und kam nach Leicester House. Wie stolz war ich auf ihn, als ich ihn seinem Stiefvater vorstellte!

Wahrhaftig, auf einen solchen Sohn durfte man aber auch stolz sein. Jedesmal, wenn ich ihn sah, staunte ich darüber, wie stattlich er aussah, denn das Bild, das ich in der Erinnerung trug, war weit weniger ansehnlich. Im manchem ähnelte er mir. So hatte er üppiges Haar, allerdings nicht so hell wie meines, eher rotbraun, und die großen dunklen Augen der Boleyns. Er war sehr groß und ging, vermutlich weil er so oft auf die Menschen herabblicken mußte, leicht gebeugt. Die Hände waren zartgliedrig und schön, und da er keine Ringe trug, fiel ihre edle Form besonders ins Auge. Seine venezianischen Kniehosen – oben sehr weit, zum Knie hin enger werdend – waren aus feinstem Samt, geschlitzt und gebauscht, jedoch nicht allerletzte Mode, wie jene im französischen Stil, die Leicester, der Höfling, trug. Essex' kurzer Umhang war mit Goldstickerei geschmückt, daran erinnere ich mich noch – aber es war eigentlich gleichgültig, was er trug. Er sah immer außerordentlich vornehm aus. Seine Kleider trug er mit einer Lässigkeit, die seine angeborene Haltung noch unterstrich. Ich bemerkte zärtlich belustigt, daß er entschlossen war, sich vom Günstling der Königin nicht beeindrucken zu lassen. Er machte nicht einmal Anstalten, seine Verachtung für einen Mann zu verbergen, der es zuließ, daß seine Gattin mit Geringschätzung behandelt wurde, und sei es auch durch die Königin.

Ganz offensichtlich mißtraute er Leicesters Absichten – während ich sie völlig durchschaute. Früher hatte ich den Wunsch meines Gatten, sich mit meiner Familie anzufreunden, liebenswert gefunden, doch unter dem Einfluß von *Leicesters Commonwealth* suchte ich nach anderen Beweggründen für seine herzliche Anteilnahme. Wer in seinen Machtbereich gelangte, gehörte zu seinen »Leuten«, und sie dienten dazu, seine Ziele zu unterstützen.

Ich war ein wenig verstimmt und hatte ein ungutes Gefühl. Ich wollte nicht, daß er meinen Sohn ausnutzte. Vielleicht hatte ich damals doch eine Art Vorahnung. Dann aber schob ich meine Befürchtungen beiseite. Es würde gewiß ganz lustig sein, zu sehen, ob es Leicester gelang, Rob zu überreden und sehr aufregend, zu hören, wie die Königin ihn empfangen hatte.

Vor Leicesters Ankunft hatte ich meinem Sohn eröffnet, daß sein Stiefvater etwas mit ihm zu besprechen habe. Essex hatte ziemlich barsch geantwortet, er sei an Hofangelegenheiten nicht interessiert.

»Du mußt zu Mitgliedern meiner Familie bitte höflich sein«, rügte ich ihn.

»Es gefällt mir nicht, wie die Dinge jetzt stehen«, gab mein Sohn zurück. »Leicester verbringt die Tage damit, der Königin den Hof zu machen, obwohl sie Euch nicht empfangen will.«

»Er hat noch andere Pflichten, als ihr den Hof zu machen. Er hat eine Menge Regierungsämter inne.«

Essex machte ein störrisches Gesicht. »Wenn sie Euch nicht empfangen will, sollte er sich weigern, sie aufzusuchen.«

»Rob! Du sprichst von der Königin.«

»Das ist mir einerlei. Leicester sollte in erster Linie zu Euch halten. Ich höre, daß getuschelt wird, und das ärgert mich. Immer sehe ich, wie Ihr gedemütigt werdet.«

»Ach Rob, mein Liebling, was bist du doch für ein reizender Dummkopf. Leicester kann doch nicht anders. Bitte, sieh das ein. Die Königin haßt mich, weil ich ihn geheiratet habe. Sie will ihn mit aller Gewalt von mir fernhalten. Du mußt doch begreifen, welch verheerende Folgen es für ihn hätte, ihr ungehorsam zu sein.«

»Ich an seiner Stelle ...,« murrte Rob und ballte dabei die Faust. Ich mußte über seinen Ärger zärtlich und glücklich lachen. Es war wundervoll, einen solchen Streiter an meiner Seite zu haben.

»Du hast allzu lange auf dem Lande gelebt«, sagte ich zu ihm. »Leicester verdankt der Königin seinen Ruhm und sein Vermögen ... und du sollst auch am Hofe dein Glück machen.«

»Ich! Aus mir macht Ihr niemals einen Höfling. Ich ziehe es vor, in Würde auf dem Lande zu leben. Das ist mir in Burleighs Haus klar geworden. Einen klugen alten Staatsmann wie ihn beim Befehl einer Frau erzittern zu sehen! Nein, das ist nichts für mich. Ich will mir meine Freiheit und meine Unabhängigkeit erhalten. Ich will mein eigenes Leben führen.«

»Das bezweifle ich nicht, mein Sohn. Aber nicht wahr, du verstehst doch, daß deine Mutter nur das Beste für dich will?«

Da trat er zu mir und umarmte mich. Ich wurde von meiner Liebe zu ihm übermannt.

Dann kam Leicester, ganz Güte und Wohlwollen.

»Welch ein Vergnügen, Euch zu sehen«, rief er aus. »Wahrhaftig, Ihr seid ein richtiger Mann geworden. Ich möchte, daß wir uns besser kennenlernen. Bedenkt, daß Ihr mein Stiefsohn seid, und Familien sollten zusammenhalten.«

»Da stimme ich mit Euch überein«, sagte Essex schneidend. »Es gehört sich nicht, daß ein Ehemann bei Hofe ist, wenn seine Gattin dort nicht empfangen wird.«

Ich war entsetzt. Essex, das wußte ich wohl, hatte sich seine Worte nie überlegt. Aber er mußte doch Leicesters Macht kennen und wissen, wie unklug es war, ihn zu beleidigen. Hatte er denn *Leicesters Commonwealth* nicht gelesen! Ich glaubte zwar nicht, daß er meinem Sohn irgendwie schaden würde, doch es war besser, sich Leicester nicht zum Feinde zu machen.

»Du kennst das Gemüt der Königin nicht, Rob«, sagte ich schnell.

»Darauf lege ich auch keinen Wert«, gab er zurück.

Es würde weiß Gott nicht leicht werden, ihn zu überzeugen.

Wie immer, mußte ich auch diesmal Leicesters Feingefühl bewundern.

Nun wurde mir auch klar, wie er es fertigbrachte, seine Stellung bei Hofe zu halten. Er lächelte nachsichtig und ließ sich nicht anmerken, daß dieser grüne Junge, der von höfischen Angelegenheiten offenbar nicht die geringste Ahnung besaß, ihn erzürnte. Er war geduldig und freundlich, und Essex war dadurch wohl ein wenig verwirrt. Ich merkte, wie seine Meinung sich änderte, als Leicester ruhig und leutselig mit ihm sprach und sich dann aufmerksam die Ansichten meines Sohnes anhörte. Ich bewunderte ihn wie eh und je, und als ich die beiden so zusammen beobachtete, dachte ich, welch ein Glück es doch für mich sei, daß zwei solche Männer einen Platz in meinem Leben einnahmen – Leicester, dessen Name im ganzen Lande Ehrfurcht und Respekt einflößte, und Essex ...? Vielleicht würde sein Name eines Tages dasselbe bewirken.

In diesem Augenblick fühlte ich mich der Königin überlegen. Mochte Leicester ruhig nach ihrer Pfeife tanzen: Das tat er nur, weil sie die Königin war. Ich war sein Weib. Ich war die Frau, die er liebte. Und außerdem hatte ich diesen wundervollen Sohn. Leicester und Essex. Konnte sich eine Frau mehr wünschen?

Ich merkte, daß Essex sich fragte, wo denn der Schurke aus *Leicesters Commonwealth* blieb, und schnell entschlossen, wie dies seine Art war, tat er das Werk als unsinnige Verleumdung ab. Während ich sie beobachtete, dachte ich, wie verschieden sie doch waren ... meine beiden Grafen. Leicester so klug, so scharfsinnig, sich mit unendlicher Behutsamkeit ausdrückend – und dagegen der hitzköpfige Essex, der nie daran dachte, vorher zu überlegen, welche Wirkung seine Worte und Taten haben könnten.

Da ich sie beide so gut kannte, war es für mich nicht überraschend, daß Leicester Essex innerhalb kurzer Zeit dazu überredet hatte, an den Hof zu gehen.

...Natürlich grollte ich, daß ich von der ersten formellen Vorstellung ausgeschlossen war. Wie gern wäre ich dabeigewesen, um zu sehen, wie diese Habichtsaugen meinen wohlgestalteten Sohn musterten.

Aber ich durfte davon nur aus zweiter Hand erfahren.

Penelope, die zugegen gewesen, berichtete mir.

»Natürlich waren wir alle etwas ängstlich, weil sie gewiß gleich daran denken würde, daß er *Euer* Sohn ist.«

»Oh, sie haßt mich also noch genauso wie früher?«

Penelope sagte nichts darauf. Ich verstand sie auch so.

»Einen Augenblick lang schien sie unsicher. ›Madam‹, sagte Leicester mit bezauberndem Lächeln, ›ich möchte um die Gunst ersuchen, Euch meinen Stiefsohn, den Grafen von Essex vorzustellen.‹ Sie blickte ihn streng an und sagte zunächst kein Wort. Ich dachte, nun käme gleich eine Scheltrede.«
»Gegen die Wölfin«, bemerkte ich.
»Dann trat Essex vor. Er ist so groß und hat einen so stolzen Blick ... aber auch seine leicht gebeugte Haltung ist nicht ohne Reiz. Er hat so eine Art, einer Frau zu begegnen – so ritterlich, fast zärtlich, selbst wenn es sich um die niedrigste Dienstmagd handelt. Eines wissen wir bestimmt, Mylady. Er liebt die Frauen. Und die Königin ist eine Frau. Es war, als knistere es zwischen ihnen. Das habe ich schon öfter bei ihr und Männern, denen sie ihre Gunst zu schenken geneigt ist, beobachtet. Sie streckte die Hand aus, und er küßte sie höchst galant. Dann lächelte sie und sagte: ›Euer Vater war mir ein guter Diener. Ich bedaure seinen Tod. Er starb zu früh ...‹ Sie hieß ihn neben sich Platz nehmen und stellte ihm Fragen über das Leben auf dem Lande.«
»Und er? War er umgänglich?«
»Er war von ihr überwältigt. Ihr kennt sie ja. Insgeheim mögt Ihr sie hassen und über sie lästern ...«
»Es darf nur insgeheim sein«, bemerkte ich spöttisch.
»Sicher, wenn man klug ist. Doch selbst wenn man sie haßt, muß man ihr Größe zugestehen. Essex hat das gespürt. Seine Hochmütigkeit fiel von ihm ab. Es war fast, als hätte er sich in sie verliebt. Das erwartet sie von den Männern, und alle heucheln, von ihrem Zauber geblendet zu sein. Doch da Essex sich niemals verstellen würde, muß es bei ihm wohl echt gewesen sein.«
Ich sagte: »Dein Bruder scheint in den Kreis der Vertrauten aufgenommen.«
Penelope wurde nachdenklich. »Das mag wohl sein. Er ist erst siebzehn, doch je älter sie wird, desto jünger sind die Männer, die ihr gefallen.«
»Aber merkwürdig ist es doch. Der Sohn der Frau, die sie mehr haßt als sonst jemanden auf der Welt.«
»Mit seiner ansehnlichen Erscheinung kann er dieses Hindernis leicht überwinden«, erwiderte Penelope. »Aber vielleicht erhöht es auch den Reiz.«
Plötzlich erfüllte mich kalte Furcht. Sie hatte Gefallen an meinem Sohn gefunden. Wußte sie, wie sehr ich ihn liebte? Früher oder später würde

er ihr enthüllen, daß zwischen uns eine besondere Bindung bestand. Er würde sich zu keinen Ausflüchten herbeilassen, um sich ihre Gunst zu bewahren, wie Leicester es getan hatte. Er würde mich verteidigen, wenn mein Name erwähnt wurde. Er würde es nicht zulassen, daß sie mich in seiner Gegenwart beschimpfte.
Ich war äußerst besorgt.
Leicester zufolge hatte Essex einen guten Eindruck auf die Königin gemacht. Sie wandte sich von dem Emporkömmling Raleigh ab und meinem Sohne zu. Er ergötzte sie. Er war anders als die anderen – jung, ungestüm, freimütig.
Ach, mein geliebter Sohn, dachte ich, habe ich etwa zugelassen, daß Leicester dich in ihr Netz lockt?

Da ich so sehr mit meinen eigenen Angelegenheiten beschäftigt und zudem vom Hofe verbannt war, hatte ich nicht wahrgenommen, daß sich über England dunkle Wolken zusammenzogen.
Jahrelang war immer wieder von drohenden Gefahren die Rede gewesen: Da war die Königin der Schotten, derentwegen sich ständig Verschwörungen bildeten, um sie auf den Thron zu erheben und Elisabeth abzusetzen, und da waren die feindlichen Spanier. Ich hatte mich daran gewöhnt und nahm sie hin, ohne viel darüber nachzudenken; ich glaube, vielen meiner Landsleute ging es ebenso. Die Königin und Leicester dagegen waren sich der Gefahren gewiß ständig bewußt.
Die Verbannung vom Hofe fraß an meinem Herzen, besonders jetzt, da Essex dort war. Nicht, daß es mir darum gegangen wäre, ein Lächeln der Königin zu erhaschen. Ich wollte einfach nur dort sein – und alles beobachten können. Ich fand nur geringe Befriedigung darin, durch die Straßen zu fahren, angetan wie eine Königin, oder die Gäste in meinen prachtvollen Häusern zu bewirten und dann durch andere von den Vorgängen bei Hofe zu erfahren. Deshalb wünschte ich so sehnsüchtig, dort zu sein. Doch dieses Glück schien mir für alle Zeiten versagt. Das war Elisabeths Rache.
Leicester sprach oft von der schottischen Königin. Er war unschlüssig, ob er sich um ihre Gunst bemühen oder sie ein für allemal beseitigen sollte. Solange sie lebte, sagte er, gebe es für ihn und Elisabeth keinen wahren Frieden. Er fürchtete, daß eines Tages eine der vielen Verschwörungen, die um Marias willen entstanden, Erfolg haben könnte. Geschah das, dann würden Elisabeths Anhänger bei der neuen Königin

höchst unbeliebt sein. Und der erste, den man entmachtete, wäre er. Anschließend brächte man ihn in den Tower, und das Licht des Tages würde er erst wieder erblicken, wenn man ihn zum Richtblock führte.

Einmal, als wir zusammen im Bette lagen, und er, ermattet, nicht genau auf das achtete, was er sprach, sagte er, er habe der Königin geraten, Maria erwürgen zu lassen, besser noch zu vergiften.

»Es gibt Gifte«, sagte er, »die kaum Spuren hinterlassen ... und nach einiger Zeit findet man überhaupt nichts mehr. Es wäre ein Glück für das Land und für die Königin, wenn es Maria nicht mehr gäbe. Solange sie lebt, besteht Gefahr. Einmal kann den Verschwörern ihr Vorhaben gelingen, auch wenn wir uns noch so bemühen, das zu verhindern.«

Gift! dachte ich. Man findet keine Spuren ... nach einiger Zeit. Bis man sich an eine Untersuchung machte, konnten die Spuren also schon verschwunden sein.

Ach, ich war von *Leicesters Commonwealth* angesteckt.

Ich hätte gern gewußt, ob die Königin jemals mit ihm über mich sprach, wenn sie allein waren. Ich fragte mich, ob sie wohl zu ihm sagte: »Du warst zu voreilig, Robin. Hättest du gewartet, so hätte ich dich womöglich doch noch geheiratet.«

Gleichgesehen hätte es ihr. Sie war imstande, sehnsüchtig von Heiraten zu sprechen zu einem Mann, der nicht frei war und sie nicht ehelichen konnte. Ich malte mir aus, wie sie stichelte: »Du hast auf eine Krone verzichtet, als du die Wölfin geheiratet hast, Robin. Wäre sie nicht, könnte ich mich jetzt mit dir vermählen. Ich hätte einen König aus dir gemacht. Wie gut stünde dir eine Krone zu deinen ergrauenden Locken.«

Amy Robsart ging mir nicht aus dem Sinn.

Als ich einmal nach Cornbury in Oxfordshire reiste, kam ich an Cumnor Place vorbei. Ich betrat das Haus nicht, das würde nur Klatsch geben. Aber ich hätte gern die Stiege gesehen, die Amy hinuntergestürzt war. Sie verfolgte mich, diese Stiege, und so manches Mal, wenn ich mich anschickte, eine Treppenflucht hinabzusteigen, warf ich einen verstohlenen Blick über die Schulter.

Ich habe zuvor die stets gegenwärtige Bedrohung durch die Königin von Schottland und die Spanier erwähnt. Es gab beunruhigendes Gerede, daß Philip von Spanien zur Zeit eine gewaltige Schiffsflotte baue, mit welcher er uns angreifen wolle. Auch auf unseren Werften wurde

fieberhaft gearbeitet. Männer wie Drake, Raleigh, Howard von Effingham und Frobisher umsummten die Königin wie ein Bienenschwarm und drängten sie, Maßnahmen gegen die Spanier zu ergreifen.
Leicester sagte, sie befürchte, daß die Spanier sie eines Tages angreifen würden, und deshalb halte sie einen Feldzug in den Niederlanden für so wichtig.
Ich wußte, daß nach dem Tode von Anjou und Wilhelms von Oranien Deputationen aus den Niederlanden Elisabeth die Krone angeboten hatten, wenn sie willens sei, das Land zu schützen. Doch davor war sie zurückgeschreckt. Sie hatte keine Lust, sich noch mehr Verantwortung aufzuladen, und überdies konnte sie sich recht wohl vorstellen, wie die Annahme dieses Angebots auf die Spanier gewirkt hätte. Sie würden es als kriegerische Handlung betrachten. Doch versorgte Elisabeth die Niederländer mit Geld und Truppen, um sie in ihrem Kampf gegen die Spanier zu unterstützen.
Eines Nachmittags kam Robert in höchster Erregung nach Leicester House. Ich hörte Hufgeklapper im Hof und eilte hinunter. Ich brauchte ihn nur anzusehen, da wußte ich, daß ein Ereignis von großer Bedeutung stattgefunden hatte.
»Die Königin sendet eine Armee aus, die für die Generalstaaten kämpfen soll«, eröffnete er mir atemlos. »Sie ist überzeugt, daß der Befehlshaber mit besonderer Sorgfalt ausgewählt werden muß. Daher hat sie beschlossen, den Mann zu schicken, der sich für diese Aufgabe am besten eignet, auch wenn sie ihn lieber hier behalten würde.«
»Also sollst du die Armee befehligen«, erwiderte ich scharf. Plötzlicher Zorn erfüllte mein Herz. Sie würde sich ungern von ihm trennen; doch der Gedanke, daß sie ihn zugleich mir fortnahm, verschaffte ihr eine gewisse Genugtuung. Ich konnte mir ihre Schadenfreude vorstellen: Er ist wohl ihr Ehemann, aber ich bin es, die entscheidet, ob sie mit ihm zusammen sein kann.
Robert nickte. »Sie war äußerst liebevoll und hat sogar ein wenig geweint.«
»Wie rührend!« sagte ich spöttisch. Er tat, als bemerkte er meinen Spott nicht.
»Sie hat mir eine hohe Ehre erwiesen, ja, die größte.«
»Ich bin überrascht, daß sie dich gehen läßt. Aber es wird sie ungemein befriedigen zu wissen, daß auch ich deiner Gesellschaft beraubt sein werde.«

Leicester hörte gar nicht zu. Eitel wie er war, sah er sich wohl schon mit Ruhm und Ehre überhäuft.
Er blieb nicht lange in Leicester House. Sie hatte ihm zu verstehen gegeben, da er sie bald verlassen müsse, habe er vor seinem Aufbruch so viel Zeit wie möglich mit ihr zu verbringen. Mit *ihr!* dachte ich verbittert. Sie wollte mir zeigen, daß ich zwar seine Gattin, sie aber die wichtigste Frau in seinem Leben sei. Sie befahl, und er gehorchte, und jede Stunde, die er bei ihr verbrachte, war eine Stunde, an der ich nicht teilhatte.
Wenige Tage später erfuhr ich, daß er sich nun doch nicht in die Niederlande begeben würde. Die Königin litt an einer Unpäßlichkeit und glaubte, daß sie nicht mehr lange zu leben habe. Daher konnte sie Leicester nicht gestatten, sie zu verlassen. Nachdem sie so lange zusammen gewesen waren, konnten sie sich doch nicht trennen mit dem Gedanken, sich vielleicht niemals wiederzusehen. Er mußte also dableiben, und sie wollte sich überlegen, wer an seiner Stelle die Armee in den Niederlanden befehligen sollte.
Ich kochte vor Wut. Ich war mir sicher, daß alles, was sie tat, mir galt, um mich noch mehr als bisher zu demütigen. *Sie* sagte, mein Gatte müsse in die Niederlande, also rüstete er sich zum Aufbruch. *Sie* sagte, er müsse bleiben, also blieb er. Er hatte ihr zur Verfügung zu stehen. Sie war so krank, daß sie ihn in ihrer Nähe wünschte. Wäre ich krank gewesen – mich hätte er freilich verlassen müssen. Sie wollte mir zu verstehen geben, daß ich in seinem Dasein nur eine Nebenrolle spielte. Er würde mich im Stich lassen, wenn sie es befahl. Wie ich sie haßte! Meine einzige Genugtuung war, daß sie mich nicht minder haßte. Und daß sie im tiefsten Innern fühlen mußte, die einzige Auserwählte wäre ich ... wenn es nicht um ihre Krone ginge.
Diese Stimmung war schuld daran, daß ich zur ungetreuen Ehefrau wurde. Dabei ging ich wohlüberlegt vor. Ich war der kurzen Besuche müde, zu denen Robert sich heimlich von der Königin wegstehlen mußte, als sei sie die Gemahlin und ich die Geliebte. Ich hatte ihrem Zorn die Stirn geboten, als ich heiratete, und ich wußte sehr gut, daß dieser Grimm keine Nachsicht kannte. Dennoch war ich nicht gewillt, mich derartig behandeln zu lassen.
Leicester wurde allmählich alt. In seinen Diensten befanden sich, wie mir längst aufgefallen war, einige recht ansehnliche junge Männer. Die Königin hatte gern junge Männer um sich; sie hatten ihre Launen

willfährig zu ertragen, mußten ihr schmeicheln und ihr gefügig sein – nun gut, auch ich mochte junge Männer. Daran mußte ich immer häufiger denken, da ich meinen Gatten so selten zu sehen bekam. Ich war noch jung genug, um die Vergnügungen zu genießen, die einem der Umgang mit dem anderen Geschlecht gewähren konnte. Rückblikkend denke ich, daß ich möglicherweise hoffte, Leicester würde von meiner Untreue erfahren und erkennen, daß andere mich für wert hielten, seine Rache herauszufordern.

Es hatte einmal so ausgesehen, als könne allein Leicester mir die Freuden der Liebe verschaffen. Ich wollte mir beweisen, daß dies nun nicht mehr der Fall war.

Im Gefolge meines Gatten gab es einen jungen Mann, Christopher Blount, einen Sohn von Lord Mountjoy. Leicester hatte ihn zu seinem Oberstallmeister ernannt. Er war groß und ausgezeichnet gewachsen, besonders hübsch, blond und blauäugig und er sah so reizend unschuldig aus. Das gefiel mir besonders. Er war mir des öfteren aufgefallen, und ich wußte, daß auch sein Blick mich suchte. So wünschte ich ihm denn jedesmal, wenn ich an ihm vorüberging, einen guten Morgen. Er nahm dann Haltung an und betrachtete mich beinahe mit Ehrfurcht, und das machte mir Freude.

Ich ließ es mir angelegen sein, mit ihm ein Gespräch anzuknüpfen, wenn ich ihn sah, und bald bemerkte ich, daß er mir absichtlich in den Weg lief, um angesprochen zu werden.

Hatte ich ihn gesehen, pflegte ich mein Zimmer aufzusuchen und über ihn nachzudenken. Dann schaute ich in den Spiegel und betrachtete mich eingehend. Würde ich wirklich in fünf Jahren schon fünfzig? Mir schauderte bei dem Gedanken. Ich durfte nicht mehr wählerisch sein, wenn es um die Freuden des Lebens ging, denn bald war ich zu alt, um sie zu genießen. Bisher hatte ich mich immer beglückwünscht, daß die Königin acht Jahre und Robert gar noch um einiges älter war als ich. Nun aber zog ich Vergleiche zu Christopher Blount. Er mußte zwanzig Jahre jünger sein als ich. Nun gut, nicht nur Königinnen konnten der Welt vorspielen, sie seien jung. Ich wollte meine Anziehungskraft erproben, mir vielleicht auch sicher sein, daß Leicester mir nicht mehr so viel bedeutete wie einst. Wenn er stets zur Stelle sein mußte, um die Königin zu unterhalten – nun, ich fand meine Kurzweil auch anderswo. Damit gedachte ich nicht nur Leicester eins auszuwischen, sondern, was für mich ebenso wichtig war, auch der Königin.

Wenige Tage später begegnete ich Christopher in den Stallungen und ließ ein Halstuch fallen. Eine uralte List, doch darum nicht weniger wirksam. Die Gelegenheit hatte ich ihm verschafft. Nun war ich neugierig, ob er genug Mut besaß, sie zu ergreifen. Wenn ja, so verdiente er eine Belohnung. Gewiß hatte man ihm einiges über Leicester erzählt, und ich bezweifelte nicht, daß er auch das *Commonwealth* gelesen hatte. Dann wußte er also, daß es gefährlich sein konnte, mit Leicesters Gemahlin zu schäkern.

Ich war sicher, daß er kommen würde.

Er stand an meiner Zimmertür und hielt mein Halstuch in der Hand. Ich ging lächelnd auf ihn zu, zog ihn ins Zimmer und schloß die Tür hinter uns.

Es war aufregend, für ihn nicht weniger als für mich. Hier war sie wieder, die Gefahr, welche die erste Zeit mit Robert so reizvoll gemacht hatte. Es war wie ein Lebenselixier, mit einem jungen Mann zusammen zu sein, zu wissen, daß mein Körper noch immer schön war und daß meine Jahre den Reiz nur erhöhten, da ich so völlig Herrin der Lage war und meine Erfahrung in der Liebe ihm Staunen und Hochachtung abnötigte.

Hinterher schickte ich ihn rasch fort und sagte, dies dürfe niemals wieder vorkommen. Ich wußte natürlich, daß es doch geschehen würde, aber so war es köstlicher und erregender. Er blickte sehr ernst und unglücklich drein, doch ich wußte, lieber hätte er Leicesters Zorn wieder und wieder herausgefordert, ehe er auf dieses Erlebnis verzichtet hätte.

Als er fort war, lachte ich in mich hinein und dachte daran, wie Leicester um die Königin herumtanzen mußte.

»Dieses Spielchen können auch zwei andere treiben, mein edler Graf«, sagte ich.

Die Königin hatte es sich abermals anders überlegt. Sie war genesen, und kein anderer als Leicester, so hatte sie nun wieder entschieden, war geeignet, die Armee in den Niederlanden zu befehligen.

Er befand sich im Zustand großer Erregung, als er nach Leicester House kam. Ihm stehe eine glänzende Zukunft bevor, eröffnete er mir. Man hatte der Königin die Krone der Niederlande angeboten. Sie würde sie ablehnen, er aber sehe keinen Grund, weshalb er sie nicht annehmen solle.

»Wie würde es dir gefallen, Königin zu werden, Lettice?« fragte er, und ich erwiderte, daß ich eine Krone nicht verschmähen würde, falls man sie mir anböte.

»Wir wollen hoffen, daß sie deinen Aufbruch nicht wieder verhindert«, sagte ich.

»Gewiß nicht«, entgegnete er. »Sie ist auf einen Sieg dort erpicht. Den brauchen wir auch. Das gelobe ich: Ich werde die Spanier aus den Niederlanden verjagen.« Plötzlich sah er mich an und wurde der Kälte meines Blicks gewahr. Ich dachte nämlich, daß er nur seinen künftigen Ruhm im Kopfe hatte und es ihn kaum berührte, mich verlassen zu müssen. Allerdings – würde unser Leben so viel anders verlaufen als bisher? Sie hatte ja schon seit langem dafür gesorgt, daß wir kaum Zeit füreinander hatten. Er ergriff meine Hände und küßte sie. »Lettice«, fuhr er fort, »ich will alles wieder gutmachen. Glaub nicht, daß ich nicht verstände, was du durchgemacht hast. Ich konnte nichts dagegen tun. Es geschah gegen meinen Willen. Das mußt du doch verstehen, meine Liebste.«

»Ich verstehe recht wohl«, gab ich zurück. »Du mußtest mich vernachlässigen, weil sie es wünschte.«

»Das gebe ich zu. Ich wünschte bei Gott ...«

Er drückte mich fest an sich, ich aber spürte, daß seine Erregung nicht der Leidenschaft für mich entsprang, sondern der Erwartung auf den Ruhm, der ihm in den Niederlanden zuteil werden würde.

Philip Sidney würde ihn begleiten, und auch für Essex wollte er ein Amt finden. »Das wird unserem jungen Grafen zusagen. Du siehst, wie ich für meine Familie sorge.«

Es sollte ein Triumphzug in die Niederlande werden, das stand für ihn bereits fest. Und nun wolle er seinen Oberstallmeister aufsuchen, da er eine Menge mit ihm zu besprechen habe.

Belustigt fragte ich mich, wie sich Christopher Blount nun wohl verhalten würde. Christopher besaß den Reiz großer Unschuld. Seit jenem Ereignis, das ich bei mir »Den Vorfall« nannte, hatte ich auf seinem Gesicht die widersprüchlichsten Gefühlsregungen wahrgenommen. Schuld, Erregung, Hoffnung, Verlangen, Scham und Furcht stritten miteinander. Er glaubte wohl, ein Schurke zu sein, da er die Gattin seines Herrn verführt hatte. Ich hätte ihm gern gesagt, daß ich es war, die ihn verführt hatte. Er war so bezaubernd; doch ich hatte der Versuchung widerstanden, das Erlebnis zu wiederholen. Für Christopher

sollte unsere Begegnung nicht zu einer bloß körperlichen Beziehung herabgewürdigt werden.
Gleichwohl war ich gespannt darauf, wie er sich Leicester gegenüber verhalten und ob er etwas verraten würde. Ich war allerdings sicher, er würde alles daransetzen, damit nichts ans Licht käme. Und da er mit Leicester in die Niederlande reisen mußte, sagte ich mir, daß es vorläufig keine Wiederholung des »Vorfalls« geben konnte. Doch ich irrte mich.
Die Königin hatte bestimmt, daß Leicester seine letzte Nacht in England nicht mit mir verbringen sollte. Natürlich war ich der Meinung gewesen, daß er wenigstens am Abschiedsabend kommen werde und erwartete ihn in Leicester House. Er kam nicht. Statt dessen traf ein Bote mit der Nachricht ein, die Königin verlange, daß er am Hofe bleibe, da sie viel mit ihm zu besprechen habe. Ich wußte natürlich, sie wollte mir zeigen, daß ich wohl seine Frau war, doch ihr das Vorrecht auf seine Dienste zustand. Ich war zornig und enttäuscht. Der Gedanke, daß er fortging, war mir schrecklich. Im Grunde meines Herzens liebte und begehrte ich ihn wohl noch immer. Damals erkannte ich auch, daß niemand seinen Platz in meinem Leben einzunehmen imstande sein würde. Mir war ganz elend vor Enttäuschung und Eifersucht, wenn ich mir die beiden zusammen vorstellte. Zweifellos tanzte sie bis in die frühen Morgenstunden, und er würde sie mit widerlichen Schmeicheleien überschütten und ihr sagen, wie unglücklich er darüber sei, da er *sie* verlassen müsse. Und sie würde ihm zuhören, den Kopf zur Seite geneigt, mit einem weichen Ausdruck in den Habichtsaugen, ihrem süßen Robin, ihrem Augapfel, dem einzigen Mann, den sie jemals hatte lieben können.
Es war ein kalter Dezembertag, doch erbärmlicher als meine Stimmung konnte das Wetter auch nicht sein. Ich sei eine Närrin, fand ich. Zum Teufel mit Elisabeth, sagte ich mir. Zum Teufel mit Leicester! Ich wies meine Dienerschaft an, in meinem Schlafgemach ein loderndes Feuer zu entfachen, und als es dort warm und behaglich war, ließ ich mir Christopher kommen.
Er war so jung, so unbefangen, so unerfahren. Ich wußte, er verehrte mich, und seine Verehrung war Balsam für meine verletzte Eitelkeit. Da ich es nicht hätte ertragen können, wenn sich seine Meinung über mich gewandelt hätte, griff ich zu einer Notlüge: Ich hätte nach ihm geschickt, um ihm zu versichern, er brauche keine Schuldgefühle zu

haben wegen dem, was geschehen war. Wir seien eben von unserer Leidenschaft überwältigt worden, ehe wir wußten, wie uns geschah. Natürlich dürfe dies nie wieder vorkommen, und wir müßten es vergessen.

Er fragte, ob ich wisse, was ich von ihm verlange. Er wolle ja alles tun, nur vergessen – das könne er nicht, niemals. Es sei das wunderbarste Erlebnis seines Daseins gewesen, und er würde immer daran denken.

Wie reizend die jungen Männer doch sind, dachte ich. Ich begriff, warum die Königin einen solchen Narren an ihnen gefressen hatte. Ihre Unschuld war Labsal, gab uns den Glauben an das Leben zurück. Christophers Entzücken war fast Vergötterung. Dies trug viel dazu bei, daß ich wieder an meine Anziehungskraft glaubte. Ich hatte schon daran zu zweifeln begonnen, als Leicester so schnell bereit war, mich zu verlassen, um des Ruhmes willen, der ihn in den Niederlanden erwartete.

Ich nahm Abschied von Christopher – das heißt, ich tat nur so. In Wirklichkeit hatte ich vor, ihn die Nacht über hierzubehalten. Ich legte ihm die Hände auf die Schultern und küßte ihn auf den Mund. Dies nun war freilich der Funke im Pulverfaß.

Ach, er war hinreißend, wie er sich entschuldigte, weil er glaubte, er sei für alles verantwortlich!

Vor Anbruch der Dämmerung schickte ich ihn fort. Als er mich verließ, bat er mich, ihm ein ehrendes Andenken zu bewahren, falls er in der Schlacht bleiben sollte, und immer dessen eingedenk zu sein, daß er nie eine andere hätte lieben können, auch wenn er hundert Jahre alt geworden wäre.

Der gute Christopher! In diesem Augenblick erschien ihm der Tod ruhmreich, dessen war ich sicher. Er sah sich für den protestantischen Glauben fallen, meinen Namen auf den Lippen.

Es war alles so schwärmerisch und wie verzaubert. Ich hatte das kleine Zwischenspiel sehr genossen. Warum hatte ich mir so etwas nicht schon früher gegönnt? fragte ich mich.

Am nächsten Tag brachen sie auf; Leicester nahm Abschied von der Königin und stellte sich an die Spitze der Truppe, zu der auch mein Liebhaber und mein Sohn gehörten.

Später erfuhr ich, daß man sie in Colchester üppig bewirtet hatte. Am nächsten Tag ritten sie nach Harwich weiter, von wo eine Flotte aus fünfzig Segelschiffen sie nach Vlissingen bringen sollte.

Robert schilderte mir in einem Brief sehr begeistert den turbulenten Empfang, den man ihm überall bereitet hatte, denn das Volk betrachtete ihn als seinen Retter. Im Hafen von Rotterdam, in den die Flotte bei Dunkelheit einlief, standen die Holländer dicht gedrängt, und jeder vierte trug eine brennende Pechfackel. Die Menge war in Hochrufe ausgebrochen und hatte ihn über den Marktplatz zu seinem Quartier geleitet. Von Rotterdam aus war es nach Delft gegangen, und dort logierte er in dem nämlichen Hause, in welchem der Prinz von Oranien ermordet worden war.

»Die Feierlichkeiten«, schrieb er, »wurden immer prächtiger, je weiter ich ins Landesinnere kam. Überall sahen die Leute in mir ihren Retter.«

Das Volk, so schien es, hatte um seines Glaubens willen viel erleiden müssen. In seiner Angst, von den Spaniern geschlagen zu werden, sah es in Leicester, der mit Geld und Truppen von der englischen Königin gesandt worden war, seine große Hoffnung.

Er war ausgezogen, um eine Armee zu befehligen. Aber vorerst kam es nicht zum Kampf. Eine Feierlichkeit folgte auf die andere, und ständig wurde gepriesen, was Leicester und England für das Land tun wollten.

Es war einigermaßen überraschend gewesen, als die Königin Leicester für diese Aufgabe ausgewählt hatte; denn er war Politiker und kein Soldat: Er wußte mit Worten zu kämpfen, nicht mit dem Schwert. Ich fragte mich, was geschehen würde, wenn der Kampf begann.

Doch zuvor erlebte er Stunden des Triumphes. Die lärmenden Feste hielten mehrere Wochen an, doch dann kam der große Augenblick der Entscheidung. Robert schrieb mir sogleich, denn es war ihm unmöglich, dies für sich zu behalten.

»Am ersten Tag des Januar begab sich eine Abordnung zu meinem Quartier. Ich war noch nicht völlig angekleidet, und während meine Toilette beendet wurde, berichtete mir einer von meinen Leuten, die Minister seien gekommen und bäten mich um eine Unterredung. Sie wollten mir die Führung der Vereinigten Provinzen anbieten. Ich war unentschlossen, denn schließlich hatte die Königin mich gesandt, um für die Provinzen zu kämpfen und nicht, um sie zu regieren. Und so verlockend ein solches Angebot auch war, ich konnte es doch nicht annehmen, ohne es zuvor gründlich zu bedenken.«

Ich sah ihn vor mir – mit glänzenden Augen. War dies nicht immer sein Wunsch gewesen? Er war so lange im Dienste der Königin gestanden. Wie ein kleiner Hund an der Leine, hatte ich einmal gespöttelt. »Mein süßes Tierchen, laß dich streicheln ... aber du kannst immer nur so weit gehen, wie es die Leine erlaubt, an der ich dich halte.«
Was muß es da für ihn bedeutet haben, die Krone der Niederlande angeboten zu bekommen!
Ich wandte mich wieder seinem Brief zu.

»Ich gab keinen Bescheid und ließ mir die Sache durch den Kopf gehen. Sicher freut es Dich zu hören, daß ich Essex zum General der Kavallerie ernannt habe. Ich habe viel Zeit damit verbracht, Predigten anzuhören und Psalmen zu singen, denn dieses Volk nimmt seinen Glauben sehr ernst. Ich muß Dir aber berichten, daß ich die Angelegenheit mit dem Sekretär der Königin, Davison, der auch hier ist, und mit Philip Sidney besprochen habe, und beide sind der Meinung, daß ich das Volk durch Annahme des Angebots zufriedenstellen muß. Und nun, meine liebste Lettice, bin ich also Statthalter der Vereinigten Provinzen.«

Später kam noch ein Brief.

»Man hat mich im Haag eingeführt. Ich wollte, Du hättest diese eindrucksvolle Zeremonie sehen können! Ich saß unter den Wappen der Niederlande und Englands, umgeben von den Vertretern der Prinzipalstaaten. Man richtete Dankadressen an die Königin und an mich, den Generalleutnant, nun Statthalter der Provinzen. Ich legte den erforderlichen Eid ab und schwor, das niederländische Volk zu beschützen und zu seinem und der Kirche Wohl zu wirken. Ich wünschte, Du wärest dabei gewesen! Du hättest stolz auf mich sein können.
Und jetzt, meine liebe Lettice, möchte ich, daß Du zu mir kommst. Denk daran, Du kommst als eine Königin! Du wirst schon wissen, wie Du Dich zu verhalten hast. Wir werden hier leben, und du mußt nicht mehr verbannt sein, wie Du es nennst. Ich sehne mich nach Dir.«

Ich las den Brief wieder und wieder. Ich sollte also Königin werden. Hoheitsvoll wie sie würde ich sein und so schön, wie sie es niemals sein konnte. Das Leben versprach aufregend zu werden. Ich frohlockte. Was würde sie sagen, was würde sie tun, wenn sie erfuhr, daß ich als Leicesters Königin in die Niederlande ging?

Ich begab mich unverzüglich an die Vorbereitungen.
Ja, ich würde als Königin einziehen! Und glanzvoller, als Elisabeth je gewesen war.

So sollte ich denn endlich meinen Triumph haben. Jetzt begriff ich, was es hieß, Leicesters Gemahlin zu sein. Ich sollte Königin werden, niemand würde mir mehr befehlen. Und wenn ich im Haag anstatt in Greenwich und Windsor residierte, was kümmerte es mich?
Kaufleute kamen mit den feinsten Stoffen nach Leicester House. In größter Eile überlegte ich, was alles an Kleidung ich brauchte, und die Näherinnen waren Tag und Nacht an der Arbeit. Ich ließ Kutschen bauen mit dem Wappen der Niederlande und Roberts Familienwappen. Ich entwarf kostbaren Schmuck und prächtiges Beiwerk für mich, meine Begleitung und sogar für die Pferde. Ich hatte beschlossen, eine Gruppe von Damen und Herren mitzunehmen. Wenn die Kavalkade nach Harwich ritt, sollte das Volk vor Staunen die Mäuler aufreißen, weil sie nie zuvor etwas so Prächtiges gesehen hatten. Was ich ihnen vorführte, sollte hundertmal glanzvoller und üppiger sein als alles, was die Königin je besessen hatte.
Das waren aufregende Wochen. Ungeduldig sah ich dem Tag der Abreise entgegen.
Eines Tages im Februar, als ich mich mitten in den Vorbereitungen befand, erfuhr ich, daß William Davison, der Sekretär der Königin, welcher Robert in die Niederlande begleitet hatte, am Hofe eingetroffen war, um der Königin einen vollständigen Bericht der Ereignisse zu geben.
Robert als Generalstatthalter der Vereinigten Provinzen! Eine solche Aufgabe zu übernehmen, ohne sich mit ihr zu beraten! Ein Amt anzutreten, das ihn zwang, außerhalb Englands zu leben! Ihr Zorn war fürchterlich, so sagten jene, die ihn erlebt hatten.
Jemand, dem wohl daran lag, Öl ins Feuer zu gießen, erwähnte, daß Roberts Gräfin sich rüstete, um ihm als Königin zu folgen.
Wie sie wetterte! Es hieß, daß sie ihren Vater im Fluchen noch übertraf. Sie schwor beim Blute Christi, daß sie Leicester und seiner Wölfin eine Lektion erteilen werde. Die spielten also König und Königin, wie? Sie wollte sie lehren, daß gewöhnliche Sterbliche sich nicht einfach mit der Königswürde zieren konnten, bloß weil sie so vermessen waren zu glauben – irrtümlicherweise! – dergleichen verdient zu haben!

Sogleich entsandte sie Heneage zu Leicester. Er sollte ihm mitteilen, daß er für eine weitere Zeremonie Sorge zu tragen habe. Dann müsse er feierlich auf sein Statthalteramt verzichten und dem Volk der Niederlande mitteilen, daß er nur ein Diener der Königin von England sei und nun in Ungnade, weil er eigenmächtig, ohne ihre Erlaubnis, gehandelt habe. Dann könne er zurückkommen und im Tower sein weiteres Schicksal erwarten.

Der arme Davison wurde gescholten und durfte selber kaum ein Wort sagen. Aber nach einer Weile hörte sie ihm doch zu, und als ihr Zorn sich ein wenig gelegt hatte, fiel ihr wohl ein, welche Demütigung sie Robert zuzufügen im Begriff war. Sie milderte ihr Urteil. Selbstverständlich mußte er das Statthalteramt aufgeben, aber der Rücktritt sollte in einer Form erfolgen, die für ihn nicht zu demütigend war. Er sollte jedoch ja nicht denken, daß sie nicht erzürnt sei. Sie hatte in aller Öffentlichkeit erklärt, damit es die ausländischen Fürsten auch ja erführen, daß sie entschlossen war, die Statthalterschaft der Niederlande nicht zu übernehmen. Nun aber hatte einer ihrer Untertanen danach gegriffen wie nach einem lohnenden Gewinn, und es mußte den Eindruck erwecken, als habe sie ihre Zustimmung dazu erteilt – denn niemand würde annehmen, daß ein *Untertan* es wagen konnte, sich soviel herauszunehmen – und man würde glauben, sie habe ihr Wort gebrochen.

»Und diese Wölfin«, schrie sie, »die kann ihre Juwelen wieder auspakken. Sie kann ihre kostbaren Gewänder beiseitelegen. Sie soll ja nicht glauben, daß sie ruhmreich in Den Haag einziehen wird! Statt dessen darf sie demütig zum Tower gehen und um die Erlaubnis nachsuchen, den Gefangenen sehen zu dürfen, und sie soll ja darauf achten, sich wohl zu betragen, sonst erwartet auch sie dort ein langer Aufenthalt.«

Armer Robert! Wie kurz hatte doch sein Ruhm gewährt. Und ich Ärmste hatte geglaubt, endlich aus dem Schattendasein herauszutreten – und schon mußte ich wieder dorthin zurück. Und der Haß der Königin auf mich war noch größer geworden. Ich wußte, sie würde sich einreden, daß ich, nicht ihr geliebter Robin, den Plan ausgeheckt hatte, damit auch ich einen Thron besteigen konnte.

Niemand außer Robert hätte das unselige Abenteuer in den Niederlanden lebend überstehen können. Ich hatte immer gewußt, daß er kein

Soldat war. Natürlich hatte er zu Pferde vor seinen Truppen einen imponierenden Eindruck gemacht. Ich konnte ihn mir bei den Feierlichkeiten so gut vorstellen. Doch dem erfahrenen und grausamen Herzog von Parma gegenüberzustehen, war eine andere Sache. Man konnte von ihm kaum erwarten, daß er tatenlos zusah, während Robert sich und das Volk mit großem Schaugepränge unterhielt.

Es war ein schlimmer Schlag, als Parma dort angriff, wo es am wenigsten erwartet wurde. Er nahm zuerst die Stadt Grave ein, von der Robert geglaubt hatte, sie sei unbezwinglich, und anschließend Venlo.

Der Zorn der Königin machte alles noch schlimmer. Aus England kam kein Geld mehr, den Truppen konnte der Sold nicht ausbezahlt werden, und die Offiziere lagen miteinander in Streit. Erst viel später erzählte mir Robert, unter welch fürchterlichem Druck er damals gelebt habe. Er wollte die Niederlande niemals wiedersehen.

Der ganze Feldzug war eine Katastrophe. Für uns kam noch eine persönliche Tragödie hinzu.

Ich hatte die Familie Sidney sehr gern, und Philip war unser aller Liebling. Seine Mutter Mary und ich hatten uns angefreundet, da wir beide vom Hof Verbannte waren – sie freiwillig, ich gegen meinen Willen. Sie trug nach wie vor einen dünnen Schleier vor dem Gesicht; an den Hof ging sie nur selten, obgleich sie der Königin stets willkommen war und dafür gesorgt wurde, daß sie in den königlichen Residenzen eigene Räume zur Verfügung hatte und sich jederzeit zurückziehen konnte. Elisabeth hatte nicht vergessen, daß Mary gleichsam ihre Narben trug, und bewahrte ihr daher ihre Zuneigung.

Im Mai erhielt ich von Mary eine Botschaft, daß der Gesundheitszustand ihres Gatten sich verschlechtert habe. Er hatte bereits seit einiger Zeit gekränkelt, wollte sich jedoch keine Ruhe gönnen. Es kam deshalb nicht überraschend für mich, als ich bald darauf hörte, er sei gestorben. Ich machte mich nach Penshurst auf, um ihr beizustehen. Wie froh war ich später darüber. Denn im August starb auch Mary. Ihre Tochter Mary, Gräfin von Pembroke, war zuvor nach Penshurst gekommen, um ihrer Mutter bis zum Ende nahe zu sein. Wir beklagten, daß Philip sich bei der niederländischen Armee befand und nicht anwesend sein konnte.

In gewisser Hinsicht war es ein Segen, daß Mary starb, bevor die große Tragödie über sie hereinbrach. Ich kannte ihre Empfindungen sehr gut und wußte, daß das, was sich ereignen sollte, der grausamste Schicksalsschlag ihres Lebens gewesen wäre.

Im September – einen Monat nach Lady Sidneys Tod – beschloß Leicester, Zutphen anzugreifen.

Wie alles geschah, erfuhren wir zunächst nur bruchstückweise und mußten es uns später zusammenreimen. Es war eine Geschichte von Verwegenheit und Heldentum. Oft denke ich, wäre Philip weniger ritterlich gewesen und mehr der Wirklichkeit zugewandt, so hätte dies nie und nimmer geschehen können.

Was wir hörten, war dies: Philip verließ sein Zelt und traf auf Sir William Pelham. Dieser hatte vergessen, seine Beinschienen und Schenkelstücke anzulegen. Törichterweise sagte sich Philip, er dürfe einem Freund gegenüber nicht im Vorteil sein, und legte seine eigene Rüstung ab, eine unsinnige Geste, für welche er einen hohen Preis zahlen mußte. Später nämlich traf ihn während des Gefechts eine Kugel am linken Oberschenkel. Er konnte sich zwar auf seinem Pferd halten, verlor aber viel Blut. Von Freunden umringt, rief er aus, er sterbe nicht am Blutverlust, sondern vor Durst. Man drückte ihm eine Wasserflasche in die Hand, doch als er zum Trinken ansetzte, sah er am Boden einen sterbenden Soldaten, der kraftlos um Wasser wimmerte.

»Nimm«, sagte Philip, und seine Worte sind unsterblich geworden, »deine Not ist größer als die meine.«

Man trug ihn auf Leicesters Boot, brachte ihn nach Arnheim und quartierte ihn dort in einem Haus ein.

Ich suchte seine Gattin Frances auf und traf sie, obgleich hochschwanger, bereit zum Aufbruch. Sie müsse zu ihm gehen, sagte sie, denn er brauche sorgfältige Pflege.

»In Eurem Zustand dürft Ihr Euch das nicht zumuten«, rief ich aus. Doch sie wollte nicht hören, und ihr Vater meinte, da sie nun einmal entschlossen sei, wolle er sie nicht zurückhalten.

So reiste Frances denn nach Arnheim. Die Ärmste! Ihr Leben war nicht gerade glücklich gewesen. Sie muß Philip allerdings geliebt haben. Aber wer brachte es fertig, Philip Sidney nicht zu lieben! Vielleicht wußte Frances, daß die Liebesgedichte, die er an meine Tochter Penelope schrieb, nicht etwa als Geringschätzung ihrer Person betrachtet werden durften. Sicher gab es nicht viele Frauen, die sich damit abgefunden hätten, doch Frances war eben eine außerordentliche Frau.

Sechsundzwanzig Tage lang litt Philip die schlimmsten Todesqualen; dann starb er. Ich wußte, sein Tod würde für Robert, der ihn als seinen Sohn betrachtet hatte, ein schwerer Schlag sein. Seine Begabung, seine Anmut – alles an Philip war dazu angetan, Bewunderung zu erwecken. Aber er erregte keinen Neid wie etwa Robert, Heneage, Hatton und Raleigh; denn Philip war nicht ehrgeizig. Er war ein Mann von seltenen Gaben.

Ich hörte, daß die Königin tief trauerte. Erst hatte sie ihre teure Freundin Mary, welche sie stets geliebt hatte, verloren, und nun war Philip tot, den sie so sehr bewundert hatte.

Die Königin verabscheute Krieg. Er sei sinnlos, erklärte sie, und bringe niemandem Gutes. Während ihrer ganzen Regierungszeit hatte sie Kriege zu vermeiden gesucht. Nun war sie tief getroffen durch den Verlust ihrer teuren Freunde und die ständig wachsende Bedrohung durch die Spanier; denn das waghalsige und törichte Abenteuer in den Niederlanden hatte die Gefahr nicht abwehren können.

Philips Leichnam wurde einbalsamiert und auf einem Schiff mit schwarzen Segeln, das deshalb die »Schwarze Pinasse« genannt wurde, nach Hause gebracht. Im Februar des folgenden Jahres fand in der St.-Pauls-Kathedrale ein Gedenkgottesdienst statt.

Die arme Frances war inzwischen von einem toten Kind entbunden worden. Nach allem, was sie durchgemacht hatte, war dies nicht zu verwundern.

Leicester kehrte nach England zurück, denn im Winter wurde nicht Krieg geführt, und mit ihm kam mein Sohn Essex.

Leicester begab sich sofort an den Hof; es hätte sonst Ärger gegeben, und seine Lage war bedenklich. Ich konnte mir vorstellen, was in ihm vorging, als er sich bei seiner königlichen Gebieterin meldete. Essex besuchte mich. Er war über den Tod von Philip Sidney sehr bestürzt. Als er mir erzählte, daß er an dessen Sterbebett geweilt hatte, vergoß er Tränen.

»Ein edlerer Mensch hat niemals gelebt«, rief er aus, »und nun ist er tot. Er war glücklich über die Anwesenheit des Grafen von Leicester. Die beiden waren durch große Zuneigung verbunden, und das Hinscheiden von Philip hat meinem Stiefvater viel Kummer gemacht. Philip hat mir sein bestes Schwert hinterlassen. Ich will es allezeit in Ehren halten und hoffe, daß ich seiner würdig sein werde.«

Er war auch Frances Sidney begegnet – eine tapfere Frau, sagte er, denn in ihrem Zustand hätte sie die Seereise gar nicht unternehmen dürfen. Er wolle alles tun, um ihr zu helfen, denn das wäre gewiß Philips Wunsch gewesen.

Nachdem Leicester der Königin Bericht erstattet hatte, kam er zu mir. Bei seinem letzten Abenteuer war er stark gealtert. Ich war über sein Aussehen erschrocken. Er litt wieder an der Gicht und war sehr niedergeschlagen über den unglücklichen Ausgang des Feldzugs.

Ernst sagte er zu mir: »Gott sei gelobt, daß die Königin mir ihre Gunst nicht entzogen hat. Ich ließ mich vor ihr aufs Knie nieder, doch sie hieß mich aufstehen und blickte mich mit Tränen in den Augen ernsthaft an. Sie sah wohl, daß ich viel gelitten hatte, sagte aber, ich sei an ihr zum Verräter geworden. Doch was sie am meisten kränkte, sei, daß ich an mir selbst zum Verräter geworden sei, denn ich hätte aus Leichtsinn nicht auf meine Gesundheit geachtet, obgleich ihr oberster Befehl an mich gelautet hatte, ich solle dafür Sorge tragen. Da wußte ich, daß sie mir alles verziehen hatte.«

Ich betrachtete ihn – dieses armselige Zerrbild des einstmals ruhmreichen Leicester, und ich staunte über diese Frau. Er hatte sie herausgefordert, hatte geglaubt, in den Niederlanden am Ende doch noch zu einer Krone zu gelangen. Und das hätte bedeutet, daß er sie verlassen mußte. Noch schlimmer: Er hatte vorgehabt, mich in die Niederlande kommen zu lassen, damit ich die Königswürde mit ihm teile. Und doch hatte sie ihm vergeben.

Weiß Gott, sagte ich zu mir, sie liebt ihn. Sie liebt ihn wahrhaftig.

Siegreiches England

Was nun Eure Person betrifft, die das Heiligste und Kostbarste ist, das man hienieden verehren kann, so muß ein Mann zittern, wenn er nur daran denkt; insbesondere, wenn er gewahr wird, daß Eure Majestät den königlichen Mut besitzt, sich an die fernsten Grenzen Eures Reiches zu begeben, um Euren Feinden entgegenzutreten und Eure Untertanen zu verteidigen. Ich kann dem, allerteuerste Königin, nicht zustimmen; denn mit Eurem Wohlergehen steht und fällt die Sicherheit Eures gesamten Königreiches, weshalb es vor allem Eure Person zu schützen gilt.

Leicester an Elisabeth

Ihre Gegenwart und ihre Worte stärkten den Mut der Hauptleute und Soldaten auf kaum glaubliche Weise.

William Camden

Der letzte Akt der Tragödie Marias von Schottland nahm seinen Anfang. Sie wurde damals in unserem Haus in Chartley gefangengehalten, welches nun meinem Sohn Essex gehörte. Er hatte nur sehr widerwillig seine Zustimmung gegeben und eingewendet, daß es als Gefängnis für die Königin zu klein und zu unbequem sei. Seine Bedenken waren jedoch zurückgewiesen worden; und nun bildeten diese Räume, die mir und meiner Familie so vertraut waren und wo ich mit meinen Kindern so fröhlich gespielt hatte, den Schauplatz für die letzten dramatischen Auftritte im Leben der Königin von Schottland. Hier beteiligte sie sich an der Verschwörung Babingtons, die später ihren Untergang besiegelte. Die nächste Etappe ihrer traurigen Reise war Schloß Fotheringhay, wo sich ihr Schicksal entschied.
Das ganze Land sprach davon: wie sich die Verschwörer getroffen hatten, wie Briefe zwischen ihnen hin und her gegangen waren, wie tief die Königin von Schottland in eine Verschwörung verstrickt war; und diesmal konnte sie eindeutig belastet werden. Walsingham hatte sämt-

liche Beweise in der Hand, und Maria wurde des Versuchs für schuldig befunden, die Ermordung von Königin Elisabeth betrieben zu haben mit dem Ziel, selbst den Thron Englands einzunehmen.
Doch selbst angesichts dieser Beweise zögerte Elisabeth, das Todesurteil zu unterzeichnen.
Leicester verlor die Geduld mit ihr. Ich mußte ihn daran erinnern, daß er vor gar nicht langer Zeit noch daran gedacht hatte, Beziehungen zu der Königin von Schottland anzuknüpfen, da ja immerhin die Möglichkeit bestand, daß Elisabeth sterben und Maria den Thron besteigen könnte.
Er sah mich erstaunt an. Mir fehlte einfach der Sinn für das, was die politische Vernunft gebot. Unbegreiflich! Früher wäre ich auf seiner Seite gewesen. O ja, meine Liebe zu ihm war in der Tat gestorben.
»Wenn sie nicht aufpaßt«, rief er ungestüm, »wird man versuchen, Maria zu retten, und das könnte gelingen.«
»Dann wärt Ihr aber in einer beneidenswerten Lage, Mylord«, bemerkte ich hinterhältig. »Ich glaube, Ihre Majestät von Schottland hat Schoßhunde sehr gern, doch sie zieht es vor, sie selbst auszuwählen und hätte gewiß keinen Platz in ihrem Hause für jene, die einst der Königin von England die Hand leckten.«
»Was ist denn mit dir, Lettice?« fragte er verwirrt.
Ich erwiderte: »Ich bin eine vernachlässigte Ehefrau.«
»Du weißt recht wohl, daß es nur einen Grund gibt, warum ich nicht bei dir sein kann.«
»Ich weiß es recht wohl«, gab ich zurück.
»Dann also Schluß damit. Laß uns über wirklich ernste Angelegenheiten nachdenken.«
Doch über das, was ernst war, hatten wir wohl verschiedene Ansichten.
Das Volk wurde ungeduldig. Die Königin jedoch sann immer noch auf Ausflüchte, wie sie es ihr Leben lang getan hatte. Oft hatte sie damit Erfolg gehabt. Nun aber wollten ihre getreuen Untertanen wissen, wann endlich sie über das vergossene Blut der katholischen Königin jubeln durften.
Schließlich legte ihr Sekretär Davison ihr das Todesurteil vor und sie unterschrieb; dies spielte sich in der Halle von Schloß Fotheringhay ab.
Eine Feindin der Königin von England war ausgeschaltet. Es gab jedoch noch eine größere Bedrohung: die Spanier.

Gewissensbisse quälten sie – diese außergewöhnliche Frau. Sie, die so klug, so scharfsinnig war, wurde von bösen Träumen gequält. Sie hatte ein Todesurteil unterzeichnet, und danach hatte man der Königin der Schotten das Haupt abgeschlagen.

Der König von Frankreich hatte geäußert, es wäre besser gewesen, Maria zu vergiften, dann wäre wenigstens nicht mit völliger Sicherheit festgestanden, woran sie gestorben war. Es gebe doch hervorragende Gifte, und einige von Elisabeths Untertanen seien doch sehr vertraut damit, wie man sie anzuwenden habe. War das eine versteckte Anspielung auf *Leicesters Commonwealth?* Man hätte sie auch mit einem Kissen ersticken können. Das hinterließ so gut wie keine Spuren, wenn man es geschickt anstellte. Aber nein! Man hatte ja die Königin von Schottland schuldig sprechen müssen, und die Königin von England hatte ihr Todesurteil unterzeichnet. Und Maria war in die Halle von Schloß Fotheringhay geführt und enthauptet worden. Und während England frohlockte darüber, daß die schottische Königin kein weiteres Unheil anrichten konnte, litt Elisabeth Gewissensqualen.

Leicester sagte, er fürchte um ihren Verstand. Sie wütete gegen alle, beschimpfte sie als Mörder, warf ihnen vor, sie zur Unterzeichnung des Urteils verleitet zu haben, obwohl sie die ganze Zeit gewußt hätten, daß sie gar nicht beabsichtigte, die Tat ausführen zu lassen. Sie hätten allzu schnell gehandelt, dabei hätten sie ihre, Elisabeths, Wünsche genau gekannt.

Wie bezeichnend das für sie war! Ich wies Leicester darauf hin, daß sie versuchte, die Verantwortung abzuschütteln. Sie sprach sogar davon, Davison hängen zu lassen. Anfangs waren Leicester, Burleigh und die anderen, die bei Marias Tod zunächst befreit aufgeatmet hatten, entsetzt, bis sie erkannten, daß Elisabeth keineswegs verrückt geworden war, sondern lediglich ihre Feinde besänftigte. Sie fürchtete, es würde Krieg geben. Sie wußte, daß die Spanier eine riesige Kriegsflotte bauten, die Armada, um England anzugreifen. Sie wollte nicht, daß die Franzosen mit den Spaniern zusammengingen und gleichzeitig losschlugen. Außerdem mußte man die Schotten berücksichtigen. Zwar hatten sie ihre Königin abgesetzt und zur Flucht gezwungen, doch für ihre Enthauptung wären sie durchaus bereit, sich an der Königin von England zu rächen. Und da war Marias Sohn, der junge Jakob.

Elisabeths Stimme des Gewissens wurde leiser. Im Grunde ihres Herzens muß sie wohl eingesehen haben, daß es sich nun, da die Königin

von Schottland nicht mehr war, unbeschwerter leben ließ – allerdings war eine Königin enthauptet worden, und das hätte einen Präzedenzfall schaffen können. Selbst nach so viel Jahren gab es Augenblicke, da die Tochter von Anna Boleyn spürte, wie unsicher der Thron war und daß er kein geruhsames Leben zuließ. Sie muß wohl Angst bekommen haben bei dem Gedanken, was einer Königin, deren Ansprüche nie bestritten worden waren, zustoßen konnte. Das Absetzen von Königinnen sollte nicht zur Gewohnheit werden, fand sie.
Aber es gab noch andere Angelegenheiten, mit denen sie sich zu befassen hatte; und die wichtigste war die wachsende Bedrohung durch die spanische Armada.

Von Leicesters Kundschaftern erfuhr ich, daß die Königin sich in diesen Tagen sehr eingehend mit meinem Sohn beschäftigte. Essex wurde erwachsen, doch tat dies seiner Anziehungskraft durchaus keinen Abbruch. Er sah ungewöhnlich gut aus mit dem kastanienbraunen Haar und den blitzenden dunklen Augen, die er von mir geerbt hatte. Ich glaube, daß er mir in vielem ähnlich war. Er war ganz gewiß eitel – wie ich es in meiner Jugend gewesen war, und er erweckte den Eindruck, als glaube er, die ganze Welt sei nur für ihn da und jedermann müsse seine Ansicht teilen. Einen Charakterzug allerdings hatte er nicht von mir, und er stand auch in krassem Gegensatz zu Leicesters Natur: seine Offenheit. Er ließ sich nie Zeit, darüber nachzudenken, welche Wirkung seine Worte haben mochten; was er meinte, das sagte er auch. Dies war weiß Gott nicht die angemessene Eigenschaft für einen Höfling und würde gewiß nicht den Gefallen der Königin finden, welche von Jugend an von Schmeichlern umgeben gewesen, die nur eines im Sinn hatten, nämlich zu sagen, was sie zu hören wünschte.
Ich konnte nicht umhin, Leicester mit Essex zu vergleichen, waren sie doch beide Elisabeths Günstlinge. Ich glaube auch, es hat ihr niemals an irgendeinem Mann soviel gelegen wie an diesen beiden. Angesichts der Beziehung zwischen ihr und mir mutete es fast ein wenig aberwitzig an, daß sie sich ausgerechnet meinen Gatten und meinen Sohn erwählt hatte. Als ich erfuhr, wie ihre Zuneigung zu Essex wuchs, bekam mein Leben neuen Reiz. Sie sollte sich nur mehr und mehr in ihn vergaffen! Das machte sie verwundbar – so verwundbar, wie nur die Liebe es vermochte. Ich war entschlossen, ihm nach Kräften dabei zu helfen, sich die Gunst der wankelmütigen Elisabeth zu erhalten. Allerdings

konnte ich, außer ihm mit meinem Rat beizustehen, nicht viel tun. Doch ich durfte behaupten, sie gut zu kennen, eben weil wir Rivalinnen waren, hatten sich ihre Stärken und Schwächen schonungslos gezeigt. So konnte ich ihm vielleicht ein wenig nützlich sein.
Oft zweifelte ich, ob Essex sich ihre Huld bewahren konnte. Zu Leicesters großen Vorzügen gehörte seine Fähigkeit, »seine Leidenschaft in die Tasche zu stecken«, wie dies einmal jemand genannt hatte. Wieder und wieder hatte er, ihr lieber Augapfel, Elisabeth gekränkt, war dann zu ihr gegangen und hatte ihre Verzeihung erlangt. Diese Lektion würde mein Sohn erst noch lernen müssen: seinen Groll zu vergessen und seine Zunge im Zaum zu halten. Im Augenblick mochte Elisabeth seine anmutige Jugend reizvoll finden, und seine freimütigen Bemerkungen machten ihr zweifellos Spaß. Aber ob es auch weiterhin so bleiben würde?
Kam er zu mir, so sprach er nur von der Königin, und seine Augen glänzten vor Bewunderung.
»Sie ist großartig«, sagte er, »und niemand ist ihr gleich. Ich weiß, sie ist eine alte Frau, doch wenn man ihr gegenübersteht, vergißt man das.«
»So gut ist es unter Rouge, Puder und Perücken verborgen«, erwiderte ich. »Ihre Seidennäherin hat mir verraten, daß sie zur Zeit mit der Anfertigung von zwölf Perücken für die Königin beschäftigt ist. Elisabeth legt allergrößten Wert darauf, daß sie dieselbe Farbe haben wie ihr eigenes Haar, als sie ein junges Mädchen war.«
»Von solchen Dingen verstehe ich nichts«, entgegnete Essex ungeduldig. »Ich weiß nur, daß man in ihrer Gesellschaft glaubt, einer Göttin nahe zu sein.«
Er mußte das im Ernst meinen, sonst hätte er es nicht gesagt. Eine Woge von Eifersucht schlug über mir zusammen. Diese Frau besaß die Macht, mir zuerst meinen Gatten und nun meinen Sohn wegzunehmen!
Ich habe bereits eingestanden, daß ich meinen stattlichen Sohn stets besonders geliebt habe. Aber nun wurden meine Gefühle für Essex noch stärker. Schuld daran war – und ich wußte dies auch –, daß die Königin ihm so viel Aufmerksamkeit schenkte.
Ihre Zuneigung zu Essex schmälerte übrigens ihre Verehrung für Leicester keineswegs. Zuweilen kam mir der Gedanke, daß Leicester für sie wie ein Ehemann, Essex wie ein junger Liebhaber war. Doch als eine

Frau mit so ausgeprägtem Sinn für Besitz konnte sie es nicht ertragen, daß einer von ihnen auch einmal die Gesellschaft einer anderen Frau, und sei es die der Gattin oder Mutter, genoß, oder daß er von ihrer Seite wich. Sie fürchtete, er könne nicht da sein, wenn sie ihn brauchte.

Die Spannung wuchs von Tag zu Tag, und die Gemüter erhitzten sich. Die Bedrohung durch die Spanier wurde immer stärker, und jedermann dachte nur noch daran. Die Niederlande waren in Schwierigkeiten, und Leicester wurde abermals hingesandt – diesmal, um ihnen zu empfehlen, sich mit den Spaniern zu einigen. Denn nun, da unsere Insel bedroht war, konnte die Königin es sich nicht leisten, auch noch für die Niederlande Sorge zu tragen.

Diesmal ließ sie es nicht zu, daß Essex seinen Stiefvater begleitete.

»Ich brauche jemanden, der mich zerstreut«, sagte sie. Sie ehrte ihn, indem sie ihn zu ihrem Oberstallmeister ernannte. Damit nahm sie allerdings Leicester dieses Amt weg, doch machte sie ihn dafür zum Königlichen Oberhofmeister. Zwar ließ sie Leicester wissen, daß es für sie nur einen Augapfel gebe, und nichts könne daran etwas ändern; gleichzeitig aber gefiel es ihr recht wohl, seinen stattlichen Stiefsohn zur Seite zu haben.

Leicester mußte damals bereits gewußt haben, daß die Zuneigung, die die Königin einmal empfunden hatte, ein Leben lang vorhielt. Armer Leicester. Nun war er alt und kränklich. Wo war der strahlende, feurige Held ihrer und meiner Jugend geblieben? Es gab ihn nicht mehr. Statt seiner war da ein Mann, zwar immer noch ungewöhnlich stattlich, aber viel zu dick und rotgesichtig und als Folge lebenslanger Unmäßigkeit von der Gicht und von anderen Übeln geplagt.

Und doch hielt sie fest zu ihm. Er hatte den rätselhaften Tod seiner ersten Frau überstanden, seine Vermählung mit mir, den Versuch, Elisabeth zu hintergehen, und schließlich den unglücklichen Feldzug in den Niederlanden. Sie war in der Tat eine Gebieterin, auf deren Zuneigung man bauen konnte.

Nach wie vor war sie versessen darauf, sich herauszuputzen. In letzter Zeit trug sie vornehmlich Weiß. Sie hatte seit den Tagen, da Schwarz und Weiß die Modefarben gewesen, stets eine Vorliebe dafür gehabt. Weiß schmeichelte ihrem alternden Gesicht, bildete sie sich ein. Bei den seltenen Gelegenheiten, da ich, von ihr stets unbemerkt, einen Blick auf sie erhaschte – wenn sie etwa auf einer Rundreise durch das

Land begriffen war –, mußte ich zugeben, daß sie recht daran tat. Ihre Haut war weiß und zart wie früher, und da sie beim Essen und Trinken Zurückhaltung geübt hatte, war ihre Figur schlank und jugendlich geblieben. Ihre Bewegungen waren außerordentlich anmutig. Ich habe niemals jemanden hoheitsvoller gehen oder sitzen sehen. Von weitem konnte sie immer noch für jugendlich gelten, und das Gepränge und der Pomp, mit dem sie sich umgab, konnte bei den Leuten schon den Eindruck hervorrufen, sie sei unsterblich.
Da ich Essex so gut kannte, war mir klar, daß er in gewisser Weise in sie verliebt war. Er konnte sich nicht von ihrer Seite losreißen. Den ganzen Sommer hindurch war er bei Hofe, und zuweilen spielte sie bis in die frühen Morgenstunden Karten mit ihm. Seine Offenheit muß sie entzückt haben; denn da er niemals seine Gefühle verbarg, dürfte er auch aus seiner Verehrung für sie kein Hehl gemacht haben. Die Zuneigung eines um mehr als dreißig Jahre jüngeren Mannes war ein Kompliment, wie es eine Frau von ihrer Art gewiß besonders zu schätzen wußte.
Ich konnte ihr das nachfühlen, wußte ich doch, was es hieß, von einem jungen und ansehnlichen Manne bewundert zu werden. Ich hatte meine Beziehung zu Christopher Blount, welcher nach seiner Rückkehr aus den Niederlanden welterfahrener war als bei seinem Abschied, wieder aufgenommen. Er war ungestümer, fordernder – Eigenschaften, die mir durchaus nicht mißfielen. Ich gestattete ihm, daß er mich umarmte, und wir setzten diese reizvolle Affaire fort. Ich empfand sie vor allem deswegen als Abenteuer, weil wir so vorsichtig sein mußten.
Ich sagte ihm, ich fürchte um sein Leben, wenn Leicester uns entdeckte, und er gestand mir, daß es ihm ebenso ergehe. Doch das erhöhte nur den Reiz unseres Liebesspiels.
Mittlerweile hatte Essex den Neid sämtlicher anderer Männer bei Hofe erregt; insbesondere Walter Raleigh, der sich von meinem Sohn verdrängt fühlte, war ihm mißgünstig gesinnt.
Raleigh war älter als Essex und ein gut Teil erfahrener. Wenn er wollte, konnte er mit Engelszungen reden, doch war er ebenso imstande, der Königin so manche Wahrheit ins Gesicht zu sagen, wenn er den richtigen Augenblick für gekommen hielt.
Er sah nicht nur ungewöhnlich gut aus – dies hatte der Königin zuerst ins Auge gestochen –, sondern war auch ein Mann von großer Begabung und scharfer Urteilskraft. Sie nannte ihn ihr Wasser, vielleicht,

weil sie ihn so erfrischend fand; vielleicht auch, weil es ihr gefiel, wie seine Rede dahinfloß. Nun, wie dem auch sei: daß sie ihn mit einem Spitznamen bedachte, war ein Zeichen ihrer Zuneigung.
Da waren auch noch die alternden Günstlinge von ehedem. Der arme Hatton wurde recht alt, ebenso Heneage. Doch weil sie den ihr Ergebenen Treue erwies – und weil sie ihr nützlich waren –, behielt Elisabeth sie an ihrer Seite. Sie hing an ihnen fast ebenso wie an Leicester, nur wußten sie natürlich – wie jedermann bei Hofe –, daß niemand jemals in ihrem Herzen den Platz einnehmen konnte, der Leicester gehörte, dem Geliebten ihrer Jugend.
Essex und meine Töchter erzählten mir kleine Anekdoten vom Hofe, und ich hörte sie mir gern an. Penelope war entzückt, daß ihr Bruder bei der Königin so hoch in Gunst stand. Sie versicherte mir, daß es nicht mehr lange dauere, dann werde er darauf dringen, daß die Königin mich wieder empfing.
»Ich bezweifle, daß ich unter solchen Umständen hingehen würde«, sagte ich.
»Mylady, Ihr wäret bereit, unter allen Umständen hinzugehen«, gab meine Tochter zurück. »Sicher werdet Ihr nicht als Kammerfrau oder dergleichen aufgenommen, aber ich sehe nicht ein, warum Ihr nicht an den Hof kommen solltet, wie es Euch als Gräfin von Leicester gebührt.«
»Ich möchte wissen, ob sie noch immer gern Eifersüchteleien schürt.«
»Es ist ihr größtes Vergnügen«, sagte Penelope. »Hatton hat ihr einen in Gold gearbeiteten Eimer zum Anstecken als Talisman geschickt, als anzügliche Botschaft, sie könne ihn gewiß brauchen, da ja Wasser gewiß immer zur Hand sei – eine Anspielung auf Raleigh. Man sollte meinen, sie hätte nun Hatton gesagt, er solle sich nicht wie ein Narr aufführen. Aber sie zahlte ihm in gleicher Münze heim und versicherte ihm, daß das Wasser niemals ihre Ufer überfluten werde, denn er wisse ja, wie sehr sie an ihren Schafen hänge. So wurden also dem alten ›Leithammel‹ seine Eifersuchtsqualen gedankt. Sie freut sich, wenn sie ihretwegen untereinander streiten. Das hilft ihr, die Krähenfüße und Runzeln zu vergessen, die ihr der Spiegel in unerbittlicher Grausamkeit zeigt. Denn der schmeichelt ihr nicht wie ihre Höflinge.«
Ich fragte Penelope, wie sie mit ihrem Eheleben zurechtkomme. Sie tat die Frage mit der Bemerkung ab, kaum sei sie von einem Kind entbun-

den, so sei sie schon mit dem nächsten schwanger, und eines Tages wolle sie Lord Rich sagen, daß sie ihm genug Kinder geschenkt habe und nun keine mehr gebären wolle.
Ihre zahlreichen Schwangerschaften konnten ihrem Aussehen und ihrer Gesundheit nichts anhaben. Sie war lebhaft und schön wie immer; ich war nahe daran, ihr von meiner Liebesaffaire mit Christopher Blount zu erzählen.
Sie berichtete weiter, daß sich die Königin sehr zu Raleigh hingezogen fühle, und daß dieser vielleicht Essex' ernsthaftester Rivale sei. Man müsse Essex ermahnen, meinte sie, sich vor der Königin nicht allzu freimütig zu geben, sondern nur dann Offenheit zu zeigen, wenn es ihr behage und sie mit Sicherheit eine ehrliche Antwort wünsche.
»Du verlangst von ihm, wider seine Natur zu handeln«, sagte ich. »Ich glaube, das würde er niemals tun.«
Wir sprachen zärtlich von ihm, denn Penelope war ihm fast ebenso zugetan wie ich. Wir waren beide sehr stolz auf ihn.
»Aber Raleigh ist so geschickt«, sagte sie, »wie es unser Robin nie sein könnte. Raleigh stellt nämlich Forderungen an die Königin, und als sie ihn eines Tages fragte, wann er endlich aufhöre, sich als Bettler zu gebärden, gab er spitz zurück, das würde er erst tun, wenn Ihre Majestät aufhöre, sich als Wohltäterin zu geben – worauf sie herzlich lachen mußte. Ihr wißt, sie liebt derartige Scherze. Damit kann Robin ihr nicht dienen. Ich befürchte, daß er seine Macht über sie überschätzen könnte. Das würde ihm Ärger einbringen.«
Ich erwiderte, wenn Elisabeths Günstlinge die Grenze überschritten, würde ihnen häufig verziehen. Sie solle nur an Leicester denken.
»Aber einen zweiten Leicester wird es niemals geben«, sagte Penelope nüchtern.
Ich wußte, dies war nur zu wahr.

Ich war inzwischen ganz vernarrt in Christopher. Er war anregend und witzig, nachdem er erst einmal seine Ehrfurcht vor mir überwunden hatte. Und dies gelang ihm leicht, seit er gemerkt hatte, daß ich ihn ebenso begehrte wie er mich.
Er erzählte mir von seiner Familie, die von Adel, aber verarmt war. Sein Großvater, Lord Mountjoy, war leichtsinnig mit Geld umgegangen, und sein Vater hatte noch mehr vom Familienvermögen vergeudet, als er versuchte, den Stein der Weisen zu finden. William, Christo-

phers älterer Bruder, wußte überhaupt nicht, was Geld war und lebte über seine Verhältnisse. So war es kein Wunder, daß von dem einstigen Reichtum der Familie nicht mehr viel übrig blieb.
Die Hoffnungen ruhten auf seinem Bruder Charles; er war einige Jahre älter als Christopher und um weniges jünger als William. Charles hatte verkündet, er sei entschlossen, an den Hof zu gehen und der Familie wieder zu ihrem früheren Wohlstand zu verhelfen.
Um Christophers willen nahm ich an diesen Familiengeschichten natürlich Anteil. Und als es eines Tages hieß, Charles sei der Rivale meines Sohnes, wurde daraus belustigte Neugier.
Die Blounts waren alle von stattlichem Äußeren, und Charles hatte von diesem Erbe einen ansehnlichen Teil abbekommen. Er wurde bei Hofe eingeführt und der Gesellschaft zugeteilt, welche mit der Königin dinierte. Das bedeutete zwar nicht, daß sie mit allen Anwesenden auch sprach, doch es ergab sich die Gelegenheit, ihre Aufmerksamkeit zu erregen. Und Charles gelang dies sogleich.
Die Königin, so erzählte man mir, hatte ihren Vorschneider gefragt, wer denn der hübsche Fremde sei, und als der Vorschneider sagte, er wisse es nicht, hieß sie ihn, sich danach zu erkundigen.
Als Charles die Augen der Königin auf sich ruhen fühlte, errötete er über und über. Sie war hingerissen; und als sie erfuhr, daß er Lord Mountjoys Sohn sei, ließ sie ihn kommen. Sie sprach ein paar Minuten mit dem schüchternen jungen Mann und erkundigte sich nach seinem Vater. Dann sagte sie: »Versäumt es nicht, an den Hof zu kommen! Ich werde mir überlegen, was ich zu Eurem Wohle tun kann.«
Die Gesellschaft schmunzelte. Schon wieder ein hübscher junger Mann!
Selbstverständlich leistete er der Einladung Folge. Bald gehörte er zu den bevorzugten Günstlingen der Königin, denn er besaß neben seinem angenehmen Äußeren noch andere vorteilhafte Eigenschaften: Er war recht belesen, vor allem auf historischem Gebiet, so daß er sich im Gespräch der Königin durchaus gewachsen zeigte. Das gefiel ihr. Daß er mit dem Geld nicht um sich warf, weil ihm dazu einfach die Mittel fehlten, fand die Königin erfreulich. So wurde er schnell zu einer bekannten Persönlichkeit in der kleinen Schar ihrer Günstlinge.
Eines Tages beobachtete sie ihn beim Turnier. Sie verhehlte nicht, daß sie sich über seinen Sieg freute, und die Königin schenkte ihm als Belohnung ein Schachspiel aus Gold mit reicher Emailverzierung. Er

war darauf so stolz, daß er seine Diener anwies, eine Schachfigur auf seinem Ärmel festzunähen, und damit alle dieses Zeichen königlicher Huld sehen konnten, trug er den Mantel über dem Arm.
Als der Blick meines Sohnes darauf fiel, wollte er wissen, was das zu bedeuten habe, und man berichtete ihm, daß die Königin den jungen Blount am Vortage beim Turnier damit ausgezeichnet habe. Zu den Fehlern meines Sohnes zählte auch seine Eifersucht. Der Gedanke, daß die Königin diesem jungen Mann gewogen war, erfüllte ihn mit Wut.
»Mich dünkt, jedem Narren wird eine Gunst erwiesen«, sagte er verächtlich, und da diese Worte in Hörweite mehrerer Leute fielen, blieb Charles Blount gar nichts übrig, als ihn zu fordern.
Ich war fassungslos, als Christopher mir das erzählte, und ihm erging es nicht anders. Fast weinend war er zu mir gekommen. »Mein Bruder und Euer Sohn werden sich duellieren«, sagte er, und bei dieser Gelegenheit erfuhr ich auch den Grund.
Duelle konnten tödlich enden; und daß mein Sohn in Gefahr war, machte mich verrückt vor Angst. Ich sandte ihm sogleich eine Botschaft, er möge unverzüglich zu mir kommen. Er gehorchte. Doch als er erfuhr, was ich wünschte, wurde er unwillig.
»Mein liebster Rob«, rief ich, »du wirst vielleicht getötet.« Er zuckte die Achseln, und ich fuhr fort: »Und wenn nun du den jungen Mann tötest, was dann?«
»Es wäre kein großer Verlust«, erwiderte er.
»Du würdest es zutiefst bedauern.«
»Er versucht, sich die Gunst der Königin zu erschleichen.«
»Wenn du mit jedem Mann am Hofe, der das tut, kämpfen willst, dann wirst du nicht lange am Leben bleiben. Rob, ich bitte dich, sei vorsichtig.«
»Wenn ich das verspreche, seid Ihr es dann zufrieden?«
»Nein«, rief ich leidenschaftlich. »Ich bin erst dann zufrieden, wenn du das Duell rückgängig machst.« Ich versuchte, ruhig und vernünftig mit ihm zu reden. »Die Königin wird sehr ungehalten sein«, sagte ich.
»Sie ist selbst schuld, weil sie ihm das Andenken gegeben hat.«
»Und warum hätte sie das nicht tun sollen? Er hat ihr beim Turnier gefallen.«
»Liebe Mutter, ich habe die Herausforderung bereits angenommen, und dabei bleibt es.«

»Mein Liebling, du mußt mit diesem Wahnsinn aufhören.«
Plötzlich wurde er zärtlich. »Es ist zu spät«, sagte er sanft. »Habt keine Angst. Er hat gegen mich bereits verloren.«
»Sein jüngerer Bruder ist unser Oberstallmeister. Der arme Christopher ist ganz außer sich. Ach Rob, siehst du denn nicht, wie mir zumute ist. Wenn dir etwas zustößt ...«
Er küßte mich und sah dabei so zärtlich aus, daß meine Liebe zu ihm mich übermannte und meine Befürchtungen sich verzehnfachten. Es war so schwer, seinem Zauber zu widerstehen, besonders, wenn er zuvor düsterer Stimmung gewesen war. Er versicherte mir, daß er mich liebte, daß er mich allzeit lieben werde; was in seiner Macht stehe, wolle er tun, um mich glücklich zu machen, doch die Forderung war nun einmal erfolgt und angenommen. Die konnte er nicht mehr rückgängig machen, ohne seine Ehre zu verlieren.
Ich sah ein, daß es für mich nichts zu tun gab, als flehentlich zu beten, daß er dies unbeschadet überstehen möge.
Penelope suchte mich auf.
»Rob will mit Montjoys Sohn kämpfen«, sagte sie. »Das muß verhindert werden.«
»Können wir ihn denn daran hindern?« rief ich. »Ich habe es versucht. Ach, Penelope, ich habe schreckliche Angst. Ich habe ihn angefleht, aber er weigert sich, das Duell rückgängig zu machen.«
»Wenn du ihn nicht überreden kannst, dann kann es niemand. Aber du mußt auch seinen Standpunkt verstehen. Er ist so weit gegangen, daß es schwierig wäre, sich nun zurückzuziehen. Es ist entsetzlich. Charles Blount ist so hübsch – ebenso anziehend wie Rob, doch auf andere Weise. Rob hätte seine Eifersucht nicht so offen zur Schau tragen sollen. Die Königin kann Zweikämpfe nicht leiden und wird zornig sein, falls einer von ihren hübschen jungen Männern verletzt wird.«
»Meine Liebe, ich kenne sie besser als du. Das ist alles ihr Werk. Sie wird sich daran weiden, daß sie um ihre Huld gekämpft haben.« Ich ballte die Faust. »Wenn Rob etwas zustößt, mache ich sie dafür verantwortlich. Ich wäre imstande, sie umzubringen ...«
»Pst!« Penelope blickte verstohlen über die Schulter. »Seid vorsichtig, Mutter. Sie haßt Euch ohnehin. Falls jemand gehört hätte, was Ihr gesagt habt – der Himmel weiß, was dann geschähe.«
Ich wandte mich ab. Von Penelope kam mir kein Trost, und weiter in meinen Sohn zu dringen, war sinnlos, das wußte ich.

So konnte ich denn nichts tun, um das Duell zu verhindern. Es fand im Marylebone-Park statt. Essex war der Unterlegene, zum Glück, da Charles Blount nicht die Absicht hatte, meinen Sohn zu töten oder selbst zu sterben – was für beide das Ende ihrer Laufbahn bedeutet hätte. Charles Blount war wirklich klug. Er brachte es zuwege, das Duell auf die bestmögliche Weise zu beenden, nachdem Essex nun einmal auf dem Zweikampf bestanden hatte. Er verletzte meinen Sohn leicht am Schenkel und schlug ihm die Waffe aus der Hand. Charles Blount wurde nicht verwundet.

So endete das Duell im Marylebone-Park. Doch es sollte weitreichende Folgen haben.

Essex hätte das verlorene Duell eine Lehre sein sollen, aber das war es leider nicht.

Als die Königin davon erfuhr, wurde sie böse und wollte beiden einen Verweis erteilen. Da sie jedoch Essex' Temperament kannte, und nachdem man ihr berichtet hatte, was der Anlaß zu dem Streit gewesen war, billigte sie Charles Blounts Verhalten.

Sie bemerkte dazu: »Beim Kreuzestod Christi, es wäre angebracht, daß jemand Essex einen Dämpfer aufsetzt und ihm bessere Manieren beibringt, damit er endlich zur Vernunft kommt.«

Das war ein Hinweis darauf, daß ihr sein anmaßendes Wesen gar nicht gefiel, und daß er sich in acht nehmen und sich zügeln sollte. Das tat er natürlich nicht.

Ich versuchte ihn zu warnen, ihm klarzumachen, wie gefährlich es war, auf ihre Gunst zu bauen. Elisabeth war wetterwendisch. An einem Tag konnte sie hingebungsvoll und verliebt sein, am nächsten zur unversöhnlichen Feindin werden.

»Ich kenne sie«, rief ich aus. »Wenige kennen sie so gut wie ich, das darfst du mir glauben. Ich habe ihr nahegestanden ... und sieh, was ich jetzt bin ... verstoßen, eine Verbannte. Wenige haben Elisabeths Groll und ihren Haß so zu spüren bekommen wie ich.«

Er erwiderte hitzig, daß Leicester für meine Demütigungen verantwortlich sei.

»Meiner Treu, Mutter«, sagte er, »eines Tages werde ich für Euch tun, was Leicester hätte tun sollen. Ich werde dafür sorgen, daß sie Euch empfängt und mit der Achtung behandelt, die Ihr verdient.«

Ich glaubte ihm nicht, doch gleichwohl hörte ich es gern, wenn er für mich eintrat.

Charles Blount kam täglich, um sich nach ihm zu erkundigen und schickte ihm einen Arzt, in welchen er großes Vertrauen setzte. Und während die Wunden meines Sohnes verheilten, wurden die beiden einstigen Feinde zu Freunden.
Penelope, welche die Pflege ihres Bruders übernommen hatte, fand Charles Blounts Gesellschaft sehr anregend; Christopher und mich verband dieser Vorfall noch enger. Die Liebe und Bewunderung für seinen Bruder und seine Sorge um mich, da er meine Angst um meinen Sohn wohl verstand, knüpften ein festeres Band zwischen uns. Er wurde allmählich erwachsen, und als die Affaire mit dem Duell vorüber war, waren wir beide gleichermaßen erleichtert, daß es weit besser ausgegangen war, als wir zu hoffen gewagt hatten.
Die Sache mit der goldenen Schachfigur war bei Hofe bald vergessen. Rückblickend allerdings erkenne ich, daß sie in unserem Leben einen wichtigen Meilenstein darstellte.

Das Jahr ging seinem Ende zu, und immer drohender stieg die spanische Gefahr am Horizont auf. Die Königin versuchte unentwegt, wie Leicester mir erzählte, eine kriegerische Auseinandersetzung zu verhindern, wie ihr dies jahrelang gelungen war. Doch nun schien sie unvermeidlich. Englische Schiffe hatten spanische Häfen überfallen und zerstört. Im Volksmund nannte man das »dem König von Spanien den Bart absengen«. Das war ja alles ganz gut, nur wurde dadurch nicht die Armada vernichtet, welche, was selbst Leute, die keine Schwarzseher waren, zugeben mußten, die gefährlichste Kriegsflotte der Welt darstellte. Im Land breitete sich gedrückte Stimmung aus. Die Spanier hatten viele von unseren Seeleuten gefangengenommen, und einige waren der Inquisition in die Hände gefallen. Was sie von den spanischen Folterungen berichteten, war so fürchterlich, daß eine Woge des Zorns über England hinging. In diesen mächtigen Galeonen lagen also nicht nur die Kriegswaffen, die der Zerstörung unserer Schiffe und der Unterwerfung unseres Landes dienen sollten, sondern auch die Folterinstrumente, mit denen die Spanier uns, wie sie geschworen hatten, zur Annahme ihres Glaubens zwingen wollten.
Wir hatten lange genug gefeiert und unser Vergnügen gehabt. Nun mußten wir uns der rauhen Wirklichkeit stellen.
Robert war Tag und Nacht bei der Königin – er stand wieder einmal in allerhöchster Gunst –, alle Zwistigkeiten waren vergessen über dem

großen Kampf, in dem es um den Schutz des Landes und um ihren eigenen ging. Es war daher nicht zu verwundern, daß die Geschichten um diese beiden, die in ihrer Jugendzeit entstanden waren, neuerlich in Umlauf kamen.

Zu dieser Zeit erlangte ein Mann, der sich Arthur Dudley nannte, eine gewisse Berühmtheit. Er lebte in Spanien und genoß die Unterstützung des spanischen Königs. Philipp II. hat die Geschichte, die ihm Dudley auftischte, entweder tatsächlich geglaubt oder zumindest angenommen, seine Behauptungen seien geeignet, die Königin in Verruf zu bringen.

Es hieß nämlich, Arthur Dudley sei vor siebenundzwanzig Jahren als Sohn der Königin und Leicesters in Hampton Court geboren worden. Dann sei er, so erzählte man sich, in die Obhut eines Mannes namens Southern gegeben worden. Diesem war bei Androhung der Todesstrafe bedeutet worden, er dürfe das Geheimnis der Geburt des Kindes nicht verraten. Arthur Dudley behauptete nun, er wisse um seine wahre Herkunft, denn Southern habe sie ihm aufgedeckt.

Diese Geschichte machte im ganzen Lande die Runde, doch niemand glaubte ernsthaft daran. Die Königin und Leicester nahmen sie einfach nicht zur Kenntnis. Auf die Entschlossenheit des Volkes, die Spanier abzuwehren, hatte sie gewiß keinen Einfluß.

Als das Jahr fortschritt, sah ich meinen Gatten noch weniger als sonst. Die Königin hatte ihm, um ihm ihr unerschütterliches Vertrauen zu beweisen, zum Generalleutnant der Truppen ernannt.

Die Flotte, von Lord Howard von Effingham befehligt, dem Drake, Hawkins und Frobisher zur Seite standen – alles erfahrene Seeleute von großer Tapferkeit –, sammelte sich in Plymouth. Dort erwartete man den Angriff. Eine Armee von achtzigtausend Mann stand bereit, das Vaterland gegen den Feind zu verteidigen. Es gab gewiß nicht einen einzigen Mann und nicht eine Frau im Lande – ausgenommen diese katholischen Verräter –, die nicht entschlossen waren, alles zu tun, was ihnen möglich war, um England vor den Spaniern und der Inquisition zu bewahren.

In uns glühten Stolz und Entschlossenheit. Wir alle schienen verwandelt, von selbstloser Hingabe beseelt. Nicht auf uns und unseren Vorteil waren wir bedacht, es ging um die Rettung unseres Landes. Ich fand dies alles erstaunlich, denn ich bin von Natur aus eine egoistische Frau. Doch damals wäre sogar ich bereit gewesen, für England zu sterben.

Bei den seltenen Gelegenheiten, da ich Leicester zu Gesicht bekam, sprachen wir begeistert von unserem Sieg. Wir würden siegen! Wir mußten siegen. England mußte der Königin erhalten bleiben, solange Gott ihr das Leben schenkte.
Die Zeit war gefahrvoll, aber sie hatte Größe. Ein heiliger Wille beherrschte uns, unser Land zu retten. Eine göttliche Macht gab uns die felsenfeste Überzeugung ein, daß wir nicht verlieren konnten, solange wir an unserem Glauben festhielten.
Elisabeth war großartig, und nie hatte das Volk sie so geliebt wie zu dieser Zeit. Bezeichnend dafür war ein Vorfall: Als es hieß, London müsse, um seinen Beitrag zum Sieg zu leisten, fünftausend Mann und fünfzehn Schiffe stellen, kam die Antwort, man würde nicht fünf-, sondern zehntausend Mann stellen, nicht fünfzehn, sondern dreißig Schiffe.
In England mischte sich Furcht vor den Spaniern mit Stolz. Doch der Stolz war so mächtig, daß jedermann wußte, er würde die Furcht ersticken.
Leicester berichtete überschwenglich von Elisabeth, aber merkwürdigerweise fühlte ich keine Eifersucht.
»Sie ist einfach großartig«, rief er aus. »Unbesiegbar. Ich wollte, du könntest sie sehen! Sie hat den Wunsch geäußert, an der Küste die Truppen des Herzogs von Parma zu erwarten und ihnen entgegenzutreten, sobald sie einen Fuß auf ihr Land setzen. Ich habe ihr gesagt, daß ich das verbieten würde. Ich riet ihr, sich nach Tilbury zu begeben und zu den Truppen zu sprechen. Ich erinnerte sie daran, daß sie mich zum Generalleutnant ernannt hat; und in dieser Eigenschaft habe ich ihr verboten, an die Küste zu gehen.«
»Und gedenkt sie, dir zu gehorchen?« fragte ich.
»Ich fand Unterstützung durch andere«, erwiderte er.
Seltsamerweise war ich diesmal froh, daß sie zusammenwaren. In dieser Stunde ihres Ruhmes, als sie sich ihrem Volk wie ihren Feinden als die große Königin darstellte, sah ich vielleicht nicht mehr die Frau in ihr, nicht mehr die Rivalin um den Mann, den wir beide mehr liebten als irgendeinen anderen Menschen – da war sie nur noch Elisabeth die Große, die Mutter ihres Volkes, und als solche mußte selbst ich sie verehren.
Die folgenden Ereignisse sind wohlbekannt und in die Geschichte eingegangen: wie sie nach Tilbury ging und jene Rede hielt, an die man

sich bis heute erinnert, wie sie in einem stählernen Brustharnisch unter ihren Soldaten ritt, neben sich ihren Pagen, einen Helm mit weißem Federbusch auf dem Kopf; wie sie ihnen erklärte, sie habe wohl den Körper einer schwachen Frau, aber Herz und Mut eines Königs, und zwar eines Königs von England.

Damals war sie wahrhaft groß. Das mußte ich ihr zugestehen. Sie liebte England – vielleicht war das ihre einzig wahre Liebe. Für England hatte sie auf die Ehe mit Robert verzichtet, wonach sie sich, davon bin ich fest überzeugt, in den Tagen ihrer Jugend gesehnt hatte. Sie war eine pflichttreue Frau; hinter der königlichen Würde verbarg sich echtes Gefühl, und wenn sie sich auch gern als frivole Kokette gab, verlor sie doch nie den kühlen Kopf des hervorragenden Politikers.

Der gloriose Sieg über die Armada ist allbekannt: wie unsere kleinen wendigen Schiffe die mächtigen, aber schwerfälligen Galeonen umschwärmten und beschossen, so daß der spanischen Flotte großer Schaden zugefügt wurde; wie die Engländer Brander gegen die großen Segler sandten, und wie die gewaltige Armada, von den Spaniern die Unbesiegbare genannt, in die Flucht geschlagen und von unseren Küsten vertrieben wurde; wie die unglücklichen Spanier ertranken oder sich ans Ufer zu retten versuchten, wo man sie meist totschlug, und wie einige in Schmach und Schande zu ihrem spanischen Gebieter zurückkehrten.

Welch ein Siegesjubel brach daraufhin aus! Überall loderten Freudenfeuer, man sang, tanzte und beglückwünschte sich gegenseitig.

England war für die Königin gerettet. Wie bezeichnend für sie, daß sie Medaillen prägen ließ mit den Worten *Venit, Vidit, Fugit,* als Anspielung auf die Worte Julius Caesars, der kam, sah und siegte, während die Spanier kamen, sahen und flohen. Das fand großen Anklang. Gegen die Inschrift auf einer anderen Medaille dürften ihre Seefahrer jedoch Einwände gehabt haben: *Dux Femina Facti,* also eine Frau habe das Unternehmen angeführt. Nie würde England vergessen, was es Drake, Hawkins, Frobisher, Raleigh, Howard von Effingham zu verdanken hatte, ebenso Burleigh und Leicester. Elisabeth aber war jedenfalls die Galionsfigur – die Gloriana, wie der Dichter Spenser sie genannt hatte.

Es war ihr Sieg. Sie war England.

Leicesters Ende

Als erstes ist es meine Pflicht, vor allen anderen Personen meiner teuersten und gnädigsten Fürstin zu gedenken, zu deren Sklaven mich Gott gemacht, und welche mir eine höchst mildtätige und erhabene Gebieterin gewesen.

Leicesters Testament

Ich befand mich auf Wanstead, als Leicester heimkehrte. Zunächst erkannte ich nicht, wie krank er war. Der Stolz über den Sieg hielt ihn aufrecht. Nie zuvor war er so hoch in Gunst gestanden. Die Königin konnte es nicht ertragen, daß er sie auf längere Zeit verließ; diesmal aber hatte sie ihn fortgeschickt, weil sie um seine Gesundheit bangte.
Gewöhnlich ging er zu dieser Jahreszeit nicht nach Buxton, doch Elisabeth hatte darauf bestanden, daß er sich unverzüglich dorthin begab.
Ich betrachtete ihn aufs neue. Wie alt er aussah ohne seine prächtigen Gewänder. Er war noch dicker geworden, und nichts mehr erinnerte daran, wie er in seinen jungen Jahren ausgesehen hatte. Ich konnte nicht umhin, ihn mit Christopher zu vergleichen, und ich wußte, daß ich diesen alten Mann nicht mehr in meinem Bette haben wollte, auch wenn er der Graf von Leicester war.
Es schien, als habe die Königin ihm gar nicht genug Ehren erweisen können. Sie hatte versprochen, ihn zum Vizekönig von England und Irland zu machen. Dann wäre er mächtiger als es je einer ihrer Untertanen gewesen. Hatte sie beschlossen, daß es zwischen ihnen nun kein Tauziehen um die Macht mehr geben sollte? Was sie ihm anbot, war wohl kein Anteil an der Krone, kam dem aber sehr nahe.
Auch anderen wurde das bewußt. Leicester zürnte, weil Burleigh, Walsingham und Hatton sie überredet hatten, nicht übereilt zu handeln.
»Aber bald ist es soweit«, erzählte mir Robert, dessen einst so schöne, strahlende Augen jetzt verquollen und blutunterlaufen waren. »Warte nur ab. Bald ist es soweit.«

Dann wußte er plötzlich Bescheid.
Vielleicht lag es daran, daß er sich nun nicht mehr soviel mit Staatsangelegenheiten befassen mußte. Vielleicht waren durch die Krankheit – er war nämlich sehr krank, schlimmer, als er es während der Gicht- und Fieberanfälle gewesen war, die ihn in den letzten Jahren immer wieder heimgesucht hatten – seine Sinne besonders geschärft. Vielleicht umgab mich auch jene besondere Aura liebender Frauen – denn ich liebte Christopher Blount. Nicht so, wie ich Leicester geliebt hatte. Ich wußte, daß es in meinem Leben nie mehr etwas Ähnliches geben konnte. Aber es war ein Spätsommer der Liebe. Ich war noch nicht zu alt für die Liebe. Für meine achtundvierzig Jahre war ich jung. Ich hatte einen Liebhaber, der wohl zwanzig Jahre jünger als ich war, doch ich fühlte mich gleichaltrig. Wie jung ich war, wurde mir erneut bewußt, als ich Leicester von Angesicht zu Angesicht gegenüberstand. Er war ein kranker, alternder Mann, und mir fehlte die Gabe unbedingter Treue, welche die Königin besaß. Außerdem war ich um ihretwillen gröblich vernachlässigt worden. Es wunderte mich, daß sie ihn noch immer lieben konnte, so wie er heute aussah. Das war ebenfalls eine Seite ihres ungewöhnlichen Charakters.
Er hatte mich mit Christopher gesehen. Ich weiß nicht, was ihm aufgefallen war: Vielleicht die Art, wie wir einander anblickten. Möglicherweise hatten sich unsere Hände berührt. Er mochte bemerkt haben, daß es zwischen uns knisterte – oder ihm war Getuschel zu Ohren gekommen. Es gab immer feindlich gesinnte Menschen, die Geschichten über uns verbreiteten – über mich nicht weniger als über ihn.
In unserem Schlafgemach auf Wanstead sagte er zu mir: »Du hast eine Vorliebe für meinen Oberstallmeister.«
Ich war mir noch nicht sicher, wieviel er wußte. Um Zeit zu gewinnen, sagte ich: »Oh … Christopher Blount?«
»Für wen denn sonst? Seid ihr einander zugetan?«
»Christopher Blount«, wiederholte ich, vorsichtig das Gelände erkundend. »Er versteht recht gut mit Pferden umzugehen …«
»Und mit Frauen, scheint mir.«
»So? Du hast gewiß gehört, daß sein Bruder und Essex sich duelliert haben. Wegen einer Frau. Einer Königin vom Schachbrett, in Gold und Email.«
»Ich spreche nicht von seinem Bruder, sondern von ihm. Du solltest es lieber zugeben, denn ich weiß Bescheid.«

»Worüber?«
»Daß er dein Liebhaber ist.«
Ich hob die Schultern und erwiderte, wenn Christopher mich bewundere und das auch zeige, könne man doch nicht mich dafür tadeln.
»Wenn du ihn in dein Bett gelassen hast, dann schon.«
»Man hat dir Märchen erzählt.«
»Die ich für wahr halte.«
Er packte mich an den Handgelenken, daß es schmerzte. Doch ich wich nicht zurück, sondern blickte ihm trotzig ins Gesicht. »Mylord, solltet Ihr Euch nicht zuerst Euer eigenes Leben vor Augen führen, bevor Ihr das meine allzu genau anschaut?«
»Du bist meine Frau«, sagte er. »Was du in meinem Bette treibst, geht mich sehr wohl etwas an.«
»Und mich, was du in den Betten anderer treibst!«
»Laß das«, sagte er. »Wir wollen nicht von der Wahrheit abweichen. Ich bin fort ... im Dienste der Königin.«
»Deiner gütigen, huldvollen Gebieterin ...«
»Unser aller Gebieterin.«
»Doch in einem ganz bestimmten Fall ist sie die deine.«
»Du weißt, daß es zwischen uns nie zu Vertraulichkeiten dieser Art gekommen ist.«
»Arthur Dudley könnte aber eine andere Geschichte erzählen.«
»Er erzählt eine Menge Lügen«, gab Robert zurück. »Und wenn er behauptet, er sei mein und Elisabeths Sohn, so ist das die größte aller Lügen.«
»Man scheint ihr aber Glauben zu schenken.«
Er schleuderte mich zornig von sich. »Lenk nicht vom Thema ab. Ihr seid ein Liebespaar, du und Blount. Stimmt das? Ist das wahr?«
»Ich bin eine vernachlässigte Ehefrau«, begann ich.
»Das genügt als Antwort.« Er kniff die Augen zusammen.
»Glaub nur nicht, daß ich das vergesse. Glaub ja nicht, daß du mich ungestraft betrügen kannst. Du wirst mir für diese Schmach büßen ... du und er.«
»Ich habe bereits dafür gebüßt, daß ich dich geheiratet habe. Die Königin hat mich seitdem nie mehr empfangen.«
»Das nennst du Buße! Du wirst noch eine ganz andere kennenlernen.«
Er stand vor mir – groß und bedrohlich, der mächtigste Mann im

Lande. Worte aus *Leicesters Commonwealth* tanzten mir vor den Augen. Mörder. Giftmischer. War er das wirklich? Ich dachte an die Menschen, welche gestorben waren, als es ihm gelegen kam.
Er hatte mich geliebt. Es gab eine Zeit, da hatte ich ihm viel bedeutet. Vielleicht war das auch jetzt noch so. Er war zu mir gekommen, wann immer er es ermöglichen konnte; wir hatten uns gern umarmt; doch meine Liebe zu ihm war erloschen.
Und nun wußte er, daß ich einen Liebhaber hatte. Ob Robert mich damals noch begehrte, weiß ich nicht. Er war krank und spürte das Alter. Wahrscheinlich wünschte er sich nur Ruhe, doch als er mich ansah, sprach aus seinem Blick Haß. Er würde mir nie verzeihen, daß ich mir einen Liebhaber genommen hatte.
Ich glaube, daß er mir während seiner Abwesenheit von daheim nicht untreu gewesen ist. Seit seiner Rückkehr aus den Niederlanden hatte er der Königin zur Verfügung stehen müssen, und als er dort gewesen war, hatte er mich als Königin an seiner Seite haben wollen. Das durfte ich nicht vergessen.
Ja, ich hatte Macht über ihn besessen; denn er hatte mich begehrt. Er brauchte mich. Er wäre, wenn die Königin es zugelassen hätte, ein Ehemann gewesen, wie ihn sich eine Frau nur wünschen konnte.
Und nun hatte ich Robert betrogen. Ich hatte mir einen Liebhaber genommen, und dazu noch einen, der in Roberts Hauswesen eine niedrige Stellung bekleidete. Nein, er würde solch einen Schimpf nicht hinnehmen. Er würde sich rächen – das war sicher.
Ich fragte mich, ob ich Christopher warnen sollte. Das war sinnlos. Man würde ihm ansehen, daß er Angst hatte. Er durfte nichts erfahren. Ich kannte Leicester besser. Ich wüßte schon, wie ich vorzugehen hätte, redete ich mir ein.
Robert sagte langsam: »Für dich habe ich alles aufgegeben.«
»Meinst du Douglass Sheffield?« fragte ich, entschlossen, meine aufsteigende Furcht hinter herausforderndem Benehmen zu verbergen.
»Du weißt, daß sie mir nicht viel bedeutet hat. Ich habe dich geheiratet und dem Zorn der Königin getrotzt.«
»Der hat sich gegen mich gerichtet. Du warst davon nicht betroffen.«
»Ich konnte doch nicht wissen, was mir widerfahren würde. Trotzdem habe ich dich geheiratet.«
»Mein Vater hat dich zu einer rechtmäßigen Trauung gezwungen, erinnerst du dich?«

»Ich wollte dich heiraten. Keine habe ich so geliebt wie dich.«
»Und dann hast du mich immer allein gelassen.«
»Nur wegen der Königin.«
Das brachte mich zum Lachen. »Wir waren zu dritt, Robert – zwei Frauen und ein Mann. Es kommt nicht darauf an, daß die eine Königin ist.«
»Doch, allein darauf kommt es an. Ich war nicht ihr Geliebter.«
»Sie hat dich nur nicht in ihr Bett gelassen. Das weiß ich. Du warst trotzdem ihr Liebhaber, und sie war deine Geliebte. Deshalb maße dir nicht an, über andere zu richten.«
Er packte mich an den Schultern. Seine Augen glühten und ich glaubte, er würde mich umbringen. Aus seinem Blick sprach Gewalt. Hätte ich nur deuten können, was sonst noch darin stand. Ich wußte, daß er etwas vorhatte.
Plötzlich sagte er: »Wir brechen morgen auf.«
»Wir ...?« stammelte ich.
»Du und dein Geliebter und noch ein paar Leute.«
»Wohin?«
Seine Lippen verzogen sich zu einem schiefen Lächeln. »Nach Kenilworth«, sagte er.
»Ich dachte, du wolltest Bäder nehmen.«
»Später«, erwiderte er. »Vorher geht es nach Kenilworth.«
»Warum begibst du dich nicht geradewegs ins Bad? Das hat dir doch deine Gebieterin befohlen. Ich sage dir, du siehst krank aus ... totkrank.«
»So fühle ich mich auch«, entgegnete er. »Aber zuvor möchte ich mit dir nach Kenilworth.«
Damit ließ er mich allein.
Ich hatte Angst. Ich hatte seinen Blick gesehen, als er Kenilworth sagte. Warum ausgerechnet Kenilworth? Der Ort, wo wir uns getroffen und heftig geliebt hatten, wo unsere heimlichen Begegnungen stattfanden, wo er es sich in den Kopf gesetzt hatte, mich zu heiraten, wie sehr er auch die Königin dadurch erzürnen mochte.
»Kenilworth«, hatte er gesagt, und dabei hatte ein grausames Lächeln seine Lippen umspielt. Ich wußte, daß er einen finsteren Plan ausheckte. Was würde er mir auf Kenilworth antun?
Ich ging schlafen und träumte von Amy Robsart. Ich lag in einem Bett und sah jemanden im Schatten lauern ... Männer schlichen schweigend

auf mein Bett zu. Mir war, als flüsterten Stimmen. »Cumnor Place ... Kenilworth ...«
Zitternd vor Angst wachte ich auf. Ich spürte mit all meinen Sinnen, daß Robert auf eine fürchterliche Rache sann.

Am nächsten Tag brachen wir nach Kenilworth auf. Ich ritt neben meinem Gatten, und wenn ich ihn von der Seite ansah, bemerkte ich die tödliche Blässe unter dem rötlichen Adernetz auf seinen Wangen. Seine kostbare Halskrause, sein samtenes Wams, die Kappe mit der gekräuselten Feder: Das alles konnte nicht über die Veränderung hinwegtäuschen, die mit ihm vorgegangen war. Ohne Zweifel war er ein sehr kranker Mann. Er wurde bald sechzig, er hatte sich nie geschont, und er hatte sich von den sogenannten Freuden des Lebens wenig versagt. Nun zahlte er den Preis dafür.
Ich sagte: »Mylord, wir sollten uns unverzüglich nach Buxton begeben, denn mich dünkt, Ihr habt die wohltuenden Bäder bitter nötig.«
Er erwiderte schroff: »Wir gehen nach Kenilworth.«
Aber wir kamen nicht dahin. Der Tag ging zur Neige, und ich sah, daß Robert sich kaum noch auf dem Pferd halten konnte. Wir machten auf Rycott halt, dem Wohnsitz der Familie Norris; Robert legte sich ins Bett, und dort blieb er mehrere Tage. Ich pflegte ihn. Er erwähnte Christopher Blount mit keinem Wort. Er schrieb jedoch an die Königin. Ich hätte gern gewußt, was er ihr mitzuteilen hatte; ob er ihr etwa von meiner Untreue berichtete, und welche Wirkung das auf sie hätte. Ich war sicher, daß sie zornig werden würde; denn obgleich sie meine Ehe mißbilligte, würde sie es als persönliche Beleidigung auffassen, wenn ich einem anderen Mann den Vorzug gäbe.
Es gelang mir, den Brief zu lesen, bevor er abgesandt wurde. Er enthielt nichts, außer Roberts Beteuerungen der Liebe und Verehrung für seine Göttin.
Ich sehe den Brief heute noch vor mir, Wort für Wort.

»Ich muß Eure Majestät untertänigst ersuchen, Eurem armen, alten Diener zu vergeben, daß er sich erkühnt, sich zu erkundigen, wie meine gnädige Dame sich befindet und welche Linderung ihrer neuerlichen Schmerzen ihr zuteil wird, da es mir das wichtigste Anliegen auf der Welt ist, dafür zu beten, daß Euch Gesundheit und ein langes Leben beschieden seien. Was mich arme Kreatur betrifft, so nehme ich fürderhin Eure Medizin, und mich dünkt, daß diese mir weit besser hilft als alles andere, was mir verabreicht wurde. In der Hoffnung, durch die Bäder völlige Heilung zu finden, fahre ich mit den gewohnten Gebeten für das Wohlergehen Eurer Majestät fort und küsse demütig Euren Fuß, bereit, an diesem Donnerstagmorgen meine Reise von Eurem ehemaligen Logis Rycott aus fortzusetzen. Ich bin Eurer Majestät treuester und gehorsamster Diener Robert Leicester.«

Er hatte noch eine Nachschrift angefügt, in welcher er ihr für ein Geschenk dankte, das sie ihm geschickt hatte, und welches uns nach Rycott nachgesandt worden war.

Nein, da stand nichts über meine Missetat. Er hatte natürlich von Rycott aus geschrieben, weil er hier einstmals oft mit ihr geweilt hatte. In diesem Park waren sie zusammen geritten und auf die Jagd gegangen; hier in der großen Halle hatten sie geschmaust und getrunken und sich benommen, als seien sie ein Liebespaar.

Ich redete mir ein, ich hätte ein Recht dazu, mir einen Liebhaber zu nehmen. War nicht mein Ehemann während all dieser Jahre der Liebhaber der Königin gewesen?

Ich schickte nach Christopher, und wir trafen uns in einer kleinen, abgelegenen Kammer.

»Er weiß Bescheid«, eröffnete ich ihm.

Christopher hatte es geahnt. Er sagte, es mache ihm nichts aus, aber das war gespielte Tapferkeit. Er zitterte am ganzen Leibe.

»Was wird er wohl unternehmen?« fragte er in dem Versuch, unbekümmert zu erscheinen.

»Ich weiß es nicht; aber ich bin auf der Hut. Du mußt achtgeben, wo du auch hingehst. Bleib nicht allein, wenn es sich vermeiden läßt. Seine Mörder sind überall.«

»Ich bin auf alles gefaßt«, sagte Christopher.

»Ich glaube, daß seine Rache mir gelten wird«, meinte ich. Daß ich Christopher dadurch in Todesangst versetzte, bereitete mir Genugtuung.

Wir verließen Rycott. Unsere Reise führte uns durch Oxfordshire. Mir fiel ein, daß Cumnor Place nicht weit entfernt lag; darin erblickte ich eine gewisse Vorbedeutung.

»Wir sollten die Nacht in unserem Haus in Cornbury verbringen«, schlug ich Leicester vor. »Du bist zu schwach, um weiterzureiten.«

Er war einverstanden.
Es war ein düsterer, recht trostloser Ort – eigentlich ein Forsthaus, mitten in einem Wald gelegen. Roberts Diener halfen ihm in das getäfelte Zimmer, welches schnell hergerichtet worden war, und er sank sogleich aufs Bett.
Ich sagte, wir müßten hierbleiben, bis der Graf soweit genesen sei, um seine Reise fortsetzen zu können. Er mußte sich ausruhen, denn schon der kurze Weg von Rycott nach Cornbury hatte ihn erschöpft.
Er gab zu, daß er Ruhe brauchte, und gleich darauf war er fest eingeschlafen.
Ich setzte mich an sein Bett. Ich brauchte keine Besorgnis zu heucheln, fragte mich vielmehr ängstlich, was er wohl ausbrütete. Er stellte sich gänzlich unbeteiligt, und daran erkannte ich, daß er etwas vorhatte, das mich anging.
Im Hause war es totenstill. Ich fand keine Ruhe. Die Schatten der einbrechenden Dunkelheit machten mir Angst. Die Blätter begannen sich zu verfärben, denn es war bereits September. Der Wind hatte schon viel Laub herabgeweht; es häufte sich auf dem Waldboden. Ich starrte hinaus auf die Bäume und lauschte auf den Wind, der durch die Zweige heulte, und ich fragte mich, ob Amy während ihrer letzten Tage auf Cumnor Place wohl auch dieses Gefühl kommenden Unheils gehabt hatte.

Am dritten September schien die Sonne hell, und Robert erholte sich ein wenig. Am späten Nachmittag rief er mich zu sich und eröffnete mir, falls die Besserung anhalte, wollten wir am nächsten Tag unsere Reise fortsetzen. Er sagte, wir würden unsere Zwistigkeiten bereinigen und zu einer Einigung kommen. Wir stünden uns zu nahe, meinte er, um uns zu trennen, solange wir noch am Leben seien.
Diese Worte klangen schicksalsschwer, und in seinen Augen glühte eine fiebrige Besessenheit.
Er fühlte sich soviel besser, daß ihn nach Nahrung verlangte, und er glaubte, wenn er erst gegessen habe, sei er wieder so weit bei Kräften, daß er weiterreisen könne.
»Solltest du dich nicht lieber schleunigst zu den Bädern begeben?« fragte ich.
Er blickte mich eindringlich an und sagte: »Wir werden sehen.«
Er aß in seiner Schlafkammer, da er zu erschöpft war, um sich nach

unten ins Speisezimmer zu begeben. Er sagte, er habe einen guten Wein und wünsche, daß ich ihn mit ihm kosten solle.
Alle meine Sinne waren wachsam. Mir war, als gelle ein Warnsignal durch meinen Kopf. Ich durfte diesen guten Wein nicht trinken. Kein Mann im ganzen Lande verstand sich besser auf Gift als Dr. Julio, welcher unablässig für seinen Herrn tätig war.
Ich durfte diesen Wein einfach nicht trinken.
Natürlich konnte es auch sein, daß er gar nicht die Absicht hatte, mich zu vergiften. Vielleicht hatte er sich eine andere Rache als den Tod ausgedacht. Hätte er mich in Kenilworth gefangengehalten und der Welt verkündet, ich sei verrückt geworden, so wäre mir das weit schlimmer gewesen als ein plötzlicher Tod. Doch ich mußte auf der Hut sein.
Ich ging in sein Zimmer. Auf einem Tisch stand ein Krug Wein mit drei Bechern – der eine mit Wein gefüllt, die beiden anderen leer. Robert lag auf seinen Kissen, sein Gesicht war sehr gerötet, und ich glaube, er hatte bereits mehr getrunken, als für ihn gut war.
»Ist das der Wein, den ich kosten soll?« fragte ich.
Er öffnete die Augen und nickte. Ich setzte den Becher an die Lippen, trank aber nicht, denn das wäre töricht gewesen.
»Er ist gut«, sagte ich.
»Ich wußte, daß er dir schmecken würde.« Bildete ich mir nur ein, aus seiner Stimme Triumph herauszuhören? Ich stellte den Becher auf den Tisch und trat an Roberts Bett.
»Robert, du bist sehr krank«, sagte ich. »Du mußt einige von deinen Pflichten aufgeben. Du hast zuviel gearbeitet.«
»Das wird die Königin niemals zulassen«, erwiderte er.
»Sie ist um deine Gesundheit besorgt.«
Lächelnd sagte er: »Ja, das war sie immer.« Seine Stimme war zärtlich, und ich spürte, wie der Zorn in mir aufstieg bei dem Gedanken an diese beiden alternden Liebenden, die den Liebesakt nie vollzogen hatten und nun, da sie alt und runzlig waren, sich noch immer ihrer Liebe rühmten oder sich wenigstens den Anschein gaben.
Welch ein Recht hatte ein Ehemann, laut eine andere Frau zu bewundern – selbst wenn diese die Königin war?
Mich befreite das von der Schuld, mit Christopher eine Liebesaffaire begonnen zu haben.
Robert schloß die Augen, und ich trat an den Tisch. Ihm den Rücken

zukehrend, goß ich den Wein, den zu trinken ich mich gefürchtet hatte, in einen anderen Becher, einen, den er benutzte, da er ein Geschenk der Königin war. Dann ging ich zum Bett zurück.

»Mir ist so elend«, sagte er.

»Du hast zuviel gegessen.«

»Das hat *sie* auch immer gesagt.«

»Und sie hat recht damit. Ruhe dich jetzt aus. Hast du Durst?« Er nickte. »Soll ich dir etwas Wein einschenken?« fuhr ich fort.

»Ja, bitte. Der Krug und mein Becher stehen auf dem Tisch.«

Ich ging zum Tisch. Meine Finger zitterten, als ich den Krug nahm und Wein in jenen Becher goß, der ursprünglich für mich bestimmt gewesen war. Was ist denn mit dir? ermahnte ich mich selbst. Wenn er dir nichts antun wollte, dann ist alles gut, und ihm wird auch nichts geschehen. Und wenn er es doch vorhatte ... kann man mir dann Vorwürfe machen?

Ich trug den Becher ans Bett, und als ich ihn Robert reichte, kam sein Page Willie Haynes ins Zimmer.

Ich sagte: »Mylord hat großen Durst. Bring noch mehr Wein.«

Der Page ging hinaus, während Leicester den Becher leerte.

Der nächste Tag ist mir noch frisch im Gedächtnis, auch nach so viel Jahren. Es war der vierte September – noch war es Sommer; den leichten Herbstnebel ließ die Sonne bis zehn Uhr verdunsten.

Leicester hatte gesagt, wir würden an diesem Tag aufbrechen. Während meine Kammerfrauen mir die Reitkleider anlegten, trat Willie Haynes in die Tür. Er war bleich und zitterte. Der Graf liege so still da, sagte er, und sehe so merkwürdig aus. Er fürchte, er sei tot.

Willie Haynes' Befürchtung erwies sich als wahr. An diesem Morgen, im Forsthaus von Cornbury, hatte der mächtige Graf von Leicester sich aus dieser Welt davongestohlen.

Nun war er also tot, mein Robert, Elisabeths Robert. Ich war wie betäubt. Unentwegt sah ich vor mir, wie ich ihm den Becher ans Bett brachte. Er hatte getrunken, was für mich bestimmt gewesen war ... und nun war er tot.

Es konnte einfach nicht wahr sein! Ich war tief bestürzt. Mir war, als sei ein Teil von mir gestorben. So viele Jahre lang war er der wichtigste Mensch in meinem Leben gewesen ... er und die Königin.

Ich murmelte: »Jetzt sind wir nur noch zu zweit.« Ich fühlte mich völlig verlassen.
Natürlich hieß es wieder einmal »Gift«, und natürlich richtete sich der Verdacht gegen mich. Willie Haynes hatte gesehen, wie ich Robert den Wein reichte, und er erzählte das auch herum. Daß der Mann, der für den durchtriebensten Giftmörder seiner Zeit gegolten hatte, an seinem eigenen Trank zugrunde gegangen sein sollte, war, falls dies tatsächlich der Wahrheit entsprach, ein grausamer Akt ausgleichender Gerechtigkeit. Der Verdacht, ich hätte ihn getötet, würde mich bis ans Grab verfolgen, das wußte ich. Ich war vor Angst wie gelähmt, als ich erfuhr, daß eine Leichenschau stattfinden sollte. Ich wußte nicht, ob ich Leicester vergiftet hatte oder nicht. Es konnte ebensogut sein, daß der Wein, den er mir zugedacht und den ich ihm gereicht hatte, kein Gift enthielt. Bei seinem schlechten Gesundheitszustand war auch ein natürlicher Tod jederzeit möglich gewesen. Konnte man mir also einen Vorwurf machen?
Zu meiner großen Erleichterung fand man nichts, das auf Gift hinwies. Dr. Julio aber war berühmt für seine Gifte, die schon nach kurzer Zeit keine Spuren mehr im Körper hinterließen. Ich weiß daher heute noch nicht, ob mein Gatte vorhatte, mich zu vergiften, und ich den Spieß umdrehte und ihn vergiftete, oder ob er an seiner schweren Krankheit gestorben ist.
Sein Tod ist so ungeklärt wie der von Amy, seiner ersten Frau.
Christopher brannte darauf, mich zu heiraten. Doch ich gedachte der Geschichte von der Königin, Robert und Amy Robsart, und daher mußte ich seine jugendliche Leidenschaft dämpfen. Natürlich war ich nicht die Königin, der die Aufmerksamkeit der ganzen Welt galt, doch ich war die Witwe des Mannes, über den nicht nur in England, sondern in ganz Europa am meisten geredet wurde.
»Ich habe dir doch gesagt, daß ich dich heiraten werde«, sagte ich zu Christopher. »Aber jetzt noch nicht – später.«
Ich wünschte, ich wäre bei Hofe gewesen, um sehen zu können, wie die Königin die Neuigkeiten empfing. Später erfuhr ich, daß sie nichts sagte, sondern nur vor sich hin starrte; dann begab sie sich in ihre Privatgemächer und verschloß die Tür. Sie wollte nichts essen und keinen Menschen sehen. Sie wollte mit ihrem Schmerz allein sein.
Wie groß dieser Schmerz war, das konnte ich mir vorstellen. In gewisser Weise beschämte sie mich. Denn nun war ich imstande, die ganze

Tiefe ihres Fühlens zu ermessen, ihre Fähigkeit zur Liebe und zu rachsüchtigem Haß.

Sie kam nicht aus ihrem Zimmer hervor. Nach zwei Tagen bekamen es ihre Minister mit der Angst zu tun, und Lord Burleigh ließ in Gegenwart einiger Herren ihre Tür aufbrechen.

Ich konnte mir vorstellen, was sie empfand. Sie hatte ihn so lange gekannt – seit ihrer Kindheit. Nun mußte es ihr scheinen, als sei in ihrem Dasein ein Licht erloschen. Ich malte mir aus, wie sie in ihren gefühllosen, grausamen Spiegel schaute und plötzlich die alte Frau erblickte, die wahrzunehmen sie sich vorher stets geweigert hatte. Aber sie war alt – auch wenn nach wie vor stattliche Männer sie umschwärmten. Sie wußte, daß es ihnen nur um ihre Gunst zu tun war. Nahm man ihr die Krone, würden die Lichter verlöschen, und der Tanz der Motten wäre vorüber.

Aber einen hatte es gegeben, würde sie sich sagen, ihren Augapfel, ihren süßen Robin, den einzigen auf der Welt, den sie wirklich geliebt hatte – und nun war er dahingegangen. Und sicherlich würde sie grübeln, wie anders ihr Leben verlaufen wäre, wenn sie ihre Krone aufs Spiel gesetzt und ihn geheiratet hätte. Welch innige Freuden hätten sie zusammen genossen! Vielleicht hätte sie Kinder gehabt, und die würden ihr nun Trost bedeuten. Welche Qualen der Eifersucht wären ihr erspart geblieben, und wie hätte sie gejubelt in dem Bewußtsein, daß ich sein Leben niemals mit ihm teilen könnte!

Sie und ich standen uns so nahe wie eh und je. Ihr Schmerz war mein Schmerz. Es überraschte mich selbst, wieviel mir Robert noch immer bedeutete, da ich mich doch in den letzten Jahren von ihm abgewandt hatte. Aber das war nur geschehen, weil sie sich zwischen uns gedrängt hatte. Doch nun, da er dahingegangen war, tat sich in meinem Dasein eine große Leere auf ... und Elisabeth erging es nicht anders.

Aber wie immer in Zeiten besonderer Anspannung, besann sie sich schließlich darauf, daß sie die Königin war. Robert war tot, doch das Leben ging weiter. Und ihr Leben war England, und England würde niemals sterben und sie allein zurücklassen.

Ich hatte Angst. Wer weiß, vielleicht hatte Robert, nachdem er meine Untreue entdeckt, sein Testament geändert und den Grund dafür angegeben?

Doch nichts davon. Das Testament war unverändert; er hatte keine Zeit mehr gehabt, es umzustoßen.

Ich war die Testamentsvollstreckerin, und sein Bruder Warwick, Christopher Hatton und Lord Howard von Effingham sollten mir behilflich sein. Mir war nie bewußt gewesen, wie tief Robert verschuldet war. Er hatte stets reichlich Geld ausgegeben. Zum Zeitpunkt seines Todes ließ er gerade ein Geschenk für die Königin anfertigen, eine Schnur aus sechshundert Perlen mit einem Anhänger aus einem riesigen Diamanten und drei Smaragden, von Diamanten eingefaßt.
Sie war die erste, die er in seinem Testament erwähnte – als sei sie seine Frau; er dankte ihr für die Güte, welche sie ihm erwiesen hatte.
Selbst im Tode kam sie zuerst, stellte ich in einer kurzen Aufwallung von eifersüchtigem Zorn fest. Aber das beruhigte mein Gewissen.
Er hatte sein Testament gemacht, als er in den Niederlanden weilte, und damals hatte er geglaubt, daß ich ihn liebte.
Er hatte geschrieben:

»Nächst Ihrer Majestät gedenke ich meines lieben Weibes und bestimme für sie, was nicht so gut sein kann, wie ich es wünschen würde, aber so gut sein soll, wie ich es ermöglichen kann, fand ich in ihr doch stets eine getreue, liebevolle, gehorsame, besorgte Gattin, und so baue ich darauf, daß dieses mein Testament sie meiner nach meinem Dahinscheiden nicht weniger eingedenk sein läßt, als ich es ihrer zu meinen Lebzeiten stets war.«

Ach Robert, dachte ich betrübt, wie würde ich trauern, wenn es so wäre, wie du damals geglaubt hattest, und wie anders hätte es sein können, wenn du keine königliche Gebieterin gehabt hättest. Ich habe dich einst über alles geliebt – aber sie stand immer zwischen uns.
Zu meiner Bestürzung fand ich seinen Bastard Robert Dudley in seinem Testament großzügig bedacht. Er war jetzt dreizehn Jahre alt, und nach meinem und des Grafen von Warwick, Roberts Bruders Tod, würde er einen ansehnlichen Anteil erben. Wenn er einundzwanzig wurde, würden ihm außerdem gewisse Privilegien zufallen, und bis er dieses Alter erreicht hatte, war er wohlversorgt.
Natürlich hatte Robert nie geleugnet, daß dieser Knabe sein Sohn war, da er aber auch Lady Staffords Kind war, glaubte ich, daß sie und ihr Ehemann für ihn sorgen würden.
Ich erhielt Wanstead und drei kleinere Herrenhäuser, darunter Drayton Basset in Staffordshire. Dort schlug ich zuletzt meinen Wohnsitz

auf. Leicester House gehörte mir mitsamt dem darin befindlichen Tafelgeschirr und allen Kostbarkeiten, doch zu meinem Kummer und heimlichen Zorn war Kenilworth an Warwick gegangen und sollte nach seinem Tode an den Bastard Dudley fallen.
Wie ich bereits sagte, war Robert tief verschuldet. Allein der Krone schuldete er fünfundzwanzigtausend Pfund. Er war der Königin gegenüber immer sehr großzügig gewesen, und die Geschenke an sie machten einen großen Teil der Summe aus. Ich erwartete, daß dies, wie in solchen Fällen üblich, berücksichtigt würde, da er bei seinem Tod in ihren Diensten gestanden hatte.
Leider hatte sie nicht die Absicht, mir auch nur ein Jota zu erlassen. Sie kostete ihre Rache aus. Sie hatte beschlossen, daß seine Schulden bis auf das letzte Pfund bezahlt werden mußten. Sein Tod hatte ihren Haß auf mich in keiner Weise gemildert.
Sie erklärte, die Einrichtung von Leicester House und Kenilworth sollte die Mittel erbringen, um Roberts Schulden zu tilgen, und es sollten unverzüglich Listen aufgestellt werden, damit die zum Verkauf ausgewählten Gegenstände abgeholt werden könnten.
Sie war gnadenlos, was mich betraf, und ich war wütend, doch ich konnte nichts dagegen tun.
Eine nach der anderen mußten die Kostbarkeiten verkauft werden – all die Dinge, die mir teuer waren und einen Teil meines Lebens darstellten. Ich weinte vor Wut, und insgeheim verfluchte ich Elisabeth – aber wie immer mußte ich mich ihrem Willen beugen.
Diese Zwangsverkäufe reichten aber keineswegs zur Bezahlung aller Schulden. Dennoch ließ ich es mir nicht nehmen, Robert in der Beauchampkapelle ein Grabmal zu errichten. Es war aus massivem Marmor und trug Roberts Wahlspruch *Droit et Loyal.* Dann ließ ich von ihm ein Marmordenkmal anfertigen, mit der St.-Michaels-Ordenskette. Neben ihm war für mich Platz, wenn die Zeit gekommen war.
Dies war der Tod des großen Grafen von Leicester. Ein Jahr später heiratete ich Christopher Blount.

Essex

Essex, Ihr dürft wohl begreifen, wie sehr Wir uns durch Eure plötzliche und ungehorsame Entfernung aus Unserer Gegenwart und dem Platz, an den Eure Dienste Euch binden, gekränkt fühlen. Wir haben Euch, ohne daß Ihr Euch die Ehre erworben habt, mit Unserer Gunst belohnt, und doch habt Ihr Eure Pflicht vernachlässigt und vergessen; denn anders können Wir uns Euer befremdliches Gebaren nicht erklären ... Daher fordern Wir Euch auf und befehlen Euch, sogleich nach Erhalt Unseres Schreibens, ohne jegliche Ausrede und Verzögerung, Euch zu Uns zu verfügen, um Unserer Gewogenheit fürderhin gewiß zu sein. Seht daher zu, Uns dieses nicht zu versagen, da Ihr nicht geneigt sein werdet, Euch Unseren Unwillen zuzuziehen, andernfalls Ihr Euch in die allergrößte Gefahr begebt.

Die Königin an Essex

Eine Zeitlang genoß ich die Freuden meiner jungen Ehe. Ich war glücklich. Ich hatte einen stattlichen, jungen Gatten, der mich hingebungsvoll liebte und nicht ständig von einer anderen Frau in Anspruch genommen wurde. Mein Sohn Robert, der Graf von Essex, war bald unter den ersten Günstlingen der Königin. Alles sprach dafür, daß er möglicherweise den Platz seines Stiefvaters einnehmen würde.
»Eines Tages werde ich der Königin sagen, daß sie Euch bei Hofe empfangen muß«, eröffnete er mir.
Er war ganz anders als Leicester, der sich immer so vorsichtig und gewunden ausgedrückt hatte. Zuweilen zitterte ich um Essex. Er besaß wenig Feingefühl, er verstellte sich nie und kümmerte sich nicht um das, was schicklich war. Das mochte anfangs wohl reizvoll sein; doch würde sich das eine so eitle Frau wie die Königin, die zudem so sehr an Schmeicheleien gewöhnt war, auch für alle Zeiten gefallen lassen? Im Augenblick war Essex von erfrischender Jugendlichkeit, ein *enfant terrible.* Er war stets zu sehr von sich überzeugt gewesen, aber ob er seinen Einfluß auf die Königin nicht überschätzte?

Ich sprach mit Christopher darüber; er war der Meinung, die Königin sei so angetan von Essex' Jugend und seiner stattlichen Erscheinung, daß sie ihm vieles nachsehen würde. Christophers Jugend und Aussehen hatten ebenso für ihn gesprochen, überlegte ich; dennoch wäre ich nicht bereit gewesen, mir Unverschämtheiten gefallen zu lassen, mochte er auch noch so jung und hübsch sein. Ich bezweifelte, daß Elisabeth hierin anders dachte.

Angesichts der Gerüchte um Leicesters Tod und der Jugend meines neuen Ehemannes hatte ich es für klug gehalten, mit der Heirat ein Jahr zu warten. Das Jahr, welches der Trauung folgte, wurde überaus glücklich.

Unsere Familie hatte stets zusammengehalten. Zu Leicesters liebenswertesten Eigenschaften hatte seine Anhänglichkeit an die Seinen gehört; doch obgleich meine Kinder mit ihrem ersten Stiefvater auf bestem Fuße gestanden hatten, waren sie ohne weiteres bereit, sich auch mit dem zweiten abzufinden.

Penelope war meine Lieblingstochter. Sie hatte, wie auch ich, Vergnügen an Intrigen, und mochte ihr das Leben auch noch so mitspielen, sie ließ sich nicht entmutigen. Stets war sie auf der Suche nach aufregenden Abenteuern. Natürlich wußte ich, daß ihr Dasein nicht ganz so verlief, wie es nach außen hin den Anschein hatte. In Leighs in Essex und in Lord Richs Londoner Heim führte sie ein wohlanständiges Leben. Auf dem Lande schien sie ein Muster an Tugend und widmete sich zärtlich ihrer wachsenden Nachkommenschaft. Fünf Kinder hatte sie inzwischen: drei Söhne, Robert, Henry und Charles, und zwei Mädchen, Lettice (nach mir benannt) und Penelope, die ihren Namen trug. Aber wenn sie an den Hof kam, steckte sie voller Pläne.

Sie bedauerte es, daß die Königin mich nicht empfangen wollte und versicherte mir unentwegt, daß Essex keine Gelegenheit verstreichen lasse, um zu erreichen, daß ich wieder in Gnaden aufgenommen würde.

»Wenn Leicester das nicht zustande brachte, meinst du, daß es dann Essex gelingt?« fragte ich.

»Ach«, sagte Penelope lachend »glaubt Ihr denn, daß Leicester sich wirklich nach Kräften bemüht hat?«

Ich mußte zugeben, daß es für ihn schwierig gewesen wäre, für die Belange seiner Frau einzutreten, die ja gerade aus dem Grunde geächtet war, *weil* sie seine Gattin war.

Sie waren oft in Leicester House – meine zwei Töchter, mein Sohn Walter und häufig auch Essex. Seine Freundschaft mit Charles Blount, mit welchem er sich wegen der Schachkönigin duelliert hatte, war noch enger geworden. Charles, der ja der ältere Bruder meines Gatten war, leistete der Familie oftmals Gesellschaft. Auch Frances Sidney war häufig bei uns zu Gast, und bei den Unterhaltungen meiner Tischrunde ging es recht lebhaft und zuweilen sogar heftig zu. Ich verlangte absichtlich keine Zurückhaltung von ihnen, denn ich dachte, dann würde die Aufmerksamkeit darauf gelenkt, daß sie alle so viel jünger waren als ich. Mitunter fragte ich mich allerdings, was wohl die Königin gedacht hätte, wenn sie ihnen hätte zuhören können.

Der Unbesonnenste von allen war Essex. Er wurde sich seines Einflusses auf die Königin immer sicherer. Charles Blount ermahnte ihn hin und wieder, sich in acht zu nehmen, doch Essex lachte ihn nur aus.

Ich beobachtete ihn mit großen Stolz, war ich doch sicher, daß es nicht nur die Voreingenommenheit der Mutter war, die ihn in meinen Augen so überlegen machte. Er war ebenso ansehnlich, wie es Leicester in seiner Jugend gewesen war, und besaß die gleiche Anziehungskraft. Während aber Leicester mit sämtlichen Vollkommenheiten ausgestattet schien, mit denen die Natur einen Mann beschenken konnte, waren Essex' Schwächen liebenswerter, als es Leicesters Stärke gewesen.

Leicester war stets auf die Wirkung dessen, was er tat, bedacht und hatte seinen Vorteil erwogen. Essex' leidenschaftliches Wesen war reizvoll, da es gefährlich war. Und es war ehrenhaft – jedenfalls sah er es so. Er konnte in einem Augenblick sehr übermütig und im anderen plötzlich melancholisch werden; er war kräftig und übertraf alle an Geschicklichkeit bei Belustigungen im Freien. Dann konnte er auf einmal erkranken und mußte das Bett hüten. Er hatte einen eigentümlich federnden Gang, so daß man ihn unter anderen Leuten schon von weitem erkennen konnte, und jedesmal, wenn ich das bemerkte, fühlte ich mich tief gerührt. Natürlich verliehen ihm die Fülle kastanienbraunen Haares und die dunklen Augen – er hatte sie von mir geerbt – ein vorteilhaftes Aussehen, und er unterschied sich sehr von den anderen jungen Männern, welche die Königin umgaben. Sie waren Schmeichler, und das war er nie. Er war der Königin in echter Leidenschaft zugetan; in gewisser Weise liebte er sie, aber niemals handelte er gegen seine Natur, um ihr zu Gefallen zu sein. Er würde nicht so tun, als sei sie allwissend, wenn er einmal nicht ihrer Meinung war.

Ich machte mir ständig Sorgen darüber, wozu seine Unbedachtheit noch führen könnte, und ich flehte ihn an, vorsichtig zu sein.
Wenn er mit Penelope, Charles Blount, Christopher, Frances Sidney und mir beisammensaß, pflegte er von seinen Wünschen und Hoffnungen zu sprechen. Er fand, die Königin solle im Umgang mit den Spaniern mehr Entschiedenheit zeigen. Sie hatten eine bittere und demütigende Niederlage erlitten, und die solle man ausnutzen. Essex wollte der Königin raten, wie sie sich künftig verhalten sollte. Er hatte große Pläne. Vor allem wünschte er ein stehendes Heer.
»Die Soldaten müssen gut ausgebildet sein«, rief er aus und schwang begeistert die Arme. »Jedesmal, wenn wir in den Krieg ziehen, müssen wir Männer und Jünglinge von neuem ausbilden. Sie müssen aber immer bereit sein. Das sage ich ihr ständig. Wenn ich meine Armee in den Krieg führe, will ich Soldaten haben und keine Bauern.«
»Sie wird niemals zulassen, daß *du* das Land verläßt«, meinte Penelope.
»Dann gehe ich eben ohne ihre Einwilligung«, gab mein Sohn hochmütig zurück.
Ich fragte mich, was Leicester dazu gesagt hätte.
Zuweilen, ganz vorsichtig, versuchte ich Essex daran zu erinnern, wie sich sein Stiefvater der Königin gegenüber verhalten hatte.
»Ach, der war wie alle anderen«, erwiderte Essex. »Er hat es nicht gewagt, sich mit ihr anzulegen. Er hat so getan, als sei er mit allem, was sie sagte oder tat, einverstanden.«
»Nicht immer, und er hat sich mehr als einmal mit ihr angelegt. Vergiß nicht, daß er mich geheiratet hat.«
»Er hat ihr nie öffentlich widersprochen.«
»Und ist bis an sein Lebensende ihr Günstling geblieben«, fügte ich hinzu.
»Das wird mir auch gelingen«, brüstete sich Essex, »aber auf meine Weise.«
Ich staunte über ihn; dennoch machte er mir weiterhin Sorgen. Stand Penelope mir auch nahe, so war doch Essex mein Liebling. Wie merkwürdig war es doch, dachte ich, daß die Königin und ich die gleichen Männer liebten, und daß der Mann, der für sie von größter Wichtigkeit war, für mich dieselbe Bedeutung hatte.
Ich wußte, daß sie noch immer um Leicester trauerte. Ich erfuhr, daß sie eine Miniatur von ihm besaß, welche sie oft betrachtete, und daß sie

den letzten Brief, den er ihr geschrieben hatte, in einer Kassette verwahrte, welche die Aufschrift trug: *Sein letzter Brief.*
Ja, es war schon ein seltsamer Scherz, den sich das Schicksal erlaubte, daß nun, da mein Gatte tot war, mein Sohn der Mann sein sollte, an dem ihr am meisten gelegen war.

Essex klagte, daß er große Schulden habe und die Königin ihm, obwohl sie ihm deutlich ihre Huld zeigte, bisher keine Schenkungen von Wert gemacht habe – keinen Landbesitz, wie seinem Stiefvater; nicht einmal einen Titel habe sie ihm verliehen. Und er war zu stolz, sie darum zu bitten.
Er wurde ungeduldig. Es verlangte ihn nach einem Abenteuer, das ihm Geld einbringen würde. Ein Krieg wäre das rechte gewesen. Denn war man siegreich, so brachte er reiche Beute. Essex drängte immer beharrlicher darauf – und andere unterstützten ihn dabei –, man solle den Krieg mit den Spaniern fortführen.
Die Königin erklärte sich schließlich mit einem Feldzug einverstanden. Don Antonio, der nach dem Tod König Heinrichs den Thron Portugals bestiegen hatte, war nach nur einem Jahr Regierungszeit abgesetzt worden und hatte seither in England gelebt. Nun hatte Philipp von Spanien den Herzog von Alba damit beauftragt, auf Portugal für Spanien Anspruch zu erheben. Alba eroberte Portugal. Da die Portugiesen sich über den Einfall der Spanier empörten, schien Portugal sich als Kriegsschauplatz anzubieten. Sir Francis Drake sollte die Flotte befehligen, Sir John Norris die Landtruppen.
Als Essex andeutete, daß er den Feldzug mitmachen wolle, bekam die Königin einen Wutanfall. Er wußte, daß es sinnlos war, weiter in sie zu dringen, aber er wäre nicht Essex gewesen, hätte er sich abschrecken lassen. Also beschloß er, ohne ihre Erlaubnis an dem Feldzug teilzunehmen.
Ein paar Tage vor seinem Aufbruch kam er zu mir, um Lebewohl zu sagen. Es schmeichelte mir, in dieser sehr geheimen Angelegenheit von ihm ins Vertrauen gezogen zu werden, zumal die Königin nichts davon wußte.
Ich sagte: »Sie wird sehr zornig auf dich sein. Möglicherweise hast du ihre Gunst für alle Zeiten verloren.«
Essex lachte nur. Er vertraute darauf, daß er wisse, wie er mit ihr umgehen müsse.

Ich warnte ihn, aber nicht allzu ernsthaft. Offen gesagt – der Gedanke an Elisabeths Zorn und ihre Enttäuschung über seinen Verlust bereitete mir Vergnügen.

Wie er dieses Ränkespiel liebte! Er und Penelope heckten den Plan gemeinsam aus.

Am Abend seines Aufbruchs, so war beschlossen worden, wollte er Penelopes Gatten, Lord Rich, in sein Zimmer einladen und mit ihm das Nachtmahl einnehmen. Nachdem sein Gast gegangen war, sollte er sich in den Park begeben, wo ihn sein Diener mit schnellen Pferden erwarten sollte.

»Drake wird niemals zulassen, daß du an Bord seines Schiffes gehst«, meinte ich. »Er weiß genau, daß dies gegen den Willen der Königin verstieße, und er ist nicht der Mann, der es wagen würde, ihr zuwiderzuhandeln.«

Essex lachte. »Drake bekommt mich gar nicht zu sehen. Ich habe mit Roger Williams ausgemacht, daß für mich ein Schiff bereitgehalten wird. Wir werden in See stechen und unseren eigenen Feldzug führen, wenn die anderen uns nicht mitnehmen wollen.«

»Du jagst mir Angst ein«, sagte ich. Doch ich war stolz auf ihn, stolz auf seinen kühnen, unbekümmerten Mut, den er, wie ich glaubte, von mir geerbt hatte, denn von seinem Vater hatte er ihn gewiß nicht.

Er küßte mich, liebevoll und besorgt. »Nein, liebste Mutter, fürchtet Euch nicht. Ich verspreche Euch: Ich werde mit Ruhm bedeckt und mit so viel spanischem Golde heimkehren, daß sich die ganze Menschheit wundern wird. Ich werde der Königin einen Teil davon abgeben und ihr erklären, daß sie, will sie mich weiter in ihren Diensten behalten, auch meine Mutter wieder empfangen muß.«

Das klang alles sehr schön, und seine Begeisterung war so groß, daß ich ihm, wenigstens für den Augenblick, Glauben schenkte.

Er hatte mehrere Briefe an die Königin geschrieben, in denen er ihr seine Handlungsweise erklärte, und diese Briefe hatte er in seinem Schreibtisch verschlossen.

Am frühen Morgen brach er nach Plymouth auf. Nachdem er neunzig Meilen geritten war, schickte er seinen Diener mit den Schreibtischschlüsseln zurück. Er sollte sie Lord Rich übergeben mit der Bitte, den Schreibtisch zu öffnen und der Königin die Briefe auszuhändigen.

Als die Königin die Briefe empfing, geriet sie in solchen Zorn, daß man bei Hofe glaubte, nun sei es mit Essex vorbei. Sie verfluchte ihn, bedachte ihn mit den unflätigsten Ausdrücken und gelobte, sie wolle ihm zeigen, was es heiße, die Königin lächerlich zu machen. Ich konnte mich einer gewissen Genugtuung angesichts ihres Ärgers und ihrer Enttäuschung nicht erwehren, zugleich aber machte ich mir Sorgen darüber, ob Essex sich nicht alles verscherzt hatte.

Die Königin schrieb ihm sogleich und befahl ihm, zurückzukehren. Er aber kam erst drei Monate später heim. Nun zeigte er mir die Briefe, die sie ihm geschrieben hatte. Sie muß bei der Abfassung fürchterlich zornig gewesen sein.

Als diese Briefe nach Wochen voller – meist unglücklich verlaufener – Abenteuer endlich in seine Hände gelangt waren, hatte er genug Verstand besessen, einzusehen, daß unverzüglicher Gehorsam angebracht war.

Der Feldzug war ein Fehlschlag gewesen; doch Drake und Norris kehrten mit Schiffsladungen voller Schätze zurück, welche sie den Spaniern geraubt hatten, so daß die Mühe nicht ganz umsonst gewesen war.

Essex begab sich zur Königin. Sie forderte eine Erklärung für sein Verhalten. Er ließ sich auf die Knie nieder und sagte ihr, wie entzückt er sei, sie wiederzusehen. Dies sei der Lohn für alles, was er erduldet habe. Sie möge ihn für seine Torheit strafen. Es mache ihm nichts aus. Denn er sei heimgekehrt und habe ihre Hand küssen dürfen.

Was er sagte, meinte er ganz ernst. Er war wirklich entzückt, wieder daheim zu sein; und sie, prunkvoll gekleidet und von der Aura der Königswürde umgeben, hatte ihn wohl aufs neue überwältigt.

Sie hieß ihn, neben ihr Platz zu nehmen und ihr von seinen Erlebnissen zu berichten, und sie war sichtlich glücklich, ihn bei sich zu haben. Also war alles vergeben und vergessen.

»Es ist genau wie bei Leicester«, sagte jedermann. »Essex kann nichts falsch machen.«

Möglicherweise hatte Elisabeth, wohl wissend, daß er fortgegangen war, um sein Glück zu machen, beschlossen, daß er merken solle, er könne es auch daheim finden. Sie wurde großzügiger, und er wurde allmählich reich. Vor allem übertrug sie ihm das Recht, auf die Süßweine, die eingeführt wurden, Zoll zu erheben, und das verschaffte ihm ein glänzendes Einkommen. Dieses Recht hatte einst Leicester besessen, und von ihm wußte ich, wieviel es wert war.

Mein Sohn war der erste unter den Günstlingen der Königin, und so

seltsam es klingt – er liebte sie auf seine Weise. Wegen einer Heirat würde es, im Gegensatz zu Leicester, bei ihm niemals Schwierigkeiten geben, denn sie hielt ihn vollständig in ihrem Bann. Er vergötterte sie. Ich bekam ein paar Briefe zu Gesicht, welche er ihr geschrieben hatte. Aus ihnen sprach die Glut dieser ungewöhnlichen Leidenschaft. Das hinderte ihn jedoch nicht daran, alle möglichen Liebesverbindungen anzuknüpfen. Allmählich kam er in den Ruf eines Schürzenjägers. Er war aber auch unwiderstehlich mit seinem Aussehen, seinen bezaubernden Manieren und seiner Stellung bei Hofe. Ich merkte, wie seine Verehrung der Königin gefiel – schließlich war sie keine junge Frau mehr. Natürlich würde sie ihn niemals so lieben, wie sie Leicester geliebt hatte, aber man konnte beides nicht vergleichen. Dieser Jüngling, der seine Meinung so frei heraus sagte, der Unterwürfigkeit verabscheute, hatte sie auf ein Piedestal erhoben, um sie anbeten zu können, und das bezauberte sie.
Ich beobachtete seinen Aufstieg mit Freude, Erstaunen und Triumph. Er war mein Sohn und hatte trotzdem den Weg zu ihrem Herzen gefunden! Gleichzeitig aber hatte ich Angst. Er war so unbesonnen, schien die Gefahren, die ihn umgaben, gar nicht zu bemerken, und wenn, dann kümmerte er sich nicht darum. Dabei lauerten seine Feinde überall. Am meisten fürchtete ich Raleigh, den klugen, scharfsinnigen, stattlichen Raleigh, den die Königin liebte, doch lange nicht so sehr, wie sie meinen Gatten und meinen Sohn geliebt hatte. Zuweilen, wenn ich über unser aller Leben nachdachte, brach ich in ein unbeherrschtes Gelächter aus. War es nicht, als führten wir hier einen Tanz auf und bewegten uns in kunstvollen, abgezirkelten Figuren? Die Musik dazu stammte allerdings nicht immer von Elisabeth. Einer der Tänzer hatte uns nun verlassen, aber drei waren noch da.
Essex verstand sich nicht auf den Umgang mit Geld. Wie unterschied er sich hier von Leicester! Und doch war Leicester bei seinem Tod tief verschuldet gewesen. Ich fragte mich oft, welches Schicksal wohl meinen Sohn erwartete. Je reicher er durch den Großmut der Königin wurde, desto mehr gab er aus. Wer ihm diente, zog seinen Vorteil daraus. Alle erklärten sie, ihm bis ans Ende der Welt folgen zu wollen, doch zuweilen fragte ich mich, wie es um ihre Treue stünde, wenn einmal nicht genug Geld da wäre, sie zu bezahlen.
Essex, mein Lieblingssohn! Wie ich ihn liebte! Wie stolz war ich auf ihn! Und wie bangte ich um ihn!

Penelope wies mich darauf hin, daß er Frances Sidney immer mehr Aufmerksamkeit widmete. Frances war ein sehr schönes Mädchen. Sie fiel durch ihr schwarzes Haar auf und ihre dunkle Haut, beides ein Erbteil ihres Vaters, den die Königin ihren Mohren nannte. Da sie jedoch recht still war, gehörte sie nie ganz zu der munteren Runde junger Leute, die sich um meinen Tisch versammelte.
Penelope sagte, Frances gefalle Essex, weil sie so gänzlich anders sei als er.
»Glaubst du, er will sie heiraten?« fragte ich.
»Das würde mich nicht wundern.«
»Sie ist älter als er – und eine Witwe mit einer Tochter.«
»Er hat sich seit Philips Tod als ihr Beschützer gefühlt. Sie ist still und zurückhaltend. Es käme ihr nie in den Sinn, seine Pläne zu durchkreuzen. Ich glaube, das ist es, was ihm gefiele.«
»Meine liebe Penelope, keinem Manne in England steht eine glänzendere Zukunft bevor als deinem Bruder. Er könnte in eine der mächtigsten und reichsten Familien des Landes einheiraten. Es ist ausgeschlossen, daß er Walsinghams Tochter erwählt.«
»Meine liebe Mutter«, gab Penelope zurück, »nicht wir haben die Wahl zu treffen, sondern er.«
Damit hatte sie recht. Dennoch konnte ich es nicht glauben. Sir Francis Walsingham war ein sehr mächtiger Mann und einer der fähigsten Minister der Königin. Jedoch hatte er nie zu ihren Günstlingen gehört. Man schätzte ihn wegen seines Könnens. Die Königin wäre die erste gewesen, die zugegeben hätte, daß er ihr ausgezeichnete Dienste geleistet hatte. Er hatte dafür gesorgt, daß überall seine Kundschafter saßen. Dieses Netz von Spähern hatte seinesgleichen nicht, und er bezahlte es zum größten Teil aus seiner eigenen Tasche. Die Babington-Verschwörer waren auf sein Betreiben vor Gericht gestellt worden (und damit war auch das Schicksal Maria Stuarts besiegelt gewesen). Walsingham war ein höchst ehrenhafter und rechtschaffener Mann, aber er hatte weder ein größeres Vermögen angesammelt noch waren ihm besondere Ehren zuteil geworden. Doch Essex tat das alles mit einer Handbewegung ab. Er hatte beschlossen, Frances Sidney zu heiraten.
Penelope, ich, Christopher und Charles Blount sprachen mit ihm. Charles fragte, was denn wohl die Königin dazu sagen würde.
»Das weiß ich nicht«, rief Essex. »Außerdem kann ihre Mißbilligung mich nicht zurückhalten.«

»Es könnte deine Verbannung vom Hofe zur Folge haben«, meinte Christopher warnend.
»Mein bester Christopher«, sagte Essex von oben herab. »Glaubst du, ich wüßte nicht, wie ich die Königin zu behandeln habe?«
»Ich bitte dich, sprich so etwas nicht laut aus!« bat Charles. »Wenn solche Worte der Königin zugetragen werden ...«
»Aber ich bin hier doch unter Freunden«, gab Essex zurück. »Leicester hat auch geheiratet, und sie hat ihm verziehen.«
»Nicht aber seiner Frau«, erinnerte ich ihn verbittert.
»Wäre ich Leicester gewesen, ich hätte mich geweigert, ohne meine Gattin an den Hof zu gehen.«
»Wärest du Leicester gewesen, mein Sohn, dann hättest du die Gunst der Königin nie wieder zurückerobert. Ich flehe dich an, sei auf der Hut. Leicester war ihr, was kein anderer Mann ihr sein konnte oder je sein wird. Doch selbst er wußte, daß er behutsam vorgehen mußte.«
»Auch ich bin für sie, was kein anderer Mann jemals war oder sein wird! Das werdet ihr schon noch sehen.«
Natürlich war er jung und anmaßend, und sie hielt große Stücke auf ihn. Aber ich fragte mich doch, ob er jemals klüger werden würde.
Die jungen Leute bewunderten ihn. Ihnen fehlte meine Erfahrung, und daher billigten sie seine Unverfrorenheit. Da ich nicht alt und ohne Unternehmungsgeist erscheinen wollte, schwieg ich – wieder einmal.
Es ist durchaus möglich, daß unser Widerspruch Essex in seinem Entschluß bestärkte.
»Der alte Mann ist sehr krank«, sagte Essex, »und ich glaube nicht, daß er noch lange lebt. Er hat mir erzählt, daß er Frances nicht viel hinterlassen kann, da er hoch verschuldet ist. Er bezweifelt sogar, daß genügend Geld vorhanden ist, um ihn würdig zu bestatten, weil er in den Diensten der Königin so viel ausgegeben habe.«
Ich wußte, daß Walsingham die Wahrheit sprach. Insgeheim hielt ich ihn für einen Narren, weil er so gehandelt hatte. Leicester hatte der Königin ebenfalls gedient, aber daraus ein recht einträgliches Geschäft gemacht – und doch war er verschuldet gestorben. Noch heute trauerte ich den Kostbarkeiten nach, welche zur Begleichung der Schulden hatten verkauft werden müssen.
Schließlich wurden mein Sohn und Walsinghams Tochter, die Witwe von Philip Sidneys, heimlich getraut.
Als ich Sir Francis aufsuchte, war ich erschrocken darüber, wie krank er

war. Doch die Heirat seiner Tochter hatte ihn hoch erfreut. Er habe sich Sorgen um ihre Zukunft gemacht, erzählte er mir. Philip Sidney hatte wenig hinterlassen, und er selbst hatte auch kaum etwas zu vererben. »Im Dienst der Königin zu stehen, das ist eine kostspielige Angelegenheit«, sagte er.
Damit hatte er wahrhaftig recht. Wenn ich bedenke, was Leicester allein für die Neujahrsgeschenke der Königin aufgewendet hatte – Diamanten, Smaragde, Halsbänder mit Liebesknoten –, so brauche ich mich nicht zu wundern, daß ich meine Schätze für deren Bezahlung hatte opfern müssen.
Bald darauf starb der arme Sir Francis. Er wurde um Mitternacht in aller Stille begraben, da eine angemessene Bestattung zu kostspielig gewesen wäre.
Die Königin war betrübt und trauerte um ihn. »Ich werde meinen Mohren vermissen«, sagte sie. »Gewiß, schmerzlich vermissen. Er ist mir ein treuer Diener gewesen, und ich habe ihn nicht immer freundlich behandelt, doch er wußte recht wohl, daß ich tiefe Achtung vor ihm empfand. Ich war durchaus nicht die undankbare Gebieterin, als die ich manchmal erschienen sein mag. Ich höre, er hat seiner armen Witwe und seinen Töchtern wenig hinterlassen.«
Danach zeigte sie ein wenig Teilnahme für Frances; sie mußte sich zu Elisabeth setzen, und die Königin unterhielt sich mit ihr. Dieses Gespräch allerdings hatte sehr unglückliche Folgen. Frances war nämlich bald nach der Hochzeit schwanger geworden.
Die Königin beobachtete ihre Hofdamen sehr genau; sie schien einen besonderen Sinn für deren Liebesgeschichten zu besitzen.
Frances schilderte mir, was geschehen war.
Die Königin pflegte kein Blatt vor den Mund zu nehmen. Manchmal schien sie es sogar darauf abgesehen zu haben, die Leute durch eine besonders rüde Ausdrucksweise an ihren Vater Heinrich VIII. zu erinnern.
Sie stieß Frances in den Leib und verlangte zu wissen, ob sie dort etwas trage, was einer tugendhaften Witwe nicht anstehe. Frances gehörte nicht zu den gewitzten Frauen, die sich sofort herauszureden wissen. Sie wurde auf der Stelle puterrot, so daß die Königin ihren Verdacht bestätigt sehen mußte.
Die ungewöhnliche Neugier, was das Geschlechtsleben ihrer Umgebung betraf, und die Wutausbrüche, die häufig darauf folgten, war für

viele bestürzend. Es war, als sei sie vom Liebesakt gleichzeitig angezogen und abgestoßen.
Frances berichtete, die Königin habe sie schmerzhaft in den Arm gekniffen und zu wissen verlangt, vom wem sie schwanger sei.
Bei all ihrer Zurückhaltung besaß Frances innere Größe. Sie hob den Kopf und sagte ruhig: »Von meinem Gatten.«
»Dein Gatte?« rief die Königin aus. »Ich erinnere mich nicht, daß jemand bei mir um die Erlaubnis nachgesucht hat, dich zu ehelichen.«
»Madam, ich habe meine Person nicht für so wichtig gehalten und daher geglaubt, eine Erlaubnis sei nicht nötig.«
»Du bist die Tochter des Mohren, und ich habe ihn stets hoch geachtet. Nun, da er tot ist, muß ich mich mehr denn je um dein Wohlergehen kümmern. Er hat dich seinerzeit insgeheim an Philip Sidney vermählt und sich damals schon damit herauszureden versucht, daß er der Angelegenheit keine Bedeutung beigemessen habe. Ich habe ihn deswegen heftig gescholten, das weißt du. Und habe ich dich nicht seit seinem Tode hier bei mir behalten?«
»Ja, Madam. Ihr seid äußerst gütig zu mir gewesen.«
»So ... du hast es also für angebracht gehalten, zu heiraten. Nun sag mir, wer er ist.«
Frances war zu Tode erschrocken. Sie brach in Tränen aus, und damit war der Verdacht der Königin erst recht erregt. Frances bat um die Erlaubnis, sich zurückziehen zu dürfen. Sie müsse sich erst fassen.
»Du bleibst«, befahl die Königin. »Sag mir, wann du geheiratet hast! Ich will wenigstens glauben können, daß das Kind, welches du trägst, zu schicklicher Zeit geboren wird. Und eines sage ich dir: Ich dulde an meinem Hofe kein liederliches Betragen. Ich nehme diese Angelegenheit keineswegs leicht.« Dann ergriff sie Frances beim Arm und schüttelte sie derb, und als Frances stumm auf die Knie fiel, bekam sie einen Schlag auf die Wange, weil sie der Königin die verlangte Auskunft vorenthielt.
Frances war sich bewußt, daß sie früher oder später den Namen ihres Gatten preisgeben mußte, und daß der Zorn der Königin fürchterlich sein würde. Sie hatte ja miterlebt, was geschehen war, als Leicester mich geehelicht hatte.
Da Frances so offensichtlich große Angst hatte, wurde die Königin argwöhnisch.

»Los, Mädchen«, schrie sie. »Mit wem treibst du es? Sag es mir, oder ich prügle es aus dir heraus!«
»Madam, wir haben uns seit langem geliebt. Seit mein erster Gatte so grausam verwundet wurde ...«
»Ja, ja. Wer ist es? Sag es mir, Mädchen. Beim Blute Christi, wenn du mir nicht gehorchst, wirst du es bereuen. Das verspreche ich dir.«
»Es ist Mylord Essex«, sagte Frances.
Die Königin habe sie wie betäubt angestarrt, berichtete Frances, und sie sei in ihrer schrecklichen Angst von den Knien hochgekommen und aus dem Zimmer gestürzt, obwohl sie ohne Erlaubnis der Königin den Raum hätte gar nicht verlassen dürfen. Aber das sei ihr gleich gewesen. Und Elisabeth habe immer noch einfach dagestanden und vor sich hin gestarrt.
Doch während sie weglief, habe sie die Stimme der Königin gehört, gellend und drohend.
»Holt Essex! Bringt ihn unverzüglich her.«
Frances kam, einer Ohnmacht nahe, zu mir ins Leicester House. Ich brachte sie zu Bett, und sie berichtete mir, was sich zugetragen hatte.
Penelope, die bei Hofe gewesen war, traf kurz nach ihr ein.
»Die Hölle ist los«, sagte sie. »Essex ist bei der Königin, und sie schreien sich gegenseitig an. Gott weiß, wie das ausgeht. Die Leute sagen, bevor der Tag zu Ende geht, sitzt Essex im Tower.«

Wir warteten auf den Ausbruch des Unwetters. Wie genau entsann ich mich jener Zeit, als Simier der Königin erzählt hatte, daß Leicester verheiratet war. Sie hatte ihn in den Tower schicken wollen und war nur durch den Grafen von Sussex daran gehindert worden. Aber dann hatte sie nachgegeben. Ich wußte nicht, wie groß ihre Zuneigung für meinen Sohn war, doch eines begriff ich: daß sie nicht mit dem Gefühl verglichen werden konnte, das sie meinem Gatten entgegengebracht hatte. Diese Liebe war tief gewesen, und sie hatte begonnen, als sie noch ein junges Mädchen war. So fest verwurzelt waren Elisabeths Empfindungen für meinen Sohn nicht. Ich zitterte um ihn. Ihm fehlte Leicesters Feingefühl. Er würde sich als Held aufspielen, während Leicester sein diplomatisches Geschick aufgeboten hätte.
Ich wartete mit Penelope und Frances in Leicester House. Nach einiger Zeit erschien Essex.
»Nun«, sagte er, »die Königin ist sehr wütend auf mich. Sie nennt mich

undankbar, erinnert mich daran, daß sie mich erhoben habe, aber ebenso leicht wieder fallenlassen könne.«

»Ihre Lieblingsredensart«, bemerkte ich. »Leicester hat das sein Leben lang immer wieder zu hören bekommen. Hat sie nicht gedroht, dich in den Tower zu schicken?«

»Ich glaube, sie ist nahe daran. Ich habe ihr gesagt, bei aller Verehrung für sie sei ich doch ein Mann, der sein eigenes Leben lebt und sich selbst aussucht, wen er heiratet. Sie sagte, sie verabscheue Falschheit, und wenn ihre Untertanen etwas vor ihr geheimhielten, so nur deshalb, weil sie etwas zu verbergen hätten, worauf ich erwiderte, da ich ihre unberechenbaren Launen kannte, hätte ich vermeiden wollen, sie in Wut zu versetzen.«

»Robin!« rief ich entsetzt. »Das hast du doch nicht wirklich gesagt!«

»Jedenfalls etwas Ähnliches«, erwiderte er leichthin. »Ich verlangte zu wissen, warum sie eigentlich gegen meine Heirat sei, worauf sie erwiderte, wäre ich zu ihr gekommen, um ihr meinen Wunsch vorzutragen, wie es sich geziemt, so hätte sie die Angelegenheit in Erwägung gezogen. ›Und Eure Erlaubnis verweigert!‹ rief ich aus. ›Und das hätte bedeutet, daß ich gezwungen gewesen wäre, Euch ungehorsam zu sein, anstatt lediglich Euer Mißfallen zu erregen.‹«

»Eines Tages«, prophezeite ich ihm, »wirst du zu weit gehen.«

Ich sollte mich später noch dieser Worte erinnern. Aber schon damals klangen sie wie eine Sturmglocke, die mich beizeiten vor Gefahr warnen wollte.

»Nun«, fuhr er ein wenig prahlerisch fort, »sie sagte, daß nicht nur die Heimlichtuerei sie verärgert habe, sondern auch, daß ich, mit dem sie Großes vorhabe, unter meinem Stande geheiratet hätte.«

Ich wandte mich Frances zu. Wie mußte ihr zumute sein! War mir nicht einst das gleiche widerfahren? Ich wollte sie trösten und sagte begütigend: »Das hätte sie von jeder gesagt, es sei denn, sie wäre von königlichem Blute. Ich weiß noch, wie sie einmal eine Prinzessin für Leicester ausgesucht hatte.«

»Sie wollte damit ihren Zorn rechtfertigen«, sagte Essex selbstgefällig. »Sie wäre in jedem Fall verrückt vor Wut geworden, gleichgültig, wen ich geheiratet hätte.«

»Und was geschieht jetzt?« fragte Penelope.

»Ich bin in Ungnade. Vom Hofe verbannt. ›Ihr wollt Euch gewiß Eurer Gattin widmen‹, sagte sie, ›daher werden wir Euch bei Hofe eine Weile nicht sehen.‹ Ich habe mich verneigt und bin gegangen. Sie ist in abscheulicher Stimmung. Ich beneide wirklich niemanden, der jetzt um sie sein muß.«

Ich fragte mich, wie tief ihn die Verbannung wirklich traf. Im Augenblick schien es ihm nicht das geringste auszumachen. Wenigstens für Frances war das tröstlich.

»Bedenke doch, wie sehr er dich liebt«, versuchte ich ihr klarzumachen. »Er hat deinetwegen das Mißfallen der Königin in Kauf genommen.«

Hatte ich etwas Ähnliches nicht schon einmal vor Jahren gehört? Der Tanz wiederholte sich, nur war diesmal Essex der Partner der Königin und nicht Leicester. Bei Hofe wurden die üblichen Vermutungen laut. Essex hatte verspielt. Erregung bemächtigte sich der anderen – Raleighs, der ständig mit Essex in Fehde gelegen hatte, und der Günstlinge von ehedem. Hatton trug die Nase wieder hoch. Der arme Hatton! Man sah ihm seine Jahre nur zu deutlich an. Bei einem so lebhaften Mann, der einstmals der beste Tänzer bei Hofe gewesen war, fiel das natürlich besonders auf. Man ließ ihn gewähren, und gelegentlich trat er sogar, anmutig wie stets, mit der Königin zum Tanz an. Aber Essex hatte sie alle ausgestochen. Die jüngeren unter ihnen, wie Raleigh oder Charles Blount, erwarteten, daß sie nun, da er in Ungnade war, Nutzen davon hätten.

Der arme Hatton konnte sich an Essex' Sturz nicht lange erfreuen. Er wurde immer schwächer, und bald darauf zog er sich in sein Haus in Ely zurück. Dann erkrankte er schwer und starb Ende des Jahres.

Die Königin war schwermütig. Sie haßte den Tod, und niemand durfte ihn in ihrer Anwesenheit erwähnen. Es muß für sie sehr betrüblich gewesen sein, zu sehen, wie ihre alten Freunde überreifen Pflaumen gleich vom Baume des Lebens fielen, von Krankheiten wie von Wespen angenagt.

Nun wandte sie sich erst recht der Jugend zu.

Als Frances einen Sohn zur Welt brachte, nannten wir ihn Robert nach seinem Vater. Die Königin ließ sich erweichen. Essex dürfe an den Hof zurückkommen, aber seine Gattin wünsche sie nicht zu sehen.

Die Königin und mein Sohn waren also wieder gute Freunde. Er mußte ihr nahe sein, sie tanzte mit ihm, sie lachten zusammen, und er entzückte sie mit seinen offenherzigen Reden. Sie spielten Karten bis zum frühen Morgen, und es hieß, sie werde unruhig, wenn er nicht bei ihr sei.

O ja, es war wie das alte Spiel mit Leicester. Doch Leicester hatte seine Lehre daraus gezogen. Essex würde das leider niemals tun.

Ich hatte mich noch nicht mit der Tatsache abgefunden, daß die Königin mir meine Ehe mit Leicester nie verzeihen würde, und daß ich für alle Zeiten nur als Außenstehende die Ereignisse würde beobachten dürfen, die von solch außerordentlicher Wichtigkeit für unser Vaterland waren. Für eine Frau meines Schlages war es schwer, das hinzunehmen. Doch es lag mir nicht, mich hinzusetzen und Trübsal zu blasen. Ich würde weiterkämpfen. Hätte ich die Königin nur ein einziges Mal sehen und mit ihr sprechen können! Ich war überzeugt, von unserem Groll wäre nichts übriggeblieben, wir hätten uns verstanden, und sie hätte wie früher ihren Spaß an mir gehabt. Ich war ja nicht mehr Lettice Dudley, sondern Lettice Blount. Gewiß, ich hatte einen jungen Ehemann, der mich anbetete, und das mißfiel ihr vielleicht. Möglicherweise dachte sie auch, ich müsse bestraft werden für das, was ich getan hatte. Ich hätte gern gewußt, ob sie von den Gerüchten gehört hatte, die behaupteten, ich hätte bei Leicesters Tod nachgeholfen. Wohl kaum. Das hätte sie niemals stillschweigend hingenommen.
Ich gab also die Hoffnung nicht auf. Wiederholt schlug ich Essex vor, er solle doch versuchen zu erreichen, daß ich wieder bei Hofe erscheinen dürfe, und er versicherte mir fortwährend, er wolle sich bemühen.
So also stand es um mich – ich war nicht mehr jung, aber immer noch recht anziehend. Ich war sehr stolz auf mein Hauswesen. Meine Tafel war im ganzen Lande berühmt. Ich war entschlossen, es mit den Gastmählern im Königspalast aufzunehmen und hoffte, die Königin erführe davon. Die Zubereitung der Salate – sie wurden im eigenen Garten gezogen – pflegte ich selbst zu überwachen. An meinem Tisch wurden Muskateller und Malvasier, griechische und italienische Weine getrunken, und oft würzte ich sie noch nach eigenem Geschmack. Das Zuckerwerk, welches meinen Gästen angeboten wurde, war so zart und süß wie kein anderes. Ich beschäftigte mich mit der Herstellung von Wässern und Salben für den eigenen Gebrauch. Meine Schönheit erhöhte sich dadurch, so daß es bisweilen schien, sie strahle nun, da ich älter wurde, noch heller als früher. Man rühmte meine Kleider, weil sie geschmackvoll und stets nach der letzten Mode waren. An Stoffen verwendete ich Seide, Damast, Taft und meinen unvergleichlichen Lieblingssamt. Sie hatten die köstlichsten Farben, denn die Färber ver-

standen sich von Jahr zu Jahr besser auf ihr Handwerk. Pfauenblau und papageiengrün, haselnußbraun und enzianblau, mohnrot und dottergelb – ich schwelgte in Farbtönen. Meine Näherinnen waren ohne Unterlaß für meine Schönheit tätig, und ich muß sagen – denn falsche Bescheidenheit ist nicht mein Fall –, das Ergebnis war vortrefflich.
Ich war eine glückliche Frau – wenn man von dem einen großen Wunsch absah: von der Königin empfangen zu werden. Meine Ehe mit einem viel jüngeren Mann half mir, meine Jugend zu erhalten, und da ich eine solch liebevolle Familie hatte – und einen Sohn, der allgemein als der strahlendste Stern bei Hofe galt –, hatte ich allen Grund zur Zufriedenheit. Ich durfte nicht mehr an diesen Wunsch denken, der mein Leben überschattete. Ich mußte die Königin vergessen, die entschlossen war, mich zu strafen. Ich mußte mein Dasein nehmen, wie es war. Ich hielt mir vor Augen, daß ich ein ungemein anregendes Leben führte, und die größte Freude bereitete mir mein Sohn, der mich hingebungsvoll liebte und mich zum Mittelpunkt unserer Familie gemacht hatte.
Warum sollte ich es zulassen, daß eine alternde und rachsüchtige Frau mir das Vergnügen am Leben raubte. Ich wollte sie vergessen. Leicester war tot. Für mich hatte ein neues Leben begonnen. Dafür mußte ich dankbar sein, und ich wollte es genießen.
Aber es gelang mir nicht, sie zu vergessen.
Dabei nahmen mich ständig Familienangelegenheiten in Anspruch. Penelope wurde in ihrer Ehe immer unzufriedener, obschon sie Lord Rich zwei weitere Kinder geboren hatte. Sie hatte eine Liebesaffaire mit Charles Blount begonnen und traf sich regelmäßig in meinen Hause mit ihm. Ich fand, es stünde mir nicht zu, sie zu tadeln, konnte ich doch die Gefühle, die sie für einander hegten, nur zu gut nachempfinden. Und außerdem hätten sie sich um meine Vorwürfe gar nicht gekümmert. Charles war ein ungemein stattlicher Mann, und ihm wäre es am liebsten gewesen, so berichtete Penelope mir, wenn sie Rich verlassen und mit ihm einen Hausstand gegründet hätte.
Ich fragte mich, was die Königin wohl dazu sagen würde. Mit Sicherheit gäbe sie mir die Schuld daran. Jedesmal, wenn Essex durch eine anmaßende Äußerung ihr Mißfallen erregte, bemerkte sie, er habe diesen Zug von seiner Mutter geerbt. Das zeigte, daß ihr Groll gegen mich noch frisch war wie am ersten Tag.
Vieles, das meinem Sohn widerfuhr, ist allgemein bekannt. Sein Leben

war wie ein aufgeschlagenes Buch, in dem jeder lesen konnte. Er stellte oft seine Gefühle vor Publikum zur Schau, und wenn er durch die Straßen ritt, kamen die Leute aus den Häusern, um ihn anzustarren.
Essex war in der Tat anmaßend, das wußte ich, und sehr ehrgeizig. Aber im Grunde meines Herzens war mir auch bewußt, daß ihm gerade die Eigenschaft fehlte, seine Talente zu nutzen. Leicester hatte diese Gabe besessen; Burleigh war sie in hohem Maße zu eigen; Hatton, Heneage – sie alle bewegten sich mit größter Vorsicht. Doch mein Sohn Robin lief am liebsten dort Schlittschuh, wo das Eis am dünnsten war. Manchmal glaube ich, in seinem tiefsten Innern hatte er den Wunsch nach Selbstzerstörung.
Er erzählte mir, er habe keine Hoffnung mehr, seine Bestrebungen daheim verwirklichen zu können. Burleighs einziger Gedanke galt der Förderung seines Sohnes Robert Cecil, und Burleigh hatte großen Einfluß auf die Königin.
Zu meinem Erstaunen erfuhr ich, daß mein Sohn davon träumte, Burleighs Stellung im Staate, fraglos die wichtigste von allen, einzunehmen. Nie würde die Königin Burleigh entlassen. So sehr sie auch am liebsten ihrer Günstlinge hängen mochte: Im Herzen blieb sie immer die Königin; und die wußte Burleighs Wert wohl zu schätzen. Oft beschlich mich Unbehagen, wenn ich mich mit meinem Sohn unterhielt; er war nämlich der festen Überzeugung, er sei fähig, das Land zu regieren. Ich, die ihn herzlich liebte, wußte recht gut, daß seine Geistesgaben ihn dazu wohl befähigt hätten, er aber an seinem Charakter scheitern würde.
Während der Monate, die er in Burleighs Haus verbrachte, hatte er die Bekanntschaft von Burleighs Sohn gemacht, der gleich ihm Robert hieß. Wie verschieden waren doch die beiden! Robert Cecil war sehr klein; sein Rücken war etwas gekrümmt, und die damalige Mode unterstrich das noch. Wie alle Mißgestalteten war er sehr empfindlich. Die Königin, die ihn gern hatte und durchaus bereit war, ihn zu fördern, erkannte natürlich auch seine hervorragenden geistigen Fähigkeiten. Trotzdem lenkte sie die Aufmerksamkeit auf seinen Körperschaden, indem sie ihm mit einem jener Spitznamen bedachte, die sie gern ihren Günstlingen verlieh: Er war ihr kleiner Kobold.
Da es unwahrscheinlich war, daß Burleigh sein Amt verlor, außer durch den Tod, glaubte Essex, der beste Weg für ihn, nach oben zu gelangen, sei, sich mit Kriegsruhm zu bedecken.

Die Königin war damals sehr besorgt wegen der politischen Entwicklung in Frankreich. Nach der Ermordung Heinrichs III. hatte Heinrich von Navarre den Thron bestiegen, konnte sich allerdings nur unter Schwierigkeiten behaupten. Da Heinrich Hugenotte war und das katholische Spanien trotz der Zerschlagung der Armada nach wie vor als eine Bedrohung angesehen wurde, faßte man den Entschluß, Heinrich zu Hilfe zu kommen.
Essex wollte nach Frankreich.
Die Königin verweigerte die Erlaubnis, und ich war froh darüber; dennoch hatte ich Angst, wußte ich doch, was er einstmals getan hatte. Ich hielt ihn für fähig, dasselbe noch einmal zu tun. Er war allmählich zu der festen Überzeugung gelangt, daß ihm die Königin verzeihen würde, was immer er auch tun mochte.
Er schmollte und bettelte und wollte von nichts anderem reden als von seinem Wunsch, nach Frankreich zu gehen. Und schließlich gab sie tatsächlich ihre Erlaubnis. Er nahm meinen Sohn Walter mit. Zu meinem großen Leidwesen sah ich Walter nie mehr wieder; er fiel in der Schlacht bei Rouen.
Ich habe nicht viel über Walter geschrieben. Er war der jüngere, stillere. Meine anderen Kinder verstanden es alle, sich selbst zu behaupten. Walter war nicht so. Die anderen, denke ich, glichen mir, Walter dagegen ähnelte seinem Vater. Doch wir alle liebten diesen sanften, herzensguten Knaben. Man übersah ihn zwar leicht, wenn er bei uns war, doch wie sehr fehlte er uns, als er von uns gegangen war! Ich wußte, Essex würde es das Herz brechen, zumal er ihn überredet hatte, mit ihm nach Frankreich zu gehen. Essex hatte in den Krieg ziehen wollen, und Walter hatte stets seinem älteren Bruder nachgeeifert. Essex würde nun immer daran denken müssen, daß Walter nicht den Tod gefunden hätte, wenn er, Essex, zu Hause geblieben wäre, wie ich und die Königin es gewünscht hatten. Da ich Essex gut kannte, konnte ich mir vorstellen, daß seine Trauer so groß war wie die meine.
Ich bekam Nachrichten von ihm. In der Schlacht hatte er sich wacker gehalten. Bei seiner wagemutigen, furchtlosen Natur war das zu erwarten gewesen. Er sorgte für seine Soldaten und überhäufte sie mit Ehren, obwohl ihm, worauf Burleigh die Königin eigens hinwies, dieses Recht nicht zustand. Wir bangten sehr um ihn, denn die Männer, welche in die Heimat zurückkehrten, sprachen von seiner unglaublichen Tollkühnheit. Er war blind für jegliche Gefahr; selbst wenn er nur

auf die Jagd gehen wollte, zögerte er nicht, sich in Feindesland hineinzuwagen.

Walters Tod und meine Angst um Essex brachten mich an den Rand eines Zusammenbruchs. Ich erwog sogar, die Königin zu bitten, mich zu empfangen. Dann wollte ich sie anflehen, ihn heimkommen zu lassen. Vielleicht gelang es mir, sie zu sehen, wenn ihr jemand den Grund meines Besuchs auseinandersetzte.

Ich brauchte mich jedoch nicht zu demütigen. Die Königin, ebenso besorgt um ihn wie ich, rief ihn zurück.

Er machte allerlei Ausflüchte und ich glaubte schon, er wolle ihr die Stirn bieten. Doch schließlich gehorchte er. Ich bekam ihn allerdings kaum zu sehen, denn die Königin wollte ihn den ganzen Tag und tief in die Nacht hinein an ihrer Seite haben. Zu meiner Überraschung gestattete sie ihm, auf den Kriegsschauplatz zurückzukehren. Vermutlich hatte sie seinem Drängen nicht widerstehen können.

So zog er denn wieder hinaus, und ich würde in neue Ängste gestürzt. Schließlich aber kehrte er unversehrt zurück.

Vier Jahre lang blieb er in England.

Der Weg zum Schafott

O Gott, verleihe mir wahre Demut und Geduld, damit ich bis zum Ende ausharre. Und euch alle bitte ich, betet mit mir und für mich, auf daß es, wenn ihr mich sehet, Arme und Nacken auf dem Block, bereit, den Streich zu empfangen, dem Ewigen Gott gefalle, Seine Engel herabzusenden, auf daß sie meine Seele vor Seinen Gnadenthron tragen.

Essex bei seiner Hinrichtung

König zu sein und eine Krone zu tragen, erscheint Außenstehenden wohl ruhmvoll, ist aber für die Betroffenen wenig vergnüglich.

Elisabeth

Es waren unheilschwangere Jahre. Essex stieg hoch in der Gunst der Königin; doch nie sah ich einen Mann, der so gefährlich mit dem Feuer spielte. Er war eben *mein* Sohn. Und ich hielt ihm unablässig Leicester vor.

Einmal sagte er: »Mich wundert, daß Christopher Blount sich nicht beschwert. Ihr redet ständig über Leicester, als sei er das Vorbild aller Männer.«

»Für dich sollte er es sein«, gab ich zurück. »Bedenke, daß er sich sein Leben lang die Achtung der Königin bewahrt hat.«

Essex wurde unwillig. Er wolle sich nicht beugen und erniedrigen, erklärte er. Wie jedermann sonst, müsse auch die Königin ihn so nehmen, wie er sei.

Es schien, als halte sie sich tatsächlich daran. Doch ach, überall lauerten Gefahren. Ich wußte, daß Burleigh inzwischen gegen ihn war, entschlossen, seinem Sohn den Weg freizumachen. Daher war ich froh, daß Essex sich mit den Brüdern Bacon angefreundet hatte, Anthony und Frances. Sie waren ein gescheites Paar und ein guter Umgang für ihn, obgleich auch sie Grund zum Verdruß zu haben glaubten, bildeten

sie sich doch ein, daß ihnen durch Burleighs Einfluß höhere Ämter versagt geblieben waren.
Essex hatte noch zwei Söhne bekommen, Walter, nach seinem Oheim genannt, den wir so schmerzlich vermißten, und Henry. Essex war leider alles andere als ein treuer Ehemann. Er war voller Lebenskraft und Sinnlichkeit und konnte ohne Frauen nicht leben, und da er sich niemals die Erfüllung eines Wunsches versagt hatte – weshalb sollte er es gerade hier tun? Eine Frau genügte ihm nicht, seine Vorlieben wechselten rasch, und in seiner Stellung mangelte es nie an jungen Frauen, die bereit waren, sich ihm zu ergeben.
Es war bezeichnend für ihn, daß er, anstatt umsichtig eine Mätresse zu erwählen, die er insgeheim besuchen konnte, sich ausgerechnet in die Hofdamen der Königin verlieben mußte. Mir waren wenigstens vier von ihnen bekannt. Elisabeth Southwell gebar ihm einen Sohn, der Walter Devereux genannt wurde, und das verursachte einen großen Skandal; außerdem waren da Lady Mary Howard und zwei Mädchen namens Russell und Brydges. Sie alle wurden öffentlich von der Königin gedemütigt.
Mir bereitete diese Unbesonnenheit große Sorgen, denn Elisabeth war mit ihren Hofdamen besonders streng. Sie wurden aus von ihr selbst bestimmten Familien sorgfältig ausgewählt – gewöhnlich hatte ihr jemand aus der Familie einen Dienst erwiesen; die Aufnahme des Mädchens in den Hofdienst wurde als Belohnung angesehen. Mary Sidney war hierfür ein gutes Beispiel gewesen. Man hatte sie an den Hof geholt, als ihre Schwester Ambrosia gestorben war, weil die Königin Mitleid mit der Familie hatte. Und kurze Zeit später war Mary dank der Bemühungen der Königin mit dem Grafen von Pembroke vermählt worden. Sie hatte eine glänzende Partie gemacht. Die Eltern der Mädchen waren stets hocherfreut über diese Ehre, wußten sie doch, daß sich die Königin aufs beste um ihre Töchter kümmern würde. Heiratete eines dieser Mädchen ohne ihre Einwilligung, wurde sie zornig; argwöhnte sie gar das, was sie als liederliches Benehmen bezeichnete, wurde sie noch zorniger, und wurde solch eine schändliche Beziehung mit einem ihrer Günstlinge unterhalten, geriet sie in rasende Wut. Doch obschon Essex dies bekannt war, tändelte er herum und gefährdete damit nicht nur seine Stellung bei Hofe, sondern machte auch seiner Gattin und seiner Mutter großen Kummer.
Ich fragte mich oft, wie lange er unbeschadet all diese Fährnisse über-

stehen könne, die zu vermeiden er sich ja keinerlei Mühe gab. Gewiß, die Königin war alt und klammerte sich mehr und mehr an die Jugend; und wenn Essex es darauf anlegte, war er unwiderstehlich.
Penelope hatte ihren Ehemann verlassen und lebte jetzt ganz offen mit ihrem Liebhaber Charles Blount zusammen, welcher nach dem Tode seines älteren Bruders den Titel Lord Mountjoy trug.
Die Königin war Penelope nie sonderlich gewogen gewesen; ihr mangelte es gleich ihrem Bruder an Feingefühl. Und natürlich sah die Königin schönen Frauen längst nicht so viel nach wie ansehnlichen Männern. Außerdem hatte Penelope darunter zu leiden, daß sie meine Tochter war. Als die Königin erfuhr, daß sie ihren Gatten verlassen hatte und mit Mountjoy zusammenlebte, war sie zwar bereit, hinzunehmen, daß Mountjoy die Gesetze der Schicklichkeit verletzt hatte, da er immerhin ein gutaussehender junger Mann war, doch gestand sie dasselbe Penelope keineswegs zu. Mountjoy zuliebe verbot sie ihr allerdings nicht, weiter bei Hofe zu verkehren.
Penelope und Essex waren wie gute Freunde. Sie, von etwas herrischer Natur, versuchte beständig, ihm Ratschläge zu erteilen. Sie war sehr selbstbewußt. Wie einstmals ich, galt auch sie als eine der schönsten Frauen bei Hofe; und Philip Sidneys Gedichte, die ihren Zauber priesen, hatten die hohe Meinung, die sie selbst von sich hatte, noch verstärkt. Mountjoy betete sie an, und da auch Essex große Stücke auf sie hielt, konnte sie als Frau wohl zufrieden sein, zumal sie sich auch von einem ihr widerwärtigen Gatten befreit hatte, indem sie ihn einfach verließ.
Eines Tages geschah es, daß Penelope sich bei den Warwicks in North Hall aufhielt. Da brachten Boten die Nachricht, die Königin sei nicht weit entfernt. Essex wußte, daß es Elisabeth mißfallen würde, seine Schwester vorzufinden, und daß sie Penelope demütigen könnte, indem sie sich weigerte, sie zu sehen. Also ritt er der Königin entgegen. Elisabeth war erfreut, doch bald merkte sie, er war nur gekommen, um ihr mitzuteilen, daß seine Schwester sich auf North Hall befand. Er bat Elisabeth, sie möge sie gnädig empfangen.
Elisabeth äußerte sich kaum dazu, und Essex, selbstsicher wie immer, glaubte, daß sie ihm natürlich gewähren würde, worum er sie ersucht hatte. Zu seiner großen Bestürzung gab sie jedoch Befehl, daß Penelope in ihrem Zimmer zu bleiben habe, solange die Königin auf North Hall weilte.

Der leicht erregbare Essex litt es nicht, wenn man seine Pläne durchkreuzte. Er hing an seiner Familie und versuchte die Königin unaufhörlich zu überreden, mich zu empfangen. Daß sie seine Schwester so schlecht behandelte, war für ihn unerträglich.
Nachdem sie gespeist hatte, fragte er die Königin, ob sie Penelope empfangen wolle. Er sei der Meinung, sie habe es ihm versprochen, sagte er, und es kränke und verwirre ihn, wenn sie ihr Wort breche. So konnte man mit der Königin nicht umgehen. Sie erwiderte scharf, sie habe nicht die Absicht, von den Leuten zu hören, sie habe seine Schwester nur empfangen, um ihm gefällig zu sein.
»Nein«, rief er hitzig, »Ihr wollt sie nicht empfangen, um Raleigh, diesem Spitzbuben, zu gefallen.« Dann sagte er noch, Raleigh zuliebe tue sie eine ganze Menge. Um sich diesen flegelhaften Abenteurer geneigt zu machen, müßten er, Essex, und seine Schwester in Ungnade fallen.
Die Königin gebot ihm, still zu sein, doch er wollte nicht schweigen. Er ließ einen spöttischen Wortschwall gegen Raleigh los. Dieser Bursche flöße ihr Furcht ein, behauptete er. Es könne ihm wenig Vergnügen bereiten, einer Herrin zu dienen, welche sich vor einem gemeinen Kerl wie Raleigh fürchte.
Das alles war um so törichter, als sich Raleigh bei der Gesellschaft befand, und selbst wenn er nicht mitangehört hätte, was über ihn gesagt wurde, so hätten es ihm andere eiligst hinterbracht. So machte sich denn Essex Raleigh endgültig zum Feind.
Die Königin wurde seiner Ausbrüche überdrüssig. Sie schrie ihn an: »Erdreistet Euch nicht, so zu mir zu sprechen! Wie könnt Ihr es wagen, andere zu kritisieren! Was Eure Schwester betrifft, so ist sie genau so wie Eure Mutter, und das ist eine Frau, die ich nicht an meinem Hofe dulde. Ihr habt ihre Fehler geerbt, und das genügt mir, um Euch fortzuschicken.«
»Dann tut es doch«, rief er. »Ich mag ohnehin nicht hierbleiben und mir anhören, wie meine Familie verleumdet wird. Solch einer Herrin will ich nicht mehr dienen. Ich werde meine Schwester unverzüglich von hier wegbringen, und da Ihr fürchtet, diesem Spitzbuben Raleigh zu mißfallen und er wünscht, daß ich gehe, werde auch ich mich entfernen.«
»Ich habe genug von Euch, Ihr törichter Knabe«, sagte die Königin kühl und wandte sich ab.

Essex verbeugte sich, zog sich zurück und begab sich geradewegs in Penelopes Zimmer. »Wir brechen sogleich auf«, eröffnete er ihr. »Mach dich bereit.«
Penelope war verwirrt. Es sei nötig, sagte er, da er eine Auseinandersetzung mit der Königin gehabt habe und sie sich in Gefahr befänden. Er schickte sie mit einer Eskorte nach Hause und erklärte, er gehe nach Holland. Dann komme er rechtzeitig, um an der Schlacht von Sluys teilzunehmen, und es sei durchaus möglich, daß er falle. Sei's drum! Der Tod sei den Diensten für eine solch ungerechte Gebieterin allemal vorzuziehen, und er bezweifle nicht, daß sie froh sei, seiner ledig zu sein.
Dann brach er nach Sandwich auf.
Als die Königin am nächsten Tag nach ihm fragte, erfuhr sie, daß er auf dem Wege nach Holland war. Sie sandte einen Trupp hinter ihm her, um ihn zurückzuholen.
Er war gerade im Begriff, in Sandwich an Bord eines Schiffes zu gehen. Zunächst weigerte er sich, umzukehren; als man ihm aber eröffnete, daß man ihn andernfalls mit Gewalt zurückschaffen werde, mußte er sich fügen.
Als er daheim eintraf, begrüßte ihn die Königin voll Freude. Sie schalt ihn, sagte ihm, er habe sich töricht benommen, und ohne ihre Erlaubnis dürfe er sich nicht vom Hofe entfernen.
Innerhalb weniger Tage hatte er ihre Gunst zurückerobert.
Was hatte er doch für Glück, mein widerspenstiger Sohn. Hätte er nur seinen Vorteil daraus gezogen. Leider hatte ich oft den Eindruck, er zeige nur Verachtung für die Wohltaten, die man ihm erwies. Wenn je ein Mann das Schicksal herausforderte, dann war es Essex.
Ein besonders sehnlicher Wunsch von ihm war es gewesen, zu erreichen, daß ich wieder bei Hofe empfangen würde, da er wußte, wie sehr es mich danach verlangte. Da Leicester nicht imstande gewesen war, dies zuwegezubringen, glaube ich, daß Essex es auch deswegen wünschte, um etwas zu erreichen, was seinem Stiefvater nicht gelungen war.
Es hatte mir stets großen Kummer bereitet, daß ich nicht mehr zum Kreise der Königin gehörte. Leicester war seit zehn Jahren tot. Sie müsse meinen Anblick jetzt doch wohl ertragen können. Ich war eine Verwandte, ich wurde alt, sicher würde sie es fertigbringen, zu vergessen, daß ich ihren süßen Robin geheiratet hatte.

Mir hatte sie ihren neuen Günstling zu verdanken. Und es mußte ihr auch bewußt sein, daß es mir völlig gleichgültig hätte sein können, ob es einen Essex gab, der Freude und Unruhe in ihr Leben brachte. Doch sie war eine nachtragende Frau. Mein Sohn kannte meine Gefühle genau, und er hatte mir versprochen, daß er uns eines Tages zusammenbringen werde. Er betrachtete es als Mißachtung seiner selbst, daß er sie nicht zu einer Versöhnung überreden konnte, und das bedeutete für ihn eine Herausforderung, seinen Willen durchzusetzen.

Er betätigte sich inzwischen als ihr Sekretär, und sie ließ ihn nur ungern aus den Augen. Die Leute merkten, daß sie des Wohlwollens der Königin am ehesten sicher sein konnten, wenn sie sich ihr durch diesen jungen Mann vorstellen ließen, in den sie vernarrt war.

Eines Tages kam er in höchster Erregung nach Leicester House.

»Macht Euch bereit, Mylady«, rief er aus. »Ihr geht an den Hof.«

Ich konnte es nicht fassen. »Will sie mich wirklich sehen?« fragte ich.

»Sie hat mir gesagt, daß sie sich von ihren Gemächern ins Audienzzimmer begeben wird, und falls Ihr Euch in dem Gang dazwischen aufhaltet, will sie Euch im Vorbeigehen begrüßen.«

Es würde eine sehr förmliche Zusammenkunft werden, doch es war ein Anfang. Ich war außer mir. Die lange Zeit der Verbannung war zu Ende. Essex wünschte dieses Treffen, und sie konnte ihm nichts abschlagen. Sie und ich würden wieder auf gesittete Weise miteinander verkehren. Ich entsann mich, wie ich sie in den alten Zeiten mit einer spitzen Bemerkung, einem Scherz über Leute in unserer Nähe zum Lachen hatte bringen können. Jetzt waren wir beide alt; wir könnten miteinander reden, Erinnerungen austauschen, die Vergangenheit vergangen sein lassen.

Ich dachte viel über sie nach. Ich hatte sie in all den Jahren hin und wieder gesehen, aber nie aus der Nähe. Wenn sie auf ihrem Zelter ritt oder in ihrer Kutsche fuhr, so war sie die erhabene, große Königin, aber immer war sie auch die Frau, die mich besiegt hatte. Ich wollte ihr nahe sein; erst dann würde ich mich wieder wahrhaft lebendig fühlen. Leicester fehlte mir. Wohl war meine Liebe zu ihm zuletzt nicht mehr so groß gewesen, aber ohne ihn hatte das Leben an Reiz verloren. Elisabeth würde mir ein wenig davon zurückgeben können. Wir könnten uns gegenseitig über seinen Verlust trösten. Ich hatte zwar meinen jungen Christopher – einen lieben, gütigen, hingebungsvollen Mann, der es immer noch als Glück pries, daß er mich geheiratet hatte. Doch ich ertappte mich ständig dabei, wie ich ihn mit Leicester verglich – und welcher Mann konnte schon einem Vergleich mit ihm standhalten! Es war nicht Christophers Schuld, daß ich ihn langweilig fand. Ich war eben von dem mächtigsten, aufregendsten Mann unserer Zeit geliebt worden. Und da die Königin ihn ebenfalls geliebt hatte, konnte ich nun, da ich ihn verloren hatte, jene Lebensfreude nur wiedergewinnen, wenn sie mich von neuem in ihren Kreis aufnahm. Sie konnte mit mir lachen oder mit mir streiten, es war gleichgültig – wenn sie nur wieder zu meinem Dasein gehörte.

Bei der Aussicht, wieder bei Hofe zugelassen zu werden, wollte die Erregung mich übermannen. Elisabeth hatte so viel in meinem Leben bedeutet. Sie war ein Teil von mir. Ich konnte sie nicht einfach aus meinem Gedächtnis löschen, sowenig wie sie das umgekehrt gekonnt hätte. Ohne Leicester war sie einsam und verloren, und mir erging es ebenso. Wenn ich mich zuletzt auch der Selbsttäuschung hingegeben hatte, daß meine Liebe zu ihm erloschen sei, so war das jetzt gleichgültig.

Wir mußten miteinander reden – zwei Frauen, die jetzt zu alt waren, um noch Eifersucht zu empfinden. Ich wollte mich mit ihr zusammen früher Zeiten erinnern, da sie Robert geliebt und an eine Ehe mit ihm gedacht hatte. Ich wollte aus ihrem Munde hören, wieviel sie über den Tod von Roberts erster Frau wußte. Wir würden uns ganz nahe sein. Unser beider Leben war mit dem von Robert Dudley verknüpft. Nun war es an der Zeit, daß wir unser geheimes Wissen austauschten.

Ich war lange nicht mehr so aufgeregt gewesen.

An dem vereinbarten Tag kleidete ich mich mit besonderer Sorgfalt an – nicht auffällig, sondern schlicht. Ich wollte bescheiden auftreten. Demütig mußte ich sein und dankbar, und meine große Freude durfte ich nur zurückhaltend äußern.

Ich begab mich in den Gang und wartete dort mit ein paar anderen. Einige waren überrascht, mich zu sehen, und ich bemerkte, daß sie insgeheim Blicke tauschten.

Die Minuten vergingen. Elisabeth erschien nicht. Es wurde geflüstert ringsum, und mancher Blick traf mich. Eine Stunde war vergangen, und sie war noch nicht gekommen.

Endlich tauchte einer ihrer Pagen auf. »Ihre Majestät wird heute nicht den Weg durch diesen Gang nehmen«, verkündete er.

Mir war vor Enttäuschung ganz elend. Ich war sicher, sie war nicht gekommen, weil sie wußte, daß ich dort wartete.
Später kam Essex nach Leicester House.
Er war bekümmert. »Ich weiß, Ihr habt sie nicht gesehen«, sagte er. »Ich habe ihr erzählt, daß Ihr gewartet habt und enttäuscht fortgegangen seid, aber sie meinte, sie habe sich nicht wohl gefühlt und ihre Gemächer nicht verlassen können, und sie hat mir versprochen, das Treffen ein anderes Mal nachzuholen.«
Nun ja, vielleicht stimmte es.
Eine Woche später berichtete mir Essex, er habe die Königin so bedrängt, daß sie zugesagt habe, sie wolle mich auf dem Weg vom Palast zu ihrer Kutsche sehen. Sie gedenke auswärts zu speisen. Wenn ich noch einmal wartete, dann könne endlich ein Anfang gemacht werden. Sie wolle im Vorübergehen das Wort an mich richten. Mehr verlangte ich nicht; ich hatte dann Gelegenheit, sie zu bitten, mir wieder Zutritt bei Hofe zu gewähren. Doch ehe sie nicht ein freundliches Wort an mich gerichtet hatte, war ich ohnmächtig.
Essex litt wieder einmal an einem seiner regelmäßig wiederkehrenden Fieberanfälle und hütete in seinen Räumen im Palast das Bett. Er hätte sonst die Königin begleitet, und dann wäre alles leichter für mich gewesen.
Zum Glück war ich in höfischen Dingen nicht unerfahren. Ich kleidete mich abermals auf, wie mir schien, angemessene Weise. Ich nahm einen Diamanten im Werte von etwa dreihundert Pfund mit, welcher mir nach dem Verkauf meines Eigentums zur Begleichung von Leicesters Schulden verblieben war, und begab mich zum Palast.
Wieder einmal wartete ich im Vorzimmer, wo sich auch andere, die ein Wort an die Königin zu richten suchten, versammelt hatten. Nach einer Weile kam mir der Verdacht, daß alles genauso verlaufen würde wie beim ersten Mal. Ich sollte recht behalten. Kurze Zeit später verschwand die Kutsche, und ich erfuhr, daß die Königin beschlossen hatte, an diesem Abend nicht auswärts zu speisen.
Kochend vor Wut kehrte ich nach Leicester House zurück. Sie wollte mir gar nicht begegnen, das hatte ich nun begriffen. Genauso wie mich hatte sie ihre Freier behandelt: Man sollte die Hoffnung nicht verlieren, immer wieder einen Versuch unternehmen und jedesmal auf einen Fehlschlag gefaßt sein.
Ich erfuhr von meinem Sohn, nachdem er von ihrem Entschluß, nicht

auswärts zu speisen, gehört hatte, sei er vom Krankenlager aufgestanden und zu ihr gegangen, um sie anzuflehen, sie möge mich nicht abermals enttäuschen. Doch sie war unerbittlich. Sie hatte sich entschieden, nicht auswärts zu essen, und dabei blieb es. Essex kehrte trotzig in seine Gemächer zurück, ließ aber noch die Bemerkung fallen, es sei wohl besser, wenn er sich vom Hof zurückziehe, da man nicht einmal seine bescheidensten Wünsche der Beachtung wert halte.

Dies mußte ihr nun doch einigen Eindruck gemacht haben, denn kurz darauf kam er mit einer Botschaft der Königin zu mir. Sie wolle mich privat empfangen.

Welch ein Triumph! Nun konnte ich mich vielleicht, an ihrer Seite sitzend, mit ihr unterhalten, von der Vergangenheit sprechen, um ihre Freundschaft werben. Das war etwas ganz anderes als ein Wort im Vorübergehen!

Ich trug ein Oberkleid aus blauer Seide und ein besticktes Untergewand in einem helleren Blau, eine erlesene Spitzenkrause und einen hellgrauen Samthut mit einer gekräuselten blauen Feder. Ich hatte mich vorteilhaft gekleidet (denn sie sollte nicht mit Befriedigung feststellen können, daß ich nicht mehr so gut aussah wie früher), aber zugleich zurückhaltend.

Als ich den Palast betrat, fragte ich mich, ob sie wohl wieder einen Vorwand finden würde, um mich fortzuschicken. Aber nein, diesmal bekam ich sie von Angesicht zu Angesicht zu sehen.

Es war ein bewegender Augenblick, als ich vor ihr stand. Ich sank auf die Knie, und so blieb ich, bis ich ihre Hand auf meiner Schulter spürte und ihre Aufforderung vernahm, ich möge mich erheben.

Ich stand auf und wir maßen uns gegenseitig mit den Blicken. Ich wußte, sie prägte sich jede Einzelheit meiner Erscheinung und meiner Kleidung ein. Es erfüllte mich mit einiger Genugtuung, als ich bemerkte, wie sehr sie gealtert war. Das konnten auch ihre sorgfältige Toilette, das zart aufgetragene Rouge und die rote Perücke nicht ganz verbergen. Sie war über sechzig, doch ihre schlanke Gestalt und ihre aufrechte Haltung wirkten sich vorteilhaft aus. Ihr Hals verriet ihr Alter, doch ihre Brust war noch weiß und fest. Sie trug ihr geliebtes Weiß. Das Gewand war scharlachrot gefüttert und mit Perlen bestickt. Ich hätte gern gewußt, ob sie auf ihr Aussehen ebensoviel Mühe verwandt hatte wie ich. Als sie die Hand hob, fiel der lose Ärmel zurück und ließ das scharlachrote Futter sehen. Sie hatte es stets verstanden,

ihre Hände zur Geltung zu bringen. Makellos weiß und noch immer von vollendetem Ebenmaß, wiesen sie kaum Anzeichen des Alterns auf; sie wirkten sehr zart durch die zahlreichen funkelnden Ringe, mit denen sie überladen waren.
Elisabeth legte mir die Hände auf die Schultern und küßte mich. Ich spürte, wie mir das Blut in die Wangen schoß, und ich war froh darüber; denn sie mußte es für Rührung halten. Es war jedoch der reine Triumph. Ich war wieder bei Hofe.
»Es ist lange her, Cousine«, sagte sie.
»Majestät, mir schien es wie eine Ewigkeit.«
»Vor mehr als zehn Jahren hat er mich verlassen.« In ihrem Gesicht zuckte es, und ich dachte, sie beginne zu weinen. »Mir ist, als sei er noch bei mir. Ich werde mich nie daran gewöhnen, daß er nicht mehr hier ist.«
Natürlich sprach sie von Leicester. Ich hätte ihr gerne gesagt, daß ich wie sie empfand. Doch das wäre recht unglaubhaft gewesen, da ich seit zehn Jahren mit Christopher vermählt war.
»Wie ist er gestorben?« fragte sie. Sie wollte offenbar noch einmal hören, was sie doch längst wissen mußte.
»Im Schlaf. Es war ein friedlicher Tod.«
»Das freut mich. Ich lese oft seine Briefe. Ich sehe ihn ganz deutlich vor mir ... er war damals noch fast ein Knabe.« Traurig schüttelte sie den Kopf. »Er war unvergleichlich. Es hat Gerüchte um seinen Tod gegeben.«
»Um ihn hat es stets Gerüchte gegeben.«
»Er stand mir näher als irgend jemand sonst. Mein Augapfel ... ja, mein Augapfel.«
»Ich bin überzeugt, mein Sohn ist Euch ein Trost, Madam.«
»Ach, der wilde Robin.« Sie ließ ein zärtliches Lachen hören. »Ein bezaubernder Knabe. Ich habe ihn sehr gern.«
»Dann bin ich glücklich darüber, daß ich ihn geboren habe, damit er Euch zu Diensten sein kann.«
Sie bedachte mich mit einem scharfen Blick. »Mir will scheinen, das Schicksal hat uns einen Streich gespielt, Lettice«, sagte sie. »Diese beiden ... Leicester und Essex ... wie nahe stehen sie uns beiden. Ist dir dein Blount ein guter Ehemann?«
»Ich danke Gott für ihn, Madam.«
»Du hast sehr bald nach Leicesters Tod geheiratet.«

»Ich war einsam.«
Sie nickte. »Deine Tochter sollte sich in acht nehmen.«
»Eure Majestät meinen Lady Rich?«
»Lady Rich ... oder Lady Mountjoy ... Ich weiß nicht, mit welchem Namen Wir sie nennen sollen.«
»Sie heißt Lady Rich, Majestät.«
»Sie ist wie ihr Bruder. Sie haben eine zu hohe Meinung von sich.«
»Das Leben hat sie sehr verwöhnt.«
»Ja. Erst wird Sidney des Mädchens wegen schwermütig, und jetzt verläßt Mountjoy ihretwegen den Pfad der Tugend.«
»Natürlich hat das ihr Selbstbewußtsein gehoben – das Wohlwollen Eurer Majestät gegenüber Essex hat ja dasselbe bewirkt.«
Sie lachte. Dann sprach sie von den alten Zeiten, von dem teuren Philip Sidney, der ein Held gewesen war, und von den Tragödien der letzten Jahre. Ihr erschien es besonders grausam, daß sie nach der Zerschlagung der Armada, als ihr eine große Last von den Schultern genommen war – wenn ihr auch seitdem eine neue aufgebürdet worden war, durch denselben Feind – den einzigen Menschen hatte verlieren müssen, mit dem sie ihren Triumph hätte teilen können.
Dann erzählte sie von ihm, wie sie zusammen im Tower gefangen gewesen waren, wie er zu ihr gekommen war nach dem Tod ihrer Schwester ... »Der erste, der zu mir eilte, mir sein Vermögen anbot ...«
Und seine Hand, dachte ich. Der süße Robin, Augapfel der Königin! Wie groß waren in jenen Tagen seine Hoffnungen gewesen. Sie riß mich mit, ließ vor meinen Augen den wohlgestalteten Jüngling wiedererstehen – unvergleichlich nannte sie ihn. Ich glaube, sie hatte den gichtgeplagten, aufgeschwemmten Mann, der er am Ende gewesen war, völlig vergessen.
Und sie schien auch mich zu vergessen, als sie weiter schwatzte und in der Vergangenheit mit Leicester schwelgte.
Dann blickte sie mich plötzlich eisig an. »Nun, Lettice«, sagte sie, »so sind wir uns denn endlich begegnet. Essex hat gesiegt.«
Sie reichte mir die Hand zum Kuß, und damit war ich entlassen.
Von Triumph erfüllt, verließ ich den Palast.
Eine Woche verging. Aber die Königin ließ mich nicht wieder rufen. Ich konnte es kaum erwarten, meinen Sohn zu sehen. Ich schilderte ihm, was geschehen war, daß die Königin mit mir geplaudert und sich

höchst freundlich, ja geradezu verwandtschaftlich gegeben hatte. Doch weshalb erfolgte keine weitere Einladung an den Hof?
Essex trug ihr die Angelegenheit vor, berichtete ihr, wie glücklich ich darüber gewesen war, von ihr in Privataudienz empfangen worden zu sein. Was ich mir nun sehnlichst wünschte, war die Erlaubnis, ihr vor aller Augen die Hand zu küssen.
Er blickte mich traurig an.
»Sie ist ein ganz verstocktes altes Weib«, schimpfte er; ich hatte Angst, die Dienerschaft könnte ihn hören. »Sie sagt, sie habe mir versprochen, Euch zu treffen, und das habe sie nun getan. Und damit, meint sie, sei die Angelegenheit erledigt.«
»Du willst doch nicht sagen, daß sie mich nie wieder empfangen wird!« rief ich entsetzt.
»Sie sagt, es bleibe alles beim alten. Sie wünsche Euch nicht bei Hofe zu empfangen. Sie habe Euch nichts zu sagen. Ihr hättet Euch nicht als ihre Freundin erwiesen, und sie verspüre nicht den Wunsch, Euch zu sehen.«
So befand ich mich also wieder in derselben Lage wie zuvor. Die kurze Begegnung hatte nichts bedeutet. Es war, als habe sie gar nicht stattgefunden. Ich malte mir aus, wie Elisabeth mit ihren Damen über meinen Besuch lachte und vielleicht Bemerkungen darüber machte.
»Die Wölfin dachte, sie könnte zurückkehren, wie? Ha! Jetzt wird sie wohl zur Besinnung kommen ...«
Und sie würde in den Spiegel schauen und sich nicht sehen, wie sie jetzt war, sondern als junge Frau, die erst vor kurzem den Thron bestiegen hat, im strahlenden Glanz ihrer Jugend, neben sich ihren süßen Robin, mit dem niemand sich messen konnte.
Um ihren Kummer zu lindern und Balsam auf die Wunden zu träufeln, welche er ihr zugefügt, indem er mir den Vorzug gegeben hatte, würde sie abermals über meine Bestürzung lachen, über meine zerschlagenen Hoffnungen, die neuerliche Demütigung, die sie mir angetan.

In meinen Erinnerungen nähere ich mich nun der tragischsten Zeit meines Lebens. Rückblickend glaube ich, daß jene schreckliche Szene zwischen Essex und der Königin der Beginn seines Unglücks war. Sie hat sie ihm mit Sicherheit nie vergeben, sowenig sie mir verzieh, daß ich Leicester geheiratet habe. Man hätte sagen können, sie erwies ihren Feinden dieselbe Treue wie ihren Freunden. Wie sie einen Freund-

schaftsbeweis nie vergaß und stets aufs neue belohnte, so strich sie auch illoyales Verhalten niemals aus ihrem Gedächtnis.
Ich weiß, daß Essex sie aufs äußerste gereizt hatte. Sein guter Freund, der Graf von Southampton, war damals in Ungnade gefallen. Elisabeth Vernon, eine der Hofdamen und eine Nichte meines ersten Gatten Walter Devereux, war Southamptons Geliebte geworden, und Essex hatte dafür gesorgt, daß sie sich heimlich trauen lassen konnten. Als die Königin davon erfuhr, erklärte Essex kühn, er sehe nicht ein, warum die Menschen nicht nach eigenem Gutdünken heiraten dürften. Sie könnten ja trotzdem der Königin dienen. Das erregte ihren Unwillen.
Elisabeth bemühte sich damals um einen Friedensvertrag mit Spanien. Sie haßte den Krieg nach wie vor und sagte oft, zu kriegerischen Auseinandersetzungen dürfe es nur in Augenblicken äußerster Gefahr kommen (wie damals, als ein Angriff der Armada drohte); in jedem anderen Falle müsse alles getan werden, um ihn zu vermeiden.
Essex war anderer Ansicht und wollte die Friedensverhandlungen abbrechen. Sehr zum Verdruß Lord Burleighs und Robert Cecils setzte er sich schließlich durch.
Mit der ihm eigenen wütenden Entschlossenheit machte sich Essex daran, mit seinen Feinden abzurechnen. Mein Bruder William, welcher nach dem Tode meines Vaters den Titel geerbt hatte, versuchte sein Ungestüm zu dämpfen. Christopher verehrte Essex blindlings, und so froh ich anfangs über dieses Einverständnis zwischen ihnen gewesen war, nun wünschte ich, Christopher besäße etwas mehr Urteilsvermögen. Mountjoy warnte Essex, ebenso Francis Bacon, der nicht vergaß, daß Essex sich ihm gegenüber stets als guter Freund erwiesen hatte; aber in seinem Eigensinn wollte Essex auf niemanden hören.

Die Königin mißbilligte sein Vorgehen aufs schärfste und ließ ihn dies auch spüren. An einem heißen Julitag erreichten die Spannungen ihren Höhepunkt. Ich glaube, der erste unwiderrufliche Schritt ins Verderben wurde damals getan. Essex ließ sich dazu hinreißen, ihre Würde zu beleidigen, und es kam beinahe zu einem tätlichen Angriff auf ihre Person. So etwas vergaß und vergab die Königin niemals.
Irland war, wie immer, ein wichtiges Streitobjekt. Die Königin erwog, einen Stellvertreter dorthin zu entsenden.
Sie vertraue Sir William Knollys, sagte sie. Er sei ein Verwandter, auf dessen Loyalität sie sich verlassen könne. Sein Vater habe ihr zeit

seines Lebens treu gedient, und daher sei Sir William der Mann, den sie für diese Aufgabe vorschlage.
Essex rief aus: »Das wird nicht gutgehen. George Carew ist der richtige Mann dafür.« Carew hatte an den Feldzügen nach Cadiz und zu den Azoren teilgenommen. Er war in Irland gewesen und kannte sich mit den Verhältnissen dort aus. Überdies war er ein guter Freund der Cecils, und wenn er vom Hofe entfernt werden konnte, um so besser für Essex.
»Ich habe William Knollys vorgeschlagen«, beharrte die Königin.
»Ihr habt nicht recht, Madam«, widersprach Essex. »Mein Oheim ist völlig ungeeignet. Carew ist unser Mann.«
So hatte noch niemand zu der Königin gesprochen. Noch nie hatte jemand ihr gesagt, sie habe nicht recht. Wenn ihre Minister sich nachdrücklich für etwas einsetzten, dann überzeugten sie die Königin mit sanfter Überredung. Burleigh, Cecil und die anderen verstanden sich auf diese Kunst. Aber einfach trotzig zu sagen: »Madam, Ihr habt nicht recht«, das konnte nicht geduldet werden, nicht einmal von Essex.
Als die Königin ihn mit einer Geste, welche besagte, daß der Vorschlag dieses unverschämten jungen Mannes nicht von Bedeutung sei, abwies, wurde Essex von plötzlicher Wut ergriffen. Sie hatte ihn öffentlich beleidigt. Sie ließ ihn merken, daß das, was er sagte, unwichtig war. Einen Augenblick lang gewann das Gefühl bei ihm die Oberhand über den Verstand. Er kehrte der Königin den Rücken zu.
Seinen Ausbruch hatte sie noch hingenommen – er wäre deshalb später getadelt und dann ermahnt worden, so etwas nicht noch einmal zu tun –, dies aber war eine vorsätzliche Kränkung.
Sie sprang auf ihn zu, versetzte ihm eine schallende Ohrfeige und sagte, er solle gehen und sich hängen lassen.
Blind vor Wut griff Essex zum Schwert und hätte es gezogen, wäre er nicht sogleich gepackt worden. Während man ihn aus dem Raum stieß, schrie er, daß er sich eine solche Schmach nicht einmal von Heinrich VIII. hätte gefallen lassen. Noch nie war ein Mensch Zeuge einer derartigen Szene zwischen einem Monarchen und einem Untertan geworden.

Penelope kam nach Leicester House geeilt, um den Vorfall mit Christopher und mir zu besprechen. Mein Bruder William und Mountjoy kamen hinzu.

William war der Meinung, dies sei wohl das Ende von Essex, doch das wollte Penelope nicht wahrhaben.
»Sie hat ihn viel zu gern. Sie wird ihm verzeihen. Wohin ist er gegangen?«
»Aufs Land«, gab Christopher zur Antwort.
»Er sollte eine Weile dort bleiben, bis Gras über die Sache gewachsen ist«, meinte William. »Das heißt, wenn das überhaupt möglich ist.«
Ich war sehr verstört. Daß eine solche Beleidigung jemals vergeben werden würde, konnte ich mir nicht vorstellen. Es war schon schlimm genug, der Königin den Rücken zuzukehren. Aber das Schwert gegen sie zu ziehen, das war unerhört und konnte als Verrat gedeutet werden – und Essex hatte eine Menge Feinde.
Wir hingen alle unseren trüben Gedanken nach!
Ich war nicht sicher, ob Penelope wirklich so hoffnungsvoll war, wie sie vorgab.

Jedermann sprach von Essex' Sturz, bis ein anderes bedeutendes Ereignis das Auge der Öffentlichkeit von meinem Sohn ablenkte. Lord Burleigh, achtundsiebzig Jahre alt und seit einiger Zeit kränkelnd, lag im Sterben. Seine Zähne hatten ihm entsetzliche Pein bereitet (eine Heimsuchung, welcher die Königin großes Mitgefühl entgegenbrachte, da es ihr ähnlich erging), und außerdem hatte er natürlich seine Kräfte sein Leben lang zu sehr beansprucht. Mit der gleichen peinlichen Sorgfalt, mit der er Staatsangelegenheiten behandelte, regelte er seine persönlichen Dinge. Wie man mir erzählte, hatte er sich zu Bett gelegt, seine Kinder zu sich gerufen, sie und die Königin gesegnet und seinem Haushofmeister sein Testament übergeben. Danach war er sanft entschlafen.
Als man der Königin die Nachricht überbrachte, war sie untröstlich. Sie ging in ihre Gemächer und weinte. Noch Tage danach füllten sich ihre Augen mit Tränen, wenn sein Name erwähnt wurde. Seit Leicesters Tod hatte sie sich nicht mehr so bewegt gezeigt.
Burleigh war in seinem Haus am Strand gestorben. Seine Leiche wurde zur Beisetzung nach Stamford Baron überführt, das Requiem wurde jedoch in der Westminster-Abtei abgehalten. Essex kam in schwarzer Trauerkleidung aus seiner ländlichen Verbannung, um der Feier beizuwohnen. Es fiel auf, daß niemand von den Trauergästen eine so düstere Miene zur Schau trug wie er.

Anschließend kam er nach Leicester House. Auch mein Bruder William Knollys, Christopher und Mountjoy hatten sich dort eingefunden. William sagte: »Jetzt ist die Zeit da, wo du zur Königin gehen mußt. Sie ist vor Kummer völlig gebrochen. Geh zu ihr und tröste sie.«
»Sie ist ungehalten meinetwegen«, murrte Essex. »Aber ich ihretwegen ebenfalls.«
Ich warf ein: »Sie hat mich verletzt, doch würde sie mich bitten, morgen an den Hof zu kommen, so ginge ich bereitwilligst hin. Ich flehe dich an, sei kein Narr, mein Sohn. Im Umgang mit Königen muß man Beleidigungen so schnell wie möglich vergessen.«
William warf mir einen warnenden Blick zu. Mein Bruder war wie unser Vater – ein äußerst vorsichtiger Mann.
»Je länger du fernbleibst, desto mehr wird sich ihr Gemüt gegen dich verhärten«, warnte Mountjoy.
»Sie wird im Augenblick keinen Gedanken an mich verschwenden«, gab Essex zurück. »Wir werden zu hören bekommen, was Burleigh für ein guter Mensch war. Und daß *er* ihr niemals entgegengetreten ist. Trotz aller Meinungsunterschiede hat er nie vergessen, daß er ihr Untertan war. Nein, ich habe nicht die Absicht, an den Hof zu gehen und mir eine Lobrede auf Burleighs Tugenden anzuhören.«
Vergeblich versuchten wir ihm klarzumachen, was für ihn gut sei. In eigensinnigem Stolz verschloß er sich jeder Einsicht. *Sie* müsse ihn bitten, zu kommen, dann würde er vielleicht erwägen, hinzugehen.
Er wollte die Wirklichkeit einfach nicht sehen. Ich zitterte um ihn. Mountjoy erzählte mir, die Königin denke gar nicht mehr an Essex, so tief trauere sie um Burleigh. Zu ihrer Umgebung sprach sie unentwegt von diesem guten Menschen – sie nannte ihn immer noch ihren Geist. »*Er* hat mich nie im Stich gelassen«, sagte sie. Sie schilderte die Rivalität zwischen den beiden teuren Männern, die ihr so viel bedeutet hatten – Leicester und Burleigh. »Ich hätte keinen von ihnen missen mögen«, sagte sie und weinte aufs neue. Ihren Augapfel, ihren Geist, beide hatte sie verloren. Wie anders waren die Männer der neuen Generation! Und dann sprach sie von Burleighs Güte. Er war seinen Kindern ein guter Vater gewesen. Man sehe doch nur, wie er Robert gefördert habe, ihren kleinen Kobold! Natürlich war er ein Ausbund von Gescheitheit. Burleigh hatte das gewußt. Deshalb hatte er gar nicht versucht, seinen ältesten Sohn – den jetzigen Lord Burleigh – bei ihr einzuführen, da er gewußt hatte, daß dieser nicht klug genug war, um ihr zu dienen. Nein,

der bucklige Robert, der plattfüßige kleine Kobold war das Genie. Und sein guter Vater hatte das gewußt. Ach, wie sie ihren lieben, lieben Geist vermißte!
Und in dieser Art ging es weiter, ohne daß ein bedauerndes Wort über Essex' Abwesenheit fiel.
»Mit einem Toten, den eine rührselige Frau im Herzen trägt, kann ich mich nicht messen«, sagte er.
Seine Äußerungen wurden von Mal zu Mal leichtfertiger. Wir zitterten alle um ihn, selbst Penelope, die ihn, wie ich zuweilen mutmaßte, zu noch größerer Verwegenheit anspornte.
Wir waren alle einhellig der Meinung, daß er sich um Aussöhnung mit der Königin bemühen müsse.
Eine Gelegenheit dazu bot sich, als sich der Rat versammelte und seine Anwesenheit als Mitglied erforderlich war. Er meinte jedoch hochmütig, daß er erst erscheinen werde, wenn ihm die Königin eine Unterredung gewähre. Das wies die Königin zurück, und statt zur Ratsversammlung begab er sich trotzig nach Wanstead.
Aus Irland kamen schlechte Nachrichten. Der irische Graf von Tyrone rebellierte und bedrohte die Engländer, und zwar nicht nur in Ulster, sondern auch in anderen irischen Provinzen. Der englische Befehlshaber Sir Henry Bagnal war in die Flucht geschlagen worden, und wenn nicht unverzüglich eingegriffen wurde, schien Irland verloren.
Essex kam schleunigst aus Wanstead und nahm an der Ratsversammlung teil. Er kenne sich in der irischen Frage besonders gut aus, erklärte er. Angesichts der Gefahr ersuche er die Königin um eine Begegnung. Sie lehnte ab, und er kochte vor Wut.
Zorn und Enttäuschung machten ihm zu schaffen. Penelope kam zu mir. Sie fürchte, er sei krank, meinte sie. Er war vom Wechselfieber befallen, und im Fieberwahn wütete er gegen die Königin. Christopher und ich begaben uns mit Penelope nach Wanstead, um ihn zu pflegen und vor jenen abzuschirmen, welche seine Schmähungen bereitwilligst der Königin hinterbracht hätten.
Wie ich ihn liebte! Jetzt vielleicht noch mehr denn je zuvor. Er war so jung, so verwundbar! Mein Mutterherz schmerzte, als ich ihn so liegen sah. Nie werde ich seinen Anblick vergessen: das schöne Haar zerzaust, die wildblickenden Augen. Ich grollte der Königin, deren Behandlung ihn in einen solchen Zustand gebracht hatte. Und zugleich wußte ich, daß er sich das alles selbst zuzuschreiben hatte.

Würde er denn niemals klug werden? fragte ich mich. Wie sehr wünschte ich, daß Leicester noch lebte und mit ihm reden könnte. Aber wann hatte Essex denn schon auf jemanden gehört? Mein Bruder William und Mountjoy – in dem ich wegen seiner Beziehung zu Penelope ebenfalls einen Sohn sah – hatten ständig versucht, ihn zu warnen. Christopher dagegen schien von einer solchen Bewunderung für meinen Sohn erfaßt, daß er alles, was dieser tat, richtig fand.
Sobald die Königin erfuhr, daß Essex krank war, änderte sich ihr Benehmen ihm gegenüber. Vielleicht fühlte sie sich seit Burleighs Tod einsam – wer weiß? Jetzt waren sie alle tot – ihr Augapfel, ihr Geist, ihr Mohr und ihr Leithammel. Doch einer war noch übrig, den sie lieben konnte – der störrische, leichtsinnige, aber bezaubernde Sohn ihrer alten Feindin.
Sie schickte ihm ihren Arzt, der ihn untersuchen sollte, und gab Befehl, daß man sie sogleich von seinem Zustand unterrichte; und sobald es ihm wieder so gut gehe, daß er reisen könne – aber nicht früher! – solle er sich zu ihr begeben.

Das bedeutete die Versöhnung. Essex genas nun rasch. Christopher war überglücklich. »Niemand kann ihm lange widerstehen«, sagte er. Doch mein nüchterner Bruder William ließ sich nicht so schnell hinreißen.
Essex kam zu mir, nachdem die Königin ihn empfangen hatte. Sie war herzlich gewesen und hatte ihm ihre Freude darüber ausgedrückt, daß er wieder am Hofe sei. Er glaubte, alles müsse nun wieder sein wie früher, und insgeheim frohlockte er, weil er sich herausnehmen konnte, was kein anderer wagen würde, und doch ihre Gunst zurückgewann. Auf dem Dreikönigsball konnte jedermann sehen, daß er mit der Königin tanzte, und wie glücklich sie schien, weil er bei ihr war.
Mich ließ jedoch der Gedanke an all diese Vorfälle nicht los. Ich schmähte sie – natürlich nur insgeheim –, weil ich durch ihre Schuld weiterhin ausgeschlossen war.
Essex sagte, er werde nach Irland gehen. Er wolle Tyrone eine Lektion erteilen. Niemand kenne sich in der irischen Frage so gut aus wie er, Essex. Er meinte, sein Heimatland habe seinem Vater seine Dienste schlecht gedankt. Walter Devereux hatte sich mit allen Kräften für Irland eingesetzt, und nur weil er gestorben sei, bevor ihm Erfolg beschieden gewesen, behaupte man, alles sei fehlgeschlagen. Nun wolle er das wiedergutmachen. Der Graf von Essex war in Irland gestorben,

und es hieß von ihm, er sei gescheitert; jetzt wollte Essex' Sohn die Arbeit seines Vaters fortsetzen. Er würde Erfolg haben, und jedesmal, wenn die Rede auf Irland käme, würde man mit Achtung des Namens Essex gedenken.
Das klang alles recht eindrucksvoll. Hinterhältig, wie sie manchmal sein konnte, meinte die Königin, da er sich so ernsthaft mit seines Vaters Angelegenheiten befasse, wolle sie ihn daran erinnern, daß auch noch einige Schulden von ihm zu begleichen seien.
Diese Anspielung auf die Schulden meines ersten Mannes versetzten die Familie in Angst und Schrecken. Ich fürchtete schon, man würde mich auffordern, sie zu bezahlen. Essex erklärte, wenn die Königin weiterhin ihre Habgier so offen zeige – nach allem, was er für sie getan habe –, werde er den Hof für immer verlassen. Das waren natürlich großspurige Redensarten. Er wußte so gut wie wir, daß er auf eine erfolgreiche Zukunft nur im Hofdienst rechnen durfte.
Die Königin mußte ihm sehr zugetan gewesen sein, denn die Sache wurde fallengelassen, und man hörte nie wieder etwas davon. Nach einigem Zögern gab Elisabeth Essex auch die Erlaubnis, als Befehlshaber der Armee nach Irland zu gehen.
Daß er nun doch gesiegt hatte, überwältigte ihn. Er kam nach Leicester House und erzählte uns von seinen Plänen. Christopher hörte ihm gespannt zu, und in seinen Augen stand die gleiche Bewunderung, welche er einst für mich gezeigt hatte.
Ich sagte: »Du würdest gern mitgehen, nicht wahr?«
»Ich nehme dich natürlich mit, Christopher«, fügte Essex hinzu.
Mein bedauernswerter junger Ehemann! Er brachte es nicht fertig, vor mir zu verbergen, wozu es ihn drängte. Dabei gab er sich solche Mühe. Welch ein Unterschied zu Leicester! Ihm wäre es nie eingefallen, zu verhehlen, was er wünschte oder für sich als vorteilhaft erachtete. Seltsamerweise war ich geneigt, Christopher seiner Schwäche wegen ein wenig zu verachten.
»Du solltest ruhig gehen«, ermunterte ich ihn.
»Aber dann müßte ich dich verlassen ...«
»Ich bin durchaus in der Lage, allein zurechtzukommen. Geh nur mit Rob. Die Erfahrung wird dir nützen, meinst du nicht auch, Rob?«
Essex sagte, es sei ihm eine Beruhigung, Menschen um sich zu haben, auf die er sich verlassen könne.
»Dann ist es also abgemacht«, ergänzte ich.

Christopher war sichtlich erleichtert. Unsere Ehe war glücklich gewesen, doch ich hatte genug davon. Ich war fast sechzig Jahre alt, und zuweilen erschien er mir einfach zu jung.

Im März jenes Jahres – dem letzten des Jahrhunderts – verließ mein Sohn mit meinem Gatten London. Die Leute versammelten sich auf den Straßen, um ihn mit seinen Truppen vorbeiziehen zu sehen, und ich muß sagen, er sah großartig aus. Er war im Begriff, die Iren zu unterwerfen; er würde Frieden schließen und Ruhm über England bringen. Hatte er nicht wie ein junger Gott ausgesehen? Kein Wunder, daß die Königin ihn liebte.

Als die Reitertruppe Islington erreichte, ging unglücklicherweise ein heftiges Gewitter nieder, und die Reiter wurden vom Regen bis auf die Haut durchnäßt. Vor den niederzuckenden Blitzen verkrochen sich die Leute in ihren Häusern und drängten sich ängstlich zusammen. Es hieß, daß sie diesen plötzlichen schweren Sturm als böses Vorzeichen betrachteten.

Ich lachte über diesen Aberglauben, doch später sah selbst ich darin einen Wink des Himmels.

Jedermann weiß, wie unselig dieser Feldzug endete. Um wieviel glücklicher wären wir alle gewesen, wenn Essex ihn nicht unternommen hätte. Essex erkannte bald das Ausmaß seiner Aufgabe. Der irische Adel war gegen ihn, ebenso die Priester, unter deren Einfluß das Volk stand. Essex berichtete der Königin, daß die Unterwerfung der Iren sich als unerhört kostspielig erweise. Man brauche eine schlagkräftige englische Armee, und da der irische Adel einer kleinen Bestechung nicht abgeneigt sei, sei dies möglicherweise der beste Weg, ihn zu Elisabeths Gunsten umzustimmen.

Zwischen der Königin und Essex kam es zu einer Meinungsverschiedenheit über den Grafen von Southampton. Sie hatte diesem nicht verziehen, daß er Elisabeth Vernon geschwängert hatte, obwohl er sie später geehelicht und ihr die Ehre zurückgegeben hatte. Essex und Southampton waren gute Freunde, und Essex hatte Southampton auf dem Feldzug zu seinem Oberstallmeister ernannt. Die Königin war damit nicht einverstanden; sie befahl, Southampton seines Amtes zu entheben, und Essex erkühnte sich, ihr den Gehorsam zu verweigern.

Als ich davon hörte, wuchs meine Besorgnis. Nicht nur würde der

Unmut der Königin immer größer, mein Gatte und mein Sohn hatten sich in große Gefahr gebracht.
Penelope erfuhr die Nachrichten immer als erste, und sie hielt mich über die Geschehnisse auf dem laufenden. Trost gewährte mir die Gesellschaft meiner Tochter Dorothy und ihrer Kinder. Ihr erster Mann, Sir John Perrot, den sie auf so abenteuerliche Weise geheiratet hatte, war inzwischen gestorben. Sie war jetzt mit Henry Percy, dem Grafen von Northumberland, vermählt. Diese Ehe schlug ihr allerdings nicht zum Glück aus, und Dorothy war froh, bei mir Zuflucht zu finden. So unterhielten wir uns denn zuweilen über die Prüfungen und Wirrnisse des Ehelebens.
Mir schien, daß meiner Familie in der Ehe nicht viel Glück beschieden war. Frances allerdings liebte Essex. Seltsam: Er schien die Menschen an sich zu binden, gleichgültig, wie schlecht er sie auch behandelte. Seine Untreue war allgemein bekannt. Heute glaube ich, er beging auch deshalb so oft Ehebruch, um der Königin eins auszuwischen. Ich weiß, das klingt merkwürdig, aber seine Gefühle ihr gegenüber waren eben ungewöhnlich. In gewisser Weise liebte er sie. Verglichen mit anderen Frauen, war sie eine überragende Gestalt, und nicht nur weil sie die Herrscherin war. Auch ich hatte diese unerklärliche Macht gefühlt, die von ihr ausging. Hatte nicht mein Leben, seit ich Gewißheit hatte, daß sie mich nicht mehr in ihren Kreis aufzunehmen gedachte, an Reiz verloren? Ob sie das wußte? Vielleicht. Ich war eine stolze Frau, und doch hatte ich mich nach Kräften bemüht, ihr zu gefallen. Ob sie wohl in sich hineinlachte und sich sagte, daß ihre Rache nun vollkommen sei? Sie hatte die letzte Schlacht gewonnen; sie hatte sich an mir gerächt – der Bürgerlichen, die es gewagt hatte, ihr als Rivalin entgegenzutreten, und die ein paar große Siege über sie errungen hatte.
So also stand es um meine Familie. Essex hatte mehrere Geliebte, und Penelope lebte öffentlich mit Lord Mountjoy zusammen. Sie hatte ihm sogar ein Kind geboren, welches den Namen Mountjoy erhalten hatte. Und nun war sie bereits wieder schwanger. Lord Rich machte keine Anstalten, sich von ihr scheiden zu lassen; ich vermutete, daß dies Essex' Einfluß bei Hofe zu verdanken war. Hätte mein Sohn Walter noch gelebt, er wäre nicht aufgefallen, wäre ein ehrbarer Ehemann und Vater geworden. Doch ach, er weilte nicht mehr auf Erden.
Dann traf Essex sich zu Verhandlungen mit dem Anführer der Aufständischen, dem Graven Tyrone. Und nun brach der Sturm los. Die

Königin war erbost, weil Essex sich unterstanden hatte, mit einem Feind zu verhandeln, ohne sich zuvor mit ihr beraten zu haben. Er tue gut daran, sich vorzusehen, erklärte sie.
Essex kehrte nach England zurück. Wie unbesonnen er war! Wie sorglos! Blicke ich zurück, so sehe ich ihn Schritt für Schritt unbekümmert ins Verderben schreiten. Hätte er nur auf meine Warnungen gehört!
Um zehn Uhr morgens, zu einer Stunde, da die Königin mit ihrer Toilette beschäftigt war, kam er zum Nonsuch-Palast. Ich glaube, damals hatte er wirklich Angst. Seine Prahlerei, er werde Irland unterwerfen, hatten sich als völlig unausgegoren erwiesen. Er wußte, daß in der Heimat die Königin von seinen Feinden umgeben war, die alles daransetzen würden, ihn zu Fall zu bringen. Er ließ sich von niemandem abweisen. Er mußte die Königin unverzüglich sprechen, bevor ein anderer versuchen konnte, die Tatsachen zu verdrehen und die Königin gegen ihn aufzubringen. Er war der große Essex, und er wollte die Königin zu jeder Stunde sehen, wann immer es ihm in den Sinn kam.
Wie wenig er doch von Frauen verstand!
Trotz meiner Sorgen um ihn mußte ich lachen, wenn ich mir diese Szene ausmalte. Eine vor Schreck starre Elisabeth, die eben erst aufgestanden war, nur von den paar Frauen umgeben, denen es gestattet war, an der intimen Zeremonie ihrer Toilette teilzunehmen.
Keine Frau von siebenundsechzig möchte in einem solchen Augenblick von einem jugendlichen Bewunderer gesehen werden. Hinterher erzählte mir Essex, er habe sie kaum erkannt. Sie trug sozusagen nichts als ihre Königswürde. Die grauen Haare hingen ihr ins Gesicht, und kein Rouge verlieh ihren Wangen jenen Schimmer und ihren Augen den Glanz, den ihre Höflinge zu sehen gewohnt waren.
Und da stand Essex vor ihr – schmutzig von der Reise, denn er hatte sich nicht die Zeit genommen, sich zu waschen oder umzukleiden.
Elisabeth war natürlich großartig, wie sie es in jeder Lage gewesen wäre. Sie überging völlig, daß sie nicht herausgeputzt war, mit geschminktem Gesicht, Perücke, Halskrause und schönem Gewand. Sie hatte ihm die Hand zum Kuß gereicht und gesagt, sie wolle ihn später sprechen.
Triumphierend kam er zu mir. Er habe sie in der Gewalt, sagte er. Er sei in ihre Gemächer eingedrungen und habe sie unvollständig bekleidet

gesehen, wie sie, so hatte er sagen hören, noch nie ein Mann erblickt hatte. Und doch hatte sie ihn äußerst huldvoll angelächelt.
»Sie ist weiß Gott eine alte Frau. Bis heute wußte ich gar nicht, wie alt sie ist.«
Ich schüttelte den Kopf. Was sie dachte, konnte ich mir vorstellen. Er hatte sie in diesem Zustand erblickt. Ich sah es geradezu vor mir, wie sie forschend in einen Spiegel schaute und den Jammer im Herzen spürte, als ihr Spiegelbild ihr entgegenblickte. Vielleicht sah sie sich ausnahmsweise einmal so, wie sie wirklich war. In diesem Augenblick konnte sie sich gewiß nicht mehr vormachen, sie sei so jugendfrisch wie jenes Mädchen, das mit Admiral Seymour herumgetollt und mit Robert Dudley im Tower Blicke getauscht hatte. Sie waren beide tot; seither hatte sie sich verzweifelt an das Bildnis ihrer Jugend geklammert. Durch Essex aber war es an diesem Morgen in Nonsuch zerstört worden. Das würde sie nicht so leicht vergessen.
Ich flehte ihn an, sich ja in acht zu nehmen; doch als sie ihn das nächste Mal sah, gab sie sich sehr wohlwollend.
Beim Mahl leisteten ihm seine Freunde Gesellschaft, darunter Mountjoy und Rich; die beiden – der eine der Liebhaber von Essex' Schwester, der andere ihr Gatte – hegten keinen Groll gegeneinander. Raleigh, so wurde mir berichtet, speiste getrennt von ihnen mit seinen Freunden, zu denen auch Lord Grey und der Graf von Shrewsbury zählten – beides mächtige Feinde von Essex.

Später am gleichen Tag wurde Essex zur Königin befohlen. Aber nun war es vorbei mit ihrer Liebenswürdigkeit. Sie war erbost, weil er Irland ohne ihre Erlaubnis verlassen hatte; wie ein Hochverräter habe er sich benommen, warf sie ihm vor.
Er war bestürzt. Sie war doch so freundlich gewesen und so huldvoll, als er in ihr Schlafgemach eingedrungen war. Armer Essex! Zuweilen denke ich, er habe überhaupt kein Gefühl dafür besessen, was in anderen vorging. Man kann dasselbe zwar von vielen Männern behaupten, soweit es ihre Kenntnis der weiblichen Seele betrifft, aber Essex war auf diesem Gebiet zweifellos besonders unbegabt.
Wie gut konnte ich mir die Unterredung in ihrem Schlafzimmer vorstellen! Diesmal erblickte sie sich nicht als die strahlende Gestalt, die ihr der Spiegel im Audienzzimmer zeigte, sondern als eine magere alte Frau, die soeben aufgestanden war, ohne jeden Schmuck, das graue

Haar wirr im Gesicht hängend. Und das hatte Essex gesehen! Das konnte sie ihm nicht verzeihen.
Man überbrachte ihm den Befehl, daß er sein Zimmer nicht verlassen dürfe. Er war ein Gefangener.
Christopher kam zu Tode erschrocken zu mir und berichtete, Essex sei des Ungehorsams gegen die Königin für schuldig befunden worden. Er hatte Irland entgegen ihren Wünschen verlassen und sich erkühnt, in ihr Schlafgemach einzudringen. Ein solches Verhalten konnte die Königin nicht hinnehmen. Er solle nach York House gebracht werden und dort bleiben, bis die Königin entschieden hatte, was mit ihm geschehen solle.
»Der Hof geht nach Richmond«, sagte Christopher. »Ich begreife das nicht. Ihr scheint nichts mehr an ihm zu liegen. Sie hat sich von ihm abgewandt.«
Ich ahnte Schreckliches, und mir sank das Herz. So war es also doch geschehen. Mein geliebter Sohn war zu weit gegangen. Dennoch konnte ich Elisabeth verstehen. Sie konnte in ihrer Gegenwart keinen Mann mehr ertragen, der sie in ihrer wahren Gestalt, als altes Weib, gesehen hatte. Mir war stets bewußt gewesen, daß sie die eitelste Frau in ihrem Königreich war und einen Traum weiterspann, worin sie so schön war, wie ihre schmeichlerischen Höflinge es ihr unentwegt beteuerten.
Essex war in der Tat ungehorsam gewesen. Er hatte bei seinem Feldzug wirklich Verwüstungen in Irland angerichtet. Doch all das hätte sie ihm verzeihen können. Aber daß er ihr die Augen über sich selbst geöffnet hatte, weil er sah, was keinem Mann zu sehen erlaubt war – das war eine unverzeihliche Sünde.

Wir bangten um ihn. Er war sehr krank. Die Ruhr, die er sich in Irland geholt hatte – an der sein Vater gestorben war, wie jeder mit Sicherheit annahm, der nicht daran glaubte, daß Leicester ihn getötet hatte –, wollte nicht weichen. Essex konnte nicht essen, konnte nicht schlafen. Das erfuhren wir von seinen Pflegern, denn wir durften nicht zu ihm.
Wir hatten alle schreckliche Angst, daß man ihn in den Tower schicken würde.
Mountjoy hielt sich jetzt ständig in Leicester House auf. Ich wußte, daß Essex zusammen mit Mountjoy und Penelope eine Zeitlang mit dem

Schottenkönig in schriftlicher Verbindung gestanden hatte, um dem Herrscher zu versichern, daß er beim Ableben der Königin mit seiner Unterstützung rechnen könne, wenn er den englischen Thron besteigen wolle. Ich hatte diesen Briefwechsel stets für gefährlich gehalten: Denn wären die Schreiben der Königin in die Hände gefallen, so hätte man sein Verhalten zweifellos als Hochverrat betrachtet. Leicester wäre nie so leichtsinnig gewesen. Wie oft hatte er sich auf gefährliche Dinge eingelassen! Aber er hatte immer dafür gesorgt, daß man ihm nichts nachweisen konnte. Wenn mein Sohn doch nur auf mich hören wollte! Wenn er sich doch meine Erfahrungen zunutze machen würde! Doch was sollten diese Überlegungen. Es war nicht seine Art, auf andere zu hören, und hätte er es getan, er wäre trotzdem unvorsichtig gewesen.
Jetzt schmiedete Mountjoy Pläne: Essex solle aus York House fliehen und sich nach Frankreich begeben. Southampton, um dessentwillen sich Essex den Zorn der Königin zugezogen hatte, erklärte, er wolle mit ihm gehen.
Essex jedoch weigerte sich – und ausnahmsweise handelte er einmal klug – davonzulaufen; er fand es verachtenswürdig.
Die arme Frances war tiefbetrübt. Sie wollte bei ihrem Gatten sein, er aber wollte nichts von ihr wissen. In ihrer Verzweiflung begab sie sich an den Hof, um die Königin um Gnade zu bitten.
Nun war Essex Gattin freilich die letzte – von mir abgesehen –, die bei der Königin für ihren Mann Nachsicht hätte erflehen dürfen. Elisabeth mochte Frances nicht, wenngleich sie die Ärmste nicht mit solcher Schärfe ablehnte wie mich. Aber diese jungen Leute kannten Elisabeth natürlich nicht so gut wie ich. Sie hätten mich ausgelacht, wenn ich ihnen erklärt hätte, daß Essex vor allem deshalb in Ungnade gefallen war, weil er sich Zutritt zu Elisabeths Schlafgemach verschafft und sie ohne die gewohnte königliche Aufmachung gesehen hatte.
Frances wurde erst gar nicht vorgelassen und erhielt Weisung, nicht wieder bei Hofe zu erscheinen.
Der Fall meines Sohnes wurde vor der Sternkammer – so genannt nach den Sternen, welche die Decke des Sitzungssaals zierten – verhandelt. Die Anklage lautete, man habe ihm unter großem Kostenaufwand die Streitkräfte, die er verlangte, zur Verfügung gestellt. Er aber habe die Instruktionen mißachtet und sei ohne Erlaubnis nach England zurückgekehrt; er habe Verbindung mit dem Verräter Tyrone aufgenommen und völlig unannehmbare Bedingungen ausgehandelt.

Damit war Essex' Sturz besiegelt. Wenige Tage später wurde sein Haushalt aufgelöst und seinen Dienern geraten, sich nach anderen Herren umzusehen. Essex' Krankheit hatte sich sehr verschlimmert; wir fürchteten um sein Leben.
Ich glaubte, daß die Königin nun doch das schlechte Gewissen plagen müsse. Sie hatte ihn einst sehr gern gehabt, und ich wußte, wie unerschütterlich sie an ihren Neigungen festhielt.
»Ist er wirklich so krank, wie Ihr mir schildert?« fragte sie Mountjoy, und der versicherte ihr, daß dem so sei.
Sie sagte: »Ich werde ihm meine Ärzte schicken.«
Mountjoy antwortete: »Er braucht keine Ärzte, Madam, sondern ein freundliches Wort von Eurer Majestät.«
Darauf ließ sie Essex etwas Brühe aus ihrer Küche bringen und ihm mitteilen, sie würde sich überlegen, ob sie ihn besuchen solle.
Während dieser ersten Dezembertage glaubten wir wirklich, er würde sterben. In den Kirchen wurde für ihn gebetet. Dies verärgerte nun wieder die Königin, weil man nicht um ihre Erlaubnis nachgesucht hatte.
Sie erlaubte, daß seine Gattin ihn besuchen und pflegen dürfe; dann sandte sie nach Penelope und Dorothy und empfing sie freundlich.
»Euer Bruder ist irregeleitet und auf dem falschen Weg«, sagte sie zu ihnen. »Ich verstehe Euren Gram und teile ihn.«
Oft denke ich, es wäre vielleicht besser gewesen, wenn Essex damals gestorben wäre. Doch als er Frances an seinem Bett erblickte und erfuhr, daß die Königin ihr erlaubt hatte, zu ihm zu kommen, und als er hörte, daß Penelope und Dorothy von der Königin empfangen worden waren, da schöpfte er Hoffnung, und Hoffnung war die beste Medizin für ihn.
Ich durfte ihn nicht sehen; aber Frances erzählte mir, daß sich sein Zustand bessere und daß er vorhabe, der Königin ein Neujahrsgeschenk zu schicken.
Ich gedachte all der erlesenen Gaben, mit denen Leicester sie zu Neujahr überschüttet hatte, und daß ich mein Erbe hatte verkaufen müssen, um sie zu bezahlen. Immerhin, es war ein guter Gedanke, ihr ein Geschenk zu senden, und ich war gespannt, wie sie es aufnehmen würde.
Es wurde weder angenommen noch zurückgewiesen.
Es war ergreifend, mitanzusehen, welche Wirkung die Kunde, daß sein

Geschenk nicht abgewiesen worden sei, auf ihn hatte. Er stand auf und war nach wenigen Tagen so weit, daß er umhergehen konnte. Mit jedem Tag sah er besser aus.

Frances, die wußte, wie besorgt ich war, sandte mir häufig eine Nachricht. Ich saß dann wartend am Fenster und dachte an die Königin, die sich gewiß ebenfalls sorgte, denn sie liebte ihn zweifellos. Und ich hatte bei Leicesters Tod erlebt, daß sie tieferer Gefühle fähig war. Doch mir, Essex' Mutter, wollte sie nicht erlauben, ihn zu besuchen. Sie war auf ihn und seine Liebe zu mir fast ebenso eifersüchtig wie seinerzeit auf Leicester.

Nach einiger Zeit kam mir die beunruhigende Nachricht zu Ohren, daß die Königin Essex' Geschenk zurückgeschickt hatte. Sie hatte sich nur nachgiebig gezeigt, solange sie glaubte, er sei lebensgefährlich krank. Doch nun war er gesund, und er sollte wieder das ganze Ausmaß ihres Zornes zu spüren bekommen. So drohte ihm denn, dem kaum Genesenen, neue Gefahr von der Königin und seinen Feinden.

Das Schicksal schien entschlossen, einen Schlag nach dem anderen auf meinen armen Sohn herniedersausen zu lassen. Ich wünschte, Leicester hätte noch gelebt. Er wäre imstande gewesen, uns zu raten und bei der Königin ein Wort für Essex einzulegen. Mir brach das Herz, wenn ich erlebte, wie bedrückt dieser stolze Mann war, und wie er seine Niederlage nahezu widerspruchslos hinnahm. Christopher war kaum eine Hilfe. Obgleich wir schon so lange verheiratet waren, schien er immer noch jener Knabe, dessen Jugend mich einst betört hatte. Doch nun wäre mir ein reifer Mann lieber gewesen. Ich dachte unaufhörlich und sehnsüchtig an Leicester. Für Christopher war Essex ein Held. In seinen Augen hatte er nichts Unrechtes getan. Für ihn stand fest, daß nur Mißgeschick und seine Feinde ihn in diese unselige Lage gebracht hatten. Daß Essex selbst sein ärgster Feind war, und daß das Glück dem nicht hold ist, der es mit Füßen tritt, sah er nicht ein.

Die Ereignisse trieben rasch ihrem schrecklichen Höhepunkt zu. Es wurde viel über ein Buch geredet, das Sir John Hayward zum Verfasser hatte. Als ich es las, begriff ich, wie gefährlich es gerade zu dieser Zeit war. Es befaßte sich nämlich mit der Absetzung Richards II. und der Thronbesteigung Heinrichs IV. Der Verfasser zog den Schluß, daß es gerechtfertigt sei, einen Herrscher, der sich als unwürdig erwiesen habe, abzusetzen und seinen Nachfolger auf den Thron zu erheben.

Unglücklicherweise hatte Hayward dieses Buch dem Grafen von Essex gewidmet.
Ich konnte mir vorstellen, wie Essex' Feinde, etwa Raleigh, dies zum Vorwand nehmen würden, um erneut gegen ihn zu hetzen. Ich hörte sie im Geiste zur Königin sagen, das Buch behaupte, sie sei unfähig zu regieren. Da es Essex gewidmet war, sei er womöglich der Mitverfasser. Ob die Königin denn nicht wisse, daß Essex und seine Schwester Lady Rich mit dem König von Schottland geheime Verbindungen angeknüpft hatten?
Das Buch wurde beschlagnahmt und Hayward ins Gefängnis geworfen. Die Königin bemerkte dazu, er sei möglicherweise gar nicht der Verfasser, sondern gebe dies nur vor, um irgendeine niederträchtige Person zu schützen.
Penelope und ich saßen beisammen und besprachen die Geschehnisse wieder und wieder, bis wir vor Erschöpfung einschliefen. Doch wir gelangten zu keinem Ergebnis und wußten nicht, wie das alles enden sollte.
Mountjoy hatte in Irland Erfolg, wo Essex versagt hatte. Penelope erinnerte mich daran, daß Essex geäußert habe, der feingebildete Mountjoy eigne sich nicht für die Aufgabe, da er mehr von Büchern als vom Kriegführen verstehe. Wie sehr hatte er sich geirrt! Aber hatte mein armer Essex eigentlich jemals recht gehabt?
Er hatte Schulden, denn die Königin hatte es abgelehnt, die Genehmigung zur Erhebung des Zolls auf Südweine, die sie ihm einst erteilt hatte, zu erneuern. Er brauchte dieses Geld aber, um seine Gläubiger zu bezahlen. Es schien keine Steigerung seines Mißgeschicks mehr möglich – doch es sollte noch schlimmer kommen.
Essex war nie fähig gewesen, sich selbst richtig einzuschätzen. In seiner Vorstellung war er zehn Fuß hoch und die übrigen Menschen waren Zwerge. Während dieser schrecklichen Zeit erkannte ich, daß ich ihn mehr liebte als alles auf der Welt – es war wie damals, da ich von Leicester besessen gewesen war. Und doch war diese Liebe von anderer Art. Als Leicester mich schroff behandelte und um Elisabeths willen vernachlässigte, war meine Liebe zu ihm erloschen. Aber niemals würde ich aufhören können, Essex zu lieben.
Er lebte jetzt in Essex House, und dort versammelten sich alle möglichen Leute. Es wurde allmählich als Treffpunkt für Unzufriedene bekannt. Southampton, der sich die Gunst der Königin ebenfalls ver-

scherzt hatte, war ständiger Gast. Hier scharten sich alle zusammen, die glaubten, sie seien ungerecht und nicht nach Verdienst behandelt worden und murrten über die Königin und ihre Minister.
Ach, mein leichtsinniger, gedankenloser Sohn! In einem Wutanfall auf die Königin, in seinem Schmerz über die verlorene Gunst schrie er in Gegenwart anderer, daß er ihr nicht trauen könne und daß ihr Charakter so verbogen sei wie ihr Gerippe.
Ich wollte, ich hätte zu ihm gehen können. Ich hätte ihm gerne gesagt, daß John Stubbs seine rechte Hand nicht eingebüßt hatte, weil er ein Pamphlet gegen die Vermählung der Königin verfaßt, sondern weil er geäußert hatte, sie sei zu alt zum Kindergebären. Doch das wäre zwecklos gewesen. Ich wußte, daß diese Bemerkung ihn ans Schafott bringen konnte, sollte ihm das Beil bestimmt sein. Und natürlich eilte er in seiner Unbesonnenheit mit Riesenschritten darauf zu.
Sein großer Widersacher, Sir Walter Raleigh, hatte Essex' Worte begierig aufgenommen. Ich konnte mir vorstellen, wie sie der Königin ins Ohr geflüstert wurden. Und da sie Essex einst geliebt hatte, würde sie ihn jetzt um so stärker hassen. Stets würde die Szene ihr vor Augen stehen, wie er in ihr Schlafgemach eingedrungen war und ein altes grauhaariges Weib entdeckt hatte.
Das Ende der Geschichte ist allgemein bekannt: wie ein Komplott geschmiedet wurde, wonach Essex und die anderen Whitehall besetzen und eine Unterredung mit Elisabeth herbeiführen sollten, um sie zu zwingen, ihre amtierenden Minister zu entlassen und ein neues Parlament einzuberufen.
Vermutlich kam ihnen alles ganz einfach vor, als sie den Plan ausheckten. Aber es war eine andere Sache, ihn in die Tat umzusetzen. Christopher tat geheimnisvoll. Daher wußte ich, daß etwas im Gange war. Ich bekam ihn während dieser Zeit kaum zu Gesicht, da er sich ständig in Essex House aufhielt. Später erfuhr ich, daß Essex Abgesandte des Königs von Schottland erwartete. Dies erachtete er als günstigen Augenblick für einen Aufstand, da er auf Hilfe vom schottischen König hoffen durfte.
Natürlich konnten die Geschehnisse in Essex House nicht unbemerkt bleiben. Essex' Kundschafter brachten heraus, daß ein Komplott geschmiedet wurde, mit Raleigh als Haupt der Verschwörung. Das Ziel war, Essex gefangenzunehmen, vielleicht zu töten, in jedem Fall aber in den Tower zu schaffen. Immer, wenn mein Sohn durch die Straßen von

London geritten war, hatten die Menschen in den Straßen gestanden, um ihn anzustaunen und ihm zuzujubeln. Er war stets bewundert worden, und sein Wesen hatte alle bezaubert. Deshalb glaubte er, daß die Stadtbevölkerung hinter ihm stünde, und wenn er das Volk aufrief, sich um ihn zu scharen, damit er das Unrecht, das den Leuten und ihm selbst widerfahren sei, wieder gutmachen könne, so würde es ihm folgen.

An einem Samstagabend begaben sich einige seiner Anhänger ins Globe-Theater und bestachen die Schauspieler, damit sie Shakespeares *Richard II.* aufführten. Das Volk sähe dann, daß es möglich sei, einen König vom Thron zu stoßen.

Ich war so entsetzt, daß ich meinen Bruder William bitten ließ, unverzüglich zu mir zu kommen. Ihm war ebenso beklommen zumute wie mir.

»Was hat er denn nur vor?« wollte er wissen. »Weiß er denn nicht, daß er seinen Kopf aufs Spiel setzt?«

»William«, rief ich. »Ich flehe dich an, geh ins Essex House. Sprich mit ihm. Vielleicht bringst du ihn dazu, Vernunft anzunehmen.«

Aber wann hätte Essex je Vernunft angenommen? William begab sich ins Essex House. Dort waren zu der Zeit etwa dreihundert Leute versammelt, allesamt Hitzköpfe und Eiferer.

William verlangte seinen Neffen zu sprechen, doch Essex lehnte ab. Da William nicht weggehen wollte, zerrte man ihn ins Haus und sperrte ihn in der Wachstube ein.

Und dann tat Essex etwas Tollkühnes. Er zog mit zweihundert Anhängern durch die Straßen – und mein armer, irregeleiteter Christopher mitten unter ihnen.

O, welche Torheit – welch kindischer Unverstand!

Mir wird heute noch ganz elend, wenn ich an den tapferen, närrischen Jungen denke, wie er durch die Straßen von London ritt, seine jämmerlich bewaffneten Leute hinter sich, und den Bürgern zurief, sie sollten sich ihm anschließen. Ich konnte mir seinen und seiner Anhänger Schrecken vorstellen, als die ehrenwerten Leute sich hastig abwandten und in ihren Häusern verschwanden. Weshalb sollten sie sich gegen eine Königin erheben, die ihnen Wohlstand gebracht, die sie vor der Vernichtung durch die Spanier bewahrt hatte – nur weil sie einem ihrer Günstlinge nicht mehr gewogen war?

Rasch sprach sich herum, daß ein Aufstand im Gange war. In London und in der Umgebung wurden die Männer aufgerufen, ihre Königin und das Vaterland zu verteidigen; eilends wurde eine Truppe gegen Essex aufgestellt. Der Kampf dauerte nur kurz, aber es gab immerhin einige Tote. Meinen Christopher traf der Stich einer Lanze im Gesicht; er fiel vom Pferd und wurde gefangengenommen. Essex trat den Rückzug an. Es gelang ihm, Essex House zu erreichen. Dort verbrannte er eiligst die Briefe des Königs von Schottland und andere Papiere, von denen er annahm, sie könnten seine Freunde mit in die Sache hineinziehen.

In der Nacht kamen sie und führten ihn gefangen weg.

Ich war außer mir. Sein Freund Francis Bacon, der ihm soviel zu verdanken hatte, hatte sich dafür ausgesprochen, Anklage zu erheben. Als ich bedachte, was Essex alles für Bacon getan hatte, nannte ich ihn Penelope gegenüber wütend einen »falschen Freund und Verräter«.

Penelope schüttelte den Kopf. Bacon war zu einer Entscheidung gezwungen gewesen. Er mußte seine Pflichten gegen die Königin und Essex gegeneinander abwägen. Und natürlich meinte Penelope, sei ihm gar nichts übriggeblieben, als sich für die Königin zu entscheiden.

»Essex hätte sich für seinen Freund entschieden«, betonte ich.

»Ja, liebe Mutter«, gab sie zurück, »aber seht, wohin ihn seine Taten gebracht haben.«

Ich wußte, daß mein Sohn verloren war.

Doch ich klammerte mich an eine winzige Hoffnung. Die Königin hatte ihn geliebt. Ich erinnerte mich daran, wie sie Leicester wieder und wieder verziehen hatte. Allerdings hatte Leicester nie zu einem bewaffneten Aufruhr gegen sie aufgerufen. Welche Entschuldigung gab es für Essex? Mein Verstand sagte mir, daß es für ihn keinen Rechtfertigungsgrund gab.

Er wurde, wie ich vorausgesehen hatte, schuldig gesprochen und zum Tode verurteilt – und der arme Christopher mit ihm. Ich war wie von Sinnen. In kurzem, so fürchtete ich, würde ich den Gatten und den Sohn verlieren.

Das Leben war ein Alptraum geworden. Sie konnte es nicht tun. Nein, sie konnte es einfach nicht tun! Aber warum nicht? Ihre Umgebung würde sie schon davon überzeugen. Raleigh – seit jeher Essex' Feind – Cecil, Lord Grey, sie alle würden ihr erklären, daß sie keine andere

Wahl habe. Doch sie war eine Frau mit heftigen Gefühlen. Wenn sie liebte, dann war ihre Liebe tief, und sie hatte ihn ganz gewiß geliebt. Nach Leicester war er der wichtigste Mann in ihrem Leben gewesen. Und wenn Leicester getan hätte, was Essex gewagt hatte? Aber Leicester hätte das eben nie getan. Leicester war kein Narr. Armer Essex! Während seines ganzen Hoflebens hatte er ständig Kopf und Kragen gewagt. Und jetzt konnte ihn nichts mehr retten.

Oder doch?

Mein Gatte und mein Sohn waren zum Tode verurteilt worden. Ich war Elisabeths Verwandte. Ob sie wohl ein wenig Mitleid für mich empfand? Wenn sie mich doch nur empfangen wollte!

Vielleicht ließ sie wenigstens Frances vor. Sie war ihrem Mohren stets zugetan gewesen, und Frances war seine Tochter. Überdies war Essex, wie jedermann wußte, Frances untreu gewesen, und die Königin hatte Frances deshalb gewiß bemitleidet. Dies mochte den Schmerz gelindert haben, den Essex durch seine Heirat der Königin zugefügt hatte.

Die arme Frances war verzweifelt. Sie hatte Essex von Herzen geliebt und war an seiner Seite geblieben, bis man ihn gefangengenommen hatte. Ich hätte gern gewußt, ob er wenigstens beim Abschied zärtlich zu ihr war. Hoffentlich.

»Frances«, riet ich ihr, »geh zur Königin. Vergieße Tränen und frage sie, ob sie mich empfangen will. Sage ihr, ich erflehe diese Gunst für eine Frau, die zweimal verwitwet ist und es wahrscheinlich bald wieder sein wird. Bitte sie bei ihrer Barmherzigkeit, mich zu empfangen. Sag ihr, ich weiß, daß unter ihrer strengen Hoheit ein großes, gütiges Herz schlägt und sag ihr, wenn ich sie jetzt sehen darf, so will ich sie Zeit meines Lebens segnen.«

Frances wurde eine Unterredung gewährt. Die Königin sprach ihr Mitgefühl aus und meinte, es sei ein unseliger Tag für Frances gewesen, als sie einen edlen Menschen wie Sidney verloren und einen Verräter geheiratet habe.

Zu meiner Freude wurde auch mir eine Unterredung gewährt.

So sah ich sie denn wieder einmal von Angesicht. Doch diesmal lag ich auf den Knien und flehte um das Leben meines Sohnes. Sie war schwarz gekleidet – wegen Essex? fragte ich mich –, doch ihr Gewand war über und über mit Perlen bestickt. Sie trug den Kopf hoch über der verzierten Halskrause, und ihr Gesicht nahm sich gegen die allzu roten Locken ihrer Perücke sehr bleich aus.

Sie reichte mir die Hand zum Kuß und sagte dann nur: »Lettice!« Wir blickten einander an. Ich bemühte mich um Fassung, doch ich spürte, daß sich meine Augen mit Tränen füllten.

»Bei Gott!« sagte sie. »Welch ein Narr dein Sohn doch ist!«

Ich senkte den Kopf.

»Und er hat sich das alles selbst zuzuschreiben«, fuhr sie fort. »Ich habe es ihm nicht gewünscht.«

»Madam, er hätte Euch niemals etwas angetan.«

»Das hätte er zweifellos seinen Freunden überlassen.«

»Nein, nein! Er liebt Euch.«

Sie schüttelte den Kopf. »Er hat in mir nur das Mittel zum Aufstieg gesehen. Tun sie das nicht alle?«

Sie bedeutete mir, mich von den Knien zu erheben. Ich stand auf und sagte: »Ihr seid eine große Königin, Majestät, und das weiß die ganze Welt.«

Sie musterte mich eindringlich und gab widerwillig zu: »Du bist immer noch schön. Als junges Mädchen warst du sehr hübsch.«

»Mit Euch konnte sich keine vergleichen.«

Ich meinte es seltsamerweise ernst. Sie besaß etwas, das mehr war als Schönheit, und das war immer noch vorhanden, obwohl sie alt war.

»Eine Krone ist kleidsam, Cousine.«

»Aber sie steht nicht allen, die sie tragen. Zu Euch, Madam, paßt sie vorzüglich.«

»Du bist gekommen, mich zu bitten, ich möge die beiden verschonen«, sagte sie auf einmal. »Eigentlich wollte ich dich nicht sehen. Du und ich haben einander nichts zu sagen.«

»Ich dachte, wir könnten uns gegenseitig Trost spenden.«

Sie lachte hochmütig, und ich sagte unerschrocken: »Madam, er ist mein Sohn.«

»Und du hast ihn von Herzen lieb?«

Ich nickte.

»Ich hatte dich nicht für fähig gehalten, irgendwen außer dir selbst zu lieben.«

»Das habe ich zuweilen selbst geglaubt. Doch nun weiß ich, daß es nicht der Wahrheit entspricht. Ich liebe meinen Sohn.«

»Dann mußt du dich darauf gefaßt machen – wie auch ich –, ihn zu verlieren.«

»Gibt es nichts, das ihn retten kann?«

Sie schüttelte den Kopf.
»Du bittest für deinen Sohn«, fuhr sie fort. »Nicht für deinen Ehemann.«
»Ich bitte für beide, Madam.«
»Du liebst diesen jungen Mann nicht.«
»Wir haben eine gute Ehe geführt.«
»Ich habe gehört, du hättest ihn ... ihm vorgezogen.«
»Es gibt immer böswillige Gerüchte, Madam.«
»Ich hätte nie geglaubt, daß du einen anderen vorziehen könntest«, sagte sie langsam. »Wenn er heute hier wäre ...« Sie machte eine unwillige Kopfbewegung. »Das Leben war nie mehr wie vorher, nachdem er von uns gegangen ist.«
Ich dachte an Leicester, der im Grabe lag. Ich dachte an meinen Sohn, der zum Tode verurteilt war, und ich vergaß alles und dachte nur noch daran, ihn zu retten.
Wieder warf ich mich auf die Knie. Ich spürte, daß mir die Tränen übers Gesicht liefen. Sie ließen sich nicht mehr zurückhalten.
»Ihr dürft ihn nicht sterben lassen«, rief ich. »Das könnt Ihr nicht tun.«
Sie wandte sich von mir ab. »Die Sache ist schon zu weit vorangetrieben«, murmelte sie.
»Aber Ihr könntet ihn retten. Ach, Madam, vergeßt alle Feindseligkeiten zwischen uns. Das ist aus und vorbei ... und haben wir beide denn noch lange zu leben?«
Sie zuckte zurück. Sie verabscheute es, wenn jemand ihr Alter erwähnte. Ich hätte es wissen müssen. Der Kummer hatte mich um den Verstand gebracht.
»Wie sehr Ihr mich auch bisher gehaßt haben mögt«, fuhr ich fort, »ich bitte Euch, vergeßt es! Er ist tot ... unser geliebter Leicester ... für immer von uns gegangen. Wäre er heute bei uns, so würde er mit mir hier knien.«
»Schweig still«, schrie sie. »Wie kannst du es wagen, hierherzukommen ... du Wölfin! Du hast ihn mit deiner Begierde betört. Du hast dir den edelsten Mann genommen, der je gelebt hat. Du hast ihn zum Betrug verlockt ... und dein rebellischer Sohn verdient mit vollem Recht das Beil. Und du ... von allen Frauen ausgerechnet du ..., wagst es, herzukommen und mich zu bitten, einen Verräter zu schonen.«
»Wenn Ihr ihn sterben laßt, so wird Euch das Euer Leben lang verfol-

gen«, sagte ich, alle Vorsicht außer acht lassend in dem verzweifelten Wunsch, meinen Sohn zu retten.

Sie blieb eine Weile still, und ich sah in den verschlagenen Augen ein Glitzern. Sie war gerührt. Sie liebte ihn. Oder sie hatte ihn einst geliebt.

Ich küßte ihr inbrünstig die Hand, doch sie zog sie zurück – nicht heftig, sondern eher zögernd.

»Ihr werdet ihn retten, nicht wahr«, flehte ich.

Doch schon stand wieder die Königin vor mir statt der gefühlvollen Frau, auf die ich einen kurzen Blick erhascht hatte.

Langsam sagte sie: »Ich habe dich um Leicesters willen empfangen, Lettice. Denn er hätte es gewünscht. Doch selbst wenn er jetzt vor mir kniete und dies von mir erbäte, ich könnte es ihm nicht gewähren. Nichts kann deinen Sohn retten ... auch nicht deinen Gatten ... jetzt nicht mehr. Sie haben sich zu viel zuschulden kommen lassen. Selbst wenn ich wollte, könnte ich ihre Hinrichtung nicht mehr verhindern. Von einem bestimmten Augenblick an muß man vorwärtsschreiten. Man darf nicht mehr zurückblicken. Essex ist offenen Auges, zur Selbstzerstörung entschlossen, seinen Weg gegangen. Ich kann gar nicht anders, als sein Todesurteil unterzeichnen. Du und ich, wir müssen diesem törichten Knaben auf immer Lebewohl sagen.«

Ich konnte nur den Kopf schütteln, halb wahnsinnig vor Kummer. Ich kniete nieder und küßte den Saum ihres Gewandes. Sie stand da und blickte auf mich herab, und als ich die Augen zu ihrem Gesicht erhob, gewahrte ich ein gewisses Mitleid darin. Dann sagte sie: »Steh auf. Ich bin müde. Leb wohl, Cousine. Mich dünkt dieser verrückte Reigen unseres Lebens eine seltsame Geschichte – ich, du, die beiden Männer, die wir geliebt haben. Ja, zwei Männer haben wir von Herzen geliebt. Der eine ist von uns gegangen, der andere wird bald nicht mehr sein. Es gibt kein Zurück. Was sein muß, muß sein.«

Wie alt sie aussah, nun, da wirklicher Gram ihr Gesicht zeichnete.

Ich wollte sie erneut anflehen, doch sie schüttelte den Kopf und wandte sich ab.

Ich war entlassen. Mir blieb nichts übrig, als nach Leicester House zurückzukehren.

Nein, sie würde nicht unnachgiebig bleiben! Ich redete mir ein, daß sie es nicht über sich brächte, das Todesurteil zu unterzeichnen, wenn es vor ihr lag. In ihrem Gesicht hatte ich gelesen, daß sie ihn liebte. Nicht

so, wie sie Leicester geliebt hatte, doch es war Liebe. Schon begann ich wieder zu hoffen.
Doch sie unterschrieb das Todesurteil. Ich war verzweifelt. Dann widerrief sie es. Wie glücklich war ich – aber ach, das Glück währte nur kurz. Sie besann sich eines anderen, zweifellos von ihren Ministern bedrängt.
Sie unterzeichnete das Todesurteil ein zweites Mal, und diesmal widerrief sie es nicht.

Am Mittwoch, dem 25. Februar, kam mein Sohn, schwarz gekleidet, aus seinem Gefängnis im Tower und wurde oberhalb des Caesarturmes vor den obersten Gerichtshof geführt.
Er betete, ehe er sein Haupt auf den Block legte.
Ganz London trauerte. Der Pöbel packte den Henker; er konnte gerade noch rechtzeitig in Sicherheit gebracht werden, bevor man ihn getötet hätte. Der arme Mann, als ob es seine Schuld gewesen wäre!
Die Königin schloß sich ein und trauerte um Essex. Ich blieb in Leicester House in meinem Schlafgemach und wartete auf eine Nachricht von meinem Mann.
Etwa eine Woche nach Essex' Tod wurde der arme Christopher verhört und für schuldig befunden; und am 18. März brachte man ihn zum Towerhügel und enthauptete ihn.

Die alte Dame in Drayton Basset

Tadle dich selbst! Du hast gefehlt
Und dir den Tadel wohl verdient.
Doch änderst du des Lebens Pfad,
Der schlimm begann,
Sogleich verkündet's auch die Laute.
Und streicheln meine Finger dann die Saiten,
Zu trösten dich in deiner Einsamkeit,
Ist's der gewohnte Klang.
Tadle die Laute nicht!

Sir Thomas Wyatt
1503–1542

So war ich also wieder Witwe. Und überdies hatte ich den Sohn verloren, den ich trotz all seiner Torheiten mehr als alles in der Welt geliebt hatte. Mein junger Ehemann, dessen anbetende Hingabe ich genossen hatte, war ebenfalls tot, und ich mußte mir mein Leben neu einrichten.

Alles änderte sich. Die Königin gab nicht mehr vor, jung zu sein. Ich war sechzig, also muß sie achtundsechzig gewesen sein – zwei alte Frauen, die sich nicht mehr viel umeinander kümmerten. Es schien in einem anderen Leben gewesen, als Leicester und ich uns verstohlen geliebt und heimlich geheiratet hatten – immer in Furcht vor ihrem Zorn.

Ich erfuhr, daß sie um die Männer trauerte, die sie geliebt hatte – allen voran Leicester und Essex –, doch sie weinte auch um Burleigh, Hatton, Heneage und die anderen. Heutzutage gebe es nicht ihresgleichen, soll Elisabeth gesagt haben. Sie vergaß dabei, daß ihr jene nur deshalb göttergleich schienen, weil sie zu jener Zeit selbst einer Göttin glich. Doch nun war sie nichts weiter als eine alte Frau.

Sie starb zwei Jahre nach Essex' Tod. Ihren königlichen Stolz hatte sie bis an ihr Ende bewahrt. Sie erkrankte mehrmals, nahm aber ihre Spaziergänge und Ritte sogleich wieder auf, sobald sie sich gesund genug fühlte, damit das Volk sie sehen konnte. Schließlich zog sie sich eine Erkältung zu. Sie beschloß, sich nach Richmond zu begeben. Unter all ihren Palästen schien ihr dieser am besten geeignet, ihr Zuflucht zu bieten. Ihre Erkältung verschlimmerte sich, doch sie wollte nicht das Bett hüten. Als Cecil sie darum bat und meinte, sie müsse es tun, damit ihr Volk zufrieden sei, entgegnete sie in der gewohnten königlichen Haltung: »Kleiner Mann, das Wort *müssen* wird Herrschern gegenüber nicht gebraucht.« Da sie nicht mehr imstande war, zu stehen, ließ sie sich Kissen bringen und legte sich auf den Fußboden.

Als bekannt wurde, daß sie im Sterben lag, senkte sich tiefes Schweigen über das Land. War es nicht in einem anderen Zeitalter gewesen, daß eine rothaarige Frau von fünfundzwanzig Jahren in den Tower gegangen und ihren Entschluß verkündet hatte, für ihr Vaterland zu wirken und zu leben? Dieses Gelöbnis hatte sie gehalten. Nie hatte sie die Aufgabe vernachlässigt, die sie sich selbst gestellt hatte. Die Pflicht ihrem Land gegenüber war wichtiger gewesen als alles – die Liebe, Leicester, Essex.

Als sie so schwach war, daß sie keinen Widerstand mehr leisten konnte, trug man sie in ihr Bett.

Sie starb am 24. März des Jahres 1603 – am Vorabend des Festes Mariä Verkündigung – Maria, der Jungfrau, wie betont wurde.

Selbst zum Sterben hatte sie sich einen angemessenen Zeitpunkt ausgesucht.

So waren sie denn dahin – alle, die mir mein Leben lebenswert gemacht hatten.

Ich war jetzt die Alte – die Großmutter, die ihre Zeit in der Zurückgezogenheit verbringen mußte.

Ein neuer König hatte den Thron bestiegen. König Jakob VI. von Schottland hatte als Jakob I. den englischen Thron bestiegen – ein unangenehmer, wenig einnehmender Monarch. Vorbei waren die Zeiten von Elisabeths glanzvollem Hofe. Ich verspürte keine Lust, der neuen Hofgesellschaft anzugehören.

Ich zog in mein Haus in Drayton Basset und beschloß, dort das Leben einer Landedelfrau zu führen. Fast war es, als würde ich neugeboren.

Man entsann sich, daß ich Essex' Mutter und Leicesters Gattin gewesen war, und bald hielt ich Hof wie eine Königin. Das bereitete mir viel Vergnügen.
Meine Enkelkinder kommen oft zu Besuch. Es sind viele an der Zahl, und ich nehme an ihrem Leben teil, während sie sich gern Geschichten aus der Vergangenheit anhören.
Nur ein einziges Ereignis beunruhigte mich in diesen Jahren, als nämlich im Jahre des Todes der Königin Robert Dudley, Leicesters und Douglass Sheffields Sohn, zu beweisen suchte, daß seine Eltern rechtmäßig getraut worden waren. Natürlich konnte ich das nicht einfach hinnehmen, denn hätte er den Beweis erbracht, wäre ich des größten Teiles meines Erbes beraubt worden.
Wie nicht anders zu erwarten, verlief der Prozeß sehr unerfreulich. Man empfindet auch ein wenig Angst, daß sich die vorgebrachten Behauptungen doch als wahr erweisen könnten.
Dieser widerwärtige Mensch gab an, sein Vater und seine Mutter hätten sich einer Trauungszeremonie unterzogen, und er sei wahrhaftig Leicesters legitimer Sohn.
Er war seinerzeit mit Essex in Cadiz gewesen. Als er zurückkehrte, war seine Gattin gestorben und er also Witwer. Nun begannen die Mißhelligkeiten. Er heiratete nämlich wieder, die Tochter eines sehr einflußreichen Mannes, Sir Thomas Leighs von Stoneleigh. Dieser Mann bedrängte Dudley, seinen Fall vor Gericht zu bringen. Er folgte dem Rat, und ich freue mich, sagen zu können, daß er verlor. Das verdroß ihn so sehr, daß er um die Erlaubnis nachsuchte, das Land auf drei Jahre verlassen zu dürfen.
Dies wurde ihm gewährt, und er kehrte England den Rücken, begleitet von seiner hübschen Cousine, welche sich wie ein Knabe kleiden und als sein Page auftreten mußte.
Frau und Kinder ließ er in England zurück. Er kam nie wieder – ein Mann, der nicht willens war, die ihm auferlegte Verantwortung zu tragen.
Penelope setzte ihren Lebenswandel fort. Nach Essex' Tod ließ sich Lord Rich von ihr scheiden, und sie heiratete Mountjoy. Es gab einen heftigen Meinungsstreit um diese Trauung, welche von Mountjoys Hauskaplan Laud vorgenommen wurde. Viele meinten, Laud habe nicht das Recht gehabt, eine geschiedene Frau zu trauen. Jahrelang beklagte Laud, daß es ihm durch diese Trauung versagt geblieben sei,

eine höhere Stellung zu erlangen. Dennoch wurde er später noch berühmt.
Der arme Mountjoy, obgleich mit Ehren überhäuft und zum Grafen von Devonshire ernannt, überlebte seine Heirat nicht lange. Er segnete 1606 das Zeitliche, drei Jahre nach dem Tod der Königin, und Penelope starb ein Jahr nach ihm. Sie hinterließ mir eine ganze Anzahl Enkelkinder, nicht nur die Sprößlinge von Lord Rich, sondern auch drei von Mountjoy: Mountjoy, Elisabeth und John.
Es schien mir so seltsam, daß ich weiterleben sollte, während meine vor Leben strotzende Tochter im Grabe lag. Doch das war mein Schicksal. Zuweilen dachte ich: Ich werde ewig leben.
Meine Tochter Dorothy starb 1619, drei Jahre, bevor ihr Ehemann aus dem Tower entlassen wurde, wohin man ihn zur Zeit der sogenannten Pulververschwörung, die gegen König und Parlament gerichtet war, gebracht hatte. Man hatte ihn im Verdacht gehabt, daß er daran beteiligt gewesen war. Sein gesamter Besitz war beschlagnahmt worden, er selbst zu lebenslangem Gefängnis verurteilt; sechzehn Jahre später aber setzte der Ehemann seiner Tochter seine Entlassung durch. Die Ehe war sehr unglücklich gewesen, und Dorothy hatte häufig bei mir vor ihm Zuflucht gesucht. Als sie starb, war ich nahezu achtzig – und noch immer am Leben.
Ich habe in meinem langen Dasein so vieles gesehen. Ich lebte weiter, nachdem Sir Walter Raleigh das Schafott bestiegen hatte. Es war ihm nicht gelungen, die Gunst Jakobs I. zu erringen. Man berichtete mir, er habe, als er sein Haupt auf den Block legte, gesagt: »Was macht es schon, wohin man den Kopf bettet, wenn man nur das Herz auf dem rechten Fleck hat.« Kluge, tapfere Worte, dachte ich, aus dem Munde von Essex' Widersacher.
Ich saß in meinem Gemach in Drayton Basset und dachte an Raleigh, wie er einst gewesen – stattlich, überheblich und selbstsicher. Auch der Stern der Mächtigen sinkt eines Tages.
Und ich lebte immer weiter.
Der König starb, und sein Sohn kam auf den Thron, der geistvolle Karl, den ich ein- oder zweimal zu Gesicht bekam, ein Mann von großer Würde. Das Leben hatte sich verändert. Es konnte nie mehr so werden wie unter der großen Elisabeth. Und es würde auch nie wieder einen Menschen wie sie geben. Wie traurig wäre sie gewesen über das, was die Stuarts aus ihrem geliebten England gemacht hatten. Das göttliche

Recht der Könige! Wie oft haben wir das gehört. Elisabeth hatte freilich daran geglaubt, doch sie hatte auch gewußt, daß der Herrscher durch den Willen des Volkes regierte, und niemals hätte sie, wenn es sich vermeiden ließ, das Mißfallen des Volkes erregt.
Jakob ... Karl ... was wußten sie von den ruhmreichen Zeiten, da die stattlichsten Männer des Hofes die Königin umflattert hatten – wie Motten das Kerzenlicht. Und die gewitztesten verstanden es sehr wohl, wie man es vermied, sich die Flügel zu versengen. Sie waren alle ihre Geliebten gewesen, denn sie hatten Elisabeth und Elisabeth hatte sie geliebt – in ihren Träumen. Ihre wahre Liebe galt nur England.
Ihr Tod hatte meinem Dasein ein Stück Lebenskraft entzogen. Das war um so merkwürdiger, als sie mich gehaßt und ich sie keineswegs geliebt hatte. Doch sie war – wie Leicester – ein Teil meines Lebens, und mit ihnen starb auch ein Stück von mir.
Diese gesetzte alte Dame in ihrem Herrenhaus in Drayton Basset, die sich um die Einwohner kümmert und die Wohltätige spielt, die ihre wilde Jugend bereut, um sich einen Platz im Himmel zu sichern – ist das wirklich Lettice, die Gräfin von Essex, die Gräfin von Leicester und die Gemahlin von Christopher Blount? Der arme Christopher! Er hat eigentlich gar nicht gezählt. Nach Leicesters Tod war es mit dem glanzvollen, gefährlichen Leben, das ich geführt hatte, vorbei.

Was ich erzählt habe, habe ich durchlebt. Und die Menschen, von denen ich berichtete, sind vorübergehuscht wie Schatten, haben ihre Rollen gespielt und sind abgetreten – doch ich lebe noch.
Nachdem ich diese Geschichte niedergeschrieben habe, steht alles wieder so lebendig vor mir, als sei es erst gestern geschehen. Zuweilen, wenn ich die Augen schließe, habe ich das Gefühl, ich brauchte sie nur zu öffnen und sähe Leicester, wie er sich über mich beugt, mich hochzieht und meine Lippen sucht, und wie sogleich die Leidenschaft in uns beiden emporlodert. Ich kann mir vorstellen, wie ich der Königin bei ihrer Toilette helfe und wie sie mich plötzlich heftig in den Arm kneift, weil ich träume und vergessen habe, ihr die Halskrause zu bringen.
Ich sehe uns drei: Seite an Seite Elisabeth und Leicester ... ich stehe im Hintergrund ... und doch bin ich für sie ebenso wichtig wie sie für mich. Und dann Essex, die Königin und mich.
Alle sind sie dahin, und ich lebe weiter.
Ich bin über neunzig. Das ist ein sehr hohes Alter. So ist es verzeihlich,

daß ich mir zuweilen einbilde, wieder in der Vergangenheit zu weilen.
Am schönsten finde ich es, wenn mein Enkel Essex mich besucht. Er ist ein Mann von großer Festigkeit, mit einem ausgeprägten Sinn für Gerechtigkeit; seine Pflicht, mag sie noch so unangenehm sein, wird er stets erfüllen. Er strebt nicht nach hohen Ehren. Er ist ein ausgezeichneter Soldat – nichts könnte ihn mehr von seinem Vater unterscheiden.
Ich hoffe, mein Enkel kommt bald wieder zu mir. Vielleicht an Weihnachten. Da würde ich ihn gerne sehen. Er erzählt mir viel über den König und das Parlament und von den Schwierigkeiten, die es mit der Kirche gibt. Er glaubt, daß es eines Tages zu Unstimmigkeiten zwischen dem König und dem Parlament kommt. Er wird dann nicht auf des Königs Seite stehen.
Ich werfe ihm oft vor, er rede ebenso leichtfertig wie sein Vater. Doch in Wirklichkeit ist er alles andere als leichtfertig.
Da sehe ich ihn vor mir sitzen, die Arme verschränkt, den Blick in die Zukunft gerichtet.
Ja, ich hoffe sehr, daß er an Weihnachten kommt!

Als ihre Mägde in der Morgenfrühe des Weihnachtstages 1634 in ihr Schlafgemach in Drayton Basset kamen, lag sie da, als ob sie friedlich schlafe.
Sie war tot.
Leicester war sechsundvierzig, Elisabeth einunddreißig Jahre früher gestorben.
Sie hatte ein Alter von vierundneunzig Jahren erreicht.

Knaur

Der Schloßherr
Eine Geschichte voller Intrigen, Verdächtigungen, Liebe und Eifersucht. 192 S. [776]

Die Lady und der Dämon
Kate, Tochter eines Miniaturmalers, hat das Talent des Vaters geerbt und feiert künstlerische Erfolge. Als ihr Förderer, ein französischer Baron, ihre Liebesheirat verhindert, lernt Kate die rauhen Seiten des Lebens kennen. 384 S. [1455]

Meine Feindin, die Königin
Ein farbenprächtiges Sittengemälde vom Hofe Elisabeths I. von England. 384 S. [790]

Verlorene Spur
Zwei unzertrennliche Schwestern werden vom Schicksal auseinandergerissen, doch das Glück beider entscheidet sich – freilich auf sehr unterschiedliche Weise – an einem deutschen Fürstenhof. 384 S. [1403]

Die Ashington-Perlen
Eine junge Frau wird Erbin einer Teeplantage auf Ceylon. Sie gerät in den Bann eines faszinierend-herrischen Mannes und kommt in den Besitz der sagenumwobenen Perlen der Ashingtons, die ihr jedoch kein Glück verheißen… 368 S. [1087]

Der Teufel zu Pferde
Waghalsige Liebesabenteuer in einer Welt aus Samt und Seide. 320 S. [679]

Tanz der Masken
Ein spannender Roman menschlicher Irrungen; die Geschichte eines unseligen Erbes und der alles überwindenden Kraft der Liebe. 384 S. [1328]

Unter dem Herbstmond
»Wenn ein Mädchen sich zur Zeit des Herbstmondes unter die große Eiche setzt, kann sie den Mann sehen, den sie einmal heiraten wird.« Das verkündet eine alte Sage, die der jungen Cordelia nicht mehr aus dem Kopf geht, nachdem sie in der Schweiz einem geheimnisvollen Fremden begegnet ist… 432 S. [1510]

Victoria Holt